El a

F
G
D
H

Susan Sontag

El amante del volcán

Traducción de Marta Pessarrodona

ALFAGUARA

ALFAGUARA

Título original: The Volcano Lover

1995, Santillana, S. A.
Juan Bravo, 38. 28006 Madrid
Teléfono (91) 322 47 00
Telefax (91) 322 47 71

ISBN:84-204-2854-X
Depósito legal: M. 16.135-1995
Diseño:
Proyecto de Enric Satué
© Ilustración de cubierta:
Erupción del Vesuvio, 9 de agosto de 1779,
dibujo de Pietro Fabris, tomado de Sir William Hamilton,
Supplement to the Campi Phlegraei: Observations on the Volcanos of the Two Sicilies, Nápoles, 1779.
© Foto: Annie Leibovitz

Las imágenes reproducidas en este libro, con una excepción, han sido tomadas de grabados de Campi Phlegraei, Observations on the Volcanos of the two Sicilies. *2 Vols. Nápoles, 1776. Suplemento, 1779, de Sir William Hamilton. El artista fue Pietro Fabris. La imagen de la página 367 es el grabado que sirve de dedicatoria en el primer volumen de* Collection of Etruscan, Greek and Roman Antiquities from the Cabinet of the Hon. Wm. Hamilton, *por D'Hancarville (Pierre François Hugues). 4 Vols. Nápoles, 1766-7.*

Mi Cavaliere es el doble de sir William Hamilton, personaje ficticio, en cuyo nombre me he tomado unas cuantas libertades acordes con su personalidad, lo mismo que he hecho con otros personajes históricos que aparecen con sus nombres propios. Deseo dejar constancia del estímulo y la información que me han suministrado diversas biografías y estudios modernos, así como los libros de memorias y las cartas de la época.

Doy las gracias a la Deutscher Akademischer Austauschdienst (DAAD), que me invitó a Berlín en 1989, cuando empecé The Volcano Lover, *y de nuevo en 1990; a Robert Walsh y Peter Perrone; y, sobre todo, a Karla Eoff.*

PARA DAVID,
hijo querido, compañero.

DORABELLA *(aparte): Nel petto un Vesuvio*
d'avere mi par.

Così fan tutte, Acto II

PRÓLOGO

Es la entrada a un rastro. No se paga. Acceso gratis. Gentes desaliñadas. Vulpinas, jaraneras. ¿Por qué entrar? ¿Qué esperas ver? Veo. Compruebo qué hay en el mundo. Lo que ha quedado. Lo desechado. Lo que ya no se valora. Lo que tuvo que ser sacrificado. Lo que alguien creyó que podía interesar a otro. Pero es basura. Si allí, aquí, ya lo han escudriñado. Pero aquí puede haber algo valioso, aquí. Valioso no es la palabra. Algo que *yo* quisiera tener. Quisiera rescatar. Algo que me habla. Para mis anhelos. Que hable a, hable de. Ah...

¿Por qué entrar? ¿Te sobra tanto el tiempo? Mirarás. Te extraviarás. Perderás la noción del tiempo. Crees tener tiempo suficiente. Esto siempre toma más tiempo del que tú crees. Luego tendrás prisa. Te enojarás contigo. Querrás quedarte. Sentirás tentaciones. Sentirás asco. Las cosas están mugrientas. Algunas rotas. Mal pegadas o sin pegar. Me hablarán de pasiones, fantasías de las que nada necesito saber. Necesito. Ah, no. De todo esto no necesito nada. Algunos los acariciaré con la mirada. Otros los sostendré en la mano, los tocaré suavemente. Mientras me observa, experto, el vendedor. No voy a robar. Lo más posible es que tampoco compre.

¿Por qué entrar? Sólo para jugar. Un juego de reconocimientos. Saber qué y saber cómo era, cuánto debió ser, cuánto será. Pero quizá no para hacer una oferta, para regatear, no para comprar. Sólo mirar. Sólo vagar. Libre de preocupaciones. Sin nada en mente.

¿Por qué entrar? Hay muchos lugares como éste. Un campo, una plaza, una calle recóndita, un arsenal, un aparcamiento, un muelle. Podría estar en cualquier parte, aunque se da el caso de que está aquí. Lleno de todos los demás lugares. Pero yo entraré por aquí. Con mis jeans y mi blusa de seda y mis zapatillas de tenis: Manhattan, primavera de 1992. Una experiencia rebajada de pura posibilidad. Éste con postales de estrellas del cine, aquélla con su bandeja de anillos navajos, este otro con el perchero de cazadoras de aviador de la Segunda Guerra Mundial, el de más allá con los cuchillos. Las maquetas de coches de él, los platos de cristal tallado de ella, las sillas de junco de él, los sombreros de copa de ella, las monedas romanas de él, y allí... una joya, un tesoro. Podía suceder, podía verlo, puede que yo lo quisiera. Podría comprarlo como regalo, sí, para alguien. Por lo menos, habría sabido que existe y que apareció aquí.

¿Por qué entrar? ¿Ya basta? Podría descubrir que no está aquí. Dondequiera que se encuentre, a menudo no estoy segura, podría devolverlo a su lugar en la mesa. El deseo me guía. Me digo lo que quiero oír. Sí, ya basta.

Entro.

*

Es el final de una subasta de cuadros. Londres, otoño de 1772. El cuadro, con su dorado marco protuberante, se apoya en la pared cerca de la entrada de la inmensa sala, una *Venus desarmando a Cupido* atribuido a Correggio en el que su propietario ha depositado tantas esperanzas: sin vender. Equivocadamente atribuido a Correggio. La sala se despeja gradualmente. Un hombre alto y de facciones afiladas, de cuarenta y dos años (era un hombre alto para la época) avanza lentamente, seguido a una distancia respetuosa por otro hombre de la mitad de su edad que tiene un notable parecido familiar. Los dos son delgados, de piel pálida y frías expresiones patricias.

Mi Venus, dice el hombre de más edad. Confiaba en que se vendería. Había mucho interés.

Pero, qué pena, observó el joven.

Difícil de entender, reflexionó el hombre mayor, cuando el mérito de la pintura parece evidente por sí mismo. Está auténticamente sorprendido. El joven le escuchaba frunciendo con decoro el entrecejo.

Ya que me apenaba separarme de ella, supongo que debería alegrarme de que la venta no se haya consumado, siguió el hombre de más edad. Pero la necesidad obliga, y no considero excesivamente alto el precio que he pedido.

Contempló fijamente su Venus. Sumamente difícil, siguió el hombre de más edad, refiriéndose ahora no a la dificultad de comprender por qué el cuadro no se había vendido (tampoco a la dureza de mantener a los acreedores a raya) sino a la decisión de vender; puesto que idolatraba este cuadro, dijo. Luego supe que debería venderlo y por tanto me hice a la idea de renunciar a él; y ahora, puesto que nadie ha ofrecido lo que creo que vale y sigue siendo mío, debería quererlo como antes, pero no será el caso, apostaría algo. Al haber dejado de quererlo para venderlo, no lo puedo disfrutar de la misma manera, pero si soy incapaz de venderlo, en verdad deseo volverlo a querer. Sería zafio por mi parte encontrar su belleza maltrecha por esta desgracia.

¿Qué hacer? ¿Cuánto quererlo?, rumiaba. Cómo quererlo ahora.

Me atrevería a decir, señor, opinó el hombre más joven, que el único problema es dónde guardarlo. Con toda certeza se hallará un comprador. ¿Me dais vuestro permiso para intentarlo por cuenta vuestra entre los coleccionistas que conozco y que quizá son desconocidos para vos? Me encantaría hacer discretas averiguaciones cuando vos os hayáis ido.

Sí, es hora de irse, dijo el hombre mayor.

Se fueron.

*

Es la boca de un volcán. Sí, boca; y la lengua de lava. Un cuerpo, un monstruoso cuerpo vivo, tanto masculino como femenino. Emite, arroja. También es un interior, un abismo. Algo vivo, que puede morir. Algo inerte que se agita de vez en cuando. Que existe sólo de forma intermitente. Una amenaza constante. Aunque predecible, por lo general no predicha. Caprichosa, indomable, maloliente. ¿Es esto lo que querían decir los primitivos? Nevado del Ruiz, Monte de Santa Elena, La Soufrière, Montaña Pelada, Krakatoa, Tambora. El gigante soñoliento que despierta. El gigante soñoliento que *te* dedica sus atenciones. King

Kong. Vomitando destrucción y, luego, sumiéndose otra vez en la somnolencia.

¿Yo? Pero si no he hecho nada. Sólo estaba allí, enfangado en mis rústicas rutinas. En qué otro lugar podría vivir, nací aquí, se lamenta el campesino de piel oscura. Todo el mundo debe vivir en alguna parte.

Naturalmente, lo podemos considerar un gran espectáculo pirotécnico. Es sólo cuestión de medios. Una vista lo bastante amplia. Hay maravillas hechas sólo para la admiración a distancia, dice el Doctor Johnson; no hay espectáculo más noble que una llamarada. A una distancia segura, es el espectáculo definitivo, tan instructivo como emocionante. Después de una colación en la villa de Sir *** salimos a la terraza, equipados con telescopios, para observar. El penacho de blanco humo, el estruendo comparado a menudo con un lejano redoble de timbales: obertura. Acto seguido principia el colosal espectáculo, el penacho enrojece, se hincha, se encumbra, un árbol de ceniza que trepa más y más alto, hasta aplanarse bajo el peso de la estratosfera (si hay suerte, veremos trazos de esquís que en naranja y rojo inician el descenso por la pendiente): horas, días de esto. Luego, *calando,* amaina. Pero, de cerca, el miedo revuelve las tripas. Este ruido, este ruido amordazante, es algo que nunca imaginarías, que no puedes aceptar. Un diluvio constante de sonido graneado, titánicamente tempestuoso, cuyo volumen parece aumentar siempre a pesar de que no puede ser más ruidoso de lo que es; un rugir del vómito, amplio como el cielo, que inunda el oído y que extrae el tuétano de tus huesos y te vuelca el alma. Incluso quienes se denominan a sí mismos espectadores no pueden escapar a una embestida de asco y terror como nunca conociste antes. En un pueblo al pie de la montaña —podemos aventurarnos hasta allí— lo que parecía de lejos un chorro torrencial es un campo deslizante de cieno viscoso, rojo y negro, que empuja paredes que por un momento permanecen en pie, luego caen con un tembloroso y sorbedor *plaf* en el seno de su henchida frente; que atrae, inhala, devora, desliga los átomos de casas, coches, carros, árboles, uno por uno. Pues esto es lo inexorable.

Ten cuidado. Tápate la boca con un trapo. ¡Agacha la cabeza! La ascensión nocturna a un volcán moderadamente, puntualmente activo, es una de las grandes aventuras. Después del recorrido por la parte alta del costado del cono, nos paramos en el labio del cráter (sí, labio) y miramos abajo, a la espera de que el ardiente corazón interior se ponga a retozar. Como es el caso, cada doce minutos. ¡No demasiado cerca! Comienza ya. Oímos un gorgoteo de bajo profundo, la corteza de escoria gris empieza a brillar. El gigante está a punto de exhalar. Y el hedor sofocante del sulfuro es insoportable, o casi. La lava se amalgama pero no rebosa. Leñas y cenizas ígneas se ciernen a escasa altura. El peligro, cuando no es demasiado peligroso, fascina.

Nápoles, 19 de marzo, 1944, por la tarde, a las cuatro. En la villa las manecillas del gran reloj inglés de péndulo se paran en otra hora fatal. ¿De nuevo? Había permanecido quieto durante tanto tiempo.

Como la pasión, de la que es emblema, puede morir. Hoy se sabe, más o menos, cuándo una remisión puede empezar a contarse como una cura, pero los expertos vacilan en declarar muerto un volcán inactivo desde hace tiempo. Haleakala, cuya última erupción fue en 1790, aún sigue clasificado como durmiente. ¿Sereno porque está soñoliento? ¿O porque está muerto? Prácticamente muerto, salvo que no lo está. El río de fuego, después de consumirlo todo a su paso, se convertirá en un río de piedra negra. Aquí nunca más volverán a crecer los árboles, nunca. La montaña se convierte en el cementerio de su propia violencia: la ruina que causa el volcán incluye la suya propia. Cada vez que el Vesubio entra en erupción, un trozo de la cima se desgaja. Pasa a tener peor forma, es más pequeño, más desolado.

Pompeya fue enterrada bajo una lluvia de ceniza, Herculano bajo un corrimiento de barro que se precipitó ladera abajo a cincuenta kilómetros por hora. Pero la lava se come una calle con lentitud suficiente, unos pocos metros por hora, para que todo el mundo se aparte de su camino. También nos da tiempo para que salvemos nuestras cosas, o algunas de ellas. ¿El altar con las imágenes sacras? ¿El trozo de pollo por comer? ¿Los juguetes de los niños? ¿Mi nueva túnica? ¿Los objetos de artesanía? ¿El ordenador? ¿Los pucheros? ¿El manuscrito? ¿La vaca? Todo cuanto precisamos para volver a empezar son nuestras vidas.

No creo que corramos peligro. Avanza por el otro lado. Mira.

¿Te vas? Me quedo. A no ser que llegue... allí.

Ha ocurrido. Se acabó.

Huyeron. Se lamentaron. Hasta que el dolor se hizo también piedra, y volvieron. Llenos de temor reverente ante la rotundidad de la borradura, contemplaron la tierra aplanada debajo de la cual yacía sepultado su mundo. La ceniza bajo sus pies, aún caliente, ya no les abrasaba el calzado. Se enfrió más. Se evaporaron las vacilaciones. No mucho después del año 79 de nuestra era —cuando su fragante montaña alfombrada de vides, coronada por los bosques donde Espartaco y los miles de esclavos que le siguieron pretendieron esconderse de las legiones que les perseguían, reveló por primera vez que era un volcán— la mayoría de los supervivientes se dispuso a reconstruir, a volver a vivir. Allí. Su montaña tenía ahora un feo agujero en la cima. Los bosques estaban quemados. Pero también ellos crecerían de nuevo.

Un aspecto de la catástrofe: aquello había sucedido. Quién hubiera esperado semejante cosa. Nunca, nunca. Nadie. Es lo peor. Y si es lo peor, es único. Lo cual significa irrepetible. Dejémoslo atrás. No seamos agoreros.

Otro aspecto. Único por ahora: lo que ha sucedido una vez, puede volver a suceder. Ya verás. Sólo hay que esperar. Para asegurarte, tendrás que esperar mucho tiempo.

Volvemos. Volvemos.

PRIMERA PARTE

1.

Su primer permiso de vuelta a casa había concluido. El hombre que el Nápoles cortés conocería en adelante como Il Cavaliere, el Caballero, principiaba el largo trayecto de vuelta a su puesto, al «reino de las cenizas». Así lo había denominado uno de sus amigos de Londres.

Al llegar, todos pensaron que parecía mucho más viejo. Seguía aún tan delgado: un cuerpo hinchado por los macarrones y los pasteles de limón poco habría encajado con una cara alargada, inteligente, de nariz aguileña y cejas muy pobladas. Pero había perdido la palidez de su casta. Algunos observaron el oscurecimiento de su blanca piel desde que se había ido, siete años antes, con algo parecido a la desaprobación. Sólo los pobres —es decir, la mayor parte de la gente— estaban tostados por el sol. No el nieto de un duque, el hijo menor de un lord, el compañero de infancia del propio rey.

Nueve meses en Inglaterra habían devuelto a su cara huesuda una agradable acuidad, blanqueado las arrugas del sol en sus delgadas manos de músico.

Los grandes baúles, la nueva repisa de la chimenea Adam, las tres cajas con muebles, diez arcas de libros, ocho cajas de platos, medicinas, provisiones para la casa, dos barriles de cerveza negra, el violoncelo, y el clavicémbalo Shudi de Catherine, restaurado, habían salido quince días antes en un barco mercante que llegaría a Nápoles en dos meses, mientras él viajaría en un bergantín arrendado al efecto que le depositaría junto con los suyos en Boulogne para emprender un viaje por tierra de similar duración, con paradas para visitas y contemplación de pintura en París, Ferney, Viena, Venecia, Florencia y Roma.

Apoyado en su bastón de paseo en el patio del hotel de King Street donde se habían instalado su tío y su tía durante aquellas atareadas semanas en Londres, el sobrino del Cavaliere, Charles, aportó su malhumorada presencia a los preparativos finales de dos coches de viajeros. Todo el mundo suspira de alivio cuando exigentes parientes mayores, que viven en el extranjero, dan por finalizada su visita. Pero a nadie le gusta que le dejen atrás.

Catherine ya se ha instalado con su doncella en el amplio vehículo, después de fortalecerse para el agotador trayecto con una poción de láudano y agua ferruginosa. El segundo coche, más ancho y bajo, que va detrás, lo han cargado con la mayor parte del equipaje. Los servidores del Cavaliere, reacios a arrugar sus libreas marrones de viaje, se hacían los remolones y se afanaban con sus propias y concisas pertenencias. Quedaba a cargo de los mozos del hotel y de un lacayo empleado de Charles el trepar a lo alto del coche, para cerciorarse de que la docena aproximada de pequeños baúles, cajas, portamantas, el arca con lencería y ropa de cama, el escritorio de ébano y, finalmente, las bolsas de tela con la ropa del servicio, quedaban debidamente amarrados con cuerdas y cadenas de hierro en el techo y la parte trasera. Sólo el largo embalaje plano, que contenía tres pinturas que el Cavaliere acababa de comprar la semana anterior, fue atado al techo del primer carruaje, para proporcionarle un traslado lo menos agitado posible hasta la barca que esperaba en Dover. Uno de los criados lo supervisaba todo desde abajo con simbólica minuciosidad. El carruaje de la asmática esposa del Cavaliere no debía dar tropezones.

Mientras, trajeron a toda prisa del hotel otra gran maleta de cuero, casi olvidada, y la introdujeron con dificultad en el cargamento que debía llevar el coche, que ahora se balanceaba y brincaba un poco más. El pariente favorito del Cavaliere pensó en el barco mercante que llevaba en su bodega muchas más maletas con las posesiones de su tío y que ya podía estar tan lejos como Cádiz.

Incluso para aquella época, cuando la más elevada posición social suponía mayor número y peso de cosas consideradas indispensables para el viajero, el Cavaliere viajaba con un excepcional volumen. Pero menor, hasta llegar a la suma de cuarenta y siete grandes arcas, que cuando había llegado. Uno de los propósitos del viaje del Cavaliere, además de su deseo de ver a amigos y parientes y a su querido sobrino, complacer a su añorada esposa, renovar útiles contactos en la corte, asegurarse de que los secretarios de estado apreciaban mejor la habilidad con que representaba los intereses británicos en aquella corte completamente distinta, asistir a reuniones de la Royal Society y vigilar la publicación en forma de libro de siete de sus cartas sobre temas volcánicos, era transportar a casa la mayor parte de los tesoros que había coleccionado —incluyendo setecientos jarrones antiguos (mal denominados etruscos)— y venderlos.

Había efectuado la ronda de visitas familiares y tenido el placer de pasar bastante tiempo con Charles, la mayor parte en la posesión de Catherine en Gales, que Charles ahora regía por él. Había impresionado a más de un ministro, o así lo consideraba. El rey le había recibido en dos ocasiones, y en una había cenado a solas con el rey, quien aún le llamaba «hermano de leche» y en enero le había nombrado Caballero de la Orden del Baño, cosa que él, cuarto hijo de una familia, se atrevió a considerar sólo un peldaño más arriba en la escalera de títulos que conquistaría por sus propios méritos. Otros miembros de la Royal Society le habían felicitado por sus osadas hazañas de observación a corta distancia del monstruo en plena erupción. Había asistido a algunas subastas de pintura y comprado, juiciosamente. Y el Museo Británico le había comprado a su vez los jarrones etruscos, el lote completo, así como pinturas menores, los collares y pendientes de oro de Herculano y Pompeya, algunas jabalinas y cascos de bronce, dados de ámbar y marfil, pequeñas estatuas y amuletos, por la gratificante suma de ocho mil cuatrocientas libras (un poco más que la renta anual de la propiedad de la que Catherine era heredera), a pesar de que la pintura en que había depositado sus mayores esperanzas seguía sin venderse. Abandonaba la lasciva y desnuda Venus que sostenía triunfalmente el arco de Cupido sobre su cabeza, por la que había pedido tres mil libras, en Gales, con Charles.

Regresaba más ligero, así como más blanco de tez.

Pasándose furtivamente una botella los unos a los otros, los lacayos y el cocinero del Cavaliere charlaban con los mozos en un rincón del patio. Brillaba un sol de septiembre con aureola.

Un viento del nordeste había introducido una nube de humo y el olor de carbón en Whitehall, y los imponía sobre los espesos efluvios habituales de primeras horas de la mañana. El matraqueo de otros carruajes, carros, carretillas, diligencias que partían, se podía oír desde la calle. Uno de los póneys del primer carruaje se movía inquieto, y el cochero tiraba de las riendas del caballo de vara y hacía sonar el látigo. Charles buscó con la mirada a Valerio, el ayuda de cámara de su tío, para imponer el orden de nuevo entre el servicio. Arrugando el entrecejo, sacó su reloj.

Unos minutos más tarde el Cavaliere salió del hotel, le seguían el obsequioso propietario y su mujer así como Valerio, quien transportaba el violín favorito de su amo en un adornado estuche de piel. Los criados callaron. Charles esperó una señal, con su alargado rostro que había adquirido una expresión más atenta de la que tenía antes, lo que agudizó el parecido entre ellos. El silencio deferente continuó cuando el Cavaliere hizo una pausa, miró hacia el pálido cielo, olfateó el pestilente aire, sacudiéndose distraídamente una mota de la manga. Luego se dio vuelta, sonrió con labios tensos a su sobrino, quien acudió rápidamente a su lado, y los dos hombres cogidos del brazo se dirigieron al carruaje.

Apartando a un lado a Valerio, Charles avanzó y abrió la puerta para que subiera su tío, quien se agachó, entró, luego introdujo el Stradivarius. Mientras el Cavaliere se instalaba en el asiento de terciopelo verde, él se inclinó hacia el interior para preguntar, con una atención e interés no fingidos, cómo se encontraba su tía, y para pronunciar sus últimas palabras de despedida.

Cocheros y postillones están en su lugar. Valerio y los otros criados subieron al carruaje más grande, que se reequilibró ruidosamente un poco más cerca del suelo. Charles, adiós. Se cierra la ventana al aire infestado de carbonilla, tan peligroso para los asmáticos, a los gritos de la partida y los apremios. Se han abierto las verjas y la oleada de cosas y animales, criados y amos se vierte sobre la calle.

El Cavaliere se quitó sus guantes ambarinos, movió los dedos. Estaba dispuesto para el retorno, en realidad esperaba el viaje —le gustaba lo agotador— y los nuevos encuentros y adquisiciones que éste le depararía. La ansiedad de partir se había desvanecido en el instante en que subía al carruaje: se convirtió en júbilo por partir. Pero siendo hombre de sentimientos delicados, por lo menos respecto a su esposa, por la que sentía un afecto que nunca había sentido por nadie, no expresaría la creciente dicha que le acometía al pasar lentamente, encerrado, a través del clamor que estallaba en las calles cada vez más activas. Esperaría a Catherine, que había cerrado los ojos y respiraba jadeante con la boca entreabierta.

Él tosió: el sustituto de un suspiro. Ella abrió los ojos. La vena azul que palpita en su sien no es una declaración. En el rincón, sobre un taburete bajo, autorizada a hablar sólo cuando le hablen, la doncella inclinaba su rosada y húmeda faz sobre *Alarm to the Unconverted,* de Alleine, que le había dado su ama. Él buscó con una mano la bolsa que, en su cadera, contenía el doblado atlas de viaje encuadernado en piel, el escritorio de viaje, la pistola y un volumen de Voltaire que había empezado a leer. No hay razón alguna para que el Cavaliere suspire.

Qué extraño, murmuró Catherine, sentir frío en un día tan templado. Me temo —ella tenía tendencia, como fruto del deseo de agradar, a alternar una declaración estoica con un alegato de humildad—, me temo que ya me he acostumbrado a nuestros bestiales veranos.

Quizá lleves ropa demasiado gruesa para el viaje, observó el Cavaliere con su voz sonora y ligeramente nasal.

Rezo por no enfermar, dijo Catherine, mientras desplegaba un chal de pelo de camello sobre sus piernas. Si lo puedo evitar, no enfermaré, se corrigió, sonriendo mientras se pintaba los ojos.

También yo siento la tristeza de dejar a nuestros amigos y, en especial, a nuestro querido Charles, respondió el Cavaliere suavemente.

No, dijo Catherine, no me siento desdichada por volver. Aunque por una parte me espantan la travesía y luego las dificultades de —sacudió la cabeza, se interrumpió—... sé que muy pronto respiraré con más facilidad. El aire... Cerró los ojos por un momento. Y lo que más me importa, regresar te hace feliz a ti, añadió.

Echaré en falta mi Venus, dijo el Cavaliere.

La suciedad, el hedor, el ruido son... como la sombra del carruaje que al pasar oscurece los paneles de vidrio de la fachada de los comercios. El carruaje se balancea, salta, cruje, se tambalea; los vendedores y los portadores de carretillas y los otros cocheros vociferan, pero con timbres distintos a los que él oirá; éstas son las mismas calles familiares por donde pasaría para asistir a una reunión de la Royal Society, o para intervenir en una subasta, o para visitar a su cuñado, pero hoy no las recorre hacia sino que las cruza a través: ha entrado en el reino de las despedidas, de lo irrevocable, del privilegio de las últimas miradas que muy pronto se registran como recuerdos; de la expectación. Cada calle, cada esquina ruidosa emite un mensaje: el ya, el pronto será. Él va a la deriva entre el deseo de mirar, como para grabar las cosas en su mente, y la inclinación a confinar sus sentidos en el frío carruaje, considerarse (como es en verdad) ya ido.

Al Cavaliere le gustaban los especímenes y podía haber encontrado muchos en las ristras incesantemente reabastecidas de pordioseros, sirvientas, vendedores ambulantes, aprendices, tenderos, rateros, pregoneros, mozos, recaderos que discurren peligrosamente cerca y entre barreras móviles y ruedas. Aquí, incluso el miserable se afana. Gentes que no se mezclan, no forman corros, no bailan, no se divierten: una de las múltiples diferencias entre los habitantes de aquí y los de la ciudad a la que él retornaba que valdría la pena anotar y ponderar... si realmente hubiera motivo para anotarlas. Pero no era costumbre del Cavaliere reflexionar sobre el estrépito y los empellones de Londres; uno es incapaz de considerar pintoresca su propia ciudad. Cuando su carruaje estuvo detenido durante un ruidoso cuarto de hora entre unos tenderetes de fruta y el carro de un airado afilador, no siguió al ciego de cabello rojo que se había aventurado a cruzar unos metros más adelante, extendiendo su vara ante él, sin prestar atención a los vehículos que empezaban a echársele encima. Aquel interior transportable y perfumado, forrado de suficientes aprestos de privilegio como para tener ocupados los sentidos, dice: No mires. No hay nada afuera digno de mirar.

Si no sabe qué hacer con sus ávidos ojos, tiene aquel otro y siempre adyacente interior: un libro. Catherine ha abierto un volumen sobre crueldades papales. La doncella se enfrasca en su alarmante sermón. Sin mirar abajo, el Cavaliere pasó su pulgar por una suntuosa encuadernación de piel, el realce dorado del título y el nombre de su autor favorito. El pordiosero ciego, alcanzado por uno de los carricoches, cae hacia atrás y va a parar bajo las ruedas del carromato de un tonelero. El Cavaliere no miraba. Estaba mirando a otra parte.

En el libro: Candide, ahora en Sudamérica, acude caballerosamente, con su escopeta española de dos cañones, al puntual rescate de dos muchachas desnudas a las que ve correr graciosamente por el margen de una llanura, seguidas muy de cerca por dos monos que les muerden las nalgas. Después de lo cual las muchachas se lanzan sobre los cuerpos de los monos, los besan con ternura, los bañan con sus lágrimas y llenan el aire de gritos lastimeros, revelando a Candide que la persecución, una persecución amorosa, había sido totalmente bienvenida. ¿Monos por amantes? Candide no sólo se sorprende, se escandaliza. Pero el sabio Cacambo, acostumbrado a las cosas mundanas, respetuosamente observa que seguramente sería mejor si su querido amo hubiese recibido una educación cosmopolita, adecuada al objeto de que no se sorprendiera siempre por todo. Todo. Porque el mundo es ancho, con espacio suficiente para costumbres, gustos, principios, normas de todo tipo, que, una vez que los sitúa uno en la sociedad de la que han surgido, siempre tienen sentido. Obsérvalos. Compáralos, hazlo, para tu propia edificación. Pero cualesquiera que sean tus gustos, a los que no precisas renunciar, por favor, querido amo, evita identificarlos con mandamientos universales.

Catherine reía suavemente. El sonriente Cavaliere, pensando en nalgas desnudas —primero, de mujeres; luego, de monos— levantó la mirada. A menudo estaban en armonía, incluso si era por distintas razones. Te sientes mejor, preguntó él. El Cavaliere no se había casado con un mono. El carruaje reanudó su marcha. Empezó a llover. Londres se esfumaba tras ellos. El entorno del Cavaliere volvía a sus pasiones: pasiones dominantes. El Cavaliere siguió con Candide y su ayuda de cámara hacia El Dorado, Catherine fijaba la mirada en su libro, el mentón de la doncella se hincó en su pecho, los caballos, jadeantes, intentaron avanzarse al látigo, los criados, en el coche trasero, soltaron risas nerviosas mientras empinaban el codo. Catherine siguió esforzándose por respirar, y pronto Londres fue sólo un camino.

2.

Llevaban dieciséis años casados y sin hijos.

Si el Cavaliere, quien como tantos coleccionistas obsesivos era por naturaleza un solterón, se había casado con la hija única de un rico hacendado del Condado de Pembroke para financiar la carrera política en la que se embarcó después de diez años de servicio vistiendo uniforme militar, la razón no fue buena. La Cámara de los Comunes, cuatro años representando a un municipio de Sussex que nunca pisó, resultó no ofrecer más posibilidades para su peculiar talento que el ejército. Otra razón mejor: le había procurado dinero para comprar obras de arte. También había conseguido algo más preciado que el dinero. Doblegándose a la necesidad de casarse —algo contra mi inclinación, le diría a otro hijo menor sin pecunio, su sobrino, unos años más tarde— había encontrado lo que denominaba una comodidad duradera. El día de su boda, Catherine se ciñó un brazalete con un poco de su pelo. Le amaba abyectamente pero sin autocompasión. Él fomentó la fama improbable pero cierta de ser un marido condescendiente. El tiempo vuela, el dinero siempre es necesario, las comodidades aparecen donde no se esperaba y el entusiasmo se desentierra en un suelo estéril.

Él no puede saber lo que conocemos a su respecto. Para nosotros es un fragmento del pasado, esbozado austeramente en una peluca empolvada y una larga casaca elegante y zapatos con hebillas, perfil picudo erguido inteligentemente, mirando, observando, firme en su distanciamiento. ¿Parece frío? Sencillamente dirige, dirige con brillantez. Está absorto, entretenido por lo que ve —tiene un importante puesto diplomático, aunque no sea de primera línea, en el extranjero— y se mantiene ocupado. La suya es la hiperactividad del depresivo heroico.

só de un pozo de melancolía a otro a base de un sorprendente despliegue de entusiasmos.

Le interesa todo. Y vive en un lugar que por el mero volumen de curiosidades —históricas, naturales, sociales— difícilmente se podría superar. Era más grande que Roma, era la más rica así como la más populosa ciudad de la península italiana y, después de París, la segunda ciudad en tamaño del continente europeo; era la capital del desastre natural y tiene el más indecente y plebeyo monarca, los mejores helados, los holgazanes más divertidos, la más insulsa apatía y, entre los jóvenes aristócratas, el mayor número de futuros jacobinos. Su incomparable bahía albergaba lo mismo el pescado insólito que la usual munificencia. Tenía calles pavimentadas con bloques de lava y, a unos kilómetros, los horripilantes restos intactos, recientemente descubiertos, de dos ciudades muertas. Su teatro de la ópera, el más grande de Italia, ofrecía un éxtasis constante de cantantes castrados, otro producto local de fama internacional. Su elegante aristocracia, muy motivada por el sexo, se reunía en las mansiones de unos y otros en fiestas nocturnas para jugar a las cartas, fiestas engañosamente llamadas *conversazioni,* que a menudo no finalizaban hasta despuntar el día. En las calles se amontonaba la vida, para desparramarse e invadirlo todo. Ciertas celebraciones de la corte incluían levantar delante del palacio real una montaña artificial adornada con guirnaldas de carne, caza, pasteles y fruta, cuyo desmantelamiento por la turba voraz, a la que se daba rienda suelta con una salva de cañón, era aplaudido por los sobrealimentados desde sus balcones. Durante la gran hambre de la primavera de 1764, la gente acudía al panadero llevando largos cuchillos ocultos dentro de la camisa para matar y herir, única manera de conseguir una pequeña ración de pan.

El Cavaliere había llegado para ocupar su puesto en noviembre de aquel año. Las procesiones expiatorias de mujeres con coronas de espinas y cruces a sus espaldas habían pasado y las turbas saqueadoras se habían disuelto. Los grandes de la aristocracia y los diplomáticos extranjeros habían recuperado la plata que escondieran en los conventos. La corte, que huyó veinticinco kilómetros al norte, a la colosal, tétricamente horizontal residencia de Caserta, había vuelto al palacio real de la ciudad. El aire estaba lleno de olores de mar y de café y de madreselva y de excremento, animal y humano, en vez de cadáveres pudriéndose en las calles a centenares. Los treinta mil muertos en la peste que siguió al hambre también habían sido enterrados. En el Hospital de los Incurables, los miles de agonizantes, víctimas de enfermedades epidémicas, ya no se morían primero de hambre, a un promedio de sesenta o setenta al día. Suministros extranjeros de cereales habían restaurado el nivel de indigencia aceptable. Los pobres volvían a saltar con panderetas y cantaban a grito pelado, pero muchos habían conservado los largos cuchillos que blandieron para buscar pan y ahora se mataban unos a otros con mayor frecuencia por los motivos civiles habituales. Y los escuálidos campesinos que habían llegado a la ciudad en la primavera demoraban su partida y procreaban. Otra vez sería construida la *cuccagna,* desmantelada salvajemente y devorada. El Cavaliere presentó sus credenciales al Rey, que tenía trece años, y a los regentes, alquiló un espacioso *palazzo* de tres pisos, abrumador por una vista que dejaba sin aliento sobre la bahía, Capri y el inerte volcán, por el equivalente en moneda local de ciento cincuenta libras al año, y empezó a organizar tanta actividad como le fue posible para sacar fruto a sus espoleadas energías.

Vivir en el extranjero facilita el considerar la vida como un espectáculo: ésta es una de las razones por las que la gente con recursos se traslada al extranjero. Donde los abrumados por el horror del hambre y por la brutalidad y la incompetencia de la respuesta del gobierno veían una inacabable inercia, letargo, una lava endurecida de ignorancia, el Cavaliere veía un chorro. La ciudad bailarina del expatriado es a menudo una urbe inmóvil para el reformador o el revolucionario, mal gobernada, sometida a la injusticia. Diferente distancia, diferentes ciudades. El Cavaliere nunca se había sentido tan activo, tan estimulado, tan vivo mentalmente. Tan agradablemente imparcial. En las iglesias, en las estrechas y empinadas calles, en la corte... cuántas actuaciones allí. Entre la excéntrica fauna marina de la bahía, el Cavaliere reparó con deleite (no existía la rivalidad entre el arte y la naturaleza para este intrépido experto) en un pez con minúsculas patas, un supertriunfo de la evolución que, sin embargo, no había sobrevivido fuera del agua. El sol azotaba sin piedad. Él avanzaba por un suelo vaporoso, poroso, que notaba caliente bajo la suela de sus zapatos. Y un suelo duro con grietas de tesoro.

Las obligaciones de la vida social de las que tantos injustificadamente se quejan, el mantenimiento de una gran casa con unos cincuenta servidores, que incluían varios músicos, hacían que sus gastos aumentaran. El sueldo de su cargo diplomático apenas si era adecuado para las costosas recepciones que requería el imponerse en la imaginación de la gente que contaba, un aspecto muy necesario de su trabajo; para las expectativas de los pintores en los que depositaba su mecenazgo; para el precio de las antigüedades y pinturas por las que debía competir con una hueste de coleccionistas rivales. Naturalmente, luego venderá la mayor parte de lo que compra... y así lo hace. Una gratificadora simetría, coleccionar la mayoría de las cosas requiere dinero, pero luego las cosas coleccionadas se convierten en más dinero. A pesar de que el dinero era la secuela ligeramente vulgar, pero necesaria, de su pasión, coleccionar era aún una ocupación viril: no meramente reconocer sino conceder valor a las cosas por el hecho de incluirlas en la propia colección. Ello surgía de un concepto señorial de sí mismo que Catherine —como la mayoría de las mujeres, por cierto— no podía tener.

Su reputación de experto y de hombre de saber, su afabilidad, el favor de que consiguió disfrutar en la corte, no igualado por ningún otro de los representantes diplomáticos, habían hecho del Cavaliere el número uno de los residentes extranjeros. A favor de Catherine contaba el hecho de que no formara parte de la corte, que la sublevaran las excentricidades del Rey, un joven de aterradora vulgaridad, y de su esnob, fértil, inteligente esposa, que detentaba gran parte del poder. A favor de él contaba que era capaz de divertir al Rey. No había razón alguna para que Catherine lo acompañara a las cenas en el palacio real, auténticos derroches de comida, a las que le invitaban de tres a cuatro veces por semana. Nunca se aburría cuando estaba con ella, pero también le gustaba estar solo, así fuera durante días enteros en la bahía, en su barca, pescando, mientras su mente se sosegaba al sol, o bien contemplando, fichando, revisando sus tesoros en el frío estudio o en el almacén, o repasando los nuevos libros sobre ictiología o electricidad o historia antigua, que había encargado en Londres. Uno nunca sabía lo suficiente, nunca veía lo suficiente. Mucha añoranza en esto, muchos anhelos. Una sensación que no experimentaba en su matrimonio, un matrimonio totalmente conseguido en el que se veían colmadas todas las necesidades a las cuales se permitió surgir. No había frustración, cuando menos por su parte; por lo tanto, nada de anhelos, ningún deseo de estar juntos el mayor tiempo posible.

Magnánima en lo que él era cínico; enfermiza mientras que él era sano, tierna cuando él se olvidaba de serlo, correcta como las mesas que disponía para sesenta comensales, la tranquila, y no demasiado fea heredera, intérprete de clavicémbalo, con la que se había casado, le parecía la pura esposa, en la medida en que pudiera imaginar a un ser semejante. Le encantaba que todo el mundo la considerase admirable. Dependiente a conciencia antes que débil, a ella no le faltaba confianza en sí misma. La religión guiaba su vida; su aflicción ante la impiedad de él hacía que en ocasiones ella pareciera dominante. Además de la propia persona del Cavaliere y su carrera, la música era el principal interés que tenían en común. Cuando Leopold Mozart y su hijo prodigio visitaron la ciudad dos años antes, Catherine había temblado con gusto al sentarse a tocar para ellos, y luego tocó tan extraordinariamente como siempre. En los conciertos semanales que daban en la mansión del representante británico, a los que toda la sociedad local aspiraba a ser invitada, la misma gente que hablaba ruidosamente y comía en las representaciones de ópera durante la temporada guardaba silencio. Catherine los domaba a todos. El Cavaliere era un dotado violinista y violoncelista de talento —había asistido a clases con el gran Giardini en Londres, a sus veinte años— pero ella era mejor músico, lo que él concedía de buen grado: le complacía tener razones para admirarla. Incluso más que desear ser admirado, le gustaba admirar.

A pesar de que su imaginación era razonablemente lasciva, su sangre era templada, o así lo consideraba. En aquella época los hombres de su clase, al llegar a los treinta o cuarenta años, solían ser corpulentos. Sin embargo, el Cavaliere no había perdido ni un ápice de su gusto juvenil por los ejercicios físicos. Se preocupaba por la delicada complexión de Catherine, falta de tales ejercicios, hasta el punto de sentirse inquieto por el ardor con que ella correspondía a sus puntuales abrazos. De hecho había poco calor sexual entre ellos. Él no lamentaba no tener una amante, sin embargo; no le importaba lo que otros pensaran de tal rareza. En ocasiones, la oportunidad aparecía a su lado; aumentaba el calor; y se encontraba alcanzando con la palma húmeda las ropas revueltas, desabrochando, desatando, buscando con los dedos, empujando. Pero la empresa le dejaba sin deseo de seguir; le atraían otros tipos de adquisición, de posesión. Que Catherine sólo mostrase un interés benévolo por sus colecciones estaba bien, quizás. Es natural que los amantes de la música disfruten colaborando, tocando juntos. Pero es sumamente antinatural ser un co-coleccionista. Uno quiere poseer (y ser poseído) a solas.

*

Está en mi naturaleza coleccionar, dijo él en cierta ocasión a su esposa.

«Loco por la pintura», le calificó un amigo de juventud: la naturaleza de una persona pasa a ser la idea que de la locura tiene otra; de un deseo inmoderado.

De niño había coleccionado monedas, luego autómatas, luego instrumentos musicales. Coleccionar expresa un deseo que vuela libremente y se acopla siempre a algo distinto: es una sucesión de deseos. El auténtico coleccionista no está atado a lo que colecciona sino al hecho de coleccionar. Apenas cumplidos los veinte años, el Cavaliere ya había formado, y se había visto obligado a vender para pagar deudas, varias pequeñas colecciones de pintura.

Al llegar como representante diplomático empezó a coleccionar de nuevo. A una hora de caballo eran excavadas Pompeya y Herculano, desnudadas, despojadas; pero todo lo que los ignorantes cavadores desenterraban se suponía que iba directamente a los almacenes del cercano palacio real en Portici. Él consiguió comprar una vasta colección de jarrones griegos de una familia noble de Roma, a la que había pertenecido durante generaciones. Coleccionar es rescatar cosas, cosas valiosas, del descuido, del olvido, o sencillamente del innoble destino de estar en la colección de otro en lugar de en la propia. Pero comprar una colección entera en vez de perseguir pieza a pieza la presa deseada... era un gesto poco elegante. Coleccionar también es un deporte, y su dificultad es lo que le confiere honor y deleite. Un auténtico coleccionista prefiere no adquirir en cantidad (como los cazadores no quieren que la presa, simplemente, desfile ante ellos), no se siente satisfecho poseyendo la colección de otro: el mero hecho de adquirir y acumular no es coleccionar. Pero el Cavaliere sentía impaciencia. No sólo hay necesidades y exigencias interiores, y él deseaba seguir con lo que sólo sería la primera de sus colecciones napolitanas.

Nadie en Inglaterra se había sorprendido de que continuara coleccionando arte o fuera en busca de antigüedades una vez llegado a Nápoles. Pero su interés por el volcán descubría un nuevo aspecto de su naturaleza. Ser un loco del volcán era mayor locura que ser un loco de la pintura. Quizás el sol le había afectado la mente, o quizá fuera la famosa relajación del sur. Luego la pasión se racionalizó, convirtiéndose rápidamente en interés científico, y también estético, puesto que la erupción de un volcán se podía calificar, ampliando el término, de bella. No había nada extraño en sus veladas, donde los huéspedes eran invitados a contemplar el espectáculo desde la terraza de su casa de campo, próxima a la montaña, a la manera de las fiestas cortesanas para admirar la luna en el Japón del período Heian. Lo extraño era que él quería estar aún más cerca.

El Cavaliere había descubierto en su persona un gusto por lo moderadamente plutoniano. Empezó por cabalgar acompañado de un mozo de cuadra a las tierras sulfurosas del oeste de la ciudad y bañarse desnudo en el lago formado en el cono de un volcán extinguido. Salir a su terraza, aquellos primeros meses, para ver en la distancia la tranquila montaña asentada bajo el sol, podía provocarle un ensueño sobre la calma que sigue a la catástrofe. Su plumero de blanco humo, los ocasionales rumores y los chorros de vapor caliente parecían rasgos perennes, en ningún caso amenazadores. Dieciocho mil aldeanos habían muerto en Torre del Greco en 1631, una erupción incluso más letal que la que sepultó Herculano y Pompeya y en la cual el erudito almirante de la flota romana, Plinio el Viejo, perdió la vida; pero, desde entonces, nada que mereciese el calificativo de desastre.

La montaña tenía que despertar y empezar a escupir para conseguir la plena atención de este hombre tan ocupado, tan disperso. Y así lo hizo, el año siguiente de su llegada. Los vapores que subían de la cima, a la deriva, se hacían más espesos y crecían. Seguidamente el humo negro se mezcló con las nubes de vapor, y por la noche el halo del cono se teñía de rojo. Todavía absorto en la búsqueda de jarrones y en los hallazgos menores de las excavaciones a los que ilícitamente podía echar mano, comenzó a escalar la montaña y tomar notas. En su cuarta escalada, al llegar al talud superior, pasó junto a un montículo de sulfuro de unos dos metros que no estaba allí la semana anterior. En su siguiente ascenso a la montaña cubierta por la nieve —era noviembre— la cima del montículo emitía una llama azul. Se acercó más, se puso de puntillas, y entonces una especie de fuego de artillería, por encima de él —¿detrás?—, le atenazó el corazón y le hizo retroceder de un salto. Unos cuarenta metros más arriba, desde la abertura del cráter, había salido disparada una columna de humo negro, seguida por un arco de piedras, una de las cuales se hundió a su lado. Sí.

Estaba viendo algo que siempre había imaginado, que siempre había querido conocer.

Cuando una auténtica erupción empezó en marzo del año siguiente, cuando una nube en forma de enorme pino —exactamente como está descrita en la carta del sobrino de Plinio a Tácito— fluyó hacia arriba desde la montaña, él se encontraba en casa tocando el violoncelo. Al mirar desde la azotea aquella noche, vio que el humo se tornaba rojo como una llama. Unos días después hubo una estrepitosa explosión y un borbotón de rocas de un rojo ardiente, y aquella tarde a las siete comenzó la lava a hervir en el cráter, rebasó la cima y avanzó hacia Portici. Acompañado sólo por el ayuda de cámara, un mozo y el guía local, salió de la ciudad a caballo y permaneció toda la noche en la falda de la montaña. Metal líquido silbante, en el que las cenizas ígneas flotaban como barcos, caía en cascada sólo a unos veinte metros delante suyo. Comprobó que no tenía miedo, lo cual es siempre un complaciente engaño. Despuntó el alba y él empezó a bajar. Un kilómetro y medio más abajo alcanzó el frente de la corriente de lava, que se había encharcado y parado en una oquedad.

A partir de entonces la montaña nunca se vio libre de su corona de humo, de la ocasional expulsión de escoria ardiendo, del repentino chorro de fuego, de la emisión de lava. Y ahora él sabía qué hacer siempre que escalara la montaña. Reunió especímenes de lava a medio enfriar en un zurrón de piel ribeteado de plomo, embotelló muestras de sales y sulfuros (de un amarillo intenso, rojos, naranja) que sacó de ardientes grietas en la cima del cráter. Con el Cavaliere cualquier pasión adoptaba la forma de una colección y ello la justificaba. (Pronto otros se pusieron a recoger piedras del volcán, ahora interesante, en el curso de sus ascensiones, pero acumular recuerdos no es coleccionar.) Aquello era coleccionismo puro, totalmente ajeno a cualquier perspectiva de provecho. Nada que comprar ni vender había allí. Del volcán sólo podía obtener regalo, para gloria suya y del volcán.

Una vez más apareció fuego en la cima: se estaba preparando una demostración mucho más violenta de las energías de la montaña. Ésta gruñía, crujía y silbaba; sus emisiones de piedras en más de una ocasión obligaron a los más intrépidos observadores a abandonar la cumbre. Cuando el año siguiente tuvo lugar una gran erupción, la primera a gran escala desde 1631, él consiguió más botín, una colección de rocas volcánicas lo bastante grande y variada como para ser ofrecida al Museo Británico, la cual envió por barco a sus propias expensas. Coleccionar el volcán era su pasión desinteresada.

Nápoles había sido añadida al Grand Tour, y cuantos llegaban allí confiaban en maravillarse ante las ciudades muertas tuteladas por el culto representante británico. Ahora que la montaña se había mostrado capaz de recuperar su peligrosidad, querían pasar por la gran y aterradora experiencia. El volcán se había convertido así en otra atracción que generaba empleo para los siempre necesitados: guías, portadores de literas, proveedores de vituallas, mandaderos, mozos de cuadra y encargados de las linternas si la ascensión se llevaba a cabo por la noche: el mejor momento para ver lo peor. Lejos de resultar inexpugnable, consideradas las proporciones de montañas auténticas como los Alpes, o incluso el Monte Etna, casi tres veces más alto, el Vesubio representaba a lo sumo un ejercicio, un deporte para aficionados. Cualquiera podía subir al exterminador. Para el Cavaliere el volcán era algo familiar. La subida no le parecía muy fatigosa, ni los peligros demasiado aterradores, mientras que la mayor parte de la gente, infravalorando el esfuerzo, se quedaba atónita por lo arduo que resultaba, aterrorizada por la visión del riesgo. A su vuelta, él tenía que soportar las historias de los peligros que habían corrido, las girándulas de fuego, de la granizada (o el chubasco) de piedras, del alboroto (cañonazo, trueno) que lo acompañaba, del hedor infernal, venenoso, sulfuroso. La auténtica boca del infierno, ¡eso es lo que es! Así que la gente cree que el infierno está aquí, decía él. Oh, no en sentido literal, respondía el visitante (si era inglés, y por tanto generalmente protestante).

Pero aunque deseara que el volcán no fuese profanado por gente ruidosa, gente gorda, pagada de sí misma, suspiraba —como cualquier coleccionista— por exhibirlo. Y se veía obligado a hacerlo, si el visitante era un amigo o pariente de Inglaterra, o un dignatario extranjero, siempre y cuando el Vesubio mantuviera su capacidad de expresión. Se esperaba de él que fuera el acompañante de la ascensión a la cumbre. Su excéntrico amigo de los años estudiantiles en Westminster, Frederick Hervey, a punto de ser nombrado obispo, apareció para pasar un mes largo; le condujo al monte un domingo de Pascua, y una chispa de efluvios volcánicos chamuscó el brazo de Hervey; el Cavaliere supuso que éste se vanagloriaría de ello el resto de su vida.

Era difícil imaginar que uno pudiera sentirse propietario de aquella legendaria amenaza, de doble giba, de una altura de mil quinientos metros y a trece kilómetros de la ciudad, expuesta a la vista de todo el mundo, ciertamente el rasgo característico del paisaje local. Ningún objeto parecía menos poseíble. Pocas maravillas naturales eran más famosas. Los pintores extranjeros acudían en manada a Nápoles: el volcán tenía numerosos admiradores. Él se dispuso, por la calidad de sus atenciones, a hacerlo suyo. Pensaba en el volcán más que nadie. Mi querida montaña. ¿Una montaña por amante? ¿Un monstruo? Tratándose de jarrones o cuadros o monedas o estatuas, podía contar con cierta comprensión convencional. Pero esta pasión se volcaba sobre algo que siempre sorprendía, alarmaba: que rebasaba todas las expectativas y que nunca provocaba la reacción deseada por el Cavaliere. A fin de cuentas, empero, para el coleccionista obsesionado las apreciaciones de la otra gente siempre parecen fuera de lugar, son negativas, nunca lo bastante atinadas.

*

Las colecciones unen. Las colecciones aíslan.

Unen a quienes aman la misma cosa. (Pero nadie ama como amo yo; lo bastante.) Aíslan de aquellos que no comparten la pasión. (Casi todo el mundo, por desdicha.)

Así pues, intentaré no hablar de lo que más me interesa. Hablaré de lo que te interesa a ti.

Pero esto me recordará, a menudo, lo que no puedo compartir contigo.

Oye, por cierto. No lo ves. ¿No ves cuán bello es?

*

No está claro si era un maestro por naturaleza, un explicador nato (nadie conducía mejor la visita a Pompeya y Herculano), o había aprendido a serlo porque la gente que tenía a su alrededor era más joven que él y pocos poseían su cultura. Efectivamente, el Cavaliere parecía predestinado a que todas las relaciones de su vida, contando o no a Catherine, fueran con personas mucho más jóvenes que él. (Catherine era la única predeciblemente más joven, ocho años menos: se espera que una esposa sea más joven que su marido.) Su compañero de juegos de la infancia, miembro de la realeza, había sido siete años y medio más joven; el Rey de Nápoles tenía veintiún años menos que él. Los jóvenes se sentían atraídos por el Cavaliere. Éste siempre parecía muy interesado en ellos, en ampliar sus talentos, no importaba cuáles; muy autosuficiente. Más como tío que como padre —nunca había querido tener hijos—, podía preocuparse, responsabilizarse incluso, sin esperar demasiado a cambio.

Charles, el hijo de su hermana Elizabeth, contaba veinte años cuando llegó a lo que sería el final de etapa más meridional de su Grand Tour. Aquel pálido muchachito seguro de sí mismo, que el Cavaliere había vislumbrado algunas veces, se había convertido ahora en un joven muy inteligente, en extremo quisquilloso, dueño de un modesto, prudente conjunto de cuadros y objetos de arte y de una extravagante colección de piedras preciosas y minerales. Quería impresionar a su tío y lo consiguió. El Cavaliere reconoció en él la mirada abstraída, errabunda, tensamente afable, propia del coleccionista —la mineralogía sería la pasión dominante en la vida de Charles—, e inmediatamente sintió afecto por su sobrino. Obediente en la búsqueda de distracción, Charles se procuró los servicios sexuales de una cortesana local llamada Madame Tschudi (pariente lejana de la familia de fabricantes de clavicémbalos), asistió algunas noches a la ópera desde el palco de su tío, compró helados y sandías a los vendedores en el Toledo, y confesó que no encontraba Nápoles ni encantadora ni pintoresca, sino sórdida, aburrida y sucia. Escuchó con devoción a su tía al clavicémbalo (Kuhnau, Royer, Couperin). Inspeccionó con envidia el tesoro de pinturas, estatuas y jarrones de su tío; pero los toscos terrones de toba con trozos de lava o caparazones marinos incrustados en ellos, los fragmentos de una bomba volcánica, o las sales de brillante color amarillo y naranja que le enseñaron sólo le hicieron pensar con pasión en sus cristalizados rubíes, zafiros, esmeraldas, diamantes: éstos que podían llamarse bellos. Se lavaba las manos con frecuencia. Y decididamente se negó a subir a la montaña.

Un formidable aunque benévolo tío intimidaría demasiado si no fuera por su gran dosis de excentricidad, que hacía que uno se sintiera un poco protector. Declinando la segunda invitación del Cavaliere para acompañarle en una ascensión, Charles arguyó cierta debilidad intestinal, su falta de paladar para el peligro. Confió en que resultaría más halagador que impertinente si invocaba la clásica y obvia alusión (la mayoría de los amigos del Cavaliere en Inglaterra recurrían a ella): Recordad, no me gustaría oír que habéis sufrido el destino de Plinio el Viejo. Y ahora el Cavaliere, que acababa de agenciarse un sobrino favorito, podía devolver el cumplido: Entonces tú serás Plinio el Joven e informarás de mi muerte al mundo.

*

En aquella época, como ahora, un ascenso suponía varias etapas. La carretera, en nuestro siglo reconvertida en una autopista, no existía entonces. Pero sí existía un sendero que llegaba hasta los dos tercios del camino, a la altura de la depresión natural entre el cono central y el Monte Somma. Este valle hoy alfombrado de lava negra por la erupción de 1944, tenía árboles, zarzales y altas hierbas. Se dejaban allí los caballos para que pacieran mientras los peregrinos del volcán seguían subiendo a pie hasta el cráter.

Después de encomendar su caballo a un mozo, en la mano su bastón de paseo, el zurrón colgado del hombro, el Cavaliere remontó con firmeza la ladera. Lo importante es tener un buen ritmo, hacerlo sin pensar, casi como en un ensueño. Caminar como se respira. Hacerlo como lo quiere el cuerpo, como lo quiere el aire, como el tiempo lo quiere. Y es lo que sucede esta mañana, madrugada en esta ocasión, de no ser por el frío, de no ser por el dolor en las orejas, que su amplio sombrero no protege. Como resultado de no pensar, tampoco debería existir ningún dolor. Pasó a través de los árboles (un siglo atrás los bosques eran espesos en las laderas y estaban llenos de caza) y fue más allá del límite de los árboles, donde el viento soplaba con mayor crudeza. El camino se oscurecía, se tornaba más empinado, avanzaba entre rodadas de negra lava y eminencias de roca volcánica. La pendiente, ahora, se hacía notar; el paso del Cavaliere era más lento, la elasticidad de sus músculos resultaba agradablemente perceptible. No tenía que pararse para recuperar el aliento, pero interrumpió la marcha en varias ocasiones para examinar el suelo marrón rojizo, en busca de puntiagudas piedras con vetas de color.

El suelo se hizo gris, movedizo, blando... Le entorpecía, porque a cada paso cedía bajo sus pies. El viento embestía la cabeza. Cerca de la cima, las orejas le dolían tanto que se las protegió con cera.

Al llegar a la cima bordeada de piedras, hizo una pausa y se frotó las blandengues y heladas orejas. Miró alrededor y abajo, a la iridiscente superficie azul de la bahía. Luego dio la vuelta. Nunca se acercaba al cráter sin recelo, en parte por respeto al peligro, en parte por miedo a la decepción. Si la montaña escupía fuego, saltaba por los aires, se convertía en una llama y un muro móvil de ceniza, aquello era una invitación a mirar. La montaña se exhibía. Pero cuando estaba relativamente tranquila, como lo había estado durante muchos meses, cuando a lo que invitaba era a mirarla más de cerca, él buscaba al mismo tiempo algo nuevo y la certeza de que todo seguía igual. La mirada inquisidora desea que la recompensen. Incluso en las almas más pacíficas provoca el volcán la avidez de presenciar su poder destructivo.

Se desplazó hasta la cima del cono y miró hacia abajo. La amplia cavidad, de una profundidad de centenares de metros, todavía estaba ocupada por la niebla matutina. Cogió el martillo de su zurrón y miró alrededor en busca de un filón de color en el borde de la sima. Se levantaba la niebla a medida que el sol calentaba el aire. Con cada ráfaga de viento clarificador la panorámica se ampliaba más y más, sin revelar ningún fuego. Chorros de vapor de un blanco sucio escapaban a la deriva de las fisuras abiertas en toda la extensión de las paredes del cráter. El ardiente núcleo interior estaba escondido debajo de la corteza de escoria. Ni un resplandor. Pura solidez... gris inerte. El Cavaliere suspiró y devolvió el martillo al zurrón. La materia inorgánica nos produce una impresión de intensa melancolía.

Tal vez no sea la capacidad destructora del volcán lo que más gusta, aunque a todo el mundo agrada una conflagración, sino su desafío a la ley de la gravedad a que toda masa inorgánica está sometida. Lo primero que gusta a la vista del mundo de las plantas es su dirección vertical hacia arriba. Por esta razón amamos los árboles. Quizás acudimos al volcán por su elevación, su alzamiento, como si asistiéramos a un ballet. Cuán alto se remontan las rocas fundidas, cuán lejos por encima de la nube en forma de hongo. Lo que emociona es que la montaña se lanza a sí misma hacia arriba, aunque deba, como el bailarín, volver a tierra; incluso si no se limita a descender, sino que cae, cae sobre nosotros. Pero primero sube, vuela. Mientras que todo lo demás tira, arrastra hacia abajo. Hacia abajo.

3.

Verano. Por cierto, y debido a una insensata coincidencia, el 24 de agosto, aniversario de la gran erupción del 79 de nuestra era. El tiempo atmosférico: húmedo, viscoso, sofocante, plagado de moscas. El hedor del sulfuro en el aire. Altas ventanas abiertas a la bahía entera. Pájaros que cantan en el jardín de palacio. Una delicada columna de humo que se balancea en la cima de la montaña.

El Rey está en el retrete. Calzones en los tobillos, arrugado el entrecejo por el esfuerzo, sus cuartos traseros chisporroteando. A pesar de que sólo cuenta veinticuatro años, es gordo, gordo. Su barriga, estriada como la de su esposa (que ya ha superado seis de su cuenta final de diecisiete embarazos), se balancea de un lado a otro en la inmensa *chaise percée* de porcelana. El Rey se había abierto camino torpemente a través de una comida copiosa, cerdo y macarrones y jabalí y flores de calabacín y sorbete, que se inició más de dos horas antes. Había vomitado vino encima de su criado predilecto y lanzado bolitas de pan a su marchito y discutidor primer ministro. El Cavaliere, un comensal parco incluso sin aquellos fastidiosos espectáculos, ya acusaba pesadez de estómago con anterioridad. Y entonces el Rey anunció que, tras disfrutar de una excelente comida, confiaba en culminarla con una excelente purga de sus intestinos, a cuyo fin deseaba que uno de los distinguidos invitados a su mesa le escoltase: su amigo y excelente compañero de caza, el ministro plenipotenciario británico.

¡Ay, ay, mi tripa! (Gruñidos, pedos, suspiros.)

El Cavaliere, cuyo atuendo cortesano completo va humedeciéndose progresivamente, con su estrella y su banda roja, se apoya en la pared, aspirando el fétido aire entre los delgados labios. Podría ser peor, piensa el Cavaliere, un pensamiento con el que se ha consolado durante la mayor parte de su vida. En esta ocasión lo que quiere decir es que el Rey podía haber tenido diarrea.

¡Siento que ya llega!

El estúpido e infantil juego del Rey, que consiste en ser desagradable, en intentar escandalizar. El juego patricio del caballero inglés de no responder, de aparentar que no se escandaliza. Resultaría mejor, pensó el Cavaliere, si yo no estuviera sudando casi tanto como él.

No, no es esto. ¡No lo hice! ¡No puedo! ¿Qué tendré que hacer?

Quizá Su Majestad podría concentrarse mejor en los deseos de la naturaleza si le dejáramos solo.

¡Odio estar solo!

El Cavaliere, pestañeando por causa de las gotas de sudor que habían superado la barrera de sus cejas, se preguntó si aquello no sería otra de las desagradables bromas pesadas del Rey.

Quizás no ha sido buena la comida, dijo el Rey. Tenía la certeza de que era una buena comida. ¿Cómo no podía ser una buena comida si era tan sabrosa?

El Cavaliere dijo que era muy sabrosa.

El Rey dijo: Contadme un cuento.

¿Un cuento?, dijo el Cavaliere.

(Un cortesano: alguien que te repite la última palabra o palabras que tú has dicho.)

Sí, ¡contadme algo de una montaña de chocolate! Una inmensa montaña de chocolate. A ésa sí que me gustaría trepar.

Érase una vez una montaña oscura como la noche.

¡Como el chocolate!

Y por dentro era todo blanco, con grutas y laberintos y...

¿Hacía frío dentro?, interrumpió el Rey. Si fuera de chocolate caliente se derretiría.

Hacía frío, dijo el Cavaliere, enjugándose la frente con un pañuelo empapado de esencia de nardo.

¿Es como una ciudad? ¿Como todo un mundo?

Sí.

Pero un mundo pequeño. Muy acogedor. Yo no necesitaría tantos criados. Me gustaría un mundo pequeño con gente, quizá la gente también sería pequeña, gente que haría todo lo que yo quisiera.

Ya lo hacen, observó el Cavaliere.

No es así, protestó el Rey. Ya sabéis cómo la Reina me da órdenes, y Tanucci, todo el mundo menos vos, mi querido amigo. Necesito un mundo de chocolate, ¡sí! Éste es mi mundo. Todo cuanto quiero. Todas las mujeres, siempre que las quiera. Y también podrían ser también de chocolate, y me las comería. ¿Habéis imaginado alguna vez lo que sería comer personas?

Se lamió la gorda mano blanca. Umm, ¡la mía es salada! Deslizó la mano bajo el sobaco y prosiguió: Y tendría una gran cocina. Y la reina me ayudaría a cocinar, y detestaría hacerlo. Pelaría ajos, millones de dientes lustrosos, y yo se los metería dentro, y luego tendríamos niños de ajo. Y la gente correría detrás de mí, suplicando que les alimentara, y yo les echaría comida, haría que comieran.

Frunciendo el entrecejo, dejó que su cabeza colgara. Una ristra de ruidos como chisporroteos terminó con una profunda y cavernosa exhalación de sus intestinos.

Esto ha estado bien, dijo el Rey. Alargó la mano y golpeó el magro trasero del Cavaliere. El Cavaliere asintió con la cabeza y notó que sus tripas se revolvían. Pero ésta es la vida de un cortesano, ¿verdad? El Cavaliere no era uno de los mandatarios de este mundo.

Ayudadme, dijo el Rey al Jefe de la Cámara Real, por la puerta abierta. Tiene problemas para ponerse en pie, es así de gordo.

El Cavaliere ponderaba el abanico de reacciones humanas ante lo desagradable. En un extremo, Catherine, a quien anonadaban tanto la maníaca vulgaridad del Rey como otras muchas cosas de la corte. En el otro, el Rey, para quien lo desagradable era una fuente de placer. Y él mismo en medio, donde debe estar un cortesano, ni indignado ni insensible. Indignarse habría sido en sí vulgar, un signo de debilidad, de falta de crianza. Las costumbres excéntricas en los grandes deben soportarse. (¿Acaso el Cavaliere no había sido compañero de juegos de otro rey, a quien aventajaba en siete años, otro rey que en ocasiones mostraba síntomas de franca locura?) No se puede cambiar la manera de ser de la gente. Nadie cambia, todo el mundo lo sabe.

*

El torpe Rey se impresiona fácilmente, casi tanto por la imperturbabilidad del fino caballero inglés como por la inteligencia de su propia esposa, una Habsburgo, importada para él de Viena cuando contaba diecisiete años, quien desde el nacimiento de su primer hijo es miembro del Consejo de Estado y la verdadera gobernante del reino. Qué agradable si, en lugar de aquel hombre terrible, arrogante, taciturno, que se sienta en el trono de Madrid, alguien como el Cavaliere hubiera sido su padre. Al Cavaliere le gusta la música, ¿no? Lo mismo le ocurre al Rey; es, para él, como la comida. ¿No es también un deportista, el Cavaliere? Además de pasar el tiempo trepando por aquella montaña bestial, le encanta pescar, montar a caballo, cazar. Y la caza es la pasión dominante del Rey, que practica excluyendo de ella el ejercicio, la dificultad y el ocasional peligro que limita y, según dicen, convierte en placer y legitima la matanza de animales. Los ojeadores acorralaban columnas sin fin de jabalíes, ciervos y liebres, y luego las hacían pasar delante del Rey, quien permanecía en una garita de centinela sin techo, de sólida albañilería, en el parque de su palacio campestre o montado a caballo en medio de un campo. De cien disparos, nunca fallaba más de uno. Luego bajaba y se ponía a la tarea, las mangas arrolladas hasta el codo, trinchando los cuerpos ensangrentados y aspirando el vaho que desprendían.

Al Rey le encantaba el olor de la sangre que brotaba de los animales muertos, de la tripa o los macarrones cuando se cocían en el caldero, de sus propias labores defecatorias o de las de su camada de hijos de corta edad; el aroma de los pinos y la embriaguez del jazmín. El largo y bulboso órgano que le había ganado el sobrenombre de Rey Gran Nariz era tan arrogante como alarmantemente feo. Los olores fuertes le atraían: comida picante, animales recién sacrificados, la humedad de una mujer complaciente. Pero también el olor de su temible padre, el olor de la melancolía. (Apenas lo percibe en el Cavaliere, en quien es mucho más suave, está como reprimido.) El tranquilizante olor animal de su esposa le arrastraba hasta dentro del cuerpo de ella, pero luego, cuando le acometía el sueño, otro olor (o el sueño de un olor) le despertaba. Las acerbas moléculas acariciaban el interior de las ventanas de su nariz, volaban hasta su cerebro. Le gustaba cualquier cosa que fuera informe, abundante. Los olores fijan la atención, distraen. Los olores se adhieren, te siguen. Se extienden, se difunden. Un mundo de olores es ingobernable —uno no domina un olor, te domina a ti— y al Rey en realidad no le gustaba gobernar. ¡Ay, por un minúsculo reino!

Su sensualidad era la única inteligencia que poseía; deliberadamente condenado por su padre al analfabetismo casi total, estaba destinado a ser un gobernante débil. Debido a su gusto por confraternizar con la inmensa tribu de vagos de la ciudad le llamaban también el Rey Mendigo, pero sus supersticiones eran las que todo el mundo compartía allí, no sólo las de la plebe sin instrucción. Sus diversiones eran un poco más originales. Además de las bromas pesadas y los deportes mortíferos, que practicaba al por mayor en proporciones desmesuradas, las tareas propias de los criados eran su modo de evadirse del ridículo ceremonial cortesano. Recién llegado al imponente palacio de Caserta, el Cavaliere, en una ocasión se había encontrado al Rey atareado descolgando lámparas de las paredes y limpiándolas. Una vez que un regimiento de élite se hallaba estacionado en tierras del palacio de Portici, el Rey montó una taberna en el campamento y vendía vino a los soldados.

El Rey no actúa como un rey (¡qué decepción!), no personifica su pura diferencia de los demás: sin agudeza, sin grandeza, sin distancias. Sólo exhibe rudeza y apetito. Pero Nápoles a menudo escandalizaba, tanto como hechizaba. Aquel buen católico venido del provinciano e inexorablemente clerical Salzburgo, Leopold Mozart, se quedó anonadado ante las paganas supersticiones de la nobleza y la grosera idolatría del ceremonial de la Iglesia. Los viajeros ingleses se indignaban por las indecentes pinturas murales y los objetos fálicos de Pompeya. Todo el mundo se mofaba desdeñosamente de los caprichos del inmaduro Rey. Y allí donde todo el mundo se escandaliza es el lugar donde todo el mundo cuenta historias.

*

Como cualquier diplomático extranjero, el Cavaliere tenía su muy cuidada reserva de historias sobre lo muy terrible que podía ser el Rey, con las que solía obsequiar a sus distinguidos visitantes. No es el humor escatológico del Rey lo que hace insólito a éste, comentaría quizás el Cavaliere. Los chistes sobre defecación son corrientes en la mayoría de las cortes italianas, según cuentan. De verdad, diría su contertulio.

Si el Cavaliere empezaba con una versión de cómo escoltó al Rey al retrete, podía luego pasar a otra historia en la que el chocolate juega un papel.

Esta historia, que había contado a muchos visitantes, se refería a acontecimientos que tuvieron lugar tres años después de su llegada como diplomático. Cuando Carlos III de España, que es el padre del rey de Nápoles, y María Teresa de Austria hubieron concluido las negociaciones para una alianza entre las dos dinastías; cuando la emperatriz hubo elegido a una de sus muchas hijas y reunido el valor en tierras del ajuar, y la llorosa novia y su nutrida comitiva estaban ya prestas para la partida; cuando en Nápoles, los pomposos preparativos del casamiento real ya habían alcanzado un avanzado estadio de planificación (ornamentación de los espacios públicos, diseño de fuegos artificiales y pasteles alegóricos, composición de música para cortejos y bailes), y los nobles y la colonia diplomática habían reforzado sus arcas para afrontar los gastos suplementarios de banquetes y galas... nadie, en cambio, estaba preparado para el emisario vestido de negro que llegó de la corte de los Habsburgo con el decepcionante mensaje de que, en la víspera misma de su marcha, la archiduquesa de quince años había enfermado de la viruela que entonces asolaba a Viena, que casi se había llevado también a la emperatriz.

Enterado de la noticia, aquella misma mañana, el Cavaliere vistió sus ropas de corte y salió en su mejor carruaje para presentar oficialmente sus condolencias. Al entrar en palacio, pidió que le condujeran a presencia del Rey, pero no le llevaron a las habitaciones reales sino a una alcoba en el interior de un pasaje abovedado que daba a una gran galería, de unos noventa metros de largo, decorada con una hilera de cuadros de caza, donde el Príncipe de San ***, tutor del Rey, esperaba meditabundo. No, no meditabundo. Furioso. Al otro extremo de la galería un ruidoso, aromático, engalanado cortejo, iluminado por antorchas y cirios, avanzaba hacia ellos.

Vengo para expresar mi sincero...

La mirada burlona del príncipe.

Como podéis ver, el pesar de Su Majestad no conoce límites, dijo el príncipe.

Avanzando hacia ellos, seis jóvenes transportaban a hombros un ataúd envuelto en terciopelo carmesí. Un cura les seguía el paso, balanceando un incensario. Dos bonitas criadas llevaban jarrones de oro llenos de flores. El Rey, entonces de dieciséis años, cerraba la marcha, enlutado y con la cara tapada por un pañuelo negro.

(Ya sabéis cómo se comporta la gente de aquí en los entierros y funerales, interpolaba el Cavaliere, siempre dispuesto a compartir información. Ningún alarde de dolor se considera excesivo.)

El cortejo se acercaba al Cavaliere. Bajadla, dijo el Rey.

Se abalanzó sobre el Cavaliere y le cogió la mano. ¡Venid, formad parte de la procesión fúnebre!

¡Majestad!

¡Venid!, vociferó el Rey. No se me permite cazar, no me dejan sacar la barca para ir a pescar...

Sólo por un día, interrumpió el anciano príncipe, furioso.

Todo el día —el Rey dio una patada en el suelo— tengo que quedarme en casa. Llevábamos un rato jugando a la pídola, después hemos hecho una partida de lucha, pero esto es mucho mejor. Mucho mejor.

Atrajo al Cavaliere hacia el ataúd, en el cual yacía un hombre joven ataviado con un camisón blanco ribeteado de encaje, los ojos de sedosas pestañas muy cerrados, las mejillas rosadas, las manos cruzadas sobre el pecho, que estaban salpicadas de pequeños grumos de color marrón cremoso.

(Al más joven de los chambelanes, de quien los otros se chanceaban a menudo por su aspecto de muchacha, se le había requerido para actuar de archiduquesa muerta, advierte el Cavaliere. Pausa. Y las gotas de chocolate... ya podéis adivinar qué significan. En realidad no, dice su interlocutor. El Cavaliere explica que éstas eran las pústulas de la viruela.)

El pecho del joven subía y bajaba suavemente.

¡Mirad, mirad, como si estuviera viva!

El Rey cogió una antorcha de uno de los acompañantes y adoptó una postura de ópera. ¡Ay, amor mío! ¡Mi prometida está muerta!

Los portadores del féretro rieron con disimulo.

No, no debéis reír. ¡Luz de mi vida! ¡Alegría de mi corazón! Tan joven. Virgen aún, o por lo menos así lo espero. ¡Y muerta! Con bellas manos blancas que yo habría besado, bellas manos blancas que ella habría colocado aquí... Mostraba él, en su anatomía, dónde.

(El Cavaliere no añade que había visto más de una vez la entrepierna real, la mismísima piel desnuda del Rey, muy blanca y con manchas de herpes, que su médico consideraba signo de buena salud.)

No os doy pena, dijo a gritos el Rey al Cavaliere.

(Tampoco relata el Cavaliere cómo finalmente se zafó de la situación, pero sí menciona que a lo largo de aquella farsa un cura al parecer enano continuó recitando la Misa de Difuntos. No un cura auténtico, sugeriría su interlocutor. Seguramente otro chambelán, disfrazado de cura. Considerando la necedad de que hacen gala los curas aquí, replicaría el Cavaliere, podía muy bien ser un verdadero cura.)

El joven del ataúd sudaba y las gotas de chocolate empezaban a derretirse. El Rey, para no reír, se llevó los dedos a los labios. Encargaré una ópera sobre este tema, proclamó.

Etc., etc., etc., concluye el Cavaliere.

Y quizás la palabra ópera le recuerda una escena de la que fue testigo recientemente en el San Carlo, con Catherine, durante el estreno de una nueva obra de Paisiello. Era la última noche de Carnaval. Dos palcos más allá estaba el Rey, que asistía al teatro regularmente y tarareaba y gritaba y comía; más que sentarse en el palco real a menudo expropiaba cualquiera de los palcos de arriba, cuyos propietarios consideraban un honor que así les desplazaran. Aquella noche el Rey había pedido que le sirvieran un plato de macarrones, que enseguida impuso los aromas de aceite, queso, ajo y salsa de buey a sus vecinos. Luego el Rey se inclinó sobre la balaustrada y empezó a echar con las dos manos la comida caliente al público que estaba abajo.

(El Cavaliere hace una pausa, en espera de alguna reacción. ¿Qué hicieron los desdichados espectadores?, pregunta su interlocutor. Pensaréis quizá que les importó, dice el Cavaliere, pero todos aquí parecen disfrutar de los caprichos del Rey.)

Mientras que unos pocos se mostraban desconcertados por la aparición de manchas de grasa en sus mejores galas —sus esfuerzos para limpiarse hacían gruñir de risa al Rey— otros muchos consideraron la lluvia de pasta como un signo del favor real y, antes que esquivarla, se empujaron unos a otros para atrapar una poca y comerla.

(Cuán sorprendente, diría su interlocutor. Aquí es como Carnaval todo el año. Pero un poco inocente, supongo.)

Y dejadme que os cuente, continuaría el Cavaliere, otra brega para obtener comida incitada por el Rey, que de alguna manera es menos cómica. Tuvo lugar el año siguiente al del entierro bufo que os he contado, cuando enviaron desde Viena a la hermana menor de la prometida muerta designada para sustituirla, quien lloró incluso más copiosamente que su hermana mayor al enterarse de a quién la habían prometido; felizmente, esta archiduquesa llegó intacta, y siguieron los días de la boda. Ahora lo que tengo que explicaros, cuenta el Cavaliere, es que todas las celebraciones importantes de la corte incluyen aquí la construcción de una montaña artificial cargada de comida.

(¿Una montaña?, preguntaría su interlocutor.)

Sí, una montaña. Un gigantesco andamiaje piramidal de vigas y tablones erigido por equipos de carpinteros en medio de la gran plaza que hay delante del palacio, que para la ocasión se acondicionaba y revestía a imitación de un pequeño parque, muy auténtico en apariencia, incluso con verjas de hierro y un par de estatuas alegóricas guardando la entrada.

(¿Puedo preguntar cuán alta? No estoy seguro, dice el Cavaliere. Por lo menos catorce pies.)

Tan pronto como se terminaba la montaña, tribus enteras de proveedores y sus ayudantes empezaban a subir y bajar por ella. Los panaderos apilaban hogazas de pan en las estribaciones. Los agricultores izaban cajones de sandías y peras y naranjas. Los avicultores clavaban por las alas pollos, gansos, capones, patos y palomas vivos en las cercas de madera de los caminos que llevaban a la cima. Y miles de personas acudían a acampar en la plaza mientras en la montaña se amontonaban jerárquicamente los alimentos, envueltos en guirnaldas de flores y gallardetes y vigilados día y noche por un cordón de soldados armados montados en nerviosos caballos. Hacia el segundo día de banquetes en palacio, fuera de éste la multitud se había multiplicado por diez y sus cuchillos, dagas, hachas y tijeras estaban a plena vista. Alrededor del mediodía se levantó un rugido cuando los carniceros entraban en la plaza arrastrando una procesión de bueyes, ovejas, cabras, terneros y cerdos. Cuando ataron los animales por sus dogales a la base de la montaña, un silencio susurrante cayó sobre la multitud.

(Veo que debo fortificarme para lo que sigue, dijo su interlocutor, después que el Cavaliere hiciera una pausa sólo para impresionar.)

Entonces el Rey, llevando de la mano a la novia, salió al balcón. Se produjo otro rugido, no muy distinto del que había acogido la procesión de animales. Mientras el Rey correspondía a los saludos y vivas de la multitud, los restantes balcones y las ventanas altas del palacio se llenaron rápidamentes de miembros destacados de la corte, de los nobles más importantes, los miembros del cuerpo diplomático que gozaban de mayor favor.

(He oído que nadie goza más del favor del Rey que vos, dijo el interlocutor. Sí, dijo el Cavaliere, yo estaba allí.)

Acto seguido sonó el cañón en lo alto de la fortaleza de Sant'Elmo, indicando que el asalto podía comenzar. La multitud hambrienta respondió con un aullido e irrumpió a través del cordón de soldados, que retiraron sus caballos para ponerlos a salvo junto al muro de palacio. Codazos, rodillazos, golpes, empujones, los muchachos más robustos y jóvenes avanzaron y empezaron a escalar la montaña, que pronto fue un enjambre de individuos, unos gateando para subir más, otros bajando con su botín, otros aún colgados a medio camino, descuartizando las aves y devorándolas crudas o echando pedazos a los brazos implorantes de sus mujeres e hijos que desde abajo se tendían hacia ellos. Mientras, otros dirigían sus cuchillos a los animales amarrados en la base de la montaña. Resultaba difícil discernir cuál de los órganos sensoriales de uno era asaltado con mayor energía: la nariz, por el olor de la sangre y el excremento de los animales aterrorizados; las orejas, por los gritos de las bestias sacrificadas y los chillidos de la gente que caía o era empujada en cualquier punto de la montaña; o los ojos, por la visión de las pobres bestias revolviéndose en su agonía o de algún desgraciado que, llevado hasta el paroxismo por aquel cúmulo de sensaciones, a las que hay que añadir los aplausos y gritos de estímulo de los nobles desde ventanas y balcones, en vez de hundir su cuchillo en la tripa de un cerdo o de una cabra lo había clavado en el cuello de su vecino.

(Confío en que no os hago pensar mal de las clases bajas de aquí, intercala el Cavaliere. En la mayoría de circunstancias son gente bastante cordial. Ciertamente, exclama su interlocutor; rumiando sobre el salvajismo humano antes que sobre la injusticia, no dijo nada más.)

Os sorprendería saber, siguió el Cavaliere, cuán poco tiempo requirió el saqueo de la montaña. En la actualidad incluso va más deprisa. Porque aquel fue el último año en que los animales se descuartizaron vivos. A nuestra joven reina austríaca le asqueó el espectáculo y suplicó al Rey que pusiera ciertos límites a la barbaridad de semejante costumbre. El Rey decretó que los carniceros mataran antes a los bueyes y becerros y cerdos y los colgaran en la cerca ya cuarteados. Y así se hace hasta hoy. Como podéis ver, acabó diciendo, hay progreso incluso aquí, en esta ciudad.

*

Cómo puede el Cavaliere transmitir al interlocutor lo *muy* desagradable que es el Rey. Imposible describirlo. No puede embotellar los fétidos olores que el Rey emite y liberarlos bajo las narices de sus interlocutores, o enviarlos por correo a sus amigos de Inglaterra a quienes obsequia con sus historias, como hace con los sulfuros y las sales del volcán que manda regularmente a la Royal Society. No puede ordenar a los criados que traigan un cubo de sangre y recrear, introduciendo sus brazos hasta los codos en el cubo, el espectáculo del Rey trinchando él mismo centenares de animales, después de la matanza de una jornada que él llama cacería. No hará la pantomima del Rey plantado en la plaza del mercado de la bahía, a la hora del crepúsculo, vendiendo su captura diaria de peces espada. (¿Vende su pesca? Sí, y regatea el precio. Pero hay que añadir, dijo el Cavaliere, que lanza el dinero que ha ganado al cortejo de vagos que siempre le sigue.) Aunque cortesano, el Cavaliere no es un actor. No puede convertirse en el Rey, ni siquiera por un momento, para explicar algo o para lucirse. No sería una actividad viril. Sólo relata; y en su relato, lo que hay de verdaderamente odioso en los hechos se suaviza, pasa a ser un chisme, o una fábula, no queda nada de que preocuparse. En este reino de la inmoderación, de lo excesivo, de lo excedente, de lo rebosante, el Rey es apenas un elemento más. Puesto que sólo se vale de la palabra para informar, él puede luego explicar (la alucinante educación del Rey, las ignorantes supersticiones de los nobles), ser condescendiente, ironizar. Puede opinar (no puede contar algo sin tomar posición respecto de lo que cuenta), y esta opinión se situará en sí misma por encima de las realidades sensoriales, las blanqueará, amortiguará su estridencia, las desodorizará.

Un olor. Un gusto. Un tacto. Imposible describirlos.

*

Ésta es una fábula que el Cavaliere ha leído en un libro de uno de los impíos escritores franceses a los que era aficionado, la mera mención de cuyos nombres inducía a Catherine a suspirar y hacer muecas. Imaginemos un parque con una bella estatua de mujer, no, la estatua de una bella mujer; la estatua, es decir, la mujer, sostiene un arco y unas flechas; no está desnuda pero es como si estuviera desnuda (la túnica de mármol se adhiere a sus pechos y caderas); no es Venus sino Diana (las flechas son propias de ésta). Siendo ella misma bella, con su cinta en la cabeza ciñéndole los rizos, está muerta para toda belleza. Ahora, sigue la fábula, imaginemos a alguien capaz de infundirle vida. Imaginemos a un Pigmalión que no es un artista, que no la creó, sólo la encontró en el jardín, sobre su pedestal, un poco más alta de lo normal, y decidió llevar a cabo un experimento con ella: un pedagogo, un científico, entonces. Otra persona la hizo, luego la abandonó. Ahora ella es suya. Y él no está enamorado de ella. Pero tiene una vena didáctica y quiere verla florecer en sus mejores atributos. (Quizás más adelante sí se enamorará, probablemente contra su propia voluntad, y querrá hacer el amor con ella; pero esto ya es otra fábula.) Por tanto, él actúa lenta, solícitamente, según las pautas del experimento. El deseo no le empuja, no hace que lo quiera todo al instante.

¿Cómo procede? ¿Cómo le infunde vida? Con gran precaución. Quiere que cobre conocimiento y, adicto a la más bien simple teoría de que todo conocimiento proviene de los sentidos, decide estimular sus facultades sensoriales. Lenta, lentamente. Le dará, para empezar, sólo uno de los sentidos. ¿Cuál escogerá? No la vista, el más noble de todos, no el oído... bien, no es necesario recorrer toda la lista, por corta que sea. Apresurémonos a contar que lo primero que le concede, quizás con poca generosidad, es el más primitivo de los sentidos, el del olfato. (Puede que él no quiera ser visto, cuando menos por el momento.) Y cabría añadir que, para que el experimento resulte, debemos suponer que la divina criatura tiene cierta existencia interior o cierta sensibilidad detrás de su impermeable superficie; pero ello es sólo una hipótesis, aunque necesaria. Nada hasta el momento se puede deducir de dicha vida interior. La diosa, siendo la belleza encarnada, no se mueve.

Así que ahora la diosa de la caza puede oler. Sus ovoides y algo saltones ojos de mármol, bajo las pesadas cejas, no ven, sus labios ligeramente abiertos y la delicada lengua no captan ningún sabor, su satinada piel de mármol no sentiría tu piel ni la mía, sus adorables orejas en forma de concha no oyen, pero las cinceladas ventanas de su nariz reciben todos los olores, próximos y lejanos. Huele los sicomoros y los álamos, resinosos, acres; puede oler el minúsculo excremento de los gusanos; huele el betún de las botas de los soldados y las castañas asadas, y el tocino que se quema, puede oler la glicina y el heliotropo y los limoneros, puede oler el rancio olor del venado y jabalíes que huyen de los lebreles reales y de los tres mil batidores empleados por el Rey; las efusiones de una pareja copulando en los arbustos cercanos, el dulce olor del césped recién cortado, el humo de las chimeneas de palacio; desde lejos, al gordo Rey en el retrete; incluso puede oler la erosión que el azote de la lluvia produce en el mármol de que está hecha: el olor de muerte (a pesar de que nada sabe sobre la muerte).

Hay olores que ella no percibe, porque se encuentra en un jardín, o quizá porque está en el pasado. Se evita los olores de la ciudad, como los de los cubos de agua sucia y excrementos vaciados desde las ventanas a la calle durante la noche. Y los de los pequeños vehículos con motores de dos tiempos, y de los ladrillos de lignito marrón (el olor de la Europa del Este en la segunda mitad de nuestro siglo), de las plantas petroquímicas y las papeleras de las afueras de Newark, del humo de cigarrillos... Pero ¿por qué decir que se los evita? Le encantarían también estos olores. Ciertamente, a lo lejos, en la distancia, ella huele el futuro.

Y todos estos olores, en los que pensamos como buenos o malos, gratos o repugnantes, la inundan, bañan cada partícula del mármol de que está hecha. Se estremecería de placer si pudiera, pero no le han otorgado el don del movimiento, ni siquiera el de la respiración. Aquí tenemos a un hombre enseñando, emancipando —decidiendo lo que para ella es mejor— a una mujer y por tanto moviéndose con circunspección, no proclive a llegar hasta el final, conformado con la idea de crear un ser limitado: lo mejor para ser y permanecer bella. (Imposible imaginar la fábula con una mujer de mentalidad científica y una bella estatua de Hipólito; es decir, una estatua del bello Hipólito.) Decíamos que la deidad de la caza sólo tiene el sentido del olfato, el mundo dentro de ella, ningún espacio; pero ha nacido el tiempo, porque un olor triunfa, domina a otro. Y con el tiempo, la eternidad. Tener olfato, sólo olfato, significa que ella es un ser que huele y por tanto quiere seguir oliendo (el deseo exige su perpetuación ad infinitum). Pero los olores se desvanecen a veces (ciertamente, ¡algunos desaparecieron tan deprisa!), a pesar de que algunos retornan. Y cuando un olor se desvanece, ella se siente —está— disminuida. Empieza a soñar, esta conciencia-que-huele, cómo podría retener olores, a fuerza de almacenarlos dentro de ella, para no perderlos nunca. Y así es como, más tarde, el espacio emerge, sólo el espacio interior, cuando Diana empezó a desear que le fuera posible retener distintos olores en distintas partes de su cuerpo de mármol: la mierda de perro en su pierna derecha, el heliotropo en un codo, la dulzura de la hierba recién cortada en su entrepierna. Los mimaba, los quería todos. Siente dolor, no el dolor (más concretamente, desagrado) por un mal olor, puesto que nada sabe de lo bueno o lo malo, no puede permitirse hacer esta lujuriosa distinción (todo olor es bueno, porque cualquier olor es mejor que ningún olor, que el olvido), sino el dolor de la pérdida. Todo placer —y oler, no importa lo que huela, es puro placer— pasa a ser una experiencia de pérdida anticipada. Ella quiere, si sólo supiera cómo, convertirse en coleccionista.

4.

Otro invierno. Un mes de masacres animales con el Rey al pie de los Apeninos, bailes de Navidad, algunos eminentes visitantes extranjeros a quienes divertir, su floreciente correspondencia con sabias sociedades, una excursión con Catherine a la Apulia para contemplar nuevas excavaciones, sus conciertos semanales (pero Catherine se siente enferma). La montaña, tapizada de nieve, se inquieta y humea. La colección de pinturas del Cavaliere, hasta entonces inconfundiblemente orientada hacia los Grandes Maestros, incluía ahora varias docenas de guaches y óleos de artistas locales que solían representar el paisaje volcánico y a los nativos con vestimentas chillonas, divirtiéndose. Se valoran a bajo precio (a palmo o a yarda de tela pintada) y cuelgan en la galería que da a su estudio. Asistió al milagro que se producía en la catedral dos veces al año, del que se decía que dependía el bienestar de la ciudad: la licuación de un grumo de la sangre del santo patrón. El grumo de superstición más conocido de Nápoles. Buscando en torno manifestaciones menos notorias del atraso local, el Cavaliere concertó una entrevista con la famosa sibila Efrosina Pumo.

En un principio todo fue ambientación, la calle tortuosa, la mampostería desmoronándose, la puerta maltrecha ornada con inscripciones indescifrables, la angosta y malsana habitación de la mujer, con las paredes encaladas y el techo tiznado de hollín, las velas votivas a medio fundir, el caldero en el fuego, la estera de paja sobre las losas del suelo, el perro negro que se apresuró a husmearle la entrepierna. Tras dejar fuera a Valerio, junto a un racimo de clientes de la sibila que esperaban su ración de predicciones y curas, el Cavaliere se sentía bastante bien, volteriano: en un estado de ánimo etnológico. Muy en su papel. Un turista de las supersticiones ajenas. Se sentía superior, disfrutaba del sentimiento de ser superior, el desdén por todas las supersticiones, la magia, el fanatismo, la irracionalidad, pero no era contrario a la perspectiva de que le sorprendieran, le confundieran incluso. Deseaba oír una voz muerta que volvía a sonar, mirar cómo una mesa se encabritaba, presenciar cómo aquella persona totalmente ajena a él adivinaba el nombre infantil con que había llamado a su madre, describía el lunar que tenía en la ingle... porque entonces, a fin de cuentas, si no tan vulgarmente como se pensaba allí, existiría el mundo de los milagros.

En su lugar, y debemos contentarnos con ello, hay un mundo de maravillas. Bellezas. Portentos, el primero de ellos el volcán. Pero milagros no, no.

Se decía que años antes la mujer había predicho el mes y el año de las dos erupciones, la menor y la mayor, que habían alterado recientemente el largo sueño del volcán. Él intenta que le hable de ello. Pero, naturalmente, no puede abordar la cuestión de inmediato, como sabe después de más de una década entre aquella gente indolente e hipócrita. Debe escuchar una retahíla de serviles expresiones de gratitud ante el honor de ser visitada por el más excelente y enaltecido Cavaliere, el mejor amigo y consejero del joven Rey (¡que los años le traigan sabiduría!), quien se había dignado bajar la cabeza para entrar en su humilde morada. Tiene que sorber un brebaje dulzón que ella denomina té, servido por un muchacho larguirucho de unos quince años, cuyo ojo izquierdo parece un huevo de codorniz, y consentir que su delgada mano repose abierta sobre la exuberante palma de ella.

La mujer empezó por decirle que gozaría de una larga vida, ante lo que el Cavaliere enarcó las cejas, frunció la nariz.

Una larga vida aquí, murmuró ella. No la que gustaba de imaginar el Cavaliere, y ello era un ejercicio de imaginación. Él esperaba aún que a Nápoles le sucediera un puesto mejor, digamos Madrid o Viena.

Luego le dijo que le aguardaba una gran felicidad.

Hablemos de otras cosas que no sean mi destino, dijo el Cavaliere, retirando la mano. En realidad, no busco en absoluto información sobre mi persona.

¿De verdad? Entonces Su Excelencia es ciertamente un hombre insólito, lo cual tengo todas las razones para creer. ¿Qué hombre no se preocupa de sí mismo?

Ah, dijo el Cavaliere. No pretendo desinterés. Siento tanto afecto por mi propia persona como cualquiera.

Imaginaba que la mujer tendría unos cincuenta años, aunque uno nunca puede estar seguro con los habitantes conocidos como «el pueblo» (es decir, la mayoría de la gente), porque, en especial las mujeres, por regla general parecían más viejas de lo que eran. Una cara astuta, bonita, con ojos ambarinos, no, verdes, de pronunciado mentón, con el pelo canoso trenzado y recogido sobre la cabeza; un cuerpo rechoncho cuyo contorno se difuminaba tras el volumen de los chales de colores rosa y bermejo que colgaban de sus hombros. Permanecía apoyada en una pared curvada, sentada en una gran silla de roble. El Cavaliere había sido instalado ceremoniosamente en una silla cubierta de cojines rotos destinados a que se sintiera cómodo.

La mayor parte de los que me consultan quieren saber cuándo se enamorarán, decía ella. O heredarán. O morirán.

El Cavaliere respondió que quería mucho a su esposa, que sabía que sus perspectivas de heredar eran nulas. Y que sólo un loco desearía conocer la fecha de su muerte y estropear el tiempo que aún le quedaba.

Parece que Su Excelencia se considera viejo.

Nunca me he sentido joven, dijo él malhumorado. Lo vive como un nuevo pensamiento. Esta supuesta sibila no le había sorprendido aún, pero ya se había sorprendido a sí mismo.

Y tales sentimientos le conservan más joven de lo que correspondía a su edad actual, dijo ella, con un gesto ligeramente teatral del brazo. Sobre la juventud y la edad, Efrosina es... ¡una experta! He dicho a Su Excelencia que vivirá muchos años más. ¿Acaso no es lo que toda persona quiere oír?

No respondió.

¿No siente curiosidad Su Excelencia?

Muy al contrario, dijo el Cavaliere tajante, soy excepcionalmente curioso. La curiosidad es lo que me ha traído... aquí.

Hizo un ademán que significaba: esta habitación, este país, esta tontería. Debo tener paciencia, se dijo a sí mismo. Me encuentro entre salvajes. Al apartar la mirada de la mujer, interceptó la del único ojo del muchacho —¿un criado?, ¿un acólito?— en cuclillas en el rincón, quien tenía la misma mirada penetrante que ella, más elocuente porque era a medias.

Siento curiosidad por saber cómo procedes exactamente. Lees cartas o consultas las entrañas de animales o masticas hojas amargas y entras en trance...

Sois impaciente, mi señor. Un auténtico hijo del norte.

Qué interesante, pensó el Cavaliere. La mujer no es tonta. Quiere conversar conmigo, no limitarse a mostrarme sus trucos.

Efrosina bajó la cabeza por un momento, suspiró, luego hizo un gesto al muchacho, quien cogió algo envuelto en un paño de color verde malaquita de la alacena del rincón y lo dejó sobre la mesa de caballete entre ellos. Debajo del paño, que ella apartó con lentitud, había una caja sin tapadera, de grueso cristal lechoso. Mirando fijamente la caja, extendió el paño sobre su pecho como un babero, musitó unas palabras inaudibles, hizo unos gestos en el aire y luego se santiguó e inclinó la cabeza en un saludo. Había comenzado la representación. Ajá, dijo el Cavaliere, en tono alentador.

Veo demasiado, musitó ella.

El Cavaliere, que siempre quiere ver más, sonrió para sí, gozando del contraste.

Ella levantó la cara, la mirada perdida, la boca temblorosa.

No. ¡No quiero ver desastres! ¡No!

El Cavaliere asintió en apreciación del drama de la lucha contra el conocimiento que se libraba en su beneficio. Suspirando, ella levantó el cubo con ambas manos delante de su cara.

Veo... ¡Veo agua! Su voz se había hecho ronca. ¡Sí! Y el fondo de un mar donde hay esparcidos unos cofres abiertos que derraman su tesoro. Veo un barco, un barco colosal...

Ah, agua, la interrumpió él. Luego tierra. Luego aire y supongo que llegaremos al fuego antes de que caiga la noche.

La mujer dejó el cubo. Su voz volvió a la normal suavidad insinuante. Pero a Su Excelencia le gusta el agua. Todo Nápoles disfruta al verle salir con su barco, para pescar el día entero en nuestra espléndida bahía.

Y subo a la montaña. También esto es conocido.

Sí, admiran a Su Excelencia por su valentía.

Él no respondió.

Quizá Su Excelencia esté interesado por su muerte, a fin de cuentas.

La muerte, la muerte. El Cavaliere cerraba las válvulas de su atención.

Si no puedo tranquilizaros, decía ella, ¿puedo asustaros, señor?

No me asusto con facilidad.

Pero ya, en más de una ocasión, habéis sido casi tocado por un proyectil. Podríais inclinaros hacia delante y perder el equilibrio. Podríais bajar y no ser capaz de subir de nuevo.

Tengo un pie muy firme.

Ya sabéis lo muy temperamental que es la montaña. Puede suceder cualquier cosa de un momento a otro.

Me adapto con facilidad, dijo él. Y para sí: Estoy observando, recogiendo evidencia. Reacomodó el peso de su cuerpo en la silla de mimbre.

Respiro, dijo.

La falta de ventilación del cuarto le producía somnolencia.

Oyó que ella murmuraba algo, que el muchacho salía de la habitación, el tictac de un gran reloj de pared, el zumbido de una mosca, los ladridos de un perro, las campanas de una iglesia, una pandereta, el grito de un aguador. Un magma de sonidos que se alejaban para revelar el silencio, y detrás de éste pero no muy lejos, como envueltos por separado, el reloj, las voces, las campanas, el perro, el grito, el muchacho que volvía, el rumor de los latidos de su propio corazón y, luego, silencio. El Cavaliere intentaba captar una voz, una voz débil, apenas audible, mientras aquella otra potente y corpórea voz hablaba monótonamente de los peligros de la montaña. Él intenta todavía oír la voz. Decidido en su búsqueda de experiencia, el Cavaliere sabe muy bien prestar atención. Orientas tu pensamiento, lo ejercitas fijándolo sobre algo: contemplación mental. Es fácil cuando sabes que puedes hacerlo. No es necesaria la oscuridad. Todo está dentro.

¿Estáis despierto?

Siempre estoy despierto, declaró el Cavaliere. Había cerrado los ojos.

Ahora escucháis realmente, mi señor.

En algún lejano rincón de su mente recordó preguntarse por qué estaba sentado allí y, a continuación se dijo que resultaría divertido contar la hazaña a sus amigos.

¿Empezamos con el pasado?, preguntó la voz de Efrosina.

¿Qué?, exclamó él en tono quejumbroso. Ella repitió la pregunta. Él negó con la cabeza. ¡Nada del pasado!

¿Incluso si yo pudiera invocar el espíritu de vuestra madre?, dijo ella.

¡Dios me libre!, replicó el Cavaliere, abriendo los ojos para encontrarse con la extraña y penetrante mirada de la mujer. Puesto que aquí la gente proclama siempre que adora a su madre, quizás sea cierto, así que ella no podía saber cuán mal acogida sería una visita, incluso imaginaria de aquella poco afectuosa y augusta belleza de quien él sabía desde muy niño que nada podía esperar. Nada.

Me gustaría oír algo sobre el futuro, musitó. Olvidó preguntarse por qué Efrosina asumía que su madre estaba muerta, hasta que recordó: él era viejo, por lo que ella sería ahora muy vieja. No bella.

El futuro inmediato, añadió con prudencia.

Volvió a cerrar los ojos, sin querer, luego los abrió ante un fárrago de sonidos convulsivos.

Efrosina estaba pálida. Miraba dentro del cubo de cristal entre gemidos y susurros.

No me gusta lo que veo. Mi señor, ¿por qué me habéis pedido que mire en el futuro? No. No. No...

Temblando, sudando profusamente, sacudida por una tos y unos hipos violentos, actuaba como si se sintiese extremadamente incómoda. No, seguramente no era así, puesto que alguien que tiembla, suda, tose y tiene hipo *se siente* incómodo. En ella sigue siendo una representación.

Continuemos con el juego.

¿Ves algo? ¿Algo sobre el volcán?

A buen seguro ella entrará ahora en materia.

Ya he dicho al Cavaliere que no era viejo, murmuró la mujer con voz ronca. ¡Yo sí soy vieja! Dios mío, menudo espantajo estoy hecha. Ajá. Ya veo, sólo cuando sea demasiado vieja me salvaré. Volveré a ser joven. ¡Viviré siglos! Seguidamente —empezó a reír— Emilia. Luego Eusapia. Sí, luego viajaré a muchos lugares, como Eusapia Paladino. Seré famosa por doquier e incluso un catedrático norteamericano se interesará en mí. Luego, por dónde iba —se secó los ojos con la punta de un chal—, sí, Eleanora. Eleanora es muy mala, se ríe. Pero... entonces dejo Nápoles y me traslado a Londres y soy Ellie y encabezo un gran...

¡El volcán!, exclamó el Cavaliere. Después de haber indicado a Efrosina que la sesión no iba a tratar de su destino personal, lo que menos esperaba era que ella se embarcase en aquel desvarío incomprensible sobre su propia persona.

¿Ves cuándo entrará de nuevo en erupción?

Efrosina le miró descaradamente. Señor, veré lo que vos queráis.

Se inclinó hacia delante, apagó la vela que había sobre la mesa y miró dentro del cubo.

Y ahora lo veo. Ah —sacudió la cabeza con exagerada sorpresa— ah, qué fealdad.

¿Qué?

Veo una ruina ennegrecida. Ha desaparecido el cono.

Él preguntó cuándo sucedería aquello.

Tan cambiado, siguió ella. Han desaparecido todos los bosques. Ya no hay caballos. Hay un camino negro. Ahora veo algo bastante cómico. Una muchedumbre que trepa penosamente por la montaña, empujándose unos a otros. Todos parecen muy altos. Altos como vos, mi señor. Pero visten ropas tan extrañas, no se puede distinguir a los bien nacidos de los siervos, todos parecen siervos. Y cerca de la cima... alguien en una pequeña cabaña vendiendo trozos de lava y cajas de piedras de colores, azules y rojas y amarillas, y bufandas y platos con imágenes de la montaña. Ah, temo que he avanzado demasiado.

No lo hagas, dijo el Cavaliere.

El futuro es un agujero, murmuró Efrosina. Cuando caes dentro, no puedes saber a ciencia cierta lo lejos que llegarás. Me pedisteis que mirara y no domino cuán lejos veo. Pero veo... Sí.

¿Qué?

Veintiséis.

Y ella levantó la mirada.

¿Veintiséis erupciones? ¿Ves tantas?

Años, mi señor.

¿Años?

Los que vos tenéis. Es un buen número. No os enfadéis conmigo, mi señor.

Se apresuró a encender de nuevo la vela, como para evitar mirarle. El Cavaliere se sonrojó, fastidiado. ¿Había más? No. Ella retiraba el paño de su pecho, cubría el cubo con él.

Os he decepcionado, lo sé. Pero volved otro día. En cada ocasión veo algo distinto. Perdonad que Efrosina hoy no os cuente más sobre el volcán.

Una lenta ráfaga de ruidos tras la puerta.

La gente viene a mí con muchos temores, dijo ella. No puedo quitárselos todos.

Alguien llamaba a la puerta. Quizá se tratara de Valerio.

Prometo que hablaremos de ello en la próxima ocasión, decía ella. (¿Del miedo? ¿Del volcán?) Consultará a su hijo que sube al volcán desde que era niño y conoce sus secretos.

El Cavaliere no comprendía de quién estaba hablando. Pero después de decidir que ya había perdido suficiente tiempo con aquella exhibición evasiva de los poderes de la clarividente, rebuscó en su portamonedas para depositar algún dinero sobre la mesa. Efrosina le detuvo con un gesto imperioso, declarando que el honor de la visita de Su Excelencia era pago suficiente y que era ella quien deseaba hacerle un regalo, y ordenó a Tolo o quizás fuera Barto —¿cómo llamaba al muchacho de un solo ojo?— que acompañara al Cavaliere y a su criado de vuelta a casa.

*

El Cavaliere se consideraba a sí mismo —no, lo era— un representante del decoro y la razón. (¿Acaso no es ésta la lección que aprendemos del estudio del arte antiguo?) Además de una provechosa inversión y del ejercicio de su avidez por coleccionar, existía una moral en aquellas piedras, aquellos fragmentos, aquellos objetos gastados de mármol y plata y cristal: modelos de perfección y armonía. El pasado inculto, alerta a lo demoníaco, quedaba en su mayor parte fuera de aquellos primitivos patrones de la antigüedad. Lo que él pasaba por alto de la antigüedad, lo que no estaba preparado para ver, le encantaba en el volcán: los burdos agujeros y huecos, las grutas oscuras, las hendiduras y precipicios y cataratas, los fosos dentro de fosos, las rocas encima de rocas: los desechos y la violencia, el peligro, la imperfección.

Pocos ven alguna vez lo que no está de antemano dentro de sus mentes. El gran predecesor del Cavaliere por su amor a los volcanes, en el siglo anterior, Athanasius Kircher, había contemplado el Etna y el Vesubio en acción y había bajado, sirviéndose de una polea, al interior de sus cráteres. Pero estas atrevidas observaciones de cerca, efectuadas con tanto riesgo y tanta incomodidad (cómo debían de escocerle los ojos por los humos, cómo debía de dolerle el torso por las cuerdas), no disuadieron al astuto jesuita de ofrecer una descripción totalmente imaginaria de las entrañas del volcán. Las imágenes que ilustran su *Mundus Subterraneus* muestran el Vesubio en corte transversal, como un caparazón vacío, que encierra otro mundo, provisto éste de cielo, árboles, montañas, valles, cavernas, ríos, tanto de agua como de fuego.

El Cavaliere se preguntaba si se atrevería a descender dentro del volcán, mientras aún seguía quieto. Naturalmente, confiaba tanto en encontrar el infierno de Kircher como pensaba que el volcán era la boca del infierno o que una erupción, como el hambre, era un castigo divino. Él era una persona racional, flotando en un mar de superstición. Un perito en ruinas, como su amigo Piranesi en Roma; pues ¿qué era la montaña sino una gran ruina? Una ruina que podía revivir y provocar más ruina.

En algunas de las láminas que el Cavaliere encargó para ilustrar los dos volúmenes en folio en que recientemente había compilado sus «cartas del volcán» a la Royal Society, él mismo aparece en las láminas a pie o a caballo. En una contempla a su mozo de cuadra bañándose en el lago Averno; en otra —una ocasión memorable— acompaña a la comitiva real hasta el borde de una sima, en la cual la lava se precipita siguiendo su curso. Un paisaje nevado, donde la montaña aparece particularmente serena, no tiene observador; pero la mayoría de láminas que muestran las extrañas formas y mutaciones producidas por la actividad volcánica incorporan algunas figuras humanas: un espectáculo requiere la descripción de una mirada. La erupción es su esencia, la condición natural de un volcán, incluso cuando sólo se produce de vez en cuando. Sería su lámina... si elegimos tener sólo una.

Cuando en el Vesubio se acercaba otra erupción, el Cavaliere subía más a menudo, en parte para saborear cuán intrépido había llegado a ser. ¿Era por la predicción de la sibila respecto a una larga vida? En ocasiones se sentía más seguro en el ascenso a la montaña hirviente que en ningún otro lugar.

La montaña procuraba una experiencia distinta a cualquier otra, una medida diferente. La tierra se ha expandido, el firmamento ha crecido, el golfo se ha ensanchado. Tú no tienes que recordar quién eres.

Él se encuentra en la cima a última hora de la tarde. Contemplando el regular descenso del sol, siempre más grande, más rojo, más suculento, hacia el mar. En espera del momento más bello, el que le gustaría prolongar, cuando el sol cae en el horizonte y por unos segundos se instala sobre un pedestal propio, antes de hundirse con deprimente irrevocabilidad tras la línea del mar. A su alrededor el atroz estruendo del volcán que se prepara para la próxima erupción. Fantasías de omnipotencia. Para prolongar esto. Para poner fin a aquello. Para acallar el sonido. Como en la parte posterior de la orquesta lo hace el percusionista, quien después de obtener una *roulade* de sonido atronador, de los dos grandes timbales que tiene delante, deja rápidamente sus mazos y apaga el sonido posando las palmas con extrema suavidad y firmeza, sobre los parches, para luego inclinarse y aplicar la oreja a ambos instrumentos con objeto de comprobar si continúan afinados (la delicadeza de estos gestos después de los portentosos movimientos de martillear y aporrear): así podría uno silenciar un pensamiento, una sensación, un temor.

*

La estrecha calle. Un leproso tendido al sol. Perros que gimotean. Otras visitas a Efrosina Pumo en su humilde habitación.

El Cavaliere seguía sorprendiéndose a sí mismo. Él a quien todo el mundo, incluido él mismo, consideraba tan escéptico —insensible, para la desesperación de Catherine, a ningún requerimiento de la religión, ateo tanto por temperamento como por convicción— era en secreto el cliente de una vulgar adivina. Y tenía que continuar siéndolo en secreto porque si se lo contaba a alguien se vería obligado a chancearse. Y luego *sería* un disparate. Sus palabras asesinarían la magia. Pero mientras sus visitas pasaran inadvertidas, la experiencia podía permanecer suspendida en su mente. Cierta al tiempo que falsa. Convincente a la vez que inane.

El Cavaliere saboreaba el tener un secreto, una pequeña debilidad que podía concederse: una debilidad estimulante. Nadie debería ser del todo consecuente. Como su siglo, el Cavaliere era menos racional de lo que se ha contado.

El sueño de la razón engendra madres. Aquella mujer de generoso pecho, con uñas rotas y una mirada peculiar, le provocaba, le divertía, le ponía a prueba. Disfrutaba compitiendo contra ella.

La mujer hablaba como un oráculo de sus poderes, proclamaba su doble ciudadanía en el pasado y en el futuro. El futuro existe en el presente, decía. El futuro, tal como ella lo describía, parecía un presente que se había torcido. Una perspectiva terrible, pensó él. Por fortuna, no veré demasiado de eso. Seguidamente recordó que ella le había profetizado otro cuarto de siglo de vida. ¡Ojalá el futuro no llegue hasta después de entonces!

*

En su tercera o cuarta visita, ella se ofreció finalmente a leerle las cartas.

El muchacho acercó una caja de madera con una tapa. Efrosina abrió la tapa y sacó la baraja del Tarot, que colocó, aún envuelta en un cuadrado de seda morada, en el centro de la mesa. (Cualquier cosa preciosa debe conservarse envuelta, y hay que desenvolverla lenta, lentamente.) Después de liberar las cartas de su envoltorio, extendió el paño de seda sobre la mesa. (Cualquier cosa preciosa debe protegerse del contacto con una superficie vulgar.) Barajó las cartas, luego se las pasó al Cavaliere para que barajara de nuevo.

Resultaban grasientas al tacto. Y, a diferencia de las cartas pintadas a mano que él había visto en los salones de las nobles familias, éstas habían sido impresas a partir de grabados en madera, con colores toscos y sucios.

Cuando las recuperó, la mujer las acarició, formó con ellas un abanico, las miró un momento, luego cerró los ojos.

Hago que los colores brillen en mi mente, murmuró.

Ciertamente, dijo el Cavaliere, los colores están borrosos.

Imagino los personajes, dijo ella. Los conozco. Empiezan a moverse. Ahora observo cómo se mueven, veo que la brisa roza sus vestiduras. Veo agitarse la cola del caballo.

Abriendo los ojos, Efrosina ladeó la cabeza. Huelo la hierba, oigo los pájaros del bosque, los sonidos del agua y los pies que se mueven.

Sólo son imágenes, dijo el Cavaliere, sorprendido ante su propia impaciencia: ¿para con Efrosina?, ¿o con las imágenes?

Ella cerró la baraja y se la tendió para que cogiera una carta.

¿Acaso no es la costumbre extender las cartas sobre la mesa?

Efrosina lo hace así, mi señor.

Él se sirvió una carta y la devolvió. Ajá, exclamó ella. Su Excelencia se ha escogido a sí mismo.

El Cavaliere, sonriendo: ¿Y qué sabes de mi persona a partir de la carta?

La mujer miró la carta, vaciló, luego dijo en un canturreo: Que sois... un mecenas de las artes y de las ciencias... versado en desviar las corrientes de la fortuna hacia canales que se acomodan a vuestros fines... ambicioso de poder... que preferís trabajar entre bastidores... reacio a confiar en otros... Podría seguir —levantó la mirada—, pero decid a Efrosina, ¿estoy en lo cierto, mi señor?

Lo dices porque sabes quién soy.

Mi señor, esto es lo que significa la carta. No invento nada.

Y yo, yo no aprendo nada. Déjame ver.

En la carta que le pasó entre el índice y el dedo medio había un tosco dibujo de un hombre vestido con ropas elegantes, sosteniendo una gran copa o jarrón en su mano derecha, con el brazo izquierdo colgando con negligencia a un costado de su trono. No.

Pero *es* Su Excelencia. El Rey de Copas. No podría ser otro.

Volvió hacia arriba la baraja y esparció las cartas sobre el cuadrado de seda para mostrarle que cada una era distinta, que él podía haberle dado cualquier carta de las setenta y ocho. Pero había cogido aquella.

De acuerdo. La siguiente carta.

Efrosina barajó y le ofreció la baraja. En esta ocasión, él miró la carta antes de pasársela. Una mujer sosteniendo una gran copa o jarrón en la mano izquierda, una mujer con un largo vestido suelto, en un trono de proporciones más modestas.

Ella cabeceó. La esposa de Su Excelencia.

¿Por qué?, dijo él, molesto.

La Reina de Copas está muy dotada artísticamente, dijo Efrosina. Sí, y es cariñosa... y romántica... tiene algo espiritual, se nota... insólitamente perspicaz... con una belleza interior que no depende de ayudas externas... y sin ninguna...

Ya basta, dijo el Cavaliere.

¿Es la descripción de la esposa de Su Excelencia o no?

Tú la describes como todas las mujeres desean que las describan.

Quizá. Pero no como son todas las mujeres. Decid a Efrosina si la ha descrito certeramente o no.

Hay un parecido, dijo el Cavaliere de mala gana.

¿Está Su Excelencia preparado para otra carta?

¿Por qué no?, pensó el Cavaliere, con la siguiente carta por lo menos dejaremos en paz a mi familia. Se sirvió otra carta.

Ajá...

¿Qué?

Entusiasta... afable... alguien que aporta ideas, ofertas y oportunidades... artístico y refinado... a menudo aburrido, necesitado de constante estimulación... con elevados principios pero fácil de manejar.... ¡Es el Caballero de Copas!

Efrosina estudió las cartas por un momento. Una persona capaz de gran duplicidad, mi señor.

Le miró. Su Excelencia reconoce al hombre que yo describo, puedo verlo en vuestra cara. Alguien con quien estáis íntimamente relacionado. No un hijo. No un hermano. Quizás...

Déjame ver la carta, dijo el Cavaliere.

La carta mostraba a Charles como un joven montado a caballo, sin sombrero, con largo pelo cayendo sobre sus hombros, vestido con una sencilla túnica y una corta capa. Sostenía una taza o copa delante suyo, como si se la ofreciera a alguien que le precediese. El Cavaliere se la devolvió a Efrosina.

No imagino quién pueda ser, dijo él.

Ella le miró burlonamente. ¿Intentamos otra? No creéis a Efrosina. Pero las cartas no mienten. Mirad mientras vuelvo a barajarlas a fondo.

Otra carta, otro joven, según parecía.

Pero esto es sorprendente, exclamó Efrosina. Nunca en toda una vida de leer las cartas ha sacado nadie cuatro cartas consecutivas del mismo palo.

La carta que él había escogido mostraba a un joven que camina por un sendero, contemplando fijamente un gran recipiente que sostiene con fuerza en su mano izquierda y aguanta con la palma de la derecha. La parte alta de la copa está cubierta por un pliegue de su capa, como para esconder su contenido. Viste una corta túnica que muestra sus caderas y el bulto de sus genitales.

La Sota de Copas, dijo ella con solemnidad, es un joven poético muy dado a... la reflexión y al estudio... con un gran aprecio por la belleza pero quizá no con bastante... aplicación para llegar a ser un artista... otro pariente joven... No puedo ver, pero creo que es un amigo de vuestra esposa... que hará...

El Cavaliere movió la mano en el aire con impaciencia. Muéstrame algo distinto, otra habilidad tuya, dijo. Estoy interesado en todos tus trucos.

Una carta más, mi señor.

Una más. Suspirando con énfasis, él alargó la mano y se sirvió otra, la última.

Ajá, ésta es para mí, exclamó Efrosina. Pero también para vos. ¡Qué suerte!

No será otro miembro de la familia del Jarrón, confío.

Ella negó con la cabeza, sonriendo, y levantó la carta.

¿Su Excelencia no reconoce al joven rubio, que lleva una bolsa de piel de color añil colgada del hombro y un cazamariposas?

El Cavaliere no respondió.

¿Su Excelencia no ve que el mozalbete camina junto a un precipicio?

¿Precipicio?

Pero no corre peligro, siguió ella, puesto que es inmortal.

¡No veo nada de eso! ¿Quién es?

El Loco.

¿Y quién es el Loco?, exclamó el Cavaliere, sonrojándose. De las sombras de un rincón surgió el muchacho de un solo ojo.

Mi hijo.

*

En casa de Efrosina, en otra ocasión.

Ella le contó que podía hacerle entrar en trance, pero que no estaba segura de que le gustara. A Su Excelencia le gusta ver lo que ya ve.

Fue necesario cierto apremio para persuadirla. Todo, excepto la vela votiva, se había apagado. El joven Pumo apareció con una bebida. El Cavaliere se recostó en su silla.

No veo nada, dijo.

Cerrad los ojos, mi señor.

Se dejó llevar. Permitió que el letargo que yacía bajo la energía subiera y le invadiese. Dejó que su temperamento, como un puente levadizo, se abriera para dar paso al gran barco de una visión.

Abrid los ojos...

La habitación había desaparecido. Debía de haber un poco de narcótico en la bebida, que hacía que él se imaginara dentro de un calabozo gigante, una gruta, una caverna. Aquello resplandecía de imágenes. Las paredes eran de un blanco lechoso como la caja de cristal que ella le había mostrado en su primera visita, como las rechonchas manos del Rey. En una pared vio una multitud de figuras danzantes.

¿Veis a vuestra madre?, preguntó la voz de Efrosina. La gente siempre ve a su madre.

Claro que no veo a mi madre, dijo el Cavaliere, frotándose los ojos.

Pero ¿veis el volcán?

Empezaba a oír un bajo y difuso silbido, un castañeteo. Un ruido casi silencioso, como el casi inmóvil movimiento de los bailarines.

El ruido y el movimiento de la melancolía.

Veo fuego, dijo el Cavaliere.

Quería ver fuego. Lo que vio fue la cima ennegrecida y aplanada de la que ella le había hablado. La montaña sepultada, caída entre sus escombros. Lo vio por un momento, aunque lo olvidaría después: el terrible futuro. La bahía sin peces, sin los niños bañándose; la cima sin el penacho, un desolado montón de escoria. Qué le ha pasado al bello mundo, exclamó el Cavaliere, y lanzó su mano hacia la vela que había sobre la mesa como si quisiera encenderla de nuevo.

5.

El Marqués de Sade describió Italia —estuvo allí en 1776 y conoció al Cavaliere, quien estaba a punto de disfrutar de otro permiso— como «el país más bello del mundo, habitado por la gente más atrasada». Feliz el extranjero que viaja mucho, que viene y se va, saciado de impresiones, que se convierten en juicios y, con el tiempo, en nostalgia. Pero cada país tiene su encanto, y cada gente. ¡Cada variante, cada fragmento del ser tiene algo encantador!

*

Cuatro años después del primer permiso del Cavaliere, él y Catherine habían vuelto a Inglaterra y una vez más permanecieron allí casi un año. Mientras que la insignificancia de su puesto se había hecho más obvia, con los secretarios de estado preocupados por la revuelta en las colonias americanas y la rivalidad con Francia, sus contribuciones al saber y a la mejora del gusto eran más aclamadas que nunca. Había pasado a ser un emblema, como la estrella y la banda roja de la Orden del Baño que lucía al posar para Sir Joshua Reynolds, se le podía identificar por los símbolos de sus pasiones. El retrato muestra al Cavaliere sentado junto a una ventana abierta, el Vesubio con un pequeño penacho blanco en la distancia y, sobre su rodilla, por encima de una pantorrilla bien proporcionada y enfundada en una media blanca, un ejemplar abierto del libro sobre su colección de jarrones.

En ocasiones, en alguna reunión o en una subasta con Charles, o en el teatro, pensaba en el volcán. Se preguntaba en qué estado se hallaría su sulfuroso interior en aquel momento preciso. Imaginaba el calor en su mejilla, el suelo temblando debajo de sus botas, el pulso latiendo en su cuello después del esfuerzo de la subida y el otro pulso de la lava subyacente. Recordaba la panorámica de la bahía enmarcada entre peñas, la curva alargada de la ciudad. En la reunión social, la conversación fluiría. Era notable que él estuviera aquí y aquello estuviera allí. Un Vesubio no era concebible desde Inglaterra, donde había desastres (un invierno excepcionalmente frío, la superficie del Támesis helada) pero no una causa de desastre que, monárquica, señorease la escena.

¿Dónde se encontraba él? Sí. Aquí. En Londres. Con amigos a quienes ver, cuadros que comprar y jarrones que habían viajado con él que vender, una comunicación sobre las recientes erupciones que debía leer en la Royal Society, presencia en Windsor, desayuno con sus familiares, visitas a las posesiones de Catherine en Gales. Poco había cambiado. Su vuelta nada había cambiado, a pesar de que el asma de Catherine empeoraba. Sus amigos parecían acostumbrados a que él estuviera lejos. Nadie consideró que su aspecto, bronceado, magro, juvenil, mereciera un comentario. Le felicitaban por su envidiable situación, al sol, que le permitía residir en el lugar que todo el mundo deseaba visitar. Y cuán beneficioso para la pobre Catherine. Él se había convertido en un expatriado. Era importante porque estaba allí. Los amigos del Cavaliere aún le reprendían por lo que interpretaban como su temeridad. Selecciona los tesoros de aquella fabulosa tierra y tráenoslos, pero no corras demasiados riesgos con tus estudios volcánicos. Recuerda el destino de Plinio el Viejo. Parecía más una visita que una licencia temporal en casa.

*

Hacía un año que había vuelto. Charles le escribió que las tierras de Catherine producirían una buena renta aquel año e informó de su reciente adquisición de unas raras gemas y escarabajos. Su amigo Walpole le escribió que no podía llevar a cabo el viaje para visitarle, tal y como había planeado. Una carta tardaba un mes en recorrer el camino a o desde Londres.

La correspondencia del Cavaliere —en inglés, francés e italiano— le ocupaba de tres a cuatro horas diarias. Había despachos a sus superiores en Londres, con ásperos retratos de los principales actores de la escena local; los más sinceros estaban en clave. Una carta correcta —a Charles, digamos, o a Walpole o a su amigo Joseph Banks, presidente de la Royal Society— era larga y podía tocar varios temas. Qué cosas notables sucedían en la corte («La política está quí a nivel muy bajo»), el estado de las excavaciones en las ciudades sepultadas, la maltrecha salud de Catherine, nuevos emparejamientos sexuales entre los nobles y residentes extranjeros, los encantos de una reciente excursión a Capri o a un pueblo de la costa de Amalfi, «bellos» o «verdaderamente elegantes» o «curiosos» objetos que había adquirido, y el volcán («un caudal de diversión e instrucción»). Los líos amorosos eran una ocupación o jornada completa en aquellos pagos, como advirtió en una carta a Lord Palmerston. Pero él se mantiene ocupado de forma distinta, considerando cuán desagradable resultaría para Catherine semejante uso de su tiempo libre y que, además, se distrae suficientemente con el estudio de la historia natural, las antigüedades y el volcán. Informó sobre las travesuras de la montaña, sobre un experimento con la electricidad que ratificaba uno de los experimentos de Franklin, sobre el descubrimiento de una nueva especie de erizo de mar entre los peces exóticos que atrapó en un estanque rocoso en la casita de verano que había alquilado en Posillipo, así como del número de jabalíes y venados que había matado en compañía del joven Rey, y de las partidas de billar que había procurado perder, prudentemente, ante el Rey. Cartas para provocar cartas. Que reclaman chismes, que difunden chismes. Cartas que dicen: Soy el de siempre. Sin motivo de queja. Disfruto. Este lugar no me ha cambiado, tengo la misma suficiencia que me inculcó mi tierra, no me he convertido en un nativo.

En ocasiones se sentía uno en el exilio, otras veces era como estar en casa. Todo aquí era muy tranquilo. Nápoles seguía siendo tan bonito como en los cuadros. La principal ocupación de los ricos era procurarse a sí mismos diversión. El Rey era el más extravagante de los que se autodivertían; el Cavaliere, el más ecléctico.

Escribía cartas de recomendación... para un músico despedido de su puesto en la ópera, para un clérigo que buscaba promoción eclesiástica, para los pintores alemanes e ingleses que se congregaban en la ciudad atraídos por la abundancia de temas, para un agente artístico, para un joven tenor irlandés pelirrojo, sólo de quince años, sin blanca y con un talento inmenso (con el tiempo haría una notable carrera internacional): el Cavaliere era un asiduo benefactor. Se las había arreglado para que le mandaran por barco, para el Rey, un par de perros de caza irlandeses, recién paridos. Del reacio primer ministro consiguió con artimañas las entradas necesarias para que quince indignados residentes ingleses que no habían sido invitados asistieran a un baile de máscaras en la corte.

Escribía con rapidez, trazando líneas irregulares y grandes letras, con poca puntuación, incluso sus copias en limpio tenían borrones y palabras tachadas: no era en esto excesivamente pulcro. Pero como muchos que han sido melancólicos de niños, tenía una gran capacidad de autodisciplina. Nunca rechazaba un esfuerzo, ni un encargo que pudiera incluir en su amplio sentido del deber, del cálculo, de la benevolencia.

Cada semana le aportaba varias docenas de peticiones de ayuda o patrocinio o donaciones benéficas de algún tipo, incluyendo muchas de la otra e incluso más exótica parte del reino gobernado por la corte de Nápoles. Un conde siciliano pidió ayuda al Cavaliere para que le devolvieran a su puesto de jefe de los estudios arqueológicos de Siracusa, puesto del que aseguraba que le habían echado debido a un complot tramado en Palermo. Este mismo conde había sido el intermediario del Cavaliere en la adquisición de varias pinturas, entre ellas su amado «Correggio» (¡aún sin vender!), procedentes de las colecciones de familias nobles sicilianas, recientemente en apuros económicos. Algunos suplicantes dulcificaban sus peticiones con obsequios de información, cuando no de carácter más tangible. Un monseñor de Catania, al solicitar la ayuda del Cavaliere para que le asegurara el arzobispado de Monreale, le habló de un estrato de arcilla entre dos estratos de lava en el Monte Etna. Un canónigo de Palermo, que había acompañado al Cavaliere en su única subida al Etna, mandó con su petición de ayuda para que le asegurara la promoción eclesiástica un informe sobre investigaciones arqueológicas en Sicilia, algunas muestras de su colección de fósiles marinos, un ejemplar de un índice de piedras compilado durante los últimos doce años, dos pedazos de lava del Etna y un ágata.

Además de la fama de ser un mediador ideal, se conocía al Cavaliere como alguien a quien se podía confiar el relato de una pasión, de un interés, de un acontecimiento pintoresco. Un francés que vivía en Catania le escribió contándole la reciente erupción del Etna. Un monje de Monte Cassino le anunció que le mandaba un diccionario de los dialectos napolitanos. Alguien lo bastante resistente, lo bastante dispuesto, como para considerarse un hombre interesado en «todo», puede esperar muchas cartas de extraños.

La gente le mandaba poemas y muestras de ceniza volcánica; se ofrecía a venderle cuadros, cascos de bronce, jarrones, urnas cinerarias. Directores de bibliotecas de toda Italia le escribían para agradecerle la donación de los cuatro tomos que había publicado sobre su colección de jarrones, o la edición ampliada en dos volúmenes de sus cartas volcánicas con las bellas ilustraciones en color, obra de un artista y protegido local, que él había supervisado; o bien para pedirle ejemplares de dichas obras. Un fabricante de cajas de cartón, de Birmingham, escribió para elogiar al Cavaliere por haber puesto a su alcance y al de Josiah Wedgwood los dibujos de los antiguos jarrones que coleccionaba, que ahora circulaban por doquier en sus cajas (confiaba en que le haría un pedido) y materializados en la Porcelana Etrusca de Wedgwood, para gran mejora del gusto contemporáneo. Sus eclécticas admiraciones y su talento para la benevolencia le relacionaban con muchos mundos. Existían ofertas de ingreso como miembro honorario en la Accademia Italia de Siena y en Die Gesellschaft naturforschender Freunde zu Berlin (la carta era en francés), cuyo presidente pedía también que el Cavaliere le mandara algunas rocas volcánicas para la colección de la institución. Un joven de Lecce escribió pidiendo la ayuda del Cavaliere para que se hiciera justicia con su hermana, que había sido violada, al tiempo que le ofrecía un hechizo que aumenta el caudal de leche. Uno de sus agentes en Roma le escribió dándole una estimación de ciento cincuenta *scudi* por restaurar tres piezas de escultura —un bajorrelieve báquico, un pequeño fauno de mármol y una cabeza de Cupido— que el Cavaliere acababa de comprar. De Verona llegó un folleto anunciando una publicación sobre peces fósiles a cargo de la Società dei Litologi Veronesi, con una petición de suscripción para el Cavaliere. Un mensajero de Roma pidió en nombre del Príncipe de Anhalt-Dessau ayuda para conseguir los raros volúmenes sobre los descubrimientos en Herculano publicados durante las dos últimas décadas por la Real Academia Herculana. Alguien en Resina anunció al Cavaliere que le mandaba muestras de ceniza volcánica. Un comerciante de vinos de Beaune le escribió para preguntarle respetuosamente cuándo podía confiar en recibir el pago de cien cajas de Chambertin que había mandado por barco al Cavaliere hacía dieciocho meses. El fabricante de seda de Paterson, Nueva Jersey, que le había visitado el año anterior, enviaba, tal como le había prometido, un ejemplar de su informe sobre los métodos de fijar tintes con alumita utilizados en las fábricas de seda napolitanas. Un informador local le escribió para narrarle cómo los franceses, navegando en *feluccas* napolitanas, introducían contrabando en la región. Otro informante le hizo una relación de la carrera y muerte del jefe de los bandidos calabreses, Tito Greco. Alguien en Nápoles le mandó un amuleto para ahuyentar el mal de ojo. Y otra persona en Positano, que padecía el mal de ojo, y cuyos vecinos apilaban basura cada noche delante de su puerta, le pedía protección.

*

El Cavaliere poseía una memoria prodigiosa. Se anotaba muy pocas cosas. Todo estaba en su mente: el dinero, los fondos, los objetos... una profusión prodigiosa. Enviaba listas de las necesidades de su biblioteca a libreros de París y Londres. Mantenía correspondencia con anticuarios y tratantes de arte. Discutía con restauradores, embaladores, exportadores, aseguradores. El dinero siempre resultaba una distracción, como debe ser para un coleccionista: a la vez medida y falsificador del valor.

En cartas a marchantes de pintura, y a Charles, se quejaba de los precios en aumento de lo que quería comprar: las pinturas, e incluso más, los jarrones. En aumento, en parte, porque *él* los colecciona. Ello ha aumentado su valor.

La dulce condena del coleccionista (o paladín del gusto... pero los paladines del gusto, por regla general, son coleccionistas) es ir por delante y, cuando otros le dan alcance, verse fuera de la competición por aquello de lo cual ha sido pionero. (Que puede llegar a considerar menos deseable, puesto que ahora tantos se interesan por lo mismo.)

Él —porque habitualmente es un él— se encuentra con algo sin valor, descuidado, olvidado. Sería excesivo calificarlo de descubrimiento; digamos un reconocimiento. (Con la fuerza, el júbilo de un descubrimiento.) Empieza a coleccionarlo, a escribir sobre ello, o ambas cosas. Debido a estos esfuerzos de proselitismo, aquello a lo que nadie le había prestado atención ni a muchos les gustaba, ahora es considerado interesante o admirable. Otros empiezan a coleccionarlo. Pasa a ser más caro. Etcétera.

*

El arte de Correggio. Y la ingle de Venus. Lo puedes poseer de verdad, aunque sólo sea por poco tiempo. El más famoso objeto que nunca comprara el Cavaliere, un jarrón camafeo de cristal romano del primer siglo antes de nuestra era, sólo fue de su propiedad durante un año. (Luego lo vendió a la vieja Duquesa de Portland por el doble de lo que él había pagado.) No importaba. Hay muchos objetos. Uno solo no es tan importante. No existe algo parecido al coleccionista monógamo. La visión es un sentido promiscuo. La mirada ávida siempre quiere más.

*

Aquel temblor cuando lo descubres. Pero nada dices. No quieres que el dueño actual sea consciente de su valor para ti; no quieres que aumente el precio, ni inducirle a decidir que no quiere venderlo bajo ningún concepto. En consecuencia, te comportas con frialdad, examinas otra cosa, sigues tu camino o te vas, diciendo que ya volverás. Representas la farsa de estar un poco interesado, pero no de forma inmoderada;

intrigado, sí, incluso tentado; pero no seducido, embrujado. No dispuesto a pagar incluso más de lo que piden, porque debes poseerlo.

Así pues, el coleccionista es un encubridor, alguien cuyas alegrías nunca están exentas de ansiedad. Porque siempre hay más. O algo mejor. Debes tenerlo porque es un paso para completar idealmente tu colección. Pero esta culminación ideal, que todo coleccionista anhela, es una meta ilusoria.

Una colección completa de algo no es la conclusión de lo que el coleccionista ansía. La producción entera de algún notable pintor muerto podría, concebible pero improbablemente, acabar en el palacio o en la bodega o en el yate de alguien. (¿Hasta la última tela? ¿Podrías, imperioso comprador, estar seguro de que no había una más?) Pero incluso si llegaras a estar seguro de que tenías la última pieza, la satisfacción de tenerla toda, con el tiempo, inevitablemente decaería. Una colección completa es una colección muerta. No tiene posteridad. Después de reunirla, cada año te gustaría menos. No pasaría mucho tiempo antes de que desearas venderla o donarla, y lanzarte a una nueva cacería.

Las grandes colecciones son vastas, no completas. Incompletas: motivadas por el deseo de que sí sean completas. Hay siempre una pieza más. E incluso si lo tienes todo —lo que sea—, entonces quizás desearás un ejemplar mejor (una versión, una edición) de lo que ya tienes; o con los objetos de producción en serie (cerámica, libros, artefactos), sencillamente un ejemplar suplementario, por si se da el caso de que el que posees se pierda o lo roben o lo rompan o lo estropeen. Una copia de seguridad. Una colección en la sombra.

Una gran colección particular es un material concentrado que estimula constantemente, que sobreexcita. No sólo porque siempre se le puede añadir algo, sino porque ya es excesiva. La necesidad del coleccionista tiende precisamente al exceso, al empacho, a la profusión.

Es demasiado... y es lo suficiente para mí. Alguien que vacila, que pregunta. ¿Necesito esto? ¿Es realmente necesario?, no es un coleccionista. Una colección es siempre más de lo que sería necesario.

*

El Cavaliere en el primer piso, más allá de la primera antecámara, donde quienes están allí por negocios esperan que les conceda su cuota de atención: en su estudio.

La habitación parecía muy llena, desordenada. Antiguas terracotas y tallas en piedra sobre las mesas, especímenes de lava, camafeos, jarrones en las vitrinas; cada trozo de pared cubierto con pinturas, incluyendo una atribuida a Leonardo, y guaches de artistas locales con el Vesubio en erupción. Y telescopios en la ventana, orientados hacia el golfo. La divisa inscrita en oro en lo alto de una pared, bajo la cornisa, *La mia patria è dove mi trobo bene* («Mi patria es donde me encuentro bien»), daba la nota adecuada de insolencia. En este lugar el Cavaliere pasaba la mayor parte del día, idolatrando sus tesoros. Sus formas, escribió, son sencillas, bellas y variadas más allá de toda descripción.

*

El Cavaliere bajo tierra, en su bóveda del tesoro, su «leonera».

Allí se podían encontrar jarrones descartados, pinturas sobrantes y un batiburrillo de sarcófagos, candelabros y antiguos bustos excesivamente restaurados. Además de las obras inferiores que no se consideraban dignas de exhibición, el Cavaliere guardaba piezas antiguas que al Rey y sus consejeros no les habría gustado saber que estaban en manos extranjeras. Mientras se mostraban los objetos en el estudio del Cavaliere a todo visitante distinguido, a pocos se les invitaba a dar una vuelta por los almacenes del sótano. Cada coleccionista es potencialmente (si no de hecho) un ladrón.

*

No lo puedes tener todo, dijo alguien, ¿dónde lo depositarías? Una broma muy moderna: algo que cabría decir ahora, cuando el mundo se siente congestionado, cuando se encoge el espacio, cuando las fuerzas telúricas están afianzándose. No es verosímil que se pronunciara en la época del Cavaliere.

En realidad, se puede tener bastante. Depende de tu apetito, no de tus facilidades de almacenamiento. Depende del grado en que puedas olvidarte de ti mismo y de lo mal que te sientas.

*

El Cavaliere en el observatorio que había instalado en el último piso, en el ala sur y oeste de la mansión. De pie junto a la ventana balconada que ocupaba la mitad de la habitación circular, se podía abarcar una gran extensión del cielo azul y la tierra y la bahía sin volver la cabeza. En toda Europa no hay nada comparable a esta vista en medio de una gran ciudad: ¡qué suerte tiene el Cavaliere! Y ha multiplicado la vista que domina al instalarse en medio, como encima de un peñasco. O en una cámara oscura. El Cavaliere ha cubierto la otra mitad de la habitación con espejos, en los que se refleja, en el ocaso, el fantasma de Capri delante; y por la noche, la bahía jaspeada por la luz de la luna y, en ocasiones, una luna llena que parecía surgir del cráter del volcán.

El Cavaliere en la gran silla de brocado que rodea la mitad llena de espejos de la habitación, apoyándose en los cojines, leyendo un libro, mirando hacia arriba. ¡Cómo se siente! ¿Qué podría faltarle? Ésta es mi patria.

*

El Cavaliere en su salón del tercer piso. Contemplaba levantarse la columna de humo gris, hincharse y balancearse contra el cielo. Cayó la noche. Contempló el ascenso de la masa rojiza. Catherine tocaba la espineta en una habitación próxima. La espesa corriente de lava se ensanchaba.

*

El Cavaliere en las laderas de la montaña, con Bartolomeo Pumo. A solas con él; sólo una pareja humana. El Cavaliere con alguien más joven que él, como generalmente sucedía con el Cavaliere, pero debido a que Bartolomeo era un criado, no precisaba familiaridad. Y debido a que el chico era tan tranquilo y nada servil a la manera usual, él permitía que le guiara. Era agradable no saber siempre más, ser conducido. Sólo ellos dos, en la democracia de la naturaleza. Cuando había otros, Pumo retrocedía a su papel y ocupaba su puesto en la cadena de la injusticia.

El hermano de la Reina, el Archiduque José, estaba de visita y el Cavaliere acompañó al grupo real a contemplar la nueva erupción. A pesar de los centenares de criados empleados en esta expedición para asegurar comodidad, ningún tipo de cuidados podía evitar que el aire se hiciera más y más caliente a medida que se aproximaba. El Rey empezó a inquietarse y pidió que dejasen en tierra su litera.

Cuánto calor siento, gritó.

Algo que era de esperar, dijo la Reina, lanzando una exasperada mirada de complicidad a su hermano.

Ah qué fría es mi esposa, dijo el Rey, riendo. Ninguna comprensión de su parte. Se acercó tambaleante a la litera vecina. Mira cómo sudo, hermano, chilló, y después de tomar la mano de su sorprendido cuñado se la metió dentro de la camisa. La grotesca familiaridad produjo una inmediata erupción de viciado humor en el archiduque austríaco. Momentos más tarde ya había considerado al muchacho tuerto lo bastante impertinente como para partirle un bastón en la cabeza. (El prudente Bartolomeo sólo había exclamado que era peligroso quedarse donde estaban.) Y el Cavaliere, que examinaba un banco de piedra pómez que el volcán había escupido, no pudo protegerle.

El Cavaliere no es ningún demócrata. Sin embargo, su helado corazón no es insensible a una cierta idea de justicia. No va con su persona el comportamiento de su abuelo, de quien se dice que rompió la crisma a un joven sirviente cuando estaba borracho en una taberna cerca de Londres, y se retiró del lugar sin advertir lo que había hecho. El tabernero, inquieto, le siguió hasta su habitación y le dijo: «Señor, ¿sabéis que habéis dado muerte al muchacho?» El antepasado del Cavaliere respondió tartamudeando: «Pónmelo en la cuenta.»

*

El Cavaliere en su estudio, a mitad de un informe para Lord Palmerston, levantando la mirada de su mesa de trabajo.

La cosa ha llegado, dijo Catherine desde la puerta.

¿La cosa? Ciertamente no una cosa, querida. Me prometieron un macho.

Pasó la carta bajo el secante y se puso en pie.

¿Dónde está?

Ella sonrió. En una caja, dijo.

Bien, vamos para allá y liberémoslo.

Se encontraba aún dentro de un gran embalaje de listones, tan negro que no podías distinguir su forma, de ojos vivos, rascándose. La caja hedía. El grueso mayordomo, Vincenzo, permanecía plantado allí cerca, rimbombante, pañuelo en la nariz, mientras que dos jóvenes pajes también se rascaban.

Los criados deben temer que estés a punto de empezar una colección de animales, observó Catherine.

Ya hay bastantes criaturas salvajes en el vecindario, respondió el Cavaliere. Sólo planeo añadir una más. Y a Pietro, boquiabierto, y a Andrea, que profería risitas: Bien, no retengamos al pobre amigo en cautividad por más tiempo.

Andrea se proveyó de algunas herramientas, avanzó un paso.

¿A qué esperas? ¡Valor! No te hará daño.

¡Excelencia, me está mirando! No me gusta cómo me mira.

Claro que te está mirando. Se pregunta qué tipo de animal eres.

El muchacho se quedó petrificado, los ojos abiertos de par en par. Brotó sudor encima de su labio superior. El Cavaliere le dio un amable golpecito en un lado de la cabeza, tomó la palanca y el martillo y se dispuso a abrir la caja él mismo.

Con un graznido, el lustroso y negro mono indio se abrió paso con dificultad entre los listones arrancados y saltó al hombro del Cavaliere. Los criados retrocedieron con rapidez y se santiguaron.

Ya lo veis. Mirad cuán cariñoso es.

El mono puso su pata sobre la peluca del Cavaliere y profirió un gritito. Dio palmaditas a la peluca, luego inspeccionó su negra palma, estirándola y abriéndola. El Cavaliere alzó la mano para arrancarlo de su hombro, pero el mono fue más rápido y saltó al suelo. El Cavaliere pidió una cuerda. Dio órdenes para que alojaran al mono en la despensa principal abajo, atado, que estuviera cómodo. Seguidamente volvió a su estudio. Acabó su despacho a Lord Palmerston, consultó uno de los volúmenes sobre monos que había recibido de su librero de Londres, el capítulo sobre la dieta, y empezó una carta a Charles. Cuando Catherine apareció una hora más tarde y le requirió para la cena, el Cavaliere ordenó que también alimentaran al mono. Una escudilla con arroz y una escudilla de leche de cabra con agua y azúcar, dijo con autoridad.

Más tarde bajó a la bóveda del sótano para visitar a su nuevo pupilo. Habían dejado libre un espacio al pie de la alta ventana del rincón, habían dispuesto una cama de paja y las dos escudillas estaban vacías. El mono se dispuso a embestir al Cavaliere pero se vio frenado por la cadena. Dije una cuerda, pensó el Cavaliere. Con una cuerda basta. El mono hacía sonar la cadena y emitía un estridente bu-bu-bu-bu, que mantuvo durante unos diez minutos, sin apenas una pausa para recuperar la respiración. Finalmente, jadeante, agotado, se tumbó. El Cavaliere se le acercó y se puso en cuclillas para acariciarle la cabeza, cepillar el largo pelo de los brazos del mono y recorrerle con los dedos el vientre y las piernas. El mono se balanceó de un lado a otro y profirió un suave gorgorito, grrr, y cuando cesó la caricia alcanzó el pulgar del Cavaliere y lo empujó hasta su vientre. El Cavaliere desató la cadena, se puso en pie y esperó a ver qué haría el mono. Éste miró al Cavaliere, miró alrededor por la amplia habitación, un bosque de objetos. El Cavaliere se protegió con los brazos el cuerpo a la espera de un rápido salto hacia su persona. Pareció que el mono inclinaba juiciosamente la cabeza ante su nuevo amo y, después, saltó encima de un grande y antiguo busto de Cicerón (en realidad una copia del siglo diecisiete, como muy bien sabía el Cavaliere) y empezó a lamer los bucles de mármol. El Cavaliere rió.

*

El Cavaliere en su estudio, a punto de terminar otra carta a Charles. El mono enroscado a los pies de una estatua de Minerva, dormitando o pretendiendo dormitar. Vestido con una chaqueta color magenta sin mangas, como las que visten los lugareños, al aire su peluda rabadilla y larga y recia cola... muy como en casa. El más pequeño ciudadano del reino particular del Cavaliere. El Cavaliere ha añadido una breve posdata sobre la llegada del mono: Me he hecho casi inseparable de un mono de Indias, una encantadora y sagaz criatura de menos de un año que me procura una nueva fuente de diversión y observación.

Los conocedores de lo natural, en la era del Cavaliere, gozaban señalando, y asegurando que les apasionaban las afinidades entre los monos y los seres humanos. Pero los monos, incluso más que las personas, son animales sociales. Un mono solo es un exiliado... y los accesos de depresión agudizan su inteligencia innata. Un mono solo es notable parodiando al ser humano.

Jack, el Cavaliere sigue con su descripción a Charles, así le llamo, Jack tiene una cara inteligente y muy negra, realzada por una clara barba castaña. Por lo que se refería a la inteligencia, era más explícito con los corresponsales cuya inteligencia él respetaba. Jack es más inteligente que la mayor parte de la gente con la que me toca tratar aquí, escribió el Cavaliere a Walpole. Y sus movimientos son más elegantes, sus modales más remilgados.

*

El Cavaliere en la habitación donde desayuna. Cerca, una mesa cubierta de camafeos, tallas, fragmentos de lava y piedra pómez recogidos cerca del cráter, un nuevo jarrón que acababa de comprar. Jack está con él. En menos de un mes el mono está tan domesticado y es tan dócil que acude a la llamada del Cavaliere, se sienta en una silla a su lado ante la mesa del desayuno y se sirve primorosamente un huevo o un pescado de la fuente del Cavaliere. Su forma usual de tomar líquidos —le encantaba el café, el chocolate, el té, la limonada— era sumergir sus negros y peludos nudillos en la taza y luego lamerlos. Pero cuando se sentía especialmente sediento asía la taza con las dos manos y bebía como su amo. De lo que comía el Cavaliere, a él le gustaban en especial las naranjas, los higos, el pescado y todo lo dulce. Por la noche, a veces le daban un vaso de Maraschino o del vino local del Vesubio. El Cavaliere, quien apenas bebía nada, disfrutaba al contemplar a sus invitados mirando a Jack mojar y lamer, mojar y lamer. Acababa borracho como le pasa a un niño,apergaminado y barbudo, un poco revoltoso, y luego, de repente, de forma rara, se dormía.

En conchas marinas, botones y flores Jack encontraba una rica provisión de objetos que contemplar y con los cuales jugar. Era sorprendentemente diestro. Podía mondar con meticulosidad un grano de uva, dejarlo, mirarlo y suspirar, antes de metérselo en la boca. Su diversión era cazar insectos. Exploraba grietas de la mampostería en busca de arañas y podía atrapar moscas con una mano. Contemplaba al Cavaliere practicando el violoncelo, con sus grandes y muy redondos ojos fijos en el instrumento, por lo que el Cavaliere empezó a sentarle en primera fila durante la semanal velada musical. Pero a menudo, cuando escuchaba música —claramente le gustaba la música—, se mordía las uñas; también quizás la música le ponía nervioso. Bostezaba, se masturbaba, se buscaba piojos en la cola. A veces se limitaba a pasear arriba y abajo o se sentaba a mirar al Cavaliere. Puede que se aburriera. El Cavaliere nunca se aburría.

El mono tenía un temperamento de lo más dulce y confiado. Asido de la mano del Cavaliere caminaba con él, ayudado al mismo tiempo por su otra mano, que apoyaba en el suelo. El Cavaliere tenía que agacharse un poco para acomodarse a las necesidades del mono. No le gustaba cambiar de postura y no quería el sucedáneo de un hijo. Empezó a añadir algo de burla en su trato con el mono, algo de crueldad, un toque de privación. Sal en su leche. Un golpecito en la cabeza. Bu-bu-bu-bu, se lamentaba el mono, cuando el Cavaliere le visitaba a primeras horas de la mañana. Jack le tendía la mano. El Cavaliere la apartaba.

Una mañana, cuando el Cavaliere acudió al almacén del sótano, el jergón del mono estaba vacío. Había cortado con los dientes la cuerda. Se había escondido. El malhumorado Cavaliere se parapetó en su estudio. Los criados, maldiciendo, buscaron por todas las habitaciones de la mansión. A la tercera noche encontraron al mono en la bodega con un ejemplar de la obra de Piranesi sobre repisas de chimenea, en folio y encuadernado en piel, masticado hasta más allá de toda posible restauración. Alessandro avanzó un paso para ponerle la cuerda; el mono gruñó y le mordió la mano. Requirieron la presencia del Cavaliere. Jack se encogió, pero permitió que el Cavaliere lo levantara. El mono tiró de la peluca del Cavaliere. El Cavaliere le retuvo con mayor firmeza. Era como si Jack se hubiera tomado aquellos días un retiro para reconsiderar su propia naturaleza y saliera otra vez a la superficie mucho más como un mono: astuto, pendenciero, salaz, juguetón. El Cavaliere no necesitaba el remedo de un niño. Deseaba el remedo de un protegido, un bufón... y el pobre Jack le quería de forma lo bastante rastrera como para prestarse a ello. Ahora su adiestramiento, su verdadera utilidad para el Cavaliere podía empezar.

Enseñó a Jack cómo imitar la mirada cautelosa del experto, y le hizo actuar cuando los visitantes estudiaban los objetos del Cavaliere. Aquéllos levantaban la vista y descubrían al mono de compañía del Cavaliere estudiando un jarrón con una lupa, hojeando un libro con expresión perpleja, o dando la vuelta a un camafeo con su pata y levantándolo a la luz. Muy valioso. Sí. Decididamente. Sí, ya veo. Muy interesante.

Con la lupa ante el ojo, Jack bizqueaba, alzaba la mirada, se rascaba la cabeza, luego volvía a su escrutinio.

¿Es falso?

¡Falso!

¡Falso!

Luego Jack cedía y dejaba en su sitio el objeto. (Si un mono sonriera, entonces podía haber sonreído.) Sólo miraba. Nunca se es lo bastante precavido.

Los visitantes del Cavaliere se reían del mono. El Cavaliere se ríe de su propia persona.

Permitía que el mono atormentara a los criados, e incluso a Catherine, quien, reacia a que tantos gustos e inclinaciones la separasen ya de su esposo, afirmaba que también ella sentía inclinación por el mono. Jack siempre parecía adivinar cuándo Catherine salía de una habitación para ir al lavabo, y se precipitaba detrás de ella y pegaba el ojo a la cerradura. Jack se masturbaba con diligencia delante de Catherine, mantenía agarrado el pene del paje Gaetano cuando el Cavaliere se lo llevaba de pesca. Sus escabrosas rarezas divertían a su amo. Incluso cuando en una ocasión derribó un jarrón, el Cavaliere no se mostró ni siquiera molesto, con toda seguridad no era uno de los más valiosos y, cuando lo reparasen, nadie notaría la diferencia. Jack era una pequeña nota a pie de página en su vida que decía: todo es vanidad, todo es vanidad.

*

El mundo parecía hecho de círculos concéntricos de burla. En el centro el Cavaliere gira con Jack en torno a un eje. Todo en el zoo social se podía ya predecir. Él no volvería a ostentar otro cargo diplomático. Sabía cómo iba a ser su vida hasta el final: tranquila, interesante, inalterada por la pasión. Sólo el volcán guardaba una sorpresa.

1766, 1767, 1768... 1779. Cada erupción mayor que la precedente, cada una embelleciendo más las expectativas de catástrofe. Estas expectativas eran mayores que nunca. Las puertas y ventanas de su villa cerca de Portici se abrían y cerraban sobre sus goznes. Jack daba saltos nerviosos por el lugar, escondiéndose bajo las mesas, brincando a las rodillas del Cavaliere. Catherine, que detestaba al mono casi tanto como los criados, simuló preocupación por su personita, sus miedos pueriles. Le suministraron un poco de láudano. Catherine volvió al clavicémbalo. Admirable Catherine, pensó el Cavaliere.

Mirando desde la terraza, el Cavaliere vio ráfagas de vapor blanco que se levantaban unas por encima de otras hasta alcanzar una altura y un volumen tres veces superiores a los de la propia montaña y que, gradualmente, se llenaban de vetas de negrura, exactamente como Plinio el Joven había descrito su erupción: *candida interdum, interdum sordida et maculosa* (a veces blanca, otras sucia y llena de manchas) según la cantidad de mantillo que la nube pudiera transportar. Siguió una tormenta de verano, el tiempo se hizo tórrido y, al cabo de unos días, una fuente de fuego rojo subió del cráter. Se podía leer en la cama por la noche al siniestro fulgor de la montaña, distante unos pocos kilómetros. En una relación a la Royal Society, el Cavaliere describió aquellas negras nubes de tormenta y la brillante columna de fuego, con destellos de relámpagos que se bifurcaban, como más bellas que alarmantes.

*

Tú proyectas sobre el volcán la carga de rabia, de complicidad con el afán de destrucción, de ansiedad sobre tu capacidad para sentir, que ya está en tu mente. Sade se llevó de su estancia de cinco meses en Nápoles, cerca del entonces casi tranquilo Vesubio, las fantasías de maldad que todo lo que era capaz de violencia inspiraba en él. Muchos años después, en su *Juliette,* escribiría una escena de volcán para aquella campeona de la maldad en la que ella sube hasta la cima con dos compañeros, un hombre tedioso a quien no tarda en arrojar al seno del abismo ardiente y un hombre deseable con quien copula al borde del cráter.

A Sade le inquietaba la saciedad; no podía concebir la pasión sin provocación. Al Cavaliere no le preocupaba la posible falta de sensaciones. Para él, el volcán era un estímulo para la contemplación. Ruidoso como podía ser el Vesubio, ofrecía algo parecido a lo que él había experimentado con sus colecciones. Islas de silencio.

*

Mayo de 1779. En la ladera del Vesubio, iluminado por el resplandor naranja de la roca fundida. Estaba plantado, inmóvil, con los pálidos ojos grises abiertos de par en par. La tierra temblaba bajo sus pies. Notaba que los pelos de sus pestañas, de sus cejas, se agitaban al soplo del aire ardiente. Ya no podían subir más alto.

El peligro no estaba en el suelo sino en aquel aire letal, insoportable. Con paso firme, empujados por el humo ondulante y las piedras que caían a sus espaldas, se movieron en diagonal, lejos de la corriente de lava, manteniéndose en la parte donde soplaba el viento para evitar que les superara el humo. De repente el viento cambió de sentido y les lanzó a la cara chorros hirvientes de sulfuro. El humo cegador, asfixiante, se arremolinó a su alrededor, cortándoles el descenso.

A la izquierda, un abismo. A la derecha, la corriente de lava. Atónito, buscó con la mirada a Bartolomeo, quien había desaparecido en la humareda. ¿Dónde está el muchacho? Allí, en dirección errónea, gritando y haciéndole señas a él para que continuase. ¡Por aquí!

Pero interceptando el paso estaba la extensión enorme, aterradora, de lava granulada de color naranja, de una anchura por lo menos de sesenta pies.

Por aquí, gritaba Bartolomeo, señalando al otro lado. Las ropas del Cavaliere empezaban a arder. El humo le torturaba los pulmones, chamuscaba sus ojos. Y delante de él fluía un río de fuego. No gritaré, se dijo. Así, esto es la muerte.

¡Venid!, gritaba Bartolomeo.

No puedo, gimió el Cavaliere, retrocediendo mentalmente a medida que el muchacho corría hacia la lava. El humo asfixiante, los gritos del muchacho: ya estaba profundamente ensimismado. Bartolomeo pisó ligeramente la vena de lava y empezó a atravesarla. Jesucristo caminando sobre el agua no podía haber sorprendido más a sus seguidores. El muchacho no se hundió en la superficie derretida. El Cavaliere le imitó. Era como andar encima de carne. A condición de que uno no se detuviera, la corteza de la lava aguantaba su peso. Transcurrido un momento ya habían superado los peligros y en el lado contrario se encontraban una vez más en dirección del viento, tosiendo para expulsar los vapores. Cuando inspeccionó sus botas chamuscadas, el Cavaliere miró hacia Bartolomeo, quien se frotaba su ojo bueno con un puño sucio. Era casi como ser invulnerable. El Cavaliere con su Cíclope, el Rey de Copas con su Loco; quizás no invulnerable pero a salvo. Con él, a salvo.

*

Agosto de 1779. Sábado, a las seis. La gran conmoción debió de sacudir los cimientos de la villa del Cavaliere al pie de la montaña, si no algo peor. Pero él se encontraba en su casa de la ciudad y desde el resguardo del observatorio contemplaba cómo la montaña disparaba chorros de piedras rojas y ardientes al aire. Una hora más tarde una columna de fuego líquido empezó a levantarse y rápidamente alcanzó una altura sorprendente, dos veces la de la montaña, un peligroso pilar de diez mil pies, moteado de bocanadas de humo negro, rasgado por el fulgurante zigzaguear de los relámpagos. Desapareció el sol. Negras nubes se cernieron sobre Nápoles. Se cerraron los teatros, se abrieron las iglesias, se formaron procesiones, la gente se arracimó, arrodillada a la luz de las velas ante las capillas callejeras dedicadas a San Genaro. En la catedral, el cardenal levantó la vasija de la sangre del santo para que todo el mundo la viera y empezó a darle calor con sus manos. Vale la pena verlo de cerca, dijo el Cavaliere, refiriéndose a la montaña, no al milagro. Había mandado buscar a Bartolomeo y se puso en marcha a caballo por las refulgentes calles, hacia la noche del campo, bajando por senderos negros, pasando por extensiones de árboles marchitos, sin una sola hoja y por viñas carbonizadas, camino de la montaña ardiente.

De repente cesó la erupción y, excepto por los resplandecientes montones de carbonilla del Vesubio y los pequeños arroyos de lava en las laderas altas, todo quedó a oscuras.

Una hora después, mientras salía la luna llena, el Cavaliere llegó a un pueblo en la vertiente inferior que yacía medio enterrado por los sedimentos de cenizas negras y polvo, resecado por el calor. La luna subió más. El oscuro pueblo, machacado, escamoso, se tornó pálido... lunar.

Después de desmontar y dar su caballo a Bartolomeo, le enseñaron al Cavaliere los senderos alumbrados por la luna, obstruidos por cenizas fulgentes y rocas oscuras. Una lluvia de piedras que pesarían más de cien libras cada una había caído sobre el pueblo; pocas casas se habían quemado, pero cada ventana que vio estaba rota y algunos de los tejados se habían hundido. Gentes de aspecto terrible sosteniendo teas llameantes anduvieron con él, dispuestas a contar sus historias. Sí, habían permanecido en sus casas, ¿qué elección tenían? Los que se movieron provistos de cojines, mesas, sillas, o las tapaderas de los barriles de vino sobre sus cabezas, se habían visto obligados a retroceder, heridos por las piedras o asfixiados por el calor, el polvo y el sulfuro. Escuchó los horrores. Luego le acompañaron a ver a una familia que había buscado refugio prematuramente, el día antes, y que había perecido misteriosamente. («Nadie les dijo que fueran a la bodega, Excelencia, ¡ni que se quedaran allí!») En la baja puerta de entrada de la bodega, uno de los campesinos se adelantó con su tea para iluminar un tosco cuadro viviente. Madre, padre, nueve hijos, varios primos y un par de abuelos: todos sentados y erguidos contra la pared de tierra y mirando fijo al frente. Sus ropas, impecables. Sus caras no estaban contorsionadas, por lo que no podían haber muerto de asfixia. Su apariencia era perfectamente normal excepto que el pelo, un pelo sin vida, más tupido debido al polvo blanco, que, puesto que los campesinos no llevan peluca, les confería el aspecto de estatuas.

Resultaría interesante averiguar qué les mató, pensó para sí el Cavaliere. ¿Un golpe agudo y seco del volcán desde lo profundo de la tierra? ¿La rápida difusión de un letal gas volcánico? Detrás suyo el muchacho, su joven Bartolomeo, dio firme respuesta a sus pensamientos. Murieron de miedo, mi señor.

6.

El Escudero de Copas llegó a finales de octubre. Naturalmente, quién sino él. El Cavaliere se enfadó consigo mismo por no haber adivinado quién sería.

Ciertamente un pariente, primo lejano del Cavaliere. William Beckford contaba entonces veinte años, era asombrosamente rico, autor ya de una breve e irónica obra de biografías imaginarias, un coleccionista militante y experto, voluntarioso, lleno de compasión por sí mismo, codicioso de lugares de interés, tentaciones, tesoros. Una versión inquieta, abreviada del Grand Tour (había salido de Inglaterra sólo dos meses atrás) le había conducido a la etapa más meridional a una velocidad récord, depositándole en el campo de hospitalidad del Cavaliere exactamente en la época del viento caliente, uno de los grandes vientos de la Europa del Sur (mistral, Föhn, siroco, tramontana) que se utilizan, como los días previos a la menstruación, para justificar inquietud, neurastenia, fragilidad de emociones: un colectivo síndrome premenstrual que llega estacionalmente. El ambiente era de inquietud. Perros aullantes vagabundeaban por las sucias calles empinadas. Las mujeres abandonaban a niños recién nacidos en las puertas de las iglesias. Con ojos brillantes, agotado, impulsado por sueños de lo todavía más exótico, William se tendió sobre un sofá ornado de brocado y dijo: Seguramente esto no es todo. Mostradme más. Más. Más.

El Cavaliere reconoció en su joven pariente a alguien como él mismo, aquella rara especie que nunca, ni por un momento en el curso de una larga vida, se aburriría. Le mostró sus colecciones, su botín, su herencia auto-otorgada. (Apenas si podía olvidar que este muchacho era, o sería muy pronto, el hombre más rico de Inglaterra.) Los armarios llenos de maravillas. Las pinturas expuestas a tres o cuatro niveles en las paredes, la mayoría del siglo diecisiete e italianas. Mis jarrones etruscos, dijo el Cavaliere. Espléndidos, dijo William. Una muestra de mi colección de piedras volcánicas. Objetos con los que soñar, dijo William. Y éste es mi Leonardo, dijo el Cavaliere. ¿De veras?, dijo William. Los comentarios del joven eran maravillosamente agudos, apreciativos. Entró en acción por ambas partes un auténtico afecto. Pero el Cavaliere no precisaba de otro (más regio, más difícil) sobrino. Era Catherine quien sentía tal necesidad, Catherine quien tendía la mano humilde, apasionadamente para conseguir un alma gemela y el sustituto de un hijo.

Cada uno se sintió apreciado por el otro al instante. Él se lo dijo a ella. Ella se lo dijo a él. Se deleitaron ante todos los aspectos en que eran iguales: el guapo mozo muy triste, de pelo rizado y uñas mordidas, la delgada mujer de cuarenta y dos años con sus ojos abiertos y ligeramente descarados. Pertenecen a distintas generaciones, han tenido unas vidas muy distintas. Sin embargo, tienen gustos muy semejantes, semejantes disgustos. Pasaron de contarse historias a intercambiarse confidencias, cada uno desenvolviendo un paquete de pena y anhelos. William, más joven y varón, pensó que le correspondía ser el primero.

Habló de su vida interior, llena (así se lo dice ahora) de vagas añoranzas. Habló de su vida en casa, en Fonthill, paseándose melancólicamente por sus habitaciones, leyendo libros que le hacían llorar, lleno de insatisfacción consigo mismo y de sueños alocados (que ha decidido no abandonar nunca, no importa lo mucho que envejezca), enfurecido ante la estupidez de su madre, de sus preceptores, de todos cuantos le rodean.

¿Habéis leído un libro titulado *Las penas del joven Werther*? Creo que resplandece el genio en cada línea.

Era una prueba que Catherine debía pasar.

Sí, dijo. También a mí me encanta.

Sucedió con rapidez, como suele ser el caso. Existe una persona cualquiera, alguien conocido a quien ves de vez en cuando en fiestas o en conciertos y en quien nunca piensas. Luego, un día una puerta se abre de par en par y caes en una sima de infinitud. Con tanta sorpresa como agradecimiento, te preguntas: ¿Puede esta alma profunda ser la persona que yo consideraba meramente... una mera...? Sí.

Quiero estar a solas con vos. Y yo, querido.

Desde su estudio en la villa cerca de Portici, el Cavaliere les veía pasar el tiempo uno al lado del otro en la terraza sin hablar. Desde la terraza les veía deambular lentamente por la pérgola rodeada de mirto y parras. Desde el pasillo les veía juntos al piano. O Catherine tocaba y William permanecía ocioso en un canapé junto a una pequeña mesa de tres patas y hojeaba los libros del Cavaliere. El Cavaliere se alegraba de que Catherine tuviera a alguien suyo, alguien que la prefería al propio Cavaliere.

No se limitaban a tocar juntos, como lo hacían Catherine y el Cavaliere. Improvisaban juntos, compitiendo por producir el sonido más expresivo, el decrescendo más desgarrador.

Catherine confesó que ella componía, en secreto. Nunca había interpretado sus «pequeños movimientos» para nadie. William le suplicó que los tocara para él. El primero era un minueto, con una melodía rápida, alegre. Los otros —la apreciación del minueto por parte de William la estimuló— tenían una forma más libre, una estructura más grave: lentos, interrogativos, con largos acordes lastimeros.

William confesó que siempre había querido ser un compositor pero sabía que le faltaba el fuego de la creación. Ella le dijo que era demasiado joven para saberlo.

No —él sacudió la cabeza—, sólo sirvo para soñar, pero —levantó la mirada— no es un halago. Catherine, sois un gran músico. Nunca había oído a nadie que sintiera la música como vos.

Cuando toqué para Mozart, dijo ella, temblaba al sentarme. Su padre lo advirtió, vi que él lo advertía.

Yo tiemblo ante todo, dijo William.

Cada uno se siente comprendido (¡al fin!) por el otro. William consideraba que el destino de un hombre como él era que nadie le comprendiera. Ahora existía aquella angélica mujer que le comprendía perfectamente. Catherine pudo haber pensado, erróneamente, que con él escapaba del egoísmo masculino.

Él le hacía regalos halagadores. Una relación muy cosmopolita. Él había encontrado una prudente, culta, elegante y estimulante mujer madura: todo joven necesita de una autoridad. Y ella, a una edad en que ya no le parecía posible, tiene a un hombre nuevo en su vida: toda mujer necesita, o cree necesitar, un acompañante.

A Catherine le desagradaba visceralmente la corte al completo, ya desde el principio: esta gran burguesía era más fastidiosa que el notablemente patricio Cavaliere. Su esposo lo atribuía a que Catherine era una reclusa y la respetaba más por ello. Catherine prefiere una vida de eremita, era la cariñosa exageración del Cavaliere en una carta a Charles, mientras él debía ausentarse frecuentemente con el Rey. Su unión estaba destinada a confirmar que ambos eran distintos, de la manera en que la mayoría de las parejas —dos hermanos, esposa y marido, jefe y secretaria— se reparten los papeles. Tú serás insociable, yo seré gregario; tú serás parlanchina, yo seré lacónico; tú serás entrada en carnes, yo seré delgado; tú leerás poesía, yo repararé mi motocicleta. Con William, Catherine experimentaba la rara forma de la condición de pareja, en la que dos personas, por distintas que puedan ser, manifiestan que son todo lo iguales posible.

Ella quiere hacer lo que le complazca a él y él lo que le complazca a ella. Les emocionan, admiran la misma música y la misma poesía; les molestan las mismas cosas (matar animales, una conversación vulgar, las intrigas de los salones aristocráticos y una grotesca corte).

El Cavaliere, cuya vida está inevitablemente llena de actividades tales como matar animales, conversación vulgar, intrigas de los salones y de la corte, se alegraba de que Catherine tuviera a alguien con quien hablar, alguien con quien compartir su sensibilidad. Y tenía que ser un hombre —extrañamente, Catherine no disfrutaba de la compañía de su mismo sexo—, pero uno mucho más joven que ella, con quien pudiera ejercer de madre; e, idealmente, uno que amase a otros hombres, de manera que ahorrase al Cavaliere la preocupación de que pudieran darse avances impropios.

Sin celos, no, con aprobación, el Cavaliere observaba que Catherine parecía casi juvenil en compañía de este joven imberbe, y más feliz.

Los dos habían estado sentados en la terraza ante la panorámica de Nápoles y el golfo. Ahora eran las seis y habían entrado en la casa, a una habitación con ventanas orientadas al Vesubio. La doncella predilecta de Catherine sirvió té. La luz bajó de intensidad, palideció. Se encendieron las velas. La actividad del servicio y el chirriar de las cigarras eran sonidos que ellos no oirían. Si la montaña hacía ruido, lo ignorarían.

Después de un largo silencio, Catherine se dirigió al piano. William escuchó con ojos húmedos.

Por favor, cantad, dijo ella. Tenéis una bonita voz.

¿Cantaréis un dúo conmigo?

Ah, se rió ella. Yo no canto. No me gusta, nunca podría...

¿Qué, mi querida Catherine?

El Cavaliere apareció por la noche, calzado con botas, manchado de sangre, sudando, recién llegado de la matanza de animales del Rey, y los vio al piano, riendo quedamente, los ojos brillantes. Pero también yo soy sensible, pensó. Y ahora me han otorgado el papel de alguien que no comprende.

*

La suave voz de tenor de William sostuvo la última nota, luego la soltó. El sonido del piano menguó hasta llegar lo inaudible, el corazón de la expresividad de este instrumento.

Catherine, murmuró William.

Ella se volvió hacia él y asintió con la cabeza.

Nadie me ha comprendido nunca como vos lo hacéis, dijo él. Sois un ángel. Una mujer exquisita. Si sólo pudiera quedarme aquí, bajo vuestra benévola influencia, me sentiría completamente curado.

No, dijo Catherine. Debéis volver a Inglaterra, a vuestras obligaciones. No albergo dudas de que dominaréis esta debilidad, un producto de vuestra extrema sensibilidad, que proviene de tener un corazón demasiado tierno. Tales sentimientos son como una fiebre que desaparece.

No quiero ir a casa, dijo él, y deseó atreverse a tomar su mano. Cuán bella se mostraba ahora. Catherine, quiero permanecer aquí con vos.

William cree que padece de una aflicción espiritual, que adopta la forma de un deseo sin límites por cosas vagas, exóticas. Cuán halagador para sí mismo. Lo que sucede es que no se le permite abrazar lo que desea abrazar. La gran inquietud es inquietud sexual. El amor de su vida contaba once años cuando se conocieron, y William llevaba cuatro años cortejándolo y acariciándolo cuando los encontraron una mañana en la cama del muchacho. Cuando el vizconde Courtenay prohibió a William la entrada en su palazzo y le amenazó con perseguirle judicialmente si se atrevía a acercarse de nuevo a su hijo, William cruzó el Canal y se dirigió hacia el sur.

Ha buscado cobijo bajo otros cielos. Pero ningún grado de alienación satisface al inquieto exiliado sexual. Ningún lugar es lo bastante tosco, lo bastante extranjero. (Hasta más tarde... en el recuerdo, en el recuento.) En el norte del sur, recreó el mismo escándalo, del que una vez más se vio obligado a escapar: una pasión por el hijo de quince años de una noble familia veneciana, cuyo pronto descubrimiento a cargo de otro airado padre hizo que tuviera que huir de la ciudad y aceleró su viaje por la península... hasta la fascinación napolitana, el torpor napolitano y el fondo del corazón solitario de Catherine.

*

Ella se siente más fuerte, tiene más energía, y (como advirtió el Cavaliere) se la ve más bonita. Él mejoraba su persona, bajo la benévola influencia de ella. Habían encontrado un refugio, la más fuerte variante de la soledad: un voluntario ostracismo social. Cada uno estaba ávido de la exclusiva compañía del otro.

Naturalmente, no se encontraban literalmente solos. Como correspondía a un hombre más rico que cualquier señor, William era incapaz de viajar sin su preceptor, su secretario, su médico personal, un mayordomo, un cocinero, un pastelero, un artista para dibujar las vistas que él deseaba retener en la memoria, tres ayudas de cámara, un paje, etcétera. Y Catherine y el Cavaliere tenían una amplia comitiva para la casa de la ciudad, la villa cercana al palacio real en Portici, y el pabellón de caza con cincuenta habitaciones, en Caserta. Había criados por doquier, que lo hacían todo posible, pero, como las figuras negras que en el teatro Noh entran en escena para arreglar la pesada vestimenta de un personaje o proveer un accesorio, los criados no contaban.

Sí, estaban solos.

Esta relación, que tenía la emoción de algo ilícito, se llevaba a cabo delante y con la bendición del Cavaliere. Aunque estaba destinada a no consumarse, seguía siendo un romance. Lo que les liberaba de amarse era que cada uno estaba insatisfactoriamente enamorado de otro. Ciertamente, el caso era que Catherine estaba indecentemente enamorada del Cavaliere después de veintidós años de matrimonio y que las convulsivas pasiones de William hacia aquellos adolescentes vigilados muy de cerca en sus propios círculos, les permitían enamorarse mutuamente sin tener que preocuparse por ello o hacer algo al respecto.

Al estar enamorados y ser incapaces de reconocerlo, les encantaba generalizar sobre el amor. Hay algo más cruel y más dulce, reflexionaba William. El corazón tan lleno que no puede hablar, sólo puede soñar y cantar... habéis conocido esta sensación, Catherine, sé que la habéis conocido. De no ser así, no podríais comprender tan bien lo que yo siento pero debo esconder de todo el mundo.

El amor es siempre un sacrificio, dijo Catherine, que sabía de qué hablaba. Pero quien ama, añadió, consigue mejor parte que quien se deja querer.

Odio sentirme desgraciado, dijo William.

Ah, suspiró Catherine, y contempló su larga historia de sentirse desgraciada sin tener ningún derecho a considerarse tal, tanto agradecimiento sentía hacia el Cavaliere por haberse casado con ella. Juzgándose a sí misma una persona casera —y despreciándose por la vanidad que este pensamiento revelaba— sentía una reverencia de patito feo por su elegante esposo, a quien consideraba muy atractivo con su larga nariz corva, sus piernas delgadas, sus frases secas, su mirada firme. Aún suspiraba por él siempre que se ausentaba más de un día, aún se sentía indecisa cuando él entraba en una habitación y se acercaba a ella. Le encantaba su silueta.

¿No me juzgáis?, murmuró William.

Ya os habéis juzgado a vos mismo, querido muchacho. Sólo debéis continuar por el camino mejor al que aspiráis. Vuestra franqueza, vuestra delicadeza de sentimientos, la música que interpretáis, estas cosas me dicen que vuestro corazón es puro.

Mutuas declaraciones de la esencial pureza e inocencia de cada uno, aunque distintas sus vidas e impura la de él.

William, ¡resiste el señuelo de una débil, criminal pasión! Así denominaba ella el amor del joven por su propio sexo, que no podía dejar de excitar el agudo talento de Catherine para la desaprobación. No escandalizó al Cavaliere, amigo de Walpole y de Gray, mecenas de aquel bribón erudito que se había rebautizado a sí mismo como Barón d'Hancarville (compiló los volúmenes sobre los jarrones del Cavaliere): incluso entonces el mundo de los coleccionistas y de los entendidos, en particular tratándose de antigüedades, ofrecía un desproporcionado número de hombres que amaban a su mismo sexo. El Cavaliere se enorgullecía de verse libre del vulgar prejuicio sexual, pero pensaba que este gusto era un problema que exponía a sus adeptos a situaciones sociales inconvenientes y en ocasiones, ay, a peligros. Nadie podía olvidar el bochornoso fin del gran Winckelmann en un sórdido hotel de Trieste hacía doce años, acuchillado a muerte por un joven aventurero a quien él había mostrado algunos de los tesoros que se llevaba de vuelta a Roma, ¡Cuidado, William! Trata sólo con muchachos de tu misma clase.

*

Ambos son unos inadaptados que aman aquello que no pueden tener. Y son aliados. Ella le protege; él hace que ella se sienta deseable. Cada uno necesita al otro de una manera muy conveniente. Cuán halagador para ambos si los demás piensan que *son* amantes. Significa que a él le ven capaz de amar a las mujeres, a ella todavía atractiva. A ambos, como espíritus osados que no dudan en arrojar por la borda todo tipo de precaución. Esta relación, que sólo muy raramente acaba en la cama, es una de las formas clásicas del amor romántico heterosexual. En vez de consumarse, hay exaltación. Una sociedad secreta a dos, estaban constantemente en éxtasis, exaltados, emocionados por la complicidad.

Sus voces se hicieron más profundas, atravesadas por pausas. Sus manos se aparejaban sobre el teclado, la cara de ella ladeada hacia la de él, apoyándose en él. Sonrisas interiores, pérdida de aliento, la belleza penetrante de Scarlatti y Schubert y Haydn. Ignorando los espasmos del volcán. No va a distraerles un paisaje.

Cuando ella tocaba, él podía ver la música. Era un arco ascendente desde sus pies, que zapateaban delicadamente, un arco que fluía por su cuerpo y salía por sus manos. Ella se inclinaba hacia delante, una hebra de pelo sin empolvar caída sobre la frente, sus brazos un poco fofos arqueados como para abrazar el teclado, su cara radiante moldeada por el sentimiento, sus labios abiertos para una queja y una canción silentes.

Un enamorado habría reconocido las expresiones de Catherine al piano y cualquier otra persona se habría sentido copartícipe de una involuntaria revelación sobre cómo se comportaba ella con un amante. Hacía muecas, se estremecía, suspiraba, asentía con la cabeza, sonreía beatíficamente... abarcaba varias octavas de abandono al placer. Era entonces, cuando William la veía más claramente como un ser sexual, se sentía más atraído hacia ella, más intimidado y más conmovido. Era tan inocente, suponía él, respecto a lo que la música significaba para ella y hacía en ella.

En ocasiones, dijo Catherine, siento que me invade la música hasta el punto del olvido total, cuando mi voluntad y mi intención ya dejan de existir. La música ha penetrado tan profundamente dentro de mí que es lo único que rige mis movimientos.

Sí, dijo William, también yo siento eso.

Habían alcanzado aquel estado de perfecto acuerdo vibrante en que todo cuanto veían parecía una metáfora de su relación. En una excursión a Herculano, se maravillaron conjuntamente ante los imaginarios edificios —¡Deben de ser imaginarios, Catherine!— representados en los frescos de la Villa degli Misteri, a cuyas delgadas columnas no se les pide que aguanten nada sino que enmarquen el delicado espacio:

elementos autoestables de edificios que existen sólo por sí mismos, para la luz y para la gracia.

Así construiría yo, dijo William.

En la entrada de la gruta de la Sibila Cumaea, se sintieron compenetrados con todo el mundo antiguo.

En Averno permanecieron junto a las aguas malsanas del sumergido cráter, que en tiempos antiguos era considerado la entrada al infierno, por donde Virgilio condujo a Eneas al otro mundo.

¿Recordáis la advertencia de la Sibila a Eneas? *Facilis descensus Averno,* proclamó William con su aguda y nerviosa voz, lanzando una afectuosa mirada a Catherine. *Sed revocare... hoc opus, hic labor est.*

Sí, querido muchacho, sí. No debéis ser ocioso.

Con Virgilio puedo atestiguar que es fácil descender al infierno. Pero, regresar... Ah Catherine, con vos, con vuestra comprensión... no es un trabajo, no una labor.

Para ser felices juntos ya no precisan sentirse superiores a los placeres locales. Durante el estreno en el San Carlo de otra ópera sobre una novia rescatada de un harén moro, el castrado Caffarelli les hace llorar. Una de las músicas peores y el canto más bello que haya oído nunca, murmuró William. ¿Observasteis cómo mantuvo el legato en su dueto? Sí, sí, dijo ella. No es posible un sonido más bello.

Catherine despertó a la sensualidad así como a la belleza de la ciudad, viéndolas refractadas a través de las reacciones de William. Hasta el momento les había cerrado el paso, tanto le habían desanimado la bulliciosa corte, la indolente nobleza, la pagana religión, la descorazonadora violencia y la pobreza. Con William, se permitía notar la energía erótica que recorría las calles. Guiada por la mirada lujuriosa de William, permitió que su propia visión se demorase en la boca sensual y las largas pestañas de un joven herrero con el pecho desnudo. Por vez primera en su vida, cuando ya estaba demasiado gastada, era demasiado vieja para seducir, se sintió embriagada por la belleza de los hombres jóvenes.

Y la luz dorada. Y las vistas. Los granados con sus frutos. Y, ¡cielo santo, los hibiscos!

Debajo de los estratos de historia, todo habla de amor. Según el folclore local, el origen de muchos emplazamientos napolitanos es una desdichada historia de amor. En un tiempo estos lugares fueron hombres y mujeres, quienes, debido a un infausto o desgraciado amor, sufrieron una metamorfosis en la que les vemos ahora. Incluso el volcán. El Vesubio fue en una ocasión un joven, que vio a una ninfa preciosa como un diamante. Ella le arañó el corazón y el alma, no podía pensar en nada más. Respirando con más y más vehemencia se abalanzó sobre ella. La ninfa, abrasada por sus atenciones, saltó al mar y se convirtió en la isla que hoy se llama Capri. Al ver esto, el Vesubio enloqueció. Se irguió amenazador, sus suspiros de fuego se esparcieron, poco a poco se convirtió en una montaña. Y ahora, tan inmóvil como su amada, para siempre más allá de su alcance, sigue lanzando fuego y hace que tiemble la ciudad de Nápoles. ¡Cómo lamenta la indefensa ciudad que el joven no consiguiera lo que deseaba! Capri está en el agua, totalmente a la vista del Vesubio, y la montaña quema y quema y quema...

*

Cuán dedicados estamos el uno al otro, podían haber dicho. (¡Cuánto amor propio se muestra bajo el disfraz de la devoción desinteresada!)

Ella y él ejercían la paciencia: que ella tiene sus peculiaridades, que él tiene ideas peligrosas. Pero ella es más prudente que él, porque él se irá (es joven y es un hombre) y ella no puede marcharse. Puesto que aquello debe terminar. Es la mujer, naturalmente, quien pierde: el joven se va y volverá a amar, tanto física como románticamente. Él es el último amor de ella.

Cuando partió en enero, él estaba destrozado por el dolor. Lloró. Ella, sin duda más triste que él, no derramó una lágrima. Se abrazaron.

Viviré para vuestras cartas, dijo él.

*

Cuando os dejé estaba perdido en sueños, dijo él en su primera carta. Le contó lo mucho que la echaba en falta, describió los elocuentes paisajes que le recordaban... a sí mismo. Cada sitio le empujaba al ensueño, pasaba a ser un retrato de su propio pensamiento (y de sus poderes), de sus propias asociaciones. Su caligrafía era caprichosamente difícil —a Catherine le resultaba duro descifrarla— y era un narrador voluble.

Dondequiera que se encontrara William, se encontraba también en otra parte. En Misenum estaba con Plinio el Viejo. En la entrada a la gruta de la Sibila estaba con Virgilio. O simplemente con sus indescriptibles sentimientos. El audaz revoltillo de referencias librescas, la pronta transformación de toda realidad en un sueño o en una visión, parecía menos un sortilegio en sus cartas. Sin duda se debía a que ella ya no era la coautora de sus fantasías sino sólo su receptora.

Ella lo esperaba todo de sí misma: indicio de un carácter fuerte. (Ella nunca había considerado fuera de lo corriente que tocase el clavicémbalo tan soberbiamente como lo hacía.) Pero procuraba no esperar demasiado de los otros, para que no la corrompiera la decepción. No esperaba nada de William. Ella era William... o él era ella. Amar a alguien era tolerar imperfecciones que nunca nos perdonaríamos a nosotros mismos. Y si hubiera pensado que el egocentrismo de las reacciones de él precisaba defensa, probablemente habría invocado su juventud, o sencillamente su sexo.

Era como un sueño, diría él de algo que acababa de ver. Soñaba, retrocedí en el tiempo de. Avancé, reflexionando a cada paso. Estuve recostado una hora contemplando la lisa superficie de las aguas. Me perturbó que me despertaran de mis visiones.

Hablaba de cada parada en su viaje como de una peregrinación. Y cada lugar podía ser una fuente de inspirada reclusión, de desorientación voluptuosa. Dondequiera que fuese, siempre existía un momento en que era capaz de preguntarse: ¿Dónde estoy?

Y Catherine, Catherine, no he olvidado. ¿Dónde estáis vos?

La intimidad entre ambos, también esto parecía como un sueño.

Solía escucharla como hechizado, decía William de la música de Catherine, muchos años más tarde. Traspuesto, como no me ha sucedido con ningún otro intérprete. No podéis imaginar cuán bellamente tocaba; refiriéndose, como cada vez que la evocaba dedicada a sus instrumentos, sólo a cómo tocaba la música de otros. Parecía, decía él, como si hubiera volcado su propia esencia dentro de la música, cuyos efectos eran las emanaciones de una mente pura, no contaminada. El arte y la persona eran unitarias. Vivía, inmaculada, un ángel de pureza, en medio de la corte napolitana, recordaba William. Puesto que ensalzar a una mujer entonces era invariablemente llamarla un ángel o una santa, William ansiaba que sus palabras se oyeran como algo más que el homenaje habitual. Deberíais haber conocido cómo era la corte, escribió, para comprender esto en su pleno sentido. Nunca vi una criatura de pensamientos tan celestiales.

A lo largo de su rápido viaje de regreso por la península, que incluía una fútil parada en Venecia (para suspirar una vez más por el joven Cornaro), William siguió escribiendo a Catherine, evocando las fantásticas y alocadas imaginaciones que sólo podía compartir con ella y declarando que de haber tenido suficiente fuerza de voluntad —me importa un comino si el mundo me considera caprichoso o no— habría cambiado su resolución de seguir hacia Inglaterra y en lugar de ello habría vuelto inmediatamente a Nápoles. Nada le haría más feliz que pasar unos meses más en compañía de Catherine y recibir la primavera junto a ella, leerle bajo su acantilado favorito en Posillipo y escuchar su música.

Desde Suiza, habló de la música que *él* había compuesto.

¿Habéis leído algo sobre ciertos gnomos que se esconden en las simas de imponentes montañas? Las extrañas, exóticas melodías que acabo de tocar en el clavicémbalo eran exactamente lo que imagino que bailan elfos y enanos: vivaces y animosas, contrariadas y subterráneas. Pocos mortales excepto nosotros, querida Catherine, tienen oídos para captar los suaves susurros que salen en las horas oscuras de las rocas.

Y una vez más: Cuánto lamento, querida Catherine, abandonar la esperanza de pasar la primavera en Portici y visitar los silvestres matorrales de Calabria a vuestro lado. Todas mis plegarias serán para volver y escucharos horas enteras sin interrupción, mi mayor ansiedad es que no nos veremos de nuevo durante algún tiempo. Nunca puedo confiar en encontrar otro ser humano que me comprenda con tanta perfección. Permitidme saber de vos constantemente si tenéis alguna piedad para vuestro devoto y afectísimo...

Le contó que cruzando los Alpes sintió que el aire era más puro y transparente que cualquier otro que hubiera respirado. Describió largos paseos en los que atravesaba una infinidad de valles, rodeados de rocas y florecientes de vegetación aromática, y viajes mentales en los que saltaba de roca en roca y construía castillos al estilo de Piranesi encima de sus pináculos. Y le dijo que nunca dejaba de pensar en ella. Sólo vos podéis imaginar los solemnes pensamientos que tengo en una clara noche helada, escribió él, cuando toda estrella es visible. Y: Desearía que pudierais oír lo que los vientos me susurran. Oigo las más extrañas cosas en el Universo y mi oído se llena de aéreas conversaciones. Qué multitud de Voces me traen los helados vientos que soplan en estas vastas y fantásticas montañas. Pienso en vos, donde siempre es verano.

En Nápoles el invierno resultó inoportunamente frío. Catherine empezó a debilitarse. Su médico, un escocés entrado en años y de piel apergaminada (ella pensaba en las suaves mejillas de William) que se había instalado en Nápoles hacía años, efectuaba casi a diario el viaje para visitarla. Tan enferma estoy, dijo ella. Son sólo quince kilómetros, me encanta el ejercicio, respondió él, sonriendo. La ternura en la mirada del médico hacía que ella se sintiera incómoda.

Ahora estoy en París, escribió William. Mi deliciosa reclusión ha tocado a su fin. Inglaterra me espera. Pero ah, Catherine, temo que nunca seré bueno para nada en este mundo excepto para componer exóticas melodías, levantar castillos, diseñar jardines, coleccionar el antiguo Japón e imaginar viajes a la China o a la Luna.

En Nápoles nevó por vez primera en treinta años.

Por muy lejos que Nápoles estuviese de Inglaterra, aún estaba más lejos de la India, la patria de Jack. El Cavaliere observó con un encogimiento del corazón que el mono estaba enfermo. Jack ya no saltaba de un lado a otro sino que se arrastraba de la mesa a la silla, del busto al jarrón. Levantaba lentamente la cabeza cuando el Cavaliere lo llamaba. De su menudo pecho salía una respiración distorsionada. El Cavaliere se preguntaba si la bodega era demasiado fría. Pensó en decir a Valerio que trasladara el jergón de Jack a otro piso superior, pero se le fue de la mente. Echaría en falta a su cómplice en las mofas. Había empezado a apartarle de su corazón. Y había otras distracciones más que las habituales.

Era la época de la campaña del Rey para cazar jabalíes. El Cavaliere trasladó el núcleo de su casa —Catherine, los indispensables instrumentos musicales y una selección de libros, así como un reducido grupo de treinta y cuatro criados— al pabellón de caza de Caserta, donde el viento soplaba aún más frío. Para ahorrarle los rigores suplementarios del clima del norte, dejaron a Jack en la ciudad al cuidado del joven Gaetano, quien recibió instrucciones de no perder de vista al animal. El Rey requirió al Cavaliere para una cacería de una semana en las estribaciones de los Apeninos. Ah, estoy acostumbrada a sus ausencias, dijo Catherine al doctor Drummond, que aparecía cada dos días para visitarla. Y: No quiero que mi esposo se preocupe por mí.

Tampoco quería que se preocupara por el pobre Jack. ¿Cómo prepararle para lo inevitable? Porque pensaba con ansiedad en ello, incluso en ello. Un domingo llegó la noticia de que Jack no había despertado aquella mañana. El Cavaliere se volvió de espaldas y permaneció en silencio un largo momento. Se abrochó de nuevo la chaqueta de caza y volvió sobre sus pasos. Estaba el suelo aún helado, preguntó. No, fue la respuesta. El Cavaliere suspiró y ordenó que lo enterraran en el jardín.

A ella le tranquilizó que no pareciera demasiado trastornado, pero se sentía triste ante el destino de aquella criaturita extraña que había servido al Cavaliere con tanto ardor. Recordó cómo se sentaba en forma de una clave de sol, su peluda cola enroscada pulcramente bajo las ancas.

Desde Inglaterra, William escribió que había empezado y casi acabado un nuevo libro. Se trataba de una relación de sus viajes y de todas sus fantasías y encuentros imaginarios con los espíritus locales. Pero se apresuró a asegurarle, no fuera a alarmarse, que a pesar de que el libro llevaría la marca profunda de las visiones de ella, no la mencionaría. Él asumiría plena responsabilidad por todas las ideas que habían engendrado conjuntamente, protegiéndola de la malicia y envidia del mundo. Nadie será capaz de criticarla o implicarla. Su papel en la vida de él permanecerá para siempre en secreto, como un misterio sagrado. Él será el representante de los dos ante el mundo.

Ciertamente.

Ella se siente anulada. Pero por lo menos algo que representa a los dos existirá.

Ha ordenado la impresión de quinientos ejemplares, anunció él. Luego escribió que lo había reconsiderado y había ordenado que destruyeran la edición entera, excepto cincuenta ejemplares. Ella estaba protegida, él no. En manos inadecuadas, el libro se podría interpretar mal. No quería exponerse a sí mismo al ridículo.

Pero siempre os pertenecerá, Catherine, escribió.

Ella no quería sentirse abandonada, pero se sentía.

Él escribió que estaba releyendo su —no, el de los dos— libro favorito.

Catherine, Catherine, recordáis el pasaje al principio de *Werther,* en el que el héroe dice: «Es el destino de un hombre como yo ser mal comprendido», cuando recuerda al amigo de su juventud. Por supuesto que lo recordáis. Pero no puedo resistirme a copiarlo, tan perfectamente expresa lo que yo siento, «Me digo a mí mismo: ¡Insensato! Buscas lo que nadie encuentra en la tierra. Pero la conocí; he poseído aquel corazón, aquella alma superior, en cuya presencia me figuraba ser más de lo que soy, porque era cuanto podía ser. ¿Qué fuerza de mi espíritu, Dios mío, estaba entonces paralizada? ¿No podía yo desplegar ante ella la maravillosa sensibilidad con que mi corazón abraza el universo? ¿No era nuestro trato una cadena continua de los más delicados sentimientos, de los ímpetus más vehementes, cuyos matices, hasta los más superficiales, brillaban con el esmalte del genio? Y ahora... ¡ay! Tenía algunos años más que yo, y ha llegado antes al sepulcro. Jamás olvidaré su privilegiada razón y su indulgencia más que humana.»

Ah, pensó Catherine, me está matando. El pensamiento no la sorprendió tanto como habría debido.

Volvió el Cavaliere, encendido el rostro, nervioso, de la caza. A la mañana siguiente durante el desayuno, mirando la cara de pálidos contornos de Catherine: cuán cansada se la veía, mientras que él se sentía tan fuerte como siempre, su carne hormigueante por el ejercicio y el recuerdo de picantes sensaciones, entre viento y gritos y olores acres y con la dura envergadura del caballo entre sus piernas; y la detestaba por envejecer, por permanecer siempre dentro de casa, por parecer tan vulnerable como era. Por estar triste; por qué motivo, él daba por sentado que lo sabía. Y, celoso, no podía resistirse a ser cruel.

Puedo recordarte, querida, que ambos estamos de duelo.

Ella no respondió.

Tú has perdido a mi joven primo. Pero yo he perdido a Jack.

Otra misiva de William, en la que se quejaba de que Catherine no había contestado sus última y penúltima cartas. ¡No me abandonéis, ángel! La verdad era que ella había comenzado a poner fin a su luto. William había empezado a parecerle remoto. ¿Sentí todo aquello? ¿Tanto? Cuando el sonido baja hasta ser inaudible, la euforia baja hasta la indiferencia, y es siempre inesperada la forma en que los sentimientos exaltados se debilitan, se deshacen en el tiempo. Resultaba cada vez más duro imaginar lo que ella había sentido cuando William estaba allí. Aquella intensidad parecía como, como un... Incluso ella podía ahora utilizar la palabra sueño.

7.

SÍNTOMAS. Una dificultad en la respiración, una punzada cerca del corazón. Pérdida de apetito. Malestar en los intestinos, dolor en el costado y pecho, vómitos crónicos, por los cuales nada aguanta en su estómago, sensación de debilidad en el brazo derecho; la mayor parte de estos síntomas, amansados. Jaquecas. Falta de sueño. Pálidos cabellos sobre el almohadón cada mañana. Una gran dificultad en la respiración. (Debilidades de mujeres: informes, genéricas. Un hombre cae enfermo, una mujer bien nacida decae.) Autodesprecio. Ansiedad por ser causa de preocupación para su esposo. Aversión a la cháchara fútil de las demás mujeres. Pensamientos relativos al cielo. Impresión de frialdad universal.

DIAGNÓSTICO. El doctor Drummond sospecha una parálisis. O las fuerzas vitales están muy consumidas. Sólo cuenta cuarenta y cuatro años pero ha estado delicada durante décadas.

PLEGARIAS. Dar gracias a Dios por todos sus dones, humildemente pedir perdón por anteriores pecados, implorar indulgencia para su impío marido. Más pensamientos sobre el cielo, donde todos los daños son reparados. Señor, tened piedad y enmienda.

CARTAS. A amigos y familiares en la patria, de un excepcional desaliento. Temo que no volveré a veros. Y a su marido, en febrero, cuando la orgía cinegética estaba en curso y el Cavaliere se ausentaba de casa a menudo, una carta de atroz insidia: Qué tediosas las horas que paso en ausencia del amado de mi corazón, y cuán aburrida me resulta cualquier escena. Allí está la silla en la que él se sienta, no le encuentro allí, y mi corazón siente un dolor agudo y mis absurdos ojos se llenan de lágrimas. El número de años que llevamos casados, en vez de menguar mi amor, lo han aumentado hasta tal punto y lo han ligado a mi existencia de tal manera que no puede cambiar. Cuán poderosos son los esfuerzos que he hecho para conquistar mis sentimientos, pero en vano. Cuánto he razonado con mi yo, pero sin resultado. Nadie excepto quienes lo han sentido pueden entender la miserable ansiedad de un amor indiviso. Cuando él está presente, cualquier objeto tiene una apariencia distinta; cuando está ausente qué sola, qué aislada me siento. Busco la paz en la compañía de otras personas y aún me siento más inquieta. Ay, sólo conozco un placer, sólo una satisfacción, y se centra por entero en él.

MÚSICA. No es del todo cierto que ella no sienta ningún interés, ninguno, cuando él está ausente. Pero los sonidos de su clavicémbalo son más quejumbrosos. La música exalta, aunque no borra.

PASIÓN. La partida de William la ha dejado más vulnerable que nunca. Pero una pasión semejante en el matrimonio no es natural. Y: Siempre es sano el intento de superar esta pasión, de distraerse. Ella inspecciona nuevos yacimientos en las ciudades muertas, ingresa en una asociación musical con sede en la mansión del embajador austríaco y visita a una dama siciliana de alto rango quien, tras despachar a diez, no, once personas por medio de la daga o el veneno, fue finalmente denunciada por su propia familia y, como castigo, confinada; un confinamiento lujoso, en un convento cerca de Nápoles. Contaba unos veintitrés años, refirió Catherine a su esposo. Me recibió en la cama, sentada, cojines de satén apilados tras ella, me ofreció *maccarone* y otras golosinas y conversó educadamente y con gran animación. Parecía inconcebible que alguien de tan suaves modales fuera capaz de semejantes atrocidades. Tenía una cara tímida, incluso amable, informó Catherine maravillada, un hecho que no habría impresionado ni siquiera al más inconsciente nativo del país en que ella residía, puesto que cualquier campesino sabe que la mercancía podrida se vende a menudo bajo un buen cartel; pero Catherine era del norte y había sido educada con cariño, ni campesina ni aristócrata, y sinceramente piadosa, una protestante que asumía la contienda entre lo interno y lo externo. No parecía una asesina, dijo quedamente Catherine.

*

Ella hablaba en voz muy baja, recordaría el Cavaliere. En ocasiones, tenías que agacharte para oírla. ¿Una petición de intimidad? Sí. Y también un signo de rabia reprimida.

*

Llegó la primavera, un cálido y fragante abril Catherine pasaba en cama la mayor parte del tiempo. Las cartas de William hablaban con júbilo, con estridencia, de un futuro. Pero Catherine sabía que para ella no existía futuro alguno. Sólo podía pensar en, sólo amar el pasado.

El Cavaliere llevaba ausente más de una semana con motivo de una expedición arqueológica a Apulia. Catherine, incapaz de levantarse de la cama, se sentía más débil por momentos. Una calurosa noche de abril, al borde de un ataque de asma que ella pensó que podía ser el principio del fin, buscó alivio en una carta.

Catherine nunca había sentido miedo y ahora lo sentía. La larga y dura tarea de morir había dado nueva urgencia a su recurrente pesadilla de asmática de que la enterraban viva. Lo evitaría si escribía una nota al Cavaliere con la petición de que no cerrara el ataúd hasta tres días después de su muerte. Pero para decir esto tiene que empezar confesando su temor de que en unos días, mejor dicho, unas horas, será incapaz de escribirle; luego, manifestar que le es imposible expresar el amor y la ternura que siente por él, y que él, sólo él, ha sido la fuente de todas sus alegrías, él, la más preciada de las bendiciones terrenales, una palabra, terrenal, que la traslada desde aquellos extravagantes y totalmente auténticos sentimientos por el Cavaliere hasta el pensamiento de las incluso mayores bendiciones celestiales, y una expresión de su confianza en que él, algún día, se convierta en creyente.

Catherine no piensa realmente que él vaya a convertirse en un devoto (y no fue el caso). Su anhelo de que él se rinda a las creencias religiosas proviene de su propia necesidad de un lenguaje exaltado, delirante. Desearía que él reconociera la realidad de aquella dimensión, y por lo tanto de aquel lenguaje, de manera que pudieran compartirlo; es decir, que entre ambos alcanzaran al fin la auténtica intimidad.

Pero, naturalmente, él nunca conocerá la recompensa del éxtasis. A pesar de todos aquellos oscuros y constrictivos pensamientos que... y aquí ella empezó a jadear, falta de aliento, rememoró lo que quería poner en su carta, una auténtica carta de despedida, aparte de declararle su amor, pedirle que olvidara y perdonara sus faltas, disculparle por dejarla tantas veces y tanto tiempo sola, bendecirle y pedirle que la recordara con cariño; sí, quería suplicarle algo. Permite que no me encierren después de muerta hasta que sea absolutamente necesario. Acabará recordándole que dé instrucciones en su testamento para llevar a cabo la promesa que le ha hecho de que sus huesos yacerán junto a los de ella, en la iglesia de Slebech cuando Dios disponga llamarle a su lado, cosa que ella confía en que no sucederá en muchas décadas, en cuyo intervalo —la frase es agotadora, de largo aliento, tal como gustan de escribirlas los asmáticos—, en cuyo intervalo ella confía en que él no estará solo. Que todas las bendiciones terrenales y celestiales te sean otorgadas y que te amen como yo te he amado. Tu fiel esposa, etcétera.

Selló la carta, notó que el peso en su pecho se aligeraba y durmió con una tranquilidad que no había conocido en semanas.

Llegó el verano, con su calor descorazonador, opresivo. El Cavaliere estaba enfadado con Catherine porque se moría: le causaba inconvenientes, le abandonaba. Cuando en julio se trasladaron a la villa del Vesubio, la favorita de ella entre sus tres residencias, él encontró muchas razones para quedarse varios días seguidos en el cercano palacio real. El doctor Drummond compareció cada mañana para visitarla; le contaba chismes para que sonriera, le daba caramelitos para estimular su apetito y, una vez por semana, le aplicaba sanguijuelas para sangrarla. Una mañana de primeros de agosto, él no llegó. A las tres de la tarde ella hizo que retiraran la comida que no había ingerido y mandó a un lacayo a investigar; éste volvió con la noticia de que el médico no había tomado su carruaje sino que decidió montar su nuevo caballo de caza y, a poca distancia de la villa, el caballo le había despedido y le habían transportado de vuelta a la ciudad en una litera. Sus heridas eran graves, dijeron a ella. Luego, muy graves: la espalda rota y un riñón perforado. Murió al cabo de una semana. Cuando le dieron la noticia, Catherine lloró por última vez.

El Cavaliere siempre mantuvo que el haberse sentido en cierto modo responsable de aquel terrible accidente, ocurrido cuando el médico iba camino de visitarla, precipitó la muerte de Catherine, que tuvo lugar sólo doce días más tarde. Leyendo en su silla predilecta frente al boscaje de mirtos, se desmayó y la trasladaron a la casa. Cuando la tendían en el lecho abrió los ojos y pidió un pequeño retrato oval del Cavaliere, que depositó boca abajo sobre su pecho. Cerró los ojos y murió aquella noche sin volverlos a abrir.

*

Para quienes no la habían conocido bien, él la evocaba así.

Mi esposa, decía, era bajita, delgada, de una elegante apariencia y de modales distinguidos. Tenía suave cabello rubio, que la edad no encaneció, ojos vivaces, bonitos dientes, una sonrisa inteligente. Era reservada en su comportamiento, modesta en los gestos y adepta a contribuir con pocas palabras en una conversación sin ninguna intención de dominarla. Su constitución era delicada y a lo largo de su vida su precaria salud influyó mucho en su manera de pensar. Bien educada, culta y una música extraordinaria, era muy reclamada por la vida de sociedad, que ella evitaba a menudo, no obstante, por razones de salud y autoconservación. Era una bendición y un alivio para quienes la conocían y todos llorarán amargamente su ausencia.

Rememoraba sus virtudes, sus aptitudes, sus preferencias. En realidad, él hablaba especialmente de sí mismo.

El dolor transforma a una persona en un ser extraño, le dijo el Cavaliere a Charles en una carta. Me siento más indefenso, más triste de lo que esperaba.

Le había sucedido algo terrible, por vez primera. El mundo es un lugar traicionero. Vas de acá para allá, haciendo tu vida y, luego, se acabó, o todo es peor. El otro día mismo, en Portici, uno de los pajes reales abrió la puerta de una capilla abandonada, tropezó con una *mofetta,* como se denominan las bolsas de frío gas venenoso segregadas por el volcán, y murió al instante. Desde entonces el aterrorizado Rey no habla de otra cosa y ha añadido unos cuantos amuletos y hechizos más al amplio surtido normalmente prendido en su ropa interior. Y mira lo que le pasó al viejo Drummond, mientras montaba a caballo para visitar... no, recordó de repente el Cavaliere, a quien le ha sucedido algo verdaderamente terrible es a él mismo. No tenía hechizos mágicos: poseía su inteligencia, su carácter.

Algo terrible. Algo a lo que tenía que hacer frente con fortaleza. He tenido una vida feliz, pensó.

Un hombre sabio está preparado para todo, sabe cómo protegerse, resignarse, agradece los placeres que la vida le ha ofrecido y no se enfurece o se queja cuando la dicha (como es debido) toca a su fin.

¿Acaso no era un gran coleccionista? Por tanto, constantemente absorto, distraído, divertido. No había sabido de la profundidad de sus sentimientos respecto de Catherine, o de su necesidad de ella. No había sabido que existiera alguien a quien necesitara tanto.

Coleccionistas y expertos a menudo admiten tener, sin necesidad de pincharles demasiado, sentimientos misantrópicos. Confirman, sí, que les han importado más las cosas inanimadas que la gente. Que se sorprendan otros: ellos saben lo que hacen. Puedes confiar en las cosas. Nunca cambian su naturaleza. Sus atractivos no palidecen. Las cosas, cosas raras, tienen un valor intrínseco, las personas valen lo que tu propia necesidad les asigna. Coleccionar procura al egoísmo el énfasis de la pasión, lo cual siempre es atractivo, mientras que te arma contra las pasiones que te hacen sentir más vulnerable. Hace que quienes se sienten desposeídos, y detestan sentirse desposeídos, se sientan más a salvo. No había sabido hasta qué punto el amor de Catherine le había hecho también sentirse a salvo.

Confiaba más en su capacidad de objetividad, que confundía con su temperamento. La objetividad no sería suficiente para hacerle superar esta pena. Se precisaba estoicismo, que implica que uno está en verdad sufriendo. No esperaba verse tan rebajado por la presión del dolor, tan a oscuras. Ahora el amor de Catherine le parecía radiante, ahora que se había extinguido. Ni una lágrima había bañado sus ojos cuando se sentó a la cabecera de Catherine y apartó su retrato de su rígida garra, ni cuando se lo devolvió, depositándolo en el ataúd antes de que lo cerraran. A pesar de que no lloró, su pelo (de repente más gris), su piel (más seca, más tirante) hablaron por él, lloraron por él. Pero no había manera de que supiera cómo censurarse. Había amado tanto como había podido y había sido más fiel de lo que era habitual. El Cavaliere siempre había sido hábil perdonándose a sí mismo.

Se sentó debajo de un enrejado que daba al boscaje de mirtos, exactamente donde estaba sentada Catherine cuando se desmayó y la metieron en la casa. Donde ella se había sentado a menudo con William. Una espesa y enredada telaraña se extendía por una abertura ocular en lo alto del enrejado. La contempló ausente durante un tiempo, antes de pensar en buscar la araña, que finalmente localizó colgada inerte del último filamento. Luego pidió su bastón de montaña, se puso en pie y arrancó la telaraña de cuajo.

Sus cartas hablaban de una melancolía estable, ingobernable. Pesadez, tedio, indolencia —qué carga resultaba escribir las palabras— se están convirtiendo en mi destino. Al Cavaliere no le gustaba sentir demasiado, pero le alarmaba la evidente desaparición del sentimiento. Quería seguir sin sentir ni demasiado ni demasiado poco (de la misma manera que no quería ser ni joven ni viejo). Quería no cambiar. Pero había cambiado. Ahora no me reconocerías, escribió a Charles. De naturaleza animada, energética, receptiva, interesada en todo, recientemente he pasado a ser indiferente a la mayor parte de lo que antes me procuraba placer. No es indiferencia hacia ti, querido Charles, o hacia otros, sino una indiferencia general, envolvente. Levantó la pluma y consideró lo que había escrito.

Confío en que la apatía no sea mi ineludible condición, siguió, tentando una nota optimista.

Había planeado publicar otra edición, con más láminas en color, de su libro sobre los volcanes. Había abandonado el plan, le contó a Charles; no podía superar la sensación de fatiga. De un viaje reciente a Roma para ver pintura, informó: También allí la melancolía me persiguió. Mis nuevas adquisiciones poco placer me procuran. Describió a Charles una de tales adquisiciones, un cuadro de un maestro toscano menor del siglo diecisiete, que evocaba lo transitorio de la vida humana. Su mensaje era voluptuosamente pertinente, su ejecución admirable. Miró, inexpresivo, el ingenioso ángulo de las flores y el espejo, la suave carne de la joven que se contemplaba a sí misma. Por vez primera en su vida, un añadido a una de sus colecciones no le procuró placer.

Su cuerpo ágil, seguro, le permitía montar a caballo, nadar, pescar, cazar, trepar por la montaña con tanta facilidad como siempre. Pero era como si un velo se extendiera entre él y cuanto observaba, desecándolo todo de sentido. Cuando salía para un rato de pesca nocturna, ayudado sólo por Gaetano y Pietro, miraba a los dos criados hablando atropelladamente en su incomprensible dialecto, dando topetadas en el aire como si con sus mandíbulas tuvieran que hacer salir las palabras y las frases. Las voces resonantes de otras barcas que cruzaban y recruzaban la negra bahía, la negra noche, sonaban como aullidos de animales.

Sí, él aún poseía la misma fuerza física. Era un envejecimiento de los sentidos y de su capacidad de entusiasmo lo que advertía. Sentía que su mirada se hacía aburrida, su oído y gusto menos agudos. Decidió que se debía a que se hacía viejo. Las razones son innumerables para este enfriamiento general, explicaba —con ello daba fe de la muerte de Catherine—, pero quizá sea principalmente el paso de los años. Luchaba por resignarse a esta mengua de su capacidad.

Nunca se había sentido joven, como le había dicho a la sibila. Pero cuando Catherine murió se sintió, de repente, viejo. Tiene cincuenta y dos años. ¿Cuántos años le dijo Efrosina que le quedaban por vivir? Él mismo se había servido y jugado su mano. Se preguntaba cómo demonios ocuparía la eternidad de los veintiún años venideros.

*

Estar sin compañía. Estar solo. Rebajarte a tus propios sentimientos.

Para encontrar allí neblinas y vapores. Luego pequeñas protuberancias de viejos enojos y añoranzas. Luego un gran vacío. Piensas en lo que has hecho, lo que has hecho con entusiasmo: grandes bloques de acciones, empresas. Toda aquella energía se ha escurrido. Todo pasa a ser un esfuerzo.

Saciado, su afán de saciarse. Ahora ya basta.

*

Pocos meses después de la muerte de Catherine, dando una vuelta por las ruinas que había dejado un temblor de tierra en Calabria, contemplando los cuerpos rígidos, polvorientos, extraídos de las ruinas, sus facciones convulsas y sus manos engarfiadas —la persona deprimida a menudo se convierte en un *voyeur*—, a continuación una niña rescatada aún con vida, que había estado enterrada durante ocho días bajo una casa derrumbada y que con el puño apretado contra el lado derecho de su cara se había hecho un agujero en la mejilla.

Sí, mostradme más horrores. No me arredraré.

*

Por un momento, sólo un momento, se vio como un loco, disfrazado de ser racional. ¿Cuántas veces ha subido a la montaña? ¿Cuarenta? ¿Cincuenta? ¿Un centenar?

Jadeante, un amplio sombrero protegiendo su delgada cara del sol, se paró y miró hacia el cono. Desde la cima del volcán... muy por encima de la ciudad, del golfo, de sus islas.

Estaba muy arriba, mirando abajo. Un punto humano. Lejos de toda obligación de afinidad, de identificación: el juego de la distancia.

Antes, todo le afirmaba. Sé, luego existo. Colecciono, luego existo. Estoy interesado en todo, luego existo. Mira todo lo que conozco, todo lo que me importa, todo cuanto preservo y transmito. Yo construyo mi propia herencia.

Las cosas le habían vuelto la espalda. Dicen: no existes.

La montaña dice: no existes.

Los curas dicen: El volcán es la boca del infierno.

¡No! Estas monstruosidades, volcanes o «igníferas montañas», lejos de ser emblemas o presagios del infierno, son válvulas de seguridad para los fuegos y vapores que de otra manera causarían estragos incluso con mayor frecuencia de la que lo hacen.

Se arrodilló en la especie de foso que rodeaba el cono, colocó sus palmas sobre los polvorientos cascotes, luego se tendió, boca abajo, al amparo del viento, y posó la mejilla en tierra. Estaba silenciosa. El silencio hablaba de muerte. Lo mismo hacía la espesa luz, estática, amarillenta; lo mismo el olor del sulfuro que emanaba de las fisuras, las piedras apiladas, la tefrita, la hierba seca, las láminas de nubes en el cielo de color gris añil, el mar plano. Todo habla de muerte.

Adoptemos una visión positiva. La montaña es un emblema de todas las formas de muerte al por mayor: el diluvio, la gran conflagración (*sterminator Vesevo,* como diría el gran poeta), pero también de la supervivencia, de la persistencia humana. En este aspecto, la naturaleza desbocada también produce cultura, crea artefactos, a fuerza de matar, de petrificar historia. En semejantes desastres hay mucho que apreciar.

Bajo el terreno había vetas de escoria y trozos de minerales brillantes y roca tachonada de fósiles y oscura obsidiana en proceso de hacerse transparente, debajo de los cuales yacían más estratos inertes que encerraban el núcleo de roca fundida, porque la montaña cada vez que estallaba deformaba y estratificaba y engrosaba más el suelo. Y siguiendo la pendiente, bajo los salientes ladeados de roca y los retazos de amarilla retama, en un plano inferior, siguiendo hacia los pueblos levantados al pie, y avanzando hacia el mar se encuentran cada vez más estratos de cosas humanas, artefactos, tesoros. Pompeya y Herculano fueron enterrados y ahora —un milagro de la época— han sido exhumados. Pero ante la costa se extiende el Mar Tirreno, que se cerró sobre el reino de Atlantis. Siempre hay algo más que descubrir.

El suelo guarda tesoros para los coleccionistas.

El suelo es el lugar donde viven los muertos, hacinados en estratos.

La mejilla apoyada en aquel suelo, el Cavaliere ha bajado hasta el nivel mineral de la existencia. Desaparecidos la corte y el bribón del Rey, desaparecidos los bellos tesoros que tiene en su custodia. ¿Es posible que ya no se sienta unido a ellos? Sí, en este momento ya no le importan.

*

Al Cavaliere le hubiera encantado tener una visión de plenitud y gracia redentoras, como la que uno tiene en la cima de las montañas. Pero en lo único que puede pensar es en ir más arriba aún. Imaginó lanzarse al aire en aquel novedoso invento francés, el globo, con un séquito de ayudantes; no, sólo el joven Pumo; y poder mirar al Vesubio desde arriba, contemplar cómo la montaña se hacía más y más pequeña. La refrescante dicha de ascender sin esfuerzo, arriba, arriba, hacia el refugio del puro cielo.

O le habría agradado conjurar una soberbia vista del pasado, como la que William había ofrecido a Catherine. Pero todo cuanto se le ocurre es una catástrofe. Digamos, una visión panorámica de la gran erupción del 79 de nuestra era. El terrible ruido, la nube en forma de copa de pino japonés, la muerte del sol, la montaña abierta de repente, vomitando fuego y vapores venenosos. La ceniza de color gris rata, el lodo marrón que desciende. Y el terror de los habitantes de Pompeya y Herculano.

Al igual que en un doble urbanicidio más reciente, una de las ciudades asesinadas es mucho más famosa mundialmente que la otra. (Como escribió un bromista, Nagasaki tuvo un mal agente de prensa.) Por tanto, dejemos que él elija estar en Pompeya, contemplando cómo llueve la muerte, quizá sin desear huir cuando aún hay tiempo porque es, incluso entonces, una especie de esforzado coleccionista. ¿Y cómo puede marcharse sin sus cosas? Así, quizá mientras su calle, luego sus rodillas, desaparecen bajo de las cenizas, habría sido él quien recordó el verso de la *Eneida* que los excavadores encontraron escrito por alguien en la pared de su casa: *Conticuere omn...* («Todo se quedó en silencio»). Luchando por respirar, no había vivido para acabarlo.

Como en un sueño (como cuando uno va a morir), sale corriendo de la ciudad condenada e intenta ser alguien que mira. ¿Por qué no ser el más famoso observador, y víctima, de la erupción? Puesto que si, cediendo a lo obvio, podía imaginarse no como Plinio el Viejo sino él realmente, si podía percibir el golpe del viento en la proa del barco del almirante al doblar el cabo Mineo, si podía permanecer junto a Plinio hasta el final mismo cuando, sus debilitados pulmones por el asma (¡Oh, Catherine!), sucumbió a los humos letales... Pero a diferencia de su joven primo, quien siempre se imagina que es otro (y a los cuarenta años se felicitará por ser eternamente joven), al Cavaliere le cuesta imaginar que es otra persona excepto él mismo.

Aquella noche durmió junto al volcán.

Si sueña, sueña en el futuro: saltando por encima del futuro le queda (sabe que no contiene ni gran interés ni felicidad) el futuro que comporta su propia muerte. Pensando en el futuro, el Cavaliere está escudriñando su propia inexistencia. Incluso la montaña puede morir. Y también la bahía, también... a pesar de que el Cavaliere no puede imaginarlo. No puede imaginar la bahía con polución, la vida marina muerta. Vio una naturaleza generadora de peligro, no podía imaginar una naturaleza en peligro ella misma. Ni puede imaginar cuánta muerte acecha en espera de esta naturaleza; lo que le sucederá a este aire acariciante, al agua verdiazul en la que los bañistas juguetean y los muchachos contratados por el Cavaliere se sumergen en busca de especímenes marinos. Si los niños saltaran a la bahía ahora, la piel se escurriría de sus huesos.

La gente de la época del Cavaliere tenía más altos niveles de ruina. Pensaban que valía la pena señalar que el mundo no es liso como un huevo. Desgastados litorales daban a mares rudimentarios, y la tierra seca poseía superficies quebradas, rugosas; y había rudas prominencias: montañas. Manchadas, sucias, arrugadas... sí, comparados con el Edén o la esfera primordial, este mundo es una ruina imponente. ¡La gente ignoraba entonces qué ruina iba a ser!

*

Esperaba un viento esclarecedor. Y el torpor se cernió sobre todo, como la corriente de lava.

Miró dentro del agujero, y como cualquier agujero decía: Salta. El Cavaliere recordó haber llevado a Catherine, después de la muerte de su padre, al Etna, entonces en plena erupción, y haberse agachado en la ladera para entrar en la cabaña de un ermitaño (siempre hay un ermitaño), quien insistió en volver a contar la leyenda del antiguo filósofo que saltó al interior del hirviente cráter para probar su inmortalidad. Presumiblemente, no lo era.

*

Estaba esperando la catástrofe. Tal es la corrupción de la melancolía profunda, que su sensación de desamparo se extiende hasta alcanzar a otros; que imagina fácilmente (y por tanto desea) una calamidad más general.

Siniestros rumores, que los turistas saludaban así como el Cavaliere. Cada visitante deseaba que el volcán estallara, que «hiciera algo». Querían su ración de apocalipsis. Una estancia en Nápoles entre efusiones de cataclismo, cuando el volcán parecía inerte, estaba destinada a ser un poco decepcionante.

*

Era la época en que todas las obligaciones éticas se examinaban por primera vez, el comienzo de la época que nosotros llamamos moderna. Si sólo apretando un botón pudiéramos, sin ninguna consecuencia para nosotros, provocar la muerte de un mandarín al otro lado del mundo (inteligente haber elegido a alguien tan lejos), ¿podríamos resistir la tentación?

La gente puede llevar a cabo las acciones de mayor peso si se las hace aparecer ingrávidas.

Cuán débil la línea entre la voluntad de vivir y la voluntad de morir. Cuán ligera la membrana entre la energía y el torpor. Así, muchos más sucumbirían a la tentación de suicidarse si se lo pusieran fácil. Qué pasaría... si hubiera un agujero, un agujero verdaderamente profundo, que pudiera colocarse en un lugar público para uso general. En Manhattan, digamos, en la esquina de la Calle Setenta y la Quinta Avenida. Donde se encuentra la Frick Collection. ¿O quizás una dirección más proletaria? Un cartel junto al agujero dice: DE 4 A 8 DE LA TAR-

DE/ LUN MIER Y VIER/ SE PERMITE EL SUICIDIO. Sólo esto. Un cartel. Pues a buen seguro habría gente que saltaría aunque antes no se le hubiera pasado por la cabeza. Cualquier hoyo es un abismo, si está adecuadamente etiquetado. Volviendo a casa del trabajo, al salir a comprar un paquete de malvados cigarrillos, dando un rodeo para recoger la ropa de la lavandería, buscando en el pavimento el chal de seda roja que el viento te ha quitado del hombro, entonces recuerdas el aviso, miras abajo, inhalas con rapidez, exhalas con lentitud, y dices —como Empédocles en el Etna— por qué no.

SEGUNDA PARTE

1.

Nada puede igualar el regocijo de los melancólicos crónicos cuando llega la alegría. Pero antes de que se permita su llegada, debe asediar al corazón abatido. Déjame entrar, maúlla, brama. El corazón debe forzarse.

Esto sucedió cuatro años más tarde. En primer lugar, el bien afinado metabolismo del Cavaliere debía absorber la muerte de Catherine. Solicitó otro permiso, para trasladar el cuerpo y sepultarlo en Gales. Aquí no había nadie cuyo consuelo consolase. La muerte de Catherine le había llevado peligrosamente cerca de un estado que no le gustaba, el de pensar en sí mismo. Aplicó el remedio habitual, que consistía en pensar en el mundo. El tiempo sobrante después de los deberes y distracciones habituales lo ocupó con una visita a algunas nuevas excavaciones en la pedregosa Calabria *(Catherine ya no está).* Allí le llevaron a una fiesta de un pueblo cercano en honor de San Cosme y San Damián, que acabó con un servicio religioso para bendecir un objeto de un pie de largo, muy venerado por las mujeres estériles, conocido como el Gran Dedo del Pie. *¡No más!* Polvoriento, vivificado, el Cavaliere volvió a Nápoles. A una sociedad científica para el estudio de la antigüedad *(Catherine está muerta)* el Cavaliere mandó una ponencia informando sobre su jugoso descubrimiento de vestigios de un antiguo culto a Príapo, que aún existía oculto bajo el cristianismo, ponencia que aportaba pruebas recientes de la similitud entre las religiones papista y pagana: recordaba la frecuencia de efigies de los órganos reproductores femeninos y masculinos desenterradas en las excavaciones; y especulaba que el secreto de todas las religiones era la adoración de las fuerzas vitales —los cuatro elementos, la energía sexual— y que la propia cruz sería probablemente un falo estilizado.

¡Muerte! Desaparecida Catherine, no tenía razón alguna para refrenar lo escéptico y lo blasfemo.

Todo ha cambiado y nada ha cambiado. No reconocía su necesidad de tener compañía. Pero cuando su amigo y protegido el pintor Thomas Jones, que se preparaba para volver definitivamente a Inglaterra, dejó la casa que había alquilado, el Cavaliere le ofreció hospitalidad durante unos meses y aparecía a menudo por la mañana en la habitación preparada como estudio para Jones. Le miraba llenar pequeñas telas monocromáticas en su bonito caballete de olivo en lo que a él le parecían estudios del vacío: la esquina de un tejado o una hilera de ventanas en un último piso del edificio de enfrente.

Qué curioso... aunque Jones debía de tener sus razones. Todo rimaba con el estado del Cavaliere.

Pero qué estáis pintando, dijo el Cavaliere cortésmente. No comprendo el tema.

Momentos de deslizamiento, cuando cualquier cosa parece posible y no todo tiene sentido.

En junio llegó la concesión de su tercer permiso de vuelta a casa por parte del Ministerio de Asuntos Exteriores, y se embarcó. Con el cuerpo de Catherine en la bodega del barco y en su camarote un jarrón camafeo romano que se consideraba de principios del reinado del Emperador Augusto, una de las más raras antigüedades que aparecieron en el mercado en décadas, que había comprado el año anterior en Roma y se llevaba a Inglaterra para venderlo. Era la pieza más valiosa que pasaría por sus manos en toda su vida.

El Cavaliere había sentido el aguijón de la pasión cuando lo vio por vez primera. Salido a la superficie dos siglos antes en un túmulo imperial, recién excavado, exactamente al sur del límite de la antigua Roma, fue entonces y aún es considerado como la mejor pieza romana de cristal camafeo que existe. Nada podía ser más bonito que la Tetis dibujada en el friso, lánguidamente recostada sobre el canapé nupcial. Después de su traslado desde Roma, el jarrón estaba a menudo en su pensamiento. Nunca se cansaba de mirarlo, de sostenerlo en alto para ver el auténtico color del pie, un azul oscuro que no se distinguía del negro excepto cuando lo atravesaba la luz, y de pasar las puntas de sus dedos sobre las figuras en bajorrelieve talladas en el cremoso cristal blanco. Ay, éste era un objeto del que no se podía enamorar. A pesar de que Catherine en su testamento se lo había dejado todo, libre de gravamen, él siempre precisaba más dinero. El jarrón era demasiado famoso para que él pensara en conservarlo. Después de haberlo conseguido por un precio razonable, mil libras, el Cavaliere tenía muchas esperanzas de sacarle un provecho sustancioso.

Después de depositar el jarrón en Londres, y de recibir las visitas de condolencia de algunos amigos y parientes, había trasladado el féretro a la heredad de Gales, ahora suya tanto titular como efectivamente, para lo cual se puso en camino bajo una fina lluvia, con Charles, a fin de que lo encajaran en el suelo de la iglesia, despidió a Charles, y permaneció en la casa durante varias semanas. Era pleno verano. La lluvia acrecentaba el verde en la tierra de Catherine. Él paseaba por la heredady a veces se adentraba en el campo cada día, a menudo con los bolsillos repletos de golosinas, y se sentaba un rato para contemplar el mar. El luto aportaba su languidez particular. Pensamientos dolientes, cariñosos recuerdos de Catherine, se entremezclaban con autocompasión. Paz, paz para Catherine, pobre Catherine. Paz para todos nosotros. Las verdes hojas se movían ligeramente sobre su cabeza. Éstos eran el sol y la suave luz que medrarían un día sobre su cuerpo en descomposición; y ésta —había entrado en la fría iglesia por un momento— la lápida que un día llevaría también su nombre.

Incluso antes de su llegada, el Londres de los coleccionistas estaba alerta respecto a su jarrón romano. Las noticias de Charles de que la anciana, testaruda y viuda Duquesa de Portland se interesaba por su trofeo le hicieron volver a Londres. Pidió dos mil libras. La duquesa se amedrentó. Dijo que debía pensarlo dos veces. Pasaron un mes o dos; el Cavaliere sabía no insistir. Se divertía lo mejor que podía, daba una vuelta por el museo particular de ella, compuesto de ramas de coral, cajas de iridiscentes mariposas y conchas marinas semejantes a joyas, fósiles de insectos, huesos de mamut (considerados como los de un elefante romano), raros volúmenes manuscritos sobre astronomía, antiguos medallones, hebillas y jarrones etruscos. Un conjunto de objetos no más extraño que muchas otras colecciones de la época (su máxima rareza consistía en que el coleccionista era una mujer), pero decididamente demasiado caprichoso para el gusto del Cavaliere. El hijo de la duquesa, ya de mediana edad y consciente de su herencia, la aconsejó en contra de la compra por lo que entonces era un precio asombrosomente caro. La duquesa empezó a desear seriamente comprar el jarrón.

El Cavaliere pasaba menos tiempo en la corte y más con Charles, y se permitió ser halagado y mimado por la exuberante y encantadora chica con quien Charles vivía desde hacía tres años y quien, instruida por Charles, le llamaba Tío Plinio y le besaba delicadamente en la mejilla. Era alta y de buena figura, y su cabeza, de cabellllo castaño rojizo, ojos azules y boca jugosa, podía rivalizar en belleza con la de ciertas estatuas clásicas, pensaba el Cavaliere, de no ser por su mentón demasiado pequeño. Él ya conocía su historia a través de su sobrino: hija de un herrero de pueblo, llegada a Londres a los catorce años como criada, la sedujo el hijo de la casa; pronto encontró un empleo más dudoso que incluía posar semidesnuda como «ninfa de la salud» en la consulta de un médico que aseguraba curar la impotencia, fue llevada a una casa de campo de un baronet, quien la echó cuando quedó embarazada (su hija de corta edad fue entregada en custodia), y cuyo íntimo amigo, a quien la muchacha se dirigió cuando estaba desesperada, era... Charles. Dieciséis años mayor que ella, su salvador no se maravillaba de que tantas épocas se hubieran concentrado en los apenas diecinueve años de la chica. Mujeres como ella se suponía que subían tan alto como podían y se consumían con rapidez. No había, pues, nada especial en la muchacha, aparte de sus encantos físicos. Pero sí lo había. Charles quería ser justo. También quería presumir. Imagínate, dijo Charles. En realidad está bastante dotada. Le he enseñado a leer y a escribir y ahora lee libros enteros de autoperfeccionamiento, le gusta mucho leer y recuerda cuanto ha leído. El Cavaliere comprobó que ella recordaba cada palabra dicha en su presencia. Mientras que su forma de hablar era vulgar y su risa demasiado fuerte, cuando permanecía en silencio parecía transformada. El Cavaliere la veía vigilar, observar, sus ojos húmedos por la atención. Y su juicio sobre cuadros es bastante bueno, siguió Charles, como es normal, puesto que lleva viviendo conmigo tres años y puesto que nuestro amigo Romney está obsesionado con ella. La ha utilizado en docenas de pinturas y dibujos y no quiere saber nada de otra modelo, excepto cuando me niego a prestarle mi chica. Esto recordó al Cavaliere que debía encontrar tiempo para posar de nuevo para Romney, puesto que quería otro retrato suyo.

La duquesa hizo una contraoferta de mil seiscientas libras. El Cavaliere se mantenía firme.

No había pasado demasiado tiempo en la corte, puesto que las ideas de ascenso o de otro puesto en Madrid o Viena o París hacía tiempo que las había abandonado. Se sentía más viejo sin Catherine a su lado. Posó para su retrato. Se dijo que ya era hora de volver. Se lo dijo a otros.

Mil ochocientas libras, dijo la duquesa, furiosa. De acuerdo. Él hizo algunas adquisiciones, incluyendo el cuadro de Romney de la chica de Charles como sacerdotisa de Baco, para llevárselas a Nápoles.

Volvió, recayó en su vida, en primer lugar despachando asuntos pendientes, reclamaciones y manifestaciones de buena voluntad: aún sabía llenar su tiempo. Y comprendía que debía combatir la apatía a fuerza de nuevos empeños. Se hizo cargo de un amplio proyecto, uno que le consumiría varios años: diseñar cincuenta acres de jardín inglés en el parque del palacio de Caserta. Siguió coleccionando y escalando y catalogando. Mejoró en el arte de llevarse tesoros de las excavaciones en Pompeya y Herculano bajo las narices mismas de los arqueólogos del Rey. En este país se puede hacer cualquier cosa si sabes a quién sobornar.

Varias agradables viudas inglesas que conocía, aficionadas a la pintura, parecían prestas a remediar su soledad, una en Londres, la víspera de su partida, otra en Roma, donde paró unas semanas en su viaje de vuelta, en especial para conferenciar con Mr. Byres, su marchante de pintura predilecto allí. La dama de Roma le tentó. Era rica, en excelente estado de salud, y tocaba el arpa hábilmente. Con cierto júbilo hizo él a Charles una relación de sus encantos, sabiendo lo muy nervioso que pondría a su querido sobrino, quien contaba con ser el heredero de su tío sin hijos. Ciertamente, la edad de la dama imposibilitaba tener nuevos hijos. No obstante, como era diez años más joven que el Cavaliere, resultaba muy verosímil que le sobreviviera. Pero el Cavaliere pronto arrumbó el pensamiento de un matrimonio racional. Incluso aquella dama, tan digna, tan inhibida, presagiaba una cierta alteración de sus hábitos, un reajuste. Lo que más deseaba el Cavaliere era calma. Estuvo destinado a ser un solterón... y acabaría sus días siendo un viudo.

Lo que menos deseaba, conscientemente, era cualquier cambio. Se encontraba en tan buena posición como pudiera desear. No obstante, se resentía de la entrepierna. No se podía negar la fantasía. El fuego interior no estaba totalmente apagado. Y así, ahora, contra su mejor juicio, le permitía que llegara. Aquella ingenua, inocente muchacha —ella *era* inocente, el Cavaliere podía advertirlo, a pesar de todas sus experiencias— llegando aquí, con su madre. Porque Charles había echado el ojo a una rica heredera (¿qué podía hacer el hijo segundo de un lord?), Charles tenía que ser serio. Es decir, ya no podía dejarse guiar por sus afectos. Es decir, tenía que ser cruel con una mujer. Pero tras haber decidido zafarse de la muchacha no tenía corazón para decírselo y, además, se había preguntado si aquel viudo reciente, su tío, no podría acaso disfrutar de su compañía. ¿El tío hereda la amante del sobrino? El Cavaliere sabía que Charles no sólo se liberaba de una obligación y colocaba a su tío en posición deudora; también confiaba en eliminar la posibilidad de que su tío decidiera consolar sus últimos años con otra esposa. Podía encontrarse muy pronto con que ya no era el único heredero de su tío. Pero si a su tío le gustaba la muchacha (con quien claramente nadie podía casarse) ya era suficiente. Charles estaba salvado. Muy listo, Charles.

Ella había salido de Londres con su madre en marzo, en compañía de un pintor escocés entrado en años, un amigo del Cavaliere que volvía a Roma y había aceptado llevar a las dos mujeres bajo su protección. Valerio había sido despachado hacia Roma para acompañarlas en el trayecto restante. El Cavaliere estaba desayunando y leyendo cuando oyó que abrían de par en par la gran verja. Se dirigió a la ventana y miró hacia abajo, al coche que entraba en el patio, escoltado por lacayos y pajes. Tras bajar del asiento junto al conductor, Valerio ofreció la mano a la mujer joven, quien saltó con ligereza al suelo, luego ayudó a la robusta mujer mayor a salir del carruaje. Cuando atravesaban el patio hacia la escalera de mármol rojo a la derecha, salieron varias doncellas para arreglar el polvoriento vestido amarillo de la joven, y ésta se entretuvo por un momento, sonriendo, tocando las manos que se adelantaban hacia ella, respondiendo complacida al efecto que causaba. Lo que el Cavaliere percibió fue un sombrero, un gran sombrero azul, que se movía por encima de los reflejos de la luz en el empedrado.

De repente, pensó en Jack y lo echó en falta. Volvió al desayuno. Está bien hacerla esperar. También espera un librero. Terminó su chocolate, luego se dirigió al salón pequeño, donde había ordenado que condujeran a la joven y a su madre y les dijeran que aguardasen.

Al pasar por la puerta que le había abierto Gasparo, las vio sentadas en un rincón, murmurando. La mujer le vio primero y se puso en pie apresurada. La muchacha sostenía el sombrero en su regazo y se volvió y lo dejó tras ella en la silla al ponerse en pie. En aquel *contrapposto* del cuerpo y luego la vuelta a su posición primitiva, él sintió una sacudida física, como si su corazón le cayera hasta el vientre. No había recordado que era tan bella. Magníficamente bella. Debió ver que era muy bella el año antes, desde que poseyó aquella belleza bajo la forma de una imagen, como la Bacante en el cuadro de Romney colgando en el vestíbulo de su estudio, que ve cada día. Pero ella es mucho más bella que la pintura.

Exhalando un profundo y gozoso suspiro, atravesó la habitación y agradeció la tímida reverencia de la muchacha y la rara convulsión de la madre, que intentaba imitarla. Dio órdenes a Stefano para que mostrara a Mrs. Cadogan las dos habitaciones que les otorgaba en la parte trasera del segundo piso. La muchacha se adelantó impulsivamente y rozó con los labios su mejilla. Él se echó para atrás como si le hubieran arañado.

Debía sentirse agotada por el largo viaje, le dijo.

Ella se sentía muy feliz, le dijo ella. Era su cumpleaños, le dijo. La ciudad le parecía muy bella. Le cogió la mano, abrasó la mano de él y le arrastró hasta la terraza. Y la ciudad era ciertamente bella —él lo advertía una vez más—, bañada en la neblina soleada, los tejados rojos en pendiente, los jardines de flores y los morales y limoneros, el empujar ascendente de los cactos y las delgadas, altas palmeras.

¿Y aquello, tío?, exclamó ella, señalando la montaña y su rojizo penacho de humo. ¿Habrá pronto una erupción?

¿Tienes miedo?, dijo él.

Cielos, no, ¡quiero verlo! Lo quiero ver todo. Es tan... bonito, dijo ella, sonriendo, complacida por haber encontrado un vocablo tan cortés.

Era joven, aún sumergida en el éxtasis de estar viva, lo cual a él le conmovió. Y él sabía de sus virtudes: su abyecta dedicación a Charles, quien había sostenido una campaña casi de un año hasta lograr que su tío la recibiera. Su pasión es admiración, escribió Charles al Cavaliere. Ya te admira, decía Charles. El Cavaliere pensó que quizá disfrutaría comportándose con ella más desinteresadamente que otros hombres. Le daría cobijo —acaso fuera mejor instalar a las dos mujeres en las cuatro habitaciones delanteras del tercer piso— y mostraría a la muchacha las admirables vistas.

Puedes hacer con ella lo que te plazca, había dicho Charles. El material, te lo puedo garantizar, es bueno.

Pero él no se sentía muy pedagógico, en principio. Por el momento sólo quería mirarla. Aún no puede dominar la emoción que su belleza le provoca. ¿Es una señal de ancianidad el que tan instantáneamente la idolatrara? Porque él es viejo. Su vida está acabada. ¿Añadir esta belleza a su colección? No. La puliría un poco. Y luego la mandaría de vuelta a casa. Charles era en verdad un miserable.

Así el Cavaliere contemporizó y se entretuvo durante las siguientes semanas, incapaz de creer que se le concedía otra oportunidad, que la vida vuelve de nuevo. ¿Qué tenía que ver con él una juventud así? Aunque sabía que estaba allí para que la poseyera (o así lo pensaba), temía ponerse en ridículo y se sentía auténticamente emocionado ante la credulidad de ella. Ella creía verdaderamente que Charles vendría en su busca en unos meses. No obstante, él sería un tonto si no tomase la gratificación que se le ofrecía, sin aspavientos, sin sentimentalismo. Con toda seguridad la muchacha lo comprendía. Debía de estar acostumbrada a los hombres y a su malvado comportamiento, puesto que había pasado de uno a otro. Cierto, ella quería sinceramente a Charles. Pero debía esperar sus avances. Pobre Emma. Malvado Charles. Y depositó su mano huesuda en la de ella.

La acritud de su rechazo, sus lágrimas, sus gritos, le irritaron —Charles le había prometido una persona tratable— y también le impresionaron. A la manera secular que los hombres juzgan a las mujeres, su estima hacia ella aumentó porque le rechazaba. No obstante, ella parecía disfrutar sinceramente de su compañía, no sólo por aprecio. Estaba dispuesta a aprender. Seguramente, entonces, era feliz. Le dio un carruaje para su uso personal. Le mostró —su plácida, sencilla madre siempre presente— las maravillas de la región. La llevó a Capri y juntos visitaron las siniestras ruinas de la villa de Tiberio, despojadas por arqueólogos depredadores de sus espléndidos mosaicos de mármol sólo una generación antes. A Solfatara, donde vagaron por la ardiente, sulfurosa llanura. A las ciudades muertas, donde curiosearon el interior de un grupo de casas hundidas. Y al Vesubio, partiendo a las cuatro de la madrugada bajo la luna llena en un carruaje que les llevó a Resina, donde Tolo les esperaba con unas mulas para subirlos hasta la lava extendida a cinco kilómetros de la cima. Él la miraba mirar. Ella estaba subyugada por todo lo que él le mostraba, lo podía asegurar; le asediaba a preguntas. Parecía que su único objetivo era complacerle; y si en ocasiones, cuando él se unía a ella en la terraza para admirar una puesta de sol, sus mejillas estaban húmedas por las lágrimas, era comprensible: ella estaba lejos de casa, aquel sinvergüenza de su sobrino tenía que haberle dicho la verdad, era muy joven, ¿qué le había dicho Charles? (Se había mostrado impreciso respecto a la edad de ella.) Ahora contaría veintitrés años. Lo que asignaba al Cavaliere, de cincuenta y seis, la edad de Plinio el Viejo cuando éste sucumbió al humo nocivo, unos treinta y tres años más viejo que aquella Venus campestre.

*

En realidad, la diferencia entre ellos era de treinta y seis años. Ella cumplió veintiuno en abril, el día de su llegada a Nápoles.

Ah Charles aquel dia sienpre me sonreiste y te quedaste en casa y fuiste amable conmigo y ahora yo estoi tan lejos. De la primera carta de ella.

Charles iba a acudir en su busca en otoño. Le había dicho. Ella le escribía cada pocos días. El calor aumentaba, las pulgas y los piojos se multiplicaban. Ella intentaba mostrarse animada con el Cavaliere, quien le prodigaba regalos, entre ellos el más importante: su propia presencia.

El desayunos comidas cenas y es costantemente junto a mi mirandome la cara, informó ella a Charles. No puedo mober ni una mano ni una pierna o pie sin que me diga que es grazioso y bonito. Hay dos pintores en la casa pintandome pero no tan buenos como Romney. Llevo el sombrero azul que me regalaste. El me a regalado un chal de camello y un bonito bestido cuesta 25 guineas y algunas cositas de su esposa. Me dise que soy una grand obra de arte y siento que el me quiere.

Sus cartas a Charles se hicieron más rastreras, más doloridas. Le dice a su querido Charles, Charles, que le pertenece y sólo a él pertenecerá, y nadie será su heredero aparente. Le cuenta las maravillosas vistas que ha contemplado, que preferiría mucho más ver en su compañía. Le ruega que le escriba; que vaya a Nápoles como le ha prometido, ahora. O que disponga el regreso de ella a su lado.

Al cabo de dos meses hubo una carta.

Querido Charles, respondió ella, ay mi corazon esta totalmente roto. Y Charles Charles como con aquella fria indiferencia me aconsejas que me baya a la cama con el. ¡Tu tio! Ah lo peor de todo... pero no non me enfadare. Si estuviera a tu lado te azezinaria y a mi todoz doz. Nada funsionara excepto volver a casa contigo. Si esto no susede volvere a casa a Londres y me meteré en todos los essesos de visio hazta que me muega y dejare mi sino como una llamada de atencion todas las mujeres jovenes no sean nunca buenas. Porque has hecho que te amara —me hiciste bien— y ahora me has avandonado y un final violento acabara nuestra ralasion si ha de acabar. Y terminaba: No es tu interes zer malo conmigo porque no sabes el poder que tengo aqui. Solo que nunca sere su amante... si me ofendez hare que se case conmigo. Dios te bendiga para siempre.

Esto lo escribió el 1 de agosto. Siguió escribiendo, suplicando, diciendo adiós, y mantuvo a raya al Cavaliere otros cinco meses. En diciembre informó a Charles de que había resuelto tomar la mejor decisión. He decidido ser razonable, escribió. Soy una muger bonita y no se puede ser todo a la vez.

*

Imposible Describirlo...

Es imposible describir su belleza, dijo el Cavaliere; imposible describir la felicidad que me procura.

Es imposible describir lo mucho que te echo en falta, Charles, escribió la muchacha. Imposible describir lo furiosa que me siento.

Y del volcán, en erupción, por el que el Cavaliere volvía a sentir delirio: Es imposible describir la bella apariencia de las girándulas de piedras al rojo, que sobrepasan con mucho los más sorprendentes fuegos artificiales, escribió el Cavaliere, quien luego proseguía para ofrecer una tanda de comparaciones, ninguna de las cuales hace justicia a lo que él ve. Puesto que, como cualquier objeto de gran pasión, el volcán une muchos atributos contradictorios. Diversión y apocalipsis. Un ciclo de sustancia que exhibe los cuatro elementos: para empezar humo, luego fuego, luego lava fluida para acabar lava petrificada, el más sólido de todos.

De la muchacha, el Cavaliere decía a menudo, para sí y para los otros: Se parece... es como... podría interpretar. Es más que un parecido. Encarnación. La suya era la belleza que había adorado sobre tela, como estatua, en el costado de un jarrón. Ella era la Venus con las flechas, ella era la Tetis reclinada esperando a su desposado. Nada le había parecido nunca tan bello como ciertos objetos e imágenes: el reflejo, no, la evocación de una belleza que nunca existía en realidad, o que ya no existía. Ahora se percataba de que las imágenes no eran sólo un recordatorio de la belleza sino su heraldo, su precursor. La realidad se rompía en innumerables imágenes y las imágenes quemaban en el corazón de uno porque todas hablaban de una belleza única.

El Cavaliere tiene la bella *y* la bestia.

La gente diría inevitablemente, debido al sustancioso préstamo concedido a Charles, que su sobrino le había vendido la muchacha. Dejemos que piensen lo que les apetezca. Si alguna ventaja tenía vivir tan lejos de casa, en esta capital del atraso y de la indulgencia sensual, era que él podía hacer lo que quisiera.

En el paseo de coches al caer la tarde en la Chiaia, la presentaba a la sociedad local y, un domingo, al Rey y a la Reina. No podía llevarla a palacio, pero al aire libre la podía presentar a cualquiera. Cautivó a todos los sinceros amantes de la belleza, él podía advertirlo. También a la gente corriente, pordioseros y lavanderas de las calles, quienes la consideraban un ángel. Cuando le enseñó Ischia, algunos campesinos se arrodillaron delante de ella y un cura que fue a la casa se santiguó y manifestó que había sido enviada a ellos con un propósito especial. Las doncellas que el Cavaliere le había dado le pedían intercesión en sus plegarias, porque decían que parecía la Virgen. Aplaudió con júbilo ante la visión de unos caballos adornados con flores artificiales, borlas carmesí, plumas en la cabeza. El conductor se inclinó hacia delante, tiró de una pluma y se la ofreció. Cuando la gente la veía, se animaba. Era tan alegre, estaba tan llena de dicha. Quien no gustase de ella era un redomado esnob. ¿Cómo era posible no admirarla y no sentirse dichoso en su presencia?

Joven como era y sin las ventajas de cuna ni de educación, poseía una suerte de autoridad natural. Mrs. Cadogan casi parecía intimidada por ella, la trataba más como a una señora que como a una hija. Uno habría creído que aquella modesta campesina a quien gustaba beber era una pariente lejana que la joven había contratado como carabina y acompañante no remunerada. El hecho de que su madre les acompañara invariablemente cuando salían le permitía a él acariciar aún más el entusiasmo que en su interior sentía. Los placeres rutinarios pasaron a ser apasionantes, adquirieron impulso e intensidad. Bajo el duro sol de una mañana de primeros de julio, cabalgaron por el camino de la colina de pequeños pinos hasta su casita de Posillipo, para esperar que pasara el calor del día en la terraza bajo las grandes cortinas de tela naranja que movía y ondulaba la brisa del mar. Arrobado, él la contemplaba saboreando la fruta helada, el fuerte vino del Vesubio; permanecía en la sombra de la terraza cuando ella bajaba las escaleras talladas en la roca para bañarse, y la contemplaba de pie con el agua hasta el pecho, primero salpicando vigorosamente el agua con sus brazos, luego mojándose la nuca con la mano húmeda. Permanecía en aquella adorable posición un buen rato, mientras unos chicos la espiaban tras las rocas y su madre y dos doncellas la esperaban cerca con ropa y toallas. No importaba si ella le amaba, tanto la amaba él, tanto amaba contemplarla.

Nunca se cansaba de catalogar los estados de ánimo de ella, el paso de una apariencia a otra, la variedad, la inclusividad de su apariencia. En ocasiones resultaba provocativa, en otras castamente tímida. En ocasiones llena, casi una matrona; en otras como una niñita inquieta, esperando que la colmaran de presentes. Qué encantadora resultaba cuando se probaba una gorra o un fajín o un vestido que él le había diseñado, riendo sin afectación, admirándose ella misma.

¿Debo girar la cabeza así?, decía al joven pintor alemán que el Cavaliere había instalado en la casa para que pintase su retrato.

¿O asá?

Como una actriz, estaba acostumbrada a causar efecto en la gente cuando entraba en una habitación. Ello incluía su forma de andar, la precisa lentitud en la forma en que volvía la cabeza, apoyaba la mano en la mejilla... exactamente así. La autoridad de la belleza.

¿Qué tipo de belleza?

No la belleza que es lineal y requiere depurar la carne: la belleza del contorno, del hueso, del perfil, del pelo sedoso y del temblor de las delicadas ventanas de la nariz. (La belleza que, después de la primera juventud, debe ponerse a dieta si desea ser esbelta.) Es la belleza que surge de la confianza en una misma, la confianza de clase. La que dice: No he nacido para complacer. He nacido para que me complazcan.

No aquella belleza, la belleza que surge del privilegio, de la voluntad, del artificio... sino una casi tan autoritaria: la belleza de alguien que tiene que luchar por un lugar y no puede dar nada por descontado. Belleza que concierne al volumen, que está deseando ser y no puede elegir otra cosa que ser carne. (Y que con el tiempo pasa a ser gordura.) Belleza que se acaricia a sí misma con gruesos labios abiertos, invitando la caricia de otros. Belleza que es generosa y se decanta hacia el admirador. Puedo cambiar, sí, porque quiero gustarte.

La belleza de ella, la segunda, tan ingenua como soberana, no precisaba ni pulido ni acabado. Sin embargo ella parecía haber ganado encanto, si ello era posible, desde su llegada; su belleza se expandía en concordancia con algo sensual, húmedo, que rutilaba en el aire, bajo un sol tan distinto al sol inglés. Tal vez precisaba de este nuevo decorado, de estas nuevas formas de apreciación; necesitaba sufrir, incluso (lloraba por Charles, ella le quería de verdad); necesitaba el lujo del que nunca había disfrutado; necesitaba ser —en vez de la prudente, nerviosa, pequeña joya de un diletante secuestrada en un barrio residencial londinense, sirviéndole obediente el té— la orgullosa posesión, exhibida públicamente, de un gran coleccionista.

*

¿Qué hacemos con la belleza? La admiramos, la ensalzamos, la mejoramos (o lo intentamos), para exhibirla; o la escondemos.

¿Podríamos tener algo supremamente bello y no querer mostrarlo a otros? Posiblemente, si recelamos de su envidia, si nos preocupa que llegue alguien y se lo lleve. Quien roba un cuadro de un museo o un manuscrito medieval de una iglesia debe mantenerlo escondido. Pero cuán desposeído debe sentirse el ladrón. Parece lo más natural exhibir la belleza, enmarcarla, sacarla a escena... y oír que los otros la admiran, son un eco de nuestra admiración.

Sonríes. Sí. Ella es extraordinaria.

¿Extraordinaria? Es mucho más que esto.

¿Qué es la belleza sin un coro, sin murmullos, suspiros, susurros?

Pero quién mejor que el Cavaliere sabe lo que es la belleza, la belleza ante la cual caemos. Estoy partido, segado. Caigo, cúbreme con tu boca.

*

La belleza debe ser exhibida. Y se puede enseñar a la belleza cómo exhibirse.

Las perfecciones de ella y la felicidad de él no significaban que él no deseara pulirla. La mansión del Cavaliere estaba invadida de profesores de la mañana a la noche. Tenía su profesor de canto, su profesor de dibujo, su profesor de italiano, su profesor de piano. Estudiante nata, muy pronto dominó el italiano hablado —hablaba mejor que el Cavaliere, éste después de veinte años de residencia— por lo que él añadió clases de francés, que personalmente hablaba bien, con un deje inglés. Ella aprendió muy pronto el francés, y con menos acento, lo que atestiguaba la excelencia de su oído. El propio Cavaliere le dio lecciones a lo Pigmalión para que el acento en su propia lengua resultara más aceptable e incesantemente le llamaba la atención por su ortografía infantil.

El inglés de ella sigue incorregible, un torbellino de haches no pronunciadas y grititos pueriles, no importa la firmeza de la instrucción de él. Ella puede sumar nuevas habilidades, como francés e italiano; aprender artes, tales como canto y dibujo, que no había practicado nunca con anterioridad. Puede llegar a ser culta además de vulgar, pero no escapar de la base de vulgaridad que la sostiene. No puede andar pisando sus propios pies.

Se había considerado abandonada. La habían dejado atrás. Avanza, y con rapidez. A su alrededor había mujeres de su edad, mujeres de alta cuna, a cuál más lánguida. Ella no camina, corre. También poseía una gran inteligencia natural, que incrementaba con la energía a su disposición. Pidió más clases: quiere que todo, empezando por los días, esté lleno. A las ocho... a las nueve... a las diez... y así sucesivamente, tantas lecciones como se puedan embutir en un día. El Cavaliere le preguntó si estaba cansada.

Ella rió ruidosamente, luego cubrió su jugosa boca con la palma.

¡Cansada!

El Cavaliere añadió clases de botánica y de geología. Ahora tiene un profesor de baile. Aprende a tocar el piano, tolerablemente. Pero canta como un ángel. El castrado Aprile, contratado para darle lecciones superiores de canto, tres al día, dijo que nunca había oído una voz tan natural, lo que el Cavaliere no consideró un halago exagerado sino la pura verdad. A él le encantaba escuchar sus diáfanas melismas mientras se aplicaba en su correspondencia matutina. Cuando no estudiaba lenguas o música, ella se nutría en la biblioteca de él. Confiaba en complacer al Cavaliere, y así fue, al decirle que le gustaban Sterne y Voltaire.

Sonrojada de gozo, impulsando su voz por encima de las cabezas de los invitados hacia las antorchas y los lacayos del fondo del salón, cantaba en las reuniones del Cavaliere. Suspiraba por asistir a un baile en palacio. A pesar de que acompaña al Cavaliere por todas partes, no puede ser recibida en la corte. Pero a menudo coincidía al aire libre con el Rey y su séquito de vagos y patanes. Él toma su mano y besa sus dedos. Incluso la Reina le ha sonreído. Todo el mundo le dispensa los más generosos cumplidos. Se sienta al lado del Cavaliere en su palco tapizado de seda, en el San Carlo.

Se hace llamar Mrs. Hart.

Ya no sabe quién es, pero sabe que asciende. Ve lo mucho que la quiere el Cavaliere. Es consciente de su maestría. Las habilidades acuden al vuelo como pájaros y se posan en su cabeza. Bebe, ríe sonoramente. Es excitante, está llena de sangre. Por la noche da calor al Cavaliere, quien apoya la cabeza angulosa sobre su pecho suave y maduro y desliza sus rodillas entre las de ella.

*

Como muchas bellezas legendarias, no buscaba hermosura en aquellos de quienes se enamoraba. (Una auténtica belleza siempre tiene belleza suficiente para dos.) No había amado más a Charles por su petulante buena apariencia, no amaba menos al Cavaliere porque fuera un hombre de pecho hundido.

Ávida insaciablemente de la aprobación del Cavaliere, le leía en voz alta pasajes de un manual de autocontrol para mujeres que Charles le había dado, *El triunfo del carácter.* Ella conocía al autor, Mr. Hayley. Era uno de los amigos de Romney. La había estimulado. Estoy triunfando sobre mi carácter, le dijo al Cavaliere. Me he vuelto razonable. Ya verás. Mi cariñito adorable, dijo el Cavaliere.

¿Acaso era por la manera en que los ojos de ella le seguían? No eran dóciles, como los de Catherine; no suplicaban atención, confiando en encontrar una mirada de respuesta que los atrajese, sino juguetones, ardientes, prestos a ser ellos los que atrajeran la mirada de él.

Su talento para divertirse, su falta de exigencias, su espléndida salud, encantaban al Cavaliere. Estaba harto para siempre jamás de aguantar la fragilidad de una mujer, las quejas de una mujer.

En el poema de Mr. Hayley, que ella guardaba significativamente junto a su cama, Serena, la protagonista, siempre está tranquila, tiene buen carácter, es servicial, inasequible a la censura o a la dificultad. En una palabra, serena. Así la quería el Cavaliere; no siempre, naturalmente, porque entonces le resultaría blanda y poco seductora y sin encanto, pero sí cuando se opone a la voluntad de ella o la disgusta. No iba a quejarse cuando la dejara, porque ahora debía dejarla, aunque no quisiera; debía reunirse con el Rey para cazar o jugar al billar. En enero, cuando la pasión del Rey por la caza estaba en su punto más alto, el Cavaliere la llevó a la finca de Caserta, donde Catherine había pasado tantas semanas solitarias. Era una prueba, que ella superó esplendorosamente. Cuando él tenía que ausentarse para estar con el Rey, ella le escribía pequeñas notas sobre lo mucho que estudiaba para complacerle y lo muy feliz que él la hacía. Él soñaba con sus generosos muslos.

Incluso sus imperfecciones le encantaban: su pequeño mentón retirado, el rubor de eczema en sus codos, visible a través de las mangas de un vestido de muselina, las huellas del embarazo en su vientre, su risa que a veces se convertía en una risotada. Lo cual significa que la quería de verdad.

La pasión de él desafiaba lo que todo el mundo sabe sobre la pasión: que se estimula (en verdad, se mantiene viva) a fuerza de duda, separación, amenaza, ocultación, frustración; y es incompatible con la posesión, y la seguridad. Pero en este caso la posesión no menguaba nada. El Cavaliere estaba sexualmente embrujado. No había sabido hasta entonces que deseaba tanto que le abrazaran.

Por costumbre, por afecto, por incapacidad de seguir enojada, ella continuó escribiendo a Charles... sobre sus triunfos. Tengo una apaltamento de cuatro habitaciones que mira a la baia y mi propio carruaje y mis propios lacaios y criados y vestidos que hacen para mi. Todas las damas de la corte admiran mi pelo. Cante en una reunion 2 canciones serias y 2 cromicas y me dijeron que mi vos es tan buena como la de un eunuco. Hubo tales aplousos. La gente lloraba al oirme. Y tu tio me quiere de verdad y yo le quiero a el y mi solo estudio es para aserle feliz. Paseamos por el parque publico cada tarde. Vamos a la oppera todo el tiempo, y hemos acompañado a unos estrangeros a ver los templos grigos en Pesto... Además del «nosotros» de pareja (como en «Nosotros creemos que las columnas dólicas son dobre pesadas y no elegantes») hay el «nosotros» de un lugar (como en «Nosotros tendremos una gran erupción pronto, deseo que la tengamos»). Ella ha adoptado la montaña, al ver lo mucho que los pensamientos del Cavaliere están allí, y habla con soltura de la erupción que tuvo lugar poco después de la llegada de él, veintitrés años antes («Fue muy mamorable pero no tan terrable»), como si ella también hubiera estado allí. Tu tio se rie de mi, escribió a Charles, y dice que ya rivalizare con el respecto de la montaña.

Ella está desplazando al volcán.

Se está convirtiendo en una maravilla local con reputación internacional, como el volcán. El embajador ruso, Conde Scavronsky, debió considerar que su belleza valía una descripción en un despacho a su soberana, porque Catalina la Grande ha pedido que le manden a San Petersburgo un retrato de la muchacha.

¿Cómo podría el Cavaliere no quererla?

Empezaba a confiar en ella. Era horrible pensar en todo lo que había sufrido. Un objeto no se mancha porque haya estado en manos de propietarios menos dignos. Lo que cuenta es que ha llegado a su destino, ha sido encerrado en el círculo de posesiones de quien más merecía tenerlo.

*

Compadezcamos los objetos valiosos y únicos cuyo destino es hacerlos asequibles, en forma de juguete, a todo el mundo. El que estén a salvo en alguna gran colección particular o en un museo no impedirá esta secreta expoliación.

Tal fue el destino del celebrado objeto cuya venta había sido el golpe maestro del Cavaliere como comerciante de arte. Un año después de ceder al encanto de su exquisito jarrón camafeo romano, la Duquesa de Portland murió y el jarrón pasó a su hijo, el Tercer Duque, quien lo prestó por un tiempo al despierto cómplice del Cavaliere en el gran proyecto de elevar el gusto público, Josiah Wedgwood. Unas veinte reproducciones del jarrón de cristal azul oscuro se hicieron en liso gres negro: el ceramista profesional y declarado amante de las formas simples lo consideraría su obra maestra. Wedgwood ni siquiera intentó igualar el color o la pátina del original y, a base de simplificar, estropeó sus aristocráticos contornos. Las asas del jarrón se curvan hacia dentro en vez de seguir la curva del cuerpo, los hombros son más redondeados, se ha acortado el cuello. Quizás al Cavaliere le pareciera aceptable aquella copia ligeramente rechoncha, puesto que hacía mucho tiempo que había superado su aristocrática resistencia a esta nueva y mercantil manera de expandir la influencia de sus colecciones. Pero seguramente se habría sorprendido ante la progenie que la firma Wedgwood empezó a producir por decenas de miles el siglo siguiente. Jarrones Portland verde oliva, amarillos, rosa pálido, lila, azul espliego, gris negro y marrones jarrones Portland; jarrones Portland en varios tamaños incluidos pequeños, medianos y grandes. Cualquiera podía tener, debía tener un jarrón Portland, y del tipo que quisiera: tal era el plan de la compañía. Se crecía, se encogía, podía ser de cualquier color. El jarrón pasó a ser un concepto, un tributo al jarrón mismo.

¿A quién puede gustarle realmente el jarrón Portland hoy?

La más valiosa posesión es siempre idéntica a sí misma. Ella es ahora su más valiosa posesión. Y un objeto valioso confiere valor a su propietario. A un coleccionista le hace feliz que le conozcan, básicamente, como el propietario —a costa de mucho esfuerzo— de lo que ha coleccionado.

*

Así el hombre viejo coleccionó a la mujer joven; no podría haber sido al revés. Coleccionar es tanto una actividad social como de piratería. A las mujeres se las educa para que no se sientan ni competentes ni gratificadas por la búsqueda, la competición, la licitación que coleccionar (como algo muy distinto a la compra en gran escala) exige. Los grandes coleccionistas no son mujeres, como tampoco lo son los grandes chistosos. Coleccionar, como contar chistes, implica estar en un mundo donde circulan objetos ya fabricados, donde se compite por ellos, se transmiten. Esto presupone la pertenencia segura, plena, a un mundo así. A las mujeres se las prepara para ser jugadoras suplentes o marginales en dicho mundo, como en tantos otros. Para competir en pos de la aprobación, no para competir en sí.

*

Me cuentas un chiste. Me *encanta* tu chiste. Me hace reír tanto que me duelen los costados y se me humedecen los ojos. Y es muy agudo y sutil. Incluso bastante profundo. Todo esto en un chiste. Debo pasarlo.

Aquí viene otro. Te contaré un chiste. Quiero decir, *el* chiste. No es tuyo, claro. Alguien te lo contó. Y ahora lo contaré a otra persona si puedo recordarlo. Antes de que lo olvide. Quiero compartirlo con alguien, ver que esta persona reacciona como yo (ruge de risa, asiente apreciativa con la cabeza, se le humedecen un poco los ojos), pero para ser el lanzador, no el receptor, no debo estropear su gracia. Debo contarlo como tú lo contaste, por lo menos *tan* bien. Debo estar al volante del chiste y conducirlo adecuadamente sin atascar las marchas o precipitarlo en una zanja.

Siendo una mujer, me preocupará más mi habilidad para sacar a la superficie el chiste y meterlo en la mente de esta nueva persona que si fuera un hombre. (Tú, naturalmente, eres un hombre.) Puedo empezar pidiendo disculpas y explicando que a pesar de que no sirvo para recordar chistes y apenas nunca cuento chistes, no puedo resistir la tentación de contar éste. Y luego continúo, nerviosa, intentando recordar exactamente cómo lo hiciste tú. Imito tu entonación. Marco tus énfasis, tus pausas.

Paso por esto, a pesar de que no acaba de sonar bien, no tan bien como tú lo hiciste. La nueva persona hace una mueca, se ríe, suspira. Pero dudo que yo obtenga tanto placer de contar este chiste como obtuviste tú. Estoy haciendo algo que para mí no es natural, que es la imitación de una habilidad ajena. A mí me gusta ser ocurrente, acierto cambiando frases... es mi estilo con las palabras. Un chiste nunca es mío. Párame si ya lo conoces, dice quien cuenta chistes, cuando se dispone a compartir su última adquisición. Está en lo cierto al asumir que otros también deben contarlo: un chiste circula.

El chiste es esta posesión impersonal. No lleva la firma de nadie. Me lo dieron, pero no te lo inventaste; estaba bajo mi custodia y elijo pasarlo, que pase. No se refiere a ninguno de nosotros. No habla de ti ni de mí. Tiene una vida propia.

Sale... como una detonación, como una risa, un estornudo; como un orgasmo, como una pequeña explosión, un desbordamiento. Contarlo quiere decir: aquí estoy. Sé lo suficiente como para apreciar este chiste. Soy lo suficientemente sociable y expresiva como para contarlo a otros. Me encanta divertir. Me encanta figurar. Me encanta que me valoren. Me encanta sentirme competente. Me encanta estar detrás de mi cara y conducir este pequeño vehículo hasta su pronto destino... y luego salirme. Estoy en el mundo, que tiene muchas cosas que no son yo y que yo valoro.

Pásalo.

2.

Cuadro. Nos dan la espalda y vemos qué es lo que miran, saludan, se señalan el uno al otro, con un brazo tendido hacia delante y hacia arriba, la forma característica de la época de saludar algún panorama de lo maravilloso en un plano largo. Una extensión de ruinas, una luna brillante navegando tras un borde de nubes; el creciente penacho humeante de la montaña.

Ya se han maravillado desde lejos —la experiencia como promontorio— antes de subir por la ladera de la montaña, donde tuvieron que mantener los ojos fijos en las piedras puntiagudas al dar cada paso, para no tropezar, y ahora, después del último gateo, se encuentran en la cima, han alcanzado el amplio foso que rodea el cono, donde una vez más, desde el suelo, miran hacia arriba —y pueden hacer el gesto, el gesto que dice *allí,* pero es *aquí* peligrosamente cerca. Reciben una lluvia de piedras y de ceniza. El cono está vomitando humo negro. Una peligrosa roca cae a corta distancia... ¡cuidado con tu brazo! Pero están empeñados en una vista, por lo menos el poeta. Otra vista. No ha subido hasta tan lejos para seguir mirando arriba. Quiere mirar abajo, dentro.

Mira, ahora para. El poeta sacó su reloj. Tú te agachas allí, detrás de aquel risco. Sólo comprobaré durante cuánto tiempo se porta bien el monstruo. Este monstruo herido, es como la respiración de un monstruo herido, con unos doce minutos entre cada aliento, le dice el reloj, durante los cuales la lluvia de piedras también amaina; y en uno de los intervalos, el poeta sugirió a su timorato amigo, el pintor, que podían hacer que sus guías les condujeran a la cima para echar una mirada rápida al interior del cráter.

Así lo hicieron y se plantaron en el labio de la enorme boca, como escribiría más tarde el poeta. Una suave brisa se llevó el humo, el burbujeo y gorgoteo y salivazo cesaron, pero el vapor que salía de mil fisuras ocultaba el seno del cráter, sólo permitía una cambiante mirada de las quebradas paredes de roca. La visión, escribió, no era ni instructiva ni agradable.

Entonces, el monstruo respiró de nuevo y de sus entrañas surgió un tremendo y atronador rugido —no, de las profundidades de la caldera se levantó una nube abrasadora de vapor y polvo— no, desde la más potente de las bombardas centenares de piedras, grandes y pequeñas, fueron lanzadas al aire...

Los guías tiraron de sus abrigos. Uno de ellos, el muchacho tuerto que el Cavaliere había recomendado al poeta, les llevó a un peñasco detrás del cual pudieron refugiarse. Había demasiado ruido para apreciar la gran extensión del golfo, abajo, y de la ciudad en la distancia, cuyos contornos, como un anfiteatro en visión oblicua o como una silla titánica, tenías la impresión de poder captar como un todo en una mirada. El pintor exclamó: Ahora bajaré. Después de que el poeta se agachara bajo el abrigo de la peña, y por unos momentos, más para demostrar su valor y pensar otras muchas imágenes, también él llevó a cabo una prudente retirada.

Era Goethe, con su amigo el pintor Tischbein, en el primero de sus tres ascensos a la montaña. El poeta, que ya no era joven sino un hombre de treinta y siete años en excepcional buena forma, se ha enfrentado debidamente al dragón que exhala fuego. Si el viejo caballero inglés puede hacerlo con regularidad, también él puede hacerlo. Es lo que cualquier caballero turista fuerte y sano hace cuando viene aquí. Pero al poeta no le parece, como al Cavaliere, bonito. Tiene a la vez frío y calor y se siente cansado, incómodo, un poco asustado. Todo aquello parece una locura. Uno no ve a los irreflexivos nativos, tan amantes del placer, trepar con dificultad por la impresionante colina que se levanta no lejos de su paraíso. Definitivamente es un deporte para extranjeros. Y entre los extranjeros, más bien para los ingleses. Ajá, estos ingleses. Tan refinados y tan brutos. Si no existieran, nadie los habría inventado nunca. Tan excéntricos, tan superficiales, tan reservados. Pero cómo se divierten.

Uno debe intentar divertirse con ellos.

El poeta llegó por la noche. Acompañados de otro pintor alemán que vivía en Nápoles, él y su amigo ya habían sido recibidos por el Cavaliere y éste les había mostrado los tesoros de sus salones. Las paredes recubiertas de pinturas, guaches y dibujos, las mesas con pilas de camafeos y jarrones, las vitrinas repletas de curiosidades geológicas. Parecía no haber ni orden ni concierto, que es lo primero que advierten los visitantes alemanes. Y esto producía una cierta impresión desagradable, no sólo de abundancia sino de desorganización o caos. Pero si mirabas atentamente (la mirada por la que todo coleccionista suspira), descubrías la delicadeza y sensualidad de la persona que había reunido aquellas expresiones de su buen gusto, como Tischbein recordaría años más tarde. Las paredes, dijo de las paredes del Cavaliere, mostraban su vida interior.

Luego el poeta, sólo el poeta, fue invitado a dar una vuelta por los almacenes del Cavaliere en el sótano. (El privilegio de una visita semejante sólo se reservaba a los huéspedes más distinguidos.) Y el poeta, quien informó de todo a su amigo pintor, se sorprendió ante una profusión de otro tipo. Había una capilla pequeña completa en la bodega. ¿De dónde la había sacado? El pintor sacudió la cabeza, levantó los ojos al cielo. El poeta vio un par de candelabros adornados que sabía que provenían de las excavaciones en Pompeya. Y muchos objetos sin ningún género de distinción. Las colecciones en la parte de arriba eran un mapa de las fantasías del Cavaliere, un mundo ideal. La bodega, abajo, era la parte vulnerable del coleccionismo del Cavaliere, puesto que todo coleccionista llega muy pronto al punto en que colecciona no sólo lo que quiere sino lo que de hecho no quiere pero teme dejar pasar, por miedo a que pueda quererlo, valorarlo, algún día. Le es imposible evitar mostrarme estos objetos, pensó el poeta, incluso los que no debería mostrarme.

Naturalmente, presumir de las posesiones de uno puede parecer jactancia, pero el coleccionista no se inventó o fabricó aquellas cosas, sólo es su humilde servidor. No se alaba a sí mismo al exhibirlas, las ofrece humildemente para la admiración de otros. Si los objetos que tiene un coleccionista fueran de su propia cosecha, o incluso si se tratara de un legado, entonces sí parecería vanagloria. Pero crear una colección, la ansiosa actividad de inventar su propia herencia, libera a uno de la obligación de ser discreto. Para el coleccionista, presumir de su colección no es de mala educación. Ciertamente, el coleccionista, como el impostor, no existe si no cuenta con el público, si no muestra lo que es o ha decidido ser. Si no exhibe sus pasiones.

*

La gente contó al poeta que el Cavaliere había adquirido y luego se había enamorado de una joven que era lo bastante bella como para ser una estatua griega, que había empezado a mejorarla y educarla a la manera de cualquier protector que sea un hombre, más viejo, rico, de buena cuna (todo lo que su amada no es), y se había convertido en una especie de Pigmalión a la inversa, transformando a su bella dama en estatua; para ser más preciso, un Pigmalión con billete de ida y vuelta, puesto que podía cambiarla por una estatua y luego volver a una mujer según su voluntad.

Conforme con el gusto del Cavaliere, ella se vestía en aquellas noches con atuendo antiguo, una túnica blanca con un ceñidor en la cintura; su cabello rojizo, algunos dicen castaño, le caía libremente por la espalda o se lo recogía con una peineta. Cuando accedía a iniciar una actuación, según contaban, una rolliza mujer entrada en años, una especie de gobernanta, quizás una tía viuda, le llevaba dos o tres chales de cachemira; ciertamente, era más que una criada, puesto que le permitían sentarse a un lado y mirar. Las sirvientas comparecían con una urna, una caja de perfume, una copa, una lira, una pandereta y una daga. Con estos pocos utensilios ella se situaba en el centro del salón, que había sido oscurecido. Cuando el Cavaliere avanzaba, sosteniendo una vela, había empezado la representación.

Ella se colocaba en la cabeza un chal lo bastante largo como para llegar al suelo y cubrirla por completo. Así escondida, se envolvía en otros chales y empezaba los ajustes interiores y exteriores (ropaje, tono muscular, sentimientos) que le permitirían emerger como otra persona, alguien distinto de lo que ella es. Para hacer esto —no era igual que ponerse una máscara— era necesario tener una relación muy libre con el propio cuerpo. Para hacer esto era necesario tener el don de la euforia. Ella ascendía, flotaba, descendía, se aposentaba, martilleante el corazón, mientras se secaba el sudor de su rostro. Un remolino de muecas, ajuste de tendones, rigidez de las manos, la cabeza moviéndose con rapidez hacia atrás o a un lado, brusca inhalación...

Y luego, de súbito, ella levantaba sus envolturas, bien desprendiéndose totalmente de ellas, bien conservándolas como parte del ropaje de la armoniosa estatua viva en la que ella se había convertido.

Mantenía la pose el tiempo suficiente para que se interpretara, luego volvía a cubrirse. A continuación arrojaba el largo chal para revelar otra figura, bajo una distinta disposición de los restantes chales: conocía cien maneras de disponer aquellas telas. Una pose seguía a otra, por lo menos diez o doce, casi sin pausa.

*

El Cavaliere le había pedido en un principio que posara dentro de una alta caja forrada de terciopelo y abierta por un lado, luego dentro de un gran marco dorado. Pero él mismo vio enseguida que el arte de ella era marco suficiente para aquellas simulaciones. Toda su vida la había preparado para la galería de estatuas vivas del Cavaliere.

A los catorce años, recién llegada a Londres, había soñado con ser actriz, como las espléndidas criaturas que contemplaba por la noche saliendo por la puerta de artistas del Drury Lane. A los quince, como figura escasamente velada en los cuadros vivientes escenificados por un terapeuta del sexo que estaba de moda, aprendió a permanecer de pie sin moverse, casi sin respirar, los músculos de su cara tensos hasta la impasibilidad; inconscientes en apariencia de los ejercicios sexuales que tenían lugar allí cerca, bajo la supervisión del Doctor Graham, en la Cama Celestial. A los diecisiete, la modelo predilecta de uno de los más grandes retratistas de la época, aprendió a pensar inventivamente en las emociones y en cómo expresarlas, y luego a mantener aquellas expresiones durante largo tiempo. El pintor dijo que a menudo se sorprendía y le inspiraba su concepción del tema; que ella era una auténtica colaboradora, no una modelo pasiva. Para el Cavaliere, posaba como ella misma posando: una secuencia de poses, una muestra de diapositiva en vivo de las etapas icónicas de los mitos y la literatura de la antigüedad.

*

La empresa era extremadamente precisa. Primero había que elegir el motivo. El Cavaliere abría sus libros y mostraba a la joven las láminas, o la llevaba ante un cuadro o a una estatua de su colección. Comentaban las antiguas fábulas. Ella siempre las quería interpretar todas. Luego, cuando ya conocía el tema, llegaba la parte ardua: encontrar el momento adecuado, el momento crucial, que resume la esencia de un personaje, de un relato, de una emoción. Era la misma siempre difícil elección, que supuestamente efectúan los pintores. Como escribió Diderot: «El pintor sólo tiene un instante; no se le permite resistir dos instantes distintos como no se le permite plasmar dos movimientos separados.»

*

Ilustra la pasión. Pero no te muevas. No te... muevas. Esto no es un baile. Tú no eres una precursora de Isadora Duncan en imagen congelada, a pesar de tus pies descalzos y traje griego y miembros en libertad y cabello suelto. Ilustra la pasión. Pero como una estatua.

Puedes apoyarte... sí, así. O abrazar algo. No, un poco más arriba. Y vuelve la cabeza hacia la izquierda. Sí, puede parecer que bailes. Parecerlo. Absolutamente inmóvil. Así. No, no creo que se arrodillase. El pie izquierdo algo más libre. Un poco indolente. Sin la sonrisa. Los ojos medio entornados. Sí. Así.

*

Todo el mundo decía que el conjunto de sus expresiones resultaba notable y convincente. Pero incluso más notable era la rapidez con que pasaba de una pose a otra. Cambio sin transición. De la pena a la alegría, de la alegría al terror. Del sufrimiento a la dicha, de la dicha al horror. Parece el don femenino definitivo, ser capaz de pasar sin esfuerzo, al instante, de una emoción a otra. Como los hombres querían que fueran las mujeres, y de lo que se burlaban en las mujeres. Un momento así. Al momento siguiente asá. Pues claro. Así lo hacen todas las mujeres.

Al principio se representaban todo tipo de personajes y emociones. Pero ninfas y musas, Julietas y Mirandas, fueron superadas con mucho por las desamparadas y las víctimas. Madres privadas de sus hijos: su Niobe; o empujadas por una intolerable ofensa a matarlos: su Medea. Doncellas arrastradas por sus padres al ara del sacrificio: su Ifigenia. Mujeres suspirando por los amantes que las han abandonado: su Ariadna. O a punto de matarse en desespero por haber sido abandonadas: su Dido; o para expiar el deshonor de una violación: su Lucrecia. Éstas eran las poses que evocaban mayor admiración.

Cuando el poeta la vio, sólo un año después de que ella llegara a Nápoles, había empezado apenas a actuar en las reuniones del Cavaliere. Éste había puesto en evidencia en su amada un sorprendente talento, que ella practicaría durante muchos años y que nunca dejaría de ser admirado, incluso por sus más recalcitrantes detractores. Sus dotes para la representación en un principio parecieron identificarse con su belleza. Pero su belleza era más como el genio, con la convicción de su propia persistencia, incluso en circunstancias desalentadoras. Puesto que cuando desapareció la belleza, ella aún se sintió hermosa: a mano para la exhibición y estimación. Incluso cuando engordó continuaba sintiéndose ligera.

No quería ser una víctima. No era una víctima.

Ya no echa en falta a Charles. Se ha resignado, ha triunfado. Supo que nunca más volvería a la experiencia del amor apasionado, ni confía en volver. Pero sentía auténtico afecto por el Cavaliere y le era fácilmente fiel. Sabe cómo dar placer y lo da cuando se lo requieren. Que Charles fuera bastante frío y rígido en la cama no la había hecho sentirse rechazada. Que el Cavaliere resultara ser más amoroso que su sobrino le hizo comprender, por vez primera, qué era tener dominio sexual sobre alguien. Ahora se siente como una mujer (cosa más segura que ser una muchacha), como muchas mujeres, todas ellas irresistibles. Su capacidad de expresión, su insaciable deseo de entrar en contacto con otros, había encontrado más elevada vía de escape en este teatro de simuladas y antiguas emociones.

*

La gente interpretaba entonces la antigüedad como un modelo para el presente, como un surtido de ejemplos ideales. El pasado era un mundo pequeño, que aún se hacía más pequeño por nuestro gran distanciamiento de él. Sólo contenía nombres familiares (dioses, grandes sufridores, héroes y heroínas) que representaban virtudes familiares (constancia, nobleza, valor, gracia) y encarnaban un irrefutable concepto de belleza, tanto femenina como masculina, y una poderosa aunque nada amenazadora sensualidad, debido a que ésta era enigmática, débil, descolorida.

La gente buscaba instrucción. El saber estaba de moda entonces, y lo bárbaro no. Debido a que cada una de las poses de la protegida del Cavaliere representaba una figura de la antigua mitología o del teatro o de la historia, verla desplegar su sucesión de Actitudes, como se denominaban, era encontrarse en una especie de examen.

Ella se suelta el pelo, yergue la espalda, alza los brazos en una súplica, deja caer la copa en el suelo, se arrodilla y apunta con el cuchillo a su pecho...

Jadeos. Un murmullo del público. El comienzo del aplauso, mientras alguien que no reconoce la figura es instruido entre susurros por otro invitado. Aumenta el aplauso. Y los gritos. «¡Brava, Ariadna!»

O «¡Brava, Ifigenia!»

Y el Cavaliere, situado a corta distancia, en su calidad tanto de director de escena como de espectador privilegiado, asentía seriamente con la cabeza. Habría sonreído si hubiese considerado oportuno sonreír. Cuando observó la tensa inmovilidad del anciano, su edad y su delgadez, en contraste con la juventud y el opulento cuerpo de ella, el poeta sí sonrió.

*

¡El momento significativo!, dijo el poeta en su afectado francés. Esto es lo que nos debe dar el gran arte. El momento que es más humano, más típico, más conmovedor. Mis felicitaciones, Madame Hart.

Gracias, dijo ella.

El vuestro es un arte de lo más insólito, dijo el poeta muy serio. Lo que me interesa es cómo os movéis tan rápidamente de una pose a otra.

Es algo natural en mí, dijo ella.

Claro, dijo él, sonriendo. Lo comprendo. Es la función del arte esconder las dificultades de su ejecución.

Es algo natural, dijo la joven, ruborizándose. Sin duda él no le pedía realmente que le explicara cómo lo hacía.

Cómo lo hacéis, dijo el poeta. ¿Veis mentalmente el personaje que encarnáis?

Creo que sí, dijo ella. Sí.

Su cabello parecía húmedo. El poeta se preguntó cómo sería abrazarla. No era su tipo. Le atraían las mujeres más inteligibles o más humildes, menos animadas. Su talento la hacía febril. Puesto que no cabía duda de que su actuación era notable. Ella no era sólo, como todos decían maliciosamente, una obra de arte, sino también una artista. ¿La modelo como artista? ¿Por qué no? Pero el genio era algo distinto. E igualmente la felicidad. Pensó una vez más en la suerte del Cavaliere. Era feliz porque no quería más de lo que tenía.

Hubo una larga e incómoda pausa. La joven no se acobardó mientras aquel tieso alemán la miraba.

¿Os apetecería un poco de vino?

Más tarde, dijo el poeta. No estoy acostumbrado a tanto calor.

Sí, exclamó la joven. Hace calor. Mucho calor.

El gran propósito del arte es encender la imaginación, le contó el poeta. Ella asintió. Y en su persecución de la auténtica grandeza de dicho propósito, al artista puede serle a veces necesario desviarse de la vulgar y estricta verdad histórica. Ella estaba sudando. Y entonces le dijo al poeta que había leído, había admirado hasta la locura, su *Werther,* y que le daba mucha pena la pobre Lotte, quien debía de haberse sentido muy culpable por haber inspirado, inocentemente, la fatal pasión en aquel joven sensitivo.

¿No sentís pena por el joven demasiado sensitivo?

Ah, dijo ella, sí. Pero... pero siento una pena mayor por Lotte. Ella intentaba hacer lo que es correcto. No quería infligir ningún daño.

A mí me da pena mi héroe, dijo el poeta. Por lo menos me la dio. Ahora todo esto me resulta muy remoto. Sólo contaba veinticuatro años cuando lo escribí. No soy la persona que era entonces.

La joven, de sólo ventidós años, no puede imaginar que el hombre que tiene delante haya sido alguna vez de su misma edad. Debe ser aproximadamente de la edad de Charles. Extraño lo que pasa con los hombres. No les importa ser jóvenes.

¿Y fue una historia real?, preguntó ella cortésmente.

Todo el mundo pregunta eso, dijo el poeta. En realidad, todos me preguntan si es mi historia. Y, lo confieso, me presté a mí mismo... pero, como podéis ver, aún estoy aquí.

Estoy segura de que vuestros amigos se alegran de ello, dijo la joven.

Pienso que la muerte de Werther fue para mí nacer de nuevo, dijo el poeta con solemnidad.

Ah.

El poeta siempre estaba —siempre estaría— en proceso de volver a nacer. ¿La definición de genio?

Para gran alivio de ella, vio que se acercaba el Cavaliere. Estaba felicitando a Madame Hart por la fuerza de su actuación, dijo el poeta.

Con toda seguridad el brillante Cavaliere sería un buen interlocutor para este tedioso visitante. Los hombres podían hablar entre sí y ella mirar.

Pero se dio el caso de que la conversación entre el Cavaliere y el poeta no tuvo mayor éxito que la de la protegida del Cavaliere y el poeta. Ni uno ni otro se apreciaban mutuamente mucho.

El Cavaliere nunca había leído la novela reconocidamente lacrimosa sobre aquel egoísta herido de amor que se quita la vida; sospechaba que no le gustaría. Por suerte, su ilustre invitado no sólo era uno de los más famosos escritores del continente y el principal ministro de un pequeño ducado alemán, sino que tenía intereses científicos, particularmente en el campo de la botánica, la geología y la ictiología. Así, hablaron de plantas y piedras y peces.

El poeta empezó a desplegar su teoría sobre la metamorfosis de las plantas. Durante años he examinado hojas, pistilos y estambres de muchas especies, y este estudio me ha llevado a postular un modelo con el que sería posible crear un número infinito de plantas, todas las cuales podrían existir y muchas ya existen. Paseando aquí por la orilla del mar, he pensado algo nuevo. Podría decirse que he tenido una iluminación. Estoy convencido de que la Planta Original existe de verdad. Cuando me marche de Nápoles, iré a Sicilia, que según me dicen es el paraíso del botánico, donde confío encontrar un especimen. Etc., etc., etc.

Estoy construyendo un jardín inglés en las tierras que rodean el palacio de Caserta, dijo el Cavaliere, siempre interesado en las plantas, tan pronto el poeta dejó de hablar. Caserta puede en verdad rivalizar con Versalles, pero he persuadido a Sus Majestades de que no precisan someterse a la moda francesa en cuestión de jardines. A sugerencia mía, han contratado al más eminente paisajista de jardines al estilo inglés y cuando este jardín esté acabado contendrá flora de la más amena variedad.

Cuán decepcionante resultaba el Cavaliere. El poeta cambió aquel tema por el de Italia.

Italia me ha transformado completamente, dijo. El hombre que salió de Weimar el año pasado no es el hombre que llegó a Nápoles y a quien veis delante vuestro.

Sí, dijo el Cavaliere, no más interesado en la transformación personal (el tema predilecto del poeta) de lo que lo estaba, a pesar de su conocimiento de los jardines y del volcán, en las teorías botánicas o geológicas. Sí, Italia es el país más bello del mundo, supongo. Y cierto es que no hay ciudad más bonita que Nápoles. Concededme el placer de mostraros la vista desde mi observatorio.

La belleza, pensó el poeta con desprecio. Hasta qué extremos de epicúrea candidez llegaba aquel inglés ingenuo. ¡Como si no hubiera nada más en el mundo que la belleza! Aquí tenía a un hombre incapaz de entrar a fondo en lo que a él le interesaba. Le habría calificado de mero diletante, de no haber sido diletante un término elogioso.

Transformación, suspiró por su parte el Cavaliere. Aquí tenía a un hombre incapaz de no tomarse a sí mismo en serio. Pensó que el poeta exageraba sin duda el alcance de su transformación en el curso del periplo italiano y que su obsesión por la transformación personal era más bien un muestra de altanero egoísmo.

Y ambos estaban en lo cierto. Pero las convicciones del poeta son para nosotros más valiosas; su vanidad, más excusable; su sentido de la superioridad más... superior. Con talento, como con belleza... todo, bien, casi todo, se perdona.

Treinta años más tarde, en su *Viaje a Italia,* Goethe escribiría que lo pasó muy bien en la reunión del Cavaliere. No decía la verdad. Era lo bastante joven entonces, lo bastante inquieto, para no divertirse en absoluto. Para considerar que no había aprendido nada de las diversas conversaciones de aquella velada, puesto que se sintió infraalimentado mentalmente, así como infravalorado. Estoy abocado a mi propio perfeccionamiento, escribía el poeta a sus amigos. Placer, sí; también esto. Me procura placer y ello acelera y amplía mi capacidad para sentir. Cuán superior se había sentido respecto a aquellas personas. Y cuán superior era.

*

En la mayoría de las fábulas en que una estatua cobra vida, la estatua es una mujer; a menudo una Venus, que baja del pedestal para devolver el abrazo de un hombre ardiente. O una madre, pero en este caso lo más probable es que permanezca en su hornacina. Las estatuas de la Virgen y de las santas femeninas no se tornan ambulantes, sólo hay movimiento en unos ojos llenos de compasión, una tierna boca, una mano delicada, que hablan o hacen señas al suplicante arrodillado para consolarle o protegerle. Rara vez una estatua femenina cobra vida para vengarse. Pero cuando la estatua es un hombre, su propósito es casi siempre o bien perpetrar, o bien vengar un mal. Una estatua masculina que despierta (en la versión moderna, una máquina a la que se ha dado forma humana y luego animado) llega para matar. Y el hecho de ser verdaderamente una estatua le llena de la virtud marcial de la testarudez, le hace monolítico, implacable, inmune a las tentaciones de clemencia.

Es una recepción con cena. Personas sofisticadas que se han vestido de noche con ropas bonitas y sugerentes disfrutan del ambiente en el que este tipo de gente habituada a la vida social más se deleita: algo que es a un tiempo burdel y salón, sin las exigencias ni los riesgos de ambos. La comida, ya sea correosa o delicada, es abundante; el vino y el champaña son caros; la iluminación es tenue y halagadora; la música, y los perfumes de las flores sobre la mesa, envolventes y difusos; se producen algunas necedades sexuales, unas buscadas y consentidas, y otras no («Sólo nos divertimos», dice el potencial Don Juan, interrumpido por alguien que advierte la presión de sus no deseadas atenciones sobre una mujer); los criados son eficientes y sonríen, confiando en una buena propina. Las sillas son blandas y los invitados disfrutan profundamente de la sensación de estar sentados. Hay placeres para los cinco sentidos. Y júbilo y desenvoltura y lisonja y genuino interés sexual. La música aplaca y estimula. Por una vez, los dioses del placer tienen lo que les corresponde.

Y entra este invitado, esta presencia extraña, que no está aquí para divertirse en absoluto. Aparece para aguar la fiesta y arrastrar al infierno al principal juerguista. Tú le viste en el cementerio, sobre un mausoleo de mármol. Ebrio de petulancia y también un poco nervioso por encontrarte en aquel lugar, bromeaste con tu compinche. Luego le saludaste a gritos. Le invitaste a la cena. Era una broma morbosa. Y ahora aquí está. Es un personaje canoso, quizá, barbudo, con una voz muy profunda y un caminar pesado, artrítico, no sólo porque es viejo sino porque está hecho de piedra; sus articulaciones no se doblan al andar. Un padre enorme, granítico, ominoso. Llega para emitir juicio, un juicio que tú considerabas pasado de moda o que no te concernía. No, tú no puedes vivir para el placer. No. No.

Tiende la mano y te desafía a estrechársela. La tierra, debajo, retumba, el suelo del salón se abre de par en par, empiezan a elevarse llamas...

Quizás estás soñando y despiertas. O, quizás, experimentas esto de forma más moderna.

Él entra, el convidado de piedra. Pero no va a matarte, y probablemente es más joven, incluso joven. No viene para vengarse. Piensa sin duda que quería asistir a una fiesta (no puede ser un monumento todo el tiempo) y no está por encima del deseo de divertirse. Pero no puede remediar ser él mismo, lo que significa traer consigo sus elevados ideales, sus supremas normas de conducta. Él, el convidado de piedra, recuerda a los juerguistas la existencia de otra manera, más seria, de ser y de sentir. Y esto, claro está, se interferirá con sus placeres.

Es cierto que le invitaste, pero ahora desearías no haberlo hecho y si no tomas las precauciones necesarias, echará a perder la fiesta.

Después de conocer a algunos de tus invitados, empieza a desentenderse de la velada. Con excesiva rapidez, quizá. Pero está acostumbrado a segar de golpe aquellas cuestiones. No cree que tu fiesta sea tan divertida. No finge, no se junta con nadie. Se queda por los rincones del salón. Quizá mira los libros, o acaricia objetos artísticos. No vibra con la fiesta. Ésta no vibra con él. Tiene demasiadas cosas en la mente. Aburrido, se pregunta por qué vino. Su respuesta ahora: sentía curiosidad. Disfruta experimentando su superioridad personal. Su diferencia. Echa una mirada al reloj. Cada gesto suyo es un reproche.

Tú, uno de los invitados (o, mejor, el anfitrión) restas importancia a esta presencia ceñuda. Intentas ser encantador. Él se niega a que le encanten. Se disculpa y va en busca de algo que beber. (¿Está abatido o se dispone a denunciarte?) Vuelve, sorbiendo un vaso de agua. Te das la vuelta y haces causa común con los otros. Te ríes de él... es fácil reírse de él. Menudo pedante. Menudo egoísta. Cuán ampuloso. Acaso no sepa cómo pasárselo bien.

¡Anímate, convidado de piedra!

Sigue contradiciendo lo que le dicen, deja muy claro que no se divierte. Y no puede realmente acaparar tu atención. Tú revoloteas de un invitado a otro. Porque una fiesta no es un *tête-à-tête.* Se supone que una fiesta reconcilia a sus participantes, esconde sus diferencias. Y él tiene la mala educación de querer sacarlas a la superficie. ¿Acaso no conoce la edificante práctica de la hipocresía?

Imposible que ambos estéis en lo cierto. El hecho es que, si él está en lo cierto, tú te equivocas. Tu vida se revela como vacía, tu criterio, oportunista.

Quiere secuestrar tu pensamiento. No se lo vas a permitir. Te dices que la frivolidad es una causa noble. Que una fiesta es también un mundo ideal

Tarde o temprano se va. Te da la mano. Está helada. Te serenas. La música vuelve a sonar alta. Menudo alivio. Te gusta tu vida. No vas a cambiar. Él es pedante, altivo, siniestro, agresivo, condescendiente. Un monstruo de egoísmo. Por desdicha, también es lo auténtico, lo real.

*

En el curso de otra visita, el poeta pidió al Cavaliere que le recomendara algún comerciante de lava en Nápoles, a fin de que pudiera llevarse al partir un surtido adecuado de especímenes.

Viajar es comprar. Viajar es saquear. Nadie que vino aquí se marchó sin algun tipo de colección. Nápoles convertía a cualquiera en coleccionista aficionado. Incluso hizo un coleccionista del Marqués de Sade, quien, huyendo de un arresto en Francia, había llegado once años antes bajo seudónimo, a pesar de que su falsa identidad fue desenmascarada por el representante diplomático francés y tuvo que avenirse a ser presentado a la corte napolitana bajo su verdadero y ya infame nombre. Cuando salió de la ciudad cinco meses más tarde para volver a Francia, le precedieron dos grandes cajas repletas de antigüedades y curiosidades.

Antes de partir hacia Sicilia, el poeta hizo varias visitas más al museo real, en Portici, que declaró el alfa y omega de todas las colecciones de antigüedades. Visitó Paestum y se declaró irritado por las achaparradas columnas dóricas. (A su vuelta de Sicilia, en una segunda visita, fue capaz de apreciarlas.) Sin embargo, no volvió a Pompeya y Herculano, que había recorrido rápidamente poco después de llegar y no le habían gustado. Mejor observar los movimientos de los cangrejos en el rompeolas. Qué cosa tan deliciosa es algo *vivo,* escribió. Mejor recorrer el jardín de Caserta del que el Cavaliere estaba tan orgulloso, y admirar las rosas y los alcanforeros. Soy un amigo de las plantas, escribió. Amo la rosa. Y sintió que le invadía una oleada de salud y de autoaprobación. Cuánto me complace mantener mi pequeño estudio de la vida en todas sus múltiples formas. Olvidemos la muerte: esta fea montaña, estas ciudades cuyas moradas apretujadas parecen predecir que se convertirán en tumbas.

Escribió cartas a su soberano y a sus amigos de Weimar. Sigo observando. Estudio siempre. Y, una vez más: No me reconoceríais. Apenas si me reconozco yo mismo. Por esta razón vine a Italia, por esta razón tenía que abandonar mis deberes. Había acabado la versión final de su *Ifigenia* y añadido un par de escenas al siempre inacabado *Fausto* durante su sexualmente reveladora estancia en Roma. Había llevado a cabo varias observaciones de plantas y de Palladio. Para conjurar las tentaciones de nostalgia por el perdido pasado clásico, tomó notas del pintoresco comportamiento de la gente corriente que veía en las calles. Había mejorado su dibujo. No se decepcionaba a sí mismo. Semejante productividad era un signo más de que estaba bien.

Era importante no valorar demasiado. Una vez que asumes salir al mundo y entras en íntima interacción con él, escribió a uno de sus amigos, hay que tener cuidado en no dejarse arrebatar por el éxtasis. O incluso enloquecer.

Estaba preparándose para la vuelta. Nápoles es para quienes sólo viven, escribió... pensando en el Cavaliere. A pesar de que es bella y espléndida, uno no podría, por supuesto, instalarse aquí. Pero confío en recordarla, escribió. El recuerdo de semejantes vistas dará sabor a toda una vida.

La gente guardaba cada trozo de papel en el que el poeta inscribía palabras. Su fama había hecho de él una antigüedad instantánea, que coleccionarían sus admiradores. Este gran poeta cuya sed de orden y seriedad le ha llevado a vivir como un funcionario, un cortesano, ya es uno de los inmortales. Actuaba en público, siendo él mismo una obra de arte. Sentía el eco de la eternidad en cada una de sus aserciones. Cada experiencia formaba parte de su educación, de su perfeccionamiento personal. Nada podía ir mal en una vida concebida tan felizmente, tan ambiciosamente.

Aquello con lo que estamos de acuerdo nos deja inactivos, pero la contradicción nos hace productivos. Palabras del poeta. Palabras de sabiduría. Una sabiduría y un género de ocurrencia inalcanzables para el Cavaliere, y que éste nunca echaría en falta.

*

Se debe comprender todo y cada cosa se puede transformar; éste es el punto de vista moderno. Incluso los proyectos del alquimista parecen plausibles ahora. El Cavaliere no pretendía comprender más de lo que comprendía. El impulso del coleccionista no estimula el afán de comprender o transformar. Coleccionar es una forma de unión. El coleccionista reconoce. Agrega. Aprende. Toma nota.

El Cavaliere encargó una serie de dibujos de doce de las Actitudes a un artista alemán local. *Dibujos fielmente copiados del natural en Nápoles* se titularon. Pero no aportaban nada, pensó el Cavaliere, del elemento seductor de aquellas actuaciones.

Y encargó a otro tomar notas y dibujar las poses y actuaciones de la montaña.

A pesar de que el Cavaliere era muy concienzudo, difícilmente podía ser un observador constante. Ahora ya llevaba algunos años, desde la gran erupción de 1779, subvencionando a un cura genovés, estudioso y retraído, que vivía solo y sin servidumbre cerca del pie de la montaña, para que escribiera un diario de cuanto veía. Aquel padre Piaggio nunca abandonaba su puesto de ermitaño (una montaña es una tentación para ermitaños), se levantaba con el alba y llevaba a cabo sus observaciones, regulares como oraciones, a intervalos fijos varias veces al día. Desde la ventana de su minúscula casa tenía una vista perfecta. Ya había llenado cuatro volúmenes manuscritos con sus claras y concienzudas anotaciones sobre el comportamiento de la montaña y con elocuentes dibujos a lápiz de la extensión y el avance ladera abajo de las corrientes de lava, así como de las formas retorcidas, desmesuradamente altas, que adoptaban las humaredas que expelía el cráter.

Muchas de estas notas y dibujos eran repetitivos. ¿Cómo podía ser si no? ¿Quien podía cambiar la montaña? Al Cavaliere le agradaba especialmente una historia que el cura le contó sobre el filósofo naturalista de Praga que había llegado a la corte hacía cuarenta años, cuando Carlos de Borbón, el padre del actual Rey, aún ocupaba el trono, portador de un detallado plan para salvar las poblaciones que rodeaban el Vesubio del peligro que se cernía sobre ellas. Las varias especialidades del hombre, que él denominaba minería, metalurgia y alquimia, le habían llevado al estudio del volcán durante muchos años en su laboratorio de Praga. Allí había ideado la solución. Se trataba de reducir la altura de la montaña a unos meros mil pies sobre el nivel del mar, y luego abrir un estrecho canal desde la cima rellenada hasta la costa, a fin de que, si la montaña estallaba de nuevo, lo que quedase de su fuego se concentraría y correría directamente hacia el mar.

Considerando la magnitud de la tarea, no se requeriría un número de obreros demasiado elevado, señaló el sabio de Praga. Dadme veintinueve mil hombres, Majestad, dijo, y en tres años el monstruo estará decapitado.

¿Era el hombre de Praga simplemente otro charlatán? Posiblemente. ¿Debían permitirle intentarlo de todos modos? El rey, a quien encantaban los proyectos osados, consultó con sus ministros. Éstos se quedaron atónitos ante el plan. Alterar la forma de la montaña, declararon, sería un sacrilegio. El cardenal en la catedral leyó un anatema.

Puesto que ésta era una nueva época, con nuevas ideas, nuevas máquinas —la gente descubría nuevos sistemas de nivelación, nuevas maneras de alterar formas—, no fue sorprendente que se hubiera reavivado el proyecto, recientemente, por obra de un ingeniero local, respaldado por una tecnología más sólida, quien presentó sus dibujos para que la pareja real los examinara. La Reina, a quien gustaba considerarse una mecenas de la Ilustración, consciente de la necesidad de juiciosas reformas en política y manufactura, pasó la propuesta a competentes ministros y sabios locales para que la estudiasen. Excluyan la idea de sacrilegio, les indicó; piensen sólo en la viabilidad.

Llegó la respuesta: Sí, es viable. ¿Acaso la gente de tiempos antiguos, sin ninguno de nuestros maravillosos medios modernos a su disposición, no construyó más alto y con precisión mayor de la que uno hubiera creído posible? Y desmantelar es más fácil que levantar. Si una máquina humana de varias decenas de millares de trabajadores consiguió levantar aquella maravilla, la Gran Pirámide de Gizeh, una movilización similar de energías y obediencia a cargo de un gobernante visionario podía conseguir otra maravilla, rebajar el Vesubio. Pero cambiar la forma, reducirla, no alteraría la naturaleza de la montaña. No impediría una erupción ni supondría mayor facilidad para canalizarla. El peligro no era la montaña sino lo que yacía bajo el pedestal de tierra en el que se asentaba la montaña, mucho más abajo.

Pero se puede hacer, dijo la reina con irritación. Sí, se puede hacer. Por tanto, lo haremos, si así lo decidimos. Lejos como estaban de los reyes dioses del antiguo Mediterráneo, aquellos déspotas ilustrados aún reclamaban gobernar con poder absoluto sancionado por un mandato divino. En realidad, su autoridad había sido firmemente socavada por la burla, por la propia Ilustración. En realidad, ya no tenían nada que se pareciera ni lo más mínimo al poder absoluto.

3.

Había sido un invierno anormalmente frío de un extremo a otro de la península, desde Venecia, donde la laguna se heló y podía cruzarse a pie, e incluso patinar sobre ella como en una pintura holandesa, hasta Nápoles, cuyo invierno fue más duro aún que el de siete años antes, el que acabó con el pobre Jack. La nieve persistió durante semanas sobre el pavimento de lava de las calles y cubría toda la montaña. El granizo era tan dañino como una lluvia de ceniza caliente. Huertos y jardines perecieron, junto con los pobres menos resistentes de las decenas de miles que había en la ciudad, quienes no tenían ni tan siquiera un techo que les protegiese del viento helado. Entre quienes disponían de buen cobijo, los rigores sin precedentes de la estación provocaron un estado de ánimo aprensivo. A buen seguro tales anomalías no eran meros hechos de la naturaleza. Eran emblemas, equivalentes, heraldos de una catástrofe que estaba en camino.

*

Como un vendaval, como una tempestad, como un incendio, como un temblor de tierra, como un alud de lodo, como un diluvio, como un árbol que cae, como un torrente que ruge, como un témpano de hielo que se rompe, como un maremoto, como un naufragio, como una explosión, como un techo arrancado, como un fuego devastador, como una plaga que se extiende, como un cielo que oscurece, un puente que se hunde, un foso que se abre. Como un volcán en erupción.

Seguramente más que las meras acciones de la gente: escoger, complacer, desafiar, mentir, comprender, tener razón, ser engañado, ser consistente, ser visionario, ser temerario, ser cruel, estar equivocado, ser original, tener miedo...

*

Aquella primavera, el Vesubio siguió activo, atrayendo a más viajeros a la ciudad para maravillarse, dibujarlo, escalarlo cuando era posible y crear una demanda aún mayor de imágenes del volcán en sus diversos talantes, por lo que artistas cualificados y proveedores locales de estampas aumentaron su producción para atenderla. Y a finales de julio, cuando corrieron noticias de la caída de la Bastilla, la demanda de representaciones del volcán como elemento que corona un paisaje tranquilo cayó en picado. Entonces todo el mundo suspiraba por una imagen del Vesubio en erupción. Ciertamente, durante un tiempo casi nadie pintó el volcán de otra guisa. Tanto para los partidarios de la revolución como para la aterrorizada clase gobernante de cualquier país europeo, ninguna representación de lo que sucedía en Francia parecía tan apta como la estampa del volcán en acción: violenta convulsión, sublevación desde abajo y olas de fuerza letal que atormentan y alteran permanentemente el paisaje.

Como el Vesubio, la Revolución francesa también era un fenómeno. Pero una erupción volcánica es algo perenne. Mientras que la Revolución francesa era vista como algo sin precedentes, el Vesubio llevaba mucho tiempo en erupción, ahora estaba en erupción, y volvería a estarlo, fiel al carácter de continuidad y repetición de la naturaleza. Tratar la fuerza de la historia como una fuerza de la naturaleza era a la vez tranquilizador y molesto. Sugiere que aunque esto pueda ser sólo el principio, el principio de una época de revoluciones, esto también pasará.

El Cavaliere y sus conocidos no parecían directamente amenazados. Hablando en términos estadísticos, la mayoría de los desastres sucede en otro sitio y nuestra capacidad para imaginar el apuro de aquellos ramalazos de desastre, cuando son numerosos, es limitada. Por el momento estamos a salvo y, según dicen, la vida (por regla general refiriéndose a la vida de los privilegiados) continúa. Estamos a salvo, aunque luego todo pueda ser distinto.

Amar los volcanes era colocar a la revolución en su lugar. Vivir en la proximidad del recuerdo de un desastre, vivir entre ruinas (Nápoles o el Berlín de hoy) es tener la tranquilidad de que podemos sobrevivir a cualquier desastre, incluso al más grande.

*

La amada del Cavaliere nunca había dejado de escribir a Charles. Había escrito para suplicarle, reprocharle, acusarle, amenazarle e intentar despertar su compasión. Al cabo de tres años, ella aún le escribía casi con la misma Frecuencia. Si Charles no era su amante, entonces tenía que ser su amigo. Tan grande era su don por la fidelidad que rara vez comprendía que no gustara a la gente o que la gente se cansara de ella. Tenía una aptitud tal para que la complacieran que no podía imaginar que Charles no agradeciese sus cartas, no se alegrase al recibir noticias de sus actividades y las de su querido tío, a quien ella procuraba hacer feliz en todo cuanto podía (¿acaso no era lo que Charles deseaba?) y que era tan amable, tan generoso con ella.

Escribió que acompañaba al Cavaliere en sus ascensos a la montaña, y comentó que nunca había visto un espectáculo tan bonito, a pesar de que sentía pena por la luna, cuya luz parecía pálida y mortecina comparada con la del volcán en erupción (costaba poco abrir el manantial de su compasión); y que fue con él a las excavaciones de Pompeya, donde lloró por la gente que había perecido hacía tantos siglos. A diferencia de Catherine, quien nunca había considerado la idea de subir al Vesubio y no disfrutaba formando parte del grupo que con su marido exploraba las ciudades muertas (aunque las había visitado con William), ella estaba dispuesta a hacerlo todo, cualquier cosa que él propusiera, y parecía en posesión de una energía ilimitada. Si hubiera podido, si él se lo hubiera permitido, habría ido contenta, calzada con botas y envuelta en pieles, a la caza del jabalí con el Cavaliere (era una amazona excelente, cosa que él no sabía). Habría visto al Rey hundido hasta la cintura entre sanguinolentas tripas y carroña y encontrado alguna manera de divertirse ante la desagradable visión, aunque no era en absoluto una *voyeur*, recurriendo a su escasa experiencia personal en aquel tipo de salvajada (a pesar de que su amante anterior a Charles, el padre de su hija, quien le había enseñado a montar, era un propietario rural de los que mataban animales) o a lo que aprendía en los libros.

Sorprendente, sí. En una ocasión vi... Quiero decir, es como, es como, como... Homero, podía haber exclamado. Y no se habría equivocado del todo.

El Cavaliere contemplaba con cariño cómo ampliaba su papel de compañera, de dama en formación. Siempre había sido una estudiante despierta. Así había sobrevivido y así había triunfado.

Él pensaba que ella retenía su huella como la arcilla la del pulgar del escultor. Se amoldaba boyante, con pericia. Los aspectos en que él debía adaptarse a ella eran pocos. Tenía que refrenar en su presencia su tendencia natural hacia la afirmación irónica. Aunque ella era muy inteligente, no le podía seguir en este terreno. Tanto por temperamento como por clase, no era sensible a la ironía. Su temperamento no contenía apenas trazas de melancolía, que es el anverso de la ironía; y no estaba hecha para aquel tipo de esnobismo que se jacta de una expresión indirecta. La ironía es la respuesta corriente del caballero inglés expatriado hacia lo fantástico, tosco de los nativos entre los que se ve obligado (incluso si ha sido por propia elección) a vivir. Ser irónicos es una manera de lucir nuestra superioridad sin ser en realidad tan mal educados como para indignar. O para ofender. La joven no veía motivo para no mostrarse ofendida cuando lo estaba; o indignada, lo cual sucedía a menudo, nunca por daños infligidos a ella (con éstos era muy indulgente, o fácil de aplacar), sino por una ofensa o desaire hechos a terceros.

Si ella tenía una reacción teñida de esnobismo, sólo podía expresarla directamente. Ah cielos qué vulgares, podía exclamar, volviendo de una velada; porque el Cavaliere la llevaba consigo a todas partes, y todo el mundo la recibía con agrado. Nadie es tan bueno, tan sabio, tan atractivo como tú, le decía ella a él.

Ni nadie, pensaba el Cavaliere, era tan versátil como ella.

Como mujer ha pasado a ser, al igual que el Cavaliere, otra campeona de la intervención. Su esfera de actividad es la que generalmente reclaman las mujeres: prestar atención a los sentimientos, a las enfermedades. Otro talento desplegado: rapidez en adivinar lo que otros pensaban, sentían, necesitaban;

lo que otros querían, querían para sí, querían que ella fuera. Aunque egocéntrica, sus sentimientos más predecibles eran la admiración, la lealtad, la cordialidad... no las pasiones de una narcisista. El malestar físico de cualquiera le inducía a pensar que podía hacer algo al respecto. Lloraba ante el espectáculo callejero del entierro de un niño, ante las confidencias que recibía durante una fiesta de un joven comerciante de seda norteamericano enviado al extranjero por la empresa familiar para que olvidase a la mujer que le había dado calabazas. Preparó un remedio popular galés para las jaquecas de Valerio. El silencio de cualquier persona le empujaba a arrancarla de su actitud taciturna. Intentaba hablar con el joven tuerto que era el guía del Cavaliere. ¡Ah, ese pobre ojo!

*

En 1790, concluido su primer año en Roma después de la Bastilla, la ambulante Elisabeth Vigée-Lebrun llegó a Nápoles para una prolongada estancia, inevitablemente provista de una carta de presentación para el mecenas número uno de la ciudad, tanto de los pintores locales como de los extranjeros, cuya compañera se daba el caso de que era una de las más famosas modelos de la época. Vigée-Lebrun se apresuró a pedir al Cavaliere que le encargara un retrato de su tantas veces pintada hechicera, y el Cavaliere dio su consentimiento con presteza, acordando una suma sustanciosa. Ya tenía unos doce retratos de ella. No podía tener demasiados. Probablemente no prestó atención al hecho de que éste sería el primer retrato debido a una de las pocas pintoras profesionales mujeres.

Puesto que la compañera del Cavaliere aún era una modelo, no una protagonista, la cuestión era qué figura de la mitología, de la literatura o de la historia antigua representaría. Vigée-Lebrun decidió, no sin cierta malicia, pintarla como Ariadna. El momento elegido es después de que Ariadna ha sido abandonada sin ceremonia por Teseo, contra su voluntad, en Naxos. A pesar de que debe de ser poco después, Ariadna lo parece todo menos desesperada. En primer término, justo dentro de una gruta, ataviada con un suelto vestido blanco, en parte cubierta por la cascada sinuosa de su lujurioso cabello rojizo, que cae sobre sus hombros, sobre su vientre, y alcanza sus rollizas rodillas, ella está sentada en una alfombra de piel de leopardo, apoyada en una roca, una mano toca decorativamente su mejilla mientras que la otra sostiene una copa de latón. Se encuentra de espaldas a la entrada, frente al interior de la caverna, como si tanto el espectador, cuya mirada acoge ella con el inane candor de sus ojos muy abiertos, como la fuente de la brillante luz que ilumina su cara, su pecho, sus brazos desnudos, se encontraran más adentro de la caverna. Tras ella se extiende el mar abierto, y lejos en la distancia, en la línea del horizonte, hay un minúsculo barco. Presumiblemente es el que capitanea Teseo, el héroe cuya vida ella había salvado y que le había prometido retornarla a su patria y casarse con ella, pero quien, por el contrario, la ha abandonado a mitad del trayecto y la ha dejado en esta isla desierta para que muera.

Sí, debe de ser el barco de su amante: el viento apenas hincha sus velas después de la traicionera, cobarde hazaña. No puede ser el barco de Dioniso, el dios del placer y del vino, quien la rescatará y la convertirá en *su* consorte, dándole de este modo un destino mucho más glorioso que el mejor que ella pudiera imaginar. Al no ser un vulgar mortal, Dioniso no precisa llegar en barco. Puede llegar volando. Pero quizá ya ha llegado volando y se encuentra en la parte trasera de la cueva, presto a hacer el amor a Ariadna, y ella ya ha olvidado a Teseo, que ahora está fuera de su vista (y que, a pesar del alivio de zafarse de ella, siente ciertos remordimientos, tantos remordimientos como puede sentirlos un bellaco que se considera un caballero), y ella ya ha bebido el vino que el dios ha ofrecido para que tenga los ojos más secos (¡Olvida a Teseo! Pero yo he...), más libres los miembros, en previsión de sus abrazos.

O es sólo el espectador el seducido, aquí en la parte trasera de la cueva, tal como la mujer real seducía a todo el mundo, tal como proyectaba su brillante y gloriosa y enfática sonrisa sobre todo el mundo. No, sin embargo, la sonrisa directamente sugestiva del cuadro. Ella es más prudente, está más ansiosa por complacer, tiene menos confianza en sí misma. Nunca, en todos los retratos que le hicieron, la pintaron tan patentemente como una cortesana. Desagradable pintura, hecha por una mujer independiente, que sobrevive en el gran mundo a base de su ingenio y sus talentos, de otra mujer inmersa en el mismo peligroso juego. Pero aunque el retrato era indecente, alcanzó el éxito. La artista conocía a sus clientes. Debió apostar a que ni el Cavaliere (encaprichado) ni la joven (inocentemente vana) verían el retrato como otros podían verlo, sólo verían un tributo más a aquella belleza que todo lo conquistaba.

Entre el amplio número de roles y personajes que ella se consideraba adecuada para interpretar, hallaba un especial placer en retratar a mujeres cuyo destino era muy distinto al suyo, tan feliz; mujeres como Ariadna y Medea, princesas que todo lo sacrificaron —pasado, familia, posición social— por un amante extranjero y luego fueron traicionadas. No las veía como víctimas sino como personas desmesuradamente expresivas: personas conmovedoras y heroicas en la intensidad de sus sentimientos, en la temeridad y el entusiasmo con que se entregaban a una singular emoción.

Ella elaboraba sus Actitudes, mejoraba la puesta en escena y la dramaturgia. Ya no era necesario que el Cavaliere permaneciera cerca, sosteniendo una bujía. Dos altas y gruesas velas la alumbraban, situadas a ambos lados detrás de sendas mamparas. A veces empleaba accesorios humanos, además de objetos materiales. La Condesa de ***, otra fugitiva de los espantosos acontecimientos de París que se había instalado en Nápoles, cerca de la corte regida por la hermana de la reina francesa, en espera del pronto castigo de los ateos revolucionarios y la restitución de sus plenos y divinos poderes a sus veneradas majestades Luis XVI y María Antonieta; dicha condesa tenía una hija, una cetrina e inteligente criatura de siete u ocho años, más o menos de la misma edad que la hija a quien la compañera del Cavaliere no había visto desde hacía más de cuatro años (la pequeña suma de cuya pensión anual pagaba ahora Charles, bajo instrucciones del Cavaliere, tomándola de los ingresos de la heredad en Gales) y que, imaginaba ella, se parecía a su hija, o a como su hija (¡pobre criatura abandonada!) debía de ser ahora. Lloraba pensando en su hija, e incorporó la hija de la Condesa a sus Actitudes. Ante los invitados del Cavaliere, una noche ejecutó tres cuadros vivientes con la niña. Se materializaron en una estroboscópica sucesión, puesto que ella ya no precisaba ni de la breve pausa que podía permitirse para ocultarse entre una Actitud y la siguiente.

El primer tema fue el rapto de las Sabinas, la emoción fue el terror, y el momento fue la captura a medio vuelo de una joven matrona romana que vanamente intentaba escapar con su hija apretada contra el pecho. Ella había preparado a la nerviosa y confiada niña para este propósito mostrándole imágenes de los libros del Cavaliere. Pero los dos temas que siguieron fueron inspiradas improvisaciones. En un solo movimiento, depositó el cuerpo de la criatura en el suelo, levantó sus bracitos, le juntó las manos como en una oración, dio un paso atrás, cogió a la niña por el pelo y apoyó una daga en su cuello. Aplauso y «¡Brava, Medea!» Acto seguido cayó de rodillas, abrigó a la desmayada y petrificada niña con todo su cuerpo; un silencioso y helado sollozo contorsionó su figura, y recibió la consagración de «¡Viva la Niobe!»

Aquello iba más allá de la mera actuación, pensó el Cavaliere, espectador junto a sus invitados. Y una vez más se sorprendió de lo extraordinaria que era su capacidad de imaginación, de empatía, respecto a emociones que ella no podía haber conocido, y se dejó llevar por las *bravas* como si fueran elogios dedicados a él. Qué criatura tan sorprendente era.

*

Era el comienzo de la época de las revoluciones, era el comienzo de la época de la exageración.

La joven se estaba convirtiendo en todo aquello que él quería que fuera. Se le ocurrió al Cavaliere que podía considerar lo impensable hasta ahora, convirtiéndose en lo único que ella quería que él fuera, aunque tuvo la gracia de no mencionarlo nunca.

¿Qué más podía él desear poseer en el otoño de su vida que esta adorable criatura que le adoraba?

Mira cómo conquistó a todo el mundo.

Una pequeña recepción, sólo quince invitados, en honor del Duque del ***. La consorte del Cavaliere presidía su lado de la larga mesa. Lucía una túnica griega, cuya confección había encargado el Cavaliere a partir del manto de Elena de Troya en uno de sus jarrones. Mientras se vestía, Mrs. Cadogan se había negado a dejarle entrar. Y cuando apareció él se sintió vencido. Ella se veía tan bella como siempre... ¿se podía decir más?

A su derecha se encontraba el rubicundo, perfumado Príncipe ***, un conocido seductor local; a su izquierda, el Conde ***, un conocido pelmazo local. Ella poseía un sorprendente talento para complacer, ladeando su bonita cara ora hacia uno, ora hacia otro. Practicaba una contraseducción del seductor, consistente en hablarle de los encantos de su esposa, y con tal ingenuidad y fervor que incluso el hombre empezaba a pensar con cariño en aquella mujer tan ignorada y pasaba a interesarse más por la astucia de su compañera de cena que por su níveo escote. Cautivaba al pelmazo, también, y con menos dificultad, escuchando la relación detallada de sus triunfos sociales en un reciente viaje a París, de cómo había conocido a un abogado llamado Danton y al periodista Marat y, a pesar de que no quedaba bien decirlo aquí, consideraba que los revolucionarios no eran los ogros y posibles regicidas que había esperado, sino hombres con sentido común, que sólo querían implantar reformas sociales muy necesarias, del género de las que se podían llevar a cabo bajo una monarquía constitucional. Sí, decía ella. Sí. Ya veo. ¿Y luego? ¿Y qué dijo usted? Ah. Qué respuesta tan inteligente.

Ella reía sonoramente y levantaba la copa primero para uno, luego para otro. El Cavaliere escuchaba su voz, se deleitaba en el brillo de la mejilla de ella. De vez en cuando ella le miraba, recibía su cabezada de aprobación. No importaba lo muy ocupada que estuviera con los otros (y nadie escuchaba con más ardor que ella), él percibía que nunca dejaba de ser consciente, de concentrarse apasionadamente en la existencia de *él,* como si dijera: hago todo esto por ti, por lo orgulloso que te sentirás de mi persona. ¿Qué más podría pedir un Pigmalión?

Ahora el conde aburría a la mujer de su izquierda, la Princesa ***, con sus ideas acerca de los disturbios en Francia: que los revolucionarios eran cualquier cosa excepto unos exaltados, y retrocederían, ya veréis, porque no sentían ningún interés por sumir al país en el caos ni por perturbar las relaciones de Francia con las otras potencias de Europa, etc., etc.; y mientras la princesa estaba aún en mitad de su respuesta de vago asentimiento, el hombre a la izquierda de *ella,* Sir ***, quien había escuchado las palabras del conde y asimilado lo que significaban, interrumpió con ímpetu, por encima de la cabeza de la princesa en realidad, como si ella no existiera, como hace con frecuencia un hombre cuando pica su interés lo que otro hombre acaba de decir, calificó al conde de maldito republicano y subversivo, y volcó su copa de vino y provocó que toda la mesa dejara de hablar, y mientras el Cavaliere interponía su suavizante afabilidad y la consorte del Cavaliere añadía su formal acuerdo con lo que Sir *** había dicho sobre los peligros de la situación en Francia (lo opuesto a lo que había dicho el Conde ***), pero expresado de una forma tan cálida e inocente que el pelmazo del conde no se sintió traicionado; ciertamente, cada hombre interpretó que la animosa, adorable y joven compañera del Cavaliere estaba de acuerdo con él en aquel enfadoso tema. Así de efectivas eran sus habilidades en sociedad, a pesar de, no, incluso debido a su indeleble vena de ordinariez, pensaba el Cavaliere subyugado. Ella era cálida, ella era generosa. Él no podía vivir lejos del verano de su sonrisa. Y le concedió la recompensa de la suya, suave y seca, cuando el tumulto en torno a los malditos acontecimientos en Francia cesó, y ella se giró hacia él, las mejillas sonrojadas, contenta de su aprobación, y levantó la copa de vino tinto, le mandó un beso y la apuró de un atractivo aunque presumiblemente poco elegante trago.

Cuando la persona adecuada hace lo inadecuado, es lo adecuado. Y ella era, había decidido él (ruborizado de dicha, sin necesidad de vino), de forma eminente, sorprendente, inagotable, adecuada para él.

Ahora volvía a entretener al Príncipe ***, quien, falto de opiniones respecto a los acontecimientos de Francia, se sentía molesto. Aparentemente había prometido contarle la historia de algo que sucedió cuando ella llegó a Nápoles con su querida madre cuatro años antes, una simple muchacha, según decía, sin preparación para recorrer los caminos mundanos, antes de que su querido amigo y protector la tomara de la mano, pero con el conocimiento suficiente para enamorarse inmediatamente de la ciudad; la historia de un horrible drama que había tenido lugar unas semanas antes de su llegada.

Pero no podréis creerlo, dijo ella.

Qué fue, querida Mrs. Hart, inquirió una dama inglesa sentada delante suyo, visitante circunstancial.

Dieciocho asesinos que acampados en el patio...

¿Cuántos?

¡Dieciocho!

Y acto seguido empezó a contar cómo una partida de bandoleros, perseguida por los guardias municipales, se había presentado en el patio y capturado a dos de los criados, un joven mozo de cuadra y un paje que era uno de los músicos de la casa y, después de amenazar con cortar el cuello a los rehenes, se habían parapetado en el ala este del patio, y cómo los guardias querían lanzarse a la carga y apresarlos pero el Cavaliere había negado el permiso para que entraran, con el deseo de evitar la previsible carnicería y en particular preocupado por salvar las vidas del mozo de cuadra y del violinista, quienes permanecían amarrados allí en un rincón, y cómo toda la partida había acampado allí durante una semana entera...

¿Una semana?

¡Sí! Y encendieron fogatas y cantaron y gritaron y bebieron y cometieron actos indecentes unos con otros, que, ay, ella se había visto obligada a presenciar desde una ventana, porque ellos, ella y su querida madre y el Cavaliere y todo el servicio de la casa, también estaban prisioneros, incapacitados para salir de la mansión; naturalmente tenían abundancia de comida y bebida, y ella tenía sus clases y el Cavaliere sus libros y sus estudios, pero no obstante miraban mucho por las ventanas para ver a los dieciocho asesinos, quienes habían empezado a pelear entre sí, a pesar de que debían mantener las ventanas cerradas por los horribles olores (podéis imaginar el origen, añadió ella innecesariamente), puesto que el querido Cavaliere había insistido en que les bajaran algo de comida al patio dos veces al día, por la mañana y al atardecer, en parte para ganar su confianza y en parte porque apenas si podía permitir que el pobre Luca, quien sólo contaba quince años, y Franco, el violinista, murieran de hambre, así que con los olores asquerosos y los gritos frenéticos y las canciones insolentes de los asesinos que se peleaban, y el estrépito de los guardias acampados fuera, con poco que hacer excepto beber y pelear, discurrió todo, hasta que el sexto día (era el sexto día, miró al Cavaliere, pidiéndole ayuda sobre este detalle poco claro de su historia, por lo tanto reconociendo que también era la historia de él, que habían compartido aquella amedrentadora aventura; y él dijo, sonriendo con galantería, el séptimo día, en realidad; ah, el séptimo día, exclamó ella triunfalmente) y el séptimo día el Cavaliere consiguió persuadir al barbudo jefe de la pandilla de asesinos para que soltara a los dos rehenes (los dos de color gris por el terror y llenos de piojos) sin daños, y puesto que su situación era desesperada, con el tiempo tendrían que rendirse, sólo sellarían irrevocablemente el peor de los destinos si no lo hacían ahora, y él, el embajador británico, les prometía que hablaría con los guardias y diría a los guardias que no les pegaran y que luego pediría al Rey tanta clemencia como fuera posible, si se entregaban. Y, acabó de contar ella, así lo hicieron.

Confío en que todos aquellos brutos fueran ejecutados, dijo una dama al otro lado de la mesa. Como se merecían.

En absoluto, dijo el Cavaliere. El Rey es un hombre de buen corazón y muy inclinado a los actos de clemencia, en particular cuando se refieren a miembros de clases inferiores.

Qué historia tan sorprendente, dijo alguien.

Y totalmente verídica, exclamó ella.

Y lo era, reflexionó el Cavaliere, excepto que les había ocurrido un cuarto de siglo antes, a él y a Catherine, poco después de que llegara para ocupar su puesto en la ciudad que, con el hambre apenas superada se encontraba al borde de la anarquía; una historia que él había contado a la muchacha y que ésta ahora contaba como algo que le había sucedido a ella. Naturalmente, a pesar de su turbación siempre que escuchaba cómo ella lo contaba, lo bordaba de forma tan bonita, nunca sintió la tentación de interrumpirla y corregirla, diciendo, no, cuando esto sucedió no estabas conmigo. Ni siquiera habías nacido. Y ahora, una vez ella finalizó, la turbación dejó paso a la ansiedad de que alguien de la mesa delatara el invento de ella, alguien que recordara vagamente haber oído hablar del incidente, que tuvo lugar hacía tanto tiempo, y que ella se viese humillada y él, su patrocinador y amante, pareciera un tonto. Pero cuando comprobó que no había nadie presente familiarizado con la historia, su ansiedad menguó y lo que sintió fue un acceso de desilusión, puesto que había descubierto que su amada era una vulgar fanfarrona y una mentirosa. Y a este sentimiento siguió otro distinto, más compasivo: porque a continuación se alarmó temiendo por el sano juicio de ella, preguntándose si aquello significaba que a menudo no percibía la diferencia entre una historia que había oído y una experiencia propia. Y luego se sintió algo molesto y un poco triste, pues tomó la mentira como evidencia de la inmadurez de ella, y no de su inseguridad, suponiendo que se había apropiado de una historia ajena porque consideraba que no tenía bastantes historias interesantes de su propia vida que contar, o por lo menos historias que se pudieran relatar a un grupo no específico de personas. Y al final él no sintió ni turbación ni desilusión ni alarma ni enfado ni tristeza... sino que se conmovió, inmensamente, felizmente; se conmovió ante la prueba de hasta qué punto ella se sentía parte de él, de que había llegado a la rendición total de su querida persona, poniéndola bajo su cuidado y tutela, por lo cual ya no sabía dónde terminaba ella y empezaba él. Le pareció un nuevo acto de amor.

*

Como Ariadna, la compañera del Cavaliere tendría un destino más glorioso que el que él habría creído posible. Vigée-Lebrun acertó más de lo que pensaba, lo cual no hace más amable la intención que había tras el retrato.

Nunca confíes en un artista. Siempre son distintos de lo que parecen, incluso los más conformistas, los que viven como cortesanos. Vigée-Lebrun halagaba al Cavaliere, aceptaba muchos favores suyos, conseguía encargos de retratos de otros notables locales y un considerable éxito social, en gran parte gracias al mecenazgo y la hospitalidad de aquél. Era invitada con frecuencia a la mansión de la ciudad y, en julio y agosto, a menudo se incorporaba al reducido grupo que se trasladaba a la casita de tres habitaciones sobre la playa en Posillipo, donde el Cavaliere y su compañera pasaban las horas más calurosas del día, para volver a casa sólo cuando se levantaban las primeras brisas del atardecer. Ella halagaba asimismo a la Belleza, quien, crédula como siempre, pensaba que la pintora era amiga suya. Nunca confíes en un artista.

Tampoco confíes nunca en un mecenas. El año siguiente, el Cavaliere y su nueva vida viajaron de vuelta a Inglaterra: era el cuarto regreso a la patria del Cavaliere, desde su llegada a Nápoles con Catherine veintisiete años antes. Había sido una época difícil para efectuar nuevas adquisiciones; sus gastos iban en aumento; no tenía grandes tesoros que vender: sólo algunas estatuas «restauradas» (es decir, muy apedazadas), una variedad de armaduras, candelabros, amuletos fálicos, monedas de dudosa procedencia y dos cuadros supuestamente obra de Rafael y Guercino. No había otra pieza en el cargamento del Cavaliere. Según parece durante una calurosa tarde de verano pasada en la casita de Posillipo, Vigée-Lebrun había dibujado impulsivamente dos pequeñas cabezas al carbón en una de las puertas. Regalo de la artista. El Cavaliere no había visto razón para no sacarles provecho, como ella lamentaría en sus memorias muchos años más tarde, puesto que él hizo aserrar la superficie de la puerta y se la llevó a Inglaterra para venderla.

*

El Cavaliere estaba preparado para perpetrar lo escandaloso, lo impensable. La sonrisa de su regio hermano de leche, cuando el Cavaliere aludió a la posibilidad de un matrimonio, fue en el mejor de los casos un permiso tácito; él sabía que la hija de Mrs. Cadogan nunca podría ser presentada como su esposa en la corte inglesa. Antes de abandonar Nápoles, no obstante, había pasado un momento en privado con la Reina, quien le aseguró que en la corte del Reino de las Dos Sicilias no habría obstáculo para recibir a aquella encantadora joven por quien ella, la Reina, ya sentía afecto, una vez que la convirtiera en su legítima esposa; y por tanto no existía razón alguna para no hacerla y hacerse feliz.

Seguramente Charles, quien no se había casado a pesar de todos sus esfuerzos (y nunca lo haría), comprendería. Y por lo que se refería a parientes y amigos que pudieran reírse a sus espaldas al ver a un hombre viejo (contaba sesenta y un años) dar su apellido a una belleza notable del más humilde origen... que se fueran al cuerno. Ya había sido un voluptuoso racional durante el tiempo suficiente. Demasiado tiempo.

¿Le reconocería ahora Catherine, quien le había comprendido tan perfectamente? No.

En un principio no habló con nadie, excepto con Charles, de su intención, a pesar de que sus hermanas y su hermano mayor y todos sus amigos ya habían llegado a la conclusión de que aquel desastre era inevitable. Se instalaron en un hotel. Mrs. Cadogan les dejó para ir a visitar a unos parientes. Seguidamente él, Charles y la joven se dirigieron a Gales, donde el Cavaliere se entrevistó con el administrador de la heredad y revisó las cuentas. Ella miraba a Charles con maternal solicitud y diariamente depositaba flores sobre la tumba de Catherine. Durante la tercera semana de su estancia, pidió ausentarse para visitar en Manchester a su hija, a quien no había visto desde hacía muchos años. Y pidió algo de dinero al Cavaliere, para darlo a la familia que criaba a la niña, así como otras pequeñas cantidades para una prima y unos tíos enfermos en el pueblo donde ella había nacido, que su madre les transmitiría. Siempre había estado en contacto con sus parientes y les había mandado regalos desde Nápoles; y el Cavaliere era generoso y ni se le ocurriría negárselo, a pesar de sus problemas económicos. Así que ella partió... y lloró y se encariñó con su hija y lloró un poco más cuando tuvo que dejarla. Soñaba con llevarse a la niña a su vuelta a Nápoles; nada le habría hecho más feliz. Pero no se atrevió a pedírselo al Cavaliere, pese a que no era verosímil que él le negara nada; sabía que supondría un engorro para él (nadie creería que ella había estado casada con anterioridad) y sabía, también, que si la niña estaba allí, ella la querría más y más y quizá querría menos al Cavaliere. Era lo bastante astuta como para saber que su éxito con éste requería que él recibiera toda su atención.

Por tanto, la niña debía ser, fue, sacrificada.

Y por esta razón la joven nunca se perdonó a sí misma; y, quizás, tampoco perdonó al Cavaliere.

Ya había llegado el verano y volvieron a Londres. El Cavaliere decidió hacer una visita de una semana al anciano y frágil Walpole, con el temor de que sería la última vez que le viera, y mostrar los divertidos excesos del seudomedieval castillo de su amigo, Strawberry Hill, a su compañera, quien se extasió con las ventanas pintadas y la tenue y religiosa luz, en la que se le conminó a interpretar para su arrobado anfitrión una representación briosa de la escena de la locura de la *Nina* de Paisiello. De regreso a la ciudad, les esperaba una carta dirigida a la joven ofreciéndole un contrato para la Ópera de Londres de dos mil libras al año. Dile a Gallini que ya tienes un contrato vitalicio, dijo el Cavaliere con una sonrisa, divertido al oírse a sí mismo decir algo tan fatuo y tan gracioso.

En su vida londinense hubo reuniones en la Royal Society y en la asociación de Diletantes para el Cavaliere, quien no pudo resistirse a ir también a algunas subastas de pintura. Y la joven pasó algún tiempo con su viejo amigo Mr. Romney, para contarle su gloriosa vida en Nápoles, y él la escuchó seriamente y la dibujó mientras hablaba; aún la utilizaría una vez más como modelo, en esta ocasión para un cuadro de Juana de Arco, mientras su condición aún lo permitía. Ella habló sin cesar y le pidió que saludara de su parte a Mr. Hayley y le dijera que su libro sobre autodominio personal había sido su lectura de cabecera y la había convertido en una persona en verdad serena, y había que verla ahora, era una auténtica dama y podía hablar italiano y francés y cantar y todo el mundo la quería, y el Rey de Nápoles coqueteaba con ella y le pellizcaba las manos, aunque sin ninguna intención, pero la Reina, ah, la Reina, una mujer maravillosa, y una madre tan maravillosa, que acababa de dar a luz a su decimocuarto hijo, aunque algunos habían muerto.. ay, el Rey no podía dejarla en paz, decía ella, era un hombre, así que no tenía demasiado dominio sobre su persona, y hacía de las suyas también con las jóvenes campesinas empleadas en la real fábrica de seda en los terrenos del palacio de Caserta, que se decía era su harén particular... esta amada Reina había llegado a ser una auténtica amiga para ella... entraba por la escalera trasera del palacio, porque naturalmente no podía ser recibida oficialmente hasta que, aquí tartamudeó, se corrigió... lo que quería decir es que ella y la Reina se habían convertido en auténticas amigas y ella tenía una vida maravillosa y sólo lo lamentaba un poco por Charles, quien no había conseguido casarse con la heredera y estaba solo, y no era bueno para un hombre estar solo, a pesar de que Charles aún tenía su escaño en el Parlamento y su colección de piedras y la administración de las propiedades del Cavaliere que ocupaban su tiempo, y él debía de tener problemas de dinero, ella pediría al Cavaliere que le ayudara con un regalo o un pequeño préstamo que podía...

Y Romney, ocupado en dibujar sus luminosas trenzas rojizas, levantó la mirada. Empezó a contarle su viaje del año anterior a París, donde había conocido a un virtuoso pintor que se llamaba David, quien había puesto su arte al servicio de la revolución (él, Romney, había hecho recientemente un retrato de un tal Mr. Thomas Paine, que era uno de los simpatizantes de la revolución); y tenía que confesar a su vieja amiga, confiando en su discreción, que los revolucionarios y sus ideas le impresionaron mucho. Por ejemplo, explicó Romney, la revolución quiere que la herencia se divida y el divorcio sea posible y la esclavitud ilegal, reformas todas que cualquier persona en su sano juicio admitiría que hacía tiempo que debían haberse llevado a cabo. Y la joven, que habría sido justa si todo lo que exigiese la justicia fuera generosidad, muy pronto opinó como él. Por qué, en efecto, los primogénitos debían heredarlo todo (condenando a los hijos menores como Charles y el Cavaliere a eternas ansiedades pecuniarias), y por qué personas que se hacen mutuamente infelices no han de poder ser felices con otra persona de forma legal, y sí, qué cosa había más horrible que la esclavitud: había oído hablar de los horrores de la esclavitud, por ejemplo en Jamaica, cuyo abominable comercio había hecho de uno de los primos del Cavaliere, propietario de la mayor parte de plantaciones de azúcar de Jamaica, el hombre más rico de Inglaterra. No podía menos que estar de acuerdo con todo ello. Y aparte de la justicia de las ideas de los revolucionarios, tal como se las explicaba Romney (nunca se las habían explicado así), el ardor con que él hablaba de la revolución y de la llama purificadora de la libertad quemaría la seca y caduca madera de la antigua sociedad, hacía que su corazón se inflamara (el ardor siempre le inspiraba) y todo cuanto decía Romney era tan convincente y tan bello, y parece que hay pocas dudas de que, en caso de haberse quedado en Londres, la amada del Cavaliere habría sido también una secreta simpatizante de los revolucionarios, por lo menos durante un tiempo.

En septiembre empezó a posar para un retrato formal obra de Romney, que se titularía *La Embajadora:* primera ocasión en que la pintaban como ella misma, ya no una modelo sino un personaje, al fin. En el fondo del cuadro hay un oscuro, ardiente Vesubio, que simboliza Nápoles, donde su futuro esposo era el embajador; y que simboliza también al Cavaliere. Y, para ratificar la imagen, al tercer día de empezar las sesiones hubo una ceremonia matrimonial en la pequeña y exclusiva iglesia de St. Marylebone en presencia de cinco de los parientes y amigos del Cavaliere y de Mrs. Cadogan. Cuando llegó Charles, más pálido que de costumbre, tomó asiento en la tercera fila de la iglesia. Su madre, la hermana predilecta del Cavaliere, se había negado a asistir. No era un casamiento para Inglaterra (el Cavaliere no podía evitar ver las sonrisas condescendientes) sino para su otra, su segunda vida, la que le quedaba por vivir (otros doce años, si creía en la profecía de la sibila), en Nápoles. Incluso la Belleza, a quien encantaba gustar y pensaba que generalmente lo conseguía, no podía engañarse suponiendo que los parientes del Cavaliere aprobaban la boda a pesar de lo muy feliz que ella le hacía. El único pariente que parecía apreciarla era aquel primo inmensamente rico de quien el Cavaliere le había dicho que era un excéntrico y, como resultado de sus excentricidades (que el Cavaliere le prometió contar en otra ocasión), también el resto de la familia le evitaba y no era bien recibido en la corte; y así, explicó el Cavaliere, a pesar de que había sido un gran admirador de su querida Catherine, quizá fuera un aliado natural de su matrimonio, uno de los pocos. Porque él tenía buen número de amigos, Walpole, por ejemplo, y su joven primo, que sabían lo que era desafiar las convenciones en interés de la felicidad, y no les parecería escandaloso que el Cavaliere buscara la felicidad junto a ella.

En la recepción que siguió a la ceremonia, este primo, un hombre joven apenas mayor que ella, fue particularmente simpático: tomó sus manos entre las suyas y la miró a los ojos (tenía un bonito pelo rizado y una boca gruesa) y le dijo con su aguda y extraña voz que le alegraba oír que ella había hecho feliz al Cavaliere, y que en esta vida es importante perseguir nuestros sueños. Y la novia del Cavaliere dijo educadamente, con cierta timidez, que confiaba en que el primo del Cavaliere se viera empujado a visitar Nápoles de nuevo, donde ella tendría el placer de atenderle y conocerle mejor. Y naturalmente extendió la invitación a Charles, pero era una invitación sincera: quién sabe cuándo volvería a verle. Dijo, pícara: Ahora puedes cumplir tu promesa de venir a Nápoles.

Al día siguiente, la víspera misma de su partida, consiguió la promesa de visitarles de un buen número de los amigos del Cavaliere. Se sentía agitada ante el regreso. Le parecía extraño ser la misma persona que había ido al extranjero por vez primera, enviada a un país lejano para visitar al tío de su amante, una muchacha inocente, ya (aunque ella no lo supiera) traicionada, y ahora una mujer que tenía cuanto ambicionaba cualquier mujer: un marido distinguido, la vida, el mundo. ¡Ah, por favor, venid a verlo!

Una vez cruzado el Canal se desvaneció la mayor parte de aquellos sentimientos: el deseo de incluir a todo el mundo en su felicidad, su triunfo... y las tendencias prorrepublicanas en ciernes que Mr. Romney había hecho nacer en ella, puesto que durante su parada en París tuvo el inesperado honor de ser presentada a María Antonieta y de que la reina le confiara una carta para su regia hermana. Reconvertida al instante a la causa de la monarquía universal, la esposa del Cavaliere llevó devotamente consigo la carta para *su* Reina.

*

1793. Llevaban ya un año de vuelta. El contento de él florecía, se desplegaba.

No porque no hubiera sido feliz con anterioridad. No porque no hubiera sido feliz casi siempre. Pero el dominio de la felicidad por parte del Cavaliere había dependido de su habilidad en mantener la distancia adecuada entre él y sus pasiones. Su dicha había tenido la falta de naturalidad de una vista panorámica que exigía la cima de una montaña, y los deliberados contrastes de una de aquellas laboriosas pinturas de una escena, contemplada desde un ángulo elevado, en la que unas personas están arando y sembrando, otras llevan la cosecha al mercado, otras se emborrachan en la plaza del pueblo, los niños juegan, los amantes se acarician...

¡Claro que había conocido la felicidad! Pero su felicidad se componía de muchas porciones pequeñas, como un retrato en mosaico que no se ve como una cara hasta que te echas para atrás. Ahora podía quedarse tan cerca como quisiera y ver tanto los minúsculos fragmentos como la gran cara hechicera. Aún tenía los mismos gustos, aún le gustaba leer, pescar, tocar el violoncelo, escalar la montaña, examinar especímenes marinos, mantener una docta conversación, mirar a una mujer bonita, comprar un cuadro nuevo: el mundo era un teatro de felicidad. Pero ahora con una persona en su centro, unificándolo. La elección de su corazón era tan tierna como siempre: su cálida carne junto a la de él, ella maduraba. Y se interesaba por todo. Le acompañaba a las nuevas excavaciones de Paestum (había estado totalmente de acuerdo con su denigración de las brutales y primitivas columnas dóricas del Templo de Neptuno), estudiaba botánica con el fin de ayudarle en su asesoramiento a la terminación del jardín inglés en Caserta, adoraba la vida en la corte, parecía fascinada por sus jarrones y sus colecciones minerales. Él sólo tenía que tender la mano hacia algo, y ya era suyo.

Se rindió agradecido a la experiencia de la saciedad. Inevitablemente, parte de su celo de coleccionista empezó a menguar. Ya no era la búsqueda lo que le obsesionaba, sino la pura dicha de la propiedad. Le complacía como antes mirar las cosas que poseía y mostrarlas a otros y ver su admiración y envidia. Pero su necesidad de añadir piezas a sus colecciones había disminuido. El interés monetario más que el deseo le llevaba ahora a continuar con la adquisición de cuadros, jarrones, bronces, ornamentos. El deseo de coleccionar *puede* debilitarse con la felicidad (una felicidad lo bastante aguda, lo bastante erótica) y el Cavaliere era feliz, tan feliz como eso.

Informes de la pareja de recién casados llegaron a Inglaterra. El Cavaliere, decía la gente, está tan enamorado como siempre, su dama no es menos vulgar, con el acento y los ademanes de una tabernera, estrepitosa, chillona, aullante. Pocos se dignaban añadir que parecía extremadamente afectuosa. Era una pareja de lo más insólito: la concubina reformada y el aristócrata entrado en años, que no se disculpaba por ello, con sus modales exquisitos y sus horizontes de agradecimiento que no conocían límites; y, gracias a las singulares demandas y las genéricas licencias de este escenario meridional, una pareja muy conseguida. Ella se había convertido en una esposa sin perder las atenciones ni los encantos de una amante. Le ayudaba, no sólo como esposa (o no como lo había hecho Catherine), sino como una colaboradora. Sus talentos eran gemelos a los de él. Puesto que él siempre tenía que pasar mucho tiempo con el Rey, ella pasaba ahora mucho tiempo con la Reina. Sus tareas eran simétricas: él en ser el primero en el favor del Rey y ella en ser la primera a los ojos de la Reina.

El Cavaliere tiene que ir al paso de las diversiones del Rey. Ella debe compartir las cargas de la Reina. Moderadamente inteligente, lo cual la hace más inteligente que su esposo, la Reina soporta todas las obligaciones de un inmoderado número de nacimientos y de una comprensión parcial de las realidades políticas, que se añaden a sus normales deberes, frustraciones y distracciones. La esposa del Cavaliere, con su gran capacidad para recoger información y para identificarse con alguien, rápidamente se convirtió en una confidente ideal. Ella y la Reina se escribían mutuamente a diario. Remando con vigor en el políglota mar de la época, la Reina, nacida en Austria, no escribe ni en alemán ni en italiano ni en inglés, sino en un francés de pésima ortografía. Firma Charlotte. Recibe visitas varias veces al día, además de las cartas diarias.

Secretos simpatizantes jacobinos en Nápoles añadían a su retrato difamatorio de la pareja real la acusación de que la Reina y la esposa del Cavaliere eran amantes. Y la acusación fue denegada por esnobs de la belleza, quienes no se pueden imaginar una relación física entre la esposa del Cavaliere y una mujer de cuarenta años con una cara dramáticamente fea y un cuerpo maltratado por catorce partos, bases de negación que son tan estereotipadas como la acusación. (La Reina poseía auténtico poder, y a una mujer en el poder, temida por viril, se la acusa con frecuencia de actos indecentes. La campaña antimonárquica en Francia, más amplia, había lanzado acusaciones de incesto, así como de lesbianismo, contra su hermana.) La acusación era falsa. El carácter efusivamente sentimental de la esposa del Cavaliere raras veces desembocaba en lo erótico. Pero sentía una gran necesidad del afecto y de la amistad de las mujeres: ciertamente, disfrutaba más de la compañía de las mujeres que de la de los hombres. Le encantaba que las mujeres la mimaran, estar en su dormitorio con cinco o seis de sus doncellas en una tarde calurosa, chismorreando, probándose vestidos, bebiendo un par de copas, escuchando sus penas de amor, enseñándoles el último baile o un nuevo bonete de París con plumas blancas. Era cuando más se sentía como una mujer, rodeada por las doncellas que la adoraban y por su madre, a quien mantuvo a su lado mientras ésta vivió. El parloteo general la calmaba. Y luego podía hacer que todas callaran y contuvieran el aliento, que sus ojos brillaran y se humedecieran (como también los suyos) con una canción.

*

Otoño de 1793. La Reina, su querida Charlotte, no puede dejar de evocar la escena.

Retrato de una mujer condenada a muerte. En la carreta que la conduce hacia esta, esta, esta... máquina, esta nueva máquina, sus manos atadas descuidadamente atrás, pelo corto para dejar al descubierto su nuca. Retrato de una mártir. Viste enteramente de blanco: un vestido sencillo, medias toscas, un gorrito deforme en la cabeza. Su cara es vieja, cansada, ojerosa. La única huella de su gloria anterior es su postura estricta y erguida.

Parpadea. Le escuecen los ojos debido a que ha pasado tantos meses en prisión. Las ruedas del carromato traquetean y saltan. Las calles están en un extraño silencio. Brilla el sol. Llega la carreta, ella sube los diez burdos peldaños. Allí está el capellán murmurando oraciones, mirando su crucifijo, las lágrimas resbalan por su cara. Y una voz, la voz de otra persona, que dice: No os dolerá, Majestad. Parece que proviene del hombre encapuchado. Ella aparta los ojos de aquella estructura parecida a una escalera, de unos catorce pies de altura, con su hoja en forma de hacha oxidada por la sangre, y siente que le empujan los hombros hacia abajo por ambos lados, haciendo que se agache, no, que se tienda, vientre y piernas sobre la tabla, tiéndase así. Alguien tira de ella por el hombro un poco hacia delante, hasta que su garganta descansa en la parte baja de la mitad inferior de un yugo de madera, y luego la mitad superior se cierra sobre la parte posterior de su cuello. Siente que una banda le aprieta la cintura y otra se fija en sus pantorrillas, sujetándola a la tabla. Su cabeza está sobre la cesta trenzada, color marrón oscuro, la sangre le sube a la cara. Resistió el peso de su cabeza, que tiraba hacia abajo; la levantó para ver más allá de la plataforma las cabezas de la multitud, que se agitaban; la levantó para disminuir el doloroso contacto del filo de la tabla con su clavícula, el yugo contra su garganta, que le ahogaba, que empezaba a cortar su respiración, vio un par de botas enlodadas avanzando hacia ella y oyó que el rugido de la multitud iba en aumento, luego callaba; un extraño crujido; algo sube, más, más alto; el sol se torna más brillante, por lo que ella cierra los ojos; el sonido, más alto aún, cesa...

*

¡No!

La Reina se movió bruscamente en su cama y lanzó un gruñido, luego despertó, abrió las cortinas del baldaquín y se puso en pie. Durante semanas sólo había dormido esporádicamente, en espera de noticias de París. Debido al empeoramiento de la situación en Francia ahora se encontraban a merced de los británicos, único país lo bastante fuerte y con voluntad de oponerse a la marea de la revolución. El jefe naval británico, que llevaba anclado en la bahía cinco días, el Capitán Nelson, había ganado una gran batalla sobre los franceses y se había mostrado muy alentador respecto a la firmeza británica; pero la Reina confiaba poco en las soluciones militares. A pesar de que la oferta de un rescate fue rechazada, se permitía albergar esperanzas. Matar a un rey era algo ya de por sí impensable. Y con matar a su rey tenía que bastarles. Qué podían querer de una extranjera, una mujer; seguramente no ejecutarían a su hermana.

No lo harían, no podrían...

Cuando llegó la noticia de que habían ejecutado a María Antonieta, se produjo una gran consternación en la corte. La Reina se retiró a Portici, su palacio real favorito. Se temió que enloqueciera. Se negaba a ver a sus hijos (acababa de dar a luz por decimoquinta vez); se negaba a bañarse o a mudarse de ropa. Aullaba de rabia y desesperación, coreada por su tribu de cuarenta doncellas que hablaban alemán. Incluso el Rey se emocionó ante el dolor de su esposa, a pesar de que no tuvo especial fortuna en sus consuelos, puesto que cada tentativa de ternura acababa en que él se excitaba e intentaba montarla. Las caricias de su esposo eran lo último que deseaba la Reina. Vomitaba convulsivamente. Los médicos querían sangrarla. La esposa del Cavaliere pasaba todo el día en palacio, unida a ella en los gritos y lloros, bañándole la cabeza y cantando para ella. Sólo el canto calmaba a la Reina. La música cura. Cuando el abuelo del Rey, Felipe V, había caído en el abismo de la depresión, la voz más gloriosa de la primera parte del siglo, la de Carlo Broschi, conocido como Farinelli, le procuró alivio. Hasta la aparición del eunuco milagroso en la corte de los Borbones de Madrid (donde le retendrían con un inmenso sueldo durante nueve años) el estupefacto monarca ni comía, ni bebía, ni se mudaba de ropa, ni gobernaba. Durante nueve años Farinelli entró en el dormitorio real cada noche, puntualmente a medianoche, y hasta las cinco de la mañana cantó las mismas cuatro canciones una y otra vez, alternándolas con elegante conversación. Y Felipe V comió y bebió y permitió que le lavaran y afeitaran, y repasó los documentos que sus ministros le habían dejado.

Así la esposa del Cavaliere, con su bella voz, calmó a la Reina. Día tras día se dirigía al palacio para instalarse junto a la Reina en la oscura habitación, hasta volver a casa con los ojos enrojecidos, al lado del Cavaliere, ya muy entrada la noche. Nunca he visto nada más lastimoso, decía. El dolor de la pobre mujer no conoce límites.

Con su infatigable don por la empatía, casi se sentía tan abatida por el dolor como la Reina. Pero la Reina se calmó un poco, entre accesos de lágrimas, y lo mismo hizo la esposa del Cavaliere.

La Reina volvió a la ciudad y ocupó su puesto en el Consejo de Estado.

Era una mujer, dijo la Reina. Sólo una mujer.

(¡Majestad!)

Pero me vengaré.

(¿Cómo puede el insignificante reino de las Dos Sicilias castigar a la poderosa Francia?)

Dios castigará a Francia y los ingleses ayudarán a Dios, y nosotros ayudaremos a los ingleses, dijo la Reina.

(Queréis decir que los ingleses nos ayudarán, dijo el primer ministro.)

Sí, dijo la reina. Nuestros amigos.

Y así lo hicieron; lo hizo él.

*

El remanso laberíntico del Cavaliere, tan provechosamente aislado de los acontecimientos transformadores, se veía arrastrado a lo que entonces se consideraba el mundo real, el mundo definido por la amenaza de Francia. Otro tanto le ocurría a este mismo quisquilloso espectador.

Una asociación que se autodenominaba Sociedad pro Amigos de la Libertad y la Igualdad empezó a reunirse en secreto con el fin de trazar planes para modernizar el reino, y rápidamente se dividió en dos asociaciones, una en favor de la monarquía constitucional y otra decidida a recorrer todo el camino hasta la república. Alguien fue indiscreto, se descubrió o se inventó una conspiración para asesinar al Rey, y de quienes sufrieron arresto, entre ellos juristas, profesores, hombres de letras, médicos y vástagos de algunas de las más antiguas familias nobles del reino, nueve fueron sentenciados a duras penas de cárcel y tres fueron ejecutados. La Reina se jactó amargamente de la extrema clemencia de la justicia napolitana, en contraste con la carnicería de Francia. Manaba la lava de la revolución, el Terror apenas llegaba a su punto culminante y, en junio de 1794, la naturaleza rimó con la historia y se produjo una erupción del Vesubio de una violencia sin precedentes según la experiencia del Cavaliere. Fue la peor, o la mejor, erupción desde 1631, y se computaría como la tercera en importancia en cerca de dos milenios de historia moderna del volcán.

Al fin y al cabo no se podía ser condescendiente con el volcán y asignarle categorías tan rancias como grandeza, interés y belleza. Era el terror, el terror que ennegrecía el día y ensangrentaba la noche. En el cielo, al atardecer, el rugir de una vasta llamarada se extendió hacia los lados y hacia arriba, como si pretendiera sobrevolar el angosto tajo diagonal de la lava anaranjada que descendía. El mar negro como la tinta se volvió rojo y la luna tomó un color entre naranja y sangre. Durante toda la noche la cuchillada de lava en descenso se fue ensanchando. En el breve interregno de pálida aurora, se desarrollaron cabos de humo oscuro, que ascendieron y se agruparon para formar en la cima una chimenea de humo y fuego alta como el cielo, que poco a poco se convirtió en una columna, primero generando un rimero de protuberantes anillas de humo alrededor de su tallo, luego ensanchándose para engullirlas. Hacia mediodía el cielo se había oscurecido y el sol era una luna tiznada por las nubes. Pero la enturbiada bahía aún era de color rojo sangre.

Una visión paralizante, que imponía silencio.

La mayor sorpresa para el Cavaliere llegó cuando una luz más indiferente lavó el cielo y la habitual vista distante retornó. Era tan dolorosa como la visión de un árbol frondoso, de muchas ramas y muchos siglos de vida, caído en diagonal y hendido hasta el corazón de su tronco. La montaña no puede caer, como cae un gran árbol abatido por el huracán, pero una montaña puede ser mutilada. Y como el desalentado propietario que en su jardín debe admitir que, si bien los fuertes vientos bastaban para acabar con su árbol, éste ya tenía problemas, y señala las entrañas al descubierto del árbol caído, de un marrón repelente, maltrechas por las termitas, desmenuzadas, así el admirador de un estilizado volcán debe pensar que alguna debilidad de las paredes que lo sustentan hacía inevitable la presente indignidad. La fuerza de la erupción había desmochado una novena parte de su altura, rebanando la cima y dejándola llana. La esposa del Cavaliere lloró llena de compasión por la montaña, que tanto se había afeado. El Cavaliere, que sentía algo no muy distinto, declaró encontrar en la nueva silueta de la montaña sólo una premonición, una base virgen para impulsar un rápido ascenso tan pronto como la erupción remitiera.

Tolo, ¿estás aquí?

Sí, mi señor.

Me gustaría ver.

Sí, mi señor.

A finales de junio, acompañado por un Bartolomeo Pumo ahora barbudo, el Cavaliere, de sesenta y cuatro años, llegó a la cima de la montaña que había cambiado dramáticamente y a la que él subía desde hacía treinta años. Había desaparecido el cono. En su lugar había ahora un inmenso cráter dentado.

Me gustaría acercarme más.

Sí, mi señor.

Pero la tierra quemaba bajo sus botas de gruesa suela, y él se sofocaba con las nocivas exhalaciones de vapores sulfurosos y vitriólicos.

Tolo, ¿estás aquí?

Sí, mi señor.

¿Deberíamos retroceder?

Sí, mi señor.

Podía sentir miedo, pero no lo sentía. La montaña tenía el derecho de estallar. La misión destructora del volcán le inspiraba una peculiar satisfacción, una creciente satisfacción que le habría resultado difícil reconocer.

Pero qué podía ser más apropiado para este gran coleccionista de objetos valiosos que haber estado coleccionando también el principio mismo de la destrucción, un volcán. Los coleccionistas tienen la conciencia dividida. Nadie es más que ellos un aliado natural de las fuerzas en una sociedad que preserva y conserva. Pero cada coleccionista es también un cómplice del ideal de destrucción. Puesto que el exceso mismo de la pasión por coleccionar hace de un coleccionista una persona que se desprecia a sí misma. Cada pasión de coleccionista contiene en sí la fantasía de su propia abolición. Desgastado por la disparidad entre la necesidad del coleccionista de idealizar y todo lo que es mezquino, puramente materialista, en el alma de un amante de los objetos bellos y los trofeos del glorioso pasado, llega a anhelar que un fuego devorador le purifique.

Quizá todo coleccionista ha soñado con un holocausto que le liberará de su colección, reduciéndolo todo a cenizas, o enterrándolo bajo la lava. La destrucción es sólo la forma más enérgica de desposesión. El coleccionista puede sentirse tan desilusionado ante su vida que quiera despojarse de sí mismo, como en la novela del solitario erudito aturdido por una legendaria acumulación de veinticinco mil necesarios, irreemplazables volúmenes (aquel sueño, la biblioteca perfecta), que se lanza a sí mismo a la pira que ha encendido con lo que más amaba. Pero si un coleccionista capaz de semejante furia sobreviviera a su fuego o a su momento de paroxismo, probablemente iniciaría otra colección.

4.

A menudo se le describía como un hombre bajo. La verdad es que lo era, bastante más bajo que el Cavaliere y su joven esposa, y delgado, con una cautivadora cara bronceada situada a poca altura de una cabeza grande y que tiraba a cuadrada, con ojos de párpados pesados, un profundo sobrelabio debajo de su nariz acusada, labios gruesos, una boca grande en la que ya faltaban buen número de dientes. Cuando le vieron por vez primera, no había librado ninguna de sus batallas importantes. Pero tenía la mirada, la mirada hambrienta que revela la capacidad de concentrarse profundamente en algo, de uno que está destinado a llegar lejos. Tenlo en cuenta, dijo el Cavaliere (un experto en lo que prometían, o no prometían los jóvenes), será el héroe más valiente que Inglaterra haya dado nunca. El alarde de lucidez del Cavaliere no era excesivamente destacable. Una estrella es siempre una estrella, incluso antes de haber encontrado el vehículo adecuado, e incluso después, cuando ya no están disponibles los buenos papeles. Y aquel capitán de treinta y cinco años era indudablemente una estrella, como lo era la esposa del Cavaliere.

Ella, a pesar de su gran talento para ser efusiva, *no* lo había advertido. Sí, su llegada había sido emocionante, era emocionante estar de pie junto al Cavaliere en la ventana del observatorio y mirar aquel navío de dos puentes y sesenta y cuatro cañones, el *Agamemon,* entrar navegando orgullosamente en la bahía sólo siete meses después de que la malvada Francia declarara la guerra a Inglaterra. Y su breve estancia había sido memorable, en especial por el papel que ella había jugado. Él había traído urgentes despachos de Lord Hood para el Cavaliere. Se necesitaban tropas napolitanas para reforzar la coalición que se formaba para defender Toulon, donde una facción monárquica había tomado el poder, contra las fuerzas republicanas que avanzaban; y fue ella quien le consiguió seis mil soldados cuando el Cavaliere no podía arrancar ni un sí ni un no al aterrorizado Rey y sus consejeros, los consiguió por la vía que utilizan las mujeres, la puerta trasera: llevó la petición hasta el dormitorio de la voz más potente en el Consejo de Estado, en cama y reclusión, a punto de dar a luz al decimosexto príncipe o princesa, y se aseguró su apoyo. Invitado a cenar en el palacio real, él ocupó el puesto de honor a la derecha del Rey, y la esposa del Cavaliere, sentada a su derecha, tradujo sus tentativas de conversación con el Rey a propósito de la amenaza francesa, así como la larga y confusa anécdota sobre un jabalí gigante que el Rey había matado y que resultó tener tres testículos. Ella estaba satisfecha porque le había impresionado. La visita de él duró cinco días. Luego llegaron muchos otros visitantes distinguidos. No fue ella quien le escogió.

Él partió. La historia le promocionó. Era una buena época para hombres concentrados en una ambición absurda, hombres de pequeña estatura, que sólo precisaran dormir cuatro horas por la noche. Bajo el dosel de muchos cielos, sobre el balanceante mar y entre los bandazos de su barco, él perseguía al enemigo. Ahora ya tenía muchas batallas en su haber. La guerra le confiscó partes de su cuerpo. El *Captain,* con setenta y cuatro cañones, luego otro setenta y cuatro, el *Theseus,* fueron su isla, reino, vehículo, plataforma. Pasaron cinco años. Se convirtió en un héroe, *el* héroe para los gobernantes de Nápoles, quienes vivían en el terror del hombre bajito y reconcentrado que se había sobrepuesto a una revolución fracturada y traspasado las energías de ésta a una campaña aparentemente invencible para la conquista francesa de Europa y el destronamiento de las antiguas monarquías por doquier. Nos salvará, sólo él puede salvarnos, dijo la Reina. El Rey asintió. El embajador que representaba la extensión del poder británico sólo podía estar de acuerdo con ellos. En los dos últimos años había intercambiado cartas con el joven capitán, ahora un almirante, en las que el Cavaliere hablaba de sus esfuerzos para ganar cobardemente Nápoles a la causa británica. La esposa del Cavaliere también le había escrito. A ella le gustaba admirar, y aquí estaba alguien a quien valía la pena admirar. Ella precisa su dosis de arrobamiento. La necesita con más y más frecuencia.

Dando tumbos por el Mediterráneo, el lago de la guerra, les mantuvo informados, sucintamente, de su acumulación de temibles heridas.

Todo era sencillo, físico, doloroso, enaltecedor. El mundo estaba hecho de cuatro elementos: tierra y agua, potencia del fuego y aire que distanciaba. De los muchos buques de guerra cuyo mando él codiciaba, cada uno con su nombre resonante, su historia, macerados en sudor y sangre, el suyo era ahora el *Vanguard,* de setenta y cuatro cañones, con más de seiscientos oficiales y marineros. Pasaba el menor tiempo posible en su camarote de almirante, grande, lujosamente amueblado. Día y noche deambulaba por cubierta. Tenía el privilegio de ver siempre el alba y el ocaso. Gozaba de vistas sin obstrucciones. En el agua siempre te mueves, incluso cuando estás parado. Los pájaros flotaban en lo alto como minúsculas cometas, y verticales nubes de tela, desplegadas, ladeadas, plegadas, girando sobre el mástil, arqueadas en el viento, arrastraban el barco hacia delante por barlovento; el avance es siempre por barlovento. Períodos de luz, periodos de servicio: lo supervisaba todo. Cuando se sentía muy cansado, se situaba en el puente de mando, inmóvil, y dejaba que le vieran. Creía que la visión de su persona plantada allí poseía cierta magia (había visto que funcionaba con sus hombres y no sólo en el momento culminante de la batalla) y creía que asustaba al enemigo. Lo asustaba.

Vengada, exclamó la Reina, cuando llegó a Nápoles la noticia de que la flota del joven almirante había acabado con la flota del Nilo. Hype hype hype ma chere Miledy Je suis folle de joye, escribió a su querida amiga, la esposa del embajador inglés, quien se había desmayado al conocer la noticia, la feliz noticia de la victoria de él. Me cai y me laztime pero que importa, escribió al almirante. Sentire que es una gloria morir en una causa azi... no no me guztaria morir asta abrazar al Vencedor del Nilo.

*

Y el héroe saltó en sus vidas.

22 de setiembre, 1798. Encabezando la flotilla de impresionantes barcos fajados de emblemas que salieron al calor

del mediodía para saludar al *Vanguard* se encontraba la barcaza real, pilotada por el almirante de la flota napolitana, Caracciolo, con el Rey y la Reina y varios de sus hijos bajo sus toldos sembrados de lentejuelas, seguidos por una barcaza con músicos de la capilla real. La barcaza con la bandera británica llevaba al Cavaliere y a su dama, suntuosos en azul y oro, los colores borbónicos: un vestido azul con encaje de oro, un chal azul marino con anclas de oro, y anclas de oro como pendientes. La banda real interpretó bien los compases de «Rule, Britannia» y el Cavaliere sonreía, pensando en las palabras.

All thine shall be the subject main;
*And every shore it circles, thine.**

Detrás, muy cerca, unas quinientas falúas, barcazas, yates y barcas de pescador balanceándose e interceptándose, llenas de gente que gritaba, saludaba. Cuando el grupo real y el Cavaliere y su esposa subieron a bordo, aclamaron al Rey y el héroe retiró el parche verde que llevaba sobre el ojo y lo guardó en su bolsillo.

Nuestro liberador, dijo el Rey. Libertador y protector, dijo la Reina. Ah, exclamó la esposa del Cavaliere al verle, ojeroso, tosiendo, pelo empolvado pero demasiado largo, su manga derecha vacía prendida al pecho de su uniforme, un rojo chirlo sobre su ojo ciego, donde le había golpeado un fragmento de metralla durante la Batalla del Nilo. ¡Ah! Y cayó sobre él.

Cayó en mi brazo, fue una escena muy cariñosa, le contó el héroe a su esposa en una larga carta en la que hablaba de la magnificencia de su recepción: la bahía abarrotada de barcos que le daban la bienvenida, los estandartes, las salvas de saludo, el cañón retumbando desde las murallas de Sant'Elmo sobre la ciudad y los *vivas* de multitudes engalanadas con terciopelo y galones de oro acercándose a él cuando bajó a tierra, agitándose detrás suyo por las calles. La luz solar hería su ojo cuando no llevaba el parche, y Nápoles tenía mucha luz solar. Pero llegó la bendita

---

* «Todo lo tuyo será lo principal; / Y cada orilla a la que dé vueltas, tuya.»

noche, con la espléndida exhibición de fuegos artificiales que acabaron con la bandera británica y sus iniciales alineadas en el cielo, y hogueras y bailes en las bulliciosas plazas en plena ebullición. Mi recibimiento por parte de las clases bajas fue verdaderamente entusiasta. En la mansión del Cavaliere tres mil lámparas se encendieron para un banquete al que asistió el deferente Almirante Caracciolo, que él disfrutó y soportó.

Le dolía el brazo derecho, el miembro fantasma que empezaba muy cerca de su hombro derecho; le atormentaban ataques de tos, tenía fiebre. Se había contenido, odiaba quejarse. Siempre había sido menudo y delgado, pero era fuerte. Sabía cómo soportar lo insoportable. Sentirse enfermo era como una ola. Uno tenía que aguantar y pasaría. Incluso la agonía de la amputación, sin un trago de ron y la agonía suplementaria, debida a la ineptitud del cirujano, cuando el muñón supuró durante tres meses, incluso aquello fue una ola.

Como las olas que balancean el barco del dolor; la pequeña barca que apartó a remo al héroe de la batalla que él nunca tuvo ocasión de librar. La barca de un héroe diestro que desenfundó su espada para capitanear un asalto anfibio, durante la noche, contra un fuerte español; la barca que recibió su cuerpo sin sentido al caer hacia atrás, su codo derecho destrozado por la metralla, y que sus frenéticos hombres hicieron virar y adentraron en la bahía, confiando en alcanzar el buque insignia antes de que él muriera por la pérdida de sangre. Había recuperado la conciencia, arañando el torniquete cercano a su hombro, cuando pasaban a bordo de uno de sus cúteres, al que habían alcanzado bajo el agua y se estaba hundiendo, y él insistió en pararse y recoger a los supervivientes... Más olas, otra hora antes de llegar al ensombrecido *Theseus,* meciéndose anclado en las sombras. Furioso con los que le habrían ayudado. ¡Dejadme solo! ¡Aún tengo piernas y un brazo!, enrolló una cuerda por su brazo izquierdo y él mismo se subió a bordo, pidió que viniera el cirujano y le cortara el brazo, muy arriba, donde estaba el torniquete, y al cabo de media hora ya estaba en pie, dando órdenes a su comandante en jefe con una voz severa, tranquila.

Ahora era un héroe zurdo.

Y qué era su valor comparado con el del capitán del *Tonnant,* un ochenta cañones, el mes anterior en la Batalla del Nilo, quien perdió los dos brazos y una pierna bajo el rotundo fuego británico. Se negó a permitir que le retirasen del puente; este Dupetit Thouars pidió que le subieran una tina de salvado de la cocina y ordenó que le sumergieran dentro hasta la clavícula, y siguió dando órdenes a los cañoneros durante otras dos horas hasta que la sangre y la conciencia se escurrieron de su persona. Las últimas palabras de la cabeza que asomaba de una tina de salvado teñida de rojo fueron implorar a su tripulación que hundiera el barco antes que rendirse. ¡Eso era un hombre valiente!, exclamó el héroe, cuyo mundo heroico contenía un amplio, necesario espacio para la valentía, y un abominable dolor, que se soportaba con bravura.

Y para la cobardía también: la tripulación del *Tonnant,* después de comprobar que la cabeza de su capitán ya no hablaría más, retiraron el navío de la línea de tiro y se rindieron al vencedor británico dos días más tarde. Pero ¿acaso no es propósito del héroe hacer de sus enemigos unos cobardes?

Un héroe era estoico. Y un héroe también era cándido en lo que concernía a su sed de gloria. Solemne hijo de un clérigo, cuya madre había muerto cuando él contaba nueve años, había salido al mar a los doce, la cabeza llena de nobles modelos librescos; le agradaba citar a Shakespeare y se veía como Hotspur, sin el infausto final: cortés, impetuoso, bondadoso... y, por consiguiente, ansioso de honores. No se consideraba a sí mismo ni crédulo ni vano. Admiraba el valor, la firmeza, la generosidad, la sinceridad. Deseaba aprobarse a sí mismo. Deseaba no decepcionarse. Aspiraba a ser un héroe. Deseaba ser merecedor de alabanzas, que le condecoraran, le recordaran, figurar en los libros de historia. Se veía en cuadros históricos, o como un retrato de busto, o como una estatua sobre un pedestal, o incluso en la cima de una alta columna en una plaza pública.

Había deseado ser más alto pero se gustaba a sí mismo en uniforme de gala. Tenía esposa en Inglaterra, una viuda con la que se había casado por amor, a quien se consideraba fiel y a quien había visto por última vez cuando le mandaron a casa para recuperarse de la chapucera amputación. Admiraba la dignidad de su carácter y su gusto por vestir y consideraba que le había honrado aceptando ser su esposa. Se había llevado a su hijastro Josiah, el hijo único de Fanny y de su primer marido, al mar con él, y la mantenía informada en sus cartas semanales de los progresos y entuertos del muchacho. Ya no esperaba tener hijos propios. Su fama le aseguraría la continuación de su apellido, sus grandes hazañas serían su progenie.

Había empezado a adiestrarse por su propia cuenta en escribir rápido y de forma legible con la mano izquierda dos días después de su amputación, a pesar de que le costaba no quedarse mirando aquel nuevo animal, el dorso de su mano izquierda: parecía como si otra persona estuviera escribiendo sus cartas y despachos.

No quería sentirse débil, y hasta el momento nunca se había sentido débil, ni siquiera en el barco, ni cuando el cirujano hizo lo que le ordenó. Quizás nunca se sentía débil porque nadie se había compadecido de él ni le había tratado como una persona que sufre. De niño había anunciado que no se le tenía que tratar como a un niño, que era fuerte y que nadie debía preocuparse por él, que él estaba allí para preocuparse por ellos; y desde entonces, su padre, sus hermanos y hermanas, su esposa, le habían tomado la palabra. La gente quería creer en él; esto formaba parte de ser una estrella.

Afirmó ante el Cavaliere y su esposa que deseaba alojarse en un hotel. No quisieron ni que lo mencionara. Le metieron en cama en la mejor alcoba, en el piso de arriba de la residencia del embajador británico. Suplicó a la esposa del Cavaliere que no se tomaran molestias por su persona. Todo cuanto necesitaba era estar solo por un breve tiempo y se restablecería. La casa era grande a la manera italiana, provista de más criados que una mansión inglesa de la misma categoría, como era de esperar en un país atrasado, pero ella insistió en ocuparse de la mayor parte de los quehaceres de enfermería, ayudada por su madre. Poco después de meterle en cama, él se desmayó y despertó oyendo la voz pueblerina y recibiendo los cuidados pueblerinos de Mrs. Cadogan. Eh, no temáis, no os haré daño, dejadme levantar el hombro... Recordaba cómo su esposa se acobardaba cuando le curaba la herida cada día, cómo se sorprendía ante la visión del ulceroso muñón rojo oscuro. Mientras, la esposa del Cavaliere abrió las ventanas de par en par y le explicó la estupenda vista de la bahía y de Capri y de la humeante montaña en la distancia que, él lo sabía, era de especial interés para el Cavaliere. Ella le refirió chismes de la corte. Le cantó. Y le acarició. Cortó las uñas de su mano izquierda y lavó con leche su pobre frente acuchillada. Cuando ella se agachó hacia él para lavar y arreglar su pelo, el olor de sus sobacos fue como de naranjas o, más dulce, como de lirios; nunca había pensado que una mujer pudiera oler de forma semejante. Mantuvo los ojos cerrados y aspiró por las ventanas de la nariz.

Parecía que ella le admiraba mucho, y a él esto le gustaba.

Como cualquiera, conocía la historia de ella: la mujer caída, acogida bajo la protección del Cavaliere, que se había convertido en una esposa irreprochable. Pero tenía un calor y una franqueza que nunca se encuentran en el ámbito cortesano. Y en ocasiones hacía preguntas que ninguna dama de buena cuna habría hecho. Por ejemplo, le preguntó por sus sueños, una pregunta bastante impertinente, pero que a él le encantó. El problema era que no tenía ningún sueño, ninguno que pudiera recordar, sólo recordaba hechos: batallas, el ruido y la sangre y el miedo. Sí había un sueño único que se repitió en muchas ocasiones recientemente: soñaba que tenía los dos brazos. Estaba en cubierta y en el punto culminante de la batalla, dominados sus sentimientos, y se llevaba el catalejo al ojo con la mano derecha mientras hacía señas al Capitán Hardy con la izquierda; la escena era profundamente real, exacta a como ocurrió y también lo sería pintada, excepto que desde entonces ya no podía serlo (no recordaba tampoco si había recuperado el ojo): sabía que tenía que ser un sueño y que él mismo se despertaría. Pero no podía relatar este sueño. Haciéndolo, parecería pedir comprensión.

Quiso inventar algunos sueños. Sueños apropiados para un héroe. Soñé, dijo, que subía por una amplia escalera. O: soñé, dijo, que me encontraba en el balcón de un palacio. O, temiendo que esto sonara demasiado a vanagloria: soñé que estaba solo, en un valle, paseando por un inmenso campo lleno de flores. Y... (¡Sigue!)... Soñé que galopaba a caballo. Soñé que atravesaba un lago neblinoso, soñé que asistía a un gran banquete... no, esto sonaba demasiado insípido.

¿Qué demonios soñamos? ¿Acaso había olvidado cómo conversar con una bella mujer? ¡Maldita sea! No era mejor que una bestia. Todo lo que había pensado durante tanto tiempo eran mapas y tácticas y la prontitud del cañón y el tiempo atmosférico y las líneas del horizonte y las líneas de batalla y a veces la mujer de Livorno y siempre Bonaparte y ahora el dolor en su brazo derecho, el brazo que faltaba, el dolor fantasmal.

A pesar de que se sentía cansado y con fiebre, lo intentaría de nuevo.

Soñé que estaba en un teatro... no. Soñaba que había conseguido entrar en un castillo y había encontrado una habitación secreta... no. Recuerdo, sí, que estaba en un peñasco, debajo de mí un furioso torrente... no. Atravesaba un mar a lomos de un delfín y oí una voz que me llamaba, la voz de una sirena... no. Soñé, soñé...

Ella debió adivinar que lo inventaba para distraerla. A él aquellos sueños no le parecían convincentes; eran como cuadros. No le importaba inventarlos. Sólo deseaba que fueran unas invenciones mejores. Buscaba una forma poética...

*

En ocasiones es aceptable no decir la verdad, toda la verdad, cuando se describe o interpreta el pasado. En ocasiones es necesario.

Según las normas de la pintura histórica de aquella época, el artista debe preservar la verdad sustancial de un tema frente a las exigencias de una verdad literal, es decir, inferior. Con un gran tema, es la grandeza del tema lo que el pintor debe esforzarse en representar. Así, por ejemplo, elogiaron a Rafael por representar a los apóstoles como nobles de cuerpo y semblante, no como las figuras mezquinas, torpes, que según él asumía las sagradas escrituras nos cuentan que fueron. «Se dice que Alejandro era de baja estatura: un Pintor no debería representarlo así», declaró Sir Joshua Reynolds. Un gran hombre no tiene una apariencia mezquina o vulgar, no es un lisiado o un cojo, no bizquea ni tiene una nariz abultada ni usa una peluca repugnante... o, en caso afirmativo, ello no forma parte de su esencia. Y la esencia de un tema es lo que el pintor debe mostrar.

A nosotros nos gusta destacar las facetas cotidianas de los héroes. Sus esencias nos parecen antidemocráticas. Nos sentimos oprimidos por la vocación de grandeza. Consideramos el interés por la gloria o la perfección como un síntoma de carencia de salud mental y hemos decidido que los protagonistas de grandes hazañas, los llamados superfiguras, deben su excedente de ambición a un defecto de crianza (tanto por insuficiente como por demasiada). Queremos admirar, pero creemos tener derecho a no ser intimidados. Nos disgusta sentirnos inferiores a un ideal determinado. Así, no importaban las esencias. Los únicos ideales permitidos son los saludables: aquellos a los que todo el mundo puede aspirar, o que imaginamos cómodamente que uno mismo los posee.

*

¡Una sirena!

¿Qué, mi querido señor?

Seguramente él se habría dormido un momento. Ella le miraba tiernamente.

Turbado, él murmuró: ¿He acabado de contároslo?

Sí, dijo ella, os encontrabais en un castillo real donde el rey y la reina ofrecian un gran banquete en vuestro onor, como el que queremos daros dentro de unos dias, si os sentis lo bastante bien, para celebrar vuestro cumpleaños y expresar la gratitud eterna de este caido pero bonito pais, que ha sido recuperado por vuestra valiente persona.

Naturalmente, ya me siento lo bastante bien, dijo él, e intentó ponerse en pie y gruñó y cayó desmayado sobre la cama.

*

A ella le gustaba verle dormir, con la mano izquierda entre los muslos, como un niño. Parecía tan pequeño y vulnerable. Defendiéndose del dolor de sus entrañas, se alegraba de poder decir «nosotros»: mi esposo y yo, la Reina y yo; nosotros sentimos, nosotros admiramos, nosotros nos preocupamos, nosotros agradecemos, nosotros os demostraremos cuán agradecidos nos sentimos. Cosa que ella hizo.

Nunca la mansión del Cavaliere había parecido tan espléndida ni estuvo tan brillantemente iluminada como una semana más tarde, con motivo del cumpleaños del héroe, cuando se transformó en un altar para su gloria.

Fue como uno de los sueños de su infancia, todos pronunciaban su nombre y le aclamaban, y él alzaba su copa mientras un brindis por el salvador de la causa monárquica seguía a otro. Exactamente como lo había imaginado, excepto que alzaba la copa con su mano izquierda y le dolía el brazo derecho, le quemaba, y aún sentía fiebre y un cierto mareo; quizá se tratara del vino. Por regla general era muy abstemio.

Agradecía las sonrisas y los alegres atuendos de las damas, la esposa del Cavaliere radiante en su vestido de satén azul, y así como los adornos florales; por encima de todo veía su nombre, sus iniciales, su cara (sobre los candelabros, jarrones, medallones, broches, camafeos, ceñidores), multiplicándose por dondequiera que mirase. Sus anfitriones habían tenido los talleres locales de alfarería muy ocupados en aquellas últimas semanas. Él y ellos y los residentes ingleses y los oficiales de su escuadra anclada en el golfo habían comido en platos y bebido en copas adornados con sus iniciales. Y cuando los ochenta comensales se levantaron para pasar a la sala de baile y reunirse con las dos mil personas más que el Cavaliere y su esposa habían invitado, para bailar y cenar, fueron obsequiados todos con cintas y botones decorados con su ilustre nombre. Él guardó ocho de cada dentro de su manga derecha para mandarlos a Fanny y a su padre y a algunos de sus hermanos y hermanas, para mostrar cuánto le habían festejado.

Cómo os encontráis, querido señor, había murmurado la esposa del Cavaliere, tomando su brazo cuando se dirigían al salón de baile.

Muy bien, muy bien.

Se sentía muy débil.

Bajo un dosel, en el centro de la amplia sala se levantaba algo cubierto con la bandera británica y su propio estandarte azul. Por un momento le pasó por la cabeza la absurda fantasía de que era un fragmento de uno de los mástiles del *Vanguard.* Se acercó, con la esposa del Cavaliere aún asida a su brazo. Deseó poderse reclinar contra aquello por un momento.

No os apoyéis en eso, dijo ella. Como si leyera su pensamiento. Es una sorpresa, ya lo veis, pero no está bien equilibrado. ¡No nos gustaría que cayera!

A continuación se apartó de su lado para reunirse con el Cavaliere, de pie cerca de los músicos. Estaba a punto de empezar el baile y él se preguntó cómo salvaría la situación. No quería que le vieran sentado. Pero el baile aún no arrancaba, puesto que los músicos interpretaban primero «Dios salve al Rey», la esposa del Cavaliere se adelantó para cantar. ¡Qué voz tan bonita poseía! Parecía dar nueva vida a las familiares y alentadoras estrofas; y luego, sí, él lo había oído correctamente: su nombre. «El primero en los anales de la fama», cantaba ella.

Him let us sing;
Spread we his fame around,
Honour of British ground,
Who made Nile's shores resound—
God Save the King! *

Y se ruborizó cuando los millares de personas en el gran salón de baile empezaron a aplaudir y lanzar vivas; y cuando ella repitió aquella nueva estrofa, indicando por señas que la concurrencia la siguiera, todos cantaron su nombre y sus elogios. Luego ella y el Cavaliere y se le acercaron, y la barahúnda menguó mientras ella tiraba de las banderas del objeto en forma de mástil amparado por el dosel para descubrir una columna en la que estaban grabadas las palabras *Veni, vidi, vici,* dedicadas al triunfador, y los nombres de los capitanes de la Batalla del Nilo, sus hermanos de armas, casi todos ellos presentes, quienes se acercaron para apretar su brazo y reafirmar respetuosamente su gratitud por el

* «Cantémosle; / esparzamos su fama por doquier, / honor del suelo británico, / que hizo resonar las orillas del Nilo— / ¡Dios salve al Rey!»

privilegio de servir bajo sus órdenes. El Cavaliere, erguido junto a la columna, hizo un breve discurso de bienvenida comparándole con Alejandro Magno, cuyo final la esposa del Cavaliere interrumpió exclamando que debería haber una estatua de él hecha de oro puro y colocada en el centro de Londres, y así sería si aquellos que se quedaban en casa comprendieran cuánto le debían. Él se sintió suficientemente aureolado. Y luego muchos otros le rodearon, mostrándole su satisfacción, algunos manoseándole, como la gente hace en Nápoles, y sonriendo, sonriendo. ¡Ah, si su padre y Fanny pudieran verle ahora!

Se giró hacia el Cavaliere para decir unas palabras de agradecimiento por aquella espléndida celebración. El honor que me concedéis, empezó.

Somos nosotros los que nos sentimos honrados, dijo el Cavaliere, y ahora fue él quien tomó el brazo del héroe.

Luego los músicos comenzaron a tocar y el héroe, suponiendo que la esposa del Cavaliere esperaba que él fuera su pareja en la cuadrilla, se dirigió hacia ella. No, no, no para bailar, ella debería comprenderlo, sino para intentar darle las gracias.

El Cavaliere, tan seducido a su manera por el joven almirante como lo estaba su esposa a la suya, miraba en torno afectuosamente. Qué ocasión tan brillante como después de un eclipse. Todo lo que fue negro parecía ahora resplandeciente, luminoso. Su mansión y todas las cosas esplendorosas y elocuentes que había en ella y que temió verse obligado a abandonar pronto, su mansión, ahora cuartel general del héroe, alberga el futuro al igual que resguarda el pasado.

*

Había creído que su paraíso de exiliado se hundía. En los primeros meses del año, dado que la nueva alianza internacional contra Francia parecía fracasar. Nápoles se doblegaba a la voluntad francesa. Primero sufrió la indignidad de tener que recibir como nuevo embajador ni más ni menos que a Monsieur Garat, el hombre que había proclamado la sentencia de muerte de Luis XVI. A continuación el influyente primer ministro antifrancés había sido destituido y reemplazado por otro favorable a un entendimiento con los franceses. Mientras, las tropas de Napoleón avanzaban impunes y el joven almirante británico paseaba todavía por el Mediterráneo buscando sin éxito trabar combate con la flota francesa.

El Cavaliere no sintió pánico, no formaba parte de su carácter. Sin embargo, supongamos que el ejército francés avanzara península abajo desde la capital papal, que ya dominaba, y una mañana él se enterase de que estaba en la costa cercana, más allá de Campi Phlegraei. Aún quedaría tiempo para que él y su esposa y cualquiera de sus invitados ingleses (siempre tenían invitados) escaparan; no le preocupaba esto. Pero sí albergaba temores respecto a la seguridad de sus posesiones. Las cosas que son valiosas también son vulnerables: al robo, fuego, inundación, pérdida, maltrato, negligencia de criados y empleados, los letales rayos del sol y la guerra, que para el Cavaliere significaba meramente vandalismo, pillaje, confiscación.

Todo coleccionista se siente amenazado por los muchos imponderables que puede traer consigo un desastre. Lo cual equivale a decir que cada colección, una isla en sí, precisa de una isla. Y colecciones grandiosas a menudo inspiran grandiosas ideas sobre su adecuado almacenamiento y su salvaguarda. Un coleccionista infatigable del sur de Florida, que se vale para sus expediciones de compra del último tren particular de los Estados Unidos, ha adquirido un gigantesco castillo en Génova para almacenar su vasto acopio de objetos decorativos; y los chinos nacionalistas, quienes en 1949 empaquetaron con hierba de arroz y algodón todas las obras maestras trasladables creadas por los artífices del país (seda, pinturas, pequeña escultura, jades, bronces, porcelana y caligrafía) para llevárselas a Taiwan, las guardaron en túneles y bodegas excavados en una montaña al lado de un amplio museo con espacio, sin embargo, para exponer sólo una minúscula fracción de aquel botín. La mayoría de los lugares de almacenamiento no necesitan ser tan fantasiosos o tan similares a fortalezas para resultar seguros. Pero guardada en un lugar que no se considera seguro, la colección es fuente constante de ansiedad. El placer se enturbia por el fantasma de la pérdida.

Quién sabe, quizá no sea necesario huir de Nápoles. Pero si lo es, treinta años de acumulación no se empaquetan, embalan y trasladan fácilmente. (El Judío Errante no puede ser un coleccionista prolijo, excepto de sellos de correo. Hay pocas colecciones grandes que uno pueda llevar consigo.) Al Cavaliere le pareció sensato anotar exactamente lo que tiene, hacer (por vez primera) un inventario completo.

No era pese a todo su primera lista: los coleccionistas son inveterados redactores de listas y todas las personas que disfrutan confeccionando listas son ya coleccionistas reales o potenciales.

Coleccionar es una suerte de deseo insaciable, un donjuanismo de los objetos en que cada nuevo hallazgo despierta una nueva tumescencia mental y genera el placer añadido de llevar cuentas, de enumerar. El volumen y lo infatigable de la conquista perderían algo de su esencia y sabor si no hubiera un libro mayor en alguna parte con nuestros *mille e tre* clasificados (y, preferentemente, un factótum para mantener el libro al día), cuya feliz contemplación en momentos libres contrarresta la fatiga del deseo a que se ve condenado el atleta erótico y contra la cual lucha. Pero las listas son una empresa mucho más espiritual para el atleta de la codicia material y mental.

La lista es en sí misma una colección, una colección sublimada. Uno no necesita, de hecho, poseer las cosas. Saber es tener (afortunadamente, para quienes no cuentan con grandes recursos). Ya es una afirmación, una especie de posesión, pensar en ellas bajo esta forma, la forma de una lista: lo que equivale a valorarlas, ordenarlas, decir que vale la pena recordarlas o desearlas.

Lo que te gusta: tus cinco flores preferidas, especias, filmes, coches, poemas, hoteles, nombres, perros, inventos, emperadores romanos, novelas, actores, restaurantes, pinturas, gemas, ciudades, amigos, museos, jugadores de tenis... sólo cinco. O diez... o veinte... o un centenar. Puesto que, a medio camino de cualquier número por el que te decidas, siempre deseas tener un número mayor con el que jugar. Habías olvidado que existían tantas cosas que te gustaban.

Lo que has hecho: cada una de las personas con las que te has ido a la cama, cada comarca de tu país en que has estado, país extranjero que has visitado, casa o apartamento en que has vivido, escuela a que has asistido, coche que ha sido de tu propiedad, animal de compañía que has tenido, puesto de trabajo que has ocupado, obra de Shakespeare que has visto...

Lo que el mundo contiene: los nombres de las veinte óperas de Mozart o de los reyes y reinas de Inglaterra o de las cincuenta capitales de estado norteamericanas... Incluso la confección de tales listas es una expresión de deseo: el deseo de saber, ver ordenado, fijar en el recuerdo.

Lo que en realidad tienes: todos tus discos compactos, tus botellas de vino, tus primeras ediciones, las fotografías de época que has comprado en subastas: tales listas pueden no hacer más que ratificar la lujuria de adquirir, a no ser, como es el caso del Cavaliere, que tus adquisiciones corran peligro.

Él quiere saber qué tiene, ahora que puede perderlo. Quiere poseerlo para siempre, por lo menos en forma de lista.

Para el Cavaliere es una misión de rescate. Pero a pesar de este desagradable incentivo, casi deseaba enfrascarse en aquella tarea. Mirar cada pieza que ha coleccionado, colocar las piezas en una determinada secuencia, poner en evidencia el estado exacto de variedad, profusión, excelencia y, sí, inclusión de cada una de sus colecciones: así sería tanto un gozo como un trabajo, un trabajo sensual y que no delegaría en ningún miembro de su servidumbre.

Empezando por el vestíbulo que daba a la escalera inferior, fue de habitación en habitación, de piso en piso, de recuerdo en recuerdo (todo estaba allí), seguido por su par de secretarios ingleses, Oliver y Smith, quienes anotaban todo lo que él decidía decir en voz alta; y por Gaetano portador de una bujía y una medida, y por un paje que transportaba un taburete. Nunca había visto su casa bajo esta luz perturbadora, como podía verla un extraño: un servil conservador de museo, un asesor taciturno, o el embajador fanfarrón de un déspota extranjero codicioso de arte. Estaba impresionado. Le ocupó casi una semana hacer el inventario, puesto que se demoraba, se encandilaba. Seguidamente se retiró a su estudio y se pasó un día entero escribiéndolo. Fechado el 14 de julio de 1798, dos meses antes, anotado con su caligrafía descuidada pero legible en muchas páginas manuscritas, luego encuadernadas en piel roja y depositadas en un cajón de su escritorio cerrado con llave; exceptuando sus colecciones de minerales volcánicos, esqueletos de pez y otras maravillas naturales, todo está allí: los más de doscientos cuadros, incluyendo pinturas de Rafael, Tiziano, Veronese, Canaletto, Rubens, Rembrandt, Van Dyck, Chardin, Poussin, varios guaches del Vesubio en erupción y los catorce retratos de su esposa que poseía, los jarrones, las estatuas, los camafeos, hasta el último candelabro y sarcófago y lámpara de ágata de los almacenes del sótano, excluyendo las piezas que se reconocerían inmediatamente como adquisiciones ilícitas de las excavaciones reales.

Éste era el estado de ánimo aquel verano, cuando Nápoles esperaba que los franceses atacaran el sur de la península y el Cavaliere, afortunado por ser capaz de anticipar con mucha antelación el final de la vida privilegiada que había conocido (esto no es Pompeya ni Herculano), hizo su inventario y empezó a pensar en cómo evacuar sus más preciadas posesiones.

Y ahora el peligro se alejaba gracias a la gran victoria que su incomparable amigo había obtenido contra la flota francesa, a buen seguro el principio del fin de la incursión francesa en Italia iniciada dos años antes, que esta noche celebraban aquí con el cumpleaños de él. El Cavaliere había tomado medidas para mandar a Inglaterra la mayor parte de sus posesiones: su segunda colección de jarrones antiguos, más amplia y más bonita que la colección que envió y vendió al Museo Británico en su primer permiso de vuelta a casa. Sus agentes y criados la embalaron meticulosamente y en pocos días la colocaron en cajones y la cargaron en un barco mercante británico anclado en el puerto. Sería una locura cancelar estas disposiciones sólo porque la amenaza de la ocupación francesa o (incluso peor) porque la insurrección republicana habían retrocedido. Dejemos que los jarrones vayan a Inglaterra y sean vendidos, decidió. Necesito el dinero. Dinero, siempre una necesidad. Éste era el aspecto vil del ciclo coleccionista, puesto que coleccionar es un ciclo, no un progreso. El aspecto galante no surgía hasta el nadir del ciclo, cuando ya han desaparecido los objetos y uno vuelve a empezar desde la nada. Se consolaba pensando en el goce de hacer una nueva colección de jarrones, incluso mayor que ésta.

Esperaba con interés empezar de nuevo.

*

El Cavaliere ha bajado al muelle para supervisar la carga de sus tesoros a bordo del *Colossus.* El héroe aún sigue en cama, pero se siente más fuerte. Mrs. Cadogan le lleva caldo y la esposa del Cavaliere se sienta a su lado mientras él se ocupa de su correspondencia. A su hermano, un clérigo como su padre, le escribió haciendo recuento de sus victorias y expresando la preocupación de que sus servicios no se pasaran por alto. Deben reconocerme el honor a pesar de la envidia, escribió. (Confiaba en un título de vizconde por su victoria en el Nilo.) A Fanny le escribió cartas aún más jactanciosas. Como la esposa del Cavaliere, que escribió a Charles durante todos aquellos años, repitiendo con ingenuidad cualquier alabanza que oyera de su propia persona, el héroe repetía cada palabra de alabanza a su esposa. Todo el mundo me admira. Incluso los franceses me respetan. Eran muy similares, el héroe mutilado y la exuberante matrona; con algo infantil en ambos, que el Cavaliere advertía y que le conmovía.

La gente me sigue por las calles y grita mi nombre. Ahora había ya abandonado el lecho y era la esposa del Cavaliere quien le acompañaba al palacio real para sus parlamentos con el Rey y los ministros, al puerto donde se necesitaba su presencia para resolver los conflictos entre sus marinos y los astutos napolitanos; llevo a cabo toda la traducsion para nuestro gran inbitado, escribió ella a Charles. Su cordialidad en favor de los intereses de él, de su mundo, era inagotable. Se hizo amiga de todos sus oficiales y trasladó sus preocupaciones a la atención de su reverenciado pero distraído almirante. La estudiante ávida, completada por la infatigable mujer maternal, ayudaba a los jóvenes guardiamarinas a escribir cartas a sus novias de Inglaterra e intentaba enseñar a Josiah a bailar la gavota. Cuando Josiah le contó que fue él quien en el barco había dado vueltas al torniquete salvador alrededor del brazo de su padrastro, ella se inclinó y besó las manos del muchacho. Mandó regalos y poesías sobre la gloria del héroe a su esposa, y cuando llegó la noticia de que sólo le habían hecho barón, el rango inferior de la aristocracia, si bien con una pensión anual de dos mil libras, ella se precipitó a escribir una carta a Fanny para expresar su indignación ante la ingratitud del Almirantazgo.

También el Cavaliere había escrito una carta al Ministerio de Asuntos Exteriores para protestar por el desaire hacia el héroe. Nada les gusta más que estar juntos a solas. Un atardecer en el Gran salón, donde cuelgan cuarenta de los cuadros propiedad del Cavaliere, encarnan la estampa de la rutina doméstica. El Cavaliere toca el violoncelo y su esposa canta para el héroe. En cierto momento el Cavaliere intenta calmar la exasperación del héroe a propósito del carácter indeciso del Rey, mientras la esposa del Cavaliere les mira con un profundo sentimiento de felicidad. Uno no puede esperar que las personas así cambien, dijo el Cavaliere. Cielo santo, de una manera u otra *deben* comprender el desastre que tienen delante, exclama el héroe; su mano izquierda hace gestos volubles y, a medida que se agita más, el muñón de su brazo derecho se remueve visiblemente en lo alto de la manga vacía. Ella mira cariñosamente al Cavaliere, quien prosigue con su expresiva exposición de la lamentable deficiencia mental del Rey. Al héroe le mira con resolución, su ardor le cubre con su calidez curativa. Luego los tres avanzan hacia la terraza para contemplar el Vesubio, que últimamente ha permanecido en insólita calma. A veces el Cavaliere se encuentra en medio y ellos uno a cada lado, como sus dos crecidos hijos, cosa que podrían muy bien ser. A veces ella está en el centro, el héroe, más bajo que ella, a su izquierda, ella percibe junto a su cuerpo el calor del brazo que le falta, y el Cavaliere, más alto, a su derecha. Y el Cavaliere sigue contando al héroe algunas de las supersticiones locales sobre la montaña.

*

¿Cuál se supone que es el aspecto de un héroe? ¿O de un rey? ¿O de una belleza?

Ni este héroe, ni este rey, ni esta belleza tienen lo que Reynolds consideraría la apariencia apropiada. El héroe no tiene aspecto de héroe; este rey nunca pareció ni actuó como un rey; la belleza, ay, ya no es una belleza. Para decirlo abiertamente: el héroe es un hombrecillo mutilado, desdentado, cansado y falto de peso; el Rey es un hombre groseramente obeso, con herpes y un gran hocico; la belleza, engordada por la bebida, es ahora tan ancha como alta, y a los treinta y tres años dista mucho de parecer joven. Sólo el Cavaliere (aristócrata, cortesano, erudito, hombre de gusto) se ajusta al tipo ideal. Es alto, delgado, de finas facciones, entero; y, a pesar de ser el más viejo de estos cuatro futuros ciudadanos del universo de la pintura histórica, es el que se encuentra en mejor condición física.

Naturalmente, a ellos no *les* importaba. Lo interesante es que nosotros, tan lejos de la época en que se esperaba que la pintura representase una apariencia ideal, que afirmamos creer que la fealdad y la imperfección física humanizan, pese a ello estimamos que merece explicación, y es un poco indecoroso, que quienes han perdido la forma física y los que ya no son jóvenes se muestren románticos unos con otros, que entre ellos (tontamente, según decimos) se idealicen.

*

Su trío parecía muy natural. El Cavaliere tenía otro hombre joven en su vida, más hijo que sobrino. Su esposa tenía a alguien a quien admirar como nunca había admirado a nadie con anterioridad. El héroe tenía amigos como los que nunca había tenido; se sentía sinceramente halagado por la admiración del elegante y anciano Cavaliere, abrumado por el calor y la atención de su joven esposa. Y, más allá de la exaltación de una siempre más intensa amistad, estaban unidos por el sentimiento de ser actores en un gran drama histórico: salvar Inglaterra y Europa, de la conquista francesa y de la causa republicana.

El héroe se sentía bastante recuperado y se preparaba para volver al mar. Había despachos y cartas que escribir, a ministros y a influyentes amigos con título en Inglaterra y a otros comandantes británicos en el Mediterráneo. Hubo reuniones con ministros napolitanos y con la pareja real y con el depuesto pero aún poderoso primer ministro antifrancés. El gobierno borbónico se encontraba perpetuamente reunido para discutir si debían oponerse a los franceses, con el Cavaliere apremiándoles para que mandaran un ejército a Roma y el héroe impaciente porque Nápoles entrara en combate, hecho que lo convertiría en un abierto aliado (es decir, una base militar) de Inglaterra, añadiendo su influyente apoyo al plan. Y una vez fue aprobada aquella insensata expedición, hubo maniobras del ejército que revisar, y todo ello en un emocional brebaje de patriotismo, sentimientos de autoestima, frustración, ansiedad, y vivo desprecio hacia la mayoría de los actores locales en escena... como los agentes de un imperio mundial siempre experimentan cuando luchan por salirse con la suya en una distante satrapía sureña rica en tradiciones de corrupción e indolencia, donde intentan inculcar virtudes marciales y la necesidad de resistir ante la superioridad oponente.

Sus superiores le comunicaron que le esperaban con su escuadra en Malta. De vuelta de una estéril reunión con el Consejo de Estado, él había escrito al Conde St. Vincent que apenas si podía esperar el momento de zarpar de este país de tramposos y poetas, prostitutas y cobardes. Pero no quería dejar al Cavaliere y a su esposa.

Al cabo de tres semanas de convalecencia y adulación, a mediados de octubre, unos días después de que el *Colossus* saliera para Inglaterra con los jarrones del Cavaliere, el héroe zarpó para Malta en busca de nuevos encuentros con el enemigo. El Rey, conocedor de que esperaban de él que capitanease un ejército y pasara algún tiempo en su palacio en el centro de la pétrea Roma, se dirigió a Caserta para practicar primero un poco la caza. El Cavaliere también se trasladó a Caserta, después de dar órdenes de que empezara el embalaje de sus pinturas... por si acaso, sólo por si acaso. Y desde el gran pabellón su esposa escribió cada día al héroe, diciéndole cuánto se le echaba en falta. Por la noche el Cavaliere regresaba de un largo día de ejercicio y de contemplar el derramamiento de sangre, y añadía su posdata.

La matanza diaria de muchos animales levantó el ánimo del Rey, por lo que esperaba ilusionado cabalgar al frente de un ejército en un bonito uniforme. La Reina, parte de cuya inteligencia había sobrevivido al gradual desgaste de su temple, empezó a albergar dudas respecto a la sensatez de la expedición.

Fue la esposa del Cavaliere, como ella contó al héroe en sus cartas, quien persuadió a la Reina de que no se desanimara. Había evocado vívidamente la alternativa de emprender la ofensiva ahora: la Reina, su marido y sus hijos conducidos a la guillotina, y la deshonra eterna para su recuerdo por no haber luchado valientemente hasta el fin para salvar a su familia, su religión, su patria, de las manos de los rapaces asesinos de su hermana y de la familia real de Francia. Deveriais haberme visto, escribió la esposa del Cavaliere. Me puse en pie y avance mi brazo izquierdo como vos y ice un meravilloso discurso y la querida Reina lloro y dijo qe yo tenia rason. Hablaba a menudo y con toda franqueza del brazo que le faltaba a él, puesto que el héroe no era una de esas personas que te implican en la ignorancia obstinada de una mutilación o una incapacidad: la mujer ciega que te dice que tienes buen aspecto y elogia tu blusa roja, el hombre manco que exclama que no pudo dejar de aplaudir anoche en la ópera. En las cartas que el héroe se retiraba a escribir cada noche en su camarote, que dirigía conjuntamente a sus dos amigos, también hablaba de esto. Tengo correspondencia suficiente para dos brazos, dijo. Y a menudo me fatiga escribir. Pero aparte de la suprema felicidad de veros a los dos de nuevo, no hay nada que espere más cada día que el placer de escribiros. Agradeció a la esposa del Cavaliere que levantara el ánimo marcial de la Reina. Y repitió lo mucho que les echaba en falta a ambos, cuán agradecido se sentía por su amistad; su gratitud es más de lo que él puede expresar, cómo le honraban más allá de lo que él merecía (es como si nadie hubiera sido amable con él anteriormente) y que al haber vivido con ellos y conocido su afecto le había hecho perder interés por cualquier otra compañía; que ahora el mundo le parece un lugar árido cuando se ve separado de ellos, que su deseo más querido era volver y no dejarle nunca. También siento afecto por Mrs. Cadogan, añadió.

*

Enfermo de nuevo y necesitado de cuidados, el héroe volvió al cabo de tres semanas y se reunió con sus amigos en Caserta. Desde allí él y la esposa del Cavaliere mandaron respectivamente cartas a la esposa del héroe. Ella escribió sobre la salud del héroe, y envió más poesías, más regalos. Él, en su carta semanal, contó a su mujer que, a excepción de ella y su padre, contaba al Cavaliere y a su esposa entre los amigos más queridos que tenía en el mundo. Vivo aquí como el hijo de la casa. El Cavaliere es tan amable como para ocuparse de mi instrucción en muchas interesantes cuestiones científicas, y su esposa honra a su sexo. Su igual nunca la he visto en país alguno.

Transcurridas otras dos semanas todos se vieron obligados a volver a Nápoles, desde donde un ejército de treinta y dos mil hombres inexpertos (capitaneados por un incompetente general austríaco, nominalmente encabezado por el Rey, y que incluía entre sus alistados al guía tuerto del Cavaliere, Bartolomeo Pumo) marchó al norte, hacia Roma. El Cavaliere y su esposa han bajado hasta el muelle con la multitud entusiasta para despedir al héroe, quien tendrá cuatro mil soldados más para tomar la neutral Livorno e interrumpirá la comunicación entre Roma y los ejércitos franceses que ocupan la mayor parte de la península.

El héroe advirtió con cierta preocupación que el Cavaliere parece bastante frágil, su espalda se ha encorvado, y su esposa está pálida y claramente intenta ser muy valiente. Volved pronto con nosotros, dice el Cavaliere. Con más laureles en vuestra frente, dice su esposa.

Pocas horas antes ella le había dado una nota que le hizo prometer que no leería hasta que se encontrara a bordo del *Vanguard*. Él había besado la nota y la había guardado cerca de su corazón.

La abrió a los pocos momentos de haber subido a la barca que le trasladaría a su buque insignia.

Allí estaba, con la adorable caligrafía de ella: un torrente de deseos para su salvaguarda, afirmaciones de amistad eterna, manifestaciones de gratitud. Pero él se volvía codicioso. Quería más, algo más. ¿Que ella le dijera que le quería? Pero ella se lo decía constantemente, cuánto ella, ella y el bueno del Cavaliere, le querían. Algo más. Ávidamente buscó la última página, apretando entre sus rodillas las páginas salpicadas de agua de mar que ya había leído, mientras sus hombres remaban hacia el *Vanguard*. Algo más. Ajá, allí estaba.

No paseis tiempo en Livorno. Perdonadme qerido amigo si digo que no hay conzuelo para vos en esa ciutad.

Él se sobresaltó. Así que ella había oído la historia de su única frivolidad en todos los años de su matrimonio; él sabía que había llamado mucho la atención. Cuatro años antes en Livorno con el *Captain,* había conocido a una mujer encantadora casada con un frío, desatento marido, un oficial naval, y se apenó de ella, y luego la admiró, y luego pensó que se había enamorado de ella... durante cinco semanas.

Sonrió. Si su querida amiga estaba celosa, entonces él sabía que era amado.

*

¡Estúpidos! ¡Estúpidos! Que él hubiera sido un estúpido no entraba en la cabeza del Cavaliere. A pesar de que fue el primero en creer que el gobierno borbónico podía crear y poner en campaña un ejército lo bastante competente como para enfrentarse a los franceses, el Cavaliere no estaba acostumbrado a culparse a sí mismo.

El héroe había interpretado su papel, depositando sus tropas en Livorno, donde permaneció durante tres castos días. Pero ¿cómo podía haber creído que Francia permitiría que Roma cayera en manos de los napolitanos?

Después de firmar un tratado de paz con Francia dos años antes (¡Farsa! ¡Vergüenza! ¡Ignominia!, dijo furiosa la Reina), oficialmente el Reino de las Dos Sicilias era neutral, y el Rey y sus consejeros (astutamente, según ellos) no habían declarado la guerra a Francia. Esta expedición, anuncian, no se dirige contra Francia. Sólo es una respuesta fraternal a una petición del pueblo de Roma (que sufre bajo el gobierno republicano impuesto hace nueve meses por fanáticos jacobinos) para restablecer la ley y el orden. El general francés que había ocupado Roma desde febrero y bajo cuya égida se ha declarado la República Romana, prudentemente retiró sus soldados a unos kilómetros fuera de la ciudad. Después de que el ejército napolitano tomara Roma sin necesidad de disparar un tiro, el Rey entró con la pompa que él consideraba debida, se encaminó a su residencia, el Palazzo Farnese, dirigió un llamamiento al Papa, a quien la república había hecho desaparecer, para que volviera, y empezó a divertirse. Al cabo de dos meses, Francia declaró la guerra al Reino de las Dos Sicilias y el ejército francés inició el retorno a la ciudad.

La noche del día en que supo que volvían los franceses, el Rey cambió sus vestiduras reales por un disfraz que le sentaba muy mal, ropas de plebeyo varias tallas demasiado pequeñas para su corpulenta figura, y se marchó a casa. Aquel ignominioso fracaso, la ocupación napolitana de Roma, duró apenas otra semana. El héroe había pronosticado que si la marcha sobre Roma fracasaba, Nápoles estaba perdida. Su pronóstico era correcto.

Cuando la mayor parte del humillado ejército napolitano había llegado a su tierra, después del Rey pero antes que los franceses, que se dirigían al sur de una forma metódica, el Cavaliere mandó buscar a Pumo. Se había preocupado por él. ¿Había sobrevivido a su función de soldado, o yacía en algún lugar, en una zanja, con una bala en la cabeza? Llegó la noticia de que su guía no había vuelto. El Cavaliere sentía más incredulidad que inquietud. Era impensable que Tolo, su afortunado Tolo, no hubiera sabido cómo arreglárselas frente a aquel peligro igual que se las había arreglado frente a tantos otros, pero el resto de lo que sucedía era exactamente lo que él había temido.

El Rey maldecía y se lamentaba y se santiguaba. La Reina, en feroz reacción contra su propio devaneo con las ideas ilustradas, últimamente había pasado a ser casi tan supersticiosa como su marido y copiaba oraciones en pequeños trozos de papel, que metía dentro de su corsé o se tragaba. A todos cuantos la rodeaban declaró que sólo un ejército de napolitanos huiría de un enemigo al que superaba en una proporción de seis a uno, que ella siempre había sabido que aquellos napolitanos holgazanes nunca tuvieron la menor posibilidad de retener Roma. Consignas antimonárquicas aparecían cada mañana en las paredes: los franceses se acercan y, anticipando su protección, el tipo de protección que habían dado a los patriotas de Roma, los simpatizantes jacobinos se hacían visibles. Qienes se declaran súbditos fieles del Rey, los pobres de la ciudad, borran los lemas republicanos y se reúnen en la gran plaza delante del palacio para pedir un desmentido de los rumores que circulan, según los cuales la familia real está a punto de huir a Palermo. No les importa su Reina extranjera, pero quieren que su amado Rey se quede, debe prometerles que se quedará. ¡Sal, muéstrate, Rey Mendigo! Y el Rey se vio obligado a aparecer en el balcón, la Reina a su lado, para confirmar a la multitud que aún están allí, que allí permanecerán y lucharán contra los franceses y les protegerán, mientras que la Reina, al contemplar la plaza, rememoró sus visiones de que la guillotina se levantaba donde la *cuccagna* solía levantarse. El héroe, a quien todo el mundo recurre para salvarse, debe evacuarlos inmediatamente. La vida y la muerte están en manos del héroe.

*

La Reina nada quería saber de confiar las joyas de la corona y sus brillantes y los casi setecientos toneles llenos de oro en barras y monedas (de un valor aproximado de veinte millones de libras) a nadie, excepto a la esposa del Cavaliere. De noche los trasladaron a la residencia del embajador británico, embalados de nuevo con sellos navales británicos, y luego los bajaron al puerto, de donde salieron hacia el buque insignia del héroe. Y fue la esposa del Cavaliere quien encontró y exploró un túnel olvidado que comunicaba el palacio real y el pequeño puerto vecino, a través del cual el resto de las posesiones reales transportables, incluyendo los cuadros más selectos y otros objetos de valor de palacios de Caserta y de Nápoles, y los mejores del museo de Portici, así como los vestidos y la lencería reales, se trasladaron cargados a hombros de marinos británicos en baúles y cajas y cofres, cada remesa acompañada por una nota de la Reina, y fueron estibados a bordo de los barcos mercantes en la bahía.

La esposa del Cavaliere, un torrente de energía y valor, iba y venía entre la Reina y su casa, donde ella y su madre supervisaban la elección de ropa y lencería y medicinas (lo que se supone que empaquetan las mujeres), mientras que el Cavaliere daba órdenes para el embalaje de los bienes culturales: su correspondencia y sus papeles, instrumentos y partituras musicales, mapas y libros. Aquellos criados que podían sustraerse al embalaje fueron enviados con notas en mano de la esposa del Cavaliere, a todos los residentes británicos, diciéndoles que empezaran a hacer las maletas y se dispusieran a salir con un día de aviso.

El Cavaliere se ha retirado a su estudio y lee, intentando no pensar en lo que pasa a su alrededor, uno de los principales usos de un libro.

Por fortuna ya había despachado dos meses antes los jarrones, y la mayor parte de los trescientos cuarenta y siete cuadros ya estaban embalados. Toda la Italia coleccionista vivía en el terror de aquel insaciable depredador de arte, Napoleón, quien había obligado a las ciudades que conquistaba a entregar pinturas y otras joyas artísticas a manera de impuesto de guerra. Parma y Módena, Milán y Venecia, cada una había sido tasada en veinte obras maestras seleccionadas, y el Papa había ordenado suministrar un centenar de piezas de los tesoros del Vaticano, todo destinado a una «Entrada Triunfal de Objetos de las Ciencias y las Artes Recopilados en Italia» que se organizó en la capital francesa exhibida el pasado julio, dos meses después de que el Cavaliere hiciera su inventario, cuando un largo desfile de artefactos de precio incalculable, incluyendo el *Laocoonte* del Vaticano y los cuatro caballos de bronce de San Marco, marcharon por los bulevares de París, fueron presentados en una ceremonia oficial al ministro del Interior y, luego, transportados al Louvre.

Los franceses no tendrían ni una de sus pinturas. Pero ¿qué pasaría con sus colecciones de minerales volcánicos, sus estatuas, bronces y otras antigüedades? Sólo algunos se los podía llevar consigo. ¡Menuda carga es, a fin de cuentas, ser coleccionista!

A veces había soñado con un incendio en el que se quedaba paralizado por la indecisión, incapaz de dar a sus criados las órdenes debidas nombrando los pocos objetos que salvar. Y ahora el sueño de aquella pérdida se ha hecho realidad. Pero huir ante el incendio de la guerra es pese a todo mejor que verse atrapado en una erupción, en la que tendría que lanzarse a la calle en camisón de noche, sin llevarse nada, o intentar sacar algunas de sus cosas y verse cazado por la lava descendente. Puede llevarse mucho. Pero no todo. Y cualquier cosa le es muy querida.

*

La gente está furiosa... y al héroe le ha parecido prudente trasladar sus barcos a otra zona del golfo, más allá del alcance de los cañones napolitanos, donde ahora están amarrados, subiendo y bajando en el agua turbulenta. En la fría y lluviosa noche del 21 de diciembre, él tocó tierra con tres barcazas, se dirigió al palacio, condujo al Rey, la Reina, sus hijos, incluidos el primogénito y su esposa, el niño recién nacido y su nodriza, el médico real, el capellán real, el jefe de guardabosques y dieciocho caballeros y damas de honor a través del túnel secreto hasta el puerto, y los escoltó sobre el encrespado oleaje hasta el *Vanguard.* El Cavaliere y su esposa y suegra, para disimular su huida, habían asistido aquella noche a una recepción en la residencia del embajador turco, de la que escaparon para alcanzar a pie el puerto. Allí subieron a bordo de su propia barcaza y fueron recibidos con exclamaciones de alivio por aquellos de su casa escogidos para acompañarles. Los secretarios ingleses del Cavaliere parecían casi tan excitados como uno esperaría de los napolitanos: el mayordomo, dos cocineros, dos mozos de cuadra, tres ayudas de cámara y varias doncellas al servicio de la esposa del Cavaliere. Y Fátima, la nueva favorita de ésta (una bella negra copta, trofeo castamente conservado de la Batalla del Nilo, que el héroe le había ofrecido a ella) rompió en sollozos cuando vio a su señora. Otra barcaza llevaba a dos ex primeros ministros del Reino de las Dos Sicilias, al embajador austríaco, al embajador ruso, y a sus subordinados y criados, que les siguieron en la galerna creciente.

El héroe confiaba en zarpar a primera hora de la mañana siguiente: el tridente de Neptuno se clavaba en su muñón palpitante, habría tormenta. Pero el Rey no iba a permitir que el *Vanguard* levara anclas hasta que setenta de sus perros de caza fueran traídos de Caserta y embarcados en uno u otro de los barcos británicos que esperaban salir rumbo a Palermo. El Rey, que no iba a confiar ni siquiera sus perros de caza a un barco napolitano, permaneció en la cubierta del *Vanguard* y parloteó animadamente con el Cavaliere sobre la caza del urogallo que practicarían en

Sicilia, mientras que el Almirante Caracciolo iba arriba y abajo del puente del *Sannita,* sufriendo su última humillación. No sólo la familia real había elegido que la transportara el almirante británico, sino que no habían confiado ni una sola caja de sus pertenencias al buque insignia napolitano. Finalmente, la noche del siguiente día, se permitió al *Vanguard* aventurarse fuera del golfo en el imponente mar. Iba siguiendo más que capitaneando una flotilla que incluía los dos otros buques de guerra de la escuadra del héroe; el *Sannita* y otro buque de guerra napolitano, la mayoría de cuyos tripulantes había desertado y ahora los maniobraban marinos británicos; un buque de guerra portugués; y los barcos mercantes, en los que se habían distribuido dos cardenales, cierto número de familias nobles napolitanas, todos los residentes británicos, los residentes franceses, en general aristócratas que habían huido de la revolución, un vasto número de criados y la mayor parte de las posesiones del Cavaliere y su séquito.

En todos los numerosos baúles que la Reina había insistido en que tenían que acompañarla, no había pensado en poner ropa de cama. Cuando se advirtió esta circunstancia, la esposa del Cavaliere prontamente le cedió la suya, Mrs. Cadogan preparó una cama para el Rey y éste se fue a dormir. La esposa del Cavaliere se sentó con la Reina sobre un baúl de viaje que contenía sesenta mil ducados en bonos reales y cogió su mano. Su hijo menor, Carlo Alberto, de seis años, estaba acostado en un colchón en un rincón del camarote sumido en un sueño poco natural, jadeando y suspirando. Antes de dejar a la Reina, la esposa del Cavaliere apartó de sus ojos las secreciones del sueño y secó la viscosa humedad de su pálida cara. Los hijos mayores del Rey estaban fuera, en las balanceantes cubiertas, siguiendo a los británicos esclavos del mar que preparaban frenéticamente el barco para afrontar la tormenta, y se habían convertido en un estorbo. Les fascinaban los tatuajes y las abiertas llagas del escorbuto en las caras, cuellos, bíceps y antebrazos de los marinos.

A la mañana siguiente la tormenta estaba en pleno apogeo y cada elevación del barco parecía más extrema. Las olas fustigaban el casco. El viento azotaba las velas. El roble del casco crujía y se resentía. Los marinos se maldecían unos a otros. Los pasajeros adultos proferían casi todos los sonidos que la gente hace cuando cree que va a morir: rezar, sollozar, bromear; o permanecían sentados con los labios apretados. El héroe, quien confesaba que nunca había visto una tormenta tan violenta en todos sus años de navegación, permanecía en cubierta. La esposa del Cavaliere iba de camarote en camarote con toallas y jofainas, asistiendo a los pasajeros que estaban mareados. El Cavaliere se encerró en su camarote y vomitó hasta que no quedó nada en su estómago. Intentó sorber agua de un frasco y advirtió que le temblaba la mano.

*

Para los ciegos, todo acontecimiento es repentino. Para los que sienten terror, cada suceso tiene lugar demasiado pronto.

Vienen a por ti, a llevarte al pelotón de ejecución, a la horca, a la hoguera, a la silla eléctrica, a la cámara de gas. Tienes que ponerte en pie; pero no puedes. Tu cuerpo, engullido por el miedo, es demasiado pesado como para moverse. Te gustaría ser capaz de levantarte y salir caminando entre ellos por la puerta abierta de tu celda, con dignidad; pero no puedes. En consecuencia, tienen que arrastrarte.

O bien, está llegando *esto*, está encima tuyo, encima de ti y de los otros; suenan las campanas o las sirenas (ataque aéreo, huracán, inundación creciente), y te has cobijado en este espacio que es como una celda, tan lejos como es posible del peligro y fuera del camino de quienes están preparados para hacer frente a la emergencia. Pero no te sientes más seguro; te sientes atrapado. No hay lugar adonde correr, e incluso si lo hubiera, el miedo ha hecho tus miembros demasiado pesados, por lo que apenas puedes moverte. Es un peso ajeno que trasladas de la cama a la silla, de la silla al suelo. Y tiemblas de miedo o de frío; y no hay absolutamente nada que puedas hacer, excepto tratar de no asustarte más de lo que ya estás. Si te quedas muy quieto, pretendes que esto es lo que has decidido hacer.

El Cavaliere no estaba seguro de lo que le preocupaba más de la tormenta. Quizás era acurrucarse en la semioscuridad del camarote estrecho, ruidoso, resonante, el camarote más pequeño del mundo. Quizá fueran la ropa empapada y el frío;

hacía mucho frío. Quizá fuera el ruido: los crujidos del barco, como madera que roza contra madera, y aquel terrible choque, que podía ser el de un mástil al caer; aquel estruendo, que debían ser las gavias hechas trizas; los chillidos de la tormenta, y la cacofonía de gritos y llantos humanos. No, eran los olores nauseabundos. Han cerrado todas las portillas y escotillas. En el barco entero, que es algo más ancho y dos veces más largo que una pista de tenis, con unos cincuenta pasajeros añadidos a su tripulación de más de seiscientos hombres, había sólo cuatro letrinas, todas inservibles. Quiere respirar aire puro, cortante, punzante. En su lugar, lo que asalta las ventanas de su nariz son fétidos olores intestinales.

Si estuviera en el exterior podría verlo, enfrentarse a ello: el barco que se levanta, empuja hacia delante y se cae hacia atrás entre dos altas paredes de agua negra. ¿Temía morir? Sí, de esta manera. Sería mejor subir a cubierta, si sus piernas temblorosas podían superar el resbaladizo corredor. Había salido de la cabina en un intento de encontrar a su esposa, recorrió el estrecho y escorado pasillo chapoteando en un palmo de agua fría y excremento y vómito, y giró a la derecha. Entonces la vela que sostenía se apagó. Temía perderse. Deseó que su Ariadna acudiese y le consolara; que le ofreciera un hilo. Pero él no era Teseo, no, él era el Minotauro preso en el laberinto. No el héroe sino el monstruo.

Apoyándose en las viscosas paredes y agarrado a las toscas cuerdas de guía, volvió a su minúsculo camarote. La candela del farol todavía ardía. Al cerrar la puerta, el barco se inclinó de forma mareante y él se vio despedido contra la pared. Resbaló al suelo y se cogió al armazón de la cama, luego se apoyó en ésta, jadeando por la conmoción, el esternón hendido por un dolor punzante. La luz del farol parpadeó. Él fue violentamente de un lado para otro. Objetos y muebles cayeron al suelo, pero no él. Cerró los ojos.

¿Qué había dicho la sibila? Respira.

Receta: Cuando te sientas triste, cuando te sientas solo, cuando no aparezca nadie, puedes invocar a los espíritus para que te hagan compañía. Abrió los ojos. Efrosina Pumo estaba ahora sentada en el camarote junto a él, sacudiendo la cabeza con preocupación. Y también estaba allí Tolo; por tanto no era cierto que un soldado francés le hubiera rajado por la mitad en la retirada de Roma. Tolo le aguanta por los tobillos, le sujeta, evita que caiga, se desplome. Y Efrosina le acaricia la frente.

No tengáis miedo, mi señor.

No tengo miedo, pensó él. Me siento humillado.

Llevaba muchos años sin ver a Efrosina. Tendría que ser muy vieja, pero parecía más joven que la primera vez que él la visitó, tanto tiempo atrás. Se preguntó cómo era posible aquello. Y Tolo también parece joven, no el tipo barbudo, fornido, con un ojo medio cerrado que le había acompañado en las ascensiones a la montaña durante veinte años (cada vez menos ágil, incluso él), sino de nuevo el muchacho delicado, vulnerable, con el lechoso ojo abierto, que en otra época había sido.

Voy a morir, murmuró el Cavaliere.

Ella movió negativamente la cabeza.

Pero el barco va a zozobrar de un vuelco.

Efrosina os ha dicho cuándo. Aún os quedan cuatro años.

Sólo cuatro años, pensó él. ¡No es mucho tiempo! Sabía que debía sentirse aliviado.

No quiero morir de esta manera, dijo malhumorado.

Luego advirtió —¿cómo no lo había visto antes?— que Efrosina le sostenía una baraja de cartas.

Dejad que os muestre vuestro destino, mi señor.

Pero él apenas pudo leer la carta que había cogido. Todo cuanto vio fue alguien cabeza abajo. ¿Soy yo?, pensó. La forma en que el barco gira y se precipita me hace sentir cabeza abajo.

Sí, es Su Excelencia. Observad la expresión de indiferencia en la cara del Ahorcado. Sí, mi señor, sois vos.

¿El Cavaliere, un hombre colgando en el aire con la cabeza para abajo y las manos atadas a la espalda, suspendido por el tobillo derecho de una horca de madera?

Sí, efectivamente es Su Excelencia. Vos mismo os habéis arrojado de cabeza al vacío, pero estáis tranquilo...

¡No estoy tranquilo!

Tenéis fe...

¡Yo no tengo fe!

Él estudió el naipe durante un momento. Pero esto significa que voy a morir.

No así... Ella suspiró. La carta no significa lo que pensáis. Miradla con ojo indiferente, mi señor. Rió con regocijo. No sólo no colgaréis, mi señor, os prometo que viviréis para colgar a otra gente.

Pero él no quería oír hablar de las cartas. Quería que Efrosina le distrajera, que transformase la tormenta en un cuadro colgado en la pared, que hiciese que aquellas paredes oscuras fueran blancas, que ensanchase el espacio, que elevara el techo.

La tormenta aporreó nuevamente el barco y él oyó un sonido estrepitoso y gritos desde cubierta. ¿Otro mástil caído? El buque se inclinaba marcadamente hacia un lado. Ahora volcará, lo presiento. ¡Tolo! El aire empezará a llenarse de agua. ¡Tolo!

El muchacho aún seguía allí, le daba masajes en los pies.

No logro calmarme, musitó él.

Sacad vuestra pistola, mi señor, os sentiréis más seguro. La voz de Tolo. El consejo de un hombre.

¿Mi pistola?

Tolo le acercó el maletín de viaje, que contenía las dos pistolas que él siempre llevaba consigo. Efrosina restañó el sudor de su frente. Él sacó las armas. Cerró los ojos.

¿Más seguro, ahora?

Sí.

Y fue de esta guisa como sus dos compañeros le dejaron, con una pistola en cada mano, intentando, a pesar de los golpes y zarandeos de la tormenta, permanecer tan quieto como podía.

*

La esposa del Cavaliere acababa de salir del camarote del embajador austríaco, Príncipe Esterházy, que había estado vomitando y rezando, cuando se dio cuenta con sobresalto de que hacía varias horas que no había visto al Cavaliere. Avanzó por el inclinado pasillo hasta su camarote.

Qué alivio sintió cuando abrió de un empellón la puerta y le vio, sentado encima de un baúl; y qué miedo, cuando vio que sostenía una pistola en cada mano.

¡Ah, qué es esto!

Glup glup glup, dijo él con una fantasmagórica y átona voz.

¿Qué?

El sonido de agua salada en mi garganta, exclamó él.

¿En tu garganta?

¡En el barco! ¡En mi garganta! Apenas note que el barco se hunde (blandió las pistolas) pienso dispararme.

Aferrada al inestable marco de la puerta, ella le miró fijamente hasta que él apartó los ojos y dejó de mover las pistolas.

Glup glup, dijo.

A ella le embargó la compasión ante su miedo y su desventura. Su boca parecía hinchada. Pero no se precipitó a confortarle, tal y como había confortado a tantas personas en el barco. Por vez primera ella no es suya. Es decir, por vez primera desea que él sea otro, no el hombre que es: un hombre viejo y quejumbroso, debilitado por tanto vómito, molesto por el hedor y la proximidad de demasiados animales humanos y la ausencia de todo decoro.

El barco no se hundirá dijo ella. No con nuestro gran amigo al timón.

Ven y siéntate a mi lado, dijo el Cavaliere.

Volveré en una hora. La Reina...

Tu vestido está manchado.

Antes de una hora habré vuelto. ¡Lo prometo!

Y así fue, y aquella noche, que era Nochebuena, menguó el viento. Ella consiguió que el Cavaliere saliera a cubierta para contemplar una bella vista: los volcanes activos de las islas Lipari, Stromboli y Vulcano, fulgurantes, lanzando llamaradas al cielo. Permanecieron juntos. El viento les abofeteaba y salaba sus caras, y los fuegos volcánicos alumbraban un firmamento moteado de estrellas.

Mira, mira, murmuró ella, y le rodeó con el brazo. Luego le acompañó de vuelta al camarote, donde aún flotaba la presencia de Efrosina y Tolo.

Dejó al Cavaliere para que durmiera, después de decidir no meterse en cama mientras se precisara de ella. Al alba volvió al camarote para despertarle y le sacó a la cubierta llena de escombros. El mar había pasado a ser llano, la bola roja del sol naciente tenía las velas desplegadas de un matiz rosa y los fantasmas de los dos seres que habían venido a consolar al Cavaliere empezaban a desvanecerse. Ella le mostró una nota que había recibido a las cuatro de la mañana, mientras se encontraba en el camarote de la Reina, intentando mecer al temeroso y agitado Carlo Alberto para que volviera a dormirse. La nota se la enviaba el héroe; le pedía que se dignara concederle la gracia de que el Cavaliere, su señoría y Mrs. Cadogan le acompañaran en la comida de Navidad, a mediodía, en el camarote del almirante. Qué bonita mañana, dijo ella.

La comida estaba en curso, con el exhausto héroe que no probaba bocado, el mareado Cavaliere intentando comer y las dos mujeres (Mrs. Cadogan sólo había dormido una hora) engullendo copiosamente, cuando les interrumpió alguien llamando, golpeando, aporreando la puerta. Era una de las doncellas de la Reina, quien entre sollozos suplicó a la esposa del Cavaliere que se personara rápidamente en el camarote de su señora. Mrs. Cadogan se disculpó y siguió a su hija. Al llegar encontraron a la Reina y a un médico inclinados sobre el niño. Mirad, exclamó la Reina. ¡Il meurt! El niño tenía los ojos en blanco y padecía espasmos y apretaba sus puños temblorosos, los pulgares hincados en las palmas de sus manos. La esposa del Cavaliere cogió al niño en brazos y besó su fría frente.

Las convulsiones son un efecto corriente del miedo, dijo el médico. Cuando el joven príncipe recupere el sentido y se dé cuenta de que la tormenta ha amainado...

No, exclamó la esposa del Cavaliere. ¡No!

Balanceó al niño entumecido, mientras la Reina se quejaba amargamente de su destino y Mrs. Cadogan introducía un trozo de toalla entre los dientes de la criatura y enjugaba la espuma de su boca. Los gritos de los marinos les anunciaron entonces que habían avistado Palermo. ¡Palermo! Mientras que los intervalos entre un paroxismo y el siguiente se hacían más cortos, la esposa del Cavaliere sostuvo con mayor firmeza al muchacho contra su pecho, acunándolo, respirando con él, como si pudiera hacer que su respiración se uniera a la suya, y entonando canciones de cuna inglesas de su infancia. El niño murió aquella noche en sus brazos.

Poco después de medianoche el *Vanguard* atracó, y una hora más tarde la soñolienta y llorosa Reina subió a bordo de una pequeña barca con dos de sus hijas y unos pocos criados. El Rey se negó a abandonar el buque hasta que sus súbditos sicilianos organizaron una adecuada bienvenida en la magnífica dársena: nunca con anterioridad había visitado su segunda capital.

La esposa del Cavaliere quería acompañar a la Reina, pero le preocupaba que el héroe pudiera precisar de sus servicios de intérprete por la mañana.

Se sentía agotada. Lo adecuado era dormir ahora.

Hacia el mediodía siguiente, ante los vítores de una multitud turbulenta y una ensordecedora salva de cañón, el Rey bajó a tierra. El almirante, flanqueado por sus dos amigos, le observaba, hosco, desde el puente de mando. No estaba de buen humor. A pesar de que todos bajo su custodia, excepto el infortunado príncipe estaban vivos y a salvo, no lo consideraba uno de sus triunfos. Los demás buques de guerra y los veinte mercantes que salieron de Nápoles (transportando con abominable incomodidad pero sin incidentes unos dos mil refugiados, los criados predilectos del Rey y sus perros de caza, y las doncellas de la Reina) ya habían llegado. La tormenta sólo se había cebado en su barco, el buque insignia. Tres gavias estaban desgarradas, el palo mayor y el cordaje muy maltrechos. Él se sintió innecesariamente golpeado. Tal vez sólo estuviera muy cansado. La esposa del Cavaliere, ya totalmente despierta, complacida por su conducta durante la emergencia (se había comportado bien, sólo había pensado en los demás), disfrutaba del espectáculo de aquella multitud monárquica. Vivía una aventura. Se sentía irresponsable. Deseaba poder quedarse un poco más en el barco. El Cavaliere estaba de pie entre ellos: el fantasmagórico trío del que él había formado parte durante la tormenta había sido reemplazado por el trío real: él con su esposa y su amigo. Se encontraba aturdido, contento de no estar vomitando, impaciente por pisar tierra de nuevo. Los tres se felicitaron mutuamente por su buena suerte.

5.

Otra tormenta.

Después de salir de Nápoles en octubre, después de moverse lenta y valientemente por el Mediterráneo, rebasados los barcos de las naciones en guerra, a través del Estrecho de Gibraltar, y de entrar en el océano, ascender por la costa ibérica, luego la francesa, pegándose al borde occidental de Europa, el mercante *Colossus,* que transportaba dos mil jarrones antiguos y raros en sus entrañas, se había dirigido a Inglaterra y casi al final de su travesía de dos meses, delante de las islas Sorlingues, se encontró con una implacable, proteica tempestad, tembló, se balanceó, sufrió una vía de agua, se resquebrajó su casco y acabó por naufragar. Dio tiempo a salvar a todos los miembros de la tripulación. Tiempo incluso para descargar en un bote salvavidas una caja del cargamento que los marinos creían que contenía un tesoro, no una de las cajas con el sello del Cavaliere. Las agitadas aguas cubrieron el verdadero tesoro, la segunda y mayor colección de jarrones que el Cavaliere había reunido.

Agua. Fuego. Tierra. Aire. Cuatro formas de desastre. Las posesiones perdidas por causa del fuego desaparecen. Se convierten en... aire. Las posesiones perdidas por causa del enemigo del fuego, el agua, no se consumen, a pesar de que puedan romperse (si son porosas, como el papel, se hinchan y se pudren). Aún existen, posiblemente intactas, pero hundidas, secuestradas, fuera de todo alcance. Todavía están allí, deteriorándose imperceptiblemente, incrustadas de criaturas marinas, moviéndose sin tino bajo las mareas, devueltas a flote y sumergidas de nuevo en su pequeño espacio: un destino más infausto que yacer bajo la tierra, puesto que están mucho más abajo, son mucho más inaccesibles. Lo que el suelo cubre no es tan difícil de extraer y puede haber sido misteriosamente preservado por el sepelio en la tierra.

Mirad las ciudades sentenciadas a muerte, luego enterradas por el Vesubio. Pero las cosas cubiertas por el agua...

Después de sobrevivir a *su* tormenta, el Cavaliere aún no sabe que sus jarrones ya se habían perdido en el agua muchas semanas antes de su fuga de Nápoles. El *Vanguard* ha llegado a salvo al puerto de Palermo. Y el alivio de sobrevivir al viaje humillante, sacudido por la tormenta, apagó su angustia ante la partida precipitada, que sólo le había permitido tomar consigo un número selecto de sus objetos queridos, además de sus cuadros. Intentaba no pensar en todas las cosas que había dejado atrás en sus dos casas magníficamente amuebladas, que ahora estaban sin vigilancia, en espera de sus saqueadores. Pensó en sus caballos y en sus siete bonitos carruajes, y en la espineta, el clavicémbalo y el piano de Catherine.

Pero seguramente no tenía por qué concluir que nunca volvería a ver sus posesiones abandonadas. Nunca recibiría invitados en su villa del Vesubio. Nunca saldría a caballo, al alba, del pabellón de caza de Caserta, oyendo los gritos de ojeadores y podencos. Nunca admiraría el baño de la belleza desde las rocas de Posillipo. Nunca más se asomaría a la ventana de su observatorio, contemplando la extensión de la bahía y su querida montaña. No. No. ¿Sí? No. El Cavaliere estaba tan mal preparado como cualquier entendido en desastres lo está ante la realidad de los hechos.

*

Temporalmente entonces, sólo por breve tiempo, vivirían en Palermo: el sur del sur.

Cada cultura tiene su gente del sur: gente que trabaja tan poco como puede, prefiere bailar, beber, cantar, chillar, matar a sus cónyuges infieles; que tiene ademanes más vivaces, ojos más brillantes, vestidos con más colorido, vehículos adornados con más fantasía, un maravilloso sentido del ritmo, y encanto, encanto, encanto; seres sin ambición, no, perezosos, ignorantes, supersticiosos, personas desinhibidas, nunca puntuales, conspicuamente más pobres (cómo podría ser si no, dice la gente del norte); que a pesar de la pobreza y la desidia viven vidas envidiables... envidiadas, es decir, por la gente del norte obsesionada por el trabajo, sensualmente inhibida, gobernada con menor corrupción. Somos superiores a ellos, dicen los del norte, claramente superiores. No eludimos nuestros deberes ni contamos mentiras por hábito, trabajamos duro, somos puntuales, llevamos cuentas dignas de crédito. Pero ellos se divierten más que nosotros. Cada país, incluyendo los países del sur, tiene su sur; debajo del ecuador, los términos se invierten con el norte. Hanoi tiene a Saigón, São Paulo tiene a Río, Delhi tiene a Calcutta, Roma tiene a Nápoles, y Nápoles que para quienes viven en lo alto de esta península que cuelga de la barriga de Europa es ya África, Nápoles tiene a Palermo, la segunda capital en forma de media luna del Reino de las Dos Sicilias, donde incluso hace más calor, que es más pagana, más deshonesta, más pintoresca.

Como para poner a prueba el estereotipo, nevaba en la floreciente Palermo cuando ellos llegaron inmediatamente después de Navidad. Durante las primeras semanas de enero se alojaron en unas pocas y amplias habitaciones de una villa sin apenas muebles y sin fuegos de hogar; una ciudad del sur nunca está preparada para una ola de frío. El héroe pasaba horas ante su mesa escribiendo furiosos despachos. Envuelto en edredones, el Cavaliere temblaba, meditaba y soportaba un despiadado ataque de diarrea. Sólo su esposa, quien no podía soportar estar desocupada, salía a menudo, básicamente para darle apoyo a la Reina, mientras ésta supervisaba la instalación de su numerosa familia en el palacio real. Volvía por la noche para informar al Cavaliere y a su amigo sobre la despreocupación de los criados locales, el estado de ánimo comprensiblemente abatido de la Reina, y el abandono del Rey, quien vivía muy atareado visitando los teatros, bailes de máscaras y demás placeres de su otra capital.

No importaba el clima: el Cavaliere y su esposa y su amigo sabían que estaban mucho más al sur, por tanto entre personas que aún eran menos dignas de confianza, entre pillos y embusteros, más excéntricos, más primitivos. El pensamiento consecuente sería que importa mucho no cambiar la forma en que siempre habían vivido. Se advirtieron a sí mismos, como lo hace la gente que se sabe parte de una cultura superior: no debemos abandonarnos, no debemos descender al nivel de... la jungla, la calle, el yermo, la ciénaga, las colinas (escoja lo que quiera). Puesto que si empiezas a bailar sobre las mesas, a abanicarte, a sentirte adormecido cuando coges un libro, a desarrollar el sentido del ritmo, a hacer el amor cuando te apetece... entonces ya lo sabes. El sur te ha atrapado.

*

La temperatura subió a mediados de mes cuando el Cavaliere aceptó a regañadientes la exorbitante suma que le pedían por alquilar un palacio cerca de la Mole, propiedad de una noble familia siciliana con reputación de excentricidad, incluso para los estándares locales. ¡Imaginen a un príncipe cuyo escudo de armas es un sátiro que le aguanta un espejo a una mujer con cabeza de caballo! Pero el palacio tenía una ubicación dominante y dentro de sus paredes cubiertas de seda de colores y llenas de retratos de antepasados de mirada siniestra estaba generosamente amueblado; serviría temporalmente para la embajada británica. Desgraciadamente, estaba demasiado cargado de su historia saturnina para que el Cavaliere lo convirtiera además en su hogar: es decir, en museo para sus entusiasmos. Al cabo de semanas de ocuparlo, él aún no había desembalado lo que pudo transportar de Nápoles.

Aquí, en este inesperado y alarmantemente caro exilio, eran con mayor intensidad un trío. Una mujer voluminosa y un hombre menudo llenos de afecto mutuo y un hombre alto y ajado que les quiere a los dos con ardor y disfruta de su compañía. A pesar de que a veces el Cavaliere se alegraba de ver que su esposa y su amigo salían, porque la animación de ambos le agota, cuando se ausentaban por más de unas pocas horas anhelaba que volvieran. Pero él deseaba que no siempre se contaran tantos en la mesa. Una parte importante de la colonia de residentes ingleses en Nápoles que habían pasado a ser refugiados con ellos se encaminaban cada atardecer a su casa. Aquellas cenas imprevisiblemente numerosas para veinte, treinta, cuarenta, cincuenta, acababan sólo cuando la esposa del Cavaliere se levantaba de la mesa, o caía, o se arrodillaba (no necesitaba atrezzo para iniciar una demostración de sus Actitudes) o se dirigía al piano para tocar y cantar; ya había aprendido unas tristes, elegantes, canciones sicilianas. Las veladas le parecían muy largas al Cavaliere. Pero apenas si podía negarse a recibir a sus compatriotas, ninguno de los cuales estaba tan bien instalado como él (en todo Palermo sólo había un hotel abarrotado a la altura de su posición), mientras que los impuestos que se imponían a aquellos turistas cautivos subían, era el doble o triple de lo que habían sido con anterioridad. Sus incomodidades requerían que el Cavaliere hiciera gala del nivel de vida al que ellos estaban acostumbrados. Cuando llegaban de sus provisionales aposentos en los carruajes de alquiler, por los que habían pagado un ingrato sobreprecio pensaban, al entrar en la residencia del embajador británico, brillantemente iluminada: Así es como vivimos. Esto es a lo que tenemos derecho. Este lujo, esta extravagancia, este refinamiento, esta comida excesiva; esta obligación de divertirnos.

Después de la cena y del entretenimiento ofrecido por la esposa del Cavaliere, las veladas se dedicaban generalmente a partidas de naipes hasta altas horas de la noche e intercambio de chismes y observaciones condescendientes sobre el desenfreno de las costumbres locales. Los refugiados se contaban mutuamente sus viejas historias y exponían los inconvenientes de su nueva situación. Nada parecía dañar su capacidad para el placer, los placeres. Guardaban sus quejas, sus vehementes quejas, para las cartas, en especial aquellas destinadas a sus amigos y a su familia en Inglaterra. Pero para esto están las cartas: para decir algo nuevo y decirlo con elocuencia. La sociedad estaba para contar algo antiguo (predecible, desechable, informal) que no sorprendería al oyente. (Sólo los salvajes expresaban lo que sentían.) Las cartas eran para decir: confieso, admito, debo reconocer. Las cartas tardaban mucho en llegar, lo que estimulaba a sus destinatarios a confiar que en el entretanto los infortunios de quien las mandaba ya se habrían mitigado.

Algunos preparaban su vuelta a Inglaterra. Puesto que las noticias eran malas; es decir, eran exactamente lo que los refugiados esperaban. Dos semanas después de salir de Nápoles el gobierno, los franceses entraron en la ciudad con un ejército de seis mil soldados, y hacia finales de enero una camarilla de aristócratas y profesores ilustrados había engendrado una monstruosidad que se denominaba la República Partenopea o Vesubiana.

La mayoría de los refugiados se decantaba por considerar perdida Nápoles. Un extranjero que ha disfrutado de la buena vida en un país pobre, la vida anterior a la revolución: un exiliado semejante es propenso a ver todo el país bajo la más calamitosa luz cuando le han rescindido todos sus privilegios. Incluso el Cavaliere empezó a pensar de mala gana en jubilarse y volver a Inglaterra. Pero no sabía cómo zafarse de Palermo. Aún no. Su magnífico amigo, de quien todos dependían, no hablaba lenguas extranjeras y no se podía esperar que comprendiera, como un diplomático profesional, el doble lenguaje de una corte. No podían abandonar al Rey y a la Reina, en la medida en que el destino del país aún estaba en la balanza. Había hablado con el Rey, pero el Rey, según él informó con más aspereza de la deseada, se había entregado a un pesimismo mudo... siempre que las noticias recientes de Nápoles le obligaban a ignorar cuánto se divertía.

En realidad el Rey, siempre que pensaba que debía olvidar sus placeres, montaba en cólera. Nada de esto habría sucedido si Nápoles hubiera permanecido neutral, gritaba a su esposa. Todo era culpa de ella, se debía a su parcialidad en favor de los ingleses; es decir, de la esposa del Cavaliere. La Reina escuchaba la retahíla del Rey en silencio, el denso silencio de una mujer que sabe que, a pesar de que es más inteligente que su esposo, es aún una esposa, sujeta a sus caprichos. Ella (a despecho de su nada disminuida desconfianza respecto de la gente que tanto proclamaba su lealtad hacia la familia real y la Iglesia) estaba convencida de que la ocupación francesa, y aquella charada de una república que se había formado bajo el patrocinio y protección franceses, no podía durar. El pueblo atentaba contra los soldados galos suficientemente temerarios como para pasear de noche por vías poco frecuentadas de la ciudad. En un burdel unos clientes del vecindario asesinaron a dos de ellos, y una multitud había atacado uno de sus cuarteles y exterminado en una sangrienta carnicería a doce de los soldados dormidos. Y luego, dijo la Reina a la esposa del Cavaliere, está nuestro aliado, la sífilis. En aquella época, la horrible enfermedad que los italianos denominaban la enfermedad francesa y los franceses *mal de Nápoles,* bien fuera incapacitando rápidamente a los hombres bien llevándoles a la muerte, se podía confiar en que rebajara por lo menos en un millar el número de soldados.

Las actividades del héroe, más que los asuntos del Cavaliere, se habían convertido en la preocupación principal de la casa. Comandantes de otros barcos se personaban para formular consultas. Había que organizar la defensa de Sicilia, no fuera caso que Bonaparte sintiera la tentación de lanzar una invasión de la isla. Y el cardenal Ruffo, que había venido con ellos a Palermo, se ofrecía para volver y capitanear una organizada resistencia armada a la ocupación francesa. Proponía un desembarco clandestino en la costa de su Calabria natal, de donde era propietario de una gran extensión de tierra. Entre los propios campesinos reclutaría un ejército: dijo a la Reina que, con promesas de amnistía en los impuestos y el derecho a un botín ilimitado una vez retomada Nápoles, esperaba reunir entre quince y veinte mil hombres. La Reina había dado su apoyo al plan de Ruffo a pesar de que, con una excepción, no confiaba en ninguno de sus súbditos. Confiaba más en el bloqueo británico de Nápoles, que obligaría a las fuerzas francesas ya demasiado desplegadas a retirarse. Desaparecidos los franceses, los republicanos quedarían indefensos ante la justa ira de la población. Gracias a Dios (la Reina se santiguaba) la gente había encontrado una apropiada diana para sus perversas energías.

En la medida en que los franceses no habían avanzado mucho al sur de Nápoles, parecía inverosímil que planearan atravesar el estrecho de Messina. Pero el miedo a la revolución había llegado a Palermo. Pese a que aún no se oían voces revolucionarias, el aspecto externo de los compañeros de viaje ya había llegado: pelo más corto para las mujeres, pelo más largo para los hombres. ¡Contempla la evolución del peinado entre la clase educada! El Rey dio órdenes de que cualquiera que apareciera en un palco de la ópera o del teatro con el cabello sin empolvar debía ser expulsado. Había que detener y afeitar a los hombres que se dejaban crecer el pelo por debajo de las orejas; a cualquiera de ellos que escribiera artículos o libros se le encarcelaría, al tiempo que se inspeccionarían sus moradas en busca de más pruebas de simpatía revolucionaria. Una prueba era encontrar una obra, cualquier obra, de Voltaire, cuya producción (desde 1791, cuando sus despojos se quemaron en el Panteón, en una apoteósica ceremonia) era ahora sinónimo de la causa jacobina.

Resultaba extraño pensar que la posesión de una obra de Voltaire podía comportar para su apacible lector tres años en galeras. ¡Menudo patán era este Rey analfabeto! El Cavaliere, en la intimidad de su propio estudio, aún sentía la mayor admiración por el sabio de Ferney, quien seguramente se habría quedado atónito al encontrarse convertido en santo patrón de la Revolución y del Terror. ¿Quién habría podido predecir que la deliciosa burla de Voltaire sobre las ideas establecidas se entendería un día como una invitación a derribar disposiciones legales beneficiosas para el orden y la estabilidad? ¿Quién, a no ser los ingenuos o los ignorantes, consideraría que debían poner en práctica lo que habían disfrutado en un libro? (¿Acaso su pasión por las obras de arte de la Roma antigua le había llevado a la adoración de Júpiter y Minerva?) Desgraciadamente, algunos de sus más distinguidos amigos de Nápoles habían hecho precisamente esto. Temía que pagarían un alto precio por su ingenuidad.

No, leer era, precisamente, entrar en otro mundo, que no era el propio del lector, y regresar renovado, dispuesto a soportar con ecuanimidad las injusticias y frustraciones de éste. Leer era un bálsamo, una diversión, no una incitación. Y leer era principalmente lo que el Cavaliere hizo durante aquellas primeras semanas mientras aún se sentía enfermo, incluyendo la relectura de un ensayo sobre la felicidad, obra de Voltaire. Era la mejor manera de soportar el estar en otra parte: estar en otra parte de un libro. Y a medida que se sentía más fuerte, podía gradualmente estar donde estaba.

Diarrea y reumatismo aún le mantenían demasiado indispuesto para unirse al Rey, quien se había trasladado a una de sus posesiones en el campo para cazar. Pero los encantos agridulces de esta ciudad empezaron a excitarle. Los palacios de color tostado que circundaban el puerto con sus híbridas fantasías (bizantinas-árabes, árabes-normandas, normandas-góticas, góticas-barrocas). La presencia de la masa de caliza rosada del Monte Pellegrino: uno divisa las montañas o el mar al final de casi cada calle. Los jardines de adelfas, zarzaparrillas, agaves, yucas, bambúes, y bananos y pimenteros. Admitía que Palermo se podía considerar tan bonita a su manera como Nápoles, incluso con la ausencia de un volcán en la distancia, humeante bajo el cielo azul brillante y despejado. (Si hubiera sido unos años más joven habría organizado una expedición al Etna, al que había subido en una ocasión, hacía mucho tiempo.) Su sentido de la belleza había despertado de nuevo, y con él los viejos hábitos que le definían como un comprador de lo bello. Puesto que era uno de los hombres más famosos del reino y se relacionaba, por lo menos a través de correspondencia, con todos los notables y la gente culta de la ciudad, le asediaban las invitaciones a ver, examinar, comprar. Los coleccionistas confiaban en suscitar su envidia. Los anticuarios mostraban sus tesoros. Él miraba, consentía que se los mostraran, sentía aguijonazos de deseo. Pero no compraba nada. No era sólo la alarma respecto de sus finanzas lo que le inhibía. No había allí nada irresistible, no había nada que él sintiera que debía comprar.

*

El carácter del coleccionista es minucioso, escéptico. La autoridad del coleccionista reside en su habilidad para decir: no, esto no. A pesar de que en el alma de cada coleccionista hay un vulgar almacenero, su avidez debe correr pareja con la energía de sus rechazos.

No, gracias. Es muy bonito, pero no es exactamente lo que estoy buscando. Casi, pero no del todo. El labio del jarrón tiene una grieta casi imperceptible, el cuadro no es tan bueno como otro del mismo tema y del mismo pintor. Quiero una obra más primitiva. Quiero un ejemplar perfecto.

El alma de un amante es opuesta a la del coleccionista. El defecto o mancha forma parte del encanto. Un amante no es nunca un escéptico.

He aquí un trío. El componente de mayor edad es un gran coleccionista que se ha convertido, tarde en su vida, en un amante; y cuyo instinto para coleccionar se ha esfumado. Un coleccionista frustrado que ha tenido que dejar sus colecciones fuera de su custodia: abandonando algunas, mandando otras muy lejos (donde han encontrado el destino que el coleccionista más teme), embalando el resto; y que ahora vive sin sus colecciones, sin el solaz y la distracción de los objetos bellos, cuyo mérito deriva en parte del hecho de que le pertenecen *a él.* Y que no se ha visto impulsado a acumular nada más.

El resto son dos personas cuyos objetos más queridos son los que adornan y anuncian su presencia. Emblemas de quiénes son, de lo que les importa, de cómo los otros les aman. Él acumula medallas; ella acumula lo que la embellece y lo que pregona su amor por él. Mientras que el Cavaliere, con su sentido de los objetos afinado a la perfección (cómo necesitan respirar, cómo inevitablemente llenan el espacio donde son colocados) encontró el palacio del príncipe demasiado saturado por la personalidad de su propietario para pensar en instalar sus propios tesoros, su esposa, con la aprobación del Cavaliere, prontamente distribuyó retratos del héroe, banderas, trofeos, y porcelanas, jarras y cristalería, fabricadas para honrar al vencedor de la Batalla del Nilo, por toda su nueva y temporal residencia, haciendo de ésta otro museo de la gloria de él. Ningún espacio estaba lo suficientemente abarrotado para el gusto de ella.

La relación del amante con los objetos es la opuesta a la del coleccionista, cuya estrategia es de apasionada modestia. No me mires, dice el coleccionista. Yo no soy nada. Mira lo que tengo. Acaso no es bonito, no son bonitos.

El mundo del coleccionista revela la existencia abrumadoramente amplia de otros mundos, energías, reinos, eras anteriores a aquella en que él vive. La colección aniquila la pequeña porción de existencia histórica del coleccionista. La relación del amante con los objetos lo aniquila todo excepto el mundo de los amantes. Este mundo. Mi mundo. Mi belleza, mi gloria, mi fama.

*

En un principio él había pretendido no percibir la mirada de ella, luego también le devolvía la mirada. Miradas como largas y profundas respiraciones se cruzaron entre ambos.

La disposición de los dos a entregarse a fuertes emociones, que les hace distintos del Cavaliere y muy semejantes uno del otro, no significaba que comprendieran lo que sentían o lo que debían hacer al respecto. El Cavaliere, quien no había conocido la pasión hasta encontrar a la joven que había convertido en su segunda esposa, sí reconoció con rapidez lo que él sentía. Pero, en cambio, el Cavaliere no estaba interesado en que le comprendieran. El héroe quiere ser comprendido, lo que para él significa recibir alabanzas, cordialidad y estímulo. Y el héroe es un romántico: es decir, su vanidad se emparejaba a una desmesurada capacidad para la humildad cuando sus afectos estaban en juego. Se sentía muy honrado por la amistad del Cavaliere, por la amistad y posteriormente el amor (se atrevía a denominarlo amor) de su esposa. Si gente de esta calidad me quiere, entonces sé que valgo. Está enamorado de los dos y es reacio a pensar más allá de los sentimientos inmediatos de júbilo que experimenta en su compañía.

La esposa del Cavaliere sabe lo que ella siente, pero por vez primera en su vida ignora qué hacer al respecto. No abstenerse de flirtear, forma tanto parte de su naturaleza como su don para la monogamia. La lealtad es una de las virtudes que practica con menos esfuerzo, y no porque sea contraria al esfuerzo: también ella posee un temperamento heroico. Ninguno quiere ofender, humillar, o herir al Cavaliere. Los dos vacilan en dañar la imagen de sí mismos que más aprecian. El héroe es un hombre de honor. La esposa del Cavaliere es una cortesana reformada cuya auténtica devoción y serena fidelidad hacia su marido daban fe de su abandono total de la anterior identidad. El héroe quería seguir siendo lo que siempre había sido. Ella quería seguir siendo aquello en lo que tan espectacularmente se había convertido.

Todo el mundo asumía que eran amantes. En realidad, hasta entonces ni siquiera se habían besado.

Como por mutuo acuerdo, intentaban dar salida a su recíproca pasión a través de manifestaciones de mutua adulación bastante públicas y totalmente sinceras. En una ocasión, una fiesta en honor del embajador ruso, ella se inclinó hacia él y besó sus medallas. Él no se sonrojó. Y él contaba una y otra vez a cada nuevo invitado las anécdotas de las heroicas hazañas de *ella,* que ya habían oído. Todo cuanto había hecho por él, por la causa británica. Su valor durante la tempestuosa travesía desde Nápoles (no descansó en cama ni una sola vez durante todo el viaje) y su abnegada atención hacia la pareja real: se había convertido en su esclava, dijo él. Y pronunciar la palabra esclava le entusiasmó de una manera que no comprendía. La repitió de nuevo. Ella se convirtió en su esclava.

Santa Emma, la llamaba en ocasiones, con la más seria expresión en su cara. ¡Modelo de perfección! Quería admirarse a sí mismo, pero incluso era más rápido admirando a alguien a quien estimaba. Admiraba a su padre, había admirado a Fanny, admiraba al Cavaliere y ahora admiraba a la mujer que era la esposa del Cavaliere. Decir que la amaba más de lo que hubiera amado a nadie en su vida era decir que la admiraba más que a nadie. Ella era su religión. ¡Santa Emma! Nadie se atrevía a reír. Pero los refugiados empezaban a impacientarse. A la gratitud hacia el héroe que había guiado su huida a Palermo seguían las quejas refunfuñadas. Se encontraban varados, él parecía estar en calma. ¿No había llegado el momento de que se uniera a la flota británica del Mediterráneo y ganase otra batalla? ¿O de que volviera a Nápoles y recuperase la ciudad de manos francesas y derrocara aquel gobierno de títeres republicanos? ¿Por qué perdía el tiempo?

Naturalmente, todo el mundo sabía por qué.

Siempre que ella interpretaba una serie de sus celebradas Actitudes (el mismo repertorio, el mismo arte cautivador, que incluso sus críticos más severos aún juzgaban admirable) él estaba presente, mirando arrebatado; su manga derecha se movía espasmódicamente, había una sonrisa seductora, beatífica, en sus gruesos labios. Cielo santo, esto es espléndido, exclamaba él. Si sólo las más grandes actrices de Europa estuvieran entre nosotros esta noche, cuánto habrían aprendido de vos.

Los invitados intercambiaban miradas significativas. No sólo personificaba a Cleopatra, ella era Cleopatra seduciendo a Antonio; una Dido cuyos encantos retardan a Eneas; una Armida que ha embrujado a Rinaldo: familiares episodios de la historia y la épica antiguas que todo el mundo conocía, en los que un hombre destinado a la gloria efectúa una breve parada en el curso de su gran misión, sucumbe a los encantos de una mujer irresistible y allí se queda. Y se queda. Y se queda.

La influencia de las mujeres sobre los hombres siempre ha sido denigrada, temida, por su capacidad para hacer que los hombres sean apacibles, cariñosos... débiles; lo cual significa pensar que las mujeres constituyen un especial peligro para los soldados. La relación de un guerrero con las mujeres se supone que debe ser brutal, o por lo menos insensible, a fin de que él pueda continuar dispuesto a la batalla, presto a la violencia, vinculado a la fraternidad, resignado a la muerte. A fin de que pueda ser fuerte. Pero este guerrero estaba ciertamente maltrecho y necesitaba tiempo para curarse y para que le cuidaran. Tiempo necesario asimismo para volver a equipar y reparar el *Vanguard,* muy dañado por la tormenta. Y la presencia de él en Palermo era útil. Aunque no se hubiera recuperado lo bastante para volver al mar, estaba muy atareado trazando planes para mandar una escuadra bajo el mando del Capitán Troubridge para bloquear el puerto de Nápoles. Y la esposa del Cavaliere le ayudaba. Era la gloria de él lo que ella amaba. Juntos avanzan hacia un grandioso destino, para él. Y ella no era una mujer de regazo presto a acunar al héroe sino, a su manera, un héroe ella misma.

*

Él quería complacerla a ella. Ella deseaba desesperadamente complacerle a él.

La ambición y el deseo de gustar... no son incompatibles en una mujer. Si gustas, te ves recompensada. Cuanto más gustas, mayores son tus recompensas. Por esta razón la monogamia puede funcionar tan bien para una mujer. Sabes a quién debes gustar.

Ahora eran dos los hombres, su marido y su amigo, a quienes la esposa del Cavaliere quería gustar.

Las preocupaciones económicas del Cavaliere se acumulaban. Se había visto obligado a pedir varios préstamos a su amigo, confiando que podría devolver el dinero tan pronto como su colección de jarrones se vendiera en Londres y, mientras, por su parte vendía discretamente algunos camafeos, gemas, pequeñas estatuas y otros amores menores entre las antigüedades que había rescatado de Nápoles. Su esposa tenía un plan: intentaría ganar dinero suficiente para sus actuales gastos en la mesa de juego. Pero lo que empezó como una modesta intervención en respuesta a la angustia de alguien, se convirtió en una pasión. Otra pasión. Jugar, beber, comer: todas las actividades de ella eran generosas, pasaban a ser ansias. Y el acrecentado, multiplicado deseo de gustar más aún elevó el volumen de su personalidad, de sus apetitos.

El Cavaliere sabía a lo que ella se exponía cuando jugaba al faraón y a los dados, ya entrada la noche, y empezaba a confiar en su éxito, lo que hacía penoso para él tanto mirarla como ignorarla. Él despreciaba en sí mismo todo lo que indujese a implorar, de modo que por lo general aquellas noches se acostaba pronto. El héroe seguía al lado de ella, le murmuraba a la oreja, exultaba cuando ella ganaba, la emplazaba para otro juego cuando perdía. Con qué brillantez jugaba ella, ganara o perdiera, pensaba el héroe. Nadie tendría una sola oportunidad contra ella, de no ser por una cautivadora fragilidad que a veces la aturdía un poco. Él había notado que ella se mareaba después de la segunda copa de brandy. Qué raro, pensó. Si él bebía dos copas de brandy, no le afectaban. Tan indiferente a la bebida como a los naipes (el héroe era casi tan abstemio como el Cavaliere), no comprendía que la rapidez con que ella se embriagaba era señal no de una insólita sensibilidad sino de un avanzado grado de alcoholismo.

Ella *es* una jugadora dotada, pero en ocasiones sigue jugando después de una continuada racha de buena suerte, arriesgando sus preciosas ganancias con objeto de mantenerle cerca. Porque nunca está tan confusa como para olvidar la eléctrica presencia de él a su lado, o tras ella, o al otro lado del salón hablando, gesticulando y, en realidad, tan pendiente de ella como ella lo está de él.

Ahora que ya sabía cuánto deseaba acariciarle, su antigua libertad de tocarle había pasado a ser una muy consciente aventura de delicados gestos compensatorios. Cuando ella se detiene al pie de la gran escalera para despedir a los invitados de la velada, ella acaricia distraídamente la manga vacía prendida a la chaqueta del héroe para quitarse una mota de pelusa: ha advertido un minúsculo depósito de sueño en el ojo derecho de él, el ojo ciego, y desearía poder quitárselo.

Él imagina el tacto sin su brazo: cuando están cara a cara, siente a veces que va a caer hacia ella.

Ella mira sus labios, ligeramente abiertos cuando escucha; cuando él habla, ella se percata en ocasiones de que no ha oído ni una palabra de lo que ha dicho. La facciones de él le parecen muy grandes.

Es más fácil cuando no están de frente, sino uno al lado del otro, interesarse en otras personas. Derecha e izquierda tienen nuevas inflexiones. La derecha es el costado en el que el héroe está mutilado: su ojo inmóvil, su manga vacía. Ella advierte que él se sienta invariablemente a su derecha, como para ofrecerle el costado intacto.

La usual distribución de los asistentes a una velada da pie a nuevas, trémulas manipulaciones. Sentado a su lado en la mesa de juego, es consciente de que ella se rasca constantemente la rodilla derecha, y desea que se detenga antes de dejar una señal en su encantadora piel. (El eccema de ella ha vuelto, como sucede de vez en cuando, pero él no puede saberlo.) Sin pensar, él se inclina más hacia ella para mirar las cartas de su mano derecha, lo bastante cerca como para murmurar algún consejo sobre su nueva apuesta, lo cual (como él en cierto modo ha adivinado que ocurriría) hace que, bajo la mesa, la mano que ha estado rascando cese de rascar.

Cuán conscientes son de sus respectivos cuerpos dentro de las vestiduras. Cuán conscientes del espacio que les separa.

En un banquete, ella intuye que el muslo izquierdo de él no puede estar a más de un palmo (no, menos) del muslo derecho de ella. Ha sido servido ya el cuarto plato. A pesar de que él se las arregla bastante bien para comer con su elegante utensilio de oro, un artefacto híbrido con cuchillo fundido al tenedor (la hoja hacia la derecha, las púas a la izquierda) que le mandó un admirador después de la Batalla del Nilo, ella toma sus propios cubiertos, inclina la parte superior de su cuerpo hacia él, la acerca a él, y le ofrece como recompensa por su osadía, nacida de una intolerable ternura, el apartar su pierna derecha a mayor distancia de la de él, apretándola contra su propia pierna izquierda. Y tener cuidado de que su hombro no toque el suyo cuando procede a cortar la carne.

No es la única persona en la mesa, aquella noche, que se ha inquietado por la distancia entre una cosa y otra.

¿Acaso soy yo (una de sus invitadas inglesas hablaba insistentemente de un fenómeno insólito que ha observado) soy yo la única persona en esta reunión que ha visto una pequeña isla de una forma pintoresca delante de la ciudad, no mucho más distante que nuestra bella Capri lo está de Nápoles?

¿Una isla?

Pero si no hay ninguna isla visible desde Palermo, dijo otro invitado.

Esto es lo que todo el mundo me asegura, dijo Miss Knight con modestia.

¿Y cuándo vio esa... isla? La persona que la interrogaba era Lord Minto, ex embajador en Malta y uno de los amigos del héroe, que llevaba con ellos varias semanas.

Es invisible la mayor parte del tiempo. Cuando en el cielo no hay ni una nube, no logro distinguirla.

¿Pero la ve si el día es nublado?

No nublado, Lord Minto, si con ello quiere decir encapotado. Cuando hay algunas nubes ligeras en el horizonte.

Lady Minto rió. A buen seguro habéis visto una nube que habéis confundido con una isla.

No, no puede ser una nube.

Y, diga, ¿por qué no?

Porque siempre tiene la misma forma, una forma característica.

La mesa estaba en silencio. La esposa del Cavaliere confiaba en que el héroe intervendría en la conversación.

Bastante lógico, dijo el Cavaliere. Seguid, Miss Knight.

No sé si tiene lógica lo que digo, dijo ella. Pero no negaré la evidencia de mis sentidos.

Con mucha razón, dijo el Cavaliere. Seguid.

Me atrevería a decir que soy muy pertinaz, continuó ella, y luego pareció titubear, como si no estuviera segura de si habría descrito el rasgo que ella tanto admiraba en su persona de una forma atractiva o desagradable.

Pero ¿veíais una isla? ¿Una auténtica isla?

Sí, Lord Minto, exclamó ella. Sí, la veía. Puesto que después de verla una docena de veces la dibujé y mostré mi dibujo a algunos de nuestros oficiales. Inmediatamente la reconocieron como una de las últimas islas Lipari que está...

Vulcano, interrumpió el Cavaliere.

No creo que ése fuera el nombre.

¿Stromboli?

No, no lo creo.

Podéis ver a una distancia como la de las Lipari, exclamó la esposa del Cavaliere. Ah, cómo me gustaría ver hasta tan lejos.

Un brindis por la obstinación de Miss Knight, dijo el héroe. Una mujer de carácter, y el carácter es lo que más admiro en una mujer.

Miss Knight se ruborizó tanto ante este cumplido del héroe que la esposa del Cavaliere se vio obligada a alcanzarle la mano desde el otro lado de la mesa y darle una palmadita. Un reemplazo de sentimientos, en el que un cumplido inspirado por ella pero dirigido a otra le dio ocasión para un contacto suplente con la mano del héroe.

Es prácticamente imposible ver las Islas Lipari desde aquí, declaró Lord Minto.

Puesto que Miss Knight, después de ser atacada y halagada alternativamente por los hombres más importantes de la mesa, parecía extraviada en sentimientos femeninos del género que induce a silenciarse a sí misma, el Cavaliere aprovechó el momento para ofrecer una explicación de las bases científicas de los espejismos y otras anormalidades ópticas: había estado leyendo un libro al respecto.

Creo que debemos concederle a Miss Knight el derecho de haber visto una isla, dijo, su voz brillante de autoridad. ¿Acaso Lord Minto no afirmaría que ha visto su propia cara? Quiero decir, naturalmente, con la ayuda de un espejo. De esta manera Miss Knight ha visto una isla distante en el agua inmóvil de la bahía de Palermo, en nuestro caso el reflejo de la isla, proyectado como lo haría la llamada cámara lúcida con la imagen de un objeto sobre una superficie plana, pero aquí utilizando las nubes, cuando están en un cierto ángulo, en vez del prisma de tres o cuatro caras que contiene la cámara lúcida. Muchos artistas conocidos míos consideran que este ingenioso aparato es bastante útil para hacer sus dibujos.

La esposa del Cavaliere explicó a los contertulios que su esposo era experto en todas las cuestiones científicas. Nadie, dijo con rotundidad, sabe más que él.

Espero ansioso el próximo día en que haya nubes ligeras para ver la isla fantasma de Miss Knight, dijo Mr. MacKinnon, un banquero. Quizá, si las nubes están en buena posición, podamos incluso ver nuestro Nápoles...

Ah, no quisiera ver nuestro Nápoles ahora, dijo la anciana Miss Ellis, quien había vivido allí durante más de treinta años.

Quizás el Cavaliere pueda ver el Vesubio, sugirió alegremente el héroe. Tengo la certeza de que echa de menos su volcán.

La esposa del Cavaliere pensó que no era cierto que ella, como antes había dicho, quisiera ver hasta tan lejos. Todo cuanto desea ver está justamente aquí.

*

¿Cómo pueden no uno sino dos hombres fascinantes adorarla? ¿Estar los dos tan ciegos ante su vulgaridad, ante la desvergonzada forma en que les adula?

El héroe siempre parecía más enamorado, el Cavaliere más marchito y pasivo, ella más febril y dispuesta a exhibirse. En su vida anterior, en Nápoles, la esposa del embajador británico no habría pensado en añadir un baile, mucho menos un baile folklórico de erótico abandono, a su edificante repertorio de estatuas vivientes. Ahora baila la tarantela delante de sus invitados, en Palermo. A sus conocidos sicilianos, su repique de pandereta y sus pataleos y remolinos no les parecían otra cosa que extraños. O napolitanos. Pero para sus invitados británicos (los refugiados de Nápoles y otros que llegaron para estar temporalmente con ellos, tales como Lord Minto en su viaje de regreso a Inglaterra y Lord Elgin en su expedición para ocupar su puesto de embajador en Turquía) se quedaban atónitos y encontraban su comportamiento cada vez más burdo y vulgar.

Su vestido: demasiado ostentoso. Su risa: incluso más chillona. Su charla: más implacable. Ciertamente, era incapaz de la contención que la gente califica de elegancia. No sólo era de naturaleza locuaz: consideraba que se esperaba de ella que siempre tendría algo que decir, y el arte de la modestia le era tan ajeno como el arte de guardarse los sentimientos. Constantemente se pavoneaba, o ensalzaba a su marido y a su amigo.

Naturalmente, el héroe la ensalzaba a su vez con similar desmesura. La mejor actriz del siglo. La mejor cantante de Europa. La mujer más inteligente. Y la más abnegada. Un parangón. Pero, a pesar de lo muy parejos que eran en sus efusiones, era a ella a quien, por ser mujer, se juzgaba más severamente. Ella, se daba por sentado, la que le había seducido; su infatigable adulación, la que le había robado el corazón y le había convertido en su esclavo. Si hubiera sido aún la belleza más célebre de la época, como lo fue diez años antes, el lamentable enamoramiento del héroe habría parecido más que comprensible. Pero ¿estar a los pies de... esto?

Sus desmerecimientos aumentaban. Pero por nada era juzgada más severamente que por su fracaso en lo que se considera el mayor y más femenino logro de una mujer: la conservación y el pertinente cuidado de un cuerpo que había dejado atrás la juventud. Los visitantes llegados del extranjero informaban de que la esposa del Cavaliere continuaba ganando peso: la mayoría decía que había perdido por completo su buena apariencia: algunos reconocían que todavía conservaba una hermosa cabeza. Aunque faltaban todavía varias décadas para que los románticos inaugurasen el moderno culto a la delgadez, que con el tiempo haría que todos, lo mismo hombres que mujeres, se sintieran culpables por no estar delgados, incluso entonces, cuando estarlo era infrecuente entre las personas bien nacidas, a *ella* no se le iba a perdonar que engordase.

Resulta raro que de las gentes consideradas vulgares se suponga invariablemente que se desconocen a sí mismas, con la implicación de que si sólo supieran qué aspecto tienen o cómo se comportan inmediatamente cambiarían: mejorarían su dicción, pasarían a ser reticentes y sutiles, se pondrían a dieta. Ésta puede ser la forma más amable que adopte el esnobismo, pero no es menos obtusa por ser amable. Intenten persuadir a un adulto de buena fe, confiado en sí mismo, de origen plebeyo, de que renuncie a un rico surtido de manierismos considerados vulgares, inténtenlo... y verán el éxito que cosechan. (El Cavaliere lo ha intentado, y hace ya mucho tiempo que cesó de intentarlo, o que no le preocupa: él la quiere.) Por tanto, se asumía que ella era inconsciente del cambio sufrido por su cuerpo. Pero las costuras de sus trajes favoritos tenían que abrirse cada pocos meses, actividad que ahora ocupaba buena parte de las energías de su querida madre, ayudada por Fátima: ¿cómo podía ella no saberlo? Y si ahora se engalana en exceso, es precisamente para decir: no me miréis a mí, mirad mis vestidos de satén, mis anillos, mi cinturón con borlas, mi sombrero con plumas de avestruz: una estrategia de modestia no muy distinta a la del coleccionista, pero considerablemente menos efectiva. Sus detractores miraban sus galas y la miraban a ella.

Ninguna carta destinada a Inglaterra olvidaba incluir algún comentario cruel sobre su apariencia. Imposible describir su atroz apariencia. Su persona es poco menos que monstruosa en su enormidad, y aumenta día a día, escribió Lord Minto. Me habían hecho confiar en que vería a alguien de innegables encantos físicos, escribió Lady Elgin, pero ay, no. ¡La verdad es que es una Mole!

Los informes sobre la pérdida de su belleza eran tan extravagantes, tan hiperbólicos, como los informes sobre su belleza lo habían sido antes. Era como si la gente se hubiera visto obligada a ensalzarla y pasar por alto su cuna y su vergonzoso pasado, porque era tan bella. Sólo porque era tan bella. Pero ahora que ya no era el epítome de la belleza, todos los juicios reprimidos (el esnobismo y la crueldad) volvían a salir a la superficie. Se había roto el encanto y todos se unían en un extraordinario coro de burla y rencor.

*

Un día de primavera, el Cavaliere anunció que había preparado una excursión a una villa propiedad del príncipe cuyo palacio en la ciudad ellos ocupaban.

Estaba situada en la llanura al este de Palermo, donde muchas otras familias nobles habían levantado casas de campo a lo largo del siglo; por consideración al difunto ojo del héroe, que era hipersensible a la luz, saldrían por la tarde, con el sol a sus espaldas. La esposa del Cavaliere iba cambiando de lugar en el carruaje para conseguir una vista mejor de los exuberantes campos de naranjos y limoneros. Los dos hombres guardaban silencio, el héroe jugando con el parche de su ojo y disfrutando de la sensación de que se ocupaban de él, el Cavaliere anticipando el gozo de compartir aquello de lo que previamente se había informado a través de varias descripciones de la villa en libros de viajeros británicos a Sicilia. Pero sabía que ahora no debía decir demasiado, lo cual podría estropear la sorpresa reservada a sus compañeros cuando llegaran a destino. Y menuda sorpresa sería.

No hay nadie más excéntrico que un excéntrico del sur. Ni siquiera el retiro campestre parecido a una catedral que William, el rico primo del Cavaliere, se estaba construyendo en Inglaterra podía competir con la insolencia de la villa levantada por el difunto hermanastro del príncipe siciliano. El gran edificio de dos pisos, de piedra blanca y de un rosa carnoso, que el trío vio desde el carruaje, a cierta distancia, no daba indicios sobre el singular contenido de la residencia. Su singularidad sólo comenzó a manifestarse cuando llegaron a la verja de entrada, que estaba guardada por dos monstruos sentados, sin cuello, con siete ojos, y vieron delante una amplia avenida flanqueada a ambos lados por una hilera de pedestales que sostenían otros seres más monstruosos.

Ah. Ah, mirad.

Momento para que el Cavaliere empezara su comentario. A su esposa dedicó la información de que Goethe había visto la villa doce años antes, cuando salió de Nápoles hacia Sicilia, un año antes de la muerte del príncipe responsable de las estatuas delante de las que pasaban (hay más, hay más); y halló cierto placer en mencionar que la reacción del gran poeta había sido bastante convencional: había calificado de horrorosa la villa y había asumido que su propietario estaba loco.

Qué era esto, exclamó la esposa del Cavaliere.

Pasaban rápidamente delante del caballo con manos humanas, el camello cuyas dos jorobas eran cabezas de mujeres, el ganso con la cabeza de caballo, el hombre de cuya cara salía una trompa de elefante y cuyas manos eran garras de buitre.

Algunos de los espíritus guardianes del difunto príncipe, dijo el Cavaliere.

¡Y esto!

Esto era un hombre con cabeza de vaca montando un gato montés con cabeza de hombre.

Paremos el carruaje, dijo el héroe.

Veremos mucho más que esto, dijo el Cavaliere. Señaló la orquesta de simios con tambores, flautas y violines que les miraban desde el borde del tejado de la villa. Sigamos.

Les esperaban unos lacayos para ayudarles a saltar del vehículo y un hombre gordinflón con librea negra, el chambelán, permanecía en el umbral de una gran entrada para darles la bienvenida.

Nunca había visto una librea negra, murmuró el héroe.

Quizás aún lleve luto por su amo, dijo la esposa del Cavaliere.

El Cavaliere sonrió. No me sorprendería, querida, que estuvieras en lo cierto.

En el exterior de la puerta de entrada (deformada, astillada) un enano con la cabeza coronada de laurel de un emperador romano montaba a horcajadas sobre un delfín. La esposa del Cavaliere dio una palmadita en la cabeza del enano. Hay más dentro, dijo el Cavaliere, a pesar de que la villa ha sido ya muy despojada. Siguieron al chambelán por una escalera bastante sucia y entraron en el primer piso sobre el nivel del suelo, a través de salas y antesalas, pasando frente a más criaturas compuestas y extrañas parejas.

¡Ah, mira!

Un pavo real de doble cabeza montando un ángel que andaba a gatas.

¡Dios mío!

Una sirena con una pata de perro emparejándose con un venado.

¡Y mirad esto!

La esposa del Cavaliere se había parado delante de dos figuras sentadas, suntuosamente ataviadas, que jugaban a los naipes, una de ellas una dama con cabeza de caballo, la otra un caballero con cabeza de grifo que llevaba una peluca y una corona.

Me encantaría tener la cabeza de un caballo por un día, exclamó ella. Y ver cómo me sentía.

Ah, dijo el héroe. Estoy seguro de que seríais un caballo hermosísimo.

A mí me gustaría ver los rostros de nuestros invitados cuando te sentaras a jugar al faraón con una cabeza semejante sobre tus hombros, dijo el Cavaliere. Sin duda ganarías todas las partidas.

La esposa del Cavaliere hizo una potente imitación del relincho de un caballo y los dos hombres rompieron a reír.

El Cavaliere estaba dispuesto a participar en la burla de los artificios del difunto príncipe, ir al unísono con su esposa y su amigo. Pero quería asegurarse de que la diversión de ellos estaba tan saturada de sabiduría como la suya propia. No importaba dónde se encontrara, el Cavaliere tendía a otorgarse el papel de guía o mentor. En un entierro habría dado una lección a otro participante de la ceremonia sobre la historia de los monumentos funerarios. Cuán hábil antídoto puede ser la propia erudición contra la ansiedad o la pena.

Estimulado por la afición del príncipe a los caballos con extremidades o cabeza de otra criatura y a los humanos con cabeza de caballo, el Cavaliere empezó a narrar las leyendas de Quirón, Pegaso y otros caballos de la antigua mitología poseedores de miembros suplementarios. Le pareció importante señalar que tales mutantes eran siempre criaturas semidivinas. Recordad el sabio maestro de Aquiles, que era mitad caballo, mitad humano. O el hipogrifo, cuyo padre era un grifo y cuya madre era una yegua y que en Ariosto es un símbolo del amor.

Amor. La esposa del Cavaliere oyó que la palabra resonaba en el sepulcral silencio de la villa. *Ella* no la había pronunciado. Ni tampoco su amigo.

El Cavaliere, en realidad, no piensa en el amor, sino que el vocablo le parece un talismán tan bueno como cualquier otro contra la perturbadora violencia de sentimientos expresada en las grotescas invenciones con las que el príncipe había poblado la villa y el parque circundante.

Su amigo esquivaba también la idea del amor, y se atrevió a brindar una pequeña contribución personal a la sabia discusión. En Egipto, dijo el vencedor de la Batalla del Nilo, me hablaron de una inmensa estatua que es una criatura con la cabeza y el pecho de una mujer y las extremidades de un león. Debe de resultar una rara visión, agazapada en la arena.

Sí, sí. ¡He leído algo al respecto! Espera a los viajeros que pasan y les detiene y luego los mata. Excepto aquellos que puedan resolver un acertijo; a aquéllos les perdona.

Ésa es otra cruel criatura, querida, dijo el Cavaliere amablemente. Pero no me sorprendería que nos topáramos tanto con vuestra esfinge como con la egipcia, o algo que se les pareciera, aquí en estas habitaciones mismas, entre los compañeros de piedra del príncipe. ¿La buscamos?

Y pensaremos en un acertijo que proponerle, exclamó la esposa del Cavaliere.

Entraron en el siguiente salón, dándose voces unos a otros cuando encontraban más figuras de seres deformes y mal emparejados; el chambelán les seguía, un silencioso reproche a su júbilo y a su actitud condescendiente hacia lo que estaban viendo.

La imaginación humana siempre se ha divertido con la fantasía de los apareamientos biológicos desafortunados, así como con la realidad de cuerpos cuyo aspecto no es el que se supone que deberían tener, cuerpos que pueden soportar pruebas que se supone que los cuerpos no soportan. A los pintores les gustaba inventar semejantes criaturas cuando tenían el pretexto. Circos y ferias los exhiben: monstruos, mutantes, extrañas parejas, animales que hacen ejercicios acrobáticos que violan su naturaleza. Es posible que el Cavaliere no estuviera familiarizado con El Bosco y Bruegel en el tema del infierno o de los tormentos de san Antonio, pero de alguna manera había visto representaciones menos inspiradas de aquellos ensamblajes anatómicos denominados demonios o monstruos. Si sólo fuera porque en cada rincón se encontraban seres monstruosos, el contenido de la madriguera del príncipe no habría sido tan original. Más sorprendente era incluso la profusión de caprichosos, amenazadores (no, monstruosos) objetos.

Lámparas en forma de una extremidad humana o animal.

Mesas hechas de fragmentos de baldosa y demasiado altas para poder utilizarlas.

Columnas y pirámides, por lo menos cuarenta, construidas con distintos tipos de porcelana y alfarería; una columna tiene un orinal por plinto, un círculo de pequeñas macetas por capitel y un fuste de cuatro pies de altura compuesto enteramente de teteras que disminuyen gradualmente de tamaño del plinto al capitel.

Arañas de luces cuyos componentes de varios pisos, suspendidos como pendientes en cascada, eran la parte baja, los cuellos y las asas de botellas y barómetros rotos.

Candelabros, de más de tres pies de altura, chapuceramente fabricados a partir de trozos de tazas, platos, escudillas, jarros, marmitas, que se tambaleaban ominosamente. Examinando uno de los candelabros más de cerca, el Cavaliere vio ante su sorpresa que entre los fragmentos de humilde loza pegados unos a otros al lado al azar había segmentos de porcelana excepcionalmente buena.

Jarrones, cada uno de los cuales vomita una criatura mutante o una voluta desde su vientre o su base.

El Cavaliere empezó a sentirse mal, finalmente, cuando la impresión de lo grotesco se vio reemplazada por la impresión de un inmenso sarcasmo. Se había preparado para lo grotesco. No se había preparado para el descubrimiento de que el temperamento del príncipe era una variante demencial del temperamento del coleccionista, a pesar de que lo que su colega coleccionista había amasado no eran objetos hallados o comprados sino manufacturados según sus intenciones. Juntar fragmentos de porcelana costosa con trozos de cacharros de cocina:

no era esto simplemente un eco burlón de la democracia de los objetos que uno encontraba en muchas colecciones aristocráticas, tales como la de la Duquesa de Portland, que exhibía exquisitas pinturas junto a árboles de coral y conchas marinas. Como cualquier coleccionista, el difunto príncipe se había rodeado de cosas para que la gente les prestara atención, se maravillase cuando le visitaran. Le definían. Era, por encima de todo, el propietario de estos objetos, que hablaban por él, que anunciaban la manera en que él veía el mundo. No decían lo que el Cavaliere, como todos los grandes coleccionistas, deseaba decir con objetos: mirad toda la belleza e interés que hay en el mundo. Estos decían: el mundo está loco. La vida corriente es ridícula, si te distancias un poco de ella. Cualquier cosa puede convertirse en otra, todo puede ser peligroso, todo puede caerse, ceder. Un objeto corriente se puede hacer de... cualquier cosa. Cualquier forma se puede deformar. Cualquier propósito común servido por objetos desechados.

¡Cuántos de ellos había! A medida que el trío seguía al chambelán habitación tras habitación, su capacidad para responder a lo que estaban viendo empezó a doblegarse bajo la carga emocional, la nueva profusión de objetos agresivos. Como cualquier coleccionista obsesionado, el príncipe no podía conseguir suficiente de lo que codiciaba. Como un coleccionista, vivía en un espacio abarrotado: los objetos se acumulaban, se multiplicaban. Y el príncipe había concebido una fórmula para que se multiplicaran más aún.

Habían llegado al gran salón, una de las varias habitaciones cuyos techo, paredes, puertas, incluso las cerraduras, estaban cubiertos por espejos.

Dónde están los monstruos, dijo la esposa del Cavaliere. Aquí no hay monstruos.

El Cavaliere explicó que algunas de las más fantasiosas creaciones del difunto príncipe ya habían sido retiradas y destruidas por su hermanastro, el actual cabeza de familia, a quien no gustaba la continua notoriedad de la villa.

Los criados traían té y lo servían en un gran aparador con paneles hechos de centenares de pedazos serrados de antiguos marcos dorados, en distintos estilos de talla. El chambelán vestido de negro se había animado desde que penetraron en aquella estancia.

Ajá, si pudierais haber visto la villa en los días en que mi amo estaba vivo, dijo de improviso el chambelán. Las arañas encendidas, la habitación llena de los amigos de Su Excelencia bailando y divirtiéndose.

¿Daba bailes el príncipe?, preguntó el Cavaliere rápidamente. Me sorprende oírlo. Yo hubiera creído que un hombre de sus gustos y temperamento preferiría la reclusión.

Cierto, Excelencia, dijo el chambelán. Mi amo prefería tener la villa para él. Pero su esposa, a veces, necesitaba compañía.

Su esposa, exclamó la esposa del Cavaliere. ¿Tenía esposa?

¿Tenían hijos?, preguntó por su parte el héroe, quien no podía dejar de preguntarse si una mujer embarazada, confinada en semejante compañía no daría a luz a un monstruo.

A mi amo no le faltaba nada de lo que hace feliz a un hombre, dijo el chambelán.

Uno apenas si lo imaginaría, pensó el Cavaliere, quien había empezado a examinar la habitación.

Puedo humildemente sugerir, dijo el chambelán, que Sus Excelencias no se sienten...

¿Que no nos sentemos?

Estaba señalando. Aquí.

Ah. Ciertamente, uno tendría pocos incentivos para hacerlo. No en sillas con patas de longitudes dispares, garantía de que nadie se podría sentar.

Tampoco allí, observó el héroe, señalando con su brazo unas sillas de construcción normal agrupadas con los respaldos unos contra otros. De lo menos amistoso, ¿no estaríais de acuerdo?

Tampoco allí, continuó el chambelán solemnemente, indicando tres bonitas y floridas sillas dispuestas de forma adecuada, de manera que quienes conversaban podían estar encarados.

Por qué no, protestó la esposa del Cavaliere, girando los ojos hacia su esposo en el familiar lenguaje de la complicidad matrimonial.

Si su señoría tocara una de las sillas...

Ella se acercó.

¡Cuidado, mi señora!

Pasó su mano cargada de anillos por encima del asiento tapizado de terciopelo y soltó una carcajada.

Qué es esto, dijo el héroe.

¡Hay una púa bajo el cojín!

Quizás, dijo el Cavaliere, renunciaremos al té y nos aventuraremos por el parque. Hace buen día.

Así lo habría deseado mi amo, dijo el chambelán.

El Cavaliere, contrariado por el tono del chambelán, quien desde que llegaron le había parecido ligeramente impertinente, se volvió con una mirada de reprobación, dispuesto a indicarle que se retirase (una de las raras ocasiones de mirar de cerca la cara de un criado), y sólo entonces observó que el hombre tenía un ojo azul acerado y otro marrón brillante, en consonancia, como era el caso con los híbridos objetos que había diseñado el difunto príncipe.

La esposa del Cavaliere, diestra tras años de solicitud femenina en leer cada cambio en la atención de su marido, al instante vio lo que el Cavaliere estaba advirtiendo. Cuando el chambelán hizo una solemne reverencia y retrocedió hasta la puerta, ella murmuró algo al héroe, quien sonrió, esperó hasta que el chambelán hubo salido y luego dijo que le haría feliz tener un ojo marrón y otro azul si pudiera ver con ambos. La esposa del Cavaliere exclamó cuán guapo sería con ojos de distinto color.

Salgamos, dijo el Cavaliere.

Perdonadme que no os acompañe a los dos durante un rato, dijo el héroe, a quien se veía un poco pálido. Estaba cansado, a menudo se sentía cansado. Incluso tener que ponerse de nuevo el parche en su ojo enfermo, para protegerlo del resplandor abrasivo del sol siciliano, parecía un esfuerzo excesivo.

Por favor, quédate con nuestro amigo, dijo el Cavaliere a su esposa. Disfrutaré viendo esto por mi cuenta.

Antes de dejarlos, no obstante, no pudo resistirse a aportar una observación más, para asegurarse de que apreciaban totalmente la originalidad de la habitación en la que se encontraban.

Alzando la vista a los irregulares paneles de espejo ahumado del techo, explicó que el predominio de espejos es lo que él consideraba más original en los conceptos del príncipe. Yo mismo pensé en una ocasión, dijo..., luego hizo una pausa, recordando con vejación la pared con espejos y las panorámicas perdidas de su observatorio de Nápoles.

Y observad, siguió, sofocando el dolor súbito, observad con qué habilidad está hecho. Al tomar láminas de espejo y romperlas en una multitud de pequeños espejos, cada uno de un tamaño distinto, luego engarzándolos juntos, crea efectos que resultan indudablemente extraños. Puesto que cada uno de ellos forma un pequeño ángulo con el otro, el resultado es un espejo multiplicador, así que nosotros, los tres andando debajo, nos convertimos en trescientos andando arriba. Pero estimo que esta abundancia de efectos es preferible a la monotonía que resultaría de cubrir una habitación tan vasta con superficies enteras de cristal.

La esposa del Cavaliere y el héroe escuchaban con atención, con respeto. Ambos estaban auténticamente interesados en lo que el Cavaliere tenía que decir. Al mismo tiempo se ven uno a otro (se espían mutuamente) mientras el Cavaliere sigue hablando. Una habitación con espejos es una temible tentación. Más lo es una habitación con un dosel de espejos rotos, con tantas facetas como un ojo de mosca, en el que se ven a sí mismos multiplicados, sobrepuestos, deformados; pero las deformidades creadas por espejos sólo les hacen reír.

Y cuando el Cavaliere salió para mirar otras habitaciones y dar una vuelta por el parque, y se percatan de que ahora sólo quedan ellos dos, cuando el padre se ha ido y los niños están solos en la casa de la risa, permanecen en silencio, la obesa dama y el hombre bajo con un solo brazo, e intentan mirar únicamente a los espejos, pero una ráfaga de felicidad que parece no tener límites, éxtasis sin barreras, les envuelve, y agotados por la tensión del deseo, hilarantes de dicha, se vuelven uno hacia el otro y se besan (y se besan y se besan), y su giro, su beso, fue hecho añicos, multiplicado por los espejos de arriba.

*

En aquellos contornos, que presagian reclusión, negación de los sentimientos corrientes, cuya única aventura sentimental es con objetos, dos personas que se aman desde hace tiempo han dado rienda suelta a la más corriente y poderosa de las pasiones, de la que no hay vuelta atrás.

Para el Cavaliere había otra revelación en reserva. Llevaba fuera casi una hora, lo bastante como para dejar que su esposa y su amigo saborearan plenamente la energía a la que habían dado rienda suelta y, embarazados por su vigor, quisieran buscarle. Le encontraron en el parque, sentado sobre un banco de mármol, de espaldas al hibisco escarlata y las buganvillas carmesí que trepaban por una pared baja coronada por más monstruos, y le escucharon describir en una voz extrañamente baja otra curiosa figura que había descubierto camino del parque: el Atlas cuya amplia y musculosa espalda se dobla bajo el peso de un barril de vino vacío. No pudieron dejar de preguntarse, culpablemente, si el pesimismo de su estado de ánimo significaba que había adivinado lo que acababa de ocurrir. Pero el Cavaliere no había pensando en absoluto en sus compañeros desde hacía rato.

Cuando bajó por un costado de la monumental escalera exterior de doble tramo y tomó el camino de la parte trasera de la villa, aún pensaba en ellos. Luego, algo que vio le había hecho perderse, y así también los perdió.

Fue en la capilla del príncipe. Tan pronto como el Cavaliere entró en su oscuro interior, se detuvo al primer paso. Algo, percibió, se movía encima de su cabeza. Probablemente un murciélago: odiaba los murciélagos. Luego advirtió que era demasiado grande y que meramente se balanceaba; había algo que colgaba del alto techo dorado, algo que fue movido por la brisa que él había dejado entrar al abrir la puerta. Ahora podía vislumbrarlo encima de él. Era una figura tallada, de tamaño natural, de un hombre arrodillado, sobre nada, en oración. Cuando los ojos del Cavaliere se acostumbraron más a la poca luz, vio que el hombre colgaba en el vacío que olía a moho, pendiente de una larga cadena fijada a la coronilla de su cabeza. Y esta cadena subía hasta un gancho que había sido atornillado en el ombligo de un gran Cristo clavado en la cruz, que a su vez estaba pegada plana en el techo. Tanto el Crucificado como el suplicante suspendido en el aire aparecían pintados en perturbadores colores realistas.

La blasfemia no podía afectar a aquel ferviente ateo. Pero podía hacerlo el miedo, su propio ataque de miedo ante la visión del hombre colgado y la expresión de inconsolable miedo de éste. La acumulación por parte del príncipe de personas y objetos grotescos no significaba que el príncipe estuviera loco. Lo que significaba era que estaba asustado.

Era más atrevido que yo, pensó el Cavaliere al huir de la capilla para esperar que su esposa y su amigo se reunieran con él. El príncipe había llevado la curiosidad y la avidez del coleccionista a su estadio terminal, donde el apego a los objetos deja en libertad un ingobernable espíritu de burla. Tenía las razones sobradas para sentir miedo y, en consecuencia, para querer burlarse de sus miedos. Abrumado por sus objetos, se había rebajado, se había empequeñecido, había caído a plomo dentro de sus propios sentimientos y naturalmente, debido a que había bajado lo suficiente, llegó al infierno.

*

El Cavaliere había sabido al fin, a través de Charles, de la pérdida de sus jarrones en el *Colossus*, el anterior 10 de diciembre. Su colección ya estaba en el fondo del mar cuando él llevó a término su peligrosa travesía. Si sólo se hubieran podido salvar unas pocas de sus arcas, ¡sólo unas pocas! Porque se entera de que la única arca que los marineros decidieron rescatar de la bodega, pensando que contenía un tesoro, resultó contener al abrirla a un almirante británico conservado en alcohol, que mandaban a casa para enterrarlo. Maldito sea su cuerpo, escribió el Cavaliere a Charles.

La muerte de objetos puede desatar un dolor incluso más aturullante que la muerte de una persona querida. Se supone que la gente muere, aunque resulte duro recordarlo. Tanto si uno vive con aburrida prudencia, como ahora lo hacía el Cavaliere, o cortejaba la muerte, como su glorioso amigo hacía cada vez que entraba en batalla, el final es el mismo, inevitable. Pero objetos tan duraderos y tan antiguos como los magníficos jarrones antiguos del Cavaliere, especialmente estos objetos, que han sobrevivido tantos siglos, ofrecen una promesa de inmortalidad. Parte de la razón de que estemos unidos a ellos,

los coleccionemos, es porque no es inevitable que algún día se vean sustraídos del mundo. Y cuando la promesa se rompe, por accidente o negligencia, nuestras protestas parecen carecer de sentido. Nuestro dolor, una minucia indecente. Pero el luto, que amplifica el dolor y por tanto lo borra, aún es necesario.

La incredulidad es nuestra primera respuesta a la destrucción de algo que valoramos profundamente. Para iniciar el luto, uno debe superar el sentimiento de que esto no sucede o no ha sucedido. Ayuda estar presente en el desastre. Después de ser testigo de la decadencia de Catherine, después de inclinarse sobre ella hasta recoger su último suspiro, él había visto que su infausta esposa había dejado de existir; la había llorado, la había perdonado por morir y había puesto fin al luto. Si sus tesoros hubieran sido pasto de un incendio en su propia casa, si los hubiera devorado la lava, cuya arremetida había visto con sus propios ojos, sabría cómo llevar el luto apropiado para los amados objetos; el luto cumpliría su función... y acabaría, antes de que él se sintiera irreparablemente herido por la injusticia de la pérdida.

Lo que no sucede ante nuestros ojos debe aceptarse a ojos cerrados. Y la aceptación, para el Cavaliere, está resultando rara. Enterarse de que sus tesoros llevaban meses perdidos y tan lejos no fue distinto a enterarse de la muerte, similarmente distante en tiempo y geografía, de una persona querida. Una muerte de esta naturaleza lleva consigo una peculiar marca de duda. Que te digan un día que alguien que se ha ido al otro extremo del mundo, y con quien confías reunirte momentáneamente, ya lleva muerto varios meses, durante los cuales tú has seguido con tu vida, inconsciente de esta sustracción que ya ha tenido lugar, supone una burla de la finalidad de la muerte. La muerte se reduce a una noticia. Y la noticia es siempre un poco irreal, razón por la que podemos soportar tantas.

El Cavaliere lloraba por sus tesoros. Pero un luto que empieza tan póstumamente, y bajo semejantes condiciones de duda e incredulidad, nunca se puede experimentar del todo. Como no podía dolerse de verdad, se encolerizaba. Sus poderes de recuperación, su resistencia, ya habían sido probados amargamente, puestos a prueba como nunca en las desalentadoras semanas que siguieron a su llegada a Palermo. Pero había conseguido recuperarse y volver a reunir, a escala menor, parte de sus viejas fruiciones. La pérdida de sus tesoros fue un golpe determinante. Sentía una amargura en aumento, este hombre que nunca antes había abrigado la idea de que podía no ser afortunado.

El mundo del Cavaliere se encoge. Confiaba en volver a Inglaterra, a pesar de que un retiro de esta naturaleza no era verosímil que resultara tranquilo: debía a sus banqueros quince mil libras que había confiado devolver en gran parte merced a la venta de su colección de jarrones. (Necesitaría pedir más préstamos a su amigo, quien tenía mucho menos dinero que él pero era muy generoso.) Consideraba, sin embargo, que aún no podía desvincularse de Palermo. Si existía una posibilidad de que su primera capital pudiera ser devuelta al Rey y a la Reina en los meses venideros, valdría la pena esperar. Su vida en Nápoles no la recuperaría nunca, pero por lo menos aquellos que habían perturbado su felicidad y provocado todas aquellas pérdidas serían castigados.

La distancia le ha traicionado. Y el tiempo es su enemigo. Su visión del tiempo, y del cambio, ha pasado a ser la de la mayoría de gente anciana: odia el cambio, puesto que para él (para su cuerpo) cualquier cambio es a peor. Y si debe haber cambio, entonces quiere que suceda con rapidez, para que no consuma mucho del tiempo que le queda. Siente impaciencia por descargar su ira. Sigue las noticias de Nápoles, y conferencia a menudo con la pareja real y sus ministros. La virtud de la paciencia del diplomático, de esperar que los acontecimientos sazonen y maduren, casi le ha abandonado. Quiere que todo suceda pronto, con objeto de quedar libre, libre para abandonar esta horrorosa Palermo, y volver a Inglaterra. ¿Por qué sucede todo tan lentamente?

Para la esposa del Cavaliere y el héroe el mundo se ha hundido, también, pero en el sentido más favorable. Mutuamente. Cualquier cambio en su situación actual entraña la posibilidad de una separación. Y a la esposa del Cavaliere le empieza a gustar Palermo, pues no en vano ella es la única componente del trío con algo del sur en su persona.

¡Que no cambie nada!

En mayo el héroe salió de Palermo por vez primera desde su llegada cinco meses antes, llevándose su escuadra hacia el extremo occidental de Sicilia, para ver si puede detectar cualquier nuevo movimiento de la flota francesa. Aseguró a sus amigos que sólo se ausentaría una semana. Las aguas están tranquilas. El tiempo es magnífico. El dolor no más agudo que lo habitual en el muñón de su brazo derecho le dice que no habrá tormenta.

El Cavaliere se animó ante este signo de restablecimiento de su amigo. Y la mujer que se supone responsable de la inactividad del héroe también se ha alegrado ante esta evidencia de que ha recuperado la salud. Al hacerle feliz, ella le había curado, y esto era también de lo que se trataba; por tanto, él podría volver a la guerra y ganar incluso más gloria para Inglaterra, obtener incluso mayores victorias. No obstante, ella encontró su partida insoportable. Las cartas diarias que se escribían mutuamente cruzaron con rapidez el espacio que les separaba. Pero enviar a distancia cosas preciosas, lanzarlas al mundo, siempre resulta un poco triste, incluso cuando apenas existe riesgo de que se pierdan. Confirma la distancia y la separación. Su partida no resultó totalmente real para ella hasta la primera vez que le escribió, al cabo de pocas horas. Entonces, la conciencia de que él no estaba tan lejos, de que no estaría lejos mucho tiempo, perdió todo su poder de consolación. Ciertamente, es saber lo muy pronto que él tendría en su mano aquella carta, la leería, lo que resulta doloroso. Ella miró fijamente la carta, aquel pájaro que volaría hasta el pecho de él. Debía entregarla al lugarteniente de cara radiante que esperaba con deferencia en el umbral del salón, quien galopará hacia el oeste a través de los ciento cincuenta kilómetros que les separan y la depositará en la mano de él. Pero ella no quería soltarla, no quería perder la carta, que podría estar con él mañana, mientras que ella se queda aquí y no puede estar con él; y embargada por tan vertiginosa sensación de pérdida, rompió a llorar. De repente el espacio y el tiempo no tienen sentido para ella. ¿Por qué no está todo aquí mismo? ¿Por qué no sucede todo enseguida?

*

El Cavaliere se había enamorado de la mujer a la que hizo su esposa, su talento y encantos le habían cautivado, la había amado, aún la ama profundamente; pero, a diferencia del héroe, no la adoraba. Cuando ella entró en la treintena, la deseó menos. Llevaban casi dos años sin hacer el amor. El Cavaliere se preguntaba si a ella le importaba mucho. Las mujeres a menudo no lo lamentan cuando la lujuria de un marido toca a su fin. Ella nunca se lo reprochaba; y por su parte, él no había disminuido su confianza, su admiración, su dependencia de ella (todo lo que comporta la palabra amor) ni su gusto por ser amable con ella. Pero era su belleza, su belleza incomparable, lo que él había deseado.

El héroe la amaba tal y como era. Exactamente como era. Y esto hacía de su amor lo que aquella ex belleza siempre había querido. Él la veía majestuosa.

Fuera, en el mundo, los dos han hecho frente con valentía a su apariencia menos que ideal. Dentro, al abrigo de su amor, la honestidad será posible. Han tenido sus tiernos momentos de confesión del embarazo que sienten por sus cuerpos. Él decía que le preocupaba que ella juzgara repelente su muñón. Ella le contó que sus heridas hacían que le quisiera más. Ella confesó que le turbaba ser mucho más voluminosa que él, que confiaba que a él no le importara, puesto que haría cualquier cosa por complacerle, porque él merecía la mujer más bella del mundo. Él le dijo que la consideraba su esposa. Se prometieron amor eterno. Tan pronto como el divorcio o aquella otra palabra en *m* (no se podía pronunciar) les liberara, se casarían.

El héroe nunca había conocido el éxtasis sexual. Y también ella experimentaba con su abrazo una felicidad sin precedentes. Ella hizo que él le hablara de todas las mujeres con las que se había acostado; no eran muchas. Un hombre que tiene que admirar para desear es muy probable que haya llevado una vida sexual modesta. Él, incluso más propenso a los celos que ella, no puede abstenerse de preguntarle a ella por los hombres anteriores al Cavaliere. (Ella aún no le ha dicho que tiene una hija.) Confesó que sentía celos del Cavaliere. Le obsesiona el miedo a perderla. Ella le hace estremecer.

Cada uno era víctima de uno u otro tipo de engaño.

El final de su vida sexual no había hecho al Cavaliere tan insensible a las corrientes eróticas que fluían entre otras personas como para que le pasara por alto lo que había sucedido entre su esposa y su amigo. De hecho, como todo el mundo, había asumido que eran amantes muchos meses antes de la excursión a la villa de los monstruos. Siempre había pensado que un hombre que se casa con una belleza treinta y seis años más joven que él tendría que ser tonto si no supiera que esto sucedería algún día. Y no puede exculparse de negligencia sexual hacia su esposa en los últimos años, a pesar de que no es realmente culpa suya, se dice a sí mismo. Sólo puede felicitarse de que su esposa no le haya dado, hasta ahora, la más ligera causa de celos ni ocasión de humillación pública; y también de que, tras tantos años de matrimonio, los afectos de ella se hayan desplazado hacia la persona a quien, después de ella misma, más unido se siente el Cavaliere en el mundo.

El Cavaliere no es una persona que, como su esposa o su amigo, se incline por eludir el peso de la lucidez. Es bastante lúcido respecto a ellos. Lo que le decepciona son sus propias reacciones. No era consciente de estar celoso o resentido o humillado. Puesto que tales sentimientos serían en conjunto irracionales, ¿cómo podía estarlo? Considera que no debería importarle. En consecuencia, no le importa. Pero sí le importa, puesto que sabe que su esposa siente una emoción que nunca ha sentido por él. Este engaño de sí mismo (esta tendencia a vivir más allá tanto de sus recursos psicológicos como monetarios) forma parte del raído talento del Cavaliere para la felicidad, su deseo de que nada le desanime, excepto lo fatalmente indeseable. Alguien del temperamento del Cavaliere ya de por sí mantiene a raya una buena dosis de ira, y de miedo. Era un experto en desechar los sentimientos peligrosos.

Y debido a que se engaña sobre sus propios sentimientos, es más fácil para él confundirse respecto a cómo puede engañar a otros. Con la curiosa inocencia de los obsesos, el Cavaliere imagina que en la medida en que él pretende no saber puede silenciar la especulación de los demás. Cuenta con su reputación de juicioso hombre de mundo: si un marido así parece convencido de que no hay nada ilícito en la amistad de su esposa con otro hombre, entonces la gente le dará crédito (él se sabe un experto del disimulo) antes que dárselo a sus propias sospechas. Una vida pasada entre gobernantes ha dado al Cavaliere una rica experiencia del poder de las mentiras para distraer de una verdad deshonrosa, de las negativas para prevalecer frente a un hecho desagradable. Esto será simplemente una apariencia más, en la que él pretende no conocer cierto hecho inconveniente. No se le ocurre que cuanto más niega él lo que está sucediendo, más parecerá un tonto.

El Cavaliere no ve cómo le consideran ya, le considerarán para el resto de su vida, y más allá de ésta: como un famoso cornudo. Ni tampoco el héroe es capaz de ver lo que él ha pasado a ser a los ojos de otros, y cómo se le juzgará: mitad Lawrence de Arabia, salvador autoproclamado de incompetentes gobernantes nativos; mitad Marco Antonio, autodestructivo amante de su propia ruina.

A diferencia del Cavaliere, por lo menos él sabía lo que sentía. Pero tenía dificultades para comprender los sentimientos de otros cuando eran negativos respecto a su propia persona. Las únicas actitudes negativas que él podía comprender eran la negligencia y la indiferencia. Por regla general era el último en enterarse cuando alguien se mostraba crítico con él (poseía un sentido muy desarrollado de su propia rectitud) así que no advierte que provoca burla y compasión; que sus oficiales y sus marineros consideran que una sirena ha embrujado a su adorado comandante. Tampoco advertía lo mucho que molestaba a sus superiores en el Almirantazgo con su conducta: autorizó la absurda marcha napolitana sobre Roma, desvió recursos para evacuar a la familia real, y retrasando volver a entrar en guerra contra los franceses permanecía en Palermo, dando prioridad a la reinstalación del Rey y la Reina en el trono. ¿Juicio erróneo? No, dejación de juicio, por una razón personal de la que todo el mundo contaba chismes.

Incluso la esposa del Cavaliere, a pesar de que era la más perspicaz de los tres, se sentía a su modo decepcionada de sí misma. Después de una experiencia tan profunda de la generosidad del Cavaliere, no puede creer que no funcionará. Los dos quieren al Cavaliere. Él les quería a los dos. Por qué no pueden vivir los tres juntos, con el Cavaliere como un buen padre. Serán una familia insólita. Pero aun así una familia. (La esposa del héroe en Inglaterra no entraba en la ecuación.) Ella incluso se atrevió a confiar en que podría quedar embarazada, después de todos aquellos años estériles con Charles y el Cavaliere.

Recientemente tuvo un sueño en el que acompañaba al Cavaliere en la subida por una vertiente del volcán, como en los viejos tiempos. Pero no semejaba el Vesubio. No, tenía que ser el Etna. Al parecer ellos ya sabían que había empezado una erupción menor unas horas antes; y al cabo de poco el Cavaliere sugería que se detuvieran para comer y descansar, y esperar que la erupción menguara. Ella se quitaba la sudada blusa para que se secara, qué delicia el viento en su piel; y comían pichones asados en una fogata que el Cavaliere había preparado, qué suculentos eran. Luego seguían la ascensión por la ladera, y sus atareados pies hacían crujir las carbonillas calientes, y ella empezaba a sentir aprensión respecto a lo que vería cuando llegaran a la cima. Acaso no era peligroso si el volcán aún estaba en erupción, como era el caso, a pesar de las noticias tranquilizadoras del Cavaliere. Ahora se encontraban ya en la cumbre, y la abertura siniestra del cráter se extendía delante de ellos. El Cavaliere le decía que se quedara donde estaba y él se acercaba más. Quizá se acercaba demasiado. Ella quería avisarle, decirle que fuera con cuidado. Pero cuando abría la boca no emitía ningún sonido, pese a que se esforzaba hasta dolerle la garganta. El Cavaliere estaba en el borde mismo del cráter. Se convertía en algo negro, como las páginas quemadas de un libro. Miraba atrás hacia ella y sonreía. Y luego, cuando ella encontraba voz para gritar, él saltaba al ardiente abismo.

Saliendo por sus propios medios de la horrible escena, se abrió camino hacia el techo del sueño y salió a la superficie sobre la cama, jadeante, bañada en sudor. Ahora sería viuda. El sueño era muy real. Tuvo el impulso de vestirse y dirigirse a la habitación del Cavaliere para asegurarse de que no había novedad. Y al caer en la cuenta de lo que estaba imaginando, le entraron sacudidas, se quedó atónita, avergonzada. ¿Quería aquello decir que deseaba la muerte del Cavaliere? No, no. Todo saldría bien.

*

Otra noche... tarde, muy tarde. A estas horas los invitados deben de haber partido, pensó el Cavaliere, quien llevaba ya mucho tiempo en sus aposentos, soportando el insomnio de los ancianos y de los agraviados. Tiene mucho en que pensar, e incluso más en lo que no pensar: la pérdida de sus tesoros, sus deudas, su incertidumbre sobre el futuro, las vagas dolencias y dolores de su frágil cuerpo, un sentimiento aún más vago de humillación. Su vida, en un tiempo tan llena de opciones, ahora no le ofrece ninguna opción aceptable.

Ya llevaba en cama, y buscaba una cómoda posición para dormir, más de una hora. En el balcón tras la gran ventana, enmarcado por siluetas de palmeras, penetró con la mirada el aire cargado de aromas. Las nubes que iluminaba la luna eran muy bajas, el cielo tenía un brillo casi rosado. La propia noche aumenta su enojosa sensación de que las horas no avanzan; la noche, que parece suspendida. Es pura noche, podría ser noche para siempre. No hay ni siquiera un movimiento de nubes que le indiquen que la noche avanza. Oyó una voz de hombre cantando un poco desafinada, sin duda algún chillón local quejándose de penas de amor; el retumbar de un carruaje en la distancia; un pájaro nocturno; y muy débilmente las voces de los marinos británicos en un bajel que cruza la bahía, cantando himnos. Y silencio.

Su cólera le impide volver a la cama. A despecho de que pueda parecer infantil imaginar que Nápoles es devastada por una erupción volcánica, el Cavaliere no está por encima de semejantes fantasías en ocasiones, cuando intenta dormir. Si sólo pudiera castigar a los que le han engañado, si sólo pudiera encontrar un acontecimiento que respondiera a su sensación de agravio y de pérdida. Entonces volvería a Inglaterra. A fin de cuentas, tiene que vivir en alguna parte. Qué colérico se siente. Y cuán inconsolable.

El Cavaliere acertaba al suponer que los invitados se habían ido. Ciertamente, los criados casi habían terminado de limpiar el gran salón. Su esposa y su amigo se habían retirado a sus respectivos aposentos separados y, luego, la esposa del Cavaliere se encontraría con el héroe en la habitación de él, a las dos de la madrugada. Le llevaba unos higos de Berbería, granadas y pasteles sicilianos cubiertos de azúcar blanco y corteza de limón. A ella le preocupaba que él no comiera lo suficiente, estaba muy delgado, y que durmiera tan poco. Sus horas juntos (por regla general desde las dos hasta las cinco de la mañana, hora en que ella volvía a sus aposentos) eran la única ocasión en que podían estar solos; ella solía dormir hasta tarde, pero él siempre se levantaba al despuntar el día. Y también ellos salían al balcón y respiraban el cálido aire que olía a laurel y naranjos y almendros en flor, y admiraban las nubes que habían bajado del cielo, empapadas de naranja y rosa. Pero no añoraban lo que estaba ausente o había quedado atrás. Todo estaba aquí, completo.

A ella le encantaba desvestirle, como si fuera un niño. Tenía la piel más bonita que cualquier hombre de los que ella había conocido, suave como la de una muchacha. Apretaba sus labios contra el pobre muñón seco del brazo de él. Él retrocedía. Ella lo volvía a besar. Él suspiraba. Ella besaba su ingle y él reía y la tendía en la cama, en su posición: ya tenían hábitos. Ella recostaba la cabeza en el hombro derecho de él, él la sostenía con su brazo izquierdo. Siempre se acostaban así: era reconfortante. Es tu lugar. Tu cuerpo es mi brazo.

Ella le acariciaba el pelo ondulado, reposando su cabeza hacia ella para recibir en la cara su aliento. Le acariciaba la mejilla, la bella barba hirsuta. La apretaba contra su cuerpo, sus dedos garabateando en la espalda de él, su palma deslizándose hacia abajo como para borrar lo escrito. Su lánguido yacer uno al lado del otro comenzaba a agitarse. Ella pasaba una pierna sobre la cadera de él y la encerraba contra sí. Él gemía y caía dentro del cuerpo de ella. Empezaba la labor del placer: caída y empujón de pelvis, hueso hincado en carne que se disuelve, que florece en puro desplome. Cuán profunda era. Acaricia aquí, decía ella. Quiero tu boca aquí. Y aquí. Más adentro. Presionando, estrujando, en un principio ella temía que pudiera agobiarle con la intensidad de su deseo; él le parecía demasiado frágil. Pero él quería que ella le dominara, quería que le inundase la emoción de ella.

Peso contra peso; fluido con fluido; interior contra, lleno, abarrotado de exterior. Sentía que ella le engullía, y él quería vivir dentro de ella.

Ella cerró los ojos, pese a que no había nada que le gustara más que contemplar su cara, encima de la suya, debajo de la suya; y verle sentir lo que ella sentía. Ella nota que él rebosa e inunda. Nunca imaginó que un hombre pudiera sentir igual que ella sentía. Ella siempre quiso perder su cuerpo en la agonía del placer, convertirse en pura sensación. Pero sabía que un hombre no siente de esta manera. Un hombre nunca olvida su cuerpo como lo olvida una mujer, porque un hombre está empujando su cuerpo, una parte de su cuerpo, hacia delante, para que tenga lugar el acto del amor. Aporta el saliente de su cuerpo dentro al acto del amor, luego lo retira, en cuanto ha conseguido lo que busca. Así eran los hombres. Pero ahora sabía que un hombre podía sentir como ella sentía, en todo su cuerpo. Que un hombre podía permitirse gemir y adherirse, tal como lo hacía ella cuando él la montaba y la penetraba. Que él deseara que ella le tomase como ella deseaba que él la tomara. Que ella no tenía que simular sentir más placer que el que sentía; que él le entregaba tanto como ella le entregaba a él. Que los dos se embarcaban en la aventura del placer con la misma trivial ansiedad sobre su habilidad para complacer o ser complacidos, y la misma facilidad, la misma confianza. Que eran iguales en el placer, porque eran iguales en el amor.

Mientras, el mundo sigue estando allí fuera: es el inagotable misterio de la simultaneidad. Mientras esto sucede, también aquello está sucediendo. Y entre tanto, lo mismo el Vesubio que el Etna lanzaban llamas y humo. Los componentes del trío se preparaban para rendirse al sueño. El Cavaliere en su cama, pensando en sus tesoros ahogados, en el volcán, en su mundo perdido. Y su querida esposa y su querido amigo entrelazados en otra cama, pensando el uno en el otro en la plenitud del deseo satisfecho. Se besaban delicadamente. Duerme, amor mío. Duerme, le repite a él. Él dice que no puede dormir, es demasiado feliz. Háblame, dijo él. Me encanta tu voz. Ella empieza a hablar en tono meditativo, y con astucia, de las últimas noticias llegadas de Nápoles: la lenta efectividad del bloqueo del Capitán Troubridge, que había empezado a finales de marzo; el sorprendente avance del ejército cristiano del Cardinal Ruffo, ahora con diecisiete mil hombres; la dificultad de... Él se durmió mientras ella hablaba. Ahora, al héroe le agrada dormir.

6.

El Barón Vitellio Scarpia era un hombre excepcionalmente cruel. Cinco años antes la Reina le había encomendado la supresión de la oposición republicana en Nápoles y, como si su gusto por administrar castigos no fuera credencial suficiente para este cargo, tenía fama de ser uno de sus amantes (¿quién cercano a la Reina no lo era?), Scarpia llevó a cabo su tarea con celo. Se alegraba de coincidir con la opinión de la Reina de que todo aristócrata abrigaba probablemente simpatías revolucionarias; siciliano él mismo y sólo recientemente ennoblecido, odiaba a la antigua aristocracia napolitana. Y naturalmente no sólo a los aristócratas, sino también a los teólogos, boticarios, poetas, abogados, eruditos, músicos, médicos; en suma, cualquier persona, incluidos clérigos y monjes, que poseyera más de dos o tres libros, también resultaba sospechosa. Scarpia estimaba que existían por lo menos cincuenta mil enemigos de la monarquía, reales o potenciales, aproximadamente una décima parte de la población de la ciudad.

¿Tantos?, exclamó la Reina, quien tenía que hablar en italiano con este tosco barón.

Probablemente más, dijo Scarpia. Y cada uno de ellos, Majestad, está bajo vigilancia.

El nutrido ejército particular de informadores que Scarpia había reclutado se encontraba por todas partes. Un café podía ser la sede de un secreto club jacobino de debate o de otras discusiones; decretos recientes habían prohibido todas las reuniones científicas y literarias, así como la lectura de cualquier libro o revista extranjeros. Una clase de botánica podía ser el escenario en que alguien pasara una señal revolucionaria, con los ojos o las manos, a otro oyente. Una representación en el San Carlo podía ser ocasión para lucir un chaleco escarlata o distribuir clandestinamente propaganda subversiva republicana. Las cárceles estaban llenas de los más respetables (es decir, los más ricos y los más cultos) habitantes del reino.

Fue el único error. El único error había sido ejecutar meramente a treinta o cuarenta. Una sentencia de muerte produce un resultado concreto: cierra un expediente particular. Una sentencia de cárcel tiene un plazo. La mayoría de los expedientes de Scarpia aún estaban abiertos. Después de cumplir tres años en galeras por la posesión de dos libros de Voltaire (un solo libro prohibido costaba tres años, debieron ser seis), el Marchese Angelotti había trasladado sus pérfidas actividades a Roma, donde se sumó a la sublevación romana contra la ley, el orden y la Iglesia. Muy raramente los rigores del encarcelamiento tienen un efecto tranquilizador. El hermano del Duque della ***, después de una condena demasiado corta (pelo sin empolvar, seis meses), salió de la cárcel perturbado y se había retirado al palacio familiar, del que no se le veía salir desde entonces; uno de los informadores de Scarpia en la casa, un lacayo, comunicó que el hermano del duque estaba secuestrado en sus habitaciones, había ordenado cerrar las contraventanas con clavos y se pasaba la mayor parte del tiempo escribiendo ininteligibles poemas. Y a medida que los malhechores eran liberados, otros debían ser encerrados. La dama portuguesa de la corte, Eleonora de Fonseca Pimentel, quien solía escribir sonetos de alabanza a la Reina, había mostrado una Oda a la Libertad que escribiera a un amigo y Scarpia había podido apartarla aquel pasado octubre por un período de dos años.

¡Poetas!

Cuando la familia real huyó de Nápoles a finales de diciembre bajo la protección del almirante británico, Scarpia se había quedado, encargado de la misión de ser los ojos de la Reina en ausencia de ésta. Rondó por la ciudad con un manto negro, como los que visten los abogados, contemplando cómo se hacían realidad las predicciones de la Reina. El Marchese Angelotti había precipitado su vuelta de Roma para disfrutar de la anarquía que siguió a la huida del gobierno legítimo de Nápoles. Una turba había asaltado la cárcel de la Vicaria para rescatar a algunos delincuentes comunes. Desgraciadamente, ésta era la cárcel donde él había encerrado a Fonseca Pimentel, quien salió con la cabeza alta, hablando sin parar sobre la libertad y la igualdad y los derechos del pueblo. ¿Acaso no había mirado las caras de la turba que inadvertidamente le había liberado? Pensaban que hablaban en nombre del pueblo, aquellos poetas y catedráticos y aristócratas liberales. Pero el pueblo tenía otras ideas. El pueblo quería al Rey (eran demasiado ignorantes para querer a la Reina), y admiraban la distancia entre el lujo y la frivolidad desmesurados de la corte y la miseria y servidumbre de sus propias vidas. Como el Rey y la Reina, odiaban a la aristocracia culta. Los franceses avanzaban por la península y el populacho, furioso por la partida del Rey, hacía responsables a los aristócratas. Bien, estaban en lo cierto. Dejemos que llegue la conflagración. Dejemos que limpien Nápoles de esos malditos descontentos con sus ateos libros e ideas francesas y engreimientos científicos y reformas humanitarias. Scarpia se entregó a un éxtasis de fantasías vengativas. El pueblo lo componían cerdos, pero el pueblo estaba preparando la vuelta del gobierno real. Él no tenía que hacer todo el trabajo. El pueblo lo hacía por él.

*

El Barón Scarpia era un hombre excepcionalmente apasionado. Comprendía mucho de lo referente a pasiones humanas, en particular cuando éstas llevaban a una conducta perversa. Comprendía cómo el goce sexual se intensifica por la vía de rebajar y humillar el objeto de nuestro deseo; era de esta manera como él experimentaba el placer. Comprendía que el miedo, el miedo al cambio, el miedo a lo que es o parece extranjero, y por tanto amenazador, se suaviza a base de agruparse con otros para acosar y herir a aquellos que están indefensos y son distintos; esto es lo que vio que sucedía a su alrededor. La pasión para Scarpia era vehemencia, agresión. Lo que no podía comprender era una pasión que encuentra felicidad en el retraimiento de la vehemencia, que hace que uno se esconda. Una pasión como la del coleccionista.

Siendo numerosos los conversos que la opinión ilustrada había cosechado entre las clases altas, otro número incluso mayor eran coleccionistas, y los coleccionistas lo pasan mal aceptando las consecuencias del levantamiento revolucionario. Sus pertenencias son una inversión en el antiguo régimen, no importa cuántos volúmenes de Voltaire hayan leído. Una revolución no es un buen momento para los coleccionistas.

Coleccionar es por definición coleccionar el pasado, mientras que hacer una revolución es condenar lo que ahora se llama el pasado. Y el pasado tiene una gran carga y amplias dimensiones. Si el derrumbamiento del viejo orden hace que decidas huir, es improbable que puedas llevarlo todo contigo: ésta era la situación del Cavaliere. Pero es también improbable que puedas protegerlo si tienes que quedarte.

*

Ésta es una de las cosas que el barón vio.

19 de enero de 1799. Tres semanas habían transcurrido desde la huida de Nápoles y algo terrible le sucedía a uno de los conocidos y colega coleccionista del Cavaliere. Este hombre, cuyos principales intereses eran la pintura, las matemáticas, la arquitectura y la geología, era uno de los más eruditos y estudiosos habitantes del reino. Y lejos de compartir las simpatías republicanas de algunos de los restantes aristócratas cultos, tales como su hermano, tenía, como la mayoría de los coleccionistas, un temperamento conservador; ciertamente, este coleccionista era particularmente enemigo de las novedades del momento. Se había propuesto seguir al Rey y a la Reina a Palermo. Pero le habían negado el permiso. ¡Quedaos en Nápoles, sabio duque! Y comprobad si os gusta el dominio de los impíos franceses.

A buen seguro que los soldados franceses que se aproximaban no podía representar una amenaza mayor que la turba saqueadora que vagaba por las calles, pensó el duque, quien siguió en su palacio para deliberar, trazar un plan, anunciar un plan. En un consejo de familia que duró hasta muy entrada la noche del 18 de enero, quizás el duque, quien estaba restableciéndose de un serio catarro, no presidió tan enérgicamente como debía hacerlo. Los vientos del peligro rompieron las habituales jerarquías de la expresión verbal. El hijo menor del duque gritó a su madre. La hija del duque interrumpió a su padre. La duquesa, con enfado, contradijo tanto a su marido como a su venerable suegra. Pero la decisión a que se llegó finalmente respecto a quién entre ellos tenía que alejarse del peligro, no, no lo denominemos una huida, restableció las jerarquías violadas. El duque y sus dos hijos se retirarían, ésta es la palabra, se retirarían temporalmente a la villa de Sorrento, dejando tras ellos en la seguridad del palacio a la duquesa, la hija de ambos, la anciana madre del duque y el hermano que había salido de la cárcel loco.

El duque abandonaría la capital con sus hijos al día siguiente, después de una reunión de nobles en la que se esperaba que tomara parte. A fin de preservar sus fuerzas para el viaje, mandó a su hijo mayor, quien contaba diecinueve años, en su lugar. El joven escuchó educadamente los muchos discursos de los nobles reafirmando su lealtad a la monarquía de los Borbones exiliada en Palermo, después de lo cual acordaron que no tenían otra elección que dar la bienvenida a los franceses, porque éstos cuando menos pondrían cierto orden en la ciudad; y a la una regresó por las calles extrañamente desiertas para dar el informe a su padre. Durante las cuatro horas de su ausencia, según supo, su tío había intentado ahorcarse en la biblioteca, pero le habían descolgado a tiempo y le metieron en cama. Había tres criados apostados en la habitación para impedir otro intento.

Mandaron al hijo a traer a su tío, aún en camisón, para que se reuniera con la familia a comer. Cuando le ayudaban a sentarse, el mayordomo dio la noticia de que un tropel de gente se había reunido en la entrada del palacio y pedía ver al duque. Contra el consejo de su esposa y madre, el duque, acompañado sólo por su secretario, bajó a hablar con ellos. Entre las aproximadamente cincuenta personas con cara de bronce que había en el patio reconoció a un comerciante de harina, a su barbero, un vendedor de agua en el Toledo y al carretero que reparaba sus carruajes. El comerciante de harina, quien parecía ser el jefe de aquella barahúnda, declaró que habían venido para interrumpir el banquete que el duque ofrecía a sus amigos jacobinos. El duque sonrió serenamente. Mis queridos visitantes, estáis en un error. Sólo nos hemos sentado a comer mi familia y yo, y no se trata de ningún banquete.

De nuevo el comerciante de harina solicitó entrar. Imposible, dijo el duque, y se dispuso a retirarse. Un estrepitoso torrente rechinante de gente que blandía palos y cuchillos agarró al duque, pasó a la fuerza entre los criados y se precipitó escaleras arriba. La familia huyó hasta un piso más alto, excepto el hermano medio atontado, quien siguió en la mesa desmigajando con la mano un trozo de pan. Los dos hermanos fueron arrastrados escaleras abajo del palacio. Se ordenó que algunos hombres montaran guardia junto a la familia, mientras empezaba el saqueo.

La turba fue de habitación en habitación, arrancando los cuadros de las paredes, abriendo arcas y cómodas, vaciando cajones y tirando su contenido al suelo. Dentro de la galería de pinturas, donde estaba colgada la mayor parte de la magnífica colección del duque; dentro de su biblioteca, que albergaba una miríada de valiosos papeles y documentos, la espléndida provisión de libros raros y manuscritos inapreciables acumulados hacía ciento cincuenta años por un ilustre antepasado, un cardenal, y un gran número de obras modernas; dentro de su estudio, donde su colección de minerales estaba ordenada en una hilera de vitrinas; dentro de los laboratorios de química del duque, donde se guardaban docenas de instrumentos mecánicos; en su taller de relojería, donde el duque, que había sido instruido dentro de aquel arte, disfrutaba descansando de sus eruditas empresas. Fueron abiertas de par en par las ventanas en los pisos de arriba, y al patio cayeron pinturas, estatuas, libros, papeles, herramientas e instrumentos. Mientras tanto, el populacho acarreaba todos los muebles, la vajilla, la lencería, y abandonaba con ellos el palacio. Gradualmente fueron arrancados puertas, ventanas, barandillas de los balcones, vigas y pasamanos, que la gente se llevó también.

Al cabo de unas horas y de pagar muchos sobornos, a los familiares del duque se les permitió salir del palacio, no sin ser registrados para asegurarse de que no se habían metido en los bolsillos ni una de sus posesiones. Sus súplicas para que les permitieran llevarse al duque y a su hermano con ellos fueron recibidas con mofas. Por lo menos permitid que mi hijo que está enfermo venga con nosotros, exclamó la anciana duquesa. No. Por lo menos dejadme despedirme de mi padre, exclamó la hija pequeña del duque. No. ¿No sois vosotros mismos maridos, padres, hijos?, protestó la esposa del duque. ¿No teneis piedad? Sí a lo primero. A lo segundo: No.

Condujeron a la llorosa familia a una puerta trasera y la empujaron a la calle.

Durante todo este tiempo el duque y su hermano, éste temblando en su camisón, habían permanecido detenidos en el establo. Cuando encendieron la hoguera, les trasladaron al patio y les ataron a unas sillas para que presenciaran el espectáculo.

La quema duró toda la tarde. El Rafael, el Tiziano, el Correggio, el Giorgione, el Guercino y todos los sesenta y cuatro cuadros... al fuego. Y los libros, obras de historia, viaje y ciencia, y sobre artes y manufacturas, la obra completa de Vico y Voltaire y D'Alembert... al fuego. En la inmensa hoguera, lo que no arde: su colección de rocas del Vesubio: tomadas del fuego, devueltas al fuego. Los frágiles relojes, los péndulos, los compases, los telescopios con espejos de platino, los microscopios, los cronómetros, barómetros, termómetros, odómetros, grafómetros, ecómetros, hidrómetros, vinómetros, pirómetros... rotos, derritiéndose. La luz del atardecer menguó. Y lo que ardía, ardió. Cayó la noche. Salieron las estrellas. Cuanto podía quemar, quemó. El hermano lloró durante un rato y suplicó que le desataran y luego se quedó dormido. El duque miraba, le escocían los ojos. Tosía convulsivamente, no dijo una palabra. Cuando ya no había nada más que arrojar a las llamas, los componentes de la turba se agruparon cerca de las sillas para lanzar insultos. Jacobinos. Amantes de los franceses. Luego varios hombres se armaron de valor y pusieron las manos sobre el duque, arrancándole las medias y los zapatos; luego cortaron la cuerda que le ataba las manos a la espalda para poder quitarle la casaca de seda, el chaleco, la corbata y la camisa de lino. El duque se retorció cuando le despojaban de la ropa, no para oponerse a lo que le estaban haciendo sino para facilitarles la labor, a fin de recobrar cuanto antes su rígida posición de probidad impasible, único reproche que juzgaba en consonancia con su dignidad. Desnudo el torso levantó de nuevo la cabeza. Aún permanecía en silencio.

Más valor, más crueldad. Un barril de alquitrán, que estaba en un rincón del patio, fue hecho rodar para acercarlo al fuego. Unos hombres hundieron escudillas de madera en el barril y derramaron el alquitrán ardiente sobre el hermano, quien despertó con un grito y luego echó la cabeza atrás como si le hubieran disparado un tiro. Después, alguien sí le disparó. Desataron el cuerpo y lo lanzaron a la hoguera. El duque chilló.

*

En la entrada del patio alguien observaba la escena: un hombre con un manto negro y una bonita peluca empolvada, flanqueado por varios soldados municipales de uniforme. Aquellos miembros de la turba que se hablaban se habían percatado de su presencia, aunque no le reconocieran, le miraban con miedo.

El hombre de negro miraba fijamente al duque, no su cara sino el pálido y grueso abdomen que se hinchaba y encogía al compás de sus sollozos. Tenía los pies rojos (le habían disparado en ambas piernas) pero aún se mantenía erguido en la silla, con los brazos de nuevo atados a la espalda.

Ni el hombre de negro ni sus guardias se movieron para intervenir. Pero los torturadores del duque habían hecho una pausa. A pesar de que parecían saber que él no les detendría, no estaban seguros de poder proseguir. Todo el mundo temía al hombre de negro, excepto el barbero, que era uno de sus informadores.

El barbero dio un paso al frente, navaja en mano, y rebanó las orejas del duque. Cuando éstas cayeron de su cabeza, un delantal de sangre apareció en la parte inferior de su cara. La turba aulló, la hoguera tembló y el hombre de negro tarareó de satisfacción y se fue, para que el drama pudiera seguir hasta su culminación.

*

Visteis cuando me fui, dijo Scarpia al día siguiente en una taberna junto al puerto, a un miembro de la turba a su servicio. ¿Qué pasó luego? ¿Aún estaba vivo?

Sí, dijo el hombre. Sí, eso es lo que estoy diciendo. Lloraba y la sangre resbalaba por su cara y su cabeza.

¿Aún vivía?

Sí, mi señor. Pero ya sabéis que, cuando el sudor baja por vuestro pecho...

(El hombre era un portador de silla de manos, ocupación que le había familiarizado particularmente con las extravagancias del sudor.)

...sabéis, cuando baja el sudor por vuestro pecho y a veces se deposita en el centro...

(El barón, siempre inmaculadamente vestido, no lo sabía; pero seguid...)

...ya sabéis cómo, bien, la sangre se depositaba en el centro, y él intentaba que bajara.

El portador de silla de manos interrumpió su narración para imitar la acción, bajando el mentón sobre su pecho y soplando a través de los labios fruncidos a un punto imaginario por encima de su recia cintura.

Soplando, dijo. Ya sabéis. Se limitó a soplar. Soplar aire. Esto fue cuanto hizo. Para que bajara la sangre. Luego uno de los compañeros pensó que intentaba un conjuro mágico, que se soplaba para hacerse desaparecer, y le disparó de nuevo.

¿Y entonces murió?

Casi murió. Había perdido mucha sangre.

¿Aún vivía?

Sí. Sí. Luego vinieron de los nuestros y se dirigieron hacia él con sus cuchillos. Alguien rompió la parte delantera de sus calzones y le cortó... ya sabéis, y los levantó para que los viera la multitud. Y luego metimos el cuerpo en el barril de alquitrán y al final lo tiramos al fuego.

*

Cuando la noticia de estos terribles acontecimientos llegó a Palermo, el Cavaliere se estremeció y se sumió en el silencio. Había apreciado al duque y admirado sus colecciones. Gran parte de lo ahora destruido era irreemplazable. Además de los cuadros, en la biblioteca del duque había varias obras no publicadas del prolífico Athanasius Kircher. Y, recordó el Cavaliere, el manuscrito (temía que fuera el único ejemplar) de la autobiografía de su amigo Piranesi. Menuda pérdida. El Cavaliere hizo una mueca. Qué terrible pérdida.

La esposa del Cavaliere y el héroe apenas si hablaron de otra cosa durante días. Vieron en el destino del duque y su hermano la propensión de todas las turbas indisciplinadas a caer en el salvajismo, así como la necesidad de proteger la santidad de la propiedad, la propiedad de los privilegiados. Naturalmente, también eran éstas las convicciones del Cavaliere, pero las mantenía de forma menos voluble, con menor indignación. Aunque una colección es mucho más que una especial y particularmente vulnerable forma de conservar la propiedad, el sentimiento de pérdida del coleccionista es difícil de compartir, excepto con otros coleccionistas. Y respecto a la vulnerabilidad del estado social y de la carne, el Cavaliere casi había llegado a resignarse.

La Reina ni se sentía indignada ni lo lamentaba. Cuando leyó la larga relación enviada por el agente de más confianza que había dejado atrás, en Nápoles, sobre el destino sangriento del duque y de su hermano y de otros nobles a manos de la turba, la Reina estaba tomando el té con su agente de más confianza en Palermo. Una vez leída la carta de Scarpia, se la pasó a la esposa del Cavaliere. Je crois que le peuple avait grandement raison, dijo la Reina.

Incluso la esposa del Cavaliere se acobardó.

A la esposa del Cavaliere no le gustaba Scarpia. A nadie le gustaba Scarpia. Pero intentó, como siempre, ver la situación desde el punto de vista de la Reina. La Reina había explicado a su querida amiga que no confiaba en el Príncipe Pignatelli, el regente que habían nombrado antes de partir... y muy pronto pudo comprobar que estaba en lo cierto, puesto que Pignatelli abandonó la ciudad al cabo de pocas semanas. La Reina tampoco confiaba en el calabrés, el Cardenal Ruffo, que planeaba volver secretamente a dirigir la resistencia contra los franceses. Pero sí confiaba en el Barón Scarpia, le dijo a la esposa del Cavaliere.

Vous verrez, ma chère Miledy. Notre Scarpia restera fidèle.

*

En los días que siguieron al asesinato del duque y de su hermano, la masa continuó saqueando y robando las propiedades de los aristócratas, y los patriotas, como se autodenominaban, se refugiaron en el fuerte marino de Ovo, desde cuyas almenas, por la noche, podían ver los fuegos de los campamentos franceses fuera de la ciudad. Cuando el ejército del General Championnet entró en Nápoles, Scarpia se escondió. De los tres días de criminales combates entre el populacho y los soldados franceses, y del momento en que la tricolor fue izada sobre el palacio real y los revolucionarios salieron de la fortaleza, no pudo dar testimonio presencial a la Reina.

Su escondite, en las habitaciones de un obispo que se contaba entre sus informadores, era un lugar seguro. Pero, naturalmente, ningún escondite es plenamente seguro; él habría sabido cómo localizarlo (los sobornos adecuados, la correcta aplicación de tortura). Sabía que los revolucionarios le buscarían. ¿Acaso no era responsable de las muertes de algunos de los prematuros conspiradores? ¿Acaso no había perseguido a muchos de los que ahora lideraban la república? Juristas, eruditos, curas renegados, profesores de matemáticas y química... los veinticinco hombres nombrados por el general francés para actuar como gobierno provisional componían una lista ideal del tipo de cosmopolitas y subversivos que Scarpia había metido en la cárcel siempre que tenía un pretexto. Pero, aparentemente, ellos no sabían cómo encontrarle. Poco estimulado por el miedo, Scarpia notó que la corrosiva esencia de su persona se diluía cada día más por las fastidiosas Yo-siempre-lo-supe y Pero-nunca-hubiera-esperado del obispo y, no menos, por su insólito cumplimiento del celibato. La primera ocasión en que se atrevió a salir para procurarse una mujer, tuvo la certeza de que le reconocían. La segunda vez, para exhibirse cerca de una curiosa multitud que contemplaba cómo plantaban un largo pino delante del ex palacio real, ya no estuvo tan seguro. Pasó unos días más con el obispo y luego se fue a su casa, escribió un largo informe para la Reina, y esperó que le arrestaran. Y esperó. Sus enemigos, según parecía, eran demasiado altruistas para pensar en algo parecido a la venganza.

Ahora esperaba su oportunidad mientras aquellos protegidos de la supuesta Ilustración se colocaban sus ridículos gorros frigios, de color rojo, y se llamaban unos a otros Ciudadano y pronunciaban discursos y derribaban los emblemas reales y plantaban su Árbol de la Libertad en las plazas, por toda la ciudad, y se reunían para redactar una constitución calcada de la república francesa. Eran unos soñadores, todos ellos. Ya verían. A él le llegaría su revancha.

Siempre se puede contar con la credulidad de los benévolos. Siguen adelante, avanzan de frente, pensando que tienen al pueblo detrás, y luego se dan vuelta y... no hay nadie. La plebe se ha disgregado, en busca de comida o vino o sexo o una cabezada o una buena trifulca. La masa no es proclive al altruismo. La plebe quiere pelear o dispersarse. Los caballeros y damas jacobinos, con sus sentimentales ideas de justicia y libertad, pensaban que daban al pueblo lo que quería, o lo que era bueno para él. Lo cual, en su estruendosa ingenuidad, creían que era lo mismo. No, el látigo, y las oportunas exhibiciones de pompa glorificando al estado y al poder eclesiástico, esto es lo que quiere la gente. Naturalmente, aquellos profesores y aristócratas liberales pensaban que comprendían la necesidad que el pueblo tiene de pompa, y estaban organizando un festival para honrar a la Diosa de la Razón. ¡Razón! ¡Qué tipo de espectáculo es ése! ¿Verdaderamente esperan que la gente ame la razón (no, Razón) como amaba al Rey? ¿Verdaderamente esperaban que a la gente le encantaría el nuevo calendario, ya decretado, con las versiones italianizantes de los nombres del calendario revolucionario francés?

Scarpia advirtió con júbilo que los republicanos se veían pronto forzados a reconocer que aquellos ritos tomados en préstamo y aquella nomenclatura no eran suficientes para inspirar lealtad en las masas ignorantes. Un artículo en el periódico revolucionario que dirigía Eleonora de Fonseca Pimentel, sobre el valor que tendría para la revolución una feliz representación del famoso milagro semestral de la ciudad, era el primer signo de realismo. Pero una tan abierta protección de la fe del pueblo demostraba cuán lejos aquellos prisioneros de la Razón se encontraban de la comprensión necesaria para dominar a la gente. Scarpia, el más listo de los manipuladores y de los fanáticos, sabía que una vez que dejas de hablar de fe y empiezas a hablar de religión (incluso más indiscretamente, sobre el papel de la religión en la defensa del orden y el mantenimiento de la moral pública) la fe se ve desacreditada, y comprometida la auténtica autoridad de la Iglesia. Fatalmente, pues. ¡El valor de la religión! Esto era un secreto que nunca debía mencionarse en público. Qué cándidos eran.

Y cuán impotentes. Porque los tradicionales ritos y agüeros locales que alarmaban o pacificaban a las masas supersticiosas no estaban bajo el control de los republicanos. Tomemos el milagro de la licuefacción de la ampolla con la sangre seca del santo: los republicanos tenían razón al preocuparse por el hecho de que, para demostrar que la protección celestial había abandonado la ciudad, el arzobispo monárquico impediría que se produjese el milagro. Y, naturalmente, nadie podía controlar el Vesubio, un agüero universal, suprema expresión de la fuerza y la autonomía de la naturaleza. Cierto, la montaña se había comportado bien recientemente. Los republicanos confiaban en que la gente advertiría que incluso si San Gennaro les negaba su bendición, la montaña estaba del lado de los patriotas. El Vesubio, quieto desde 1794, lanzó una plácida llama, como de alegría, la noche de los fuegos artificiales que celebraban la proclamación de la república, escribió la Fonseca. ¡Más fantasías de poetas! Pero a la gente no se la tranquilizaba tan fácilmente, a pesar de que siempre se la podía atemorizar más de lo que ya estaba. Qué pena, pensó Scarpia, que no exista algún sistema para provocar una erupción. Una gran erupción. Ahora.

La apelación de la Reina a la fe del pueblo fue algo mucho más acertado. Había encargado a su compañera de exilio y más íntima confidente, la esposa del ministro británico, la tarea de repartir paquetes de falsas proclamas republicanas que ella había ideado. ¡LA PASCUA ABOLIDA! ¡TODA VENERACIÓN DE LA VIRGEN PROHIBIDA DESDE AHORA! ¡BAUTISMO A LOS SIETE AÑOS! ¡EL MATRIMONIO YA NO ES UN SACRAMENTO! Todo lo que los ingleses tenían que hacer era enviarlos por correo desde

Livorno a Nápoles, había explicado la Reina a su amiga. El Cavaliere, cuando su esposa le informó del plan, preguntó si la Reina esperaba que los ingleses, es decir, él mismo, pagasen el franqueo. No, no, dijo la esposa del Cavaliere, ella paga, de su propio bolsillo. Me pregunto cuántas llegarán, dijo el Cavaliere. Ah, a la Reina no le importa si llegan o no. Dice que algunas llegarán. Ciertamente algunas llegaron; Scarpia las había visto pasar de mano en mano. Proclamas que halagasen a la gente y encomiaran su valor resultarían menos convincentes, sabía él, que aquellas que generaban miedo. ¡Pueblo, mira lo que estos agentes del Anticristo francés tienen en reserva para ti! Para los acomodados, el dinero es más eficaz: grandes sumas del propio bolsillo de la Reina que ella le mandaba para asegurar la lealtad de ciertos aristócratas que quizás habían deducido que no tenían otra opción que cooperar con los supuestos patriotas.

Aquella revolución como de cuento de hadas estaba amenazada desde el principio, pero Scarpia veía que, pese a que terminarían obligados a empuñar las armas, sus protagonistas nunca comprenderían el necesario papel de la violencia de Estado. Mientras que su constitución invocaba el espíritu marcial de la antigua Grecia y de Roma, ellos no tenían ni idea de cómo organizar una milicia, por no hablar de un ejército. ¿Y qué tipo de policía, pensaba el anterior jefe de la policía secreta de Nápoles, era una policía de los ciudadanos? No era una policía en absoluto. En realidad, su revolución estaba indefensa.

*

Ay, las predicciones de Scarpia eran correctas.

Una revolución hecha por miembros de las clases privilegiadas en la metrópolis, a la que le falta apoyo en el campo o entre las masas urbanas, ahora más empobrecidas por la salida de capital con la huida del antiguo régimen y la pérdida de los ingresos que supone el turismo; una revolución dirigida por los honorables y los escrupulosos, que no sólo no desean utilizar la fuerza para suprimir el descontento popular sino que no ambicionarán aumentar el poder del Estado; una revolución amenazada de invasión inminente y ya envuelta por un bloqueo naval de la capital (que agravaba la escasez de víveres) organizada por el gran imperio de la contrarrevolución que apoya al gobierno en el exilio; una revolución protegida por las tropas de ocupación, odiada por el pueblo, del imperio rival que está conquistando el continente; una revolución puesta a prueba por el levantamiento de una extensa guerrilla en las áreas rurales financiada por el gobierno en el exilio y dirigida por un aristocrático y popular emigrado; una revolución subvertida por la entrega clandestina, a sus potenciales partidarios entre las clases privilegiadas de grandes regalos en dinero traídos del extranjero, y por una campaña de desinformación ideada por el gobierno en el exilio para persuadir a la gente de que sus costumbres más queridas van a ser abolidas; una revolución inmovilizada porque sus líderes, quienes reconocen plenamente la necesidad de una reforma económica, incluyen tanto a radicales como a moderados, ni unos ni otros consiguen imponer su criterio. Una revolución sin tiempo para hacerlo todo.

Una revolución así carece de posibilidades. De hecho es el diseño clásico confeccionado en aquella década, reutilizado en muchas ocasiones a partir de entonces, de una revolución sin posibilidades. Y pasará a la historia como ingenua. Bien intencionada. Idealista. Prematura. El tipo de revolución que da, para algunos, buen nombre a la revolución; y al resto les confirma la inviabilidad de un ejercicio del poder falto del apetito de represión.

Naturalmente, el futuro demostrará que estos patriotas estaban en lo cierto. El futuro hará de los líderes de la república del Vesubio, predestinados al fracaso, héroes, mártires y precursores. Pero el futuro será otro país.

En el único país que tienen los revolucionarios hay escasez y extrañas formas de desorden. Los revolucionarios no han heredado exactamente una economía saneada. Hay que importarlo todo excepto medias de seda, jabón, tabaqueras de carey, mesas de mármol, muebles ornamentales y grupos de figuras de porcelana, las principales manufacturas del reino. Las fábricas de seda y de cerámica ofrecían un fatigoso trabajo asalariado a una minoría selecta: la mayoría de los trabajadores eran sirvientes o artesanos; y una gran parte de la población de la ciudad estaba acostumbrada a subsistir gracias a la limosna, el robo y las propinas por servicios domésticos prestados a personajes importantes y a turistas. Pero la sustracción de toda la tesorería, perpetrado por el Rey y la Reina, que había dejado al país sin dinero, había asimismo secado el patronazgo, puesto fin a la prosperidad de la construcción, que se inició con la llegada de la monarquía borbónica en 1734 (la construcción de nuevas obras públicas, de palacios y residencias para los ricos, de iglesias y de teatros, había sido una de las fuentes estables de empleo), y suspendido el turismo (no existía para los jóvenes ingleses un Grand Tour de la revolución). Los precios de los alimentos se disparaban. Ahora apenas nadie tenía trabajo.

La necesidad de eliminar la corrupción (o más bien de reorganizar la sociedad entera sobre una base natural, racional, y a través de la ciencia de la legislación) resultaba obvia para todos los líderes del nuevo gobierno, quienes no eran tan ingenuos como para pensar que para gobernar bastaba con educar. Pero se había abierto una brecha entre moderados y radicales, con los moderados partidarios de cobrar impuestos a los ricos y reducir las exenciones de la Iglesia, y los radicales que propugnaban la abolición de títulos y la confiscación de toda la propiedad aristocrática y eclesiástica. Cuando una de las comisiones gubernamentales propuso loterías públicas como una manera de volver a llenar el vacío tesoro público, se denunció la propuesta por inadecuada o poco práctica o inmoral, siendo este último argumento expuesto por Fonseca Pimentel en las páginas de su diario. La educación del pueblo y su conversión a las ideas republicanas (propaganda) era la única de las tareas revolucionarias en la que todo el mundo podía estar de acuerdo. Nuevos y edificantes nombres (Modestía, Silencio, Frugalidad, Triunfo) se dieron a Toledo, Chiaia y otras calles principales. Fonseca Pimentel propuso publicar una gaceta y almanaques para la gente en el dialecto napolitano. Escribió un artículo sobre la necesidad de reformar el teatro y la ópera. El pueblo tendría teatro de títeres al aire libre con travesuras también más edificantes de sus Pulchinelas, y en el San Carlo (ya rebautizado como Teatro Nacional) las clases cultas encontrarían óperas de temas alegóricos como las que se representaban en

Francia: *El triunfo de la razón, Sacrificio en el altar de la libertad, Himno al Ser Supremo, Disciplina republicana,* así como *Los delitos del Antiguo Régimen.*

En conjunto, aquello duró cinco meses. Cinco meses rebautizados: Piovoso, Ventoso, Germile, Fiorile y Pratile...

Los primeros actos de resistencia se dieron en remotos pueblos y pequeñas ciudades: había más de dos mil pueblos y pequeñas ciudades estables en el reino. Los patriotas de la capital se sorprendieron ante el desorden y volvieron a crear comisiones donde discutir sus planes para apropiarse de las grandes posesiones familiares y distribuirlas a los campesinos sin tierras.

Las noticias empeoraron. Las fuerzas republicanas destacadas en las provincias no fueron enemigo digno de los pequeños grupos desembarcados de las fragatas inglesas, con los que se topaban. El supuesto ejército cristiano de Ruffo se apoderaba de pueblo tras pueblo. Ahora incluía a miles de convictos liberados por real orden de las cárceles de Sicilia y transportados en barcos ingleses a la costa de Calabria. Sitiada por fuera y enfrentada al creciente descontento y las perturbaciones civiles en la propia Nápoles, la república redobló sus esfuerzos para ganarse los corazones y las mentes del pueblo.

Hubo disturbios por falta de alimentos. Más soldados franceses cayeron en emboscadas. Los Árboles de la Libertad se quemaban de noche en las plazas públicas.

El Árbol de la Libertad es una planta artificial, escribió Scarpia a la Reina. Como no ha enraizado aquí, no hay necesidad de desarraigarlo. Incluso ahora se ve fuertemente sacudido por los leales súbditos de Su Majestad, y sin la protección de los franceses se vendrá abajo por sí solo, tan pronto como se vaya el enemigo.

En mayo, Francia, derrotada en varias batallas contra la recién formada Segunda Coalición en el norte de Italia, retiró sus fuerzas de Nápoles. Las fragatas británicas ocuparon Capri e Ischia. Unas semanas más tarde, Ruffo y su ejército de campesinos resentidos y bandidos rurales entraron a montones en la ciudad, se juntaron con multitud de ingeniosos pobres urbanos que cantaban consignas tales como «Quienquiera que tenga algo que valga la pena robar debe de ser un jacobino», y se entregaron a una extraordinaria francachela de pillaje y atrocidades. Los ricos se veían acechados en sus mansiones, los jóvenes estudiantes de medicina, de simpatías republicanas, en sus hospitales, los prelados de conciencia en sus iglesias. Casi mil quinientos patriotas consiguieron ponerse a salvo en los fuertes costeros de Ovo y Nuovo.

La líquida masa se infiltró por cada resquicio de la ciudad, absorbiendo en su letal abrazo a cualquiera que no perteneciese a ella. Una masa cazadora y en busca de signos reveladores de identidad jacobina (aparte de algo que valiera la pena robar): un hombre sobriamente vestido con el cabello sin empolvar; alguien con pantalones; alguien con gafas; alguien que se atrevía a andar por la calle solo o parecía asustarse ante la visión de la muchedumbre que asomaba por una esquina. Ah, sí, y puesto que todo patriota varón tenía un Árbol de la Libertad tatuado en la parte alta de un muslo, a aquellos a quienes no se les mataba inmediatamente o se hería de gravedad se les desnudaba y luego se les hacía marchar por las calles, para que los que iban vestidos se burlaran y les insultaran. No importaba que nadie hubiese encontrado nunca un tatuaje semejante en los desnudos cautivos. Acaso no invitan a un pellizco, un puñetazo, un insulto. Una masa que acosaba, que se divertía dando grandes voces. ¡Aquí tenemos a otro jacobino! ¡Busquemos su tatuaje! Y aquí viene una mujer atada con correas sobre una carreta, a la que una sábana apenas cubre la parte superior del fláccido cuerpo desnudo como burda alusión a cierta ideal vestimenta antigua: ¡Mirad, otra Diosa de la Razón!

La masa no tortura como Scarpia. El trabajo del auténtico torturador se guía por el hecho de que, para sentir dolor, es necesario estar consciente. La gratificación de la masa no es menor si la persona atormentada ya ha perdido el conocimiento. Es la acción de cuerpos sobre cuerpos, no cuerpos sobre mentes, lo que da placer a la masa.

Una piedra contra una ventana, la mano aferrando la muñeca, el golpe del bastón en la cabeza, la hoja o el pene que penetra carne tierna, la oreja o la nariz o el pie en el arroyo o asomando del bolsillo de alguien. Castiga, patea, dispara, estrangula, aporrea, lapida, empala, cuelga, quema, descuartiza, ahoga.

Una orgía completa de formas homicidas cuyo propósito es mucho más que cobrarse venganza o expresar un sentimiento de agravio. La venganza del campo contra la ciudad, de los analfabetos contra los cultos, de los pobres contra los privilegiados: estas explicaciones no dan nombre a la energía más profunda que se libera en estragos semejantes. El río de lágrimas y sangre que está inundando, arrastrando, engullendo la revolución amenaza asimismo con la restauración. Porque esto es como la naturaleza, que, obviamente, no actúa en su propio interés ni establece juiciosas discriminaciones. Incluso antes de que esta energía se agote por sí sola, sin duda se verá refrenada por los mandatarios que la han consentido.

Ruffo estaba atónito ante la carnicería que él mismo había desatado. Había pensado en una cantidad moderada de pillaje, violencia, violación y mutilación. Pero no una matanza a gran escala; es decir, no el aporreamiento, las cuchilladas, los disparos y la quema de varios miles de habitantes a quienes, debido a su rango y distinción, se veía obligado a ver como individuos. Pero no tanta violación. Y no el canibalismo, no. No había previsto las piras de cuerpos, muertos y aun moribundos, el olor de carne quemada, la visión de dos chicos dándose un banquete con los pálidos brazos y piernas de una duquesa de quien en cierta época él había sido confesor y amante. Era momento de refrenar esta energía. El acto final de las hordas monárquicas de Ruffo, justo antes de que el cardenal diera el alto a los asesinatos y pillajes, fue atacar el palacio real y vaciarlo de su contenido. Arrancaron y se llevaron incluso el emplomado de las vidrieras.

*

Ahora los triunfadores deben asumir el control de lo que la gente ha empezado de forma impulsiva, justa pero bárbaramente. Y no amedrentarse ante la tarea que como triunfadores deben llevar a cabo.

Cuando la noticia de la evacuación francesa y de la retirada de los patriotas a su Masada llegó a Palermo, la Reina temió que Ruffo no tratara a los rebeldes con la necesaria, determinante severidad que sus crímenes merecían. Convocó al héroe al palacio real y le pidió que fuera a Nápoles para recibir la rendición incondicional e impusiera justicia (es decir, castigo) en nombre del Rey. Ella dice, dijo la esposa del Cavaliere, que traducía el francés de la reina al inglés para el héroe monolingüe, que deberíais tratar Nápoles como si fuera una ciudad irlandesa en un estado de rebelión semejante.

Ajá, dijo el héroe.

Irlanda había conocido su revolución inspirada en la francesa el año anterior, y la Reina se impresionó mucho ante la meticulosidad con que fue aplastada por los ingleses.

Naturalmente, era inconcebible que el héroe emprendiera esta misión sin la ayuda, consejo y habilidades lingüísticas del Cavaliere y su esposa.

Para la esposa del Cavaliere, la misión era ideal; en ella demostraría ser indispensable tanto para la Reina como para el hombre que adoraba. Para el Cavaliere, era un deber al que no podía negarse. Pero no quería que nada perturbara las bellas imágenes que él conservaba de Nápoles. Confiaba en que le ahorraran la visión de los horrores que según informes se producían en la ciudad. Podemos forzarnos a contemplar, un poco inquietos, un gran cuadro de la flagelación de Marsias, o mirar con ecuanimidad, en especial si no somos mujeres, una vigorosa representación del rapto de las Sabinas... éstos eran temas fieles a los cánones de la pintura. Y Piranesi había plasmado imágenes de las más inenarrables torturas que tenían lugar en rincones de cárceles genialmente vastas. Pero muy distinto sería ver una flagelación auténtica o la violación en masa que se había cometido en Nápoles, o los sufrimientos de los miles de personas que habían sobrevivido a las humillaciones y heridas padecidas a manos de las masas y ahora yacían encarcelados en sofocantes graneros, sin comida, durmiendo encima de sus excrementos.

El 20 de junio, después de trasladar su insignia del maltrecho *Vanguard* al *Foudroyant* de ochenta cañones, el héroe dejó Palermo con una escuadra de diecisiete buques de línea, tres más de los que tuvo bajo sus órdenes en la Batalla del Nilo. Cuatro días después el buque insignia entraba en el Golfo de Nápoles, y Marte, de punta en blanco y con todas sus condecoraciones paseaba por el alcázar junto a su Venus, vestida de fina muselina blanca con un largo fajín de borlas en la cintura y un sombrero de alas anchas guarnecido con cintas y coronado por plumas de avestruz. El Cavaliere, cabeceando en su camarote, sintió temblar las paredes cuando el *Foudroyant* echó anclas a treinta brazas en el agua turquesa. Qué viaje tan tranquilo, dijo, cuando se reunió con ellos. Allí estaba su geografía querida, los familiares esplendores del paisaje urbano; sólo unos pocos detalles nuevos aquí o allá. En la ciudad había aún fuegos encendidos. Banderas de tregua ondeaban del Ovo al Nuovo. El Vesubio con penacho, advirtió el Cavaliere, humeaba benignamente. Y no había ningún barco francés a la vista.

Al día siguiente el héroe recibió a Ruffo en el Gran Camarote, como se denominaba su cuartel general en la parte trasera del buque, y a través del Cavaliere informó al cardenal de que él, sólo él, representaba ahora a los monarcas en Palermo. Ruffo expuso su opinión sobre la necesidad de cortar el derramamiento de sangre y restaurar el orden. Lo que empezó como una frígida conversación muy pronto se convirtió en un enfrentamiento a gritos. El Cavaliere conocía a Ruffo, conocía a su amigo, explicaría el uno al otro. Pero la habitación era tan calurosa que se sintió desfallecer; su esposa y el héroe le rogaron que se retirara a su camarote. La esposa del Cavaliere actuaba de intérprete cuando Ruffo explicó el tratado que había firmado con los rebeldes parapetados en los fuertes costeros. Como temía la Reina, había aceptado una capitulación con condiciones. Se concedería a los rebeldes varios días para arreglar sus asuntos y luego un pasaje para salir del país y dirigirse a un exilio permanente. Había catorce barcos de transporte en el puerto, y muchos de los rebeldes ya habían subido a bordo con sus familias y posesiones. El primer barco, ya cargado, iba a zarpar para Toulon al alba del día siguiente.

Ruffo permaneció en pie mientras el almirante británico levantaba la mirada de su escritorio y pedía a la esposa del Cavaliere que le dijera al cardenal que la llegada de la flota británica había cancelado completamente el tratado. Cuando el cardenal protestó y dijo que ya se había firmado y solemnemente ratificado por ambas partes, el héroe respondió, moviendo el muñón de su brazo perdido, que arrestaría a Ruffo si persistía en su traición. Luego ordenó abordar los barcos de carga, sacar encadenados a los rebeldes y meterlos en la cárcel para aguardar pronto castigo por sus delitos. Y mandó buscar al Capitán Troubridge y dio órdenes para el despliegue de tropas británicas con el objetivo de retomar los últimos baluartes franceses de Sant'Elmo, Capua y Gaeta.

Debemos dar ejemplo, dijo más tarde el héroe al Cavaliere.

Dar ejemplo significaba ser despiadado, el Cavaliere lo sabía.

El primer ejemplo iba a darlo el Almirante Caracciolo, quien a principios de marzo había vuelto a Nápoles y ofrecido sus servicios a la república y, cuando llegó el ejército de Ruffo y cayó la república, se había escondido en una de sus posesiones en el campo. El héroe ordenó a Ruffo que se lo entregara; Ruffo se negó. Estamos aguardando noticias de Caracciolo, quien será ejecutado tan pronto como sea capturado, escribió el Cavaliere al Ministerio de Asuntos Exteriores.

El Cavaliere apenas si reconoció al almirante y príncipe napolitano de cuarenta y siete años en el anciano de cara gris y larga barba, vestido con ropas de campesino para disfrazarse, arrestado al día siguiente por soldados británicos, devuelto a la ciudad e inmediatamente embarcado en el *Foudroyant* con grilletes y conducido ante su capitán.

Caracciolo pensaba que su rango (pertenecía a una de las más antiguas y cívicas familias nobles del reino) así como sus décadas de fiel servicio a los monarcas borbónicos podían contar a su favor. Y sus buenos amigos el ministro británico y su esposa seguramente intercederían por él ante el valiente vencedor de la Batalla del Nilo. Nunca hubiera podido imaginar que no habría juicio, que no tendría abogado, que no se admitiría ninguna evidencia, y que la sentencia sería la ignominiosa pena de muerte reservada a marinos rasos. Caracciolo suplicó un juicio apropiado (no), imploró que le permitieran presentar testimonio a su favor (no), suplicó que le mataran a tiros (no). Y no imaginaba el Cavaliere, al sentarse en el Gran Camarote para escribir otro despacho, lo muy rápido que iría todo. A veces todo va muy rápido, sí. Parecieron transcurrir sólo minutos desde que Caracciolo fue arrastrado hasta la habitación contigua para una parodia de corte marcial ordenada por el héroe. Cuando el veredicto que el héroe había pedido fue anunciado, el Cavaliere llevó a su amigo hasta la larga ventana mirador para sugerirle que podía ser bueno seguir la costumbre y aplazar la ejecución otras veinticuatro horas. El héroe asintió con la cabeza y volvió a su mesa de trabajo. Le trajeron a Caracciolo, la cabeza gacha. La sentencia se cumpliría inmediatamente, dijo el héroe. Ya un cadáver viviente, manándole sudor en abundancia de los sobacos, Caracciolo fue llevado rápidamente a cubierta y trasladado a una pequeña barca que le condujo a una fragata siciliana, a bordo de la cual subió, y allí le colgaron. Según órdenes del almirante británico, el cuerpo del almirante napolitano colgó de la verga hasta el atardecer. Sólo cuando el sol de junio completó su ocaso, alrededor de las nueve, el héroe ordenó que sujetaran pesas de hierro a cada pie del ahorcado, cortaran la cuerda y dejaran caer el cuerpo, sin mortaja, directamente al mar.

De acuerdo con las normas de guerra, el héroe no tenía derecho a abrogar el tratado de Ruffo con los rebeldes, ningún derecho a capturar y ejecutar al oficial naval más antiguo de los monarcas borbónicos, ni siquiera a recibirle a bordo en un barco inglés como prisionero; pero esto no era guerra. Era la administración del castigo.

Desearía poder colgar a Ruffo, le manifestó al Cavaliere. El Cavaliere aconsejó prudencia. Pero había otros muchos prisioneros, por lo menos veinte mil, consumiéndose ahora en fuertes y cárceles estatales, que tendrían que ser investigados para ver quién necesitaba castigo. Después del linchamiento por las buenas llega el asesinato judicial, que requiere una cierta cantidad de papeles. En el Gran Camarote la esposa del Cavaliere se sentaba ante el escritorio contiguo a la mesa del almirante y confeccionaba listas para someterlas al veredicto de la Reina.

Estamos restableciendo la felicidad en el Reino de Nápoles y haciendo el bien a millones de personas, escribió el héroe a Mrs. Cadogan, a quien habían dejado en Palermo, refiriéndose a la obra iniciada desde su cuartel general en la bahía en junio de 1799. Vuestra hija está bien, pero muy cansada por todo cuanto tiene que hacer.

Cuando la esposa del Cavaliere no está ocupada ayudando al héroe, y escribiendo a la Reina tres veces al día, recibe a los nobles de Nápoles que comparecen para rendirle tributo y pedirle que transmita sus protestas de lealtad a la Reina. Soy la delegada de la Reina, escribió ella a Charles. Desgraciadamente, el Cavaliere no podía reclamar un papel simétrico. De ningún modo podía considerarse el delegado del Rey. El Rey no escribía cartas. De hecho, el Rey, tal como la Reina informó a *su* delegada, se había marchado a uno de sus palacios campestres de las cercanías de Palermo y, aunque sabe que pronto debe reaparecer para recibir la expresión de lealtad de sus súbditos, no quiere que le molesten con noticias de Nápoles. Pero qué piensa en realidad el Rey, preguntó el héroe con la mayor seriedad. Entre risas, la esposa del Cavaliere tradujo una línea de la carta de la mañana de la Reina. Por lo que concierne al Rey, había escrito la Reina, los napolitanos podrían muy bien ser hotentotes.

*

Más ejemplos.

Las ejecuciones públicas, que se celebraban en la gran plaza del mercado de la ciudad, empezaron un domingo, el 7 de julio, el día antes de la llegada del Rey.

Ni el héroe ni sus amigos presenciaron ninguna de las ejecuciones. No eran dados a las carnicerías, eran meramente implacables. Y la distancia, distancia.

No obstante, en ocasiones algo se te acerca que tú no esperas. Fue dos días después de que empezaran las ejecuciones públicas y un día después de que el Rey llegara de Palermo en una fragata siciliana, luciendo la pata de una garza real disecada en su ojal como un amuleto contra el mal de ojo, y se aposentara en el *Foudroyant*. El Rey había subido laboriosamente la escalera del alcázar para quejarse al Cavaliere de lo muy aburrido que era Palermo en verano, cuando un grito de alguno de los marineros le hizo acercarse a la borda para averiguar la naturaleza de la conmoción. Un pez. Debía de ser un pez muy grande. Allí debajo de él, a unos treinta pies de la popa, la cabeza con rizos de espuma y el torso erguido azotado por el agua de su antiguo amigo el Almirante Caracciolo giraban y se balanceaban al compás de las olas. La barba flotaba delante de su cara atrozmente descompuesta. Si los marinos que gritaban hubieran sido napolitanos, se habrían persignado. El Rey, aterrorizado, sí lo hizo, soltó una maldición y bajó huyendo del alcázar. El Cavaliere le encontró, quejándose y profiriendo risitas, en la oscuridad del entrepuente, rodeado por sus aprensivos ayudantes.

¿Está aquí, aún está aquí?, vociferaba el Rey. ¡Empujadlo al fondo!

Se hará, Majestad.

¡Ahora!

Majestad, han dispuesto una lancha para remolcar el cuerpo y enterrarlo en la arena.

¿Por qué me hace esto a mí?, chilló aquel hombre incurablemente infantil.

El Cavaliere tuvo una brillante inspiración, propia del gran cortesano que fue en otro tiempo.

A pesar de que Caracciolo fuera un traidor, explicó al Rey, ahora no os desea ya ningún mal. Pero, como se ha arrepentido, no puede todavía descansar en paz. En consecuencia ha venido a solicitar vuestro perdón.

*

Tú eres un pasajero. Todos somos, a menudo, pasajeros. El barco, la historia, va a alguna parte. No eres el capitán. Pero tienes un excelente alojamiento.

Naturalmente, allá abajo en la bodega hay inmigrantes hambrientos o esclavos africanos o marineros enrolados a la fuerza. No puedes ayudarles (lo lamentas por ellos) ni tampoco puedes manejar al capitán. Aunque te mimen y regalen no tienes autoridad. Un gesto por tu parte aliviaría tu mala conciencia, si tienes mala conciencia, pero no mejoraría materialmente su situación. ¿De qué serviría ceder tu espacioso camarote, con el espacio que requieres para tus copiosas pertenencias, a pesar de que las pertenencias de los de abajo sean muy pocas, si ellos son tantos? Los manjares que tú comes nunca serían suficientes para alimentarlos a todos; además, si los prepararan teniéndoles en cuenta a ellos, ya no serían tan refinados; y, naturalmente, la hermosa perspectiva se echaría a perder (la multitud estropea cualquier panorama, la multitud ensucia, etcétera). Por lo tanto no tienes otra elección que la de disfrutar de la excelente comida y de la panorámica.

Y pese a todo, si asumimos que tu mundo no te es indiferente, piensas mucho en lo que pasa. Incluso cuando la responsabilidad no es tuya, cómo podría serlo, sigues siendo un participante y un testigo. (Pasajeros de primera o segunda clase, éstos son los puntos de vista desde los que se escriben la mayor parte de las relaciones históricas.) Y si aquellos que ahora sufren persecución pueden haber disfrutado de aposentos tan agradables como los tuyos propios, son gente de tu mismo rango o que tiene tus intereses, mucho menos probable resulta que permanezcas indiferente ante su miseria actual. No puedes, por descontado, impedir que les castiguen si de verdad son culpables. Pero, si asumimos que tú no eres indiferente, que eres una persona decente, intentarás intervenir cuando puedas. Aconsejarás indulgencia. O, cuando menos, prudencia.

El Cavaliere había intentado intervenir a favor de alguien, su viejo amigo Domenico Cirillo. Uno de los más eminentes biólogos de Italia, tan eminente como para ser nombrado miembro de la Royal Society, médico oficial de la corte y médico personal del Cavaliere y su esposa, Cirillo había celebrado la invitación de la república a llevar a cabo reformas más que necesarias en la organización de hospitales y el cuidado médico de los pobres. Hay algo que decir en el caso del viejo Cirillo, dijo el Cavaliere al héroe. Puedo atestiguar su benevolencia. Desgraciadamente, no podemos interferir el curso de la justicia, dijo el héroe. Lo cual significaba que Cirillo sería ahorcado.

*

Su vida de pasajero continúa, con el buque anclado. Por el momento no van a parte alguna.

Relevado de las tensiones de la guerra, el buque insignia está totalmente dedicado al mando, a su propio mantenimiento y a las diversiones de sus pasajeros principales. El más difícil de distraer es, naturalmente, el Rey. Cuando los marineros lavan las cubiertas bajo el caliente sol matinal y levantan una toldilla color de rosa que cubre la mayor parte del alcázar, donde el Rey ofrecerá su recepción a mitad de la mañana, generalmente encuentran al monarca ya levantado y en algún lugar de la cubierta, disparando a las gaviotas, o pescando en una barca a un centenar de yardas del buque. Durante la recepción, de vez en cuando abandona a sus cortesanos y, con la barriga apoyada en la borda, grita a los proveedores de vituallas, que están abajo, en sus pequeñas embarcaciones. Piensa en las fastuosas comidas que se sirven cada día al mediodía en el camarote del almirante, con el héroe, su viejo amigo el embajador británico y su encantadora esposa, de largos y blancos brazos, quien compite con él en la apreciación de las pilas de pescado y caza excelentes que él ha elegido para su yantar. A ella la comida no le produce modorra, como es el caso de él, y después procura alguna deliciosa diversión. Cuando se levanta de la mesa para tocar el arpa y cantar, él sabe que canta para él. E indudablemente actuaba para él cuando cantó «Rule, Britannia» una noche de luna, a popa, con toda la tripulación del *Foudroyant* haciéndole coro. Las inspiradas estrofas y la bonita voz de la cantante parecieron dulcificar al Rey. Me gusta más gorda, pensó medio dormido, cuando sus ¡Brava, brava, brava! cedían paso a los ronquidos.

Puesto que ellos no iban a la ciudad, la ciudad debía ir hasta ellos. Los cabezas de familias nobles llegaban en barcazas para presentar sus respetos al Rey y al héroe y al Cavaliere y a su esposa, así como para explicar que nunca habían cooperado con la república, o sólo habían cooperado bajo coacción. Los tenderos de la ciudad mantienen el buque rodeado por su abigarrada flotilla: carniceros y verduleros y vinateros y panaderos que ofrecían la mercancía del día, sastres con piezas de seda y sombrereros con nuevos tocados para la esposa del Cavaliere, libreros con libros antiguos o con los últimos volúmenes sobre ciencias naturales para tentar al Cavaliere. Se le tentaba con facilidad; había sido difícil procurarse libros nuevos en Palermo. Entre los libros que le ofrecían había raros infolios que el Cavaliere reconoció: los había examinado ya en las bibliotecas de amigos que ahora languidecían en la cárcel, esperando... pero no era seguro lo que les pasaría. Acongojaba pensar en cómo los libros se habían quedado sin hogar, a pesar de que esto no era razón para no comprarlos. No, él no era el tipo de coleccionista que sin ningún remordimiento de conciencia recoge rápidamente aquello de lo que otros coleccionistas se han visto injustamente desposeídos o les ha sido confiscado. No obstante, acaso no será mejor que *él* compre los infolios, él que conoce su valor y sabrá apreciarlos, que no que desaparezcan o terminen destrozados para arrancarles las láminas.

La bahía es un bosque de barcos: los del héroe tienen el casco recién pintado de negro con una raya amarilla a lo largo de cada nivel de portillas, y blancos mástiles, los colores de él. Y por doquier blanco, blancas velas que cada atardecer se vuelven rosadas cuando el sol se pone sobre Capri. Barquichuelas de alegres colores acercan músicos cada noche, a fin de que toquen para el trío y el Rey; otras, más sencillas, transportan grupos de prostitutas para los marineros (todo el mundo sabe que no hay que decírselo al héroe). Los pasatiempos sexuales del Rey llegan a cualquier hora.

Algunos días, inquieto el Rey se hace conducir más al extremo de la bahía, para matar codornices africanas en Capri. El Cavaliere nunca fue con él. Sus piernas ya no son lo bastante fuertes para las laderas empinadas y rocosas de la isla. Ni tampoco el Cavaliere acompañó al Rey cuando fue a arponear el pez espada en el golfo, ni salió a pescar solo (pese a lo mucho que le gustaba pescar), sino que pasó sus tardes en el alcázar, leyendo a la sombra del toldo, y se reunió de nuevo con su esposa y el héroe para la cena. En ocasiones subían luego a popa para contemplar el cielo de noche y los fantasmales barcos que se balanceaban en los alrededores. A pesar de que el Cavaliere sabía perfectamente bien por qué la popa del *Foudroyant* tenía tres faros (es la marca del buque insignia) a veces imaginaba por un momento, y acto seguido se regañaba a sí mismo por pensar algo tan sentimental, tan tonto, que los tres faros eran por su esposa, el héroe y él mismo.

Cada uno de ellos acaricia una fantasía vanidosa y ha tenido una experiencia, quizás incrementada por el hecho de vivir sobre el agua, de lo ilimitado del ego. El héroe considera sus actividades en favor de los monarcas borbónicos como otro teatro de su propia gloria. La esposa del Cavaliere lo considera como un teatro y una gloria. Y como la incesante aventura del amor. Una noche, cuando se hallaba en compañía del héroe en los aposentos de éste, ella tomó el parche del ojo de él, depositado sobre un estante junto a la cama, y se lo puso en su propio ojo derecho. Sorprendido, él le suplicó que se lo quitara inmediatamente. No, déjame que lo tenga un rato, dijo ella. Desearía tener un solo ojo. Quiero ser como tú. Tú *eres* yo, dijo él, como los enamorados siempre han dicho y sentido. Pero ella no sólo era él. En ocasiones, cuando estaban solos, ella era muchos otros, también. Podía anadear como el Rey, e imitarle atacando su comida, y ofrecer una muestra de su torpe parloteo en cantarín napolitano (que el héroe podía apreciar a pesar de no comprender ni una palabra); podía interpretar al astuto Ruffo, con sus ojos furtivos y su aristocrático acento (Sí ¡exactamente!, exclamaba el héroe); podía adoptar la solemnidad británica y la masculinidad del oficial naval, para imitar a su fiel Capitán Hardy y al ambiciosoTroubridge; podía cambiar de semblante, de forma y de voz para imitar los gritos y el modo de andar balanceante de los marineros incultos. Cómo hacía reír al héroe. Y luego una pausa; y de alguna manera el héroe sabía lo que ella iba a hacer, y ella pasaba a ser el Cavaliere, imitando perfectamente su forma de andar erguida, cuidada, sus silencios que casi eran un reproche, atentos; luego era exactamente su voz explicando las bellezas de algún jarrón o pintura, levantando ligeramente el tono mientras él intentaba mantener su entusiasmo bajo control. El héroe estaba maravillado y se preguntaba si era cruel, por parte de la mujer que amaba, burlarse del hombre que él reverenciaba, y hacia quien condescendía, como un padre (él, el hombre que cada día daba órdenes de matar, se preocupaba de si era cruel con una persona a espaldas suyas); pero finalmente, después de un momento de serio examen de conciencia, decidió que era correcto que ella imitara al Cavaliere, que bromeara inocentemente a propósito de su forma de andar y de hablar. Decidió que ellos no eran crueles, no eran crueles en absoluto.

*

El héroe y la esposa del Cavaliere tienen mucho con que divertirse. El héroe pasaba la mayor parte de su tiempo en el Gran Camarote, conferenciando con los capitanes de su escuadra. Para sus parlamentos con los oficiales napolitanos precisaba a la esposa del Cavaliere a su lado. Mi fiel intérprete en todas las ocasiones, la calificó en público. Y hay momentos en que pueden estar a solas incluso aquí, y se besan y se sonríen y suspiran.

Confío en que este país será más feliz que nunca, escribió el héroe al nuevo comandante en jefe de la flota británica en el Mediterráneo. Lord Keith respondió convocando al héroe y a su escuadra (una parte considerable de todos los barcos británicos disponibles para la guerra contra los franceses en el Mediterráneo) en Menorca, donde los británicos esperaban un enfrentamiento con la flota francesa. El héroe contestó insolentemente que Nápoles era más importante que Menorca, que la misión que había emprendido en Nápoles le impedía llevar su flota a la cita, añadiendo que esperaba que su parecer se respetaría aunque sabía que le podían juzgar por desobedecer órdenes y se preparaba para aceptar las consecuencias.

¡Aún quedaba tanto por hacer! Por consideración al mundo civilizado y como el mejor acto de nuestras vidas, dijo el héroe al Cavaliere, colguemos a Ruffo y a todos aquellos que conspiran contra nuestro rey inglés de Nápoles.

Una semana más tarde, Keith requirió al héroe una vez más, una vez más el héroe se negó, a pesar de que en esta ocasión permitió que cuatro barcos de su escuadra partieran para sumarse al combate, que dio la casualidad de que nunca tuvo lugar.

*

El cálido viento de verano del sur y el cálido viento de la historia.

El barco, como el observatorio del Cavaliere, ofrece una vista impresionante.

Desde el barco, Nápoles es como un cuadro. Siempre se le ve desde el mismo punto de vista. Salen órdenes del barco, cruzan el mar, se llevan a efecto; tienen lugar simulacros de juicios en los que el acusado en ocasiones ni siquiera está presente; los condenados son llevados a la plaza del mercado y suben al patíbulo. No había un único método de ejecución. La horca, el más feo y más humillante, tenía preferencia. Pero a algunos los fusilaban. A otros les cortaban la cabeza.

Si los responsables de sus muertes querían sentar ejemplo, los que iban a morir querían dar ejemplo. También ellos se veían como futuros ciudadanos del mundo de la pintura histórica, del didáctico arte del momento significativo. *Ésta* es la forma en que sufrimos, superamos el sufrimiento, morimos. Dar ejemplo significaba ser estoico. A pesar de que no podían controlar la palidez de sus caras, los labios temblorosos, las rodillas que se doblaban o sus desobedientes intestinos, mantenían alta la cabeza. Cuando iban a morir, se daban valor pensando (y no se equivocaban) que estaban en camino de convertirse en una imagen. Una imagen, aunque fuera de los acontecimientos más lamentables, también daría esperanza. Incluso las historias más terribles se pueden contar de una manera que no nos empuje a la desesperación.

*

Debido a que una imagen puede mostrar sólo un momento, el pintor o el escultor deben elegir el momento que presenta lo que el espectador más necesita saber y sentir sobre el tema.

Pero ¿qué necesita saber y sentir el espectador?

Tomemos el destino del sacerdote troyano Laocoonte, quien protestó por la decisión de arrastrar el caballo de madera al interior de las murallas de la ciudad, presintiendo una trampa montada por los griegos, y a quien Atenea castigó por su astucia infligiendo una terrible muerte a él y a sus dos hijos. Tomemos la representación de su agonía en la famosa escultura del siglo primero que Plinio el Viejo había considerado superior a cualquier pintura o cualquier bronce por su virtuosismo técnico, y que los árbitros del gusto de la época del Cavaliere admiraban por su discreción: porque evocaba lo peor sin mostrarnos lo peor. Éste era el cliché imperante sobre la excelencia del arte clásico: que mostraba el sufrimiento con decoro, la dignidad en medio del horror. En vez de pintar al sacerdote y sus hijos con el aspecto que debían tener, paralizados ante las dos grandes serpientes que se deslizaban hacia ellos, sus bocas abiertas para gritar (o, peor aún, desfigurados en presencia de la muerte, las caras hinchadas, los ojos surgiendo protuberantes de sus cuencas) vemos básicamente el esfuerzo y la heroica resistencia a la muerte que les envuelve «De la misma manera que el fondo del mar yace tranquilo bajo la espumante superficie», escribió Winckelmann, evocando el ejemplo ofrecido por el *Laocoonte*, «así un alma grande conserva la calma en medio del conflicto de pasiones».

En los tiempos del Cavaliere, el momento significativo para la representación de una situación intolerable era antes de que el horror total haya alcanzado su cumbre, cuando aún podemos encontrar algo edificante en el espectáculo. Quizá lo que se oculta tras esta curiosa teoría del momento significativo, y su prejuicio en favor de momentos no demasiado turbadores, es una nueva ansiedad sobre cómo reaccionar ante el dolor profundo o cómo representarlo. O la profunda injusticia. Un temor a que nos importe demasiado; a sentimientos implacables, sentimientos que provocarían una irreparable ruptura de protesta con el orden social establecido.

En el arte podemos mirar las cosas más terribles. Incluso un *Laocoonte* más a nuestro gusto moderno, que incorpore nuestra identificación de la verdad con sentimientos dolorosos, sería aún, y por fortuna, sólo mármol. Las espirales de las dos serpientes no pueden constreñir más al sacerdote troyano y a sus hijos. Su agonía queda fijada para siempre en este momento. Sea lo que sea lo que el arte muestre, ya no empeorará. El sátiro flautista Marsias, que había tenido la temeridad de retar al propio Apolo a una competición musical, está a punto de ser desollado. Los cuchillos han salido a luz; la expresión simplona de quien se dispone a sufrir el inminente martirio (o no comprende del todo la situación) es visible en sus ojos y su boca; pero sus torturadores aún no han empezado... a cortar. Ni siquiera un minúsculo pedazo de carne. Su monstruoso castigo está para siempre a unos segundos de distancia.

*

Lo que la gente admiraba entonces era un arte (cuyo modelo era el clásico) que minimizaba el dolor del dolor. Mostraba a personas capaces de mantener el decoro y la compostura, incluso en medio de un sufrimiento monumental.

Nosotros admiramos, en nombre de la veracidad, un arte que exhibe la máxima cantidad de trauma, violencia, indignidad física. (La pregunta es: ¿Sentimos estas cosas?) Para nosotros, el momento significativo es el que más nos perturba.

*

Hay muchas clases de tranquilidad, de calma.

El héroe insolente a Lord Keith: Tengo el honor de deciros que no hay capital más tranquila que Nápoles.

Y luego está la calma del corazón del Cavaliere.

El Cavaliere se dice a sí mismo: Ten calma, ten calma. No puedes hacer nada. No está en tus manos. Ya no tienes poder. Nunca has tenido auténtico poder.

Mirando desde lejos. Nosotros estamos aquí, ellos están allí.

Es junio, julio, luego agosto: pleno verano. En el interior del *Foudroyant*, cuyos suelos, como en todos los buques de guerra británicos, están pintados de rojo para enmascarar la sangre vertida cuando se producen bajas, había poca luz durante el día; y nada para secar la humedad entre las cubiertas, donde, durante todo el año, no se permiten fuegos excepto en la cocina. Por la noche, e incluso con las portillas abiertas, los camarotes para dormir resultan asfixiantes. Los amantes sudan en su abrazo mutuo, y el Cavaliere da vueltas en la cama inquieto, a veces consiguiendo a la larga cerrar el paso al dolor de sus reumáticas rodillas, a los olores de comida, reales o imaginarios, que llegan de la cocina varios pisos más abajo, al inexorable crujido de suelos y húmedas paredes que provoca el suave bamboleo del buque.

Habría sido mucho más confortable para ellos establecer residencia en la conquistada ciudad. Uno de los palacios saqueados se podía haber arreglado rápidamente para su comodidad: tanto la mansión del embajador británico como el destripado palacio real. Pero para el Rey y el trío no era cuestión de trasladarse a tierra firme. Nápoles había pasado a ser intocable, un corazón de tinieblas.

Uno podía pensar que Nápoles pertenecía al centro imperial, a la siempre estimada Europa, porque poseía un teatro de ópera de renombre y gloriosos museos y brillantes reformadores humanitarios y un monarca con el grueso labio inferior de los Habsburgo. Pero no, sus gobernantes la habían abandonado y fue redefinida como una colonia refractaria, o un país en la periferia de Europa, al que se debía disciplinar, sin piedad, como se hace con las colonias y las provincias rebeldes. (Scarpia dice: La crueldad es una de las ramas de la sensibilidad. Desposeer a la gente de su libertad me divierte. Me encanta retener cautivos... Pero éste no es Scarpia en acción. Esto no es crueldad personal, esto es política.) Se trataría a Nápoles como a una colonia. Nápoles pasó a ser Irlanda (o Grecia, o Turquía, o Polonia). Para el bien del mundo civilizado, decía el héroe. Llevan a cabo el trabajo de civilización... que siempre significa: el trabajo de imperio. ¡Sumisión incondicional! Cortad la cabeza de la rebelión. Ejecutad a cualquiera que se oponga a esta política.

Nunca ahorcaron a Ruffo. Pero sí al amigo y médico del Cavaliere y de su esposa, el viejo Domenico Cirillo; y al célebre jurista Mario Pagano, líder de los moderados; y al dulce poeta Ignazio Ciaja; y lo mismo le pasó a Eleonora de Fonseca Pimentel, ministra de propaganda *de facto*, dos semanas después de que el trío levara anclas en agosto y volviera a Palermo. Y a muchos, muchos más.

De haberse tratado de una turba, se habría dicho que la bestia había tenido su ración de sangre. Puesto que eran individuos y aseguraban actuar para el bien público (Mi principio es restaurar la paz y la felicidad para la humanidad, escribió el héroe) decimos que no sabían lo que hacían. O que eran víctimas de un engaño. O que se debieron sentir culpables, a fin de cuentas.

¡Eterna vergüenza para el héroe!

*

Permanecieron a bordo del *Foudroyant* durante seis semanas. Seis semanas es mucho tiempo.

Era raro ver Nápoles día tras día en una toma invertida, desde el mar, en vez de como lo había observado el Cavaliere durante tantos años desde sus ventanas y terrazas, contemplando la magnífica vista. Con Capri e Ischia ahora tras ellos y el Vesubio a la derecha en vez de la izquierda, un fantasmagórico recortable gris a la luz del crepúsculo, y los fuertes costeros y los palacios de la Chiaia doradamente vibrantes, tridimensionales, robándole la luz al mar.

También era raro ver al héroe al revés. Desde otro punto de vista, el punto de vista de la historia, el juicio que la posteridad (junto con muchos de sus contemporáneos) transmitiría sobre el héroe y sus compañeros. El héroe no caballeroso, magnánimo pero vengativo, farisaico, aunque inocentón, capaz de endurecer su corazón contra las más justificadas peticiones de clemencia. El Cavaliere no benévolo, tampoco imparcial, sino apocado, pasivo. La esposa del Cavaliere no meramente exuberante y vulgar, sino astuta, cruel, sanguinaria. Los tres abocados a un terrible crimen.

Una nueva cara para cada uno de ellos. Pero de los tres, a quien se consideraba más culpable era a la esposa del Cavaliere.

Eran una familia; una familia que impartía el mal. Y la familia era el modelo de gobierno, principalmente desgobierno, que la revolución desafiaba. Una consecuencia del antiguo modelo, en el cual la elegibilidad para la función de gobernante la confería el haber nacido en una familia gobernante, era que las mujeres, unas pocas mujeres, tenían una participación visible y muy real en el poder. En ocasiones monarcas ellas mismas, a menudo consejeras del monarca, que era un hijo, un marido, un hermano, no importaba su grado de dependencia, a las mujeres no se las puede eliminar enteramente de la vida familiar. (El nuevo modelo de gobierno, que revocaba cualquier tipo de legítima reclamación que tuvieran las mujeres respecto al ejercicio del poder, era la asamblea, compuesta sólo por hombres, puesto que derivaba su legitimidad de un hipotético contrato entre iguales. Las mujeres, definidas como ni totalmente racionales ni libres, no podían ser parte en este contrato.)

Ellos eran una familia, una familia que iba por mal camino, en la cual la influencia de una mujer se había hecho predominante. Parte del escándalo de sus fechorías era que una mujer jugase un papel tan visible en ellas. Se convirtió en otro drama doméstico del antiguo régimen, que mostraba a una mujer poderosa (es decir, una mujer que ejercía inadecuadamente el poder) quien, después de aventurarse a salir de la esfera apropiada para las mujeres (hijos, deberes domésticos, alguna inteligente incursión amateur en el arte), estaba hambrienta de poder, era depravada y a través de sus encantos sexuales esclavizaba a un varón débil y corrompía a otro varón virtuoso.

*

Se contaban historias, y se inventaban, sobre la esposa del Cavaliere, para explicar la nueva reputación que había adquirido de ser vengativa y despiadada.

Por ejemplo, la persecución del aristócrata liberal Angelotti, a quien Scarpia había encerrado por posesión de libros prohibidos, se remodeló en una historia sobre la persecución implacable por parte de la esposa del Cavaliere de un hombre que años antes la había ofendido mortalmente al mencionar en público su sórdido pasado.

Era en 1794, el año del Terror, cuando Scarpia recibiera el encargo de la Reina de encerrar a conspiradores republicanos y compañeros de viaje de la revolución francesa. Durante una gran fiesta en casa del embajador británico, su esposa hablaba sin parar y en su habitual forma clamorosa sobre la querida, querida Reina, los horrores de los franceses, la infamia de la revolución y la perfidia de ciertos aristócratas que se permitían simpatizar con los asesinos del orden, de la decencia y de la hermana de la Reina. Tales traidores, dijo ella, no merecen que les tengamos ninguna compasión.

A pesar de que el Marchese Angelotti, que era uno de los invitados, no podía considerar que el ataque fuera dirigido contra él, puesto que en aquella época aún no era antimonárquico, decidió tomarse los comentarios como algo personal. Quizá sólo estuviera anonadado ante la vulgaridad y la agresividad de ella, como ya le pasaba a mucha gente. O quizá no le gustaba que una mujer hablara tanto. No importa cuál fuera la razón, la historia dice que él estaba tan indignado por la feroz retahíla contra los republicanos que aplaudió y levantó su copa. Quiero brindar por nuestra anfitriona, exclamó, y manifestar el placer que he sentido al verla de tan buen humor y ocupando un puesto tan encumbrado, tan distinto del que ocupaba cuando la conocí.

Murmullos alrededor de la mesa. Todas las miradas se dirigieron al Marchese.

Dónde fue esto, podéis muy bien preguntar, dijo él a gritos.

Ávido silencio.

En Londres, siguió él en voz alta. En Vauxhall Gardens, hace unos doce años. Sí, supongo que puedo reclamar el honor de haber conocido a la esposa del Cavaliere desde hace más tiempo que nadie en esta mesa, incluyendo a Su Excelencia, su esposo.

El Cavaliere carraspeó. Sólo él siguió comiendo.

Sí, continuó el Marchese, paseaba con un par de amigos, el Conde del ***, de aquí y un amigo nuestro inglés, Sir ***, cuando se me acercó una de aquellas criaturas que recorren los jardines públicos por la noche en busca de comida y dispuestas a pagar por ella. Ésta no contaba más de diecisiete años y era irresistible, desde su bonete hasta sus medias de color claro, y poseía unos ojos azules de lo más bonito. Supongo que a nosotros los napolitanos siempre nos cautivan los ojos azules. Me despedí de mis amigos y debí de encontrar la compañía de aquella deliciosa criatura incluso más agradable de lo que esperaba, a pesar de que al ser extranjero no podía comprender todo lo que me decía con su encantador acento pueblerino. Le gustaba hablar, pero afortunadamente ésta no era la única cosa que le gustaba hacer. Nuestra unión duró ocho días. Creo que ella no llevaba demasiado tiempo en su profesión, puesto que aún tenía ese aire de inocencia campesina que a menudo añade algo de picante a lo que se podría considerar uno de los más fáciles placeres de una gran ciudad. Como he dicho, nuestra unión duró ocho días, y me dejó unos recuerdos no más intensos que los que merecía el encuentro. Imaginad mi gozo después de tantos años, al encontrarla de nuevo, verla tan transformada, trasladada a otra vida y establecida aquí entre nosotros para ser el ornamento de nuestra sociedad musical local, la delicia del distinguido embajador británico y la amiga querida de nuestra Reina...

Se cuenta que la Reina ordenó el arresto de Angelotti unos días más tarde a petición de la esposa del Cavaliere, y que al Marchese lo sentenciaron inmediatamente a tres años en prisión, donde se convirtió de la causa de la monarquía constitucional al republicanismo. Naturalmente, los chismosos podían muy bien haber dicho que lo arrestaron a petición del Cavaliere, tan encandilado estaba el anciano con su esposa. Pero la culpa siempre recaía en la esposa del Cavaliere. Cuando todo esto terminó se habló de que el héroe nunca habría hecho lo que hizo si no hubiera estado bajo la influencia de la mujer de la que tan vergonzosamente se había enamorado y que era la más íntima de las amigas de la Reina napolitana. Por propia iniciativa, se pensaba, el almirante británico nunca habría consentido en convertirse en el verdugo borbónico.

No sólo los protagonistas masculinos de aquella historia eran considerados víctimas de la mujer, sino que también se veía así a las mujeres. Cuando todo esto terminó, y cuando sus acciones eran el escándalo de Europa, algunos dijeron que era la depravada esposa del Cavaliere quien había influido en la excitable Reina y la había persuadido de que ordenara el asesinato judicial de los patriotas napolitanos; aunque otros insistían en que era la depravada Reina la que había convertido en peón de sus caprichos a su crédula amiga. En ambos casos, la propia Reina iba a recibir más críticas que el Rey. Perteneciendo a la diabólica camada de la despótica María Teresa, ¿no dominaba completamente a su ignorante y pasivo marido? (La opinión general era que el Rey, por su cuenta, nunca habría autorizado semejantes crueldades.) A la mujer se la puede culpar por estar en la escena del crimen, incluso cuando sólo es para animar con aplausos a los hombres. Y también se la culpará cuando, siendo poco menos que todopoderosa, está ausente de aquélla. Puesto que cuando se había decidido que una presencia real en la bahía de Nápoles era necesaria para conferir plena legitimidad al curso sanguinario de la restauración, la Reina había querido, y en ello fue insistente, acompañar a su esposo, reunirse con sus amigos en el *Foudroyant*. Pero el Rey, quien ansiaba tomarse unas vacaciones de su dominante esposa, le había ordenado que permaneciera en Palermo.

Dejar que la mujer o mujeres de esta historia carguen con las culpas es una forma ingeniosa de encubrir la plena coherencia, como política, de lo que se decretaba desde el buque insignia del héroe. (A menudo esto forma parte de la utilidad de la misoginia.) Los informes relativos a la Reina reflejaban invariablemente el perenne menosprecio en que se tenía a las mujeres gobernantes y a las consortes femeninas dominantes: unas veces eran objeto de burla y condescendencia (por ser indecorosamente viriles), otras de calumnias de doble moral (por ser frívola o sexualmente insaciables). Pero el papel de la Reina se ajustaba a un molde familiar (gobierno a través de la vida doméstica) y ella poseía las credenciales adecuadas. La participación de la esposa del Cavaliere en el Terror Blanco que siguió a la supresión de la República Napolitana parecía, en cambio, totalmente gratuita y mucho más reprobable. ¿Quién era aquella arribista social, aquella borracha, aquella mujer fatal, aquella impostora, exuberante, emperifollada... actriz? Una soubrette que se ha colado en la trama de un drama público, pero que luego escapa por su propia tangente (¿acaso no es una mujer, y por tanto no plenamente responsable?) siempre que ella lo quiere.

*

Probablemente se habría considerado como una prueba más de su crueldad si se hubiera sabido que la esposa del Cavaliere, sólo ella entre el trío, visitó la ciudad martirizada durante las seis semanas que el *Foudroyant* permaneció anclado en la bahía. No podía ser el héroe, cuyo papel requería que se mantuviera en su puesto de mando flotante, el mejor administrador de la sentencia dictada sobre la fulgurante y ahora despojada ciudad. Tampoco el Cavaliere, quien siempre que subía a cubierta no podía evitar el localizar, en el anfiteatro de edificios y jardines que dominaba el puerto, el palacio donde él había vivido durante más de treinta y cinco años, más de la mitad de su vida; la perspectiva de bajar a tierra firme y sucumbir a la tentación de inspeccionar su morada destrozada y sembrada de inmundicias le llenaba de dolor anticipado. Pero en un día abrasador de julio, la esposa del Cavaliere sí bajó a tierra unas horas, rechazando con risas los alegatos de su marido y de su amante, quienes estaban fuera de sí de preocupación ante su temeraria aventura.

Pero iría disfrazada, les dijo ella alegremente. Fátima, Julia y Marianne, las tres doncellas que se había traído de Palermo, estaban cosiendo su disfraz mientras ellos hablaban. Acaso, en Palermo, no había acompañado con frecuencia al héroe en sus vagabundeos nocturnos por la ciudad, vestida con ropas de marino. Para la excursión a Nápoles se vestiría de luto, lo que le permitiría cubrirse completamente.

Un carruaje con acompañantes al servicio de los británicos esperaba la pequeña embarcación que había transportado a la esposa del Cavaliere a un muelle situado a prudente distancia del enjambre de pordioseros, buhoneros, prostitutas y marinos extranjeros del puerto. Cerca de allí, en un segundo carruaje, había cuatro oficiales del *Foudroyant*, despachados por el ansioso héroe con instrucciones de no perder nunca de vista a su señoría y guardar su vida como si se tratara de la de ellos mismos. La vieron tambalearse al salir de la barca, luego estar a punto de caer a tierra, cuando se detuvo para taparse la cara con un chal de seda negro. Debe de haber empezado pronto hoy. ¡Cielo santo! Digo, ¿deberíamos ayudarla? No, mira, ya se ha recuperado por sus propios medios. Todo el mundo sabía que la sirena del almirante abusaba del vino. Pero se equivocaban. No era el vino que había estado sorbiendo en la barca sino el contraste mareante de la tierra firme bajo sus pies, después de casi cuatro semanas a bordo del balanceante barco.

Comunicó al conductor su destino, los lacayos le ayudaron a entrar en el carruaje y se resguardó del horroroso calor para espiar tras la cortina la franja de edificios, gente, vehículos, que se desplegaba a su lado. Las calles estaban tan abarrotadas como siempre, pero parecía haber un número mayor que el habitual de mujeres totalmente vestidas de negro, como ella. Se paró para comprar un gran ramo de jazmín y rosas camafeo.

La esposa del Cavaliere descubrió su cara y entró en la fría y cavernosa iglesia. Era una pausa entre misas y muy tranquila, con unas cuantas figuras negras en oración enmarcadas entre las altísimas columnas, hundió los dedos en la pila, hizo una genuflexión y se santiguó; después besó la punta de sus dedos, como la gente hace aquí. Antes de adentrarse más en la iglesia vaciló, porque no dejaba de esperar que la reconocerían, que la gente se precipitaría hacia ella, como en los viejos tiempos, y tocaría su vestido y pedirían favores y limosnas a la segunda mujer más poderosa del reino, la esposa del diplomático británico. Como nadie se percató de su presencia, se sintió un poco decepcionada. Una estrella, en contraposición a una actriz, siempre quiere ser reconocida.

Durante el último año en Nápoles había visitado Santo Domenico Maggiore muchas tardes, con la excusa de estudiar las inscripciones de las antiguas tumbas de la nobleza napolitana; en realidad, para mirar a la gente rezando e imaginar el consuelo de algún género de benévola y protectora presencia, siempre a su disposición. Ahora quería proteger a otra persona. El héroe sufría, padecía muchas clases de dolor, no sólo en el brazo y el ojo. Hablaba de algo que le oprimía el corazón, y en medio de la noche, cuando estaba tendido junto a ella y ya dormía, gemía lastimeramente. Ella había empezado a rezar en silencio por su salud (de niña nunca había rezado, pero le reconfortaba rezar en esta religión extranjera) y la Madonna a menudo aparecía en sus pensamientos. Llegó a convencerse, tendida junto a él, mientras oía la campana del barco dando las horas, de que si pudiera visitar de nuevo aquella iglesia, y hacer una ofrenda a esta imagen de la Madonna, su plegaria ciertamente sería escuchada. No quería protección para ella, la quería para el hombre que amaba. Quería hacer que desapareciera su dolor.

Se fue a un altar lateral, dispuso flores en un ornado jarrón dorado a los pies de la Madonna, alumbró una hilera de velas, se arrodilló y murmuró una larga y efusiva súplica a la imagen. Al acabar, levantó la vista hacia los ojos pintados de azul de la Madonna e imaginó ver compasión. Qué bonita era. Supongo que me comporto como una tonta, pensó, y luego se preguntó si la Madonna oía lo que ella se decía a sí misma. Depositó su ofrenda, una gran cantidad de dinero, en una bolsa de terciopelo junto a las flores.

A pesar de que nadie se le acercó, ahora tuvo la clara impresión de que la observaban. Pero en el momento en que se giró, y vio un hombre de espaldas anchas y boca gruesa junto a una columna en la parte trasera, y le reconoció, él no la miraba. Quizá quería que ella se le acercase.

El hombre sonrió y le hizo una reverencia. Le dijo que era una sorpresa verla. No dijo: y aquí. Naturalmente, no era una sorpresa en absoluto. Los espías que tenía a bordo del *Foudroyant* habían informado a Scarpia de la inminente visita a tierra de la esposa del Cavaliere. Estaba en el puerto cuando ella desembarcó, y la había seguido hasta la iglesia. A pesar de que ella no podía apreciar la reciente alteración en la apariencia de Scarpia, que ya no llevaba su siniestro manto negro sino que había vuelto a sus galas de noble, él sí advirtió los cambios adicionales en la mujer que tenía delante, la en otro tiempo gran belleza que había conseguido hacer perder la cabeza al crédulo almirante británico. Debió de haber copiosas francachelas en Palermo. Pero ella conservaba una bonita cara y bonitos pies.

El valor de su señoría es admirable. No obstante, la ciudad no está exenta de peligros.

Me siento bastante segura aquí, dijo ella. Me gustan las iglesias.

Lo mismo le pasa a Scarpia. Las iglesias recuerdan a Scarpia lo que le atrae del cristianismo. No sus doctrinas sino su histórica preocupación por el dolor: su abanico de inventivos martirios, la tortura inquisitorial y los tormentos de los condenados.

Sin duda su señoría ha estado rezando por el bienestar de Sus Majestades y la pronta restauración del orden en este desgraciado reino.

Mi madre se resiente de una salud precaria, dijo ella, molesta de que encontrara necesario mentirle.

Pensaba visitar su anterior residencia, preguntó Scarpia.

¡De ninguna manera!

Nunca me he preocupado mucho por esta iglesia, tan querida por la nobleza, como me preocupo por aquella en que yo comulgo, la iglesia del Carmine, en la plaza del mercado. Hay prevista una ejecución para las dos.

La iglesia de la Madonna Negra, dijo la esposa del Cavaliere, como si no hubiera comprendido lo que Scarpia le estaba sugiriendo.

Podéis presenciar el justo castigo de varios de los principales traidores, dijo Scarpia. Pero quizá su señoría no se sienta inclinada a presenciar este espectáculo, que tanto placer da a los fieles súbditos de Sus Majestades.

Naturalmente que podía presenciarlo, si tenía que hacerlo. Ser valiente comportaba presenciar derramamientos de sangre. ¿Qué importaba? Podía afrontarlo todo. No era pusilánime. No era una mujer tonta, temblorosa, sentimental, como Miss Knight. Pero no pudo autopersuadirse a aceptar el desafío de Scarpia.

Scarpia esperó un momento. En el silencio (que pasó a ser la réplica de ella) había empezado un Te Deum.

O podemos hacer lo que os plazca, siguió Scarpia con su voz sarcástica, insinuante. Estoy a la disposición de su señoría tantas horas como gustéis.

La iglesia empieza a llenarse, y ahora les observan.

Tal vez valdría la pena que aceptara esta oportunidad de pasar una hora con Scarpia, pensó la esposa del Cavaliere. A la Reina le interesaría tener una valoración de primera mano del jefe de policía. Pero sabía que, de la misma manera que ella haría un informe sobre él, él estaría haciendo otro sobre ella. Todos sus instintos decían: ¡cuidado! Y, debido a que era una mujer: ¡sé seductora!

Él sumergió los dedos en la pila y le ofreció agua bendita. Ella inclinó la cabeza solemnemente, tocó sus dedos y se santiguó. Gracias.

Anduvieron hacia el calor abrasador y en un quiosco de comida de la plaza ella compró un paquete de mugrientas pastas azucaradas, contra las que Scarpia la previno. Ah, hago muy buenas digestiones, exclamó la esposa del Cavaliere. Todo me sienta bien.

Él repitió su oferta de acompañarla, y una vez más ella la rechazó. Tal vez le habría gustado hacer un poco de turismo clandestino, en la ciudad donde había pasado una tercera parte de su vida. Pero no con él. ¿Por qué él siempre sonreía? Debía de considerarse muy atractivo. Se consideraba. Scarpia sabía el efecto que hacía a las mujeres, no porque fuera guapo (no lo era), sino por su ardiente mirada, que hacía que las mujeres se alejaran, luego volvieran; su voz ronca, de tono profundo; su forma de equilibrar calmosamente su peso mientras estaba de pie; el refinamiento de su atavío; y sus perfectos modales, punteados de grosería. Pero a la esposa del Cavaliere no le atraían los hombres tan descaradamente viriles. No quería pensar en cómo sería él como amante. También le costaba imaginar a alguien que, conjeturó ella, no buscaba la buena opinión de los demás, realmente no le importaba en absoluto lo que los otros pensaran de él. Debía de ser cierto, entonces, lo que la gente decía de Scarpia, que era muy malvado. Pero a ella tampoco le gustaba pensar esto. Entre las muchas cosas en las que ahora prefería no pensar, una era la maldad humana. El mal es algo como el espacio.Todo el espacio que hay. Cuando imaginas que llegas al fin, sólo lo puedes imaginar como una frontera, o una pared, lo cual significa que hay algo al otro lado; cuando crees haber llegado al fondo, siempre hay algo golpeando por debajo.

Ella quería entrar en el fresco carruaje y comer sus pastas.

¿No puedo tentaros con mi compañía?

Ya libre del sentimiento de conclusión, le dijo sin dar importancia a la cosa que debía privarse de aquel placer porque...

¿Decepcionaréis a uno de vuestros más fieles admiradores?

...porque debo volver al *Foudroyant* tan pronto como me sea posible, siguió ella en el mismo tono. Estaban junto a su carruaje.

¡Cómo se atrevía a desairarle! Pero quizá pudiera provocarla. ¿No existía una historia sobre aquella arpía y Angelotti, no se decía que habían sido amantes? Confiando en reavivar un recuerdo desagradable o embarazoso, le informó que Angelotti, que había huido a Roma, acababa de ser arrestado.

Estoy seguro de que esta noticia os resulta gratificadora.

Ah, sí, Angelotti, dijo la esposa del Cavaliere.

No se trataba de que ella hubiera perdonado a Angelotti. Pero su insulto había sido enterrado bajo otras muchas emociones, muchos acontecimientos, mucho triunfo, mucha felicidad. La esposa del Cavaliere presumía de no guardar agravios. Si desea la muerte de todos los conspiradores, es porque la Reina desea su muerte. Falta de cordialidad (por Cirillo) era cordialidad por otra persona (la Reina). Ella no es más cruel que el héroe o el Cavaliere. Parece la más cruel sólo porque es la más sentimental; es lo que se espera que sean las mujeres. Y las mujeres sentimentales que no tienen poder, auténtico poder, por regla general acaban siendo víctimas.

Como un *flash-forward* puede servir para recordar.

*

17 de junio, 1800. La Reina de Nápoles, que había seguido viviendo en Palermo, sin visitar ni una sola vez su primera capital a pesar de que hace ya casi un año de la restauración del gobierno monárquico, ha llegado para una corta visita a Roma en la víspera de lo que se espera sea un combate decisivo contra Napoleón.

Esta noche estaba dando una fiesta para celebrar la noticia, recibida por la mañana, de la derrota de Napoleón a cargo de las fuerzas austriacas en Marengo. Esta falsa buena noticia (en realidad Napoleón había ganado la batalla) fue seguida a primera hora de la tarde por un pedacito de auténtica mala noticia. Angelotti, a quien debían llevar encadenado de vuelta a Nápoles para ahorcarle (aunque no, como dice la calumnia, para deleite de la esposa del Cavaliere, que en este momento está camino de Inglaterra con su esposo y su amante), Angelotti ha escapado de su prisión en la fortaleza papal de Sant'Angelo, donde le han tenido encerrado durante más de un año. La Reina estaba furiosa con Scarpia, cuya presencia había requerido desde Nápoles para instalarle en uno de los pisos superiores del Palazzo Farnese. Ella espera infalibilidad en la venganza por parte del servidor en quien más confía. Encuéntrale hoy, o verás, dijo ella. Su Majestad, dijo el barón, dadlo por hecho.

Ya habían identificado al guardia de la prisión que ayudó a Angelotti a escapar, le contó Scarpia a la Reina, y antes de morir (el interrogatorio había sido un poco perentorio) había revelado el primer destino del fugitivo, una iglesia en la que su familia tiene una capilla. A pesar de que Angelotti ya había huido cuando Scarpia llegó a dicha iglesia, habían encontrado evidencias que incriminaban a un hombre, quien probablemente es un cómplice. Otro patricio jacobino, dijo Scarpia. Pero, naturalmente, ellos se autodenominan liberales o patriotas. Éste es peor que el tipo usual. Un artista. Un expatriado desarraigado. Ni siquiera un italiano auténtico. Educado en París... su padre, que se casó con una francesa, era amigo de Voltaire. Y el hijo era discípulo del artista oficial de la Revolución francesa, David.

No me importa quién sea, exclamó la airada Reina.

Scarpia se apresuró a comunicar a la Reina que el joven pintor está ya bajo arresto. Garantizo que sabremos el paradero de Angelotti en unas horas. Scarpia sonrió.

La Reina entendía lo que quería decir el jefe de policía. La tortura es aún legal en los Estados Pontificios así como en el Reino de las Dos Sicilias, a pesar de que los reformadores han conseguido abolirla por todas partes. Ya no es legal en los más civilizados dominios de los Habsburgo, ni en Prusia ni en Suecia. Ella lamenta los métodos de Scarpia, a pesar de que uno debe ser realista. A despecho de su deleite ante el destino que encontraron los rebeldes napolitanos, la Reina se sorprendería al saber que hay quienes la consideran una mujer sanguinaria. Si es cierto que siempre está a favor de las ejecuciones, está en contra de la tortura.

Angelotti debe ser capturado de nuevo esta noche, ¿comprendes?

Sí, Majestad.

Scarpia se despide para volver a su cuartel general en el piso superior del palacio, donde interrogarán al pintor.

La Reina, después de desahogar su furia con Scarpia, está resuelta a no dejar que este diminuto fragmento de malas noticias estropee su fiesta.

Mientras ellos hablan, el gran Paisiello se inclina sobre un teclado en algún lugar del palacio para componer una cantata en celebración de la victoria, que se interpretará esta noche. Dirigirá el compositor y la cantará la sensación de la presente temporada en el Argentina. La Reina siente debilidad por las mujeres que cantan. La estrella operística le recordaba a su querida amiga, la esposa del diplomático británico, quien tiene una voz incluso mejor.

La estrella operística, como la amiga de la Reina, también es impetuosa, cálida, efusiva y sabe cómo entregarse en el amor.

La diva llegó al gran salón de baile donde la fiesta estaba en curso e hizo una reverencia a la Reina. Ha repasado la partitura de Paisiello y está confiada (nunca se siente de otra manera sino confiada) respecto a su papel.

Oye que los invitados hablan de política. No sabe nada de política, ni quiere saberlo. Toda aquella charla sobre Francia, apenas si la comprende. Su amante ha intentado explicárselo. Ha intentado que leyera uno de sus libros favoritos, obra de Russo... algo parecido, pero el escritor era francés, no italiano. No pudo entender nada y se preguntó por qué insistía en imponerle la novela. A pesar de que él tiene amigos como el Marchese Angelotti, un aristócrata napolitano que fue encerrado por ser uno de los seis cónsules de la atea y breve República Romana, ella sabe que a su amante tampoco le importa la política. Él también es un artista. Así como ella sólo vive para su arte y para el amor, él sólo piensa en ella y en su pintura.

Contemplaba la partida en una de las mesas de juego cuando su doncella, Luciana, le pasó una nota. Era de Paisiello, quien no ha acabado totalmente la cantata y le pide que aparte la atención de la Reina de su retraso iniciando la música de la velada sin él. Naturalmente, confía en que ella cantará un aria de alguna de sus propias óperas; había escrito casi un centenar. Furiosa porque la hacía esperar, la diva abrió su improvisado recital con un aria de Jommelli. Luego la Reina le pidió otra aria, mencionando que era una que su amiga, la esposa del embajador británico, cantaba maravillosamente. Es la escena de la locura de la *Nina* de Paisiello. La diva, quien no tenía intención de cumplir con el deseo del compositor, no puede en cambio negarse a una orden real.

Cuando finalmente apareció Paisiello con la partitura de su cantata de la victoria, la interpretación fue un gran éxito. Fue un éxito tal que la Reina quiso que siguiera cantando. Ella canta y canta... sobre el amor eterno, y las estrellas, y el arte, y los celos. Sabe mucho sobre celos.

Ella estaba ansiosa de que la velada acabara lo antes posible. Desgraciadamente, antes de que pueda reunirse con su amante, tenía que hacer algo desagradable. Ha prometido visitar al famoso jefe de policía napolitano, a quien había conocido aquella tarde en la iglesia que había encargado a su amante un gran cuadro de la Madonna. Cuando anteriormente le había visto, su amante parecía distraído y ella se sorprendió de que no estuviera allí cuando volvió; en su lugar, había encontrado a este declarado admirador suyo, rondando cerca del andamio. ¡Así que éste era el hombre ante quien todo Nápoles temblaba! Y era atractivo, ella no pudo dejar de notarlo. El jefe de policía, flirteando con ella de una forma bastante imperiosa, había intentado convencerla de que su amante se interesaba por otra mujer. Ella había sido lo bastante tonta como para creerle cuando le mostró entre los pinceles sucios de su amante un abanico de mujer, un abanico que no le pertenecía.

La diva es una mujer que sabe cómo cuidarse. Sabe cómo apartar a los hombres lascivos. Al igual que la esposa del Cavaliere, es capaz de entregarse sólo por amor. Descubrirá qué quiere el jefe de policía de ella. Luego se reunirá con su amante y saldrán hacia la casa de campo de él para el fin de semana. Tiene razones para pensar ahora que él quizá no le ha sido infiel; pero los celos son una de las pocas armas de que dispone una mujer. A fin de cuentas, ella es una actriz. Quizás él confesará que efectivamente encuentra atractiva a la mujer de la iglesia cuya cara utilizó como modelo para la de la Madonna; y ella se mostrará fría con él durante unos minutos, y luego le perdonará y serán más felices que nunca.

La diva no es una mujer vengativa. Y ha visto óperas y obras de teatro que ensalzan la clemencia. Muchos dramas sobre monarcas misericordiosos se han representado en aquellos últimos diez años, la auténtica década en la que autócratas hasta entonces clementes descubrían que el puño de acero y las horcas también tenían su utilidad. La diva piensa que no hay nada más bello que la clemencia. Por qué no puede ser siempre como en las óperas de Mozart, como una sobre el rapto, que contiene el sublime verso: Nada es más odioso que la venganza. O una sobre la clemencia de un emperador romano (escrita para la coronación del hermano de la Reina de Nápoles, el emperador Habsburgo, como Rey de Bohemia) en la que Tito descubre una conspiración contra su vida a cargo de sus seres más queridos y, declinando ejecutar a los conspiradores, declara: Parece que las estrellas conspiran para obligarme, a pesar de mí mismo, a convertirme en una persona cruel. ¡No, no obtendrán esta victoria!

Cierto, el Tito de la ópera, cuya época, en el año 79 de nuestra era, empezó con su anuncio de que el Vesubio estaba en erupción y ordenó que el oro concedido por el senado para un templo en su honor se utilizara para socorrer a las víctimas del volcán, y acaba con su perdón al amigo que quiso asesinarle, es también el Tito de la historia, flagelo de los judíos y quien destruye el Templo. Pero quizá necesitamos cada modelo de magnanimidad que se nos ofrece, incluyendo los inventados. Hasta la diva lo sabe, por muy ignorante de la historia que pueda ser.

Quizá la vida no es como en una ópera, piensa la diva cuando se prepara para subir a ver al jefe de policía, pero debería serlo. Nada es más odioso que la venganza.

*

Sabemos de gente mala. Como Scarpia. El Barón Scarpia es verdaderamente malvado. Exulta en su maldad y su inteligencia. Poco le complace más que poner en práctica sus dotes de engaño. Excelente juez del carácter, comprende que la diva es tan temeraria como ingenua. Para los malvados, una persona comprendida es una persona manipulada. Fue demasiado fácil convencerla de que su amante se entiende con otra mujer, lo que la ha llevado a cometer una indiscreción que condena al fugitivo Angelotti. Por añadidura, está el puro gusto de infligir dolor. Cuando ella llegó al piso superior, él había hecho que le trajeran a su amante y le había torturado donde ella pudiera oírlo, en parte porque a él le gusta la tortura, en parte porque la tortura procura la información que busca, y en parte porque disfruta mirando lo que sucede en la cara de ella cuando oye los gritos que provienen de la habitación contigua. Tus lágrimas eran como lava, quemaban mis sentidos, dice él. Después de que la tortura le ha hecho hablar, él declara que si ella se le somete salvará la vida de sú amante (el pelotón de ejecución disparará sin balas) y les permitirá huir de Roma. Naturalmente, no tiene intención de hacer nada parecido. Para los malvados, una promesa hecha es una promesa que romper.

Sabemos de gente buena... y de su fama de no ser muy astuta. La diva es bondadosa, generosa. Pero para ser manipulada tan fácilmente como ella tiene que haber algo de culpa. Si la diva sólo hubiera sido un poco más escéptica (es decir, un poco menos orgullosa de ser apasionada) quizá Scarpia no habría logrado convertirla tan deprisa en un señuelo; puesto que su exhibición del abanico de otra mujer la había lanzado aquella tarde a la casa de campo de su amante, donde le descubrió no con otra mujer sino con Angelotti, a quien escondía allí, por lo cual ella sabía ahora lo que su amante había querido ocultarle, algo que luego puede divulgar cuando Scarpia la enfrente a la insoportable elección de traicionar a Angelotti o dejar que su amante muera. Mientras que su amante no habría revelado nunca, nunca, el paradero de Angelotti, sin importarle lo dolorosa que fuera la tortura (o así lo cree él), la mujer que le ama no puede soportar sus gritos. Quizás ella sea más sentimental que un hombre. También Scarpia está gobernado por sus emociones. Pero la combinación de emociones con poder crea... poder. La combinación de emociones con indefensión crea... indefensión. Ya demasiado tarde para el pobre Angelotti, quien se tragó un veneno cuando los hombres de Scarpia llegaron para sacarle del pozo. Pero la diva pensó que, dejando que Scarpia la violara, había salvado la vida de su amante. Vio que el jefe de policía daba la orden de una ejecución falsa al amanecer, luego, cuando estaban solos, él escribió los salvoconductos que les permitirían abandonar la ciudad. Pero aunque la diva coge un afilado y puntiagudo cuchillo de la mesa exactamente cuando

Scarpia está a punto de abalanzarse (nada parecería más poderoso que un asesinato) su valor no puede parar lo que su credulidad ha puesto en movimiento, su amante aún sería abatido en una real ejecución presentada como falsa ante sus ojos, y ella debe saltar desde el parapeto del Castel Sant'Angelo, añadiendo a las tres muertes la suya propia.

Sabemos de los muy malos y listos, y de los muy buenos y crédulos.

Pero qué hay de los otros: aquellos que no son ni malvados ni inocentes. Sólo personas normales e importantes, que se ocupan de sus importantes asuntos, esperando pensar bien de sí mismos, y que cometen los delitos más atroces.

Tomemos al Cavaliere y a su esposa. ¿Por qué no les conmovieron los gritos de sus víctimas? Del pobre Caracciolo, a quien, como Angelotti, habían encontrado encogido en el fondo de un pozo. Pero que, a diferencia de Angelotti, no eligió matarse inmediatamente. A diferencia de Angelotti no pensó que tuviera delante la certeza de la muerte. Caracciolo pensó que tenía una oportunidad. Se equivocaba.

*

Puedes suplicar por tu vida, y no sirve para nada. La diva suplicando ante Scarpia para salvar a su amante. El anciano doctor Cirillo escribiendo al cabo de unos días de su arresto, desde su celda, encadenado, al Cavaliere y su esposa: Confío en que no lo tomareis a mal si me permito la libertad de molestaros con unas líneas, para que recordéis que nadie en este mundo puede proteger y salvar a un desgraciado ser excepto vos...

Puedes ir con un valor preternatural. El joven aristócrata Ettore Carafa, sentenciado en septiembre a ser decapitado, quien pidió que le colocaran en el tajo mirando hacia arriba en vez de boca abajo y mantuvo los ojos abiertos cuando bajó el hacha. O con inspirada imparcialidad y previsión. Eleonora de Fonseca Pimentel, quien, volviéndose hacia sus compañeros de cárcel cuando esperaban a que les subieran al carro que les llevaría a la horca, dejó escapar un verso de Virgilio: *Forsam et haec holim meminisse juvabit*: quizás un día incluso esto será una dicha recordarlo.

Dignidad o miserable servilismo, nada alterará lo que los implacables vencedores decretan, convirtiéndose a sí mismos en una fuerza de la naturaleza. Tan inconmovibles por la compasión como el volcán. Misericordia es lo que nos lleva más allá de la naturaleza, más allá de nuestras naturalezas, que siempre están abastecidas de sentimientos crueles. Misericordia, que no es perdón, quiere decir no hacer lo que la naturaleza, y el interés personal, nos dice que tenemos derecho a hacer. Y quizá tenemos derecho, como también poder. Cuán sublime no hacerlo, de todas formas. Nada hay más admirable que la misericordia.

7.

La política es algo muy sobresaliente y absorbente. Ay, debe preocuparte la política, incluso si no quieres que te preocupe. Pero hay muchas otras cosas importantes que tienen que preocuparte. Por ejemplo, la elección de lo que debes vestir puede ser de gran importancia. Qué vestir para embellecer la obesidad... no, para esconder el embarazo. Un embarazo escondido lo mejor posible, puesto que todo el mundo asumirá correctamente que el padre es el amante, no el anciano marido. ¿Un vestido voluminoso? ¿Un traje suelto? Y quizás un chal por encima, varios chales a pesar del calor, porque quien los lleva es la reina del arte de adornarse con chales.

Y qué vestir para responder a la desgracia que ya se ha hecho pública, para demostrar que no reconoces lo que la gente cuya opinión te importa está diciendo a tus espaldas. Si eres un héroe, llevas tus cintas, condecoraciones, estrellas y medallas. Todas. A veces llevas el capote largo hasta el tobillo y ribeteado de marta cibelina que te regaló el embajador turco. Tu diamante garceta con su estrella rotatoria, otro regalo (lo llaman un *chelengk*) del Grand Signior de Constantinopla. Y la espada de oro con empuñadura y hoja engarzada con diamantes que te ha dado el Rey, junto con un ducado siciliano, para expresar su gratitud por las acciones que han atraído la desgracia sobre tu cabeza. Y siempre, junto a tu corazón, un pañuelo de encaje que pertenece a la mujer a quien se imputa el haberte hecho cometer aquellas acciones que han atraído la desgracia sobre tu cabeza.

Es importante, también, la tramoya que arropa cada representación tuya. Para la fiesta que la Reina ofreció en el vasto parque del palacio real campestre, a la que invitó a cinco mil personas, se erigió un templete griego, dentro del cual se colocaron efigies de cera de tamaño natural del trío, ornadas con coronas de laurel. La Reina había pedido que los originales de las estatuas aportasen sus propias ropas. La esbelta efigie de la esposa del Cavaliere llevaba el vestido de satén morado de la última gala operística en Nápoles, en el que había bordados los nombres de los capitanes del Nilo; la efigie, muy juvenil, del Cavaliere llevaba el traje de diplomático completo, con la estrella y el fajín rojo de la Orden del Baño; entre ellos estaba la efigie del héroe con dos ojos azules de ágata, su atavío especial de almirante, un campo de resplandecientes medallas y estrellas y *su* Orden del Baño. En el tejado del templo un músico acurrucado tras la estatua de la Fama soplaba una trompeta y cuando empezaron las ceremonias la trompeta de la Fama pareció estallar. El Cavaliere recibió un retrato del Rey enmarcado con diamantes incrustados; a la esposa del Cavaliere le regalaron un retrato de la Reina guarnecido de diamantes y coronado por la propia Reina con la corona de laurel de su efigie; y el Rey dio al héroe un doble retrato enjoyado de Sus Majestades y le honró con el ingreso en la Orden de San Fernando, cuyos miembros tienen el privilegio de no quitarse el sombrero en presencia del Rey. La orquesta empezó a interpretar «Rule, Britannia». El cielo pareció estallar: una gran exhibición de fuegos artificiales representando la Batalla del Nilo, que acabó con la espectacular explosión de la tricolor francesa. ¿Quién podía resistir semejante adulación? Ellos contemplan las estatuas de sí mismos. Bastante naturales, dice el héroe, a falta de algo mejor que decir.

*

El vergonzoso papel del héroe en calidad de verdugo borbónico era la comidilla de Europa, la Europa del privilegio. ¿Ahorcar al mejor poeta del país? ¿Al más eminente erudito helenista? ¿A los principales científicos? Incluso los más fervientes opositores de la causa republicana y de las ideas francesas se quedaron anonadados ante la carnicería de la nobleza napolitana. La solidaridad de clase fácilmente invalidó enemistades nacionales.

Entonces, ¿hacemos del héroe un villano? Pero los héroes resultan útiles. No, es más fácil encontrar alguna influencia sobre el héroe que le haya nublado el juicio, que le haya corrompido. Los buenos no se convierten en malos, pero los fuertes pueden convertirse en débiles. Lo que le ha hecho débil es que ya no es independiente, no es un solitario... lo que un héroe debe ser. Un héroe es alguien que sabe cómo marcharse, romper ataduras. Bastante malo es ya que un héroe se convierta en un hombre casado. Si está casado, no puede ser demasiado sumiso ante su esposa. Si es un amante, debe (como Eneas) procurar disgustos. Si es un componente de un trío, debe... pero un héroe no puede reducirse a ser componente de un trío. Un héroe debe flotar, debe encumbrarse. Un héroe no se adhiere.

*

Ignominia, ignominia, ignominia.

Triple ignominia. Tres unidas en una.

El héroe, quien en realidad se ha ausentado sin permiso, no podía ser reemplazado, arrumbado por sus superiores en Londres, a pesar de lo cual fue tomado en consideración. Pero quienes le incitaban, aquellos de quienes se había convertido en peón, podían sentir el peso de la desaprobación oficial. El papel del Cavaliere en las salvajes represalias contra los patriotas napolitanos había hecho de él, cuando menos, un personaje polémico. Algunos decían que era una víctima de su esposa; otros, del gobierno borbónico. Naturalmente, nadie esperaba que un diplomático fuera un dechado de virtudes, como lo esperaban del héroe. Pero tampoco debía resultar polémico. Un diplomático que se ha convertido en un abierto partidario del gobierno ante el que está acreditado ha dañado fatalmente su utilidad para el gobierno que le envió y cuyos intereses se supone que auspicia. Sólo es cuestión de tiempo que le sustituyan.

Una mañana el Cavaliere recibió una carta de Charles, quien lamentaba tener que informar a su tío que había sabido a través de aquel maldito periódico Whig, el *Morning Chronicle,* que había sido nombrado un nuevo embajador en el Reino de las Dos Sicilias, el joven Arthur Paget. El Cavaliere ya no podía ocultarse a sí mismo el alcance de su caída en desgracia. No sólo le destituían al cabo de treinta y siete años en aquel puesto, en vez de permitirle jubilarse después de consultarle sobre la elección de su sucesor, sino que no les importaba que fuera el último en saberlo. El documento del Ministerio de Asuntos Exteriores llegó un mes más tarde, con una pequeña posdata informándole de que su sucesor ya había salido de Londres. Al enterarse de la noticia, la Reina, llorosa, abrazó a su más querida confidente, su compañera, la esposa del embajador. Ah, qué haré sin mis amigos, exclamó. Todo es culpa de los franceses.

Paget el fatal, como le llama la Reina, ha llegado a Palermo, y al cabo de cinco días le recibe el Cavaliere. Aquí tenemos a un joven (Paget cuenta veintinueve años, es cuarenta años y pico más joven que el Cavaliere) hacia quien el Cavaliere no sintió ninguna atracción de ningún tipo.

Y venís de qué puesto, dijo el Cavaliere fríamente.

Era representante especial en Baviera.

¿Pero no ministro plenipotenciario?

Correcto.

He oído que estuvisteis en aquel puesto sólo un año.

Sí.

¿Y antes de esto?

Baviera fue mi primer destino.

Naturalmente, habláis italiano, dijo el Cavaliere.

No, pero lo aprenderé. En Múnich aprendí alemán rápidamente.

Y precisaréis aprender siciliano, pues quién sabe cuándo volverán Sus Majestades a su primera capital. Y también el dialecto napolitano, aunque nunca veáis Nápoles, puesto que el Rey no habla italiano.

Eso he oído.

Siguieron unos momentos de silencio, durante los cuales el Cavaliere se censuró internamente por hablar demasiado. Luego, aclarando su garganta, nervioso, Paget encontró el valor para decir que estaba preparado para presentar sus cartas credenciales al Rey y a la Reina tan pronto como el Cavaliere presentara su carta de revocación.

El Cavaliere respondió que, puesto que no tenía intención de permanecer ni siquiera un día en el Reino de las Dos Sicilias como persona particular, y ya había hecho planes para un viaje de turismo de un mes, se ocuparía del asunto a su vuelta. Y así partió con su esposa, Mrs. Cadogan y el héroe en el *Foudroyant,* a flote otra vez en esta ocasión no para implicarse en la historia (a pesar de que el héroe debía detenerse en Malta) sino para salir de la historia, salir del esquema de sus vidas.

¿Sus superiores y sus antiguos amigos en el Ministerio de Asuntos Exteriores le habían destituido? Él los destituiría en su mente por un tiempo. Adoptemos una perspectiva más amplia, más versátil. Viendo desplegarse la línea de costa, cuando apareció ante su vista el majestuoso Etna coronado de nubes, tronando un poco, el Cavaliere recordó el sorprendente panorama de la cima en la aurora teñida de azul, con toda la isla de Sicilia, Malta, las Lípari y Calabria delineadas debajo de él como en un mapa. Sí, lo he escalado. Soy el único aquí que lo ha escalado. Qué vida más rica he vivido.

Al pasar cerca del Etna, el *Foudroyant* no estaba lejos de Brontë, el feudo adjunto al nuevo título siciliano del héroe. La esposa del Cavaliere se mostraba impaciente por bajar a tierra, pero el héroe dijo que prefería inspeccionar la posesión, cuyo volcánico suelo producía ingresos, según le habían dicho, por una suma de tres mil libras al año, cuando su visita hubiera sido adecuadamente preparada. El Duque de Brontë, declaró él, no debería simplemente aparecer, sin anuncio, en su propio dominio. El Cavaliere, quien sospechaba cierta travesura en la elección por parte del Rey de un ducado que otorgar a su salvador británico, al ser Brontë el nombre del cíclope que forja el trueno del Etna, pensó que era mejor guardar para sí esta parte de información. El héroe tuerto, quien parecía muy orgulloso de ser un duque siciliano, tal vez no se divertiría con la broma. Al Cavaliere le pareció bastante graciosa.

El Cavaliere había alcanzado el punto cero del placer, donde el placer consiste en ser capaz de expulsar de la mente de uno los pensamientos desagradables. Su destitución, Paget, sus deudas, el incierto futuro que le aguardaba en Inglaterra: todo ello irrumpía en su mente y enseguida era lanzado al viento como las aves marinas que sobre su cabeza volaban tremolantes de popa a proa. El alivio de no explayarse en lo que le preocupaba era tan agradable que tuvo la impresión de que se divertía verdaderamente. Este barco era su hogar. Cuando hicieron escala en Siracusa durante dos días para visitar las ruinas del Templo de Júpiter y las celebradas canteras y cavernas, la esposa del Cavaliere, a pesar de su mareo matinal, se negó a quedarse a bordo con su madre. No deseaba perderse ni siquiera una de las entusiastas conferencias in situ del Cavaliere, y no quería que la separasen ni una hora del héroe. Su esposa y su amigo parecían muy felices. Al no ser él ni un marido ingenuo ni complaciente, quería de verdad a su esposa y quería de verdad al hombre casi de la edad de su esposa, a quien ella ahora amaba, y ellos le querían de verdad, por lo que no había perdido una esposa sino que había ganado un hijo, ¿no era así como iban las cosas?

Al igual que en el palacio de Palermo, o que en el buque insignia las seis semanas que estuvieron anclados en la Bahía de Nápoles, ellos se comportaban con perfecta corrección en presencia del Cavaliere. Es decir, no se acarician mutuamente más de lo que lo hacían antes de convertirse en amantes. Es decir, mienten. Él no tiene idea de cuándo o cuán a menudo su esposa va a los aposentos del héroe tarde en la noche, o él a los de ella. Ni quiere realmente saberlo. Su esposa, con su inexpugnable tracto intestinal y probada resistencia al mareo, ahora se queja durante el desayuno de tener problemas de digestión y de padecer arcadas por el movimiento del barco. Naturalmente, a él no le gustaría que ellos aludieran abiertamente a su relación o que ella mencionara las náuseas del embarazo; resultaría doloroso. Y no obstante, perversamente, le afecta que hagan comedia delante de él. Le hacen sentirse excluido, objeto sólo de su condescendencia. Le hacen sentirse ignorado, puesto que es él quien tiene la digestión débil, es él quien a veces está mareado, aunque nadie podría imaginar un mar más tranquilo.

*

Y cómo vestirse ahora que casi inmediatamente emprenderán viaje de nuevo, puesto que el héroe está ansioso por volver a Inglaterra, y el Almirantazgo impaciente porque su mejor arma contra Napoleón ponga fin a su tarea de paladín borbónico y capitán de yate para el desacreditado, ahora ex, embajador británico y su irresistible esposa; y, naturalmente, ellos irán con él. Qué vestir, puesto que va a ser un viaje largo, complejo. Primero por mar, en el buque insignia del héroe, hasta Livorno; luego por tierra en vehículos diversos (carruaje, carroza estatal, diligencia), yendo de sur a norte, pasando del calor y los días largos a un verano más modesto, viajando por distintos países, parando para participar en varios festejos, donde uno debía aparecer siempre con sus mejores galas.

Nunca se pensó en no partir juntos. Era cuestión sólo de cuántos más partirían con el trío y Mrs. Cadogan, además de Miss Knight, quien nada quería saber de que la dejaran atrás, y de Oliver, uno de los dos secretarios ingleses del Cavaliere, que había sido traspasado al héroe, más el habitual plantel de criados. Cuán grande sería la cabalgata.

A partir de su vuelta a principios de junio del crucero de un mes de duración, el Cavaliere entregó su carta de revocación y Paget pudo presentar sus credenciales en la corte. La Reina rechinó de dientes y no le miró ni una sola vez. Muchas más cosas que la inminente pérdida de sus leales amigos turbaban el pensamiento de la Reina, porque ésta comprendía que la sustitución del Cavaliere por un nuevo diplomático significaba el descontento británico hacia *ella.* Desairar a Paget y mostrar solidaridad con sus amigos son dos de las razones que la han inducido a salir de Palermo, hacia Viena, para visitar a su hija (así como a su sobrino y yerno): su primogénita, María Teresa, es ahora la emperatriz de Habsburgo. (Otra razón para la partida: su amarga conciencia de cuánto ha menguado su influencia sobre el Rey.) El héroe había confiado en volver por mar a Inglaterra con el Cavaliere y su esposa, su séquito y todas sus pertenencias, lo que le permitiría llevar a la Reina y a su cortejo de damas de honor, capellanes, médicos y criados al norte, hasta Livorno. Cuando su petición de llevar el *Foudroyant* a Inglaterra fue denegada, el héroe no vio razón alguna para que no emprendieran el largo trayecto a través de Europa, y accedió al deseo de la Reina de que sus amigos la escoltaran durante todo el camino hasta Viena.

Cuando llegaron a Livorno, donde el furioso Lord Keith al fin recuperó el descarriado *Foudroyant* para las finalidades militares a las que estaba destinado, y mientras se hacían preparativos para continuar el viaje, llegó la noticia de un encuentro inminente de las fuerzas austriacas con Napoleón en Marengo, y la Reina decidió impulsivamente no seguir directamente hasta Viena sino hacer una breve estancia en el Palazzo Farnese de Roma (avisa al Barón Scarpia de que se reúna con ella allí) para esperar el resultado de la batalla. Ella dará alcance a sus amigos británicos en Viena unas semanas después.

En marcha, pues, en siete carruajes seguidos por cuatro carros con el equipaje, en los que se han cargado todos los cuadros y otras posesiones del Cavaliere salvadas de Nápoles. El trayecto que magulla los huesos, por el camino que sigue el curso del Arno, resulta más agotador de lo que preveía el Cavaliere. No podía leer, sólo podía cerrar los ojos e intentar ahuyentar el dolor de su espalda, caderas y rodillas, mientras Mrs. Cadogan le aguantaba un paño húmedo sobre la frente. En Florencia pararon durante dos días de recepciones y visitas. Al Cavaliere le habría gustado quedarse más tiempo. No sólo porque no se sentía bien. Le habría gustado visitar de nuevo los Uffizi, cuyos tesoros se habían salvado increíblemente de Napoleón (uno no puede parar en Florencia y no ver los cuadros) pero su esposa y su amigo no quisieron saber nada del asunto. Si estás tan enfermo y cansado, entonces seguramente no estarás tampoco lo bastante fuerte como para deambular y mirar cuadros. Siempre me siento lo bastante fuerte como para mirar pintura, dijo él débilmente. Cómo me siento, no importa. Mirarla me procura placer.

No, no, dijo su esposa. Estás enfermo. Nos preocupamos por ti. Debes descansar. Y luego proseguiremos el viaje. Y así descansó, abatido, pero eficazmente, sin la punzada de placer que había previsto. Qué aburrido es ser sólo un cuerpo. Y luego en Trieste, donde hay muy pocos cuadros notables, pararon casi una semana. El Cavaliere no comprendía la demora.

La desconsolada Reina llegó a Viena una semana más tarde que ellos: había acortado su visita a Roma después de oír la noticia de la victoria de Napoleón. La estancia del héroe, el Cavaliere y su esposa se prolongó otro mes de fiestas y bailes en honor del héroe. La esposa del Cavaliere consigue sus propios triunfos también. Una noche ganó quinientas libras en la mesa de faraón. Su estancia de cuatro días en las posesiones campestres de Esterházy acabaron con un festejo para el cual el celebrado compositor de la corte del príncipe creó un tributo musical dedicado al héroe; el propio compositor estaba al teclado y lo cantó la esposa del Cavaliere.

Al cabo de unos días ésta cantó de nuevo *La Batalla del Nilo,* de Haydn, acompañándose ella misma, para su real amiga, que vivía en resentida reclusión en el Palacio de Schönbrunn. Très beau, très émouvant, exclamó la Reina, quien no podía dejar de recordar una voz que había oído en Roma, casi tan bella como la de la esposa del Cavaliere. Desgraciadamente, describir aquella voz significaría mezclar su opinión sobre el afortunado Haydn, autor de una cantata celebrando una victoria contra los franceses que de verdad había ocurrido, con el recuerdo del fastidioso Paisiello y *su* cantata. Podría ser necesaria la mención de que la diva, una mujer de gran encanto, se había suicidado en las más melodramáticas circunstancias la misma mañana que siguió a su actuación, después de asesinar al claramente incompetente jefe de policía.

Baron Scarpia est mort, Miledy, vous l'avez entendu.

Qué terrible, exclamó la esposa del Cavaliere. Quiero decir, ¡qué contratiempo para vos!

La Reina negó que le supusiera un contratiempo. Después de todas aquellas muertes, qué era una más. Y luego empezó a sollozar y a decir que todos los terribles acontecimientos que había tenido que soportar la habían hecho insensible a los sentimientos humanos, es decir, sentía que ya no era una mujer. Y entonces salió a la superficie toda la historia, en retrospectiva. Aparentemente la diva se sintió ofendida por las atenciones del barón, tan condicionado por el sexo. ¿No es sorprendente, exclamó la Reina, secándose los ojos, que estos italianos reaccionen con exceso a todo? La esposa del Cavaliere, tan defensora de la reacción histriónica como la Reina, dijo que sabía demasiado bien a lo que se refería la Reina. Mi esposo siempre afirma que a los italianos les falta sentido común, dijo a la Reina, juzgando que la desafección hacia las cosas italianas concordaría con el estado de ánimo de la Reina napolitana desde que había vuelto a su ciudad natal.

La Reina, una estrella claramente menor en el firmamento Habsburgo de Viena, se había visto relegada por los ministros de su sobrino a unos aposentos en Schönbrunn, lo cual ella interpretaba (no equivocadamente) como un feo, pero la compasión de la esposa del Cavaliere ya no se centraba tanto en los agravios de la Reina. Y la Reina empezaba a aprender que sus amigos no eran tan apreciados en Viena como ella había pensado. No pocos miembros de la corte de los Habsburgo sintieron alivio cuando el grupo británico, después de agotar las diversiones y las ovaciones al héroe que Viena podía procurarle, ya no tuvo ninguna excusa suplementaria para no seguir su viaje, aunque la Reina pareció bastante afligida en las despedidas y añadió otros obsequios a las joyas y los retratos suyos que ya había dado a su amiga, así como una tabaquera de oro engarzada en diamantes para el Cavaliere.

Luego, trazando espirales a través de Europa central, hacia Praga, la ciudad de la que se cuentan leyendas de estatuas que han cobrado vida, la ciudad en un tiempo gobernada por aquel coleccionista de múltiples obsesiones, Rodolfo II, quien compró un muy codiciado Durero en Venecia y después no pudo soportar (el Cavaliere lo recordaba al tiempo que traqueteaba en el carruaje de deficientes ballestas), no pudo soportar la idea de que su tesoro iba a dar tumbos y sacudidas a través de los Alpes, y dispuso que el cuadro, cuidadosamente embalado, fuera llevado a pie por las montañas a hombros de cuatro jóvenes forzudos que se turnaban y lo mantenían en posición vertical todo el tiempo. En Praga, el duque reinante, otro sobrino de la Reina, ofreció una sensacional fiesta para celebrar el cuarenta y dos cumpleaños del héroe. Luego, siguiendo el Elba, llegaron a Dresde, donde contemplaron la colección de porcelana del Elector y fueron a la ópera, a propósito de lo cual se informó que el héroe y la esposa del Cavaliere estuvieron totalmente absortos en mutua conversación; y donde, en uno de los bailes ofrecidos al héroe, éste perdió un diamante de la empuñadura de su espada de oro (pusieron un anuncio, ofreciendo una recompensa, pero no lo han devuelto). Allí, como en otras paradas, el apetito del héroe por los tributos, regalos y fuegos artificiales se vio ampliamente satisfecho. En cada ciudad, la comunidad diplomática y los residentes ingleses disponen de suficientes chismes y maliciosas observaciones sobre el trío para animar muchas anotaciones de diario y no pocas cartas. Él aparece cubierto de estrellas, cintas y medallas, escribió uno de sus anfitriones, más como el príncipe de una ópera que como el Conquistador del Nilo. Y nadie dejó de deplorar el servilismo de sus atenciones hacia la esposa del Cavaliere, cuya desmesurada presencia, tanto en forma de actuaciones extravagantes, apetito en la comida y bebida, como por las meras dimensiones físicas de su figura, también se comentó cáusticamente.

La única indulgencia que el Cavaliere solicitó en el viaje fue una desviación hacia Anhalt-Dessau para ver a su príncipe, quien le había visitado en Nápoles en varias ocasiones y había sido uno de los primeros suscriptores de los volúmenes de sus escritos volcánicos, y diez años antes había construido su propio Vesubio en una isla de un lago en su finca campestre. Con casi trescientos metros de circunferencia en su base y a una altura de veinticuatro metros, aquella imitación podía despedir auténtico fuego y humo (cuando se encendía material combustible dentro del cono vacío), y emitir su versión de lava fundida (en realidad, agua bombeada por encima del borde del cono, que se deslizaba por los costados del volcán entre lumbreras de cristal rojo iluminadas desde dentro). A diferencia de la estructura de cristal, fibra de vidrio y hormigón armado, de una altura de diecisiete metros, que se alza delante del hotel en Las Vegas —un volcán genérico, que se pone en marcha cada quince minutos (entre el crepúsculo y la una de la madrugada)—, el volcán del Príncipe de Anhalt-Dessau era específicamente el Vesubio y se ponía en marcha sólo en grandes ocasiones, para invitados distinguidos. Seis años antes había actuado para Goethe. El Cavaliere deseaba que actuara para él. (A fin de cuentas, habían sido su Vesubio y sus imágenes del volcán lo que había inspirado al príncipe, quien también construyó sobre la isla una reproducción de la villa del Cavaliere cerca de Portici.) Resultaría divertido, dijo su esposa, que no estaba en contra de una parada en la corte de otro insignificante principado alemán. El Cavaliere hizo saber al príncipe por anticipado que se proponían visitarle. Pero, por desdicha, el secretario particular del príncipe le respondió que su amo estaba de viaje y la maquinaria no se podía activar en su ausencia. El Cavaliere se perdió su último volcán.

Quizá sea mejor así, dijo la esposa del Cavaliere, quien cayó en la cuenta de que el héroe se sentía cansado y ansioso ahora por llegar a Hamburgo y sumarse a sus festejos. Viajaron por el río; cuando dejaron Dresde, cada puente, cada ventana con vistas al Elba estaban llenos de espectadores que les aclamaban. Desde Hamburgo, donde él también firmó muchas Biblias y libros de oraciones, el héroe avisó al Almirantazgo que esperaba que viniera una fragata para recogerles y trasladarles a Inglaterra. No hubo respuesta a su petición.

*

Y qué vestir en Inglaterra, donde el héroe no ha puesto pie desde hace casi tres años. Las masas de admiradores que están allí para saludarle cuando el paquebote alquilado atraque en Yarmouth, y que se congregan atraídas por el héroe dondequiera que éste y su grupo se detengan en su viaje en coche a Londres, ignoran totalmente la indignación de sus gobernantes con el héroe y ante la vida que ha llevado durante el último año. No han leído las historias burlonas sobre el avance triunfal del héroe (sólo diez mil personas en el país leen periódicos). Tampoco conocen la diferencia entre las estrellas napolitanas y la estrella de la Orden del Baño prendidas en el pecho de su uniforme.

Para la multitud, él aún era el más grande héroe que Inglaterra hubiera conocido nunca. En cuanto a Fanny, él era todavía su esposo. Fanny y el ligeramente senil padre del héroe, quienes se habían trasladado del campo a Londres y se alojaban en un hotel de King Street, han estado esperando más de una semana. El héroe abrazó a su padre con auténtico fervor y a su esposa con dolorida reserva. La esposa del Cavaliere, que vestía un traje de muselina blanco con el nombre del héroe y Brontë bordado en el borde de la tela con hilo de oro y lentejuelas, abrazó a la esposa y al padre de su amante. Comieron juntos en el hotel: una penosa representación. La esposa del Cavaliere imitó los ¡hurras! de las masas que les habían aclamado en sus varias paradas durante el trayecto de tres días hasta Londres, así como el repique de las campanas de la ciudad. El moroso héroe, quien llevaba, como lo haría hasta su muerte, una miniatura de la esposa del Cavaliere colgada del cuello bajo su camisa, se mordía el grueso labio cada vez que Fanny hablaba. El Cavaliere observó en la cara de ésta un creciente arco de decepción y humillación.

Para presentar sus respetos en el Almirantazgo al día siguiente, el héroe se presentó en semiuniforme: casaca naval, blancos calzones navales hasta las rodillas, medias de seda, zapatos con grandes hebillas. Esto era prudente, y sus antiguos amigos en el Almirantazgo, propensos a la reprimenda, se ablandaron cuando oyeron al héroe explicar seriamente sus planes para la defensa de la costa del Canal, en caso de que Napoleón fuera lo bastante tonto como para intentar una invasión, y su deseo de volver al servicio activo tan pronto como fuera posible. Pero el héroe cometió un grave error de cálculo al día siguiente, cuando apareció en palacio para el besamanos real con el chelengk del Grand Signior en su sombrero, sus tres estrellas en el pecho (una por la Orden del Baño, dos por honores sicilianos), y el enjoyado retrato del Rey de Nápoles colgando de su cuello. No es de extrañar que le desdeñara el monarca británico, quien apenas reconoció su presencia, preguntándole meramente si se había restablecido su salud y volviéndose luego para conversar animadamente con el General *** durante unos treinta minutos sobre su deseo de que el ejército jugara un papel más importante en la guerra con los franceses. El rey británico no ha reconocido el título siciliano del héroe, como su receptor sabía perfectamente bien. (Y no lo hará hasta dos meses más tarde, cuando el héroe reciba un nuevo mando y salga para conseguir otra famosa victoria.) Si el héroe hubiese atraído la atención de su soberano aunque sólo hubiera sido por diez minutos, sin duda habría utilizado parte del tiempo para ensalzar a la esposa del Cavaliere y sus indispensables servicios patrióticos en Nápoles y Palermo, que merecían remuneración y agradecimiento públicos. Pero no fue la alabanza del héroe hacia la mujer que le estaba arruinando, ni una efusiva carta testimonial de la desacreditada Reina de Nápoles, lo que haría de ella menos que una paria. Ambas cosas sólo confirmaron lo que la gente ya pensaba.

Los periódicos habían especulado sobre si la esposa del Cavaliere sería considerada ni tan siquiera presentable a la corte, y su ausencia cuando el Cavaliere hizo su propia e impecable comparecencia desataron la incesante evocación de una desgracia física. Si algunos advirtieron que su obesidad también escondía un embarazo (su señoría ha llegado a estas costas justo a tiempo, observó lacónicamente el *Morning Post*) era menos el escándalo de su embarazo lo que fascinaba a la sociedad que la pérdida de su belleza. COMPLEXIÓN. Tan sonrosado y radiante es el semblante de su señoría que, como diría el Doctor Graham, ¡parece la perfecta Diosa de la Salud! (Una doble burla: a la vez una alusión al embarazo y un recuerdo de su breve empleo, media vida antes, con el curandero y terapeuta de la fertilidad de moda en cierta época.) FIGURA. Aquello por lo que fue particularmente celebrada y como consecuencia de lo cual empezó su reputación, y ahora tan hinchada que ha perdido toda su belleza original. ACTITUDES. Su señoría está disponiendo un salón para desplegar sus Actitudes y planea dar fiestas de Actitudes. Las Actitudes estarán más de moda este invierno que la figura o las facciones.

Los caricaturistas no la perdonaban, ni a ella ni al Cavaliere. Gillray representó a éste como un viejo grotesco y marchito, absorto en una serie de feas estatuillas y un jarrón maltrecho; por encima de su cabeza hay sendos retratos de una Cleopatra con los pechos al aire sosteniendo una botella de ginebra y un Marco Antonio de un solo brazo tocado con un sombrero de tres picos, así como una imagen del Vesubio en plena erupción. Pero no había caricaturas a gran escala del héroe, quien está posando para varios bustos y retratos, y ha sido presentado en la Cámara de los Lores; sólo habladurías. El rumor dice, y el rumor era cierto, que el héroe ahora se pinta la cara. Pero exagera cuando añade que no pesa más de treinta y cinco kilos.

La Cámara de los Lores es un escenario, la corte es un escenario, una cena es un escenario... incluso un palco en un teatro es un escenario. Las dos parejas fueron juntas al Drury Lane, y cuando se sentaron el público entero se levantó y les aclamó, la orquesta estalló con «Rule, Britannia» y el héroe tuvo que levantarse y agradecerlo con una inclinación de cabeza. Al día siguiente los periódicos informaron de que la esposa del héroe se presentó de blanco con un tocado de satén violeta y pequeñas plumas blancas, y la esposa del Cavaliere llevaba un traje de satén azul y tocado con un penacho de plumas. En el drama que vieron, el papel femenino principal lo interpretaba Jane Powell, a quien la esposa del Cavaliere, según contó a su marido, había conocido hacía tanto tiempo, incluso antes de conocer a Charles... lo que quería decir, el Cavaliere supuso, cuando ella era, cuando ella era una... a él no le gustaba pensar en ello. En realidad, ella había conocido a Jane cuando era una criada en casa del Doctor *** a la edad de catorce años, cuando llegó a Londres. Jane, que servía en la cocina, había sido su primera amiga. Compartían la misma habitación en la buhardilla. Las dos querían ser actrices.

Interpretar es una cosa, ser civilizada (lo que incluye interpretar) es otra. El Cavaliere deseaba que el héroe mantuviera las apariencias, como es el caso. Puede comprender que el héroe se sienta mortificado por la obstinación del amor de Fanny, por su patética creencia de que si es paciente y se comporta como si nada hubiera cambiado, a su marido le agradará vivir con ella y su padre en la casa amueblada de Dover Street. Pero ésta no es razón para que el héroe demuestre lo que siente, como aparentemente hizo en un banquete en su honor ofrecido por el Conde Spencer dentro del recinto del Almirantazgo. Mientras contaba a la Condesa Spencer, sentada a su derecha, los cuatro puntos débiles de la artillería francesa, Fanny, sentada a su izquierda, estaba dedicada a su tarea autoimpuesta de romperle nueces, y cuando acababa las iba colocando junto al plato de él en un vasito, que él apartó de un manotazo. El vaso se rompió y Fanny se echó a llorar y abandonó la mesa. Continuando su discurso, fijos tanto su ojo ciego como su ojo sano en la esposa del Primer Lord del Almirantazgo, el muñón dando sacudidas en su manga vacía, el héroe se mostró brillante, original, inimitable, sobre el tema de la táctica naval.

La simulación de ser dos parejas había tocado a su fin. El héroe se trasladó a casa de sus amigos en Piccadilly, ofreciendo hacerse cargo de la mitad del alquiler anual del Cavaliere, ciento cincuenta libras; el Cavaliere se negó. Poco después, Fanny volvió al campo con el padre del héroe.

El Cavaliere se sentía obligado a economizar sus energías. El tiempo que podía haber pasado dedicado a asistir a reuniones de la Royal Society lo pasaba ahora conferenciando con sus banqueros, quienes intentaban establecer un programa razonable para saldar sus deudas. La generosidad y novedad de mercancías en las tiendas le sorprendían. Londres, después de nueve años de ausencia, le pasmaba por ser una ciudad extraordinariamente moderna, energética, opulenta; casi una ciudad extranjera. Asistió a varias subastas como espectador, porque no se encontraba en posición de comprar nada. Visitó su colección de jarrones en el Museo Británico. Charles iba a menudo con él, Charles siempre está a mano. Con Charles, y sin su esposa, viajó a sus posesiones en Gales, ahora hipotecadas por trece mil libras. El Cavaliere había presentado al Ministerio de Asuntos Exteriores una relación de sus pérdidas en Nápoles (muebles, carruajes, etcétera: trece mil libras), y los enormes gastos (diez mil libras) en que incurrió durante el año y medio en Palermo. Mientras que apenas conseguía mantener a raya a sus acreedores, hizo la solicitud de una pensión anual de dos mil libras, una petición modesta. Todo el mundo le dice, en especial Charles, que también tiene derecho a esperar un título de nobleza. Pero él duda que pueda conseguir ambas cosas. Casi preferiría el dinero que ser un lord. Es demasiado tarde para títulos. Charles le pregunta si se alegra de volver a Londres. Él responde: Aquí me sentiré en casa tan pronto como me encuentre bien.

A finales de diciembre fueron rescatados de Londres con su plétora de fiestas en las que evalúa el rango, por una invitación de William, el recluso primo del Cavaliere, siempre envuelto en el escándalo, para pasar la semana de Navidad en su casa solariega y ver el magnífico proyecto de edificio que William ha emprendido en los bosques de Fonthill.

Él lo llama una abadía, lo que significa que su arquitectura se inspira en el gótico, dijo el Cavaliere. Arcos puntiagudos y ventanas pintadas, añadió para beneficio del héroe.

Como Strawberry Hill, exclamó la esposa del Cavaliere.

Que William no te oiga decir esto, querida. Es el mayor rival y detractor de nuestro difunto amigo Walpole, y desprecia su castillo.

Se habían detenido en la cercana Salisbury, donde el alcalde recibió al héroe y le entregó las llaves de la ciudad, y su carruaje (marchando con lentitud, para minimizar las sacudidas, en consideración por la delicada condición de la esposa del Cavaliere) fue escoltado por un destacamento de voluntarios de caballería hasta la entrada de Fonthill.

No, dijo el Cavaliere después de una larga pausa, esto es algo mucho más que grandioso.

Qué es grandioso, dijo su esposa.

¡La Abadía!, exclamó el Cavaliere. ¿Acaso no se expresaba con claridad? Estamos hablando de la Abadía, ¿no? Su torre, me dice William, será más alta que la espira de la Catedral de Salisbury.

Estaba nevando y el Cavaliere se sentía acorralado por el frío. Ésta es la primera Navidad inglesa que ha vivido, ¿en cuántos años? Porque la última vez que estuvo en Inglaterra, había emprendido el viaje de vuelta a Italia en septiembre. Sí. Dos días después de la boda. Y en la ocasión anterior, cuando trasladó el cuerpo de Catherine y vendió el jarrón, fue en octubre cuando regresó. El anterior permiso para ir a casa (pero esto fue hace veinticinco años, cuando había guerra con las colonias americanas) ¿no se habían ido con Catherine antes de Navidad? Tenía la certeza de que efectivamente fue antes de Navidad. Y se afanó en calcular mentalmente los números y caras que salían y entraban de su memoria: parecía importante saberlo con exactitud. La última Navidad en Inglaterra, ¿cuántos años hacía? ¿Cuántos?

Cuántos, dijo la esposa del Cavaliere.

El Cavaliere despertó sobresaltado de su ensoñación y se preguntó si su esposa podía leerle el pensamiento.

Cuántos metros, dijo ella. Su altura.

¿Altura?

¿Qué altura tendrá la torre de la Abadía?

Casi noventa metros, murmuró el Cavaliere.

No sé nada de arquitectura, dijo el héroe, pero estoy convencido de que sin una ambición inmoderada nunca se consigue nada bonito.

De acuerdo, dijo el Cavaliere, pero las ambiciones de William no están tan bien respaldadas como debieran. Hace ocho meses, a menos de la mitad aún de su altura definitiva, cayó la torre por causa de un vendaval. Aparentemente permite que su arquitecto construya no con piedra sino con estuco y cemento y arena.

Menuda locura, dijo el héroe. ¿Quién no construiría para durar?

Ajá, pero él cree que durará, respondió el Cavaliere, y la ha hecho reconstruir con el mismo material para nuestra visita. No me sorprendería si mi pariente intentara un día vivir en la torre, lo cual le permitirá mirar desde arriba al mundo, mirarnos desde arriba a todos y ver lo pequeños que somos.

*

William, el William de Catherine, el joven ligeramente rollizo y melancólico, ahora un hombre de cuarenta y un años, de aspecto sorprendentemente juvenil, era aún un músico dotado. La primera noche tocó para sus invitados en el amplio salón durante casi una hora (Mozart, Scarlatti, Couperin). Luego, con sumaria educación, cedió el derecho de interpretación musical a la esposa del Cavaliere, quien ofreció un aire siciliano, arias de Vivaldi y Haendel, y «Oody Oody Purbum», una canción hindú que había aprendido para la ocasión, conocedora del desmedido enamoramiento de William por el Oriente. Acabó con varias canciones marciales en honor del héroe.

Los tres hombres se habían trasladado frente a la llameante chimenea mientras que la esposa del Cavaliere se quedó junto al piano, acariciando suavemente las teclas. Fue William, hablando con los dientes apretados, quien abordó el tema de la felicidad, dirigiéndose primero a su célebre invitado para solicitar su contribución.

¡Felicidad!, exclamó el héroe. La felicidad para mí reside en primer y último lugar en servir a mi patria, si mi patria aún necesita, o quiere, los servicios de un pobre soldado que ya ha sacrificado por ella salud, visión y mucho más. Pero si mi patria ya no tiene necesidad de mí, nada me haría más feliz que una sencilla morada rústica junto a una pequeña corriente de agua, donde pueda pasar el resto de mi vida con mis amigos.

¿Y la dama?

La dama levantó la voz desde el piano para decir que era feliz cuando aquellos a quienes amaba eran felices.

Qué absurda eres, querida, dijo el Cavaliere.

Puede que estés en lo cierto, respondió ella, sonriendo. Sin duda tengo mis defectos...

¡No!, dijo el héroe.

Pero, siguió, tengo buen corazón.

No es bastante, dijo William.

La esposa del Cavaliere continuó extrayendo notas del piano. Ooody ooody purbum, cantó de forma burlona.

¿Y qué haría feliz al Cavaliere?

He notado que muchas personas han expresado últimamente preocupación por mi contento, dijo el Cavaliere. Pero no parece que yo les satisfaga con mis respuestas. Ausencia de conflictos. Liberarse de la inquietud. Firmeza de nervios. A mi edad, no espero éxtasis.

Todos coincidieron en decirle que no era tan viejo.

¿Y William? Éste esperaba impaciente su turno.

Creo que he encontrado la receta para la felicidad, dijo. Es no cambiar nunca, seguir siempre joven. Ser viejo es sólo un estado mental. Uno envejece porque se permite a sí mismo envejecer. Y me enorgullezco de que yo, con más o menos arrugas en mi cara, no soy distinto de cuando tenía diecisiete años. Tengo los mismo sueños, los mismos ideales.

Ajá, pensó el Cavaliere, ser joven para siempre jamás. No cambiar. Esto es perfectamente posible si no te preocupas de nadie excepto de ti mismo. Si él pudiera volver a vivir su vida, esto es exactamente lo que haría.

*

El segundo día, William llevó a sus invitados a pasear en carruaje por su vasta posesión, la mayor parte de la cual estaba limitada por una pared de doce pies coronada por púas de hierro para proteger a los animales salvajes bajo su custodia y evitar que sus vecinos cazadores usaran ni siquiera uno de sus dos mil acres para perseguir su presa indefensa.

Con toda seguridad, dijo William, mis vecinos no pueden imaginar que alguien ponga objeciones a la matanza de inocentes animales y creen que he levantado la pared para esconder las orgías y los ritos satánicos que tengo la reputación de llevar a cabo aquí. El vecindario no me quiere, ni tampoco yo mismo pensaría bien de mi persona si fuera un vecino.

Por la tarde, después de la comida, mientras el Cavaliere se entretenía por la galería de pintura de William (Durero, Bellini, Mantegna, Caravaggio, Rembrandt, Poussin, etcétera, etcétera, así como varios cuadros de la torre), su esposa y el héroe se habían escabullido para estar a solas un momento, confiando en eludir a los criados y encontrar un rincón donde pudieran abrazarse. Como niños traviesos, curiosearon el dormitorio de William con sus colgaduras indias azul celeste, y el héroe confesó que nunca había visto una cama tan grande. Para la esposa del Cavaliere era la segunda en tamaño que nunca viera: la mayor fue la Gran Cama Celestial del Doctor Graham: doce por nueve pies, construida con un doble soporte que permitía convertirla en un plano inclinado, sostenida por cuarenta pilares de cristal brillante ricamente coloreado y cubierta por su Super Bóveda Celestial de madera preciosa con inserciones de especias aromáticas, con espejos en la cara inferior y coronada por una orquesta de autómatas que tocaban flautas, guitarras, oboes, clarinetes y timbales. Garantizada para procurar fertilidad a cualquier pareja hasta entonces estéril. Cincuenta guineas por noche.

Ah, es casi tan grande como la Cama Celestial.

Qué es eso, dijo el héroe.

Es la cama en la que estoy siempre que me acuesto contigo, respondió su amada sin perder un compás, y siguió reflexionando con astucia: Apuesto a que generalmente él se acuesta solo en esta cama, a pesar de su reputación de libertino. ¡Pobre William!

Parece muy desdeñoso con la sociedad, observó el héroe.

Mientras, el Cavaliere seguía una línea parecida de reflexión. Después de admirar las gloriosas pinturas, los libros, la porcelana rococó, las cómodas de laca japonesas, las miniaturas esmaltadas, los bronces italianos y todo el resto de tesoros que le mostraban, ahora se maravillaba ante el hecho de que era la primera persona que las veía sin estar al servicio de William. El Cavaliere nunca había pensado en el coleccionismo como actividad propia de un enfurecido anacoreta.

Se habían instalado en el estudio de William, sobre cuyas mesas de caoba incrustadas de mosaico florentino se apilaban los libros que él estaba leyendo. A diferencia de la mayoría de bibliófilos, William leía cada volumen que compraba y, luego, con un lápiz muy afilado y con una letra minúscula que con la edad había pasado a ser meticulosamente legible, llenaba las contraportadas y páginas finales de glosas numeradas y de un juicio, favorable o de rechazo, sobre el libro. El escritorio estaba cubierto de listas de libreros anotadas, y catálogos de subastas, muchos de los cuales pasó al Cavaliere, con indicación de lo que ya había ordenado a sus agentes que compraran.

Entiendo que no disfrutáis hurgando en las librerías o asistiendo personalmente a subastas, dijo el Cavaliere, citando dos de sus actividades favoritas.

Acudir a tales lugares es una dura prueba para mí, como, ciertamente, lo es tener que salir de Fonthill por alguna razón, exclamó William, quien había pasado años de peripatético exilio en el Continente antes de establecerse de nuevo en sus dominios para crear sus colecciones y construir su Abadía. Pero cuando haya dispuesto adecuadamente los raros y bellos objetos que poseo, no precisaré salir nunca, ni siquiera me veré obligado a ver a nadie. Así fortificado, puedo alegremente contemplar la destrucción del mundo, puesto que habré salvado todo lo que hay de valioso en él.

No queréis dar a otros la oportunidad de admirar lo que habéis coleccionado, dijo el Cavaliere.

¿Por qué habría de interesarme la opinión de quienes son menos inteligentes y sensibles que yo?

Entiendo vuestro punto de vista, dijo el Cavaliere, quien nunca antes había pensado en el coleccionismo como una exclusión del mundo. Él no estaba en guerra con el mundo (a pesar de que últimamente el mundo parecía estar en guerra con él) y sus colecciones habían sido una provechosa, así como placentera, conexión entre ambos.

Estaba claro que a su pariente le importaba un comino la mejora del gusto público. Pero, aventuró el Cavaliere, acaso William consideraba que los expertos de una época futura verían sus colecciones y las estimarían en su auténtico valor, con suficiente inteligencia para apreciar lo que él tenía...

Nada me resulta más odioso que pensar en el futuro, le interrumpió William.

Entonces el pasado es vuestro...

No sé ni siquiera si amo el pasado, William volvió a interrumpir con impaciencia. En cualquier caso, el amor no tiene nada que ver con esto.

Ésta fue la primera experiencia del Cavaliere del coleccionismo como venganza. Venganza facilitada por un inmenso privilegio. Su pariente nunca había tenido que pensar si podía permitirse aquello de lo que se encaprichaba o si sería una buena inversión, como el Cavaliere había tenido que hacer siempre. Coleccionar, como todas las experiencias de William, era una aventura dentro de lo infinito, lo impreciso, lo que no había que contar o sopesar. Ignoraba el inveterado placer del coleccionista en hacer inventarios. Éstos describían sólo lo finito, como diría William. No existía el menor interés en saber que uno poseía cuarenta cajas de laca marroquíes y trece estatuas de San Antonio de Padua y una vajilla Meissen de trescientas sesenta piezas. Y los seis mil ciento cuatro volúmenes de la espléndida biblioteca de Edward Gibbon, que él había comprado al enterarse de la muerte del gran historiador en Lausana (William había despreciado su *Decadencia y caída*), pero nunca fue ni envió a nadie a buscarlos. Puesto que no sólo no tenía que saber exactamente lo que poseía sino que a veces compraba cosas para *no* tenerlas, para apartarlas de otros; quizás incluso de sí mismo.

En algunos casos, meditaba William, es la idea de posesión lo que a mí me basta.

Pero si no veis y tocáis lo que poseéis, dijo el Cavaliere, no tenéis la experiencia de la belleza, que es lo que todos los amantes del arte (todos los amantes, iba a decir) desean.

¡Belleza!, exclamó William. ¿Quién es más susceptible a la belleza que yo? ¡No es preciso que me ensalcéis la belleza! Pero hay algo todavía más elevado.

¿Qué es...?

Algo místico, dijo William fríamente. Temo que no lo comprenderéis.

Vos me lo contaréis, dijo el Cavaliere, quien disfrutaba de este intercambio con su pendenciero pariente; y disfrutaba, también, de la sensación de claridad que en su propia mente se imponía. Quizá, pensó, la razón por la que últimamente aquélla deambulaba tan a menudo era que ya nunca sostenía una conversación que le pusiera a prueba o que tratara de cualquier tema culto. Todo había pasado a ser una anécdota. Contadme, dijo él.

Subir tan alto como sea posible, proclamó William. ¿Me expreso con claridad?

Con perfecta claridad. Os referís a vuestra torre.

Sí, si os parece, mi torre. Me retiraré a mi torre y nunca bajaré.

Con eso escapáis del mundo al que reprocháis que os maltrata. Pero también os confináis.

Como lo hace un monje que busca...

Seguramente no diríais que vivís como un monje, interrumpió el Cavaliere con una risa.

Sí, ¡seré un monje! No me comprendéis, naturalmente. Todo este lujo —William señaló con su esbelta mano las colgaduras de damasco y los muebles rococó— no es menos válido como instrumento del espíritu que el látigo que el monje cuelga en la pared de su celda y descuelga cada noche para purificar su alma.

*

Rodearse de objetos encantadores y estimulantes, una superfluidez de objetos, para asegurar que los sentidos nunca estarán desocupados, ni le faltará ejercicio a la facultad de imaginar... todo esto el Cavaliere lo comprendía bien. Lo que no podía imaginar era una avidez de coleccionista comprometida con algo más elevado que el arte, más fascinante que la belleza, de lo cual el arte, así como la belleza, son sólo un posible instrumento. El Cavaliere era un buscador de felicidad, no de arrobamiento. Nunca, en todas sus cavilaciones sobre la felicidad, había vislumbrado el abismo entre una vida feliz y una que persigue el éxtasis. El éxtasis no sólo supone, como diría el propio Cavaliere, una petición irracional a la vida. Tiene que volverse algo brutal, también.

Como las pulsiones sexuales, cuando pasan a ser un foco de dedicación o de devoción y de hecho son vividas en toda su capacidad de adicción y su vehemencia, así la sensibilidad al arte (o a la belleza) puede, al cabo de un tiempo, experimentarse únicamente como exceso, como algo que se ejercita al máximo en sobrepasarse a sí mismo, en ser aniquilado, en suma.

Amar verdaderamente algo es querer morir por ello.

O vivir sólo en ello, que es lo mismo. Subir y nunca tener que bajar.

Quiero esto, decís. Y aquello. Y aquello. Y también aquello.

Vendido, dice el amable comerciante.

Si sois lo bastante rico para comprar cualquier cosa que queráis, probablemente os veréis impulsado a desplazar vuestro compromiso con la insaciabilidad, con la inaccesibilidad, hacia un edificio: una morada única, intrincada, para vos y vuestras colecciones. Esta morada es la forma definitiva de la fantasía del coleccionista en torno a la autosuficiencia ideal.

Por tanto, ahora decís a vuestro arquitecto: quiero esto. Y aquello. Y lo otro.

Y el arquitecto aporta el obstáculo. El arquitecto dice: Esto es imposible. O: No lo entiendo.

Intentáis explicarlo. Usáis la impura palabra gótico, o cualquiera que sea el estilo retro del momento. Él parece comprender. Pero en realidad no queréis que él lo comprenda. Estoy pensando en el Oriente, decís. Y no queréis decir precisamente el Oriente sino la decoración del Oriente, que según habéis comprobado os lleva a extraviaros en lo que denomináis vuestras visiones y vuestros trances proféticos.

El arquitecto hace en verdad lo que vos queréis: aunque persona difícil, sois el mejor cliente que haya tenido nunca. Pero por muy fielmente que ejecute vuestras fantasías, no puede satisfacerlas plenamente. Seguís pidiendo cambios y adiciones a la estructura. Nuevas fantasías se os ocurren. O, más bien, nuevas elaboraciones de la antigua fantasía que en primer lugar os ha llevado a acometer la construcción del edificio.

Quiero más, decís al apresurado y servil arquitecto, quien ya ha empezado a desatender algunas de las instrucciones de su excéntrico patrón o a chalanear con los materiales de construcción. Más, más. Un edificio de este tipo tiene, como una colección, un final abierto. Creéis que deseáis terminarlos, pero no lo hacéis nunca.

*

Sólo porque no está terminado (en realidad, nunca se terminó) se lo puede enseñar a ellos, poner en escena para ellos. Por una vez, éste no es el teatro de ellos. Nadie, ni siquiera el héroe, puede robar la escena a William.

Había ordenado colgar antorchas en incontables árboles y estacionó bandas de músicos a lo largo de la carretera recién trazada, y más atrás para añadir la solemnidad del eco, a fin de hechizarles cuando avanzaran al anochecer a través de los bosques. Cuando el primer carruaje salió a campo abierto, aún había bastante luz para ver los colores del héroe ondeando en la torre octogonal del prodigioso edificio cruciforme, ya con incipientes torreones, aguilones, miradores y pequeñas torres. La bandera era la única concesión de William en todo aquel teatro a la presencia entre sus invitados del hombre más famoso de Inglaterra.

Les hizo entrar al edificio por una puerta del crucero oeste, a través del Gran Salón, hasta una estancia que les dijo se llamaba el Salón del Cardenal, donde en vajilla de plata se había servido un banquete sobre una mesa de refectorio. Cuando acabaron de comer, la esposa del Cavaliere ofreció una pantomima de una abadesa recibiendo a novicias en su convento. Parecía un buen tema, le confió a William después de la representación.

La mayor parte del interior estaba revestida de andamiajes moteados por las indefinidas figuras de los quinientos artistas locales, carpinteros, yeseros y albañiles a los que William empleaba en turnos sucesivos las veinticuatro horas del día. Con sonrisitas nerviosas en su tensa y aguda voz, maldecía la lentitud del arquitecto y la tardanza de los trabajadores, y luego olvidaba su enfado y sucumbía a una visión extática de cómo sería el resultado, William compañó a sus invitados por los pasillos angulosos y las galerías alumbradas con candelabros de plata, arriba y abajo de las escaleras de caracol en las que la esposa del Cavaliere, a sólo un mes de su parto, lo salvó resueltamente. El Cavaliere sonrió para sus adentros ante las figuras encapuchadas, de musculosos brazos desnudos que sostenían grandes bujías de cera para iluminar el camino.

Una catedral del arte, explicó William a sus invitados, en la que todas las sensaciones fuertes por las que suspiran nuestros limitados órganos sensoriales serán amplificadas y todos los pensamientos enaltecedores de los que nuestro magro espíritu es capaz despertarán.

Les mostró la Galería, de más de cien metros de longitud, que cobijaría sus cuadros. La Biblioteca Abovedada. Y la Sala de Música, donde haría resonar en sus instrumentos de teclado toda la música que valiera la pena tocar.

Unas pocas habitaciones, provisionalmente arregladas para inspección, tenían paneles y colgaduras de color azul pavo real, púrpura y escarlata. Pero William parecía cada vez más preocupado de que sus acompañantes comprendieran bien lo que estaban viendo.

Este es mi Oratorio, dijo. Tenían que imaginarlo lleno de candelabros dorados, relicarios esmaltados y jarrones, cálices y custodias adornados de pedrería preciosa. La bóveda de abanico será en oro bruñido.

Aquí debéis imaginar puertas de terciopelo violeta, cubiertas de bordados en púrpura y oro, dijo William. Y por lo que se refiere a este salón, yo lo llamo el Santuario, ventanas con celosías como las de los confesionarios.

Siento bastante frío, murmuró el Cavaliere.

Y para cada una de las sesenta chimeneas, siguió William imperturbable, habrá canastas de filigrana doradas llenas de carbón perfumado.

La oscuridad, el frío, la parpadeante luz de las antorchas... el Cavaliere empezaba a sentirse mal. Su esposa deseaba encontrar una silla o un reclinatorio para su pesado cuerpo. Al héroe le escocían los ojos debido al humo de las antorchas.

Les mostró la Cámara de la Revelación, que tendría un suelo de jaspe pulido, donde le enterrarían.

Les mostró lo que sería el Salón Carmesí, que se recubriría de damasco de seda carmesí, y su Salón Amarillo, que se recubriría de amarillo, etcétera.

Finalmente, les llevó al inmenso salón situado debajo de la torre central.

El Salón Octogonal. Aquí debéis imaginaros el friso de roble y las vidrieras de colores en todos los arcos altos, con un gran rosetón, dijo William.

Mirad, exclamó la esposa del Cavaliere. Es verdaderamente como una iglesia.

Calculo que la altura es de cerca de ciento treinta pies, dijo el héroe.

Debéis usar vuestra imaginación, continuó William con irritación. Pero, cuando se complete, mi Abadía no dejará nada a la imaginación. *Será* la imaginación, en forma tangible.

Deseaba muchísimo que ellos le admirasen.

Por tanto, al final (puesto que William no era único entre los coleccionistas, como imaginaba) quedó decepcionado. No esperaba nada del hijo del clérigo, aquel fantasma magnificado por un uniforme de almirante, cuyo único interés, aparte de la esposa del Cavaliere, era matar gente. Ni tampoco esperaba nada de la inamorata del héroe, que pertenecía a la deplorable raza de personas que se muestran efusivas por todo. Pero quizás había esperado algo de su marido, el marido de Catherine, su quisquilloso y anciano pariente de cara chupada y mirada ausente. Y no hubo nada. Nada. Prometí cuando tenía veinte años que siempre seguiría siendo un niño, pensó William; y debo soportar el tener la vulnerabilidad de un niño, el absurdo deseo infantil de ser comprendido.

No tendría invitados en casa cuando el trabajo en la Abadía hubiera avanzado lo bastante para que él la habitara. No era una catedral, pero sí un templo, sólo para los iniciados: aquellos que compartían sus sueños y quienes, como él, habían pasado por grandes pruebas y desencantos.

No obstante, resultará que el uso futuro de aquellos grandes monumentos al sentimentalismo y al egoísmo invariablemente desafía las pías restricciones de sus constructores. Juzgados por la posteridad como encantadores, furiosos ejercicios de mal gusto, están destinados a dejar boquiabiertas en los viajes organizados a generaciones de turistas, que se saltan los cordones de terciopelo, cuando los guardias no miran, para tocar los preciosos objetos o las colgaduras de seda del megalómano. Pero la Abadía de William, poderoso precursor de todos los palacios de esteta, con sus excesos empalagosos, su sinestesia, sus efectos teatrales propios de los siglos siguientes (tanto los construidos como los evocados en las novelas), no sobrevivió para sufrir el destino disneyesco del Neuschwanstein de Ludwig II y del Vittoriale de D'Annunzio. Construida incompetentemente, la Abadía fue desde un principio una ruina en vías de formación. Y puesto que esta catedral del arte, con todos sus chillones escenarios para la autodramatización, era principalmente una excusa para construir la torre, parece correcto que el destino de la torre fuera el destino del edificio. La torre no volvió a caer hasta veinticinco años más tarde, poco después de que se vendiera Fonthill, pero cuando cayó, la nube de mortero y estuco podrido que se levantó arrastró consigo la mayor parte de la Abadía. Y nadie vio razón alguna para no derribar el resto.

*

Las cosas decaen, se rompen, desaparecen. Tal es la ley del mundo, pensó el Cavaliere. La sabiduría de la edad. Y lo poco que se considera que vale la pena reconstruir o reparar siempre llevará la marca de la violencia que se le ha infligido.

A media tarde de un día de febrero de 1845, un joven de diecinueve años entró en el Museo Británico, fue directamente a la sala sin vigilancia donde el Jarrón Portland, una de las piezas más valiosas y celebradas del museo, desde su depósito en préstamo por el cuarto Duque de Portland en 1810, se guardaba en una vitrina de cristal, cogió lo que más tarde se calificó como «una curiosidad en escultura» y empezó a aporrear el jarrón hasta aniquilarlo. El jarrón roto, fracturado, pulverizado, había sido descreado. El joven silbó suavemente y se sentó frente al montoncito para admirar su obra. Unos guardias llegaron corriendo.

Se avisó a la policía y el joven fue trasladado a la comisaría de Bow Street, donde dio un nombre y una dirección falsos; el director del museo salió para dar la desagradable noticia al duque; los conservadores del museo se arrodillaron para recoger todos los pequeños fragmentos. ¡Cuidado, no dejéis ni uno!

El malhechor, que según se descubrió era un estudiante de teología irlandés que había dejado sus estudios en el Trinity College al cabo de unas semanas de clases, se mostró considerablemente menos satisfecho cuando le llevaron ante un magistrado. Cuando le pidieron que explicara qué le había poseído para cometer aquel insensato acto de vandalismo, dijo que estaba borracho... o que sufría de cierto tipo de excitación nerviosa, un constante miedo ante cuanto veía... o que oía voces que le decían que lo hiciera... o que envidiaba al autor del jarrón... o que se había excitado ante la figura de Tetis, recostada, esperando a su esposo... o que pensó que la imagen que del deseo erótico daba el jarrón era un sacrilegio, una ofensa a la moral cristiana... o que no podía soportar el ver que algo tan bello era tan admirado mientras que él era pobre y solitario y fracasado. Las habituales razones dadas para destruir objetos de valor incalculable, admirados por todo el mundo. Siempre son historias de obsesiones. Seres que se definen a sí mismos como marginados y solitarios, casi siempre hombres, empiezan a sentirse perseguidos por un edificio supremamente bello, como el Templo del Pabellón Dorado, o por representaciones de una lánguida belleza femenina, como la Tetis del Jarrón Portland o *La Venus del espejo* de Velázquez, o de la ideal, desnuda belleza masculina, como el *David* de Michelangelo; empiezan a sentirse perseguidos, continúan sintiéndose perseguidos, se elevan hasta un estado de fabulosa, congestiva aflicción, lo inverso a la meta del éxtasis incesante, y llegan a convencerse de que tienen derecho a que les alivien de aquella sensación. Deben forzar, romper su camino de salida. El objeto agresor está allí. El objeto les provoca. El objeto es insolente. El objeto es, oh, peor que todo, indiferente.

Incendia un templo. Pulveriza un jarrón. Acuchilla a una Venus. Aplasta los dedos del pie de un efebo perfecto.

Luego retírate a una apatía malsana, agobiado por la vergüenza; a partir de ahora, es verosímil que el malhechor sea un peligro sólo para sí mismo. Porque éste no es un delito que uno cometa en más de una ocasión. Esta forma de obsesión por un objeto, la obsesión de destruirlo, es monógama. Sabemos que Mr.*** no volverá al Museo Británico y aporreará la Piedra Rosetta o los Mármoles de Elgin; tampoco es verosímil que lo haga otra persona, puesto que parece que no hay más de diez o quince obras de arte en todo el mundo que generen obsesiones (reciente estimación, probablemente baja, a cargo del Superintendente de Bellas Artes de Florencia, cuya ciudad tiene el honor de cobijar dos de ellas, la estatua de Michelangelo y el *Nacimiento de Venus*, de Botticelli). El Jarrón Portland no se encuentra en la lista.

Nadie puede compensar a Mr. ***, a quien el magistrado castigó con una multa de tres libras o dos meses de trabajos forzados. Como sólo tenía nueve peniques en el bolsillo, le encarcelaron y le soltaron unos días más tarde cuando alguien pagó la multa. (Su benefactor, se rumoreó, era un clemente aristócrata, ni más ni menos que el propio Duque de Portland, quien manifestó que lo hacía porque no deseaba aparecer como perseguidor de un joven que debía de estar loco.) En cambio, el jarrón, roto en ciento ochenta y nueve fragmentos depositados sobre una mesa en el sótano del museo, fue examinado con pinzas y lupa, y un intrépido y habilidoso empleado y su ayudante lo recompusieron en siete meses.

¿Una cosa destrozada, luego expertamente reparada, puede ser la misma que era? Sí, para el ojo, sí, salvo que la miremos muy de cerca. No para la mente.

De vuelta a la vitrina de cristal, este nuevo jarrón, que no es una reproducción ni es el original, se parecía bastante a su previa encarnación para que ningún visitante del museo supiera que lo habían roto y restaurado, a no ser que le informaran de ello. Una perfecta obra de reconstrucción, para la época. Hasta que el tiempo la desgasta. La cola transparente amarillea y se hincha, haciendo visibles las líneas de juntura. La arriesgada decisión de intentar una mejor reconstrucción del jarrón se tomó en 1989. En primer lugar, tuvo que ser devuelto a su condición de roto. Un equipo de expertos sumergió el jarrón en un disolvente que desecaba para ablandar el antiguo adhesivo, despegó los ciento ochenta y nueve fragmentos uno a uno, los lavó en una solución de agua tibia y jabón no iónico, y los pegó con un nuevo adhesivo, que se endurece de forma natural, y con resina, que se puede vulcanizar con luz ultravioleta en treinta segundos. El trabajo, supervisado con un microscopio electrónico y fotografiado en cada fase, requirió nueve meses. El resultado es óptimo. El jarrón, ahora, durará para siempre. Bien, por lo menos otros cien años.

*

Hay cosas que no se pueden recomponer: la vida de alguien, la reputación de alguien.

Durante las primeras semanas de enero, el héroe fue nombrado subjefe de la Flota del Canal (aún tenía que pasar unos momentos más bajo la sombra de la desaprobación oficial por su reprensible conducta durante los dos últimos años) y le concedieron un nuevo buque insignia. Gillray celebró el regreso del héroe a su destino de héroe con un grabado titulado «Dido desesperada». Dido es una repugnante montaña de mujer que se levanta de una cama, abiertas las pantagruélicas piernas, sus gigantescos brazos y carnosas zarpas tendidos hacia una ventana que da al mar, donde una escuadra de barcos de guerra emprende su singladura.

Ah, where, & ah where, is my gallant Sailor gone?
H'es gone to fight the Frenchmen, for George upon the Throne,
H'es gone to fight the Frenchmen, t'lose t'other Arm & Eye,
*And left me here with old Antique, to lay me down & cry.**

* «Ay, ¿dónde, y ay dónde mi galante marino se ha ido? / Se ha ido a luchar contra los franceses, por Jorge en el Trono, / Se ha ido a luchar contra los franceses, a perder el otro brazo y el ojo, / y me ha dejado con el viejo Antigualla, para joderme y llorar.»

Y, ciertamente, en un oscuro rincón de la cama, uno descubre a duras penas la cabeza marchita de un pequeño, dormido esposo.

Hay pocas personas, tales como el héroe, cuyas vidas y reputaciones estén como el Jarrón Portland, ya en un museo y sean demasiado valiosos para que se permita que desaparezcan.

Él es un guerrero, el mejor que su belicosa patria, a punto de convertirse en el mayor poder imperial que el mundo haya conocido nunca, ha producido. Todos le admiran. La creación de su reputación ha ido demasiado lejos. No se puede permitir que la destruyan.

Pero a quién le importan esta mujer gorda y vulgar y su débil, marchito y viejo marido. Se les puede destruir. La sociedad no perderá. No se ha invertido nada importante en ellos.

Por lo tanto, a partir de ahora, nada de lo que harán estará bien.

Ignominia, ignominia. Doble ignominia.

Y para el héroe, pronto, gloria inmortal.

Por supuesto, la reputación del héroe tiene una fisura. Nada puede eliminarla. Ni la gran victoria que consiguió unos meses después, la segunda de sus tres grandes victorias, en la que rompió el dominio de Napoleón sobre el Báltico; ni siquiera la final, la suprema victoria cuando, tras ignorar el consejo de no convertirse en blanco él mismo luciendo todas sus estrellas y condecoraciones en el puente de mando durante la batalla, fue aniquilado por una bala de mosquete disparada desde el mastelero de mesana de un barco de guerra francés que estaba cerca. Todos los que cuentan la historia de su vida deben tomar posiciones respecto del periodo de mala conducta en el Mediterráneo, aunque sólo sea para declarar que no vale la pena comentarlo. Uno debe mantener la adecuada velocidad de narración, como uno ha de mantener la distancia adecuada respecto del destrozado y reconstruido Jarrón Portland. Ve más despacio, o acércate para un escrutinio más detenido, y no podrás evitar verlo. Apura el paso, describe sólo lo que es esencial... y ha desaparecido.

*

Y qué vestir para disimular la causa de una pérdida repentina de peso, puesto que éste es el problema de la esposa del Cavaliere dos semanas después de que el héroe zarpara para el Báltico. Afortunadamente, es a principios de febrero y hace mucho frío. Respuesta: las voluminosas prendas de los últimos meses de embarazo, pero un poco acolchadas, con la esperanza de que, cuando se prescinda de capas sucesivas, el cambio de silueta pueda parecer el resultado de una dieta radical y notablemente efectiva.

Y qué vestir por la noche cuando, en el mayor secreto, sacas a tu hija de una semana de la casa de Piccadilly y la metes en un coche de alquiler para ir a Little Titchfield Street, donde debes dejarla a una nodriza hasta que idees la manera de reclamar al bebé como vástago de otra mujer que han dejado a tu cuidado. Respuesta: un manguito de piel.

Han llegado noticias de la gran victoria conseguida en Copenhague, ganada por tu auténtico marido, el padre de tu preciosa hija, tu primer vástago, que tu amado sepa; tu amado, que está loco de dolor porque no pudo presenciar el nacimiento de su hija, y loco de alegría por ser padre, te lo dice, te escribe una o dos veces al día; tú le escribes tres o cuatro veces al día. Él escribe principalmente sobre la niña ahora, cómo la llamarán; él no duda en reconocer su paternidad, le preocupa mucho la salud de la pequeña. Esto y sus celos. No cree seriamente que le serás infiel, pero está convencido de que todo hombre en Londres se siente atraído por ti. Y la verdad es que sí, muchos se sienten atraídos. Puede que no seas presentable en la corte, y Miss Knight, alertada la noche misma de la vuelta a Londres de que cualquier nuevo contacto contigo empañará su reputación, no te ha visitado ni una sola vez. Pero otros lo hacen. Te reciben, tú abres tu casa, hay fiestas y veladas musicales, aunque sólo sea por tu esposo, a quien ahora consideras como el padre que nunca tuviste, eras una muchacha cuando te casaste con él, pero hoy eres verdaderamente una mujer, tu marido-padre debe demostrar que aún está en buena posición, sin ningún apremio por vender sus colecciones.

Se trazan planes para una fiesta a la que asistirá el Príncipe de Gales. Y a un amigo del héroe le ha deleitado poder informar de que el príncipe va diciendo por ahí que está encaprichado contigo. Se sentará a tu lado, te dirá cosas dulces, se lamenta el héroe. ¡Te acercará el pie! Puesto que habéis intercambiado locas cartas febriles, a los dos os enloquece la separación. Tú le haces prometer que nunca bajará a tierra cuando su barco toque puerto, no importa por cuánto tiempo, o permitirá que ninguna mujer suba a bordo. Él cumple con su promesa. A su vez te hace prometer que nunca permitirás que te sienten al lado del Príncipe de Gales en cualquier fiesta (no cumpliste esta promesa), pero cuando el príncipe apretó una pierna contra la tuya bajo la mesa, tú rápidamente te apartaste y, con la excusa de preparar tu actuación, te retiraste. Él no te ha hecho prometer que no te exhibirás.

Y en la suntuosa cena para celebrar la noticia de la gran victoria del héroe en Copenhague, después de ofrecer un corto y sedante recital al clavicémbalo, empiezas a bailar la tarantela, y luego tiras de Lord *** para que baile contigo, y cuando él parece incapaz de seguirte, tomas de la mano a Sir ***, y al cabo de unos minutos recuerdas que debías habérselo pedido primero a tu marido, pobre anciano, quien galantemente te acompaña unos pasos, puedes notar el temblor de sus deformadas piernas. Entonces llamas a Charles, pero él se excusa. Y cuando has agotado las pocas parejas posibles en el salón, aún no te sientes cansada, naturalmente has estado bebiendo, cómo podrías aguantar la velada, quizás hayas bebido demasiado, cosa que haces con frecuencia, lo sabes. Pero no quieres parar. Sigues bailando sola por un tiempo. Como una exhibición de folclore napolitano, que pensaste impresionaría a tus invitados, has bailado la tarantela muchas veces en Palermo, pero ésta es la primera ocasión en que la bailas en la fría y gris Londres. No importa, la tarantela está dentro de ti. Siempre encontraste un pretexto para actuar, eras o una estatua viviente o un modelo de pintor, reproducías las posturas y el proceder de algunas figuras de la historia o de la poesía, las impersonaste o las actitudinizaste, como aquellos que te ridiculizan suelen decir, tú cantabas, con la pena o la alegría de otra en tu boca. Ahora no tienes ningún pretexto, ninguna máscara. Hay sólo la sensación de dicha, ahora, bailando con esta música en tu cabeza, aquí, en Londres, en tu propia casa, con tu viejo marido sentado allí, sin mirarte, mirando hacia otro lado, mientras que los demás sí te miran, te observan, te comportas como una tonta, no importa, te sientes tan viva. Ya sabes que no tienes la gracia de antes, pero eres tú, eres aquello en que te has convertido, empiezas a engordar de nuevo, tu madre y tus criadas están abriendo las costuras una vez más, y pides que venga tu negra Fátima y tu rubia Marianne, quienes junto a otros criados, desde el vano de una puerta, presencian a distancia el jolgorio de sus amos, para que te acompañen en la tarantela. Las dos se aproximan tímidamente y empiezan a bailar contigo, pero Marianne se ha ruborizado de pies a cabeza, y dice algo que tú no oyes, y se aleja, mientras Fátima baila con tanto ardor como tú. Quizá sea el vino, quizá sea la negra piel brillante de Fátima, quizá sea tu exaltación por Copenhague, ahora bailas sosteniendo la negra mano sudorosa de Fátima; más deprisa, tu corazón late con fuerza, tus pechos atiborrados de una leche que tu hija ya no mama se agitan con pesadez. Ahora no tienes pretexto, siempre habías tenido un pretexto para actuar. Tú sólo eres tú. Pura energía, puro desafío, puro presagio. Y oyes los gritos y chillidos extraños que salen de tu boca, sonidos de una naturaleza muy peculiar, incluso tú te das cuenta, y ves que estás provocando un escándalo, tus invitados se sobresaltan. Pero esto es lo que ellos querían. Esto es lo que piensan de ti de todos modos. Te gustaría rasgarte las vestiduras de arriba abajo y mostrarles tu pesado cuerpo, las manchas y cicatrices de tu vientre, tus pesados y pálidos y venosos pechos, el eccema de tus codos y rodillas. Tiras de tu ropa, tiras de la ropa de Fátima. Esto es lo que ellos creen que eres verdaderamente, una peonza, un grito, un chillido. Toda boca, toda pechos, toda muslos, vulgar, irrefrenable, obscena, lasciva, gorda, boba. Dejemos que vean lo que en cualquier caso creen ver. Y acercas a Fátima hacia ti, te llega en su aliento, tú imaginas, toda África, y la besas en la boca, saboreando las especias, los aromas, todos los lugares distantes, tú quieres estar en todas partes, pero sólo estás aquí, con algo que te llena el cuerpo, y bailas más deprisa, más deprisa. Algo brota para salir de ti, casi como cuando la criatura empujaba para salir de tu vientre, es aterrador como aquello lo fue, pensaste que ibas a morir, una mujer siempre piensa que va a morir cuando las contracciones se hacen más rápidas, y parece imposible que puedas sacar esta cosa enorme de tu cuerpo. Es aterrador como aquello, pero no doloroso, como lo es dar a luz a una vida. No, es goce, la vitalidad de estar viva; te has convertido en un personaje de escándalo, pero te percatas de lo muy feliz que eres, lo muy orgullosa de él que te sientes, y luego lo muy grande que es el mundo (él se ha ido muy lejos y puede que deba quedarse allí durante meses, puede que le hieran, puede que le maten en cualquier momento, le matarán un día, ya lo sabes) y lo muy sola que estás, lo muy sola que estás siempre, no tan distinta de esta Fátima dócil, una extraña en este mundo como tú, una mujer, una esclava, que debe ser lo que otros quieren que sea. Y es muy grande, el mundo, y tú has vivido mucho, pero todos te culpan, lo sabes. Sin embargo, está la gloria de él, su gloria, y caes de rodillas, y Fátima te imita, y os abrazáis y os besáis una vez más y luego las dos os levantáis y Fátima, con los ojos cerrados, está profiriendo extraños gritos aullantes, y también salen de tu garganta. Y los invitados se sienten profundamente turbados, pero durante mucho tiempo tú has sido una presencia turbadora, ahora siempre confundes a la gente. Lo has visto en los ojos de todos, eres sobradamente observadora: sólo pretendes no verlo. Dejemos que todos se sientan turbados, que se confundan todavía más. Sienta tan bien cantar y zapatear y dar vueltas. ¿Por qué te critican y se burlan de ti? ¿Por qué les turbas? En ocasiones deben sentirse como tú te sientes ahora. ¿Por qué la gente siempre intenta detenerte? Has intentado ser lo que ellos quieren que seas.

*

Mi muy querida esposa, escribe el héroe a la esposa del Cavaliere. Dejarte es literalmente desgarrarme la carne. Estoy tan deprimido que no puedo alzar la cabeza.

En febrero, el héroe consiguió un permiso de tres días y vio a su hija en Little Titchfield Street. Lloró al levantar a la criatura y sostenerla contra su pecho. Lloraron juntos cuando él partió para volver al mar.

Ella siempre había querido hablarle de su otra hija, ahora de diecinueve años, a quien había dado su mismo nombre de pila. Pero nunca llegó el momento adecuado y ahora era demasiado tarde. La otra hija era ella misma, mientras que esta niña llevaba el nombre del héroe, con una *a* femenina al final. Por tanto esta criaturita minúscula era su única hija.

Siempre que el Cavaliere pasaba el día fuera con Charles, hacía que le trajeran la niña de Little Titchfield Street. Volvía a la cama y dormía junto a ella. Era amable por parte de él no aludir nunca a la existencia de la criatura, lo cual despertaba su agradecimiento hacia él. Él se lo podía haber reprochado a ella. No, él no se lo reprochará. Su madre daba un golpe cuando volvía el Cavaliere. Ella no quiere imponerle la criatura, se dice. La verdad era que no quería compartir la niña con él, pero un día... seguramente no muy lejano... él estará... ella ya no será... ¡ya no tendrá que alejar a la niña!

*

Los únicos reproches del Cavaliere a su esposa se referían al dinero: los gastos de su vida social, por ejemplo; una cuenta de vino de cuatrocientas libras, en particular. Pero ella tenía tan poco de mercenaria como mucho de extravagante. Se ofreció a vender todos los regalos de la Reina, el collar de diamantes que el Cavaliere le había regalado muchos años atrás por su cumpleaños, y el resto de sus joyas. Había un exceso de diamantes en el mercado de Londres (demasiados aristócratas franceses emigrados y sin dinero vendían sus joyas); valorado en Italia por un equivalente a treinta mil libras, sólo consiguieron por el collar una vigésima parte de esta cantidad. Pero, por lo menos, la suma pagó el amueblado de la casa de Piccadilly.

Ahora él tenía que vender lo que tenía que vender.

El inventario ya estaba concluido desde hacía dos años y medio, desde hacía toda una vida, antes de que abandonaran Nápoles. Los pocos cuadros que habían salido de las cajas de transporte y colgaban en la casa de Piccadilly fueron embalados de nuevo; y las catorce cajas de cuadros, más las otras salieron de la casa y fueron transportadas al subastador.

Lo difícil es elegir. Me quedaré con esto, pero me desharé de aquello. No, no puedo deshacerme de aquello. *Eso* es lo difícil.

Pero una vez que decides permitir que todo se vaya, ya no resulta tan duro. Uno se siente casi temerario, atolondrado. Lo importante es no retener nada.

Una colección se adquiere, idealmente, pieza a pieza (da más placer de esta manera), pero ésta sería una forma desagradable de venderla. En vez de la muerte a través de un millar de cortes, un limpio golpe letal. Cuando Mr. Christie le informó del resultado de los dos primeros días de venta, totalmente dedicados a sus cuadros, él casi no dio ni un vistazo a la relación final. No quería demorarse en el hecho de que el Veronese y el Rubens hubieran subido más de lo que esperaba, el Tiziano y el Canaletto menos. Lo importante era que había conseguido mucho más de lo que él pagó por ellos, cerca de seis mil libras.

Aunque estaba lejos y en el mar, el héroe había dado instrucciones a un agente para licitar por dos de las quince pinturas de la esposa del Cavaliere. Subid a cualquier precio. Debo tenerlos. Y a la esposa del Cavaliere: veo que estás en VENTA. ¿Cómo puede él, cómo puede deshacerse de tus cuadros? Cuando pienso que cualquiera puede comprarlos. ¡Cómo me gustaría poder comprarlos todos yo! El cuadro que al héroe más le habría gustado comprar era la salaz Ariadna de Vigée-Lebrun; pero, desgraciadamente, nunca había formado parte de la colección del Cavaliere.

Dos días más de venta a principios de mayo reportaron otras tres mil libras. Seguidamente, el Cavaliere redactó su testamento, el testamento que siempre había pensado que iba a hacer, y que ahora no tenía razón alguna para cambiar. Se sintió más ligero, aliviado de un peso.

*

Y qué vestir en casa, la casa que siempre has querido, un auténtico hogar, que significa una propiedad en el campo, una granja, con un arroyo discurriendo a través de ella. Incluso cuando estás haciendo los honores en la mesa, un sencillo vestido negro. Y cuando paseas por tu propiedad, vigilando tu ganado, supervisando la poda de los árboles, un sombrero ajado y un sobretodo marrón a rayas sobre los hombros.

El miedo a la invasión, agudo en verano, había pasado sin que la flota de Napoleón hiciera su esperada aparición en el Canal. El héroe había escrito, no obstante, una carta al Almirantazgo. Solicito el permiso de sus señorías para desembarcar en tierra, puesto que necesito reposo. Y había pedido a la esposa del Cavaliere que buscara una casa donde pudiera instalarse en su vuelta, según espera él, en octubre. Ella encontró una propiedad con una casa de dos pisos en la no deteriorada campiña de Surrey, sólo a una hora de trayecto desde el Puente de Westminster. Contra el consejo de los amigos, quienes consideraban que la casa de ladrillo, de un siglo de antigüedad, así como la extensión de terreno, eran demasiado modestos y, a nueve mil libras, demasiado caros, el héroe pidió dinero en préstamo para comprarla y solicitó a la esposa del Cavaliere que la arreglara para su vuelta. Con su madre, ella se dispuso a equipar la casa. Iba a ser bonita y necesitaba enyesado, pintura, espejos, muebles (no faltarían ni un piano, ni banderas, trofeos, cuadros y porcelanas celebrando las victorias del héroe). Sería actual: ella instaló cinco sanitarios y colocó fogones modernos en las cocinas. Y sería algo así como una granja, con establos para ganado, pocilgas y gallineros.

Me divierten más los corderos y serdos y gayinas que la corte de Nápoles, escribió ella al héroe. Confío no aburrirte con estos detayes.

Querida mía, respondió el héroe, preferiría leerte y oírte a ti a propósito de cerdos y gallinas, sábanas y toallas, saleros y cazos, carpinteros y tapiceros, que escuchar cualquier discurso en la Cámara de los Lores, puesto que no hay tema al que no des vida con tu agudeza y elocuencia. Estoy de acuerdo con los loros africanos en la terraza. Asegura a Fátima que estaré en casa en el momento de su bautizo. Por favor, recuerda dar instrucciones a Mr. Morley de que ponga algunas redes en las orillas del arroyo y en el puente para prevenir cualquier posibilidad de que nuestra hija caiga cuando venga a vivir con nosotros. Tendrás la amabilidad de recordar que no quiero nada en la casa excepto lo mío propio, y contarme todo lo que tú y Mrs. Cadogan estáis haciendo. Hablas de nuestro paraíso. No sé cómo puedo soportar nuestra separación mucho más tiempo. Cuánto añora el Conquistador volver y pasar a ser de nuevo el Conquistado.

Puesto que su esposa y la madre de ésta siempre estaban en la casa de Surrey a partir del momento en que el héroe volvió, el Cavaliere no pudo elegir sino vivir también allí, a pesar de que aún mantenía la casa de Londres. No le habían olvidado. Para él la corriente, que su esposa había rebautizado como Nilo, fue poblada de peces. Pero no le habían permitido trasladar sus libros de la casa de Londres, ni su cocinero francés. Su esposa señaló que tenía la biblioteca y los criados de la casa del héroe a su disposición. No podía explicar por qué necesitaba su cocinero francés. Estaba cansado de renunciar a cosas.

Renuncias a esto, aquello, lo otro. Y siempre hay más.

Robaron la manta de viaje de su carruaje cuando paró en una posada a descansar después de un día de pesca en el Wandle. El Cavaliere salió e inmediatamente vio que la manta había desaparecido, y que el cochero dormía sentado en el pescante. Las lágrimas nublaron sus ojos. En el camino de vuelta no pudo dejar de pensar en ello. Se lo contó a su esposa al llegar y no consiguió atraer su atención. Ella dijo, Ah son cosas que roban todo el tiempo.

El Cavaliere se sintió ridículo por importarle tanto la pérdida de la manta. Su valor era insignificante. Pero no se trataba de dinero. A veces nos sentimos unidos a cosas que no tienen ningún valor. A veces, especialmente cuando uno es viejo, son tales las cosas a que uno se siente más unido. La pérdida de una pluma o un alfiler o una cinta duele, duele de forma inolvidable. Él insistió en publicar un anuncio por la manta robada.

Es tirar el dinero anunciar esto, dijo su esposa. No es como el diamante que perdimos en Dresde.

«Perdida en la Cabina del Coche de un Caballero una Manta Carmesí de Tela con Adornos, ribeteada de Encaje de Seda, bordada en blanco y azul.»

Nunca la devolverán, dijo la esposa del Cavaliere.

Y, naturalmente, no la devolvieron. Él soñaba a menudo con la manta. Podía muy bien decir que su pérdida le había afectado más que cualquier otra cosa de la que se hubiera separado recientemente.

*

Tenderse en la cama, dar rienda suelta a la fuerza contraria a la inmensa fatiga, flotar entre el sueño y el despertar, recordar el pasado, no tener nada en el pensamiento, tenerlo todo en el pensamiento, ver las caras inclinadas sobre ti, con aspecto de preocupación, está mi esposa, está su madre. Alguien aplica un paño húmedo a sus labios. ¿Qué es este extraño sonido rasposo? Alguien en la estancia tiene problemas de respiración.

Hay interminables pasadizos que debe recorrer, hasta que se da cuenta de que ya no tiene el uso de sus piernas. Hay cosas que ha dejado sin hacer. Es primavera y la ventana está abierta, hay voces. Le hacen muchas preguntas. ¿Cómo estás, cómo te sientes, te sientes mejor? A buen seguro, no esperan que él responda. No ha sido capaz, a pesar de que quería hacerlo, de decir que tenía que orinar. No les va a contar que la sábana está húmeda. Podrían enfadarse. Quiere que ellos estén como están ahora, con sus caras sonrientes y atentas: la cara de ella, la cara de él. Le cogen las manos. Qué cálidas son sus manos. Le han tomado entre sus brazos. Oye el crujir de la tela. La que está a su izquierda es su esposa. Puede sentir su pecho. Y al otro lado está su amigo. Está en el brazo izquierdo de su amigo. Confía en no resultar demasiado pesado para ellos. Hay un gran espacio vacío dentro de su pecho, donde solía estar el dolor.

Ha escapado de la mazmorra del pensamiento. Se alegra. Sube. Es un ascenso laborioso. Pero ahora ya no hay que escalar más la montaña. Él ha subido. Por una especie de levitación. Había mirado hacia arriba durante mucho tiempo, y ahora puede mirar hacia abajo desde este encumbrado lugar. Un grandioso panorama. Así que esto es morir, pensó el Cavaliere.

TERCERA PARTE

6 de abril de 1803

Sólo porque he cerrado mis ojos y estoy tumbado sin apenas moverme suponen que no puedo oír lo que dicen, a pesar de que oigo perfectamente bien. Pero es mejor así, la habitación es muy grande, las cortinas que revolotean en las ventanas están afectadas por un trastorno nervioso, no se puede captar todo de una sola mirada. La luz me cierra los ojos. En voz baja alguien dijo, esto no puede durar mucho más. Y oí todo lo que dijeron antes mientras dormía, cuando no quería despertar. Aún no. Despertar es verse sorprendido. Nunca me han importado mucho las sorpresas. Tolo y mi esposa se aprietan contra mí: han hecho las paces desde que enfermé. En Nápoles Tolo se comportaba con ella como un criado mal educado, miraba al suelo siempre que ella se dirigía a él, pero han estado conversando apaciblemente, entre pausas, como viejos amigos, y sólo ahora siento sus cabezas ladearse una hacia otra sobre mi pecho y la caricia de sus labios. Qué extraño que mi fiel cíclope napolitano vista con un uniforme naval británico. Quizá se ha vestido de este modo para divertirme. Me entiende muy bien. A veces sucedía que yo me asustaba, como cuando me acercó al río de lava y el corazón martilleó en mi pecho, pero no lo demostré, no era conveniente que yo mostrase miedo. Él puede suponer, erróneamente, que ahora estoy asustado o me siento rechazado. Es muy intrépido, Tolo. Ha ganado muchas batallas. Todo el mundo le admira. A pesar de su oscura cuna, ahora es un duque siciliano. Al Rey le gustaría convertirle en el cíclope-trueno que está al acecho dentro del Etna, pero creo que Tolo aún prefiere el Vesubio, como yo. No podemos subir juntos al Etna. No hubo título nobiliario para mí. Pero permitir que esto me hundiese no remediaba nada, puesto que nada ganas excitándote cuando te encuentras entre las garras del miedo. Es mucho mejor permanecer muy quieto. Así das la impresión de que no estás asustado, cosa que tranquiliza a los demás, y de esta manera te tranquilizas a ti mismo. En la ruta hacia Palermo temblé y me excité con la agitación y los temblores del barco, y Tolo vino a sentarse conmigo y coger mis pies, como me gustaría que hiciera ahora porque los tengo bastante fríos; desearía que les diera masajes. Y aunque pareciese una tontería haber sacado mis pistolas, qué imaginé que podía hacer con ellas, ejecutar la tormenta, fui capaz de sentarme bastante tranquilo después de aquello, cuando Tolo tuvo que volver a cubierta, porque también él debía dar ejemplo de calma. Me senté inmóvil y cerré los ojos y la tormenta amainó. Y sé que si me acuesto aquí sin moverme no tendré miedo. Ahora hablan. Esto no puede durar mucho más. Quizá Tolo sea intrépido porque sólo ve la mitad de lo que los otros ven. Medio ciego ganó sus mayores batallas. Y si yo mantengo los ojos cerrados no veré el peligro en absoluto. Es del todo imprevisible el lugar donde se encuentra el auténtico peligro. Mis amigos aquí me imaginaban en constante peligro por causa del volcán y me decían lo mucho que les contrariaría tener que oír que yo había perecido en una erupción como Plinio el Viejo, pero se equivocaban al temer por mi seguridad. Nunca se cernió sobre mí ninguna calamidad, por lo menos no en el volcán. El volcán era un refugio. La propia Nápoles era muy salubre. Yo me sentía muy bien. El aire. Ahora no me siento bien. Y el mar. Cuando nadaba desde mi barca, la deliciosa sensación del agua que sustentaba mis extremidades. Me alegra que me sostengan porque mis extremidades resultan muy pesadas. Detecto cierta dificultad en mi respiración. No estaría enfermo si continuara en Nápoles. El aire era allí benevolente con Catherine. Si Plinio no hubiera estado gordo y siempre falto de aliento, no habría muerto cuando el Vesubio entró en erupción. No adivinó, nadie lo sabía entonces, que se trataba de un volcán. Qué sorprendidos debieron quedarse. Cuando embarcó para rescatar a algunas de las víctimas de la erupción, quienes le acompañaban no perecieron. Sólo él sucumbió a los funestos humos del volcán. Quizás el volcán fue nocivo para Catherine. Recuerdo que lamentaba mucho morir y me pidió que cuidara de que no la enterrasen. Estaba muy cansada. Creo que ahora descansa en su habitación. Muchas personas quieren descansar. Cuando llegó a la costa, Plinio se sintió cansado y colocaron una sábana en tierra para que se tumbase y descansara un poco, pero ya no se recuperó. Uno no puede saber cuándo va a morir, aunque sí puede tomar razonables precauciones. Al tiempo que evita precauciones irracionales. Puesto que, ahora recuerdo por qué, yo empuñaba las pistolas para matarme cuando notara que el barco se hundía. Tenía más miedo del agua que llenaría mi garganta, impidiendo el paso del aire, que del metal que me abriría la cabeza. No volveré a sentir pánico. Qué absurdo si me hubiera matado porque oía demasiado fuerte, porque el bajel se decantaba demasiado a un lado. Un ruido puede cesar, un objeto inclinado puede enderezarse. Y yo hubiera muerto antes del momento en que se supone que moriré. La madre de Tolo dijo que yo no moriría entonces, en la tormenta, y demostró estar en lo cierto. Me aseguró que viviría hasta la edad que ahora he alcanzado, que no puedo recordar, a pesar de que me vendrá a la memoria dentro de un momento. No me preocupan las predicciones. Cualquier número hace una vida más corta de lo que debería ser. A los veintidós, sí, los acontecimientos de la juventud de uno son más fáciles de recordar, el mes era septiembre y el año 1752, cuando cambiaron el calendario, vi a una multitud siguiendo una inscripción que decía DANOS NUESTROS ONCE DÍAS, porque los ignorantes pensaban que les sustraían de sus vidas los días eliminados. Pero nunca se sustrae nada. Y uno nunca convencerá a los ignorantes de que son ignorantes, ni a los tontos de que son tontos. No obstante, es natural el deseo de prolongar el ser de uno, por desgraciado que sea. Esto no puede durar mucho más. En Nápoles las personas de edad son abatidas cada día por las raudas calesas cuyos insolentes cocheros gritan a todos sin distinción que se aparten de su camino. Uno de los transeúntes, lo vi, era un anciano, muy viejo, muy delgado, un esqueleto meramente, un esqueleto harapiento, que colocaba cada pie en el suelo no desplazándolo hacia adelante y oblicuamente sino perpendicularmente y con una especie de patada, apoyando toda la suela de un golpe. Lo suyo no era intrepidez sino obstinación. Yo no querría andar si no pudiera mantenerme vertical. Pero tendido aquí, aunque no tenga el uso de mis brazos y mis piernas sino sólo mi razón y mi tristeza, aún puedo disfrutar presenciando el desarrollo de los acontecimientos. Quién desearía que el telón cayese antes de que la obra terminara. Quién dijo que esto no puede durar mucho más. Incluso si ninguna historia nunca acaba, o más bien si una historia se convierte en otra, y ésta en otra, etcétera, etcétera, etcétera, me gustaría saber cuándo y cómo al maldito Bonaparte le llega su castigo y, ajá, alguien ha cerrado la ventana. Oigo ruedas de carruajes. Creo que están planeando llevarme de viaje. Pero por lo menos he vivido lo bastante para ver hundirse en Inglaterra la confabulación con la infamia revolucionaria. La naturaleza humana es tan perversa que resulta incluso absurdo esperar, y mucho más desear, que la sociedad pueda algún día ser transferida a otro y mejor nivel. Lo máximo a que uno puede aspirar es a una muy lenta elevación. Nada cónico. Puesto que, lo que sube muy arriba, caerá. Es muy difícil que algo se sostenga en alto durante mucho tiempo. Mi cuerpo me abandona. Me pregunto si ahora podría levantarme. Tendría que practicar el estar de pie si voy a salir de viaje. Les sorprendería si me pusiera en pie, con mis frías y pesadas piernas. Tolo vendrá cuando este menudo individuo con uniforme de almirante se vaya, y me dará masajes en las piernas. Pero quiero que se quede mi esposa. No precisa ir siempre con él. Puede quedarse conmigo y cantarme. Para ella incluso abriría los ojos. Ahora está siendo muy amable. Últimamente no ha sido tan amable conmigo como yo habría deseado. Presumo que no ha sido amable porque estoy enfermo, por lo cual intento volver a estar tolerablemente bien. Hay personas que protegen algo sólo cuando está en peligro o maltrecho o casi desparecido. Los ignorantes trabajadores de Pompeya y Herculano no habían pensado en lo que estaban rompiendo y enterrando con pico y pala, hasta que Winckelmann visitó las excavaciones y denunció la profunda falta de método y cuidado con que se llevaban a cabo, y se adoptó una pauta más prudente. Y poco después murió asesinado por un horrible joven, ningún Ganímedes según me dijeron, sino un feo bruto con marcas de viruela a quien mi susceptible amigo invitó a su habitación de hotel y tuvo la imprudencia de mostrarle algunos de los tesoros que él trasladaba a Roma. Yo hubiera creído que a Winckelmann sólo le gustaban jóvenes con caras y cuerpos como las estatuas griegas cuyas bellezas tanto ensalzó, pero no existe una norma única de gusto a pesar de todos los apremiantes legisladores, y luego si a uno le tienen que matar, si éste es su destino, uno no puede prever quién será su asesino. Nunca, ni en una sola ocasión, temí el destello de una cuchillada en los treinta y siete años que viví entre gente violenta e intemperante. Pero en la seguridad de mi cama, de mi Inglaterra, esto no puede durar mucho más, los terrores nocturnos son una de las enfermedades que ahora padezco, que confío pasen cuando me restablezca, desearía no pensar en eso ahora. Mi propia madre se acerca hacia mí mientras abre su túnica y hace señales lascivas. Un círculo de hombres y mujeres se sientan para deleitarse devorando cadáveres, chasqueando quedamente los labios y escupiendo pedazos de hueso blanco, blanco como la piedra tosca que recogí en el volcán. Y un hombre abotargado flota en el agua y una mujer embarazada pende de una horca. En sueños me han cogido para colgarme, sumamente desagradable, incluso cuando alegué que era incapaz de andar, en sueños una banda de hombres armados con cuchillos se cerraba contra mí mientras yo permanecía indefenso en cama. A menudo sueño ahora que me van a asesinar. Por regla general puedo dominarme al despertar, a pesar de que estos fantasmas se prolongan durante unos minutos en mi estado de vela ya despierto, pero si es preciso tiro de la cuerda de la campana y hago que el viejo Gaetano se siente a mi lado hasta que vuelvo a dormirme. Y en una ocasión, creo que fue la otra noche, me oí gritar, de la forma más lastimera según me temo, y mi esposa y mi cíclope entraron en la habitación y preguntaron si sentía algún dolor. No, no es dolor, respondí. Sólo era un sueño, pero me sorprende lo muy veraz que era. Permitidme que no me explaye en él. Prefiero, siempre he preferido, explayarme en lo que es placentero y afortunado, de lo que tanto tengo que recordar. En primer lugar, mi buena salud. Durante todos los años de Nápoles apenas si estuve enfermo. Un malestar ocasional del estómago, nada más. Mi distinguido médico a menudo comentaba mi fuerte constitución y firme estado nervioso. Un hombre excelente, Cirillo. Disfruté escuchándole perorar sobre los descubrimientos recientes en la ciencia de los seres vivos. Yo sólo tenía que conservar los dones de la naturaleza, renunciando a los excesos de bebida y comida, en especial platos fuertemente condimentados, que hacen que los fluidos del cuerpo se tornen espesos y viscosos, indolentes y aletargados, y estrechen los canales a través de los que circulan. Y practicar un moderado y continuo estímulo de las funciones animales a base de cabalgar, nadar, escalar y otras formas de ejercicio. La acción corporal invariablemente me ponía en forma. Y si cuando me encontraba dentro de casa padecía por sentirme bajo de tono, sólo tenía que leer o tomar mi violín o mi violoncelo e inmediatamente me volvía a sentir animado. No era difícil de consolar. La naturaleza me hizo equilibrado. La edad me ha convertido en un flemático. Nada me perturba. No puedo resultarles muy molesto a quienes ahora me cuidan. Si llamaran a Simón para que me afeitara, no sentiría tan rígida mi cara. Siempre fui afortunado. La belleza me rodeó. Me rodeé de belleza. Cada entusiasmo, un nuevo cráter de un viejo volcán. Entrar en una tienda o en una sala de subastas o en el santasanctórum de un colega coleccionista, y sentir sorpresa. Pero no demostrarla. Aquello podía ser mío. Cuando una pasión empieza a menguar es necesario conformar otra, puesto que todo el arte de pasar por la vida tolerablemente consiste en mantenerse dispuesto a todo. A pesar de que los entusiasmos del Rey, a excepción del billar y la pesca, se manifiestan de forma inmoderada, y él mismo era excesivamente repulsivo en su persona, y en conjunto falto de agudeza y discernimiento, yo prefería su compañía a la de la inteligente Reina. Las mujeres están a menudo descontentas, he observado. Creo que la mayoría se aburre. Yo nunca me aburro mientras tenga un entusiasmo que compartir u observar. He saboreado todos los entusiasmos excepto los religiosos, y mientras estaba en Viena disfruté pescando en el Danubio. Catherine confiaba en que me convertiría en creyente, pero no está en mi naturaleza, que es escéptica. Mientras que apenas si negaría que las ilusiones son necesarias para que la vida humana sea soportable, las amargas y tristes fábulas del cristianismo no poseen ningún encanto para mí. No quiero indignarme. Mi boca está muy seca. El primer principio de la ciencia de la felicidad es no sucumbir a la indignación o a la autocompasión. O al agua. Me apetecería un poco de agua. No me oyen. La presión de una mano. Pero los afectos se dispersan. Una Venus no puede mantenerse fiel. Y yo no soy Marte, pero rechacé todas las ocasiones de vengarme. No vendí mi Venus. Fiel a mi pesar, puesto que sí intenté venderla. Pero nunca amé un cuadro tanto como mi Correggio. Me sorprende que Charles no esté en el cuarto; esto no es gentil, puesto que no olvidé nombrarle mi heredero. Sé que está triste porque yo no tengo más dinero. Charles no es feliz como esperaba serlo. No hubo Venus para Charles. Ama sus gemas y escarabajos y los engarces de sus anillos. Y ahora es mucho mayor. Creo que me ha envidiado. En primer lugar, en el arte de la felicidad. Mientras me satisfacía a mí mismo, al propio tiempo yo he sido útil a los demás. Nunca he sobrestimado mis habilidades. Mientras que existen otros destinos más elevados, mantengo que descubrir lo que es bello y compartirlo con otros es también una manera valiosa de ocupar una vida. El arte no debe ser meramente el objeto de una admiración estéril. Lo dije. Una obra de arte debe inspirar a los artistas y artesanos de primer orden de la propia época de uno. Fui yo quien llevó a Inglaterra el jarrón del que Wedgwood produce ahora muchas copias. Llenos y rellenos. Quién lo dijo. Cuando uno ha vivido durante tanto tiempo como he vivido yo, uno está destinado a confundirlo todo, pero ahora intento tenerlo claro. Es de esperar que muchos temas acudan a mi mente al mismo tiempo, porque he tenido una vida muy larga. Pero no preciso tocarlos o tratarlos. Me pesan brazos y piernas y no estoy seguro de dónde tengo la espalda. El abultado equipaje, la carga de cada viaje, no se sintió tan pesado como se siente mi cuerpo ahora. Algo me empuja hacia abajo. Todo muy cerca. Una criatura quedó enterrada durante semanas bajo una casa después del terremoto, después de que muriera Catherine. Me pregunto si ella sabía lo bastante como para confiar en que la rescatarían, o si creía que estaba enterrada de por vida. Me refiero a aquella criatura, la criatura que había apretado su puño contra un lado de su cara y salió de su encierro con un agujero en la mejilla. A los hombres no les gusta reconocer la finalidad de la catástrofe. Pagano escribió un ensayo en el que hacía del terremoto de Calabria un emblema de la disolución de la sociedad y la vuelta a la igualdad primitiva. No puedo recordar por qué propuso una noción tan absurda. Era muy inteligente, Pagano. Pero algo le sucedió, no recuerdo qué. He visto que ciertos autores son capaces de elevar cualquier acontecimiento a la altura de una lección o una advertencia o un castigo, pero opino que un hombre con sentido común, por qué las voces se hacen más suaves, confío en que no me dejen cuando tengo la boca seca, la lengua dura, opino que un hombre con sentido común observará el desarrollo de los acontecimientos con calma, con desapego mesurado. Incluso bajo este peso. Cuando ocurre una catástrofe, uno debería procurar salvarse y salvar a los otros. Aquel excelente romano, Plinio el Viejo, se sintió obligado a intentar el rescate de las víctimas del volcán. Le habían educado para ser un caballero. Pero luego están los que se enseñan a sí mismos la manera en que deben comportarse. Es cosa común y que se ha podido ver en la época que he vivido, en la que las personas dotadas podían ascender en la vida desde la más baja condición. Los nacidos pobres aprenden a superarse. Cuando el Vesubio entró de nuevo en erupción, Tolo llegó con su barca y rescató al Rey y a la Reina y nos llevó a todos a Palermo. Pero perdió los jarrones. Hubo una tormenta y fueron a parar al fondo del mar. Tengo la impresión de que no razono con la misma claridad y ecuanimidad que siempre me han sido propias. Voces que gritan *bella cosa è l'acqua fresca.* Tolo debería contarme por qué sus hombres escogieron salvar al almirante que yacía en el ataúd, en vez de mis jarrones, que habrían procurado deleite e instrucción a muchos. Mis banqueros esperaban que los salvaran. Un almirante no vale demasiadas guineas. Me refiero al almirante del ataúd, un hombre de no mucha distinción ni logros. Pero hay mucha gloria por ser rescatado del mar. Quién no encomia al intrépido comandante cuyo nombre he olvidado pero que está en labios de todos. No, no Plinio el Viejo, sino otro almirante, que lo es todo excepto corpulento y no padece de asma. Pero ésta era Catherine. No, los dos. Es perfectamente posible para dos seres humanos parecerse el uno al otro. Si éste no fuera el caso, cómo podríamos comprender nada respecto de nuestros semejantes, sólo por la asidua comparación de los diversos tipos de, sí, el almirante, mi gran amigo, el salvador de nuestra patria. Así le saludó el Rey de Nápoles. Fueron sus palabras. Pero yo quiero decir esta patria, Inglaterra. Y este almirante, que se ha convertido en un hijo para mí, cuyo bienestar y paz espiritual significan más para mí que los míos propios, puesto que no ha sido fácil para mí estos últimos cinco años, debo admitirlo, el mundo que me resultaba familiar ha cambiado en gran manera. Antiguas costumbres derribadas. Nuevos sentimientos que no comprendo y que sólo puedo deplorar, puesto que, ay, sí los comprendo en verdad, y por tanto no asumiré una inercia de comprensión que nunca me ha sido propia. Para otros soy un tonto. Ella debería ser castigada por hacer que los otros me consideren un loco. Podéis darme un poco de agua, me pregunto si me oyen. Yo puedo oírles perfectamente bien.

*

Ahora me siento más lúcido. Dormir me ha reanimado. Ya no oigo a Tolo y a mi esposa, a pesar de que aún puedo sentirlos. Sus ropas. Si no tuviera tanto frío, estaría muy cómodo. Siempre hacía frío en la cima del volcán cuando el calor era abominable abajo. No puedo comprender cómo, aun siendo timorata, una persona no quisiera subir al volcán, qué era lo que temía. Nunca logré convencer a Charles para que subiera conmigo, y Catherine era demasiado frágil. Y Plinio demasiado gordo. Es poco aconsejable abandonarse y acumular grasa, a pesar de que yo quizá peque de ser demasiado delgado. Debí insistir en que subieran conmigo, es un esfuerzo estimulante, en especial durante una erupción. Mientras yo avanzo intrépidamente, los guías tirarán de ellos hacia arriba por medio de correas. Todo el mundo debería subir al volcán y comprobar por sí mismo que el monstruo es bastante inofensivo. Puedo oler su caliente aliento sulfuroso. Y el olor de castañas asadas. No, debe ser café, pero si pido una cucharada de café sospecho que no me la darán, me dirán que no me dejaría dormir. Ahora la luz no me deja dormir. Una corriente de luz entre roja y anaranjada. Para atraer al sedentario, al tierno y al decadente hasta la cima, les ofreceré una reunión musical después de sus esfuerzos. Catherine tocará el piano, y aquella que ya no me quiere cantará. Rule Britannia. Y yo tocaré el violonchelo, puesto que uno no olvida las habilidades de su juventud. Después de asegurarme de que se han levantado paredes para protegernos del viento, hay mucho viento dentro de mi cabeza, el viento no debe salir y volcar el piano de Catherine. Así protegido, así protegido, Tolo me aprieta la mano, *al fresco,* lo más original, todo está aquí, transportado por brazos fuertes, por espaldas fuertes, arriba por las vertientes de la montaña. Todos reunidos en el mismo sitio. Observo que la mayor parte de mis invitados está examinando mis cuadros y jarrones. Unos pocos se interesarían en mis muestras de rocas volcánicas. Y qué piensas tú de todo esto, Jack. El simio me ha lanzado una mirada que debo considerar maliciosa, Jack ha bajado la cabeza hasta su pequeño y rojo pene, Jack me susurra. A pesar de que todos los males son cargas, un espíritu erguido puede soportarlos, pero cuando los apoyos caen y cubren al hombre con sus ruinas, la desolación es perfecta. Una criatura de lo más notable. Me entiende muy bien. Escribiré un informe para la Royal Society, que es la más importante academia científica de Europa y de la que poseo el honor. Fortaleza, paciencia, tranquilidad y resignación. Y un resplandor. Un frío olor rancio como una *mofetta.* Ah, cuidado. Es posible ser demasiado intrépido. Jack se ha precipitado detrás de una roca. Alguien debe vigilar que el muy pillo no se acerque demasiado al cráter. Le salvaré. Él está aquí. Está sentado sobre mi pecho. Noto su peso, capto el hedor de sus tripas animales. No respiraré por las ventanas de la nariz. Y cuando los invitados se hayan ido volveré a la cama, puesto que está permitido descansar si uno se ha esforzado mucho, no se necesita ser viejo para cansarse después de mucho esfuerzo. Mi respiración. Siempre he encontrado la energía para hacer lo que me gustaba. Y cuanto más me esforzaba, más animado me sentía. Es estar tanto tiempo en cama lo que me ha debilitado. Ser un anticuario no me ha hecho viejo. Más bien, los objetos que he amado me han conservado joven. Mi principal interés siempre era la época extraordinaria en que he vivido. No me gusta lo que ahora se dice de mí. Los amigos que me comprendieron están todos muertos. Incluso a ellos les parecía un excéntrico, pese a que quizá no fui lo bastante excéntrico. Pero un hombre en mi posición no se defiende a sí mismo, como un autor corriente, y cada día compruebo los felices resultados de mis iniciativas en la mejora del gusto y el aumento del conocimiento, por toda la habitación. Quería decir algo distinto. No quiero decir la habitación. Entre la gente de buen tono. Como un barco, balanceándose. Almirante. Admirable. Siempre tuve muy claro lo que yo admiraba y quería explicar a otros. Veía que despertaba su interés. La luz es blanca. Respetaban mi discernimiento. Mis entusiasmos me hacían visible, y ésta es la razón por la que no tengo que abrir los ojos. Se esperaba que cayera en el exceso. Sólo lo que es excesivo deja una impresión duradera. Pero luego aprendieron a burlarse de mí. El gusto es voluble, como una mujer. ¿Están todavía aquí? Los brazos de una mujer acunando mi cabeza. Mi esposa, pienso qué reconfortante. Sí, respecto a aquello que me ha dado fama. La aprobación puede fluctuar pero yo he ejercido considerable influencia. Me gustaría colocar una mano delante de mi boca, el aire escapa de mi cabeza. Pero mi esposa, que me quiere bien, me coge la mano con demasiadas ansias. El aire brota de mi boca. Veamos si puedo devolver a mi interior un poco de este aire. Luego lo retendré. Sorbitos. Allí. Afortunado por haber vivido al mismo tiempo que y disfrutado de la amistad y estima de tantos grandes hombres, puedo enorgullecerme de mi papel de dedicación a las energías en nombre de. Aire. No, influencia. Todavía dentro de mi boca. Apuesto a que me recordarán. Pero la historia nos enseña que uno no siempre vive en la memoria de los hombres por lo que uno desea ser recordado. Uno se aplica con diligencia, aumentan sus logros, logros auténticos, y luego, ay, una anécdota se incorpora al nombre de uno, todo el mundo la oye, todo el mundo la cuenta, y la anécdota acaba siendo lo único que recuerdan todos. Tal fue el destino de Plinio el Viejo. Ahora dejaré salir parte del aire. Él, que nunca perdió un momento, nunca dejó de estudiar y recopilar datos y escribir su centenar de libros, cuáles serían los pensamientos de Plinio si hubiera sabido que los frutos de su vasta labor serían sobrepasados, engullidos, absorbidos, el aire aún sale, que su saber no era nada, porque el saber se expande hacia delante, devorando, enterrando el saber anterior, tan penosamente conseguido. Basta de respirar. Que sólo se le recordaría por una anécdota, su final. Que sólo debido al Vesubio el mundo pronuncia todavía su nombre. Ahora aspiraré otra vez parte del aire. Supongo que se sentiría muy decepcionado. Sólo un poco de aire vuelve a mí, he soltado demasiado, pero ya me las arreglaré. Bien, bien, si uno sigue viviendo en la historia por una anécdota sólo, un episodio de una larga y pletórica vida, supongo que hay destinos peores que el de ser recordado como la más famosa víctima del volcán. Yo tuve mejor suerte. El volcán nunca me hizo daño. Lejos de castigarme por mi dedicación, sólo me procuró placeres. En esta ocasión no dejaré escapar más aire de mi boca. He gozado de una vida feliz. Me gustaría que me recordaran por el volcán.

CUARTA PARTE

1.

No puedo hablar de mí misma sin hablar de él. Incluso cuando no le mencione, él está presente por omisión. Pero también hablaré de mi persona.

Fui su primera esposa.

Era poco agraciada. A menudo estaba indispuesta. Era devota. Me encantaba la música. Se casó conmigo por mi dinero. Me enamoré de él después de nuestro matrimonio. ¡Dios mío, cuánto le amé! Él acabó por amarme, más de lo que había esperado.

No había recibido demasiado afecto de las mujeres. Su madre, dama de honor de la Princesa de Gales y amante de su real marido, fue bastante dura con él. Y a los ojos de su severo padre él fue sólo un cuarto hijo, casi un extraño, puesto que de niño su madre se lo llevó a vivir en la corte. Qué distintos a mis queridos padres, quienes me colmaron de afecto y derramaron lágrimas cuando partí para vivir en una tierra pagana, temiendo no volver a ver a su única hija, a quien unos bandidos podían matar o podía perecer en una epidemia. Y yo, ingrata hija, era muy feliz porque me marchaba.

Abandonamos Inglaterra, como digo, porque mi esposo ocupó un cargo diplomático. Él había confiado en ser destacado a una capital más influyente, pero decidió, como siempre hacía, sacar el mejor partido de la situación. Sólo por el saludable clima y la consecuente mejora de mi salud, ya se reconcilió con la contrariedad. Poco después de nuestra llegada descubrió otras ventajas, ventajas para su persona, en su nueva situación. Era incapaz de no disfrutar, no importaba lo que hiciera, e incapaz, también, de no complacer e impresionar a los demás. Me permitió contribuir a su prestigio en el papel de la perfecta esposa.

Y me habría gustado ser perfecta. Fui una excelente esposa de embajador. Nunca me mostré negligente ni desatenta ni descortés, pero (esto se consideraba apropiado en una mujer) tampoco pareció que yo disfrutara plenamente, lo cual podía haberme llevado a querer disfrutar más, de una forma incompatible con mis deberes. Él sabía que yo nunca le fallaría. Odiaba la dejadez, el mal temperamento, el dolor, todo lo que fuera difícil y, aparte de enfermar en ocasiones, me aseguré de que no tuviera motivos de queja. Lo que me gustaba más de mí misma era que él me hubiera elegido y que yo no le defraudase. Lo que a él le gustaba más de mi persona era que yo fuese admirable.

Se me consideraba superior, con mucho, a la generalidad de mi sexo debido a mi solemne porte, la sobriedad de mis galas, mi apetito por la lectura y mis habilidades al teclado.

Fue un matrimonio sumamente amistoso. A los dos nos encantaba la música. Yo sabía cómo distraerle cuando le había exasperado algún un asunto vil o aburrido de la corte, o cuando estaba ansioso por la dilatada negociación en torno a la compra de un cuadro o un jarrón que le había cautivado. Se comportaba conmigo con la más profunda atención, y el resultado era que yo me reprochaba constantemente por alguna falta de gratitud o una embarazosa predisposición hacia la melancolía. No era el tipo de hombre que atormenta el corazón de una mujer, pero el mío era un corazón que no podía evitar sentirse atormentado; y mía la culpa, por elevarme hasta un nivel de indecorosa fiereza en mi viculación a él.

Hablar con él era como hablar con alguien montado a caballo.

Sentí anhelos, que pensé serían de Dios, o de la misericordia celestial. No creo que se refirieran a un hijo, a pesar de que lamento no haber tenido hijos. Un hijo habría sido otro ser a quien amar y habría ayudado a que sus ausencias me importaran menos.

Estoy agradecida por los consuelos de la fe. Nada brinda mejor respuesta a la terrible oscuridad que, en un momento u otro, discernimos a nuestro alrededor.

De niña, uno de mis libros predilectos, que me regaló mi excelente padre, fue el *Libro de los mártires,* de Foxe. Me encandilaban sus historias sobre la maldad de la Iglesia de Roma y el fortificante valor de los nobles mártires protestantes, a quienes apaleaban y desollaban, fustigaban y daban bastonazos, cuya carne desgarraban con tenazas al rojo vivo, les arrancaban las uñas y les quitaban violentamente los dientes, cuyas extremidades mojaban en aceite hirviendo, antes de que por fin recibieran la clemencia de la hoguera. Veía arder la leña, el manto de llamas que envolvía sus vestidos, de qué modo se curvaban hacia atrás sus cuellos y hombros, como si quisieran levantar sus cabezas hacia el cielo, dejando que sus pobres cuerpos se quemaran abajo. Con compasión y admiración meditaba sobre el glorioso destino del obispo Latimer, cuyo cuerpo fue violentamente penetrado por el fuego y cuya sangre fluyó en abundancia del corazón, como para demostrar su constante deseo de que la sangre de su corazón pudiera derramarse en defensa del Evangelio. Yo suspiraba por ser puesta a prueba como ellos y demostrar la verdad de mi fe con una muerte de santa mártir. Sueños de una tonta, presuntuosa muchacha. Puesto que yo no era valiente, creo, a pesar de que nunca tuve la ocasión de dar pruebas de valentía. No sé si habría soportado la hoguera, ¡yo que ni siquiera osaba mirar desde prudente distancia el fuego del volcán!

Ante los demás, mi esposo se refería afectuosamente a mí como a una ermitaña. No tengo temperamento de reclusa. Pero no podía superar mi repugnancia por la corte innoble, de mentalidad estúpida, y él comparecía a menudo en la corte y yo prefería su compañía a la de cualquier otra persona.

Sólo me gustaba estar con él. Lo que la música me procuraba no se puede calificar de placer, puesto que era más estimulante que esto. La música me dejaba sin respiración. La música se apoderaba de mí. La música me oía. Mi clavicémbalo era mi voz. En su transparente sonido oía el puro, tenue sonido de mí misma. Compuse delicadas melodías, que no eran ni originales ni muy ambiciosas. Era más atrevida cuando interpretaba la música de otros.

Puesto que la asistencia regular a la ópera era un requisito exigido a cualquier persona relacionada con la corte, ciertamente cualquier persona de rango, manifesté que me gustaba, como a él sinceramente le gustaba. No me agrada el teatro. No me atrae lo que es falso. La música no debería verse. La música debería ser pura. No hablé de estos escrúpulos con ninguno de mis compañeros en la ópera, ni siquiera con William, el ardiente e infeliz joven que apareció hacia el final de mi vida y me procuró el gusto de lo que era sentirse comprendida y comprenderme yo misma. Con William podía hablar de mis anhelos de pureza; en su compañía me atrevía a reconocer fantasías incompatibles con mi destino. A menudo me llamaban un dechado de virtudes, un ángel (cumplidos ridículos) pero, cuando William decía estas palabras, las oía como las auténticas efusiones de un corazón agradecido. Pensaba que quería decir que me apreciaba mucho. Yo había sido amable con él. Era mi amigo, pensaba, y yo su amiga. Luego comprendí que efectivamente me veía como a un ángel, yo que rebosaba de caprichos ingobernables. En una ocasión, después de tocar una sonata a cuatro manos, él se levantó del piano para tumbarse en un sofá y cerrar los ojos. Cuando le previne contra una reacción demasiado sensual a la música que ejecutábamos, respondió: Ay, es verdad que la música acaba conmigo... y lo que es peor, me complace que acaben conmigo. Yo guardé silencio cuando podía haber seguido con mi homilía, puesto que me supe capaz de una expresión no menos extrema. Podía haber dicho no que la música acababa conmigo sino que yo destruyo a los otros con la música. Mientras yo estaba tocando, incluso ni mi esposo existía.

Yo era más joven que mi esposo, pero nunca me sentí joven. No puedo imaginar haber tenido una vida mejor. Una debilidad de mujer me tenía atada a él. Mi alma se agazapaba en la suya. No me respetaba a mí misma lo suficiente. Estoy sorprendida de que encuentre tanto de que quejarme, puesto que creo que el papel de una esposa es excusar, perdonar, soportarlo todo. ¿A quien podía yo haber revelado mi pesadumbre? No me cegaba la parcialidad del amor, pero me resultaba un esfuerzo juzgarle. Nunca estaba enfadada. Nunca cobijé sentimientos duros o bajos. Es un alivio admitirlos ahora.

Supongo que debo reconocer que me sentí infeliz, o sola. Pero no pido compasión. Desdeñaría llorar sobre mi suerte, cuando hay tantas mujeres auténticamente desdichadas, como las engañadas o abandonadas por sus maridos, o aquellas que han dado a luz a un hijo sólo para perderlo.

Supongo que él puede ser descrito como egoísta. No me resulta fácil decirlo. Tan pronto empiezo a encontrar faltas en él, recuerdo cómo se educa a un hombre de su condición para que atienda a sus placeres y obligaciones, y cómo un hombre de su temperamento buscaría perderse en ellos, en toda la variedad de sus exigencias de atención, y mi antiguo cariño se levanta para oscurecer mi sensación de agravio. Sé que él era capaz de desasosiego, porque a menudo hablaba largamente sobre el tema de la felicidad. Cuando le oía suspirar, yo podía soportarlo todo.

Supongo que debo conceder que él era cínico. Podía burlarse y considerar como tonterías de mujeres la idea de que en este mundo desvergonzado, dispuesto de antemano, uno pudiera comportarse de otra manera. También debería conceder incluso que él podía ser cruel, puesto que supongo que debe decirse que no era un hombre de sentimientos tiernos. Podéis responder, era un hombre, y los sentimientos tiernos son el dominio del sexo más débil, al que se evita la batalla con la adversidad. Pero no creo que esto sea cierto. Nuestro indefenso sexo, la mayor parte de nosotras, se enfrenta a la adversidad de una forma tan desprotegida como lo hace un hombre. Y hay muchos hombres de tierno corazón, estoy segura, a pesar de que yo sólo haya conocido uno, mi propio padre.

Una mujer es primero una hija, luego la mitad de una pareja. Se habla de mí, yo misma hablo de mí, como de la que estaba casada con él. No se hablaría de él, primero, como casado conmigo, a pesar de que muy a menudo se le recuerda (insólito destino para un hombre) como el que se casó con su segunda esposa.

Él detestaba que le dejase. El dolor que sentí, durante mi última enfermedad, es inenarrable. Y supe que me echaría en falta más de lo que él preveía. Confiaba en que volvería a casarse. Imaginaba que se casaría con una respetable viuda ligeramente más joven que él, no necesariamente con fortuna, que le gustara la música. Y pensaría cariñosamente en mí. Las mujeres no podemos imaginar lo muy distintos a nosotras que son los hombres. Hay algo imperativo que los hombres sienten, que hace que incluso el más delicado sea propenso a una conducta lasciva e indecente. Él me quería, tanto como era capaz de querer a alguien, y luego quiso a una mujer tan distinta de mí como imaginarse pueda. Pero sucede a menudo que la esposa buena, aislada por las enjutas virtudes que ella misma ha cultivado para estar más allá de todo reproche, es abandonada por una mujer más vivaz, más joven, más divertida. Por lo menos a mí me ahorraron aquella indignidad tan corriente, la indignidad sufrida por la esposa del hombre que atrajo el amor de la segunda esposa de mi marido. Tuve todo cuanto mi esposo podía dar a alguien como yo.

Lamento no haber podido remediar desear más de él. Si me dejaba demasiado sola y se divertía más consigo mismo que conmigo cuando estábamos juntos, ¿quién se comporta de forma distinta con una esposa? ¿Acaso esperaba yo el fervor que él podía mostrar con una amante? Me parece poco cristiano reprocharle no ser lo que no podía ser.

Debería ser capaz de imaginar una vida sin él, pero no puedo. Si acaso imagino que él podía haber muerto antes que yo, mi pensamiento se oscurece. Nunca vivimos separadamente. Tuve el placer de verle cerca y lejos en muchos y brillantes salones, en los que siempre fue la presencia más radiante, y tuve su retrato para poder mirarlo cuando le requerían lejos, un pequeño cuadro sin gran distinción al que me sentía muy unida. Fue aquel cuadro el que llevé sobre mi cuerpo a la tumba.

2.

Soy su madre. Ya saben lo que quiero decir: *su* madre. Más de uno me ha tomado por la doncella de su señoría. Sé cómo mantenerme en un segundo plano. Pero soy su madre.

En una iglesia me casé con mi compinche Lyon, el herrero, su padre, quien sucumbió a una fiebre dos meses después de que naciera mi niña. Como él fue el único marido de Mary, ella fue la única hija de Mary, por lo que pueden imaginar cuán afectuosa era esta Mary. Además, yo aún era joven y de buen ver y tenía ideas por encima de mi posición social, como la gente del pueblo siempre me decía. Debe de ser que ella heredó algo de mi valor, éramos muy parecidas, casi como hermanas. Yo sólo era feliz cuando estaba con ella. Siempre estábamos juntas.

En primer lugar fui a Londres, siguiendo a mi corazón, fue Joe Hart, el cervecero, tan pronto como ella entró de niñera de Mrs. Thomas en el pueblo. No me pareció mal dejarla, ya tenía trece años, porque ser madre no era lo mío. En este tiempo en que la dejé y viví sin ella con Hart, Londres era como otro país. Vaya juergas hicimos; yo misma era aún joven. Pero ella vino al cabo de poco, ya con unos catorce años y muy crecida, puesto que mi lista niña había conseguido que la contrataran como ayudante de cocina en la familia de un médico que tenía una casa en una bonita plaza cerca del puente de Blackfriars, donde cuando hubo disturbios más adelante aquel año los soldados tiraron todos los cuerpos al Támesis. Eran una turba de borrachos, que saquearon y quemaron las casas y las tiendas de sus superiores durante una semana, pero les pararon antes de llegar a la casa del médico, con todo el mundo dentro, dijo ella, casi sordos debido al fuego de mosquete. Es terrible ser pobre. Pero aún es peor no tener otra idea para mejorar uno mismo que la VIOLENCIA.

Ella se abstuvo de verme con su señora y nunca visitó la cervecería en la que yo vivía con mi Joe. Solíamos citarnos secretamente en la calle como amantes, compartir una copa de vez en cuando o pasear del brazo por Vauxhall, escuchando los pájaros. Supongo que le contó al Doctor Budd un cuento sobre su origen, menos vulgar, sin lugar para Mrs. Hart, como yo me llamaba entonces, y él le enseñó a leer. Pero luego un día me dijo que el hijo la había hecho suya. A una madre siempre le entristece oír una noticia semejante cuando es la primera, pero le dije a ella lo que podía esperar siendo tan bella. Le rogué que no dejara al Doctor Budd, puesto que podía tener una buena situación allí, pero ella dijo que nunca había pensado en ser una buena doncella, sería una actriz, una famosa actriz, ella y su mejor amiga, también una criada en casa del Doctor Budd. Y en cualquier caso ella se había enterado de que otro médico contrataba a jóvenes, pero no como doncellas, era más parecido a ser actriz, pero por qué un médico precisa actrices, le pregunté. Se trataba de una cura para gente de rango, dijo ella. Y entonces entró al servicio del Doctor Graham hasta que conoció a Sir Harry en el Drury Lane Theatre, y él dijo que la ayudaría a convertirse en una verdadera actriz, puesto que él iba al teatro todo el tiempo. Mi pobre e inocente niña, pero quién sabría más a los quince años. Y él, un auténtico baronet con un bastón con empuñadura colgado de la muñeca, la invitó a su casa de campo en Sussex para pasar el verano. Menudo cambio de fortuna, ¡y sólo el primero! Ella sabía lo bastante como para comprender que allí habría un personal bullicioso, los amigos de Sir Harry, y me invitó a ir con ella. A la manera de una dama, como ya era ella, que tendría su acompañante. Sólo para el verano, dijo. Y después, le pregunté. Dios proveerá, dijo ella alegremente. Yo no podía resistir su sonrisa. Ciertamente aguantamos hasta el final del año. Así que yo tuve que dejar a mi Joe, sólo por un tiempo, pero fue voluntariamente, Cadogan vino después, y desde entonces nadie nos separó. Ella era más que una hija para mí. Me cuidaba. Me lo contaba todo. Me llevaba con ella dondequiera que fuese y debía ir donde fuera el hombre, pero siempre me llevaba con ella. Y cuando se instaló con su caballero era mi labor gobernar de la casa, por lo que yo era como una criada, pero soy su madre.

Cuán orgullosa estaba de ella. Tener una hija tan bella, admirada por tantos. Cuando era pequeña ya supe que los hombres no se le podrían resistir. Pero no había nacido para ser una cabeza loca, como Sir Harry quería que fuera. Él fue el primero y fue el peor, quizá siempre ocurra así. Él y sus amigos salían constantemente para cazar y pescar y hacer carreras en faetones por caminos fangosos, y cada noche había cartas y dados y charadas y jarras de oporto y punch. Las charadas que siempre acababan con alguien desnudándose y llevado directamente a la cama. Pero no obstante mi pequeña lo hizo lo mejor que pudo y miró con aquellos bellos ojos brillantes lo que hacían los ricos y cómo se vestían. Y Sir Harry le enseñó a montar a caballo, y ella lucía muy guapa y derecha sobre la silla. Y a veces estaba Charles durante una semana y a ella le gustaba hablar con él. Y tantos criados, yo no era su criada, sino que me quedaba en nuestra habitación. Yo era su madre.

Al cabo de seis meses con Sir Harry, ella escribió una carta desesperada al otro, Charles, puesto que nosotras necesitábamos ayuda. Sir Harry había parecido mejor que Charles porque era más rico. Pero poco después de descubrir él que un niño estaba en camino, sólo pensó en echarnos. Y no había manera de que nosotras pudiéramos mantener al bastardo de Sir Harry, ni yo quise que ella se quedara amarrada a su bebé como puede hacerlo una madre. Qué dolor había en mi corazón cuando mi niña pasó la manita de la pequeña alrededor de mi dedo y me tiró hacia ella. Un niño es la mayor felicidad que una mujer conoce nunca. No estoy hablando contra los hombres, he conocido hombres, y he tenido mis buenos momentos, y algunos sintieron afecto por mí. Pero el amor de un hijo y el amor que una madre siente por un hijo es lo mejor de todo.

Tuvimos que esperar un poco, ya de vuelta a Londres y a punto de morirnos de hambre, y yo sabía cuál es el paso siguiente para una mujer, ah que mi niña tuviera que llegar a aquello. Pero entonces Charles respondió a su carta y nuestra condición cambió. Quería que viviera con él, pero ella no iría sin mí, y él no puso objeciones. Duró mucho tiempo, años. Y me entendí muy bien con su Charles, siempre me empeñé en entenderme con el hombre que la apreciaba, y él no era para nada como Sir Harry, pese a ser uno de los amigos de Sir Harry. Porque no era tan rico y apenas si tocaba la botella y siempre tenía un libro en las manos. Quería que mi niña aprendiera a leer libros y a escribir cartas, y servir el té y recibir invitados con él, exactamente como una esposa. Y yo estaba allí, estaba allí, con lo cual se ahorraba el dinero de una criada, porque no tenía demasiado dinero, decía él. Le enseñó a escribir un libro ella sola, con letra clara, con todas las palabras en el lado izquierdo de arriba abajo de la página, Pan, Pierna de Cordero, Leña, Azúcar, Hilo y Agujas, Cerdo, Estropajo, Una Nuez Moscada, Mostaza, Candelas, Queso, Pinta de Cerveza, y cosas así, y luego una línea. Y en el lado derecho las sumas, y él las repasaba con ella cada semana y decía que estaba contento de lo muy ahorrativa que era. Pero después me dejó hacerlo a mí, pues yo quería que ella tuviese libertad para estar más con él, para que mejorase copiándoles a él y a sus distinguidos amigos, de manera que hablase más como ellos que como yo. Y uno de los amigos se encaprichó con ella y le pidió que posara para él, para un cuadro de verdad, y luego dijo que no volvería a usar a otra modelo. Mr. Romney, él la adoraba, decía que ella era un genio y que no había mujer en el mundo como ella, y ni siquiera eran amantes. Mi hija era muy particular.

Y así tuvimos una buena vida, no la puedo imaginar mejor, con Charles en una casa grande que era caliente en invierno, y yo tenía mi propia habitación, y ella aprendía todo el tiempo, y yo también era feliz, con ella, era todo cuanto quería, excepto que conocí a Cadogan y me robó el corazón. Era endiabladamente guapo y al cabo de una semana le dije a Charles que me habían requerido del pueblo para ver a mi hermana, la que estaba muriendo de escrófula y tenía nueve hijos. Pero la verdad era, como lo sabía mi niña, puesto que nunca tenía secretos para ella, que me iba con mi Cadogan. Y nos fuimos en un carro a Swansea, donde su hermano regentaba una taberna y allí trabajé como una esclava durante siete meses, durmiendo en la buhardilla, y luego él se largó con una furcia que conoció en la taberna, desapareció y su hermano me echó. Desanduve lo andado, pasando muchos apuros en el camino con hombres de los campos pero no importó porque llegué a Londres a salvo, y mi niña estaba muy enfadada conmigo pero me perdonó, se alegró mucho al ver a su madre. Le dijimos a Charles que me había casado con alguien en el pueblo pensando que tenía que quedarme allí, luego mi hermana no había muerto, así que había vuelto a Londres porque echaba mucho de menos a mi hija. Lo que en cierto sentido era verdad.

No sé por qué elegí Cadogan como el apellido de casada que tuve que decirle a Charles, siendo el apellido de aquel galés que rompió mi corazón. Podía haberle dicho que me había casado con un hombre que se apellidaba Cooper. Pero mi corazón era demasiado indulgente. Por tanto dije Cadogan, y Cadogan sería. Nosotras la mujeres siempre tenemos más de un apellido. Un hombre que cambiara cuatro veces su apellido durante su vida, pensarías que tiene algo que esconder. Pero no una mujer. Imaginemos a un hombre que cambiase de apellido cada vez que se casara con una mujer o dijera que lo hacía. Me da risa, sería un mundo patas arriba.

En cualquier caso, aquel fue mi último apellido, mi último hombre, estaba muy contenta de haber vuelto. Y a partir de entonces fui esta vieja cariñosa, pues aunque no era tan vieja luego dejé que se me viera vieja, son los hombres los que mantienen joven a una mujer, y yo había acabado con los hombres, sólo pensaría en mi niña y la ayudaría. Y nunca fui más feliz, puesto que ésta es la mayor felicidad. Los hombres son malos, esto ya lo he dicho. Sólo piensan en su propio placer, y pueden herir a una mujer cuando están borrachos. Yo nunca herí a nadie cuando estaba borracha, y prometo que me ha gustado tanto mi ginebra como le gusta a cualquier hombre. Pero las mujeres son distintas. Los hombres son malos, lo diré una vez más y luego me quedaré en paz, pero no podemos arreglárnoslas sin ellos, y me alegro de que yo no tuviera que pasarme sin ellos, como aquellas pobres muchachas de Irlanda, encerradas en conventos y que nunca pueden salir. La Iglesia católica es muy malvada, nunca comprendí por qué mi pequeña, más adelante en su vida, pero ésta es otra historia. Hablaba de los hombres. Y de cómo nosotras pobres mujeres les necesitamos, y nos acercamos a ellos como un insecto a una llama, no lo podemos remediar, pero la mejor parte es el hijo. Esto sí es auténtico amor, el de la madre por un hijo.

A pesar de que una madre no pueda esperar que su hijo la quiera con tanta fuerza, en especial cuando el hijo es mayor, ya es bastante que mi hija me necesitara y quisiera que siempre estuviese con ella.

La vida, como digo, no podía ser mejor, excepto que Charles siempre estaba enfurruñado por el dinero y nos hacía contar cada penique. Podía salir y comprarse un cuadro antiguo para él con un gran marco dorado que debía de costar muchas guineas, y luego levantar la voz a mi niña cuando en su libro entre los cuatro peniques para Huevos y doce chelines para Té veía dos peniques para el Mendigo. Pero no obstante era muy gentil con ella, la llamaba su chica querida, y ella llegó a amarle desesperadamente y a pensar sólo en complacerle, y que él sentía afecto por ella lo podía yo ver en su cara, conozco a los hombres. Y nos dio dinero para pasar dos semanas de baños de mar para la erupción de granos en sus bonitos codos y rodillas. Y pagaba a una familia campesina para que cuidase de la criatura de ella, lo que era muy amable de su parte, puesto que no era suya sino de Sir Harry, quien no quería saber nada del asunto.

Por tanto todo iba bien, excepto que Charles no era una persona tan delicada como parecía. Puesto que decidió deshacerse de esta muchacha que no tenía precio a fin de poderse casar por dinero, pero no tuvo el valor de decírselo, y le mintió, y a pesar de que todo acabó de la mejor manera posible, en un principio el corazón de mi niña sangró hasta que se acostumbró a ello. Porque Charles tenía un viejo tío rico, y quería que su tío le pagara las deudas. Siempre escribía cartas a su tío, y Charles verdaderamente confiaba en él, y el hombre era muy alto, pero también lo era Charles, porque los dos provenían de la misma familia. Se parecían, los dos eran unos hombres elegantes, excepto que al tío se le veía siempre tan preocupado como se veía a Charles. Estaban entonces en Inglaterra porque había perdido a su esposa galesa y tenía que trasladar el cuerpo de la pobre mujer para que la enterraran en tierra sagrada. Y después de esto a menudo nos visitó. No creo que se fijara en mi bella niña, creo que todo fue idea de Charles, pero una nunca sabe, los hombres pueden encelarse con mucha rapidez. Y lo siguiente que sabes, el tío había vuelto a donde vivía, un lugar donde era muy importante, dijo

Charles, y Charles quiso que las dos le visitáramos, para que mi niña pudiese hablar italiano y francés y aprender piano y todas esas cosas que hacen a una dama. Y mi niña, que nunca podía resistir la ocasión de mejorar, dijo sí. Era muy feliz por ir a lugares extranjeros y ver lo que estaba en los libros, pero básicamente lo hizo para que Charles la quisiera más y se sintiera orgulloso de ella. Sé que no imaginaba nada, sino que aún hizo que Charles le jurase una y otra vez que vendría pronto, al cabo de unos meses. A mí no me entusiasmaba tanto ir, temerosa del viaje, y con mis viejos huesos traqueteando por tantos caminos y lugares altos. Oí que cruzaríamos el Alpe, que entonces pensé que era sólo una montaña, y que los países son muy peligrosos, y un cuerpo puede morir de hambre por no comer lo que se come allí, que está lleno de pimienta. Pero si mi niña quería ir, dije, entonces yo encantada. Y ella me besó.

Fue un viaje muy largo, yo no sabía que un lugar pudiera estar tan lejos, pero muy agradable para mí porque veíamos nuevos paisajes todo el tiempo, lo que es natural porque no habíamos pasado por allí antes. Mi niña sacaba la cabeza del coche de la mañana a la noche, contenta de ver todo lo que no había visto. Con nosotras teníamos a un pintor que era amigo de Charles y vivía en Roma y volvía allí, y decía que todos los buenos pintores tenían ahora que vivir en Italia. Y ella le dijo, Mr. Romney no quiere vivir en Roma, lo que era un tanto atrevido por su parte, porque ella quería decir Mr. Romney es un pintor mejor que vos, aunque no dijo esto. Pero él lo sabía. Mi niña quería mucho a Mr. Romney, como a un padre. Lamentaba tanto dejarle a él como a Charles, pese a que suponía que pasaría un año como máximo antes de que ella volviese a ver a su pintor, y cinco meses antes de ver a Charles. Poco sabía ella que serían cinco AÑOS.

Incluso por menos tiempo, tales cambios y el estar separados son difíciles de soportar si sientes verdadero afecto. Qué feliz soy de que después de Cadogan, Dios se lleve su negra alma galesa, nunca volví a separarme de mi niña.

Cuando llegamos a Roma ella quiso ver los edificios, pero el tío había mandado a un criado a recogernos e hicimos el resto del viaje con él en el carruaje del tío. El criado nos contó que su amo tenía siete carruajes, y aquél era el menos bueno de ellos. Siete carruajes. Cómo puede un hombre necesitar siete carruajes, aunque sea un caballero elegante, puesto que ahora ha perdido a su esposa, y yo admito que una pareja rica quiera viajar por separado, pero incluso si su esposa estuviera aún viva ello supondría la necesidad de dos carruajes. Por tanto, ¿qué hacía con los cinco restantes? Mientras me rompía la cabeza con estas tontas preguntas, porque eran tontas, como descubriría, puesto que los ricos siempre encuentran alguna utilidad para sus lujos, no hay que preocuparse por ellos, mi niña dedicaba su atención al paisaje que se podía ver desde la ventanilla, que era de cristal auténtico por cierto. Tenía preguntas que hacer, y se las hacía al criado Valerio, quien hablaba un poco de inglés. Ella le preguntaba los nombres de las flores y los árboles y el fruto de éstos, y escribía en una tablilla lo que él le decía. Y le pidió que le dijera muy lentamente algunas palabras en su lengua, como buenos días y adiós y por favor y gracias y qué bonito y me alegro mucho y qué es esto. También anotó estas cosas. Ella siempre estaba aprendiendo.

Y cuando llegamos al lugar a donde íbamos, la gran casa en la que el tío de Charles era embajador, aquello fue realmente una sorpresa. Nunca vi una casa semejante, y más criados de los que puedas contar; y el tío nos dio cuatro grandes habitaciones y sirvientas para mi niña todas para ella. Y yo me sentía muy feliz por ella, puesto que vi cómo la miraba el tío, y pensé por qué no. Pero ella, pobre niña, al principio no se dio cuenta. Pensaba que él era tan amable porque quería mucho a su sobrino. Mi hija tenía el corazón cándido, podía ser muy inocente. Tuve que señalarle lo que era más evidente que la nariz en la cara del tío, y Charles nos había mandado allí por esto, y ella se enfureció. Fue la primera ocasión en que mi propia hija se enfureció contra su propia madre, y fue cruel soportarlo. Me amenazó con hacerme volver a Inglaterra al día siguiente para pedir perdón a su querido Charles por insultarle, pero yo no lo tomé como algo personal. Ella dijo que era su propia madre quien intentaba venderla al tío. Mr. Romney le había hablado de un cuadro de alguien como yo, dijo ella, obra de un pintor francés, que mostraba a un artista y a una modelo, y a una mujer vieja en un rincón que podía haber sido la madre y era en realidad una alcahueta, y cómo esto quizás era costumbre en otros países como Francia o Italia, pero no era así en Inglaterra. Mirad a Mr. Romney, ella había ido a su estudio infinidad de veces sola, sin ninguna carabina, y él nunca le puso la mano encima. Y su Charles era amigo del pintor y no podía ser tan rastrero. Cómo podía yo sugerir que Charles la traspasaría a su tío por dinero. Entonces dime, dije yo, por qué no te ha llegado ni una carta suya desde que estamos aquí, y tú escribiéndole cariñosas cartas cada día. Y luego se puso muy triste, y lloró, ah, él debe venir, haré que venga y me recoja. Cuánto deseé haberme equivocado, pero yo estaba en lo cierto. No digo que una madre esté siempre en lo cierto, pero a veces lo está cuando no quiere estarlo.

Luego, sin embargo, todo fue para bien, como siempre le sucedía a mi niña cuando era joven. El peor de los momentos había sido después de decirle a Sir Harry que ella estaba con un hijo, yo le dije que no se lo dijera, pero no me hizo ningún caso. Y él nos echó y las dos volvimos a Londres, ella con la criatura, aunque no se notaba, y pronto no tuvimos ni un penique, y debíamos el alquiler en la casa de huéspedes donde dormíamos, y ella salió y desapareció durante ocho días. Qué triste me sentí mientras esperaba, pensando en todos aquellos hombres, bajo los puentes, apoyados en las paredes de callejuelas, ya sabéis cómo son los hombres. Pero cuando volvió, para no preocuparme, puesto que ella siempre pensaba en mis sentimientos, me dijo que sólo fue un hombre durante todo el tiempo, y un caballero, que paseaba con sus elegantes amigos por Vauxhall Gardens aunque era extranjero, quien le había dado todo aquel dinero, suficiente para comer durante un mes. Y justo cuando el dinero se acababa llegó la carta de Charles y nos salvamos. Y ahora era lo mismo con el tío de Charles, con nosotras viviendo como nunca habíamos vivido, mucho mejor que con Charles.

Ahora su casa me parecía muy pequeña. Con qué rapidez esta vieja Mary se acostumbró a que la sirvieran. ¡Un día en una pensión de tercera, al día siguiente en un palacio! Así es la vida, como siempre digo. O al revés. Era una bonita ciudad, me encantaba ver el mar, a pesar de que no entendía una palabra de lo que hablaba la gente, y ella me lo decía, tendrás que apren der a hablar la lengua. Pero nunca lo hice, lo cual debió de ser una de las razones de que la gente pensara que yo era la criada de mi niña. Pero yo era su madre.

Como digo, el tío era allí una persona realmente importante. Era amigo íntimo del Rey y la Reina, que eran el primer rey y reina que nosotras hubiéramos conocido nunca, por lo que sentíamos mucha curiosidad. El Rey tenía una horrorosa nariz grande y la Reina un labio inferior muy grueso, que sobresalía. Esto fue una sorpresa. Pero no obstante era una maravilla verlos en sus carruajes de oro.

No digo que mi niña fuera feliz al principio. Tuvo que olvidar al otro, porque ella tenía un corazón tierno y amaba mucho a Charles. Lloró y lloró, dado que finalmente llegó una carta de Charles diciéndole que fuera con su tío. Yo no entendía por qué ella detestaba tanto esta idea. El anciano le daba clases de francés e italiano, y nos llevaba en su carruaje y la enseñaba a todo el mundo. No podía apartar los ojos de ella, notabas que se lo daría todo, pero ella dijo no. Tenía que encontrar su propio camino. No obstante hay que decir que se encariñó con él: siendo él tan amable y ella tan afable, no podía dejar de sentir agradecimiento hacia alguien que la quería, y así, finalmente, todo se arregló y ella entró en el lecho del anciano.

Suspiré de alivio porque sabía que esto significaba que podíamos seguir allí durante un tiempo, incluso unos doce meses más, antes de tener que volver a Inglaterra, y era inútil preocuparse por lo que sucedería entonces. Dejemos que ella se divierta, me dije a mí misma, aún es muy joven. Tenía un maestro que venía tres veces al día para cantar con ella, y en la habitación contigua, a veces, yo no podía distinguir quién cantaba. Cuando le pregunté a Valerio cómo un hombre podía cantar tan agudo, él se rió ante mi ignorancia, y dijo que porque al maestro le habían cortado los cataplines cuando era sólo un mozalbete, y ésta era la costumbre aquí para hacer un buen cantante, a pesar de que la ley lo prohibía, pero las iglesias utilizaban tantos muchachos así como podían. Y se tocó sus cataplines y se santiguó. Y cuando se lo conté a mi niña, pensando que se sorprendería tanto como yo, me dijo que lo sabía y que yo debía aceptar que ahora estábamos en un país extranjero donde hacen las cosas de manera distinta que en nuestra vieja y querida Inglaterra, y él era un gran cantante, que le había dicho que ella tenía una bonita voz. Pero entonces no es un hombre, digo yo. Es acaso una mujer. No, dijo ella, es un hombre, y a algunos de ellos les atraen las mujeres y las mujeres les persiguen. Pero qué hace si no se le levanta, pregunté. Y luego ella sacudió la cabeza y dijo que le sorprendía saber que yo conocía tan poco del arte de la cama como para no imaginar qué. Y tuve que reconocer que yo nunca había conocido a un hombre que quisiera algo distinto a una determinada cosa y ésta con mucha rapidez, pero ella me contó que había algunos hombres, no demasiados, que estudiaban complacer a una mujer exactamente de la misma manera que una mujer estudiaba cómo complacer a un hombre. Nunca había oído nada semejante, le dije. Y ella dijo que lamentaba que yo no hubiera conocido aquello con los hombres. Pero yo le conté a mi joven dama que lo había pasado muy bien con su padre, descanse en paz, y con Joe, y otros, y con aquel galés ladrón de mi corazón, Cadogan. Y que cuidara lo que decía y no se diera aires con su vieja madre ahora que vivía como una dama elegante, sino que recordara sus humildes orígenes. Y ella dijo que nunca olvidaba quién era, y que sólo quería tomarme el pelo. Pero no pude dejar de preguntarme qué hombre había sido un amante tan considerado. No pudo ser Sir Harry, que siempre estaba borracho, ni tampoco Charles, quien se lavaba continuamente las manos, mal signo en un hombre. Y el viejo tío, a pesar de lo mucho que se dedicaba a ella, no parecía ser un hombre de este tipo en la cama. Pero no lo pregunté. Siempre nos lo contábamos todo, aunque a mí no me interesaba verla con demasiada claridad en mi pensamiento durmiendo con hombres. Para mí siempre sería mi niñita, con su piel pálida y sus grandes, grandes ojos. Me alegro de que conociera hombres, porque qué sería una mujer sin un hombre, en especial una mujer como ella que confía en mejorar, trepar en el mundo. No se puede hacer de otra manera. Y no obstante a veces deseo que el mundo se vuelva del revés. Quiero decir que una mujer no tendría que complacer a un hombre si ella es una muchacha tan atrevida e inteligente como mi niña. Pero esto es sólo mi punto de vista.

Y le dije, cuánto crees que va a durar. Y ella dijo qué, y yo dije con el tío, y ella rió y rió y dijo, para siempre. Y yo le dije, no seas tonta, ya sabes cómo son los hombres, seguramente ahora ya lo sabes, después de lo que te hizo Charles. Y ella dijo, no, él es distinto, me quiere de verdad y estoy dispuesta a amarle y hacerle tan feliz como pueda.

Creo que ella era feliz con el anciano. Que, ciertamente, le hizo feliz a él y que él se enamoró de ella más y más. Y también se llevó bien conmigo, y me dio algún dinero para mis necesidades. Yo siempre comía con ellos y me pedían que me quedara cuando había invitados. Él tenía muchas rocas y estatuas y cuadros y cosas así, veías la casa llena de ellos dondequiera que mirases: me alegraba mucho ser yo quien los limpiaba y desempolvaba. Y ella se aprendió los nombres de todo aquello y podía seguir cualquier explicación que él diese. Cuando encargó ropa para ella, en parte fue para que se pareciese a una dama que había en uno de aquellos viejos jarrones rojos y negros que tenía por todas partes, y ella se vestía como en los jarrones y posaba para los invitados y todo el mundo la admiraba. Yo me sentaba en una de las primeras sillas, pero a mí los invitados no me hablaban. Algunos venían a sus fiestas desde toda Europa, incluso desde Rusia. Y de dondequiera que viniesen pensaban que mi niña era la mujer más bella que habían visto nunca, y el anciano estaba muy orgulloso de ella. Sentía casi lo mismo que sentía yo, como si él fuera su padre, aunque se notaba que era un hombre con salud y no podía esperar a meterle mano; pero luego resulta que hay muchos padres que son así con sus hijas. Quién sabe si no lo habría pasado mal con el viejo Lyon, que murió cuando ella sólo contaba dos meses, si él hubiese vivido diez años más. Los hombres tienen su manera de ser y muchos no pueden dejar en paz a una mujer incluso cuando es de su propia carne y sangre. El único amor puro es entre madre e hijo. Pero mejor si el hijo es una hija, puesto que un hijo crece y se convierte en otro hombre. Pero una hija puede ser tuya toda tu vida.

Y de esta manera tuvimos muchos años de felicidad en aquel país extranjero, a pesar de que siempre me resultó difícil creer en la felicidad, pero mi niña sí creía. Siempre que las cosas iban mal yo veía lo peor, y ella decía no, todo saldrá bien. Y estuvo en lo cierto durante tanto tiempo. Dijo que ella sería su señoría algún día, y yo le dije que era una bobalicona. Y tenía razón y el anciano se casó con ella, y esto hizo de la vieja Mary su suegra, aun siendo él más viejo que yo. Pero era muy correcto y siempre me llamaba por mi apellido, Mrs. Cadogan. Apuesto a que mi galés lamentaría no haberme conservado a su lado si pudiera saber lo bien que me fueron las cosas.

Fue cuando volvimos a Inglaterra cuando él se casó con mi niña, lo cual no gustó nada a su familia, y apenas si hubo boda, tan poca gente vino, a pesar de celebrarse en una iglesia rica. Me hizo bien ver la expresión del rostro de Charles. Pero mi niña nunca le guardó rencor, todos aquellos años le escribió cartas, porque era de las que siguen amando a quien un día amaron, incluso cuando las trató mal, las mujeres son así, de la misma manera pienso yo con afecto en el viejo Lyon, el padre de mi niña, y Dios me ampare, en mi guapo Cadogan. No pienso en cambio en Joe Hart, quien se me fue de la cabeza, por lo que quizá no le quisiera demasiado.

Mientras estuvimos en Inglaterra volví al pueblo y vi a los parientes que no habían muerto, cosa que sí le había ocurrido a mi pobre hermana con escrófula, y les di dinero y regalos de parte de mi niña. Ella nunca olvidó a su familia. Suspiraba por ver a su hija, que ahora ya era una chica crecida, y me enfadó que no me dejara ir con ella. Con ella había ido a todas partes, siempre quería mi compañía para discutir cosas cuando ya estaban hechas. Pero decía que para esto tenía que estar sola. Comprendí que iba a afrontar una visita amarga, lamenté no poder protegerla como siempre la había protegido.

De vuelta me dijo, me duele el corazón. No nos habíamos visto desde que tenía cuatro años, y ahora ella me ha vuelto a encontrar y a quererme, y la he abandonado. Y la cariñosa madre lloró, lo cual ocurría por primera vez desde que vivíamos en la casa del tío, quien era ahora su esposo, cuando descubrió que Charles no iría en su busca: Charles la había vendido a su tío. No es mi destino ser una madre, dijo ella. Puede que ahora esté casada con él, pero él aún espera que yo sea como una amante. Y volvió a llorar. Pero imagina, le dije mientras le secaba las lágrimas, imagina a una mujer que no ha derramado lágrimas ni una sola vez durante cinco años enteros, cuántas mujeres pueden decirlo, deberías llevar la cuenta de tus bendiciones.

Luego regresamos, y vimos elevarse un globo en París, con un hombre dentro, y mi niña conoció a la reina francesa, pero ahora ya estaba acostumbrada a tratar con personas reales. Ahora ya era su señoría, y yo una señora madre de su señoría, señora madre de la esposa del embajador. Y los hombres se quitaban el sombrero en mi presencia, a pesar de que muchos aún me tomaban por una criada o por una simple acompañante. Nunca aprendí italiano. No tengo la cabeza como la de mi hija. Yo era la mujer con vestido negro y cofia blanca de la que nadie se preocupa, excepto cuando les dicen quién soy. Yo era su madre.

Ahora mi niña tenía cuanto quería, podíamos relajarnos y disfrutar sin otras preocupaciones cuando comíamos y bebíamos y reíamos. Enseñé a una de las cocineras algunos platos propios de mi pueblo y los guardaba para ella, y ella venía a mi dormitorio, tarde en la noche, después de una de aquellas veladas importantes en las que ella y su marido tenían que ir a la ópera. Hartarse, lo llamábamos, era nuestro secreto. Y podíamos tomar un poco de buena ginebra inglesa, nada de aquellos vinos estrafalarios.

Su marido decía que yo siempre sería bien recibida en la ópera, puesto que algunas épocas iban casi cada noche, pero no tuve ganas de volver después de la primera vez. Se lo dije a mi niña, de qué sirve si no puedo entender lo que dicen, y ella se rió. Me gusta que se ría de mí, y me dijo que yo era muy tonta, y que no tenía que entender las palabras, que aquello era como una obra de teatro, sólo que con música. Y la música era muy bonita. Por tanto fui a algunas representaciones pero no saqué mucho, mientras que mi niña y su marido se sentaban inmóviles y escuchaban. Pero ellos dos hablaban la lengua, y mientras a nuestro alrededor todo era comer y beber y jugar a las cartas y, por los ruidos que yo oía y el que hizo una silla al caerse, hasta ya sabes qué, y el Rey armaba mucha bulla en su palo, por tanto qué puedes esperar de los demás. Yo nunca podía decir qué sucedía exactamente en el escenario, donde no todo lo que había tenía que ver con la obra. Mi niña me explicó esto. Uno de los de allí, dijo, estaba para recordar la letra a los cantantes en caso de que la olvidaran, así que supongo que ni siquiera ellos entendían lo que cantaban. Además, los cantantes eran libres de comportarse en escena a su gusto, de la misma manera que la gente elegante lo hacía en los palcos. En cierta ópera había una dama gorda en un rincón con dos hombres vestidos para la ocasión junto a su silla, que mi niña me contó que eran la madre y dos admiradores de la prima donna, ¡exactamente allí en el escenario! La madre tenía una mesita junto a su silla con vinagre y espejos y dulces y elixir para gárgaras y peines, que su hija podía necesitar de repente, mientras otro hacía un aria.

Ésa soy yo, le dije a mi niña. Ésa es la que siempre seré para ti. Y ella me abrazó, y pude ver que se le humedecían los ojos; ella sabía lo mucho que yo la quería, hasta qué punto era LA LUZ DE MI VIDA, si puedo hablar como lo hacen en las obras teatrales. Nunca la dejaría, nunca la abandonaría. Si no siempre era del todo feliz, ella deseaba mucho ser feliz, le gustaba divertirse y pasamos buenos momentos cuando estábamos solas o con sus doncellas. También éstas la querían mucho, y reían y cantaban y se emborrachaban y contaban historias traviesas. Qué bonita vida vivió. Qué afortunada fui al compartirla con ella.

Es seguro que lo bueno no dura siempre, a pesar de que todo esto duró mucho tiempo. Nunca vi ni oí hablar de un marido tan enamorado de su esposa como lo estaba el embajador de mi hija, él la adoraba. Y observaba que algunos invitados se hacían guiños y movimientos de cabeza comentando en silencio cómo él se preocupaba por ella, y esto ocurría cuando ya llevaban años juntos y casados. Le tomaron por un viejo loco y cariñoso porque la amaba tanto, pero a mi juicio nunca la amaría lo suficiente. Él no valía ni la mitad que ella, a pesar de sus Sir Tal y Caballero de Cual. Cualquier hombre podía considerar una bendición celestial ser amado por ella. Mi hija era un tesoro.

Y él era mucho más viejo, por lo que fue natural que un hombre más de la edad de ella la cautivara. Para él ya se habían apagado los fuegos y le hizo la vida fácil, pero ella era aún una mujer joven y sana llena de espíritu, y quién podía resistir al pequeño almirante cuyo regreso todo el mundo aclamaba, recién conseguida su gran victoria en Egipto contra la flota de Boney, hundió todos sus barcos él mismo, pero ahora estaba completamente enfermo y débil. Esto me dio algo en que ocuparme. Pues qué tenía yo que hacer, excepto sentarme por allí y verme a mí misma envejecer hasta que muriera el anciano y nosotras volviéramos a Inglaterra. Pero luego resultó que vivíamos tiempos turbulentos, me enorgullecía ser inglesa, cosa que nunca olvidé que era, y el almirante vino a vivir con nosotros y no podía dejar de mirar a mi niña. La miraba tan intensamente todo el tiempo que yo habría jurado que la veía también con su pobre ojo ciego. Los primeros días que él estaba en cama, yo ayudaba a mi niña a cuidarle y pude ver tan claramente como veía aquel viejo volcán desde la ventana que él la amaría y ella lo amaría, y con el almirante tendríamos una vida totalmente nueva ante nosotras. Así volveríamos a Inglaterra antes de lo que yo pensé. Puesto que si bien el almirante estaba casado, una vez descubriese que se había enamorado de mi hija y encontrado la mejor mujer del mundo, no querría saber más de su esposa. Así son los hombres.

También presumo que aún quedaba algo de fuego en mi persona, puesto que me ilusionó ver el corazón de mi niña despertar de nuevo. Y me daría algo que hacer cuando descubrieran que se habían enamorado, aunque esto tomó más tiempo del que yo esperaba, porque él era distinto, aunque quién ha oído de un hombre que sea fiel a su esposa. Pues él lo era, mi niña me contó que sólo había caído en una ocasión con una mujer en otro puerto de Italia unos años antes, y que fue una señora y no una puta. Ciertamente nunca he oído de un hombre de mar como éste que fuera un hombre de verdad, pero tampoco había oído nunca a mi niña decir caído. Por entonces ella hacía serias invocaciones, incluso a veces iba a una de las iglesias y rezaba a la manera católica. Como digo, se tomaron su tiempo como dos inocentes jovencitos, limitándose a mirarse uno al otro y luego apartar la mirada, pero yo sabía qué pasaba.

Y después todo sucedió de repente, y llegaban los franceses, y tuvimos que hacer el equipaje, y el anciano embajador estaba hundido y silencioso por dejar su casa y sus muebles, y salimos en mitad de la noche con una terrible tormenta. El pretendiente de mi niña nos rescató, y al Rey y a la Reina y a todo el mundo, pero la travesía fue espantosa, con cinco y seis en un camarote, todos durmiendo en camastros y colchones o en el suelo. Y nosotras no nos acostábamos nunca. Metí al Rey en la cama, menudo bebé gigante era, apretaba una campanita bendecida y se santiguaba. Y mi niña metió a la Reina en cama, la Reina y ella eran amigas íntimas, puesto que ella iba cada día al palacio para ver a la Reina. Y luego nos limitamos a ir por el barco ayudando a la gente a vomitar, y limpiando un poco. Yo no sentía miedo, y mi niña tampoco sentía ningún miedo. Fue la más valiente, una auténtica heroína. Todo el mundo la admiraba. Y terminamos a salvo, a pesar de que la Reina perdió a su hijo pequeño. Fue la más triste visión que verse pueda, mi niña sosteniendo aquella criatura contra su pecho e intentando mantenerla viva. Creo que entonces supe que ella estaba destinada a ser una madre, y que tendría un hijo a fin de cuentas, que sería verdaderamente suyo, con aquel pequeño almirante que la quería tanto. Una madre sabe este tipo de cosas.

Me alegraba mucho por ella, por verla tan feliz, de una forma que nunca antes había sido feliz. En todos aquellos años de ser la señora madre de la esposa del embajador no tuve mucho que hacer, excepto darle los peines y los dulces y el elixir de gárgaras como la madre de la prima donna en el escenario, pero ahora la podía ayudar, podía vigilar al anciano, seguir sus idas y venidas cuando los dos amantes deseaban estar juntos. El almirante era como un chiquillo con ella. Pude notar que quería gustarme, puesto que había perdido a su madre cuando era un chiquillo, incluso antes de ir a la mar, me contó mi niña. No era como la mayoría de los hombres. Verdaderamente le agradaba estar con mujeres y hablar con ellas.

Por lo tanto estuvimos más cerca que nunca, y la única vez que nos separamos fue cuando ellos tuvieron que volver a Nápoles y parar la revolución después de retirarse los franceses; no pudieron llevarme, me dejaron atrás en Palermo durante seis semanas. Fue mi separación más larga de mi niña desde que tenía dieciséis años. Siempre estábamos juntas, ella sabía que podía contar conmigo.

Cuando volvieron fuimos en el barco de él a ver paisajes y celebramos una fiesta a bordo para el cumpleaños de ella, pero ella no fue en esta ocasión una navegante tan buena, ahora llevaba un hijo dentro, tal como yo sabía que ocurriría. Su marido se lo tomó muy bien, mejor que muchos, sin decir nunca ni una palabra, pero hay que recordar que él era viejo y dónde encontraría otra mujer como mi hija. Una mujer así nunca ha existido. Los dos lo sabían. Por tanto, el viejo embajador no se entristeció demasiado, excepto que ya no podía ser embajador, y todo el mundo se alegraba de volver a Inglaterra, tuvimos un buen viaje, a pesar de que aquellos carruajes pusieron a prueba mis viejos huesos, y aquellos cañones que por dondequiera que íbamos tronaban en honor del almirante resultaban un poco duros para mis oídos. Y cuando llegamos a casa a salvo le saludaron de la misma manera, pero más, nos costó tres días llegar a Londres. Y luego hubo algo singular que superar, mi niña me había advertido, con la esposa del almirante esperando en persona en un hotel en King Street. Por tanto, cuando entramos en Londres primero nos dejaron a Miss Knight y a mí en Albermarle Street, donde íbamos a alojarnos. Miss Knight llevaba mucho tiempo con nosotros y admiraba sinceramente a mi hija. Yo me sentía tan débil que me fui inmediatamente a mi dormitorio, pero a la mañana siguiente fui a buscar a Miss Knight para ver si quería desayunar y me encontré con que ni siquiera había pasado la noche allí. Se había ido al cabo de una hora de nuestra llegada, me dijo el conserje del hotel, y corrió a casa de una amiga, puesto que había aparecido alguien en el hotel y le había contado perversas historias sobre mi niña, tales como que no era una compañía adecuada para una mujer respetable. Y así, aunque resulte duro creerlo, a aquella Miss Knight con la que habíamos sido tan amables, mi hija había insistido en que viviera en casa cuando murió su madre, la tuvimos en casa como una más de la familia durante casi dos años, no volvimos a verla nunca más.

Parecía que en Londres había mucha gente celosa de mi niña, cómo no iban a sentir celos ¡si el hombre más famoso estaba a sus pies! Pero puedo asegurar que no les prestamos la menor atención y seguimos adelante, y hubo mucho trabajo para la vieja Mary, con una nueva casa en Londres, y pronto el almirante vino a vivir con nosotros cuando su esposa vio que no podía rivalizar con los encantos de mi niña. Y luego nació la niña. Y yo estaba allí, le cogía la mano, sufrí el dolor con ella, fue tan valiente que apenas gritó, aunque no fue un nacimiento difícil, siendo su segunda hija, aunque nunca hablábamos de la primera, que ahora ya sería toda una mujer. Ella no quería que el almirante lo supiera, porque estaba muy orgulloso de que ella tuviera su primera hija con él. Yo estaba allí, era su única compañía, puesto que él había sido requerido de vuelta al mar dos semanas antes. El pobre hombre había perdido sus dientes y su ojo y su brazo y aún no podían pasar sin él, y le hacían salir a luchar contra los daneses, porque él era el más valiente. Añoraba mucho a mi niña, no creo que nunca un hombre estuviera tan enamorado como él de una mujer. ¡Las cartas que le escribía! Y en abril toda su flota tuvo que celebrar el cumpleaños de ella y todos sus oficiales tuvieron que brindar por ella, y él se colgó un retrato de ella al cuello. Y en un puerto, cuando uno de sus oficiales se disponía a subir a bordo a su propia esposa, el almirante no se lo permitió porque dijo que había prometido a mi hija que nunca dejaría entrar a una mujer en el barco, aunque no creo que ella quisiera que llegase tan lejos. Pero él estaba empeñado en demostrar cuánto la quería. Y luego aún no le permitieron volver a casa, puesto que era el verano en que todo el mundo oyó contar que Boney vendría y nos mataría y plantaría el Árbol de la Libertad y anularía nuestros privilegios ingleses. Pero yo no estaba asustada. Ni tampoco mi hija, sabíamos quién guardaba nuestras costas, y aquel verano buscábamos una casa en el campo para cuando el salvador de la nación y el amor de mi niña volviera a casa y le permitieran descansar sus pobres huesos.

Ahora había algo que hacer para esta Mary. A una vida de lujo con criados no le resto valor, pero yo era más feliz eligiendo patos para criarlos en el canal del almirante y vigilando a los mozos de cuadra y los jardineros. Y mi niña también se lo pasaba bien, puesto que lo sabía todo sobre cosas nuevas, no sé cómo se las arreglaba, lo sabía todo. Nuestra casa no era muy grande, después de las que habíamos conocido, sólo cinco dormitorios, pero esto era lo que él quería. Así que ella puso en cada uno un sanitario y un lavabo con depósito y espita, y una bañera que llenaban los criados. Todo estaba muy bien en Italia con aquellos grandes palacios con más habitaciones que las que una pueda contar, pero ahora estábamos de vuelta en Inglaterra, que puede no tener ruinas y arte pero la gente sabe cómo sentirse a gusto y cómoda. Y el almirante rebosó de dicha cuando vio lo que habíamos hecho, cuando le permitieron volver a casa, a la casa que le habíamos preparado. Y también el embajador tenía su sitio, puesto que yo vi que se sentía un tanto perdido en su vuelta a Inglaterra. No era mi caso, para mí era como si nunca me hubiera ido, todos aquellos años en Italia y escuchando una lengua extranjera se desvanecieron. Pero el hombre echaba en falta su gloria, y el dinero le apuraba, o peor aún. Escatimaba hasta un penique, y cuando vino a vivir con nosotros en el campo, porque no podía permitir que su esposa viviera sin él y organizara un escándalo, ofreció pagar la mitad de los gastos de la casa. Pero me daba risa ver a los dos grandes hombres, el almirante casi ciego que ganó todas aquellas batallas y aquel viejo caballero educado junto a nuestro rey, allí junto a una mesa en una de las salas de estar, agachados sobre las facturas del pescadero, el cervecero, el panadero, el carnicero, el lechero, el cerero, contando libras y chelines y peniques, y al final escribiendo sus famosos apellidos debajo del libro después de aprobarlo. Los hombres cogen la grandeza y procuran que tú nunca lo olvides, que me río cuando veo que la cogen igual que las mujeres.

Siguiendo con el almirante, era un hombre que no cambiaba. Nunca vi a nadie adorar a una mujer como él lo hacía, aún no podía apartar los ojos de ella. Y su cara se iluminaba cuando ella entraba en la habitación, incluso cuando apenas había salido momentos antes, pero así me había sentido también yo cuando ella entraba en una habitación, durante toda mi vida. Pero soy su madre. No hay amor como el que una madre sin marido siente por su único vástago. Ningún hombre lo siente por una mujer, ninguna mujer por un hombre. Pero debo decir que el almirante se acercaba a lo que esta vieja madre sentía. A fin de cuentas, los dos queríamos a la misma persona, que era la mujer más maravillosa del mundo. Y yo tuve la dicha de conocerla durante toda su vida, y él sólo hacía siete años que la conocía.

Fue triste cuando el viejo marido murió, aun siendo algo esperado y deseado, esto último era natural, porque luego ellos pudieron vivir juntos con su hija, y habríamos sido una familia correcta si sólo la esposa del almirante también hubiera muerto o le permitiera divorciarse. El anciano no sufrió demasiado, sólo dejó de pescar, ésta fue la primera señal. Y luego no habló mucho, y luego se metió en cama, en febrero, y al final, cuando se puso peor, pidió que le trasladaran a la casa de Londres, que era una casa elegante, llena de ricos muebles pagados por mi niña, que vendió para ello todas sus joyas. Le cuidé especialmente yo. Confiaba en mí porque era vieja como él, aunque no tan vieja, y aún estaba llena de energía. Le di masajes en los pies. Y allí murió en abril, muy tranquilamente, con mi niña y el almirante a ambos lados de la cama, sosteniendo su cuerpo.

Me quedé pasmada cuando leyeron el testamento. Era el testamento de un hombre sin corazón y tacaño, pero mi niña dijo que no importaba, que siempre supo que Charles era su heredero, ya lo sabía cuando ella estaba con Charles, antes de conocerle a él. Pero piensa en todo lo que sucedió después de eso, dije yo. Pss, pss, dijo ella. No me permitía hablar de ello. Y Charles nos echó de la casa un mes más tarde. Encontramos otra, aunque era pequeña, y aquello debía haber sido el inicio de una nueva vida, pero luego estalló otra vez la guerra y el amor de mi niña tuvo que volver al mar ¡y estuvo ausente un año y medio! Estaban desesperados. Le mandaban por todas partes para perseguir a Boney, a las Antillas y al Mediterráneo de nuevo, incluso hizo escala en Nápoles. Según parece, mi niña me contó que él le escribió esto, nuestra antigua casa allí era ahora un hotel, y ni siquiera un hotel demasiado limpio. Nos alegramos de que el viejo embajador no viviera para oírlo, puesto que le habría hundido, pero a nosotras no nos preocupaba demasiado, por lo menos no a mí. Debes saber cuándo soltar la antigua vida, y seguir y no mirar atrás y lamentarlo, es lo que siempre digo. De no ser así, siempre estarás triste, porque siempre pierdes algo. La vida es esto, si dejas que los infortunios te golpeen demasiado fuerte no verás venir la nueva oportunidad. Si no lo hubiera sabido yo no habría tenido una BUENA VIDA. Y lo mismo vale para mi niña, porque en este punto tenía la misma opinión que yo.

Por tanto seguimos esperanzadas, y al año siguiente su amado volvió a casa y...

Pero no fue tal como esperábamos. Mi pobre, pobre niña. Sólo pasaron dieciocho días juntos y la casa estuvo todo el tiempo llena de oficiales y gente del Almirantazgo.

Seguí diciéndole que todo iría bien, él había vuelto en cada ocasión, él volvería de nuevo. Pero esta vez, dijo ella, habrá una gran batalla. Ésta es la razón por la cual va. Le dije que él era mejor que los franceses, que había nacido bajo una estrella benévola, que todo siempre se había resuelto, pero no fue el caso en esta ocasión.

Y después que él murió, el Capitán Hardy le dijo que con el nombre de ella en sus labios, todo el mundo nos volvió la espalda excepto los acreedores. El anciano le había dejado algo así como para un año y trescientas libras para pagar deudas, pero ella debía mucho más que esto. Y nos mudamos a una casa más pequeña y, luego, a otra aún más pequeña, teníamos a la niña con nosotras ahora que llevaba el apellido de él, pero no llegó nada de la corona, ninguna pensión, como era de suponer que ella tendría, cuando menos para educar a SU hija adecuadamente. Ella tenía que ser generosa, y gozar de algunos placeres, lo que acumulaba deudas, y criados y una institutriz para la niña, y beber un poco más de lo debido, pero lo mismo me pasaba a mí, qué otra cosa se puede hacer cuando todo el mundo es tan cruel. Sin embargo, le dije, ya verás, las cosas no serán siempre así, nos tenemos la una a la otra, y algún hombre nos ayudará. Y había un vecino en el campo que nos mandaba dinero, un hombre generoso, creo que nos tenía simpatía porque la gente también se burlaba de él. Y yo dije qué hay de Mr. Goldsmid, y ella se rió, pero ahora su risa era amarga, y dijo Abraham Goldsmid es suficientemente feliz con la mujer y la bonita familia que tiene. Yo le recordé que ningún hombre se le resistía, no importaba lo bien que estuviera su esposa, pero ella me hizo prometer que nunca más hablaría de mi idea sobre ella y Mr. Goldsmid, y por tanto esto no condujo a nada. Pero el buen hombre ciertamente nos mandaba algo de dinero de vez en cuando, y confío que alcance el cielo por ello.

Así pues, al final las cosas no mejoraron. Todo el mundo la abandonó, incluso el hombre que ella amó más, aunque él no quisiera morir, pero por qué iría en el barco con su casaca de almirante y sus condecoraciones y estrellas para que un tirador francés le descubriese fácilmente y le matara, si lo que quería era seguir vivo para volver junto a ella. Los hombres son muy bobos. Las mujeres pueden ser vanas, pero cuando un hombre es vano lo es más allá de lo creíble, puesto que un hombre está dispuesto a morir por su vanidad. Todo el mundo abandonó a mi pobre niña, incluso yo la abandoné cuatro años más tarde de que mataran al almirante, y yo quería tanto estar con ella y cuidarla, necesitaba tanto que la cuidaran, y ella podía contar conmigo. No quiero contar lo que le pasó después. Mi hija era muy desgraciada cuando llegó la hora de mi muerte.

3.

Había algo mágico en mí. Lo sabía por la manera en que los otros respondían, siempre me habían respondido, como si yo fuera más grande que la vida. Luego están todas las historias que se contaban acerca de mí, algunas falsas, la mayor parte auténticas.

Sólo así puedo explicar por qué en un tiempo fui tan ensalzada, por qué se me abrieron tantas puertas. Estaba llena de talento, como artista. Pero no podían haber sido tan sólo mis talentos. Era inteligente, curiosa, rápida, y a pesar de que los hombres no esperan que una mujer sea inteligente, a menudo disfrutan cuando lo es, en especial cuando ella aplica su cabeza a lo que es de interés para ellos. Pero hay muchas mujeres inteligentes. Y no supongan que infravaloro el poder de la belleza... cómo podría hacerlo si fui tan denostada cuando la perdí. Pero hay muchas mujeres bellas y por qué, me pregunto, hay una, aunque sea temporalmente, a la que se designa como la más bella. También esta parte de mi reputación, mi celebrada belleza, atestigua algo que yo tenía y que era más completo, que llamaba la atención, como un aura de luz.

Puedo explicar lo que esto a veces me empujaba a hacer. Yo misma recuerdo que, cuando aún era una niña pequeña, deambulaba por la calle de mi pueblo un día de invierno, deambulaba, mirando a mi alrededor y sentía que la mirada me saltaba de los ojos. Veía a éste, y a aquél, todos temblando y con caras amargas tanto en el trabajo como en el ocio. Ya sabía entonces que yo era distinta, y se me ocurrió que podía transmitir calor con mi mirada. Así pues, empecé a andar por la calle, dándoles calor, haciendo que se volvieran hacia mí. Era una fantasía de niña tonta, seguro, y muy pronto la abandoné. Pero ya crecida, siempre que andaba por la calle o entraba en salones o miraba por las ventanas de casas y carruajes, aún pensaba: debo encontrar con mi mirada a tantos como pueda.

Dondequiera que fuese, me sentía elegida. No sé de dónde saqué semejante confianza. No podía ser *tan* extraordinaria y, no obstante, lo era. Los demás parecían satisfacerse fácilmente, o resignarse. Quería despertarles y hacerles ver cuán gloriosa era esta existencia. Por lo general los demás intentaban mantener la calma. Yo quería que se apreciaran a sí mismos. Quería que amaran lo que amaban.

Era mejor cuando se obsesionaban. Yo no me obsesionaba, pero estaba siempre dispuesta. Incluso cuando era bella, nunca fui elegante. Nunca me oculté. No era esnob. Era efusiva. Ansiaba la exaltación del afecto ferviente. No tenía que abrazar. Los cuerpos no tienen por qué frotarse y sudar juntos. Me gustaba atravesar y que me atravesaran con una mirada.

Oía el sonido de mi propia voz. Mi voz abrazaba a los otros, les estimulaba. Pero incluso era más diestra escuchando. Hay un momento en que una debe guardar silencio. Éste es el momento en que acaricias el alma de otro. Alguien de quien mana sentimiento a raudales... a quien has ayudado a llegar a este punto, quizá por el despliegue de tu propio sentimiento. Y luego miras profundamente a los ojos al otro. Emites un pequeño mmmmmm o ahhh, un sonido alentador, compasivo. Por ahora, te limitas a escuchar, a escuchar de verdad, y a demostrar que introduce en tu corazón lo que estás oyendo. Esto raramente lo hace nadie.

Es verdad que trabajé sin tregua para convertirme en lo que podía convertirme, pero también tenía la impresión de que el éxito es fácil, prodigiosamente fácil. Un año después de que me dieran mis primeras clases de canto en Nápoles, con la asignación que nos concedieron a mi madre y a mí para nuestros gastos, establecida en ciento cincuenta libras anuales, la ópera italiana de Madrid quiso convertirme en su prima donna a seis mil libras por tres años. Y hubo muchas ofertas semejantes, contratos en teatros de ópera de Europa, y todas las rechacé sin pesar.

Si quería cantar, podía cantar bien. Cuando necesitaba ser valiente, me resultaba fácil ser valiente.

Lo que no hacía bien, no intentaba hacerlo... a veces porque comprendí que un logro superior me habría obligado a alterar mi carácter y frenar sus excesos. Así, me aficioné al piano, pero nunca toqué como Catherine, estoy segura. Me faltaba la necesaria melancolía, la espiritualidad. Pero podía expresar emociones con mi cuerpo, con mi cara. Todo el mundo se maravillaba ante mis Actitudes.

No podía evitar el tener talento de actriz. El querer gustar. Qué podía hacer si comprendía tan rápidamente lo que otros desean. ¿Y quiénes me habrían protegido si no me hubiera educado a mí misma para triunfar por encima de mi temperamento? Pero utilizaba mi corazón para atraer a otros hacia mí. En más de una ocasión vi que la Reina, para conseguir lo que quería del Rey en algún asunto de Estado, se presentaba ante él y alisaba un par de largos guantes blancos sobre sus brazos. Al Rey le gustaban los brazos de las mujeres y sus guantes. Yo no utilizaba esta clase de trucos. No tenía necesidad. Es muy fácil gustar. No es distinto de aprender. En el mundo que me examinaba, se acogía con desaprobación mi acento, así como mi ortografía, que mejoré. Pero de no haber querido tanto a mi madre, no dudo de que hubiera borrado todas las huellas de mis rústicos orígenes y hablado un inglés tan puro como la luz de la luna. Como ya he dicho, durante mucho tiempo siempre pude hacer lo que realmente quería hacer.

Se decía que halagaba a todo el mundo descaradamente: a mi marido y luego a la Reina y a otra gente que me podía ser útil en Nápoles y, finalmente, a mi amado. Halagaba, sí. Pero me halagaban. Mr. Romney me dijo que yo era un genio, una divinidad, que sólo tenía que posar y el cuadro estaba hecho; el resto era mera transcripción. Mi marido creyó que yo era todos sus jarrones y estatuas, toda la belleza que él admiraba, que tomaban vida. Mi amado me creía sinceramente superior a todo el sexo femenino. Me llamaba santa y decía por doquier que yo era su religión. Mi madre siempre me dijo que yo era la mujer más bonita del mundo. Y fui considerada la belleza más grande de la época.

Esto podía no ser bueno para mi carácter. Pero no es culpa mía que se dijeran cosas así.

Incluso cuando me consideraban la más bella tenía un defecto, o era mi belleza la que tenía el defecto: mi pequeño mentón recesivo. Luego, cuando aún era joven, mi cuerpo se agrandó. Bebía, no para contrarrestar la depresión sino porque a veces estaba furiosa y sabía que me censurarían, quizá me abandonarían, si lo demostraba. A menudo sentía hambre. Vi que mi mentón engrosaba. Una noche de calor sofocante, cuando me di vuelta en la cama noté mi vientre, y pensé, algo le ha pasado a mi cintura, mi cuerpo está cambiando. Sin mi belleza, mi escudo, cualquiera podía burlarse de mí.

Todo el mundo decía que me había convertido en un ser basto y monstruoso. Siempre se consideró que hablaba demasiado. Reconozco que siempre tenía algo que decir. Mi vida iba a gran velocidad. Luego pareció agotarse. A mis detractores sin duda les alegraría saber que al final me voví bastante silenciosa.

Ahora no tengo tanto que decir, como tú puedes suponer.

Si él hubiera vivido, yo habría sido muy feliz. Pero murió, alcanzando la gran victoria que se esperaba de él. Murió con mi nombre en sus labios, y en su testamento nos dejó a su hija y a mí como legado suyo al rey y a la patria. No recibí ninguna pensión. A mí y a su hija ni siquiera nos invitaron al funeral, el más glorioso que jamás se haya organizado en Inglaterra. Toda la nación lloraba. Pero no puedo dejar de pensar que algunos sintieron alivio de que muriera en la cúspide de su destino, que no sobreviviera para continuar como un hombre corriente, que tiene una vida corriente, conmigo, en mis brazos, con nuestra hija, con más hijos. Puesto que yo habría seguido teniendo hijos, tantos como pudiera, que eran sus dádivas de amor para mí y las mías para él.

No pedí ni supliqué ni me quejé hasta después de la muerte de mi amado. Luego descubrí que nadie me ayudaría que mi destino era ser un estorbo, una carga para todo el mundo.

Después de que mi amado abandonara mis brazos para ir a Trafalgar, no volví a abrazar a hombre alguno. Cuánto deben lamentar mis detractores no poder acusarme de lascivia. Tampoco existía fundamento para hablar de mí como mercenaria, aunque les habría complacido propagar también esta calumnia. Nunca me importó el dinero, excepto para gastarlo o comprar regalos. Mis sentimientos nunca se guiaron por el deseo de llevar una vida fácil: me habría contentado con vivir en modestas condiciones o incluso en la pobreza con el hombre a quien amaba. A veces pienso en una vida muy distinta, que habría podido ser la mía. No me hubiera importado ser menos bella, siempre que no hubiese sido corriente. No me hubiera importado ser una vieja gorda que renqueaba al subir los peldaños de la iglesia al final de una vida no tan triste.

La gente lamentará haber hablado tan cruelmente de mí. Un día verán que insultaban a una figura trágica.

¿De qué se me acusa? Ebriedad, deudas, vulgaridad, falta de atractivo, añagazas de sirena. Ah sí, y complicidad en el asesinato.

Hablaré de una de las anécdotas que se contaron sobre mí, que no es cierta. Se dice que me sentí culpable posteriormente por no intervenir para salvar al Doctor Cirillo, y que yo sabía, en la época, que se derramaba sangre inocente en Nápoles. Se dijo que tuve pesadillas hasta el final de mi vida y, algunas noches, como Lady Macbeth, caminaba sonámbula y gritaba y levantaba las manos en busca de la sangre. No creo que me sintiera culpable. ¿De qué se suponía que debía sentirme culpable?

Al final, todos me repudiaron. Escribí a la Reina, mi amiga. No respondió. Me mandaron a la cárcel por deudas. Tan pronto como me concedieron la libertad provisional, llené dos baúles con vestidos y unas pocas joyas y recuerdos y compré pasajes para el paquebote que salía de la Torre con destino a Calais, para mí y para mi hija, quien no sabía más que esto, que era la hija de su padre y que yo, amiga de él, era su tutora. En Calais pedí las mejores habitaciones del mejor hotel para dos semanas y gasté la mitad del dinero que llevaba conmigo. Luego nos trasladamos a una granja próxima a la ciudad. Dado que no había colegio para ella, le di lecciones, le enseñé alemán y español (su francés ya era aceptable) y leí historia griega y romana con ella. Y contraté a una mujer del pueblo para que la llevara a pasear en burro, con objeto de que hiciera un poco de ejercicio.

Mi hija contaba catorce años cuando huimos de Inglaterra. Yo contaba catorce años cuando llegué a Londres desde mi pueblo, tan dispuesta y feliz de empezar mi vida para ascender en el mundo. Nací de nadie. Ella era la hija del héroe más grande y de la que había sido en un tiempo la mayor belleza de la época. Yo tuve una madre que siempre me ensalzaba, no importaba lo que hiciera; una madre ignorante y tonta cuya compañía y cuyo cariño me procuraban gran placer y comodidad. Mi hija tenía una madre que nunca la ensalzaba, que le decía constantemente que tuviera presente quién era su padre, que éste la miraba desde el cielo y que ella debía en todo momento pensar sólo qué podía hacer para que él se sintiera orgulloso de su hija; una madre perspicaz cuya presencia la aterrorizaba y avergonzaba.

Nadie hizo la travesía desde Inglaterra para visitarnos. Yo había pasado a ser tan repulsiva que nunca me miraba en un espejo. Estaba de color naranja por la ictericia e hinchada de líquidos. Cuando me puse demasiado enferma, volvimos a la ciudad y nos metimos en una oscura habitación de una pensión miserable. Mi cama estaba en la alcoba. Mandaba a la niña al prestamista cada semana, primero con un reloj, después con un alfiler de oro, luego con mis vestidos, y de este modo había comida para ella y yo podía seguir bebiendo. Le enseñé a jugar al backgammon conmigo. Dormía la mayor parte del tiempo. Mi único visitante fue un cura de una iglesia cercana.

No había nadie excepto una niña para cuidar a una mujer que olía mal, lloraba, roncaba y se moría, nadie excepto ella para vaciar orinales y lavar las sábanas. Yo era bastante cruel con ella y ella muy obediente.

Próximo ya el final, pedí a mi hija que fuera en busca del cura de la iglesia de San Pedro para los últimos sacramentos. Sólo entonces, y por vez primera, aquella solemne criatura oprimida, quien, ya adulta, se casaría con un vicario y recordaría aquellos terribles seis meses en Francia con sombría benevolencia, intentó oponerse a mi voluntad.

No me negarás este consuelo, grité. ¡Cómo te atreves!

Iré en busca del cura si me dices quién es mi madre, respondió la desgraciada muchacha.

Tu madre, susurré, es una infortunada mujer que desea seguir innominable. No traicionaré su confianza.

Esperó. Cerré los ojos. Ella me acarició la mano. Yo la aparté. Empecé a cantar para mí. Noté la corrosiva corriente de vómito bajar por la comisura de mi boca. Nada, ni siquiera la certeza de perder el cielo, podía haberme forzado a decirle la verdad. Por qué tenía que consolarla cuando no había nadie que me consolara a mí. Oí cerrar la puerta. Ella había ido a por el cura.

4.

Podía ver su buque en la bahía desde la ventana de mi celda.

Mis amigos y yo ya estábamos a bordo de uno de los barcos de transporte que salían para Toulon cuando ellos llegaron el 24 de junio y anularon el tratado que se había firmado con el Cardenal Monstruo: nos sacaron del barco y nos llevaron a la Vicaría. Por ser yo una de las pocas mujeres de la cárcel, me concedieron una mugrienta celda para mí sola, diez pasos por siete, con un camastro para dormir y sin cadenas. Dos de mis amigos se pasaron el verano con collares de hierro encadenados a la pared, y a otros los amontonaron cinco en una celda y durmieron cuerpo a cuerpo en el suelo. Algunos pasamos por las farsas llamadas juicios, pero ya se había decidido nuestra culpabilidad.

Día tras día contemplaba el negro barco surcar el agua. No les iba a mandar una carta grasienta de sudor o de lágrimas. No suplicaría por mi vida.

Por la noche veía los faroles y los blancos mástiles brillando a la luz de la luna. En ocasiones miraba durante tanto tiempo al buque que podía hacer que los mástiles balanceantes se quedaran quietos y sentir que la cárcel se movía.

Veía la pequeña embarcación ir y venir con comida y vino y músicos para su fiesta nocturna. Podía oír los gritos y la risa. Recordaba muchos festines suntuosos en su mesa. Recordaba las reuniones por las que el embajador británico y su esposa eran famosos. En muchas de las veladas en las que ella había interpretado sus Actitudes, yo leí mis poemas. En mi celda escribí varios versos, dos en napolitano y una elegía en latín al cielo azul y las gaviotas como homenaje a mi maestro Virgilio.

Qué glorioso ser un barco surcando el sofocante mar de verano. Qué glorioso ser una gaviota que asciende vertiginosamente en el azul aire de verano. Cuando era una niña, a menudo me concedía en mis fantasías el don de volar. Pero el cuerpo adquiere pesantez en la cárcel. Aunque muy debilitada por la magra ración de pan y sopa que me traían dos veces al día a mi celda, nunca me había sentido más atada a la tierra. Mi espíritu quería elevarse, pero yo ni siquiera podía soñar despierta en volar con el cuerpo en que me había convertido. Sólo podía imaginar que, tan pronto estuviera en el aire, caería (junto a su barco, su barco) directamente al mar.

En el alba del seis de agosto, cuando me acerqué a mi ventana, vi que el buque insignia se había marchado. Cuando su labor de autorizar y dar legitimidad al asesinato de los patriotas napolitanos hubo tocado a su fin, zarparon de vuelta a Palermo. La horca y las decapitaciones, seguirían hasta la primavera siguiente.

A mí me ejecutaron dos semanas más tarde.

Cuando vi que no podía escapar a la ejecución, pedí que me decapitaran en vez de colgarme. Era el único derecho que correspondía a mi clase que me habría gustado ejercer. La Junta de Estado denegó mi petición sobre la base de que yo era una extranjera. Y yo era extranjera. Había nacido en Roma y vivido en Nápoles desde la edad de ocho años. Me había nacionalizado cuando mi padre, portugués, recibió un título de nobleza napolitano y adoptó esta nacionalidad. Me había casado con un oficial de la nobleza napolitana. Sí, yo era extranjera.

Para la ceremonia de mi muerte había escogido un vestido negro, largo y que se estrechaba en los tobillos, que había llevado por última vez en el funeral de mi marido cuatro años antes. Elegí esta prenda no para presentarme de luto por nuestras esperanzas perdidas, sino porque había empezado mi flujo mensual y prefería llevar algo que no dejase ver ninguna mancha cuando me encontrara al pie del cadalso.

Pasé mi última noche intentando dominar mi miedo.

En primer lugar, temía perder mi dignidad. Había oído que quienes iban a ser colgados perdían a menudo el control de sus intestinos. Temía que mis rodillas se doblaran cuando me llevaran a través de la plaza hasta la plataforma en la que se levantaban la horca y su escalerilla. Temía un ataque de indecoroso terror ante la visión del verdugo que avanzaba hacia mí para taparme los ojos, y de su ayudante sosteniendo la larga cuerda con un lazo corredizo. Los gritos de la multitud de Larga Vida al Rey habían provocado a algunos de mis amigos a decir como últimas palabras Larga Vida a la República. Pero yo quería ir a la muerte en silencio.

Luego temía asfixiarme antes de que me colgaran. Porque sabía que después de que el verdugo sujetara un sucio paño alrededor de mi cabeza, él o su ayudante dejarían caer sobre ésta y hasta mis hombros un pesado anillo de cuerda. Unas manos invisibles lo estrecharían de un tirón y yo debería ir en la dirección en que tiraban hasta el pie de la escalerilla, y luego hacia arriba: tendría que seguir la cuerda. Imaginé que la escalera cedería por el peso de los tres. El verdugo encima tirando de mí para arriba por la cabeza. Su ayudante por debajo de mí, asiendo mis tobillos y guiándolos, empujándolos peldaño a peldaño.

Finalmente, temía no morir después de que el verdugo gateara por la viga transversal para amarrar el extremo de la cuerda, y que su ayudante, agarrando con más fuerza mis tobillos, saltase al aire llevándome con él. ¿Podía aún estar viva cuando los dos nos balanceáramos en el aire y su peso, tirando de mí por los pies, me impulsara hacia abajo? ¿Aún viva cuando el verdugo saltara de la viga transversal y se situase a horcajadas sobre mis hombros, y fuéramos una balanceante, ondulante cadena de tres?

Llegó el alba. Me vestí. Me condujeron desde mi celda a una habitación próxima a la oficina del director de la cárcel, y mi alegría al ver de nuevo a mis amigos (me colgarían en buena compañía, con siete de mis compañeros patriotas) me produjo de repente la impresión de que no temía morir.

El aire ya era tórrido. Nos ofrecieron agua. Pedí café. Un guardián se dirigió al director de la cárcel y él le dio permiso. Pero mi café llegó hirviendo, y mientras esperaba que se enfriara, los que estaban en la puerta esperaban también. Me dijeron que ya no me quedaba más tiempo. Les dije que primero se me permitía tomar mi café, y que deberían concederme unos minutos más. Había un poeta con nosotros, sólo de veintitrés años, quien utilizó esta demora para sacar un pedazo de papel y escribir. Me pregunté si se trataba de otro poema, o algunas palabras que preparaba para decir al pie del cadalso. El café aún me quemaba en la lengua cuando intenté sorberlo. Lo dejé, ignorando las feroces miradas desde la puerta. El poeta aún escribía. Me gustó concederle aquellas pocas palabras más. El obispo estaba arrodillado con su rosario. Era como si yo hubiera detenido el tiempo, pero sería yo quien volvería a ponerlo en marcha. Porque mi café, inexorablemente, se enfriaba. En el momento en que pudiera beberlo se rompería el hechizo y avanzaríamos hacia nuestras muertes.

No me moví. Cualquier movimiento por mi parte, pensaba, habría roto el hechizo. Estaba hambrienta, y había dejado caer entre mis pechos un pedazo de panecillo guardado de la mísera comida de la noche anterior. Podía haber comido el panecillo mientras esperaba que mi café se enfriara. Pero los guardias habían dicho que yo tenía permiso para tomar el café, no para comer.

Levanté la escudilla hasta mis labios una vez más y, ay, el café ya estaba lo bastante tibio como para beberlo.

Pensé (quizás un pensamiento de mujer) que debía ofrecer una palabra de consuelo a los otros, puesto que vi que el miedo les debilitaba tanto como a mí. Me vinieron al pensamiento unas palabras de la *Eneida: Forsan et haec olim meminisse juvabit.* (Quizás un día incluso esto será una dicha recordarlo.) Vi que una sonrisa fugaz asomaba al rostro de mi joven poeta.

Nos sacaron de la cárcel y, antes de subirnos al carro, nos ataron con fuerza los brazos a la espalda. Entonces caí en la cuenta de que no volverían ya a desatar mis brazos. Cuánto lamenté no haber sido más valiente y haberme comido el pedazo de panecillo.

El carro nos llevó bajo el alegre cielo sin nubes; a lo largo de calles abarrotadas de quienes estaban habituados al repetido, corruptor espectáculo del sufrimiento; hasta la plaza del mercado, con su escenario con la horca y un vasto público reunido para vernos bailar en el aire. Aquellos impacientes espectadores también eran observados, rodeados de soldados de unidades regulares del ejército del Cardenal Monstruo, y dos regimientos de caballería. Nos llevaron al interior de los muros de la iglesia del Carmine, donde había otras tropas en reserva para el caso de algún tumulto, y nos encerraron en un calabozo militar sin ventanas.

Se llevaron primero a nuestro oficial de caballería. De veinticuatro años y vástago de una de las grandes familias ducales, había sido el subjefe de la Guardia Nacional. Pareció que sólo duraba veinte minutos. Escuchamos los gritos de la multitud.

Luego se llevaron al cura de setenta y tres años, un buen y robusto anciano.

Después de ver cómo mis amigos desaparecían uno a uno, me pregunté si (quizás sólo porque era la única mujer) finalmente me salvaría.

Cuando sólo quedábamos el joven poeta y yo, le dije: Confío no azoraros con mi petición, pero puesto que nuestros cuerpos pronto serán lacerados y profanados, quizá podamos liberarnos unos minutos antes de los escrúpulos de la modestia que corrientemente nos atenaza. Estoy muy hambrienta y tengo un pedazo de panecillo dentro del corpiño de mi vestido. Seríais tan amable como para intentar sacarlo. Pensad que inclináis la cabeza sobre el pecho de vuestra madre.

Inclino mi cabeza con reverencia ante una colega poeta, dijo él.

Yo había olvidado qué sensación producía la cara de un hombre enterrada en mi pecho. Qué hermoso era. Él levantó la cabeza, con el pedazo de panecillo entre los dientes. Había lágrimas en sus ojos, como las había en los míos. Juntamos nuestras caras para poder compartir el pan. Y luego se lo llevaron.

Oí los gritos de la multitud. Esto significaba que mi poeta estaba colgando. Deseé poder utilizar un retrete. Luego llegó mi turno... y sí, fue exactamente como lo había imaginado.

*

Mi nombre es Eleonora de Fonseca Pimentel. Con este nombre nací (mi padre era Don Clemente de Fonseca Pimentel) y por él se me conoce (adopté de nuevo el apellido de mi familia después de la muerte de mi marido); o por alguna versión de él. En general, se refieren a mí como Eleonora Pimentel. A veces como Eleonora Pimentel Fonseca. En ocasiones como Eleonora de Fonseca. A menudo sólo como Eleonora, cuando los historiadores hablan de mí con cierta extensión en libros y artículos, mientras que mis colegas de la revolución napolitana de 1799, todos hombres, nunca son mencionados sólo por su nombre de pila.

Fui precoz: los niños prodigio no eran raros entre los privilegiados de mi época. A los catorce años componía versos en latín e italiano, mantuve correspondencia con Metastasio y escribí una obra teatral titulada *El triunfo de la virtud,* que dediqué al Marqués de Pombal. Mis poemas circularon en manuscrito y fueron celebrados. Escribí un epitalamio para el casamiento del Rey y la Reina en 1768; contaba dieciséis años, la misma edad que la Reina. Escribí asimismo varios tratados económicos, incluido uno sobre un proyecto para establecer un banco nacional. Me casé tarde: ya contaba veinticinco años y mi inadecuado marido tenía cuarenta y cuatro. Proseguí mis estudios de matemáticas, física y botánica. Mi marido y sus amigos me consideraron una extraña, inadecuada esposa. Fui valiente, como mujer, para mi época. No sólo dejé a mi marido siete años más tarde o, lo que era más habitual, hice que mi padre y mis hermanos le hablaran seriamente y aseguraran su consentimiento para que viviéramos separados: le demandé para obtener una separación legal. Hubo un juicio, en el que atestigüé sobre algunas de sus múltiples infidelidades, y él me contraatacó alegando que yo pasaba la mayor parte del tiempo leyendo, que era atea y había tenido una aventura con mi profesor de matemáticas, así como otros, más confusos, libertinajes. A pesar del escándalo que yo misma había desatado, gané mi juicio de separación. Luego estuve sola.

Seguí leyendo, escribiendo, traduciendo, estudiando. Recibí un estipendio de la corte por mis actividades literarias. Mi traducción del latín al italiano de una historia de la influencia papal en el Reino de las Dos Sicilias la dediqué al Rey cuando se publicó en 1790. Me convertí en republicana y rompí con mis mecenas reales. ¿Recito mi Oda a la Libertad, la que hizo que me encarcelaran? No. No fui más que una poeta convencionalmente dotada. Mis mejores poemas los escribí años antes... sonetos sobre la muerte de mi hijo, Francesco, de sólo ocho meses.

Estalló la revolución y yo estallé con ella. Creé el principal periódico de nuestra república de cinco meses. Escribí muchos artículos. A pesar de que ignoraba rigurosamente los problemas de economía práctica y los políticos, no creo que me equivocara considerando que la educación era la tarea más imperativa. ¿Qué es una revolución si no cambia corazones y mentes? Sé que hablo como una mujer, a pesar de que no lo hago como cualquier mujer. Sé que hablo como una mujer de mi clase. Había leído y admirado el libro de Mary Wollstonecfrat cuando se publicó en Nápoles en 1794, pero nunca expuse, en mi periódico, el problema de los derechos de las mujeres. Era independiente. No había sacrificado mi mente a cierto concepto trivial de mi sexo. Ciertamente, yo no pensé ante todo en mí misma como mujer. Pensé en nuestra justa causa. Me alegré de olvidar que sólo era una mujer. Fue fácil olvidar que era, en muchas de nuestras reuniones, la única mujer. Quería ser pura llama.

Es difícil imaginar la iniquidad de la vida en aquel reino. La depravación de la corte, el dolor del pueblo, la falsedad de las buenas maneras. Ah, no digáis que era entonces espléndido. Sólo era espléndido para los ricos, sólo resultaba gratificador si uno no reflexionaba sobre la vida de los pobres.

Yo nací en aquel mundo, pertenecí a aquella clase, experimenté los encantos de aquella vida tan agradable, disfruté de sus ilimitadas perspectivas de conocimiento y arte. Con qué naturalidad los seres humanos se adaptan a la abyección, a las mentiras y a las prerrogativas no ganadas. Aquellos a quienes su cuna o unas formas de ambición adecuadas han situado dentro del círculo del privilegio deberían ser unos inadaptados consagrados (santurrones inútiles, o adictos a la autoprivación) para *no* disfrutar. Pero aquellos a quienes la cuna o la rebelión han echado fuera, allí donde la mayor parte de los seres de esta tierra viven, tendrían que ser obtusos o serviles por temperamento para no ver qué vergonzoso es que tan pocos monopolicen así riqueza como refinamiento, e inflijan tanto sufrimiento a los demás.

Yo era formal, estática, no comprendía el cinismo. Quería que las cosas mejoraran para más que unos pocos. Estaba dispuesta a renunciar a mis privilegios. No sentía nostalgia por el pasado. Creía en el futuro. Canté mi canción y me cortaron la garganta. Vi la belleza y me arrancaron los ojos. Quizá fuera una ingenua. Pero no cedí a la infatuación. No me sumergí en el amor a una sola persona.

No me dignaré hablar de mi odio y mi desprecio por el guerrero, paladín del poderío imperial británico y salvador de la monarquía borbónica, que mató a mis amigos. Pero sí hablaré de sus amigos, quienes tan satisfechos se sentían también de sí mismos.

Quién era el apreciado Sir William Hamilton sino un diletante de clase alta que disfrutó de las muchas oportunidades que en un país pobre y corrupto e interesante se ofrecen para robar el arte y ganarse la vida con ello y darse a conocer como un entendido. ¿Tuvo alguna vez un pensamiento original, o se sujetó a la disciplina de escribir un poema, o descubrió o inventó algo útil para la humanidad, o ardió en celo por algo que no fueran sus propios placeres y los privilegios inherentes a su condición? Sabía lo suficiente como para apreciar lo que los pintorescos nativos habían dejado, en cuanto a arte y ruinas, esparcido por la superficie del país. Se dignó admirar nuestro volcán. Sus amigos, en su patria, debieron de sorprenderse ante su intrepidez.

Quién era su esposa sino otra mujer de talento, sobreexcitada, que se consideraba valiosa porque la amaron hombres a quienes podía admirar. A diferencia de su esposo y de su amante, no poseía auténticas convicciones. Era una entusiasta, y se habría enrolado con el mismo ardor en la causa de quienquiera que ella amase. Puedo imaginar con facilidad a Emma Hamilton, si su nacionalidad hubiera sido otra, como una heroína republicana, que pudo haber acabado valerosamente al pie de alguna horca. Ésta es la nulidad de mujeres como ella.

No concederé que me movía la justicia más que el amor, puesto que la justicia es también una forma de amor. Supe en verdad del poder, vi cómo se gobernaba este mundo, pero no lo acepté. Quise dar ejemplo. No quise decepcionarme a mí misma. Pero sentí miedo, como también ira, bajo unas formas que me consideraba incapaz de admitir. Así pues, no hablé de mis temores sino más bien de mis esperanzas. Temía que mi cólera ofendiera a otros y que ellos me destruyeran. A pesar de toda mi certidumbre, temí que nunca sería lo bastante fuerte para comprender lo que me permitiría protegerme a mí misma. En ocasiones tuve que olvidar que era una mujer para llevar a término lo mejor de lo que era capaz. O me mentía sobre lo muy complicado que es ser mujer. Todas hacen lo mismo, incluyendo a la autora de este libro. Pero no puedo perdonar a aquellos a quienes sólo importaron su propia gloria o su bienestar. Pensaban que eran civilizados. Fueron despreciables. Malditos sean todos ellos.

Este libro
se terminó de imprimir
en los Talleres Gráficos
de Gráfica Internacional, S. A.
Madrid
en el mes de mayo de 1995

OTROS TITULOS PUBLICADOS

Antonio Martínez Sarrión
CARGAR LA SUERTE

José Antonio Millán
NUEVA LISBOA

Antonio Muñoz Molina
ARDOR GUERRERO

Luis Mateo Díez
CAMINO DE PERDICIÓN

Ignacio Aldecoa
PARTE DE UNA HISTORIA

Augusto Roa Bastos
CONTRAVIDA

Guillermo Cabrera Infante
DELITO POR BAILAR EL CHACHACHÁ

Fanny Rubio
LA CASA DEL HALCÓN

José Saramago
VIAJE A PORTUGAL